Os mujiques

Anton Tchékhov

Os mujiques

Penúltimos contos e novelas
1895-1897

tradução e apresentação
Rubens Figueiredo

todavia

Apresentação 7

Três anos 13
A esposa 131
O Testa Branca 141
Ariadna 149
Um assassinato 183
Anna no pescoço 225
Uma casa com mezanino 243
Minha vida 269
Os mujiques 393
No recanto natal 437
O petchenegue 453
Na carroça 467

Apresentação

Este livro reúne todos os contos e as novelas publicados por Anton Tchékhov entre 1895 e 1897,[1] ou seja, no intervalo entre os 35 e os 37 anos de idade. Nesse período, Tchékhov residia num sítio de sua propriedade em Miélikhovo, numa área rural não muito distante de Moscou, junto com os pais e vários familiares que, em boa medida, dependiam dele financeiramente. Nas temporadas mais frias, Tchékhov viajava para a Crimeia e para o sul da França e da Itália, onde as temperaturas amenas eram consideradas mais favoráveis para sua saúde debilitada. E, de fato, poucos anos depois, em 1904, a tuberculose o levaria à morte.

Embora médico de formação, nessa altura Tchékhov tinha como única fonte de renda seu trabalho literário. Jornais, revistas, companhias de teatro e editoras de livros solicitavam com insistência suas colaborações e Tchékhov vivia premido por prazos e contratos. Para entender tal situação é preciso ter em mente que, desde várias décadas, o Império Russo vinha passando por transformações profundas e aceleradas, com o intuito de alcançar, se possível, o nível de desenvolvimento das relações capitalistas visível na França, na Inglaterra e, mais recentemente, no Império Alemão. Tal esforço se materializava no crescimento da urbanização e da industrialização da sociedade, bem como na expansão educacional, que se de um lado

---

[1] A novela "Três anos" foi quase toda escrita em 1894, porém sua publicação data de 1895.

formava os quadros necessários para a administração, a indústria e os serviços, também ampliava o público leitor. Aliás, o próprio Tchékhov personifica muito bem o efeito daquelas novas relações de trabalho, pois, a despeito de seu prestígio e sucesso, configura a imagem acabada do escritor proletarizado, compelido a vender sua obra, página por página, no mercado editorial.

De outro lado, por maiores que fossem tais mudanças, a economia do país persistia predominantemente agrária. A larga maioria da população russa, vastíssima em seu conjunto, vivia no campo, submetida às agruras do trabalho e da vida rurais, em que se refletiam estruturas seculares, tidas em geral como arcaicas. Coexistindo dessa forma, o campo e a cidade eram percebidos como a representação de forças históricas opostas, que pressionavam os acirrados debates acerca dos destinos do país. Tais discussões se davam no âmbito de uma tradição intelectual e artística nacional verdadeiramente orgânica, que se desenvolvia na Rússia desde pelo menos cem anos. E se, a nossos olhos, são as obras literárias que se projetam em primeiro plano e despertam até hoje o mais vivo interesse, não se pode ignorar que o fundo de praticamente toda essa criação artística é constituído pelos questionamentos oriundos do trabalho de cientistas, economistas, folcloristas, pedagogos, médicos, juristas, dedicados a compreender o país e influenciar seus rumos.

Tchékhov se vincula por inteiro a essa tradição, que tem como um dos eixos principais de suas reflexões justamente a questão do campo e da cidade. Portanto, não admira que os contos, as novelas e as peças teatrais de Tchékhov com frequência tomem como matéria as inquietações que, no plano cotidiano e pessoal, exprimem o alcance daquelas polêmicas públicas. Ao manter isso em vista, o leitor poderá compreender melhor a predominância da chamada "cidade de província" como espaço social e cenário destes relatos. Não se trata, portanto, nem do povoado rural propriamente dito, com suas fileiras de choupanas de camponeses, nem da cidade grande, com sua riqueza material, sua dinâmica cultural e seu peso administrativo. A cidade de província se situa num ponto intermediário, terreno de incertezas e indefinições, menos protegido contra as pressões dos dois polos históricos. As inquietações que os personagens de Tchékhov manifestam em seu dia a dia trazem, de uma forma ou de outra, as marcas dessa tensão constante.

Neste livro, é bem verdade, a cidade grande — Moscou, no caso — será, em larga medida, o cenário da novela "Três anos", ao passo que a aldeia camponesa típica constitui o mundo dos personagens do conto "Os mujiques". Mesmo assim, em ambos os casos, a força do polo oposto se faz presente como foco de esperanças ou de temores. Seja como um denso pano de fundo, seja como um horizonte pleno de promessas, sua presença, mesmo à distância, se mistura às inquietudes cotidianas dos personagens, perturba suas decisões e suas expectativas. Tanto o herdeiro de um grande comércio em Moscou, desgostoso e angustiado com a hipocrisia das convenções que cercam sua vida, quanto os camponeses já velhos que retornam de Moscou para sua aldeia natal, onde esperam receber amparo e só encontram a miséria, traduzem, no plano pessoal e familiar, o drama de um conflito nacional.

Para escrever "Os mujiques" — cuja publicação, aliás, causou enorme rebuliço no meio intelectual russo da época —, Tchékhov tomou por base suas observações diretas na região de Miélikhovo, onde ficava seu sítio. Vários personagens e algumas situações — como o incêndio, por exemplo — são calcadas em figuras e fatos reais, presenciados por ele. Contudo pesam também nesse conto, bem como em "Um assassinato", outras experiências do autor. No caso, nos referimos à sua viagem à colônia penal da ilha de Sacalina, no oceano Pacífico, em 1890, onde entrevistou centenas de condenados e preencheu milhares de fichas a fim de produzir uma espécie de recenseamento das condições de vida da população local, com destaque para os aspectos sanitários, nutricionais e médicos. Lá, conheceu de perto vários criminosos, ouviu suas histórias e suas opiniões, e esse material também se reflete em alguns relatos deste livro.

A par disso, nos anos em que morou em Miélikhovo, Tchékhov alimentou o projeto de repetir sua experiência da ilha de Sacalina, porém dessa feita ali mesmo na região do seu sítio. Tratava-se agora de produzir um levantamento de caráter científico acerca das condições das escolas rurais. Tchékhov chegou a visitar dezenas de escolas, entrevistar professores e alunos e iniciar o fichamento sistemático dos dados obtidos. Se, de fato, ele não levou o projeto adiante e acabou por abandonar para sempre a ideia, não resta dúvida de que tal experiência foi de grande proveito para seu trabalho literário. Tanto assim que o leitor dificilmente deixará de perceber, disseminadas pelas páginas deste livro, nas conversas e nos pensamentos dos personagens, diversas referências ao problema das escolas rurais. Por outro lado, tampouco pode haver dúvida acerca do profundo envolvimento com seu país e seu povo que subsiste nesse tipo de iniciativa.

Outro aspecto que se destaca neste volume é a presença de duas novelas: "Três anos" e "Minha vida". Ou seja, dois relatos bem mais longos do que os contos que Tchékhov estava habituado a apresentar. Ambos os casos representam tentativas de escrever um romance, pois é nesses termos que o próprio autor se refere aos textos quando ainda em fase de elaboração. Naquela altura, como se seus contos e novelas ainda não fossem o bastante, muitos críticos e leitores, sempre muito exigentes na Rússia, esperavam de Tchékhov algum romance, e tal expectativa pesava sobre os esforços do autor. Essas duas novelas, perfeitas em seu gênero, de fato se apresentam antes como romances compactos do que como contos ampliados, confirmando a tese de que uma das chaves da força da prosa de Tchékhov reside na concisão. A propósito, a predileção técnica de Tchékhov pela concisão pode ser observada pelo leitor, de maneira exemplar, no primeiro parágrafo do conto "No recanto natal", presente neste livro.

Porém, entre os temas de maior relevo nas narrativas deste volume, também chama a atenção a questão da condição da mulher na sociedade moderna. O esforço de apresentar os problemas relativos ao trabalho, à família, ao estudo na perspectiva da mulher e compreender seu comportamento, muitas vezes como forma de reação e resistência a uma estrutura opressiva, dá corpo e densidade à maior parte destes textos. Os contos "Anna no pescoço", "Ariadna", "A esposa", "No recanto natal" e "Uma casa com mezanino", alguns deles verdadeiros clássicos do repertório da narrativa breve, são exemplos dessa necessidade do autor e do seu tempo. Mas a questão, tão presente nas polêmicas em curso na época, também se manifesta com grande peso nas duas novelas mencionadas anteriormente. Sem falar dos contos "O petchenegue" e "Na carroça", de aparência mais despretensiosa, talvez, porém nos quais o leitor só tem a ganhar com uma leitura que mantenha em foco esse tema.

A situação da mulher, por sua vez, caminha em paralelo com a temática do declínio e da ascensão de classes ou grupos sociais no Império Russo. A decadência de certo tipo de proprietários de terra presos a padrões superados de produção, ou de comerciantes que mantêm seus negócios submetidos a um regime de exploração quase feudal — como na novela "Três anos" —, se contrapõe ao dinamismo agressivo da escalada dos novos capitalistas, patente na novela "Minha vida", nas figuras do engenheiro e de sua filha. Tanto de um lado como de outro, porém, o efeito geral é de fragilidade, do risco permanente de ver cair por terra, de uma hora para outra, formas de vida que se supunham duradouras ou mesmo garantidas. Tal insegurança alimenta formas exacerbadas de religiosidade, expressão de um desespero sem remédio, cujas consequências opressivas ou mesmo trágicas atingem todas as classes sociais, como se destaca, por exemplo, em "Um assassinato" e "Três anos".

Outro ponto de particular interesse é a presença do único conto que Tchékhov escreveu especificamente para o público infantil. Trata-se de "O Testa Branca", sobre uma loba e um filhote de cachorro. É fato que, entre os contos de Tchékhov, figuram vários relatos sobre animais, no entanto eles foram compostos para adultos. "O Testa Branca" difere por ter sido escrito para uma publicação infantil, destinada, aliás, a uma causa beneficente. Todavia é curioso observar como são pequenas ou discretas as diferenças entre seus textos para adultos e esse conto para crianças.

Por último, lembremos que entre as fontes literárias de Tchékhov sobressaem a influência de Ivan Turguêniev e Liev Tolstói, escritores de uma geração bem anterior. Coube a Tolstói a sorte de uma vida mais longa, o que lhe permitiu acompanhar toda a breve carreira de Tchékhov. Questionador incansável e crítico exigente das obras literárias do seu tempo e do passado — e acima de tudo de suas próprias obras —, Tolstói teve ocasião de fazer reparos, por vezes pesados, a alguns contos e algumas peças de Tchékhov. Contudo, no conjunto, não hesitou em classificar Tchékhov como "o Púchkin da prosa". Sendo Púchkin o clássico dos clássicos e Tolstói, um espírito crítico que não dava trégua, a definição traduz o mais alto reconhecimento possível, tendo em vista, ainda por cima, o altíssimo nível do conjunto de grandes escritores russos que precederam Tchékhov ou que com ele ainda conviveram. Portanto, um testemunho a mais para nos ajudar a entender por que perduram e se mantêm fortes o interesse e a admiração por suas obras.

Rubens Figueiredo

Três anos

I

Ainda não estava escuro, mas aqui e ali as luzes nas casas já começavam a acender, e no fim da rua, por trás de um quartel, subia uma lua pálida. Láptiev estava sentado num banquinho junto a um portão e esperava a missa de vésperas terminar na igreja de Pedro e Paulo. Achava que Iúlia Serguéievna, ao voltar da missa, viria caminhando por ali e então poderia falar com ela e, quem sabe, passariam juntos todo aquele início de noite.

Já fazia uma hora e meia que Láptiev estava ali, e durante esse tempo revia na imaginação o apartamento de Moscou, os amigos de Moscou, o lacaio Piotr, a escrivaninha; Láptiev olhava com espanto para as árvores escuras, imóveis, e lhe parecia estranho que não estivesse morando na sua datcha em Sokólniki[1] e sim numa cidade de província, numa casa diante da qual, toda manhã e todo fim de tarde, passava um grande rebanho que fazia subir horríveis nuvens de poeira, enquanto os vaqueiros tocavam suas cornetas. Láptiev recordava as longas conversas em Moscou nas quais tomara parte não fazia tanto tempo assim — conversas em que se afirmava que era possível viver sem amor, que o amor apaixonado era uma psicose, enfim, que não existia amor nenhum, só a atração física dos sexos, e se diziam muitas outras coisas desse mesmo teor; Láptiev recordava e pensava com tristeza que agora, se

---

[1] Bairro de Moscou. [Esta e as demais notas são do tradutor.]

alguém lhe perguntasse o que é o amor, ele não encontraria o que responder.

A missa de vésperas terminou, as pessoas saíram da igreja. Estreitando as pálpebras, Láptiev observava os vultos escuros. O bispo já havia passado num coche, os sinos já haviam parado de tocar e, no campanário, as luzes vermelhas e verdes tinham se apagado uma a uma — era a iluminação dos dias de festa da igreja — e todo o povo ia passando sem pressa e conversava, parando um pouco embaixo das janelas. Por fim, Láptiev ouviu uma voz conhecida, seu coração se pôs a bater com força e, como Iúlia Serguéievna não estava sozinha, mas com duas damas, um desespero o dominou.

— É horrível, é horrível! — sussurrou, enciumado. — É horrível!

Na esquina, na entrada de uma travessa, Iúlia parou a fim de se despedir das damas e, naquele momento, notou a presença de Láptiev.

— Eu estava indo para a sua casa — disse ele. — Quero conversar com o seu pai. Ele está lá?

— É provável — respondeu. — Ainda é cedo para ele ir ao clube.

A travessa era toda margeada por jardins e, junto às cercas, cresciam tílias que, agora, sob o luar, lançavam uma sombra larga, de tal modo que, de um dos lados da travessa, as cercas e os portões afundavam de todo na escuridão; de lá vinham sussurros de mulheres, risos abafados e, baixinho, alguém tocava balalaica. O ar cheirava a tília e feno. O sussurro de pessoas invisíveis e aquele aroma instigavam Láptiev. De súbito, veio a vontade apaixonada de abraçar sua companheira, cobrir de beijos seu rosto, suas mãos, seus ombros, soluçar, cair a seus pés, revelar que ele já a esperava desde muito tempo. Dela vinha um leve cheiro de incenso, quase imperceptível, e aquilo trouxe à memória de Láptiev o tempo em que ele também acreditava em Deus, ia às missas de vésperas e sonhava muito com um amor puro e poético. E, como a moça a seu lado não o amava, ele agora achava que a possibilidade daquela paixão com que sonhara tempos antes estava para sempre perdida.

Iúlia Serguéievna se pôs a falar com preocupação a respeito da saúde de Nina Fiódorovna, a irmã de Láptiev. Uns dois meses antes, haviam extirpado um tumor de Nina e agora todos temiam o retorno da doença.

— Eu estive com ela hoje de manhã — disse Iúlia Serguéievna — e me pareceu que, ao longo desta semana, ela não emagreceu, propriamente falando, mas sim definhou.

— Sim, sim — concordou Láptiev. — Não houve recidiva da doença, mas noto que a cada dia ela fica mais fraca e vai murchando diante dos meus olhos. Não entendo o que ela tem.

— Meu Deus, como ela era cheia de saúde, tão gordinha, de faces tão vermelhas! — exclamou Iúlia Serguéievna, depois de um instante de silêncio. — Aqui, todo mundo a chamava de a moscovita. Como ela ria! Nos dias de festa, se vestia igual a uma simples camponesa e isso combinava muito bem com ela.

O médico Serguei Boríssovitch estava em casa; gordo, rosado, com uma comprida sobrecasaca que batia abaixo do joelho e criava a impressão de que ele tinha pernas curtas, Serguei Boríssovitch caminhava de um canto para outro do seu escritório, com as mãos metidas nos bolsos, enquanto cantarolava a meia-voz: "Ru-ru-ru-ru". Suíças grisalhas eriçadas, cabelos despenteados, parecia ter acabado de sair da cama. E seu escritório, com travesseiros jogados no sofá, montes de papéis velhos espalhados pelos cantos e um cão poodle sujo e doente embaixo da mesa, produzia a mesma sensação de desalinho e desleixo que o próprio médico transmitia.

— Monsieur Láptiev quer falar com você — lhe disse a filha, entrando no escritório.

— Ru-ru-ru-ru — o médico pôs-se a cantarolar mais alto, foi à sala, estendeu a mão para Láptiev e perguntou: — O que o senhor me conta de bom?

Na sala estava escuro. Sem sentar-se e com o chapéu nas mãos, Láptiev logo pediu desculpas pelo incômodo; perguntou o que fazer para a irmã poder dormir à noite, perguntou por que ela estava emagrecendo tanto e também se confessou constrangido com a ideia de que parecia já ter feito as mesmas perguntas para o médico naquele mesmo dia, em sua visita matinal.

— Escute — perguntou —, o senhor não acha que devemos chamar de Moscou um especialista em doenças internas? Qual a sua opinião?

O médico suspirou, encolheu os ombros e fez um gesto vago com as mãos.

Sem dúvida ficara ofendido. Era um médico cheio de ressentimentos, desconfiado, sempre com a impressão de que não acreditavam nele, não reconheciam sua autoridade, não o respeitavam o bastante, ele achava sempre que os pacientes o exploravam e que os camaradas de profissão o tratavam com má vontade. Serguei Boríssovitch sempre zombava de si mesmo, dizia que tolos da sua espécie tinham sido criados só para que os pacientes lhes pusessem rédeas e cabresto e os guiassem como a um cavalo.

Iúlia Serguéievna acendeu um lampião. Por sua palidez, seu rosto soturno e seus passos frouxos, logo se notava que ela havia se esgotado na igreja. Queria muito descansar. Sentou-se no sofá, colocou as mãos nos joelhos e se fechou em pensamentos. Láptiev sabia que era um homem feio e, agora, parecia até sentir no próprio corpo sua feiura. Baixo, magro, com um rubor nas faces, seus cabelos já rareavam tanto que ele sentia muito frio na cabeça. Em sua expressão não havia sequer aquela simplicidade harmoniosa que torna simpáticos mesmo alguns rostos rudes e feios; em presença de mulheres, ele se mostrava embaraçado, artificial, e falava demais. E agora quase desprezava a si mesmo por causa disso. Para que Iúlia Serguéievna não se aborrecesse em sua companhia, era necessário falar. Mas sobre o quê? De novo sobre a doença da irmã?

E Láptiev se pôs a falar sobre medicina, repetiu o que se costuma dizer sobre o assunto, elogiou a higiene, disse que fazia muito tempo que desejava criar um albergue noturno em Moscou e que até já havia feito uma estimativa das despesas e das receitas. Segundo seu plano, um operário que fosse passar a noite no albergue deveria receber, em troca de cinco ou seis copeques,[2] um prato de sopa quente com pão, uma cama aquecida, um cobertor, bem como um lugar para secar as roupas e os sapatos.

Em geral, em sua companhia, Iúlia Serguéievna se mantinha calada e ele, de forma estranha, talvez pelo instinto de uma pessoa apaixonada, tentava adivinhar os pensamentos e as intenções da moça. E agora, como ela não tinha ido para o seu quarto depois da missa de vésperas para trocar de roupa e tomar chá, Láptiev logo imaginou que aquilo queria dizer que Iúlia pretendia fazer ainda alguma visita naquela noite.

— Mas eu não tenho pressa de montar esse albergue noturno — prosseguiu Láptiev já com irritação e rancor, voltando-se para o médico, que olhava para ele com ar de perplexidade e com uma expressão opaca, obviamente sem entender de onde vinha aquela necessidade de conduzir a conversa para a medicina e a higiene. — Tão cedo eu não vou fazer uso dos meus recursos, com certeza. Receio que o nosso albergue noturno acabe caindo nas mãos dos nossos religiosos hipócritas e das senhoras filantropas de Moscou, que levam a perder qualquer iniciativa.

[2] Centésima parte do rublo.

Iúlia Serguéievna levantou-se e estendeu a mão para Láptiev.

— Desculpe — disse. — Está na minha hora. Mande meus cumprimentos à sua irmã.

— Ru-ru-ru-ru — cantarolou o médico. — Ru-ru-ru-ru.

Iúlia Serguéievna saiu e, depois de alguns minutos, Láptiev despediu-se do médico e foi para casa. Quando uma pessoa está insatisfeita e se sente infeliz, que ar de vulgaridade exalam as tílias, as sombras, as nuvens e todos os encantos da natureza, tão cheios de si e tão indiferentes! A lua ia alta e, por baixo, corriam as nuvens. "Mas que lua banal, provinciana!", pensou Láptiev. Estava envergonhado por ter falado de medicina e do albergue noturno pouco antes, e se horrorizava com a ideia de que no dia seguinte sua fraqueza de caráter o levaria a tentar vê-la novamente, falar com ela e convencer-se mais uma vez de que era um estranho para Iúlia Serguéievna. E, passados mais dois dias, seria de novo a mesma coisa. Para quê? Quando e como tudo aquilo terminaria?

Em casa, foi falar com a irmã. Nina Fiódorovna ainda se mostrava vigorosa e dava a impressão de ser uma mulher forte, de formas harmoniosas, porém a palidez incisiva lhe emprestava o ar de um cadáver, sobretudo quando, como agora, ela estava deitada de costas e de olhos fechados; Sacha, sua filha mais velha, de dez anos, sentada ao lado da mãe, lia para ela uma página de sua antologia escolar.

— O Aliocha[3] chegou — disse, em voz baixa, a enferma para si mesma.

Entre Sacha e o tio desde muito tempo se estabelecera um acordo tácito: os dois se alternavam. Sacha fechou sua antologia e, devagar, sem dizer nem uma palavra, saiu do quarto; Láptiev pegou na cômoda um romance histórico e, depois de localizar a página desejada, sentou-se e começou a ler.

---

3 Hipocorístico de Aleksei.

Nina Fiódorovna nascera em Moscou. Passara a infância e a adolescência na rua Piátnitskaia, com os dois irmãos e os pais, que vinham de famílias de comerciantes. A infância fora longa e triste; o pai a tratava com severidade e, por duas ou três vezes, chegou a castigá-la com uma vergasta, enquanto a mãe padecia de uma prolongada enfermidade, da qual acabou morrendo; a criada era suja, rude, hipócrita; muitas vezes a casa recebia a visita de monges e padres, também rudes e hipócritas; eles bebiam, comiam e, do modo mais grosseiro, bajulavam o pai de Nina, do qual não gostavam. Os meninos tiveram a sorte de entrar no ginásio, mas Nina não recebeu instrução; por toda a vida só escrevia com garranchos e só lia romances históricos. Dezessete anos antes, quando tinha vinte e dois anos, numa temporada de férias em Khímki,[4] Nina conhecera seu atual marido, Panaúrov, um senhor de terras; apaixonou-se e casou com ele em segredo, contra a vontade do pai. Bonito, um pouco insolente, dado a assobiar e a acender seu cigarro na chama de lampiões, Panaúrov, aos olhos do pai de Nina, parecia uma completa nulidade e depois, quando o genro começou a mandar cartas exigindo um dote, o velho escreveu para a filha dizendo que enviaria para ela, de Moscou, casacos de pele, peças de prataria e outras coisas que a mãe deixara ao morrer, além de trinta mil em dinheiro, mas tudo sem a bênção paterna; depois lhe mandou mais vinte mil rublos. O dinheiro e o dote foram gastos, a propriedade foi vendida, Panaúrov e a família mudaram-se da zona rural para uma cidade de província, onde ele arranjou um emprego público na administração local. Na cidade, constituiu outra família, motivo de muito falatório todos os dias, uma vez que sua família ilegítima não fazia o menor segredo da situação.

---

4 Cidade próxima de Moscou.

Nina Fiódorovna adorava o marido. Agora, enquanto ouvia a leitura de um romance histórico, pensava em tudo que havia suportado, em quanto sofrera durante todo aquele tempo, e pensava que, se alguém contasse sua vida, as pessoas sentiriam muita pena. Como tinha um tumor no peito, Nina estava convencida de que adoecera por causa do amor e da vida conjugal e achava, também, que foram os ciúmes e as lágrimas que a deixaram acamada.

Mas, de repente, Aleksei fechou o livro e disse:

— Fim. Graças a Deus. Amanhã vamos começar outro.

Nina Fiódorovna riu. Sempre fora uma pessoa risonha, mas agora Láptiev começava a perceber que a doença, em alguns momentos, parecia debilitar sua razão e ela ria de qualquer bobagem e até sem motivo nenhum.

— Iúlia passou aqui antes do almoço, quando você não estava — disse Nina. — Pelo visto, ela não acredita muito no pai. Disse para mim: "Eu sei que o meu pai está tratando de você, mas mesmo assim escreva às escondidas para o santo eremita e peça que ele reze por você". Agora por aqui inventaram não sei que santo eremita. A Iúlitchka esqueceu o guarda-chuva, devolva para ela amanhã. — E prosseguiu, após um breve silêncio: — Não, quando o fim chega, nem médico nem eremita podem ajudar.

— Nina, por que você não dorme à noite? — perguntou Láptiev para mudar de assunto.

— Sei lá. Eu não durmo e pronto. Fico deitada pensando.

— Pensando em quê, minha querida?

— Nos filhos, em você... na minha vida. Sabe, Aliocha, eu já padeci muito. Quando a gente começa a recordar, quando começa... Meu Deus! — Ela riu. — Acha que é brincadeira ter cinco filhos e enterrar três?... Aconteceu de eu estar à beira de dar à luz, enquanto que o meu Grigóri Nikolaitch, naquela hora, estava com outra mulher. Eu não tinha ninguém para chamar a parteira ou a sua ajudante e então eu ia para a porta ou para a cozinha a fim de chamar alguma criada, mas lá só encontrava cobradores de dívidas, quitandeiros, usurários... todos à espera de que meu marido voltasse para casa. Às vezes minha cabeça começava a rodar... Ele não me amava, embora nunca tenha dito isso. Agora fiquei mais calma, com o coração mais leve, porém antes, quando era jovem, eu sofria... ah, como eu sofria, meu querido! Uma vez... isso ainda foi lá no campo... eu o peguei em flagrante com outra mulher no jardim, e então fugi... fugi sem saber para onde ia, e nem sei como fui parar no átrio da igreja, e ali caí de joelhos: "Rainha do Céu!",[5] eu disse. E lá fora já era noite, a lua brilhava...

Ela ficou exausta, começou a ofegar; depois, já um pouco recuperada, segurou a mão do irmão e prosseguiu, com voz fraca, apagada:

— Como você é bom, Aliocha... Como você é inteligente... Que homem excelente você se tornou!

À meia-noite, Láptiev despediu-se e, ao sair, levou o guarda-chuva que Iúlia Serguéievna esquecera. Na sala de jantar, apesar de ser bem tarde, o criado e a criada tomavam chá. Que desordem naquela casa! As crianças continuavam acordadas, ali mesmo na sala de jantar. Conversavam em voz baixa, sem notar que o lampião já estava turvo e logo se apagaria. Todas aquelas pessoas, adultos e crianças, andavam inquietas em razão de uma série de maus presságios, e por isso o abatimento era geral: um espelho se partira na entrada, o samovar apitava todo dia e, como se fosse de propósito, estava apitando naquele instante; diziam que um camundongo saíra da bota de Nina quando ela estava se vestindo. E as crianças já sabiam qual era o significado terrível de todos aqueles presságios; Sacha, a filha mais velha, morena e magrinha, estava sentada à

---

[5] Expressão usada na Igreja ortodoxa para designar a mãe de Jesus.

mesa, imóvel, com o rosto assustado e entristecido, enquanto a filha caçula, Lida, de sete anos, lourinha e gorda, ao lado da irmã, olhava para o fogo, com a cabeça meio abaixada e as sobrancelhas contraídas.

Láptiev desceu para seu apartamento, no andar inferior, de teto baixo e abafado, sempre com cheiro de gerânios. Sentado na sala estava Panaúrov, o marido de Nina Fiódorovna, lendo um jornal. Láptiev cumprimentou-o com a cabeça e sentou-se de frente para ele. Os dois se mantiveram calados. À noite, acontecia de ficarem assim mudos durante horas a fio, e aquilo não os perturbava.

As duas meninas desceram para dar boa-noite. Sem falar nada e sem pressa nenhuma, Panaúrov benzeu as duas filhas várias vezes e ofereceu a mão para que elas beijassem; as meninas fizeram uma reverência, depois se voltaram para Láptiev, que também teve de benzê-las e dar a mão para beijar. Aquela cerimônia, com beijos e reverências, se repetia todas as noites.

Quando as meninas saíram, Panaúrov pôs o jornal de lado e disse:

— Esta nossa cidade tão devota dá tédio! Confesso, meu caro — acrescentou com um suspiro —, que estou contente de ver que o senhor encontrou algo para se distrair.

— Do que está falando? — perguntou Láptiev.

— Há pouco eu vi o senhor sair da casa do dr. Belávin. Espero que não tenha ido lá por causa do pai.

— Claro que foi — respondeu Láptiev.

— Ah, é claro. Por falar nisso, mesmo com uma lanterna, e mesmo em plena luz do sol, ninguém vai conseguir achar outro espantalho tão desengonçado como ele. O senhor nem imagina que besta mais sórdida, incompetente e desastrada é esse sujeito! Lá na sua capital, até hoje, a província só desperta algum interesse pelo aspecto lírico, por assim dizer, pela paisagem, pelo Anton-Goremika,[6] mas eu juro, meu caro, aqui não existe nada de lírico, só há selvageria, sordidez, infâmia e mais nada. Tome, por exemplo, os sacerdotes da ciência locais, a *intelliguêntsia*,[7] por assim dizer. O senhor nem pode imaginar: aqui nesta cidade há vinte e oito médicos e todos eles conseguiram fazer fortuna e comprar uma casa própria, enquanto a população vive como antes, no maior desamparo. Veja, é necessário fazer uma cirurgia em Nina, no fundo é uma coisa à toa, e mesmo assim foi preciso escrever para um cirurgião de Moscou... Aqui, médico nenhum quis fazer a operação. O senhor nem pode imaginar. Eles não sabem nada, não entendem nada, não se interessam por coisa nenhuma. Por exemplo, pergunte a eles o que é o câncer. O que é, de onde vem?

E Panaúrov passou a explicar o que é o câncer. Ele era um especialista em todas as ciências e explicava cientificamente qualquer tema de conversa. Porém explicava tudo à sua maneira. Tinha sua própria teoria da circulação sanguínea, sua química, sua astronomia. Falava devagar, com brandura, em tom convincente, e pronunciava as palavras "o senhor nem pode imaginar" com voz de súplica, estreitava as pálpebras, suspirava languidamente e sorria com benevolência, como um rei, e era evidente que estava muito satisfeito consigo mesmo e que nem de longe pensava que já completara cinquenta anos de idade.

— Agora me deu fome — disse Láptiev. — Bem que eu comeria alguma coisa salgada.

— Ora, por que não? Podemos resolver isso agora mesmo.

---

[6] Protagonista da novela do mesmo nome, escrita em 1847 por D. V. Grigoróvitch (1822-99), sobre as agruras de um camponês no regime de servidão.
[7] Cunhada na Rússia no século XIX, essa palavra designa todo o grupo social de pessoas ligadas a trabalhos e atividades intelectuais, científicas e culturais. Mas logo passou a indicar a própria capacidade de exercer algum pensamento crítico. No dicionário *Houaiss* aparece como "intelligentsia".

Pouco depois, Láptiev e seu cunhado estavam jantando na sala de refeições no andar de cima. Láptiev sorveu um cálice de vodca e depois passou a tomar vinho, enquanto Panaúrov nada bebia. Ele nunca bebia nem jogava cartas e, apesar disso, desperdiçara seu dinheiro e o da esposa, além de acumular muitas dívidas. Para dissipar tanto patrimônio em tão pouco tempo não é preciso ter nenhum ímpeto furioso, mas sim outra coisa, um tipo de talento especial. Panaúrov adorava comidas saborosas, adorava os belos serviços de mesa, a música ao vivo durante as refeições, os discursos nos banquetes, as reverências dos lacaios, a quem ele jogava, com displicência, gorjetas de dez e até de vinte e cinco rublos; participava de todas as subscrições beneficentes e loterias, mandava buquês no aniversário de conhecidos, comprava xícaras, porta-copos, abotoaduras, gravatas, bengalas, perfumes, piteiras, cachimbos, cachorrinhos, papagaios, objetos japoneses, antiguidades; tinha camisolões de seda, uma cama de ébano enfeitada com madrepérola, um autêntico roupão de Bukhará[8] etc., e por conta de tudo isso, todos os dias, nas palavras dele mesmo, ia-se embora uma "enxurrada" de dinheiro.

Durante o jantar, Panaúrov suspirava e balançava a cabeça o tempo todo.

— Pois é, tudo neste mundo tem um fim — falou em voz baixa, contraindo os olhos escuros. — O senhor vai se apaixonar e vai sofrer, vai deixar de amar, vai ser traído, pois não existe mulher que não traia, o senhor vai sofrer, vai cair no desespero e vai trair a si mesmo. Porém virá o tempo em que tudo isso serão apenas lembranças e mais nada, o senhor vai refletir com frieza e concluir que tais coisas não passam de ninharias...

Cansado, levemente ébrio, Láptiev olhava para a cabeça bonita de Panaúrov, para sua barbicha negra, bem aparada, e

---

[8] Cidade no Uzbequistão, na Ásia Central.

tinha a impressão de compreender por que motivo as mulheres gostavam tanto daquele homem mimado, presunçoso e fisicamente encantador.

Depois do jantar, Panaúrov não ficou em casa, foi para seu outro apartamento. Láptiev saiu para acompanhá-lo. Na cidade inteira, só Panaúrov usava cartola e, diante das cercas cinzentas, das tristes casinhas de três janelas e das moitas de urtiga, sua elegância, sua figura em trajes de seda, sua cartola e suas luvas alaranjadas produziam sempre uma impressão estranha e desoladora.

Láptiev despediu-se e, sem pressa, voltou para casa. A lua brilhava com força, dava para enxergar cada pedacinho de palha no chão e Láptiev tinha a impressão de que o luar afagava sua cabeça descoberta, como se alguém deslizasse uma penugem em seus cabelos.

— Eu amo! — falou alto e de repente veio uma vontade de sair correndo, alcançar Panaúrov, abraçá-lo, perdoá-lo, dar a ele algum dinheiro, e depois fugir para algum lugar no campo, na mata, e correr sem parar e sem pensar para onde.

Em casa, viu sobre a mesa o guarda-chuva esquecido por Iúlia Serguéievna, agarrou-o e beijou-o com sofreguidão. Era um guarda-chuva de seda, já um pouco gasto, preso por um elástico envelhecido; o cabo era simples, barato, branco, feito de osso. Láptiev abriu o guarda-chuva acima da cabeça e lhe pareceu que, à sua volta, descia um aroma de felicidade.

Sentou-se mais confortavelmente e, ainda com o guarda-chuva na mão, pôs-se a escrever para um de seus amigos em Moscou:

"Meu caro, meu querido Kóstia,[9] vou lhe contar uma novidade: estou amando outra vez! Digo *outra vez* porque há uns seis anos me apaixonei por uma atriz moscovita que não

---

[9] Hipocorístico de Konstantin.

consegui sequer conhecer pessoalmente, e também porque faz um ano e meio que eu vivo com *certa pessoa* que você conhece, que não é jovem nem bonita. Ah, meu caro, não tive mesmo sorte no amor! Nunca tive sucesso com mulheres e, se eu digo *outra vez*, é só porque é um tanto triste e vergonhoso admitir para mim mesmo que minha juventude passou sem nenhum amor e que só agora, aos trinta e quatro anos, pela primeira vez, estou amando de verdade. Então deixe-me dizer que estou amando *outra vez*.

"Se você soubesse como é essa moça! Não se pode dizer que ela seja linda: tem o rosto comprido, é muito magra, mas, em compensação, que maravilhosa expressão de bondade, e como ela sorri! Quando fala, a voz canta, tilintante. Ela jamais conversa muito comigo, não a conheço de fato, mas quando ela está perto eu sinto que é uma pessoa rara, extraordinária, de inteligência penetrante e de aspirações elevadas. É religiosa e você não pode imaginar como isso me comove e a que ponto a eleva aos meus olhos. A respeito dessa questão, eu estou disposto a discutir com você por horas sem fim. Você tem razão, seja como você quiser; mesmo assim, eu adoro quando ela está rezando na igreja. É uma provinciana, mas estudou em Moscou, ama a nossa Moscou, se veste à maneira de Moscou, e por isso eu amo, amo, amo... Já vejo você fazer cara feia e levantar-se, disposto a ler para mim uma comprida dissertação sobre o que é o amor e sobre quem podemos amar, quem não podemos amar etc. etc. Mas, meu caro Kóstia, enquanto eu não amava ninguém, eu também sabia exatamente o que é o amor.

"Minha irmã agradece seus cumprimentos. Ela recorda muitas vezes que levava o Kóstia Kotchevói para a escola preparatória e até hoje chama você de *pobrezinho*, pois guardou de você a lembrança de um meninozinho órfão. Em suma, meu pobre órfão, eu estou amando. Por enquanto é segredo, não conte nada para *certa pessoa* que você sabe quem é. Creio que este caso vai se resolver por si mesmo ou, como diz o lacaio no livro de Tolstói, *tudo se arranjará...*"[10]

Terminada a carta, Láptiev deitou-se na cama. De cansaço, os olhos se fecharam sozinhos, no entanto, por algum motivo, o sono não veio; o barulho da rua parecia estar atrapalhando. Os vaqueiros passaram tocando um rebanho e soprando cornetas, pouco depois soaram os sinos da primeira missa. Ora uma carroça rolava entre guinchos, ora rompia alguma voz de mulher a caminho do mercado. E os pardais não paravam de piar.

II

O dia amanheceu alegre, era feriado. Por volta das dez horas, bem penteada e num vestido cor de canela, Nina Fiódorovna foi conduzida para a sala, apoiada pelos dois braços, e ali deu alguns passos, parou de pé diante da janela aberta, abriu um sorriso largo, ingênuo, e quem a visse então logo recordaria um artista local, um beberrão, que dizia ver no rosto de Nina o semblante de um santo num ícone e que desejava usá-la como modelo para pintar um quadro sobre a *máslenitsa*[11] russa. E todos — as crianças, os criados e até o irmão Aleksei Fiódorovitch e a própria Nina — se viram de repente convencidos de que ela, com toda a certeza, estava curada. As meninas, entre risos estridentes, corriam atrás do tio, tentavam agarrá-lo, e uma algazarra tomou conta da casa.

Pessoas de fora vieram indagar sobre a saúde de Nina, trouxeram *prosforá*,[12] contaram que em quase todas as igrejas, naquele dia, haviam rezado por ela. Dedicada à filantropia, Nina

---

[10] Trata-se do romance *Anna Kariênina*, primeira parte, cap. IV. [11] Tradicional semana festiva que antecede a Quaresma, semelhante ao nosso Carnaval.
[12] Pão litúrgico da Igreja ortodoxa, redondo e pequeno, com figuras impressas em relevo, usado na Eucaristia.

era adorada em sua cidade. Para Nina, era extraordinariamente fácil praticar a caridade, assim como para seu irmão, que distribuía dinheiro com muita facilidade, sem se perguntar se devia dar ou não. Nina Fiódorovna pagava os estudos de alunos pobres, dava chá, açúcar e geleia para as velhas, custeava o vestido das noivas sem recursos e, quando algum jornal caía em suas mãos, ela procurava, antes de tudo, algum apelo à caridade ou notícias sobre alguém em situação de penúria.

Ela agora tinha nas mãos um maço de notas promissórias com as quais vários indigentes, seus protegidos, haviam comprado produtos no mercado e que o comerciante lhe trouxera na véspera, cobrando o pagamento de oitenta e dois rublos.

— Puxa vida, quanta coisa aqueles malandros pegaram! — exclamou Nina, que mal conseguia entender a própria letra ruim nas notas promissórias. — Acham que é brincadeira? Oitenta e dois rublos! Pois eu não vou pagar.

— Pagarei hoje — disse Láptiev.

— Por que isso, por quê? — perguntou Nina, alarmada. — Já bastam os duzentos e cinquenta que eu recebo todos os meses de você e do nosso irmão. Que Deus os proteja — acrescentou em voz baixa, para que a criada não ouvisse.

— Mas eu gasto dois mil e quinhentos por mês — disse ele. — Vou repetir, mais uma vez, minha querida: você tem o mesmo direito de gastar dinheiro que eu e o Fiódor. Entenda de uma vez por todas. Somos três e, de cada três copeques do papai, um é seu.

Mas Nina Fiódorovna não compreendia e seu rosto tinha a expressão de quem tenta resolver, em pensamento, um enigma muito complicado. Aquela incompreensão das questões mais banais sempre inquietava Láptiev e o deixava confuso. Ele suspeitava, além de tudo, que a irmã tivesse dívidas pessoais sobre as quais se envergonhava de falar com ele e que a faziam sofrer.

Ouviram-se passos e uma respiração ofegante: era o médico que subia a escada, despenteado e com o cabelo em alvoroço, como de costume.

— Ru-ru-ru — cantarolava. — Ru-ru.

A fim de não se encontrar com o médico, Láptiev foi para a sala de jantar e depois desceu para seu quarto. Estava claro para Láptiev que era impossível estreitar relações com o médico e até sentir-se à vontade na casa dele: encontrar-se com aquele "espantalho", como Panaúrov o chamava, era desagradável. Por isso mesmo Láptiev via Iúlia Serguéievna tão raramente. De súbito, Láptiev se deu conta de que, naquele momento, o pai de Iúlia Serguéievna não estava em casa e que, se ele fosse até lá devolver o guarda-chuva, com certeza encontraria a filha sozinha, e seu coração se encolheu todo de alegria. Depressa, depressa!

Pegou o guarda-chuva e, muito emocionado, voou nas asas do amor. Fazia calor na rua. No imenso pátio da casa do médico, recoberto de urtigas e ervas daninhas, uns vinte meninos jogavam bola. Todos eram filhos dos inquilinos, operários que residiam nos três anexos velhos e degradados que o médico, todos os anos, planejava reformar, mas sempre deixava a obra para mais tarde. Vozes fortes e saudáveis ressoavam. Um pouco afastada, perto da sua varanda, de pé e com as mãos cruzadas nas costas, Iúlia Serguéievna observava a brincadeira das crianças.

— Bom dia! — gritou Láptiev.

A jovem voltou os olhos para ele. Em geral, Láptiev a via indiferente, fria ou cansada, como no dia anterior, porém ela agora tinha uma expressão viva e alerta, como os meninos que corriam atrás da bola.

— Veja só, em Moscou os meninos nunca brincam com tanta alegria — disse ela, enquanto caminhava ao encontro de Láptiev. — Além do mais, lá nem existem pátios tão grandes, os meninos não têm onde correr. O papai acabou de ir à sua casa — acrescentou, voltando os olhos para as crianças.

— Eu sei, mas não vim aqui falar com ele e sim com a senhora — disse Láptiev, encantado com a juventude de Iúlia Serguéievna, que antes ele não notara e que parecia ter descoberto só agora; Láptiev tinha a impressão de que só agora, e pela primeira vez, via seu pescoço branco e esguio, com uma correntinha dourada. — Eu vim ver a senhora... — repetiu. — Minha irmã mandou trazer este guarda-chuva que a senhora esqueceu ontem...

Iúlia Serguéievna estendeu a mão para pegar o guarda-chuva, mas Láptiev apertou-o contra o próprio peito e falou com paixão, sem se conter, rendendo-se de novo à doce emoção que havia experimentado na noite anterior, em seu quarto, quando abrira o guarda-chuva acima da cabeça:

— Por favor, poderia me dar este guarda-chuva de presente? Vou guardar como uma lembrança da senhora... de nossos encontros. Ele é tão maravilhoso!

— Pode ficar — respondeu ela, e ruborizou-se. — Só que ele não tem nada de maravilhoso.

Láptiev olhou para ela com arrebatamento, em silêncio, sem saber o que dizer.

— Mas onde estou com a cabeça, deixando o senhor aqui nesse calor? — disse ela, rindo, após um momento. — Venha, vamos entrar.

— Não estou atrapalhando a senhora?

Haviam entrado no vestíbulo. Enquanto Iúlia Serguéievna subia ligeiro para o primeiro andar, ouvia-se o rumor de seu vestido branco de flores azuis.

— Nada pode me atrapalhar — respondeu ela, detendo-se no patamar da escada. — Afinal, eu nunca faço nada. Para mim, todo dia é feriado, desde a manhã até a noite.

— Pois para mim o que a senhora está dizendo é inconcebível — disse Láptiev, quando a alcançou no patamar. — Cresci num meio onde todos trabalham todos os dias, todo mundo, sem exceção, os homens e as mulheres também.

— Mas e se não há nada para fazer? — perguntou ela.

— É preciso organizar a vida de tal modo que o trabalho se torne indispensável. Sem trabalho não se pode levar uma vida alegre e pura.

Mais uma vez apertou o guarda-chuva contra o peito e, de modo inesperado até para si mesmo, falou em voz baixa, sem reconhecer a própria voz:

— Se a senhora aceitasse ser minha esposa, eu daria tudo. Eu daria tudo... Não há preço, não há sacrifício que eu recuse.

Ela teve um sobressalto e olhou para Láptiev com surpresa e temor.

— O que está dizendo? O que está dizendo? — exclamou, e ficou pálida. — É impossível, eu juro ao senhor. Desculpe.

Em seguida, depressa, com o mesmo rumor do vestido, ela voltou a subir a escada e desapareceu atrás de uma porta.

Láptiev compreendeu o que aquilo significava e seu estado de ânimo se transformou de imediato, bruscamente, como se uma luz na alma se extinguisse. Com a vergonha e a humilhação de uma pessoa desdenhada, a quem não estimam, uma pessoa que inspira antipatia e talvez aversão, alguém que os outros tentam até evitar, ele foi embora daquela casa.

"Eu daria tudo", arremedou a si mesmo, enquanto caminhava de volta, debaixo do calor, recordando detalhes de sua declaração de amor. "Eu daria tudo... Igualzinho a um comerciante. E quem é que precisa desse seu *tudo*?"

Para Láptiev, tudo que dissera parecia tolo e até repulsivo. Por que ele mentira, dizendo que havia crescido num meio onde todos, sem exceção, trabalhavam? Por que falara, em tom de sermão, de uma vida pura e alegre? Aquilo não era inteligente nem interessante, e ainda por cima era falso — falso à maneira de Moscou. No entanto, aos poucos ele foi tomado pelo estado de ânimo em que recaem os criminosos depois de receberem uma sentença rigorosa e, agora, Láptiev já pensava que, graças a Deus, tudo havia terminado, não havia mais aquela horrível incerteza, já não era preciso esperar dias inteiros, afligir-se, pensar o tempo todo a mesma coisa; agora tudo estava claro; era preciso pôr de lado todas as esperanças de felicidade pessoal e viver sem desejos, sem expectativas, não sonhar, não esperar e, para pôr fim àquela melancolia que ele já estava farto de acalentar em si mesmo, Láptiev podia se ocupar com os problemas dos outros, com a felicidade dos outros, e então, sem ninguém perceber, viria a velhice, a própria vida chegaria ao fim e mais nada seria necessário. Para Láptiev, tudo já era indiferente, ele não queria nada e podia raciocinar com frieza, porém, no rosto, sobretudo abaixo dos olhos, havia uma espécie de peso, a testa se contraía, tensa como um elástico, e de súbito desceram lágrimas. Sentindo uma fraqueza no corpo inteiro, ele se deitou em sua cama e, cinco minutos depois, adormeceu profundamente.

III

A proposta feita por Láptiev de modo tão inesperado deixou Iúlia Serguéievna em desespero.

Fazia pouco tempo que conhecia Láptiev e o conhecera por acaso; era um homem rico, representante de uma conhecida empresa de Moscou, Fiódor Láptiev e Filhos, sempre muito sério, de aspecto inteligente, preocupado com a irmã enferma; Iúlia Serguéievna tinha a impressão de que Láptiev não prestava a menor atenção nela, a qual por sua vez se sentia de todo indiferente em relação a ele — e de súbito aquela declaração de amor na escada, aquele rosto embevecido, que inspirava pena...

A declaração de amor a deixara confusa por seu caráter repentino, pelo fato de ter sido pronunciada a palavra "esposa" e por ela se ver obrigada a dar uma resposta negativa. Já nem recordava o que Láptiev dissera de fato, porém continuava a experimentar resquícios do sentimento impulsivo e desagradável com que recusara a proposta. Iúlia Serguéievna não gostava de Láptiev; ele tinha todo o jeito de um simples vendedor, nada havia nele de interessante, ela não poderia responder de outra forma senão com uma negativa; no entanto, aquilo lhe deu uma sensação ruim, como se tivesse feito algo errado.

— Meu Deus, mas ele nem esperou a gente entrar na sala, falou direto ali mesmo na escada — disse para si mesma, aflita, voltando-se para a imagem de um santo pendurada em sua cabeceira. — Nem me fez a corte antes, que coisa mais estranha, mais fora do comum...

Sua perturbação se tornava mais intensa a cada hora que passava e, sozinha, Iúlia Serguéievna se viu incapaz de dominar aquele sentimento opressivo. Precisava que alguém a escutasse e lhe dissesse que agira de forma correta. Mas não tinha com quem falar. Já fazia tempo que perdera a mãe e, a seus olhos, o pai era um estranho, ela não conseguia conversar com ele a sério. O pai a deixava constrangida com suas esquisitices, sua enorme facilidade em sentir-se ofendido e seus gestos sem sentido; mal iniciava uma conversa com o pai, logo ele passava a falar só de si. E, quando chegou a hora de rezar, Iúlia Serguéievna não se sentiu inteiramente sincera, pois não sabia de fato o que pedir a Deus.

O samovar foi preparado. Muito pálida e cansada, com ar de desamparo, Iúlia Serguéievna foi para a sala de jantar, preparou o chá — uma tarefa que lhe competia — e serviu um copo para o pai. Com sua sobrecasaca comprida, que batia abaixo do joelho, despenteado, vermelho, com as mãos nos bolsos, Serguei Boríssovitch caminhava pela sala não de um canto para outro, mas ao acaso, como uma fera numa jaula. Deteve-se junto à mesa, bebeu todo o copo com avidez e recomeçou a andar, sempre pensando sabe-se lá em quê.

— Hoje o Láptiev me pediu em casamento — disse Iúlia Serguéievna, e ruborizou-se.

O médico olhou bem para a filha e pareceu não compreender.

— O Láptiev? — indagou. — O irmão do Panaúrov?

Ele amava a filha; era provável que cedo ou tarde ela se casasse e o deixasse só, mas o médico tentava não pensar nisso. Tinha medo da solidão e, por algum motivo, lhe parecia que, se ficasse sozinho naquela casa grande, sofreria um ataque de apoplexia, porém não gostava de falar diretamente do assunto.

— Puxa, fico muito contente — disse, e encolheu os ombros. — Meus parabéns, de todo o coração. Surgiu agora uma excelente oportunidade para você se separar de mim, para seu grande contentamento. E eu compreendo você perfeitamente. Morar com um pai velho, doente e ruim da cabeça deve ser muito penoso para alguém da sua idade. Eu compreendo você muito bem. E se em pouco tempo eu esticasse as canelas, e se o diabo me levasse de uma vez, todos ficariam satisfeitos. Meus parabéns, de todo o coração.

— Eu recusei.

O médico, no fundo, sentiu-se aliviado, porém já não era capaz de se deter, e prosseguiu:

— Eu me admiro, e me admiro há muito tempo, de que ainda não tenham me internado num manicômio. Por que estou usando essa sobrecasaca em vez de uma camisa de força? Eu ainda acredito na verdade, no bem, sou um tolo idealista e, afinal, em nossos dias, isso não é uma forma de loucura? E como reagem à minha crença na verdade, à minha conduta honesta? Só falta me tacarem pedras, me tratarem como a um cavalo. Até os parentes só pensam em viver nas minhas costas, que o diabo me leve deste mundo de uma vez, que leve logo este velho bobo...

— É impossível ter uma conversa sensata com o senhor! — disse Iúlia.

Levantou-se da mesa bruscamente e, dominada pela raiva, foi para seu quarto, recordando quantas e quantas vezes o pai se mostrava injusto com ela. Porém, pouco depois, já sentia pena do pai e, quando ele saiu para o clube, Iúlia o acompanhou até o vestíbulo e fechou a porta atrás dele. Lá fora, fazia um tempo ruim, ventava; a porta trepidava com a pressão do vento e, no vestíbulo, o ar soprava de todas as direções, de tal modo que a vela mal conseguia se manter acesa. Ao subir de volta para seu quarto, Iúlia percorreu todos os cômodos e fez o sinal da cruz voltada para todas as portas e janelas; o vento assoviava e parecia que alguém estava andando sobre o telhado. O desalento nunca pesara tanto, ela nunca se sentira tão sozinha.

Iúlia se questionava se agira bem ao rejeitar um homem só porque não gostava de sua aparência. Era verdade que não o amava e casar-se com ele significaria dar adeus para sempre a seus sonhos, a suas ideias de felicidade e de vida conjugal, mas será que algum dia ela encontraria o homem com quem sonhava e será que o amaria? Iúlia já estava com vinte e um anos. Na cidade, não havia noivos. Recapitulou todos os homens que conhecia — funcionários, professores, oficiais, e alguns já eram casados e sua vida conjugal causava espanto por seu vazio e tédio; outros eram desinteressantes, apagados, obtusos, imorais. Láptiev, de um jeito ou de outro, era moscovita, terminara a universidade, falava francês; residia na capital, onde havia muitas pessoas inteligentes, nobres, importantes, onde a vida é movimentada, há teatros bonitos, festas com música, costureiras maravilhosas, confeitarias... As Sagradas Escrituras dizem que a esposa deve amar o marido e os romances atribuem uma importância enorme ao amor, porém não haverá nisso um exagero? Não será possível uma vida conjugal sem amor? Afinal, também dizem que o amor logo passa, restando apenas o costume, e que o próprio objetivo da vida conjugal não é o amor, não é a felicidade, mas sim cumprir suas obrigações; por exemplo, a educação dos filhos, os cuidados domésticos etc. Além do mais, as Sagradas Escrituras talvez tivessem em mente o amor ao marido como o amor ao próximo, o respeito por ele, a compaixão.

À noite, Iúlia Serguéievna leu atentamente as preces noturnas, depois se ajoelhou e, apertando as mãos contra o peito, olhando para a chama da lamparina votiva, falou com emoção:

— Mostre-me a luz, Mãe Protetora! Mostre-me a luz, Senhor!

Ao longo da vida lhe ocorrera encontrar mulheres solteiras já maduras, pobres e de vida apagada, que se diziam amargamente arrependidas e que lamentavam ter algum dia recusado um noivo. Não aconteceria o mesmo com ela? Não acabaria indo para o convento ou se tornando irmã de caridade?

Despiu-se e deitou na cama, benzeu-se e fez o sinal da cruz no ar à sua volta. De repente, no corredor, a campainha ressoou, estridente e queixosa.

— Ah, meu Deus! — exclamou, sentindo em todo o corpo uma irritação aflitiva por causa da campainha. Ao deitar, ela sempre pensava em como aquela vida provinciana era pobre em acontecimentos, monótona e ao mesmo tempo inquietante. A todo momento um sobressalto, uma ameaça, uma irritação ou uma culpa, e os nervos acabavam tão debilitados que dava medo até de pôr a cabeça para fora do cobertor.

Meia hora depois, vibrou de novo a campainha, e com a mesma estridência. Na certa a criada estava dormindo e não escutara. Iúlia Serguéievna acendeu uma vela e, trêmula, exasperada com a criadagem, tratou de vestir-se, porém quando saiu para o corredor, a camareira já havia aberto a porta no térreo.

— Pensei que era o patrão, mas na verdade era alguém procurando o médico por causa de um doente — disse ela.

Iúlia Serguéievna voltou para o quarto. Pegou um baralho na cômoda e decidiu que, se depois de misturar bem as cartas e cortar o baralho, a carta de baixo fosse de naipe vermelho, significaria que *sim*, ou seja, ela teria de aceitar a proposta de Láptiev, mas se saísse um naipe preto, a decisão seria *não*. Acabou saindo um dez de espadas.

Aquilo a tranquilizou e logo ela adormeceu; no entanto, de manhã, já não existia mais *sim* nem *não* e ela refletia que, se quisesse, poderia agora transformar sua vida. Tais pensamentos a deixaram esgotada, ela se sentia abatida, doente, e mesmo assim, pouco depois das onze horas, foi visitar Nina Fiódorovna. Queria ver Láptiev: quem sabe agora ele pareceria melhor a seus olhos, quem sabe ela estaria, até então, enganada a seu respeito?...

Teve dificuldade de caminhar contra o vento, avançava a muito custo, segurando o chapéu com as mãos, e nada enxergava em meio à poeira.

IV

Quando chegou ao quarto da irmã e de súbito deparou com Iúlia Serguéievna, de novo Láptiev experimentou a condição humilhante de uma pessoa que inspira aversão. Concluiu que, se ela podia tão facilmente visitar sua irmã e encontrar-se com ele depois do ocorrido na véspera, era porque, de fato, ele nada representava a seus olhos, não passava mesmo de uma completa nulidade. Porém, quando Láptiev a cumprimentou, ela, pálida, com a poeira da rua embaixo dos olhos, voltou para ele um olhar triste e culpado; Láptiev entendeu que também ela estava sofrendo.

Iúlia Serguéievna não se sentia bem. Ficou ali pouco tempo, só uns dez minutos, e se despediu. Na saída, disse para Láptiev:

— Acompanhe-me até em casa, Aleksei Fiódoritch.

Na rua, os dois caminhavam calados, segurando seus chapéus, e ele, andando um pouco atrás, tentava protegê-la do vento. Na travessa não ventava tanto e então os dois puderam andar lado a lado.

— O senhor me perdoe se ontem eu fui indelicada — disse ela, e sua voz tremeu, como se estivesse à beira de chorar. — É um suplício! Passei a noite inteira sem dormir.

— Pois eu dormi muito bem, a noite toda — respondeu Láptiev, sem olhar para ela. — Mas isso não quer dizer que eu esteja bem. Minha vida é um desastre, sou profundamente infeliz e, depois da sua recusa de ontem, parece que eu fui envenenado. O mais difícil foi dito ontem e, hoje, já não me sinto constrangido com a senhora e posso falar tudo abertamente. Eu amo a senhora mais do que a minha irmã, mais do que a minha falecida mãe... Eu poderia viver sem a minha irmã ou a minha mãe, e eu vivi, mas sem a senhora, para mim, é inconcebível, não posso...

E então, como de costume, ele adivinhou as intenções dela. Compreendeu que ela desejava prosseguir a conversa da véspera e só por isso pedira que ele a acompanhasse. Mas o que poderia ela acrescentar à sua recusa? O que mais teria imaginado? Por tudo, pelos olhares, pelo sorriso e até pela maneira como caminhava a seu lado, pela postura da cabeça e dos ombros, Láptiev percebia que ela, como antes, não o amava e que ele era mesmo um estranho para ela. Mas então o que mais Iúlia pretendia dizer?

O médico Serguei Boríssitch estava em casa.

— Bem-vindo, estou muito contente de ver o senhor, Fiódor Alekseitch — disse ele, confundindo seu nome e seu patronímico.[13] — Estou muito contente, muito contente.

---

13 O personagem se chama Aleksei Fiódorovitch, às vezes abreviado como Fiódoritch.

Antes, ele não se mostrava tão amistoso, e Láptiev concluiu que médico já estava ciente da proposta de casamento; e Láptiev não gostou daquilo. Estava na sala e aquele cômodo, com sua decoração pobre e de mau gosto, com seus quadros feios, produziu nele uma impressão estranha e, apesar das poltronas e da enorme luminária com quebra-luz, a sala não parecia um local de moradia, mas sim um vasto galpão, e era óbvio que ali só alguém como aquele médico poderia sentir-se em casa; o outro cômodo, quase duas vezes maior, era chamado de salão e só continha cadeiras, como se fosse um espaço para aulas de dança. Enquanto falava com o médico na sala a respeito da irmã, uma suspeita começou a atormentar Láptiev. Teria Iúlia Serguéievna visitado sua irmã Nina e depois voltado com ele para casa justamente a fim de declarar que aceitava sua proposta de casamento? Ah, era horrível! Porém, para Láptiev, o mais horrível de tudo era que semelhantes suspeitas surgissem em sua alma. Láptiev imaginou que, na véspera, à noite, pai e filha haviam conversado demoradamente, talvez tivessem brigado no início para depois concordarem e concluírem que Iúlia agira de forma leviana ao recusar o pedido de casamento de um homem rico. Em seus ouvidos chegaram mesmo a soar as palavras que pais e filhas costumam dizer em tais situações:

"É verdade que você não o ama, no entanto pense só nas coisas boas que você poderá fazer!"

O médico estava de saída para visitar seus doentes. Láptiev fez menção de sair com ele, porém Iúlia Serguéievna pediu:

— Fique aqui, por favor.

Estava aflita, abalada, e agora já se persuadira de que recusar um homem correto, bom, amável, só porque não gostava dele, ainda mais quando tal casamento abriria a possibilidade de transformar sua vida, uma vida sem alegria, monótona, ociosa, quando sua juventude já estava ficando para trás e não se avistava no futuro nada de radiante, recusar um noivo em tais circunstâncias era uma loucura, um capricho, uma veleidade que Deus poderia até castigar.

O pai saiu. Quando o som de seus passos se extinguiu, de súbito Iúlia se pôs na frente de Láptiev e, com terrível palidez, falou em tom decidido:

— Ontem eu fiquei muito tempo pensando, Aleksei Fiódorovitch... Eu aceito o seu pedido.

Ele se abaixou, beijou sua mão e ela, um tanto sem jeito, beijou com os lábios frios a cabeça de Láptiev. Ele percebia que naquela declaração de amor não havia o mais importante, o amor dela, e que havia, sim, muita coisa supérflua, e Láptiev teve vontade de gritar, fugir, viajar às pressas para Moscou, porém Iúlia estava perto dele, lhe parecia tão bela e, de repente, a paixão o dominou, ele se deu conta de que já era tarde para raciocinar, abraçou-a com ardor, apertou-a contra o peito e, balbuciando quaisquer palavras, chamando-a de *você*, em vez de *a senhora*, beijou seu pescoço, depois sua face, sua cabeça...

Ela se afastou na direção da janela, com receio daquelas carícias, e ambos já deploravam terem se declarado um ao outro, ambos se indagavam, perplexos: "Como isto foi acontecer?".

— Se o senhor soubesse como sou infeliz! — exclamou Iúlia, apertando as mãos uma na outra.

— O que há com a senhora? — perguntou Láptiev, e se aproximou, também apertando as mãos. — Minha querida, pelo amor de Deus, diga, o que é? Mas diga só a verdade, eu imploro, só a verdade!

— Não é nada, não se preocupe — respondeu ela, com um sorriso forçado. — Prometo ao senhor que serei uma esposa fiel e dedicada... Venha aqui hoje à noite.

Mais tarde, enquanto lia um romance histórico para a irmã, Láptiev recordava tudo aquilo e sentiu-se magoado ao perceber que seu sentimento profundo, puro e abrangente recebera uma resposta tão rasa; ele não era amado, mas sua proposta fora aceita, na certa só porque era rico, ou seja, preferiam nele exatamente aquilo que ele menos apreciava em si mesmo. Era possível admitir que Iúlia, pura e religiosa, não tivesse nem por um momento pensado em dinheiro, porém ela não o amava, afinal, não o amava, e era óbvio que nela havia algum cálculo, embora talvez inconsciente, um tanto vago, mas mesmo assim era um cálculo. A casa do médico, com sua decoração de mau gosto, inspirava aversão em Láptiev, e o próprio médico lhe parecia um sovina gordo e deplorável, uma espécie de Gaspard, da opereta *Os sinos de Corneville*,[14] e o próprio nome Iúlia já lhe soava vulgar. Láptiev imaginava como ele e sua Iúlia, na igreja, receberiam a coroa matrimonial[15] na condição de duas pessoas que, no fundo, nem se conheciam e sem que houvesse um pingo de sentimento da parte dela, como se uma casamenteira os tivesse escolhido, e agora só restava para Láptiev um consolo tão banal quanto aquele casamento, o consolo de saber que ele não era o primeiro nem seria o último, que assim se casavam milhares de pessoas e que Iúlia, com o tempo, quando o conhecesse mais de perto, talvez viesse a amá-lo.

— Romeu e Iúlia! — disse Láptiev, fechando o livro, e deu uma risada. — Eu sou o Romeu, Nina. Pode me dar os parabéns. Hoje pedi Iúlia Belávina em casamento.

Nina Fiódorovna pensou que o irmão estivesse brincando, mas depois acreditou nele e começou a chorar. Ela não gostou da novidade.

— Puxa, meus parabéns — disse. — Mas por que assim tão de repente?

---

[14] Composta pelo francês Robert Planquette (1848-1903), estreou em Paris em 1877. Gaspard é um administrador a quem o marquês de Corneville confia seus bens.   [15] Na cerimônia de casamento da Igreja ortodoxa, os noivos são coroados no altar.

— Não, não foi de repente. Vem se arrastando desde março, só que você não percebe nada... Eu me apaixonei em março, quando a conheci aqui mesmo, no seu quarto.

— E eu que achava que você ia casar com alguma das nossas moscovitas — disse Nina Fiódorovna, após um breve silêncio. — Seria bem mais simples com moças do nosso meio. Mas o principal, Aliocha, é que você seja feliz, isso é o mais importante. O meu Grigóri Nikolaitch não me amava e, não dá para esconder, você mesmo está vendo como nós vivemos. Claro, qualquer mulher pode se apaixonar por você, por causa da sua bondade e inteligência, mas, afinal, a Iúlitchka é de uma família da nobreza, formada no instituto para moças, e para ela só bondade e inteligência não bastam. Ela ainda é jovem e você, Aliocha, não é tão jovem nem tão bonito.

A fim de atenuar as últimas palavras, acariciou o rosto do irmão e disse:

— Você não é bonito, mas é um encanto.

Estava tão perturbada que um leve rubor se abriu em suas faces, e com entusiasmo perguntou se não seria adequado abençoar Aliocha com um ícone; afinal, era a irmã mais velha e, portanto, faria as vezes da mãe; além disso, tentou convencer o pobre irmão de que era indispensável realizar o casamento segundo o costume, com uma cerimônia solene e festiva, para que depois as pessoas não ficassem comentando.

Daí em diante, Láptiev passou a visitar a casa dos Belávin três ou quatro vezes por dia, como fazem os noivos, e por isso já não tinha tempo de substituir Sacha na hora de ler para a irmã algum romance histórico. Iúlia o recebia em seus aposentos de dois cômodos, ao lado da sala e do escritório do pai, e Láptiev gostou muito daquele ambiente. Tinha paredes escuras e, no canto, uma moldura com ícones; havia um aroma agradável de perfumes e de lamparina a óleo. Iúlia residia nos cômodos mais distantes da casa, a cama e a penteadeira ficavam por trás de biombos, as portas da estante de livros eram protegidas por uma cortina verde por dentro, Iúlia caminhava sobre tapetes que abafavam o som de seus passos — e de tudo aquilo Láptiev concluiu que Iúlia possuía alguma personalidade oculta e que amava sua vida discreta, tranquila, reservada. Em sua casa, ela ainda era tratada como uma pessoa menor de idade, não possuía dinheiro próprio e, durante os passeios, ocorria de ficar embaraçada por não trazer consigo nem um copeque. O pai lhe dava um pouco de dinheiro para roupas e livros, não mais de cem rublos por ano. O próprio médico, de resto, apesar de sua boa clientela, quase não tinha dinheiro. Toda noite ia jogar cartas no clube e sempre perdia. Além do mais, com a ajuda de uma sociedade de crédito mútuo, comprava casas a prazo e depois as alugava; os inquilinos não pagavam os aluguéis com regularidade, mesmo assim o médico garantia que aquele negócio era muito lucrativo. Penhorou a própria casa onde morava com a filha, comprou um terreno com aquele dinheiro e já estava começando a construir uma casa grande, de dois andares, a fim de penhorá-la também.

Láptiev agora vivia envolto numa névoa, como se não fosse ele, mas seu duplo, que estivesse ali, e fazia muita coisa a que antes não se atreveria. Duas ou três vezes, foi ao clube com o médico, jantou com ele e até lhe ofereceu dinheiro para as obras da casa nova; chegou mesmo a visitar o apartamento da segunda família de Panaúrov. Aconteceu que Panaúrov, um dia, o convidou para almoçar lá e Láptiev, sem refletir, aceitou o convite. Foi recebido por uma senhora alta e magra, de trinta e cinco anos, ligeiramente grisalha, de sobrancelhas pretas, e que parecia não ser russa. Tinha no rosto manchas brancas de pó de arroz, um sorriso meloso, e apertou a mão de Láptiev de forma brusca, a ponto de fazer tilintarem os braceletes que trazia nos braços brancos. Láptiev teve a impressão de que a mulher sorria daquela forma porque desejava esconder dos outros e de si mesma que era infeliz. Viu também duas meninas, de três e cinco anos, parecidas com Sacha. Durante o almoço, serviram sopa de leite, carne fria de vitela com cenoura e chocolate — comida que pareceu adocicada demais e sem graça. Em compensação, sobre a mesa reluziam garfinhos dourados, frascos de soja e de pimenta-caiena, uma jarra extraordinariamente requintada e um pimenteiro de ouro.

Só depois de ter tomado a sopa de leite Láptiev se deu conta de que, no fundo, era um despropósito ter ido almoçar ali. A mulher se mostrava confusa, sorria o tempo todo com os dentes à mostra, enquanto Panaúrov explicava em termos científicos o que é a paixão amorosa e de onde provém.

— Temos aqui o exemplo de um dos efeitos da eletricidade — disse ele em francês, voltando-se para a mulher. — Inseridas na pele de todo ser humano, há pequeninas glândulas que contêm correntes elétricas. Se você encontra alguém cuja corrente elétrica é paralela à sua, você ama.

Quando Láptiev voltou para casa e a irmã perguntou aonde tinha ido, ele ficou embaraçado e não respondeu.

Durante todo aquele tempo que precedeu o casamento, Láptiev sentia-se numa situação falsa. Seu amor ganhava mais força a cada dia e Iúlia lhe parecia poética e elevada, no entanto o amor não era recíproco e a verdade se resumia em que ele a estava comprando e ela, se vendendo. Às vezes, ao refletir a fundo, Láptiev acabava caindo no desespero e se perguntava se não seria melhor fugir de uma vez. Já passava noites inteiras sem dormir, pensava o tempo todo que, depois do casamento, teria de encontrar em Moscou a dama a quem, nas cartas para os amigos, chamava de "certa pessoa", e pensava também na maneira como o pai e o irmão, homens muito rigorosos, iriam encarar seu casamento e a própria Iúlia. Temia que logo no primeiro encontro o pai dissesse alguma grosseria para ela. Além disso, ultimamente vinha ocorrendo algo estranho com Fiódor, seu irmão.

Em cartas muito compridas, o irmão discorria sobre a importância da saúde, a influência das doenças no estado mental, o papel da religião, mas nem uma palavra sobre Moscou ou sobre os negócios. Aquelas cartas irritavam Láptiev e lhe davam a impressão de que o caráter do irmão estava piorando.

O casamento ocorreu em setembro. A cerimônia se deu na igreja de São Pedro e São Paulo e, depois da missa, no mesmo dia, o casal partiu para Moscou. Quando Láptiev e a esposa, de vestido de cauda preto, com aspecto de verdadeira dama e não mais de menina, se despediram de Nina Fiódorovna, o rosto da enferma se contraiu muito, mas nem uma lágrima desceu dos olhos secos. Ela disse:

— Que Deus não permita que isso ocorra, mas, se eu morrer, cuidem das minhas meninas.

— Ah, eu prometo! — respondeu Iúlia Serguéievna, e seus lábios e suas pálpebras também começaram a tremer de nervosismo.

— Eu virei ver você em outubro — disse Láptiev, comovido. — Trate de recuperar a saúde, minha querida.

No trem, viajaram numa cabine exclusiva. Ambos estavam tristes e confusos. Ela sentou-se no canto, não tirou o chapéu e fingia cochilar, enquanto Láptiev jazia no outro leito, de frente para Iúlia, perturbado por vários pensamentos: sobre o pai, sobre "certa pessoa" e também sem saber se Iúlia ia gostar do seu apartamento em Moscou. E ao olhar para a esposa, que não o amava, Láptiev pensava com tristeza: "Por que isto foi acontecer?".

V

Os Láptiev eram atacadistas de produtos de armarinho em Moscou: franjas, fitas, rendinhas, linhas para tricô, botões etc. A receita bruta chegava a dois milhões por ano; qual era a receita líquida ninguém sabia, só o velho. Os filhos e o administrador avaliavam o montante em cerca de trezentos mil, e diziam que ele seria cem mil rublos maior se o velho não fosse tão "mão aberta", ou seja, se não emprestasse dinheiro tão descontroladamente; nos últimos dez anos, só as dívidas irrecuperáveis já acumulavam quase um milhão e, quando se falava do assunto, o chefe dos vendedores piscava o olho com ar matreiro e pronunciava palavras cujo sentido não parecia claro a ninguém:

— É a consequência psicológica do século.

As principais operações comerciais se davam no mercado da cidade, num local que chamavam de armazém. A entrada no armazém era feita por um pátio sempre escuro que cheirava a esteiras e onde os cavalos, atrelados a carroças, estalavam seus cascos no asfalto. A porta, de aspecto muito modesto, com remates de ferro, levava do pátio para um cômodo que tinha paredes encardidas pela umidade, rabiscadas a carvão, e era iluminado por uma janela estreita com grades de ferro; depois, à esquerda, havia outro cômodo, um pouco maior e um pouco mais limpo, com uma estufa de ferro e duas mesas, mas também com uma janela de prisão: era o escritório, e dali uma estreita escada de pedra levava ao segundo andar, onde ficava a sala principal. Tratava-se de um cômodo muito amplo, porém, por efeito da constante penumbra, do teto baixo e do acúmulo de caixotes, fardos e pessoas que corriam para todo lado, o local produzia em quem chegava uma impressão tão ruim, à primeira vista, quanto os dois cômodos do andar de baixo. Ali em cima, como no escritório, as mercadorias ficavam empilhadas em prateleiras, dentro de pacotes e caixas de papelão; em sua distribuição, não se percebiam nem ordem nem beleza e, se aqui e ali através de furos nos rolos de papel não se entrevissem linhas escarlates, um pincel ou a ponta de uma franja bordada, seria impossível adivinhar o que vendiam no local. E ao olhar para aquelas caixas e aqueles rolos de papel amassado, ninguém poderia supor que com tais ninharias se ganhavam milhões e que ali no armazém, todos os dias, trabalhavam cinquenta pessoas, às quais se somavam os fregueses.

Quando no dia seguinte ao meio-dia, depois de chegar a Moscou, Láptiev entrou no armazém, os funcionários que empacotavam as mercadorias estavam dando marteladas tão fortes nos caixotes que, no primeiro cômodo e no escritório, ninguém percebeu que ele havia entrado; um carteiro que Láptiev conhecia desceu pela escada com um maço de cartas na mão, tinha o rosto contraído por causa do barulho das marteladas e também nem percebeu sua presença. O primeiro a vir a seu encontro foi o irmão Fiódor Fiódorovitch, tão parecido com ele que os dois eram tidos como gêmeos. Tal semelhança sempre trazia à memória de Láptiev sua própria aparência e, daquela vez, ao ver à sua frente um homem de baixa estatura, rosto vermelho, ralos fios de cabelo, quadris magros e franzinos, uma figura de aspecto sem graça e sem inteligência, ele perguntou a si mesmo: "Será que eu também sou assim?".

— Como estou feliz em vê-lo! — disse Fiódor, beijando o irmão e apertando sua mão com força. — Esperei ansiosamente sua chegada todos os dias, meu caro. Como você escreveu que tinha se casado, a curiosidade me atormentou e a saudade também cresceu, meu irmão. Pense bem, já faz meio ano que não nos vemos. E então? Como vão as coisas? A Nina está mal? Muito?

— Muito mal.

— É a vontade de Deus — suspirou Fiódor. — Mas e a sua esposa? Na certa é um encanto, não é? Eu já gostei dela, pois é a minha irmã caçula. Vamos todos cobri-la de atenções.

Láptiev entreviu as costas do pai, Fiódor Stiepánitch, costas largas e arqueadas que ele conhecia desde muito tempo. O velho estava sentado numa banqueta junto a um balcão e conversava com fregueses.

— Papai, Deus nos mandou uma alegria! — gritou Fiódor. — Meu irmão chegou!

Fiódor Stiepánitch era alto e de constituição extremamente forte, tanto que, apesar de seus oitenta anos e das rugas, continuava com aspecto saudável e vigoroso. Falava numa voz de baixo encorpada, profunda, contundente, que saía de seu peito largo como se viesse de dentro de um barril. Tinha barba grande, bigodes aparados à feição de um soldado e fumava charutos. Como sempre sentia calor, no armazém ou em casa, em qualquer época do ano vestia sempre um folgado paletó de brim. Havia retirado uma catarata pouco tempo antes, enxergava mal e já não cuidava dos negócios, apenas conversava e tomava chá com geleia.

Láptiev curvou-se, beijou sua mão e depois seus lábios.[16]

— Faz um bom tempo que não nos vemos, meu prezado senhor — disse o velho. — Um bom tempo mesmo. Então quer que eu lhe dê os parabéns pelo casamento? Pois bem, que seja: meus parabéns.

E ofereceu os lábios para um beijo. Láptiev curvou-se e beijou-o.

— Mas, então, já trouxe a nobre e jovem senhora com você? — perguntou o velho e, sem esperar a resposta, voltou-se para um freguês e disse: — Por meio desta, comunico ao senhor, papai, que contraí matrimônio com uma donzela assim e assado. Sim, senhor. Quanto a pedir ao pai a bênção e um conselho, não se usa mais nada disso. Agora eles resolvem tudo por conta própria. Quando eu casei, tinha mais de quarenta anos e me atirei aos pés do meu pai para pedir seu conselho. Hoje em dia, isso não existe mais.

---

[16] Era costume na Rússia os homens se cumprimentarem com beijos nas faces e nos lábios.

O velho estava contente de rever o filho, mas julgava inadequado demonstrar carinho e manifestar de alguma forma sua alegria. Sua voz e sua maneira de pronunciar "nobre e jovem senhora" infundiram em Láptiev o mesmo mau humor que ele sempre experimentava no armazém. Ali, as menores coisas o faziam recordar o passado, quando lhe davam surras com vergastas e o obrigavam a cumprir o jejum dos dias santos; ele sabia que, ainda agora, surravam os meninos com vergastas e lhes davam tapas até o nariz sangrar, e também sabia que, quando aqueles meninos crescessem, bateriam da mesma forma nos seus filhos. E, para Láptiev, bastou permanecer no armazém por cinco ou seis minutos para começar a ter a impressão de que dali a pouco ele seria surrado com vergastas ou com murros no nariz.

Fiódor deu palmadinhas no ombro de um freguês e disse para o irmão:

— Veja, Aliocha, quero lhe apresentar Grigóri Timoféitch, nosso grande benfeitor em Tambóv. Ele pode servir de exemplo para a juventude moderna: já completou seis décadas de vida, mas tem filhos bebês.

Os balconistas riram e o freguês, um velho descarnado, de rosto pálido, também deu uma risada.

— Uma natureza de uma atividade acima do comum — comentou o chefe dos vendedores, que estava ali, logo atrás do balcão. — Por onde algo entra, de lá também algo vai sair.

O chefe dos vendedores, homem alto, de cinquenta anos, barba escura, de óculos e com um lápis preso atrás da orelha, costumava expressar seus pensamentos de forma obscura, com alusões remotas, e em seu sorriso astuto se percebia, ao mesmo tempo, que ele atribuía a suas palavras algum significado especial e rebuscado. Adorava camuflar suas frases com palavras livrescas, as quais ele compreendia à sua maneira e, assim, muitas vezes empregava vocábulos rotineiros com um sentido que, a rigor, eles não tinham. Por exemplo, a palavra "exceto". Quando ele exprimia alguma ideia de forma categórica e não queria que o contestassem, estendia o braço direito para a frente e declarava.

— Exceto!

E o mais espantoso era que os fregueses e os demais vendedores o compreendiam perfeitamente. Chamava-se Ivan Vassílitch Potchákin, nascido em Kachira.[17] Agora, ao cumprimentar Láptiev, exprimiu-se assim:

— Da sua parte, senhor, isso é um testemunho de bravura, pois o coração da mulher é um Chamil.[18]

Outra pessoa importante no armazém era o vendedor Makéitchev, gordo, corpulento, de suíças louras e crânio todo calvo. Ele se aproximou de Láptiev e parabenizou-o respeitosamente, a meia-voz:

— É uma honra, meu senhor... Deus ouviu as preces do seu pai. Louvado seja.

Em seguida, aproximaram-se outros vendedores e lhe deram os parabéns pelo casamento. Todos se vestiam no rigor da moda e tinham o aspecto inequívoco de pessoas corretas e educadas. Pronunciavam os "ós" átonos, articulavam a letra *г* russa como o *g* latino, além de introduzirem, a cada duas palavras, a partícula final *-s*.[19] Por isso, seus parabéns, pronunciados em velocidade acelerada, como na frase "Desejo ao senhor-s tudo de bom-s", acabavam soando como o chiado de chicotadas que cortavam o ar.

---

17 Cidade na região de Moscou. 18 Chamil (1797-1871), líder dos muçulmanos do norte do Cáucaso (Daguestão e Tchetchênia) na guerra contra o Império Russo. 19 No russo corrente, o *o* átono é pronunciado quase como um *a* e a letra *guê* às vezes recebe a pronúncia de um *vê* ou de uma fricativa velar. A terminação *-s* corresponde a uma fórmula antiquada que exprime respeito e subordinação. No conjunto, os traços apontados indicam certo pedantismo.

Logo tudo aquilo aborreceu Láptiev e sua vontade era ir para casa, no entanto seria indelicado ir embora. Por uma questão de cortesia, era indispensável permanecer no armazém pelo menos por duas horas. Ele se afastou um pouco do balcão e perguntou a Makéitchev se tudo correra bem no verão e se não havia alguma novidade, e o outro deu uma resposta protocolar, sem fitá-lo nos olhos. Um menino de cabelo bem curto e de camisa cinza serviu para Láptiev um copo de chá sem o pires; pouco depois, outro menino que passava ao lado tropeçou num caixote, por muito pouco não caiu e então, de súbito, o imponente Makéitchev fez uma cara malvada e aterradora como um monstro e berrou para ele:

— Olhe onde pisa!

Os vendedores estavam contentes porque o jovem patrão havia casado e, finalmente, estava de volta; olhavam para ele com curiosidade e simpatia e cada um deles, ao passar por Láptiev, julgava ser seu dever dizer-lhe algo respeitoso e agradável. No entanto, Láptiev estava convencido de que nada daquilo era sincero e que o lisonjeavam porque o temiam. Ele não conseguia esquecer que, cerca de quinze anos antes, um vendedor com problemas mentais saíra correndo para a rua em roupas de baixo e descalço e, com o punho cerrado, ameaçara as janelas do patrão, gritando que estava sendo torturado; depois, quando o pobre infeliz recuperou a razão, os outros riam muito dele e recordavam como havia esbravejado para os patrões: "exportadores!", em vez de "exploradores". No geral, a vida era muito dura na empresa dos Láptiev e fazia tempo que aquilo era assunto de muitas conversas no mercado. O pior de tudo era que o velho Fiódor Stiepánitch adotava com os funcionários uma espécie de política asiática. Assim, ninguém sabia qual o salário de Potchákin e Makéitchev, seus prediletos; na verdade, ganhavam três mil por ano, incluindo as gratificações, não mais que isso, no entanto o velho dava a entender que lhes pagava sete mil; todos os vendedores recebiam gratificações anuais, mas em segredo, de modo que o vendedor que ganhava pouco dizia, por uma questão de amor-próprio, que ganhava muito; os aprendizes não sabiam quando seriam promovidos a vendedor; os funcionários não sabiam se o patrão estava contente com eles ou não. Nada era explicitamente proibido aos vendedores e, por isso, eles não sabiam o que era permitido ou não. Aos vendedores não era proibido casar, mas eles não casavam, com receio de desagradar ao patrão e, depois, perder o emprego. Eles podiam ter amigos e fazer visitas, no entanto, às nove horas da noite, os portões eram fechados, e todas as manhãs o patrão, com ar desconfiado, observava cada um dos funcionários e verificava se não cheiravam a vodca: "Vamos, sopre!".

Todos os vendedores eram obrigados a ir à primeira missa, bem cedo, e tinham de ficar num local bem visível na igreja para que o patrão os visse. Os dias de jejum religioso eram observados com rigor. Nos dias de festa, por exemplo, no dia do santo onomástico do patrão ou dos membros de sua família, os vendedores deviam se cotizar para levar uma torta doce da confeitaria Fley ou um álbum.[20] Eles moravam no térreo da grande casa da rua Piátnitskaia, ou num prédio anexo, nos fundos; se instalavam dois ou três em cada quarto e, na hora do almoço, comiam todos numa grande tigela comum, embora houvesse um prato na frente de cada um deles. Se um dos patrões entrasse na hora do almoço, todos logo se punham de pé.

Láptiev tinha consciência de que, entre os vendedores, talvez só aqueles deformados pela doutrinação do velho poderiam considerá-lo realmente um benfeitor, ao passo que os restantes, sem dúvida, o encaravam como um inimigo e um

---

20 Caderno com mensagens em homenagem ao aniversariante.

"exportador". Agora, após meio ano de ausência, Láptiev não percebia nenhuma mudança para melhor; havia de fato algo novo, mas que não prenunciava nada de bom. Fiódor, seu irmão, que antes era tranquilo, pensativo e muito delicado no trato, agora se mostrava uma pessoa muito ativa e atarefada, em constante correria pelo armazém. Sempre com um lápis atrás da orelha, dava palmadinhas no ombro dos fregueses e gritava "Amigos!" para os vendedores. Parecia estar representando um papel e, nesse novo papel, Aleksei não o reconhecia.

A voz do velho trombeteava sem parar. Por falta do que fazer, ele dava lições aos fregueses, explicando como deviam viver e conduzir seus negócios, tomando a si mesmo como exemplo para tudo. Aquela arrogância, aquele tom autoritário e esmagador, Láptiev já o ouvira dez, quinze, vinte anos antes. O velho adorava a si mesmo; suas palavras sempre davam a entender que ele trouxera a felicidade para a falecida esposa e para os parentes dela, que ele favorecera muito os filhos, cumulara de benefícios os vendedores e os funcionários e que, por seus atos, a rua inteira e todos os conhecidos se sentiam eternamente obrigados a rezar pelo bem dele; tudo o que ele fazia, fosse o que fosse, era sempre muito bom e, se os negócios de certas pessoas andavam mal, o motivo era unicamente não terem pedido seu conselho; sem seus conselhos, era impossível ter sucesso em qualquer negócio. Na igreja, sempre se punha de pé[21] na primeira fila e chegava a repreender os sacerdotes quando, na sua opinião, não oficiavam a missa a contento, e achava que sua atitude agradava a Deus, pois Deus o amava.

Por volta das duas horas, no armazém, todos já estavam muito atarefados, exceto o velho, que continuava a esbravejar. Láptiev, para não ficar à toa, tomou um bordado das mãos de

---

21 Nas igrejas ortodoxas, não há bancos.

uma artesã e liberou a funcionária para outra atividade. Em seguida ouviu o pedido de um freguês, um comerciante de Vologda, e ordenou a um vendedor que o atendesse.

— Tê, vê, á! — ressoavam de todos os lados (no armazém, o preço e o número das mercadorias eram indicados por letras). — Erre, i, tê!

Ao sair, Láptiev despediu-se apenas de Fiódor:

— Amanhã irei à rua Piátnitskaia com a minha esposa — disse. — Mas vou logo avisando que, se o papai disser para ela uma única palavra grosseira, eu não vou ficar lá nem mais um minuto.

— Ora, você continua o mesmo — suspirou Fiódor. — Casou, mas não mudou. Meu irmão, é preciso fazer concessões ao velho. Pois bem, então será amanhã, antes das onze horas. Vamos esperar com impaciência. Venha logo depois da missa.

— Eu não vou à missa.

— Bem, tanto faz. O importante é não chegar depois das onze, para dar tempo de rezar e almoçar junto com ele. Mande para a irmãzinha os meus cumprimentos e um beijo na mão. Tenho o pressentimento de que vou adorá-la — acrescentou Fiódor com toda a sinceridade. — Eu invejo você, meu irmão! — exclamou, quando Aleksei já havia descido a escada.

"Mas por que ele se encolheu todo com uma espécie de timidez, como se estivesse nu?", pensou Láptiev enquanto caminhava pela rua Nikólskaia e tentava entender a mudança ocorrida em Fiódor. "E que língua nova é essa que ele está falando? Meu irmão, querido irmão, Deus nos mandou uma bênção, vamos orar a Deus... parece até o Iúduchka de Schedrin."[22]

---

[22] Trata-se de um personagem avarento e hipócrita, do romance *Os senhores Goloviov* (1880), de Saltikov-Schedrin (1826-89).

VI

No dia seguinte, um domingo, às onze horas, em companhia da esposa, ele já seguia pela rua Piátnitskaia em seu pequeno coche puxado por um só cavalo. Láptiev temia algum disparate de Fiódor Stiepánitch, e de antemão já se sentia desgostoso. Após duas noites apenas na casa do marido, Iúlia Serguéievna chegara à conclusão de que o casamento tinha sido um erro, uma infelicidade, e lhe parecia que, se ela tivesse de morar com o marido em qualquer outra cidade que não Moscou, não conseguiria suportar tamanho horror. Ocorre que Moscou a distraía, as ruas, os prédios e as igrejas lhe agradavam muito e, se ela pudesse andar por Moscou naqueles lindos trenós com cavalos caros o dia todo, da manhã à noite, e se pudesse respirar no rosto o ar fresco do outono na velocidade daqueles passeios, talvez, quem sabe, ela acabaria não se sentindo tão infeliz.

Perto do prédio branco de dois andares, revestido de reboco pouco tempo antes, o cocheiro conteve o cavalo e começou a virar para a direita. Ali já estavam à espera deles. Postado junto à entrada, via-se um porteiro de cafetã novo, com botas de cano alto e galochas, bem como dois guardas; toda a área desde o meio da rua até os portões, e depois desde o pátio até a escada da varanda, estava recoberta por uma areia fresca. O porteiro tirou o chapéu e os guardas fizeram uma saudação, erguendo a mão até a pala do quepe. Fiódor, com ar muito sério, recebeu o irmão e a cunhada junto à varanda.

— Muito prazer em conhecê-la, minha irmãzinha — disse, e beijou a mão de Iúlia. — Seja bem-vinda.

Conduzindo-a pelo braço, Fiódor subiu a escada a seu lado e depois entrou por um corredor, passando por uma multidão de homens e mulheres. O vestíbulo também estava lotado de gente e, no ar, havia um cheiro de incenso.

— Vou agora apresentar a senhora ao nosso pai — sussurrou Fiódor em meio a um silêncio solene e fúnebre. — É um velho venerável, um *pater familias*.[23]

No amplo salão, junto à mesa preparada para um ofício de Ação de Graças, obviamente já à espera deles, estavam Fiódor Stiepánitch, um sacerdote com o camelauco[24] e um diácono. O velho ofereceu o braço para Iúlia, sem dizer nenhuma palavra. Todos se mantiveram mudos. Iúlia sentia-se constrangida.

O sacerdote e o diácono começaram a vestir os paramentos litúrgicos. Alguém trouxe um incensório do qual espirravam faíscas e emanava um cheiro de incenso e de carvão. As velas foram acesas. Os vendedores entraram no salão caminhando na ponta dos pés e formaram duas filas junto à parede. Todos se mantinham em silêncio, ninguém sequer tossia.

— Que o Senhor nos abençoe — começou o diácono.

Celebraram o ofício de Ação de Graças em tom solene, sem omitir nada, e entoaram dois acatistos:[25] ao dulcíssimo Jesus e à santíssima Mãe de Deus. Os cantores seguiram a partitura com rigor e cantaram por muito tempo. Láptiev já havia percebido como a esposa estava constrangida; enquanto recitavam os acatistos e os cantores entoavam o triplo "Tende piedade, Senhor", em vários tons, Láptiev esperava, num estado de tensão mental, que o velho de repente voltasse o olhar e fizesse algum comentário como: "A senhora não sabe fazer o sinal da cruz"; e Láptiev se sentiu irritado: para que aquela multidão, para que toda aquela cerimônia com padres e cantores? Era uma ostentação típica de comerciantes. No entanto, na hora da leitura do Evangelho, quando Iúlia e o velho baixaram a cabeça

---

[23] Latim: "pai de família". O mais elevado posto na hierarquia familiar da antiguidade romana. [24] Em russo, *kamilavka*. Chapéu cilíndrico preto, usado pelos sacerdotes ortodoxos. [25] Acatistos são hinos de louvor da Igreja ortodoxa.

e depois se ajoelharam várias vezes, Láptiev entendeu que ela estava gostando de tudo aquilo, e se tranquilizou.

No fim da Ação de Graças, na hora dos votos de vida longa, o sacerdote ofereceu a cruz para o velho e Aleksei beijarem, mas, quando Iúlia Serguéievna se aproximou, ele cobriu a cruz com a mão e deu a entender que desejava dizer algo. Fez sinal para que os cantores parassem.

— O profeta Samuel — começou o sacerdote — chegou a Belém por ordem do Senhor e lá os anciãos da cidade o interrogaram com temor: "Vens trazendo a paz, ó clarividente?". E o profeta respondeu: "A paz: festejem pela vontade do Senhor, celebrem e se rejubilem comigo, hoje". Assim também nós perguntamos a ti, Iúlia, serva de Deus, se é a paz que tu trazes a esta casa...

Iúlia ficou vermelha de emoção. Ao terminar sua fala, o sacerdote ofereceu a cruz para ela beijar e disse, dessa vez num tom muito diferente:

— Agora é o Fiódor Fiódoritch que precisa casar. É tempo.

De novo os cantores retomaram o cântico, as pessoas se puseram em movimento e um rumor geral cresceu. Comovido, com os olhos cheios de lágrimas, o velho beijou Iúlia três vezes, fez o sinal da cruz sobre o rosto da jovem e disse:

— Esta é a sua casa. Eu sou um velho e não preciso de nada.

Os vendedores deram os parabéns e disseram algo, mas as vozes dos cantores soavam tão altas que era impossível escutar. Depois almoçaram e tomaram champanhe. Iúlia sentou-se ao lado do velho e ele lhe disse que era ruim morarem separados, era preciso morarem juntos, numa só casa, e disse também que as partilhas e as discórdias levavam à ruína.

— Eu fiz fortuna e os filhos só desfrutam a fortuna — disse ele. — Agora a senhora está vivendo comigo, na mesma casa, e também vai desfrutar. Para mim, um velho, já é tempo de também repousar.

Diante dos olhos de Iúlia, o tempo todo, surgia a figura de Fiódor, muito semelhante ao seu marido, porém mais agitado e mais tímido; toda hora se aproximava e beijava a mão de Iúlia.

— Irmãzinha, nós somos gente simples — dizia, e com isso surgiam manchas vermelhas no seu rosto. — Levamos uma vida simples, à maneira russa, cristã, irmãzinha.

No caminho de volta para casa, muito satisfeito por tudo ter corrido bem e, ao contrário do esperado, não ter acontecido nada de estranho, Láptiev disse para a esposa:

— Você ficou surpresa ao ver que um pai tão vigoroso, de ombros largos, tenha filhos tão franzinos e de peito débil, como eu e o Fiódor. Pois é, mas isso tem uma explicação! Meu pai casou quando tinha quarenta e cinco anos e minha mãe, só dezessete. Ela ficava pálida e trêmula na presença dele. Nina nasceu primeiro, quando minha mãe estava relativamente saudável, e por isso cresceu mais forte do que nós. Já eu e Fiódor fomos concebidos e nascemos quando minha mãe já vivia exaurida pelo pavor constante. Lembro que meu pai começou a me educar, ou, melhor dizendo, começou a bater em mim quando eu tinha cinco anos. Ele me chicoteava com vergastas, puxava minha orelha com toda a força, esmurrava minha cabeça e, quando eu acordava, a primeira coisa em que pensava toda manhã era: vou ser surrado hoje? Brincar e divertir-se eram coisas proibidas para mim e para o Fiódor; tínhamos de ir a duas missas antes do almoço, beijar a mão dos padres e dos monges, recitar os acatistos em casa. Você é religiosa e gosta de tudo isso, já eu tenho medo da religião e, quando passo por uma igreja, recordo minha infância e me vem um horror. Quando eu tinha oito anos, já me levaram para o armazém; trabalhava como garoto de recados e isso não foi nada bom para a minha saúde, porque ali me batiam quase todo dia. Mais tarde, quando me levaram para o ginásio, eu estudava até a hora do almoço e depois tinha de ficar o tempo todo naquele mesmo armazém até de noite, e assim eu vivi até os vinte e dois anos de idade, quando conheci o Iártsev na universidade e ele me convenceu a fugir da casa do meu pai. Esse Iártsev foi muito bom para mim. Sabe de uma coisa? — disse Láptiev, e sorriu com satisfação. — Vamos agora mesmo visitar o Iártsev. É uma pessoa excelente! E como ele vai ficar comovido!

VII

Num sábado de novembro, Anton Rubinstein regeu um concerto sinfônico. O teatro estava lotado e fazia calor. Láptiev se encontrava de pé, atrás das colunas, enquanto sua esposa e Kóstia Kotchevói estavam sentados longe dele, na segunda ou terceira fila, perto do palco. Logo no início do intervalo, de forma completamente inesperada, "certa pessoa" passou por ele: Polina Nikoláievna Rassúdina. Depois do casamento, muitas vezes Láptiev pensava com medo na possibilidade de um encontro com Polina. E agora, quando ela olhou direto para ele, sem disfarces, Láptiev lembrou que até então não fizera nada para se explicar, nem sequer escrevera duas ou três linhas cordiais, limitando-se, em vez disso, a esconder-se; sentiu vergonha e seu rosto chegou a corar. Polina apertou a mão de Láptiev com força, sem hesitação, e perguntou:

— O senhor esteve com o Iártsev?

E, sem esperar resposta, seguiu adiante, num ímpeto, a passos largos, como se alguém a empurrasse por trás.

Polina era muito magra, feia, de nariz comprido, rosto sempre exausto e pensativo, e parecia lhe custar um enorme esforço manter os olhos abertos e não cair. Tinha olhos escuros e expressão bonita e inteligente, mas seus movimentos eram bruscos e estabanados. Não era fácil conversar com ela, pois não sabia ouvir e falar com tranquilidade. Amar Polina era difícil. Às vezes, quando estava a sós com Láptiev, gargalhava demoradamente, cobrindo o rosto com as mãos, e afirmava que para ela o amor não era a coisa mais importante da vida, tinha pudores de meninas de dezessete anos e, antes de ser beijada, exigia que todas as velas fossem apagadas. Já contava trinta anos de idade. Estava casada com um professor, porém já fazia tempo que não vivia com o marido. Ganhava a vida dando aulas de música e tocando em quartetos.

Na hora da *Nona sinfonia*, ela passou por Láptiev outra vez, como que por acaso, mas a multidão de homens formava uma cerrada parede atrás das colunas, impedindo que Polina fosse adiante, e ela parou. Láptiev notou que ela vestia a mesma blusa de veludo que usara nos dois anos anteriores, quando ia a concertos. As luvas eram novas e o leque também, mas de um tipo barato. Ela gostava de se arrumar, no entanto não tinha bom gosto e punha a culpa na falta de dinheiro, vestia-se mal e com desleixo e assim na rua, em geral, quando passava afobada e em passos largos a caminho das suas aulas de música, podia ser facilmente confundida com um monge noviço.

O público aplaudiu e gritou bis.

— Fique comigo neste início de noite — disse Polina Nikoláievna, vindo até Láptiev e olhando para ele com ar severo. — Vamos sair daqui e tomar chá juntos. Ouviu o que eu disse? Eu exijo isto. O senhor tem muitas dívidas comigo e não tem o direito moral de me recusar algo tão insignificante.

— Está bem, vamos — concordou Láptiev.

Depois da sinfonia, houve aplausos e agradecimentos intermináveis.

O público se levantou e foi saindo de forma extremamente vagarosa, entretanto Láptiev não podia ir embora sem antes falar com a esposa. Teve de ficar de pé na porta e esperar.

— Eu preciso desesperadamente tomar chá — reclamou Rassúdina. — Estou queimando por dentro.

— Podemos beber aqui mesmo — respondeu Láptiev. — Vamos até o bufê.

— Não, eu não tenho dinheiro sobrando para dar a um garçom. Eu não sou nenhuma mulher de comerciante.

Láptiev lhe ofereceu o braço, ela recusou, disse uma frase comprida e cansativa, que ele já ouvira de Polina muitas vezes: ela não fazia parte do sexo belo e frágil e não precisava dos serviços dos homens.

Enquanto conversava com Láptiev, ela olhava para o público e muitas vezes cumprimentava pessoas conhecidas; eram colegas do curso de Guerriê[26] e também do conservatório, ou seus alunos e alunas. Polina apertava a mão deles com força e de modo brusco, como se fosse puxar seu braço. Mas de repente os ombros de Polina começaram a sacudir e tremer, como numa pessoa febril, e ela acabou falando em voz baixa, com horror, voltada para Láptiev:

— Que pessoa é essa com que o senhor casou? Onde estavam os seus olhos, seu louco? O que o senhor viu naquela menina tola e insignificante? Afinal, eu amava o senhor pela inteligência, pela alma, e tudo que essa bonequinha de louça quer é o seu dinheiro!

— Vamos deixar isso de lado, Polina — disse ele, com voz de súplica. — Tudo que a senhora pode me dizer sobre o meu casamento eu mesmo já me disse, e muitas vezes... Não me faça sofrer à toa.

Iúlia Serguéievna apareceu, de vestido preto e com um grande broche de diamantes que o sogro lhe enviara depois da missa de Ação de Graças; atrás dela vinha seu séquito: Kotchevói, dois médicos conhecidos, um oficial e um jovem gordo em uniforme de estudante universitário, cujo nome de família era Kich.

---

[26] V. I. Guerriê (1837-1919), historiador, professor universitário, fundador dos cursos superiores para mulheres na Rússia.

— Vá com o Kóstia — disse Láptiev para a esposa. — Eu irei depois.

Iúlia fez que sim com a cabeça e foi embora. Polina Nikoláievna seguiu-a com o olhar, o corpo todo trêmulo, se encolhendo de nervosismo, e seu olhar era repleto de aversão, inveja e dor.

Láptiev tinha receio de ir à casa de Polina, pressentindo uma conversa desagradável, palavras duras, lágrimas, e sugeriu que fossem a algum restaurante para tomar chá. Mas ela respondeu:

— Não, não, vamos à minha casa. Não se atreva a me falar em restaurantes.

Ela não gostava de restaurantes porque em tais lugares o ar lhe parecia contaminado pelo tabaco e pela respiração dos homens. Polina tinha estranhos preconceitos em relação a quaisquer homens que não conhecesse, considerava todos libertinos, prontos para se jogarem sobre ela a qualquer instante. Além disso, a música das tabernas a deixava exasperada e até lhe dava dor de cabeça.

Ao saírem da Assembleia da Nobreza,[27] tomaram um coche de praça rumo à rua Ostójenka até a travessa Soviólovski, onde Rassúdina morava. Durante todo o percurso, Láptiev pensava nela. De fato, devia muito a Polina. Ele a conhecera por intermédio de seu amigo Iártsev, a quem ela dava aulas de teoria musical. Polina ficou muito apaixonada por Láptiev, de forma completamente desinteressada e, mesmo já unida a ele, continuou a dar aulas e a trabalhar todos os dias como antes, até o esgotamento. Graças a Polina, Láptiev passou a entender e amar a música, à qual antes era quase indiferente.

---

[27] Ou Casa da Assembleia da Nobreza: prédio construído em Moscou no século XVIII, reformado no século XIX, onde se realizavam concertos.

— Metade do meu reino por um copo de chá! — exclamou ela com voz surda, cobrindo a boca com seu regalo de pele para não se resfriar. — Eu dei cinco aulas hoje, que o diabo os carregue! Meus alunos são tão tapados, tão incapazes que eu quase morro de cansaço. E não sei quando vai ter fim esta vida de trabalhos forçados. É um martírio. Quando eu conseguir economizar trezentos rublos, largo tudo e fujo para a Crimeia. Vou ficar estirada na beira da praia e sorver o oxigênio. Como eu adoro o mar, ah, como eu adoro o mar!

— A senhora não irá a parte alguma — disse Láptiev. — Em primeiro lugar, não vai conseguir juntar dinheiro e, em segundo lugar, a senhora é sovina. Perdoe, mas vou repetir mais uma vez: ganhar esses trezentos rublos, moeda por moeda, dando aulas de música para gente ociosa que só estuda música por não ter mais o que fazer é menos humilhante, por acaso, do que pedir emprestado aos amigos?

— Eu não tenho amigos! — retrucou, irritada. — E peço ao senhor que não fale bobagens. A classe trabalhadora, à qual eu pertenço, só tem um privilégio: a consciência da sua integridade, o direito de não dever nada a comerciantes e desprezá-los. Não, o senhor não vai me comprar! Eu não sou a Iúlitchka!

Láptiev não tomou a iniciativa de pagar o coche, ciente de que aquilo suscitaria uma torrente de palavras que ele já ouvira muitas vezes. Ela mesma pagou ao cocheiro.

Polina alugava um quarto pequeno e mobiliado, com direito a refeições, no apartamento de uma senhora que vivia só. Por enquanto seu grande piano de cauda Becker ficava na casa de Iártsev, na rua Bolchaia Nikítskaia, e Polina ia até lá todos os dias para tocar. No seu quarto havia poltronas estofadas, uma colcha branca de verão sobre a cama e flores da senhoria, oleogravuras pendiam nas paredes e não havia nada que fizesse pensar que ali morava uma mulher que tinha estudado num curso superior feminino. Não havia penteadeira e nenhum livro, nem sequer uma escrivaninha. Era evidente que Polina se deitava e dormia assim que chegava em casa, para levantar-se de manhã cedo e sair imediatamente.

A cozinheira trouxe o samovar. Polina Nikoláievna ferveu o chá e, ainda trêmula — fazia frio no quarto —, começou a falar mal dos cantores que interpretaram a *Nona sinfonia*. Seus olhos já estavam fechando de cansaço. Ela bebeu um copo de chá, tomou o segundo e ainda o terceiro.

— Quer dizer que o senhor está casado — disse. — Mas não se preocupe, não vou ficar remoendo isso, eu sei como arrancar o senhor do meu coração. O que me irrita e me amargura é ver que o senhor é o mesmo lixo que todo mundo, ver que o senhor procura na esposa não a inteligência, a cultura, mas o corpo, a beleza, a juventude... Juventude! — exclamou em voz anasalada, como se estivesse arremedando alguém, e riu. — Juventude! O senhor busca a pureza! *Reinheit!*[28] *Reinheit!* — gargalhou, jogando as costas contra o espaldar da poltrona. — *Reinheit!*

Quando parou de rir, tinha lágrimas nos olhos.

— Mas pelo menos você está feliz?
— Não.
— Ela ama você?
— Não.

Perturbado, sentindo-se infeliz, Láptiev levantou-se e se pôs a andar pelo quarto.

— Não — repetiu. — Se quer mesmo saber, Polina, estou muito infeliz. O que vou fazer? Cometi uma tolice e agora não há mais como corrigir. É preciso suportar filosoficamente. Ela casou sem amor, por tolice, talvez, e por cálculo, mas sem refletir e agora, é óbvio, tomou consciência do seu erro e está sofrendo. Eu percebo. À noite dormimos, mas de dia ela tem

---

28 Alemão: "pureza".

medo de ficar sozinha comigo, por cinco minutos que sejam, e por isso procura diversão, companhia. Comigo, sente vergonha e medo.

— Mas ela pega o seu dinheiro?

— Que bobagem, Polina! — gritou Láptiev. — Se ela pega meu dinheiro é porque, para ela, não faz a mínima diferença ter dinheiro ou não. É uma pessoa honesta e pura. Casou comigo só porque desejava fugir do pai e mais nada.

— E o senhor tem certeza de que ela se casaria mesmo se o senhor não fosse rico? — perguntou Polina.

— Não tenho certeza de nada — respondeu Láptiev, com amargura. — De nada. Eu não entendo nada. Pelo amor de Deus, Polina, não vamos falar disso.

— E o senhor a ama?

— Loucamente.

Em seguida veio um silêncio. Polina bebeu o quarto copo de chá, enquanto ele continuava a andar e pensava que a esposa, agora, certamente estava jantando no clube dos médicos.

— Mas será possível amar sem saber por quê? — perguntou Rassúdina, e encolheu os ombros. — Não, o senhor está falando de uma paixão animal! O senhor está inebriado! Foi envenenado por aquele corpo bonito, por aquela *Reinheit*! Afaste-se de mim, o senhor é um lixo! Vá embora para ela!

Com a mão, Polina acenou para que Láptiev saísse, apanhou o chapéu dele e arremessou-o em sua direção. Sem dizer nada, Láptiev vestiu seu casaco de pele e saiu, mas ela correu até o vestíbulo, agarrou convulsivamente seu braço na altura do peito e rompeu em soluços.

— Pare com isso, Polina! Chega! — disse ele, porém, por mais que tentasse, não conseguia abrir os dedos que o seguravam.

Polina fechou os olhos, empalideceu e seu nariz comprido adquiriu uma lamentável cor de cera, como a de um cadáver, enquanto Láptiev ainda tentava, sem sucesso, abrir seus dedos. Ela desmaiou. Com cuidado, Láptiev a levantou nos braços, deitou-a na cama e ficou sentado por uns dez minutos a seu lado, até que ela acordasse. Polina tinha as mãos geladas, o pulso fraco, intermitente.

— Vá para casa — disse ela, ao abrir os olhos. — Vá embora, senão eu vou começar essa choradeira de novo. Preciso me controlar.

Ao sair dali, em vez de ir ao Clube dos Médicos, onde o aguardavam, Láptiev foi para casa. Por todo o caminho ele se questionava e se recriminava: por que não havia casado com aquela mulher que o amava tanto e que já era, de fato, sua esposa e amiga? Era a única pessoa ligada a ele e, além do mais, não seria uma tarefa nobre e digna proporcionar felicidade, abrigo e tranquilidade para uma criatura inteligente, orgulhosa e martirizada pelo trabalho? Aliás, seria correto da parte dele alimentar aquela aspiração de beleza, de juventude e até de uma felicidade que não podia existir e que, já havia três meses, como um castigo ou um escárnio, o mantinha sempre num estado de abatimento e desolação? A lua de mel já terminara havia muito e ele — era até ridículo dizer — ainda não sabia quem era sua esposa. Para as ex-colegas de curso superior e para o pai, Iúlia escrevia longas cartas de cinco páginas, encontrava assunto para eles, ao passo que com Láptiev só falava do tempo ou avisava que era hora do almoço ou da janta. Antes de dormir, enquanto a esposa rezava demoradamente e ficava beijando seus pequenos crucifixos e ícones, Láptiev olhava para ela e pensava com rancor: "Veja só, está rezando, mas reza para quê? Para quê?". Mentalmente, imprecava contra a esposa e contra si mesmo, dizendo que, ao dormir com ela e tomá-la em seus abraços, ele recebia o que era devido pelo que estava pagando, só que aquilo era horrível; se ao menos fosse uma mulher exuberante, atrevida, pecadora, porém nela só havia juventude, religiosidade, docilidade, inocência, olhos puros... Quando Iúlia estava noiva de Láptiev, sua religiosidade o comovia, mas agora aquele contorno convencional de conceitos e convicções lhe parecia uma barreira defensiva por trás da qual não se podia enxergar a verdade. Na vida conjugal de Láptiev, tudo já era um tormento. Quando a esposa, sentada a seu lado no teatro, suspirava ou ria alto e sem disfarces, ele sentia amargura por ela divertir-se sozinha, sem querer dividir com ele suas emoções. E o mais notável era que Iúlia se dava muito bem com todos os amigos de Láptiev, e que todos eles já sabiam quem ela era, ao passo que Láptiev não sabia nada e apenas remoía, em silêncio, seu desgosto e seu ciúme.

Ao chegar em casa, Láptiev vestiu um roupão, calçou seus chinelos e sentou-se em seu escritório para ler um romance. A esposa não estava em casa. Porém, menos de meia hora depois, soaram no vestíbulo os passos surdos de Piotr, que correu para abrir a porta. Era Iúlia. Ela entrou no escritório com seu casaco de pele e as bochechas rosadas pelo frio.

— Há um grande incêndio em Présnia — disse ela, ofegante. — O clarão é enorme. Fui até lá com o Konstantin Ivánitch.[29]

— Muito bem!

O ar de saúde, frescor e medo infantil nos olhos dela acalmou Láptiev. Ele continuou lendo por mais meia hora e foi dormir.

No dia seguinte, Polina Nikoláievna enviou para o armazém dois livros, que pegara emprestados com ele havia muito tempo, bem como todas as cartas e fotografias de Láptiev; junto, havia um bilhete com uma única palavra: "*Basta!*".[30]

---

[29] Trata-se de Kóstia.   [30] Em italiano, no original.

VIII

Já no fim de outubro, ficou claro que a doença de Nina Fiódorovna havia recrudescido. Ela emagreceu rapidamente e seu rosto se transformou. Apesar das fortes dores, ela dizia que estava se recuperando, e toda manhã se vestia como se estivesse saudável e depois passava o dia inteiro na cama, toda vestida. No fim, tornou-se muito falante. Deitada de costas, contava casos em voz baixa, com a respiração pesada e difícil. Ela morreu de repente, nas seguintes circunstâncias:

Era uma noite clara de luar, lá fora os trenós deslizavam sobre a neve fresca e os ruídos da rua entravam pelo quarto. Nina Fiódorovna jazia sobre a cama, deitada de costas, e a seu lado cochilava Sacha, que ninguém ainda viera substituir.

— Não me lembro do patronímico dele — estava contando Nina Fiódorovna —, mas o seu nome era Ivan e o seu sobrenome de família, Kotchevói. Era um funcionário pobre. Um beberrão tremendo (que sua alma descanse em paz). Vinha à nossa casa e todo mês dávamos para ele uma libra de açúcar e um oitavo de chá. Bem, às vezes também dávamos dinheiro, é claro. Pois é... Depois, aconteceu o seguinte: o nosso Kotchevói bebeu até não poder mais e morreu, a vodca o queimou por dentro. Deixou um filhinho de sete anos. Um orfãozinho... Nós pegamos o Kotchevói e o carregamos para o prédio onde moravam os vendedores, ele também estava morando lá já fazia um ano, sem que meu pai soubesse. Quando o papai viu, só encolheu os ombros e não falou nada. Quando o Kóstia, o órfão, fez nove aninhos (naquela altura eu já estava noiva), eu o levei para todas as escolas. Fui para lá, para cá, e ninguém aceitava o menino. Ele ficava chorando... Eu dizia: "Por que está chorando, seu bobinho?". Eu o levei ao segundo ginásio, na praça Razguliai, e lá, graças a Deus, o aceitaram... Então, todo dia, eu levava o menino a pé, da rua Piátnitskaia até a praça Razguliai, e depois de volta, da praça Razguliai à rua Piátnitskaia... O Aliocha pagou o colégio... Graças a Deus o menino era bom aluno, aprendia rápido e concluiu muito bem os estudos... Agora ele é advogado em Moscou, é amigo do Aliocha e tão culto como ele. Nós não o abandonamos, era um ser humano, nós o acolhemos em nossa casa e agora, com certeza, ele reza por nós... É...

Nina Fiódorovna começou a falar cada vez mais baixo, com pausas compridas e, depois de um breve silêncio, de súbito se ergueu e sentou na cama.

— Há alguma coisa errada comigo... Parece muito ruim — disse. — Deus, tenha misericórdia. Ai, não consigo respirar!

Sacha sabia que a mãe logo morreria e agora, ao ver seu rosto tão magro, entendeu que era o fim e se assustou.

— Mãezinha, não pode ser! — soluçava. — Não pode!

— Corra lá na cozinha, mande chamar seu pai. Eu estou muito ruim.

Sacha correu e chamou em todos os quartos, mas não havia nenhum criado na casa inteira e só na sala de refeições ela encontrou a irmã caçula, Lida, dormindo em cima de uma arca, toda vestida e sem travesseiro. Do jeito como estava, sem galochas, Sacha abalou para fora da casa e depois para a rua. No portão estava a babá, sentada num banco, olhando para os patinadores. Sons de música militar chegavam lá do rio, onde as pessoas estavam patinando.

— Babá, a mamãe está morrendo! — disse Sacha, em soluços. — É preciso chamar o papai!...

A babá subiu ao dormitório no primeiro andar, olhou para a enferma e prendeu entre as mãos dela uma vela de cera acesa. Sacha, horrorizada, muito inquieta, implorou que fossem chamar seu pai, sem que ela mesma soubesse a quem se dirigia. Em seguida vestiu um casaco, pôs um lenço na cabeça e correu para a rua. Por comentários dos criados, ela já sabia que o pai tinha outra esposa e duas filhas pequenas com as quais morava na rua Bazárnaia. Ao sair pelo portão, Sacha virou para a esquerda, chorando e com medo das pessoas que passavam, mas logo os pés começaram a afundar na neve e ela sentiu-se enregelada.

Um coche de praça vazio veio a seu encontro, mas Sacha não quis embarcar: na certa o cocheiro a levaria para os subúrbios a fim de roubá-la e depois a largaria num cemitério (durante o chá, uma criada havia contado essa história: aquelas coisas andavam acontecendo). E Sacha continuou andando, sem parar, com a respiração ofegante e em soluços. Quando entrou na rua Bazárnaia, perguntou onde morava o sr. Panaúrov. Uma desconhecida tentou explicar demoradamente, porém, vendo que a menina não entendia, levou-a pela mão até um prédio de um andar, com um grande alpendre. A porta não estava fechada. Sacha atravessou o vestíbulo às pressas, depois o corredor, e por fim se viu num cômodo claro e aquecido, onde o pai estava sentado diante de um samovar, junto com uma senhora e duas meninas pequenas. No entanto, Sacha já não era capaz de pronunciar nenhuma palavra e ficou parada, apenas soluçando. Panaúrov entendeu.

— Quer dizer que a mamãe está passando mal, não é? — indagou. — Diga, minha menina: mamãe está passando mal?

Panaúrov ficou alarmado e mandou chamar um coche de praça.

Quando chegaram em casa, Nina Fiódorovna estava sentada sobre a cama, escorada em travesseiros e com uma vela na mão. O rosto escurecera e os olhos já estavam fechados. No quarto, de pé, aglomerados junto à porta, estavam a babá, a cozinheira, a arrumadeira, o mujique Prokófi e ainda outras pessoas simples e desconhecidas. A babá contava algo em sussurros, mas ninguém compreendia suas palavras. No fundo do quarto, junto à janela, estava Lida, pálida, sonolenta, olhando para a mãe com ar soturno.

Panaúrov retirou a vela da mão de Nina Fiódorovna e, com o rosto contraído de aversão, jogou-a sobre a cômoda.

— Isto é horrível! — exclamou, e seus ombros tremeram. — Nina, você precisa deitar — disse ele com carinho. — Deite, querida.

Ela estremeceu, sem reconhecê-lo... Puseram-na deitada de costas.

Quando o padre e o médico Serguei Boríssitch chegaram, os criados já estavam se benzendo e rezando por ela.

— Vejam só, mas que coisa! — disse o médico, pensativo, quando foi para a sala. — É tão jovem, nem completou quarenta anos.

Ouviam-se os altos soluços das meninas. Pálido, com os olhos cheios de água, Panaúrov se aproximou do médico e disse, em voz fraca e langorosa:

— Meu caro, faça-me um favor, mande um telegrama para Moscou. Decididamente, eu não tenho forças.

O médico molhou a pena no tinteiro e escreveu para a filha este telegrama: "Panaúrova faleceu ontem às oito. Avise seu marido: na rua Dvoriánskaia vende-se casa hipotecada, nove mil. Leilão dia 12. Recomendo não perder oportunidade".

IX

Láptiev morava numa das travessas que cortam a rua Málaia Dmítrovka, perto da travessa Staropimenóvski. Além da casa principal que dava para a rua, ele alugava também um prédio anexo de dois andares para seu amigo Kotchevói, advogado e seu assessor jurídico, a quem todos os Láptiev chamavam apenas de Kóstia, pois havia crescido junto com eles. Diante daquele anexo, se erguia outra casa, também de dois andares, onde morava uma família francesa: o marido, a esposa e cinco filhos.

Fazia um frio intenso, vinte graus abaixo de zero. O gelo recobria as janelas. Ao despertar de manhã, Kóstia, com ar muito compenetrado, tomou quinze gotas de um remédio, depois pegou dois halteres numa estante de livros e fez ginástica. Era alto, bastante magro, de bigode grande e arruivado; porém, o que mais chamava a atenção em sua aparência eram as pernas extraordinariamente compridas.

Piotr, um mujique de meia-idade, de paletó e calças de chita enfiadas nos canos altos das botas, trouxe o samovar e pôs a água do chá para ferver.

— O tempo hoje está muito bonito, Konstantin Ivánitch — disse ele.

— Sim, muito bonito, só que nem eu nem você podemos aproveitar, é uma pena.

Piotr suspirou por cortesia.

— E as meninas? — perguntou Kotchevói.

— O pai não veio, é Aleksei Fiódorovitch que está tomando a lição delas.

Kóstia encontrou no vidro da janela um cantinho que o gelo não havia encoberto e se pôs a olhar por ali, através do binóculo, apontando para as janelas onde morava a família francesa.

— Não dá para ver — disse.

Enquanto isso, no andar de baixo, Aleksei Fiódorovitch dava aula para Sacha e Lida. Já fazia um mês e meio que elas estavam morando em Moscou, no primeiro andar daquele prédio anexo, junto com uma preceptora, e três vezes por semana um professor do colégio municipal e um sacerdote vinham lhes dar lições. Sacha estava estudando o Novo Testamento e Lida tinha começado o Antigo havia pouco tempo. Na última aula, Lida tivera de decorar até a história de Abraão.

— E então, Adão e Eva tiveram dois filhos — disse Láptiev. — Muito bem. Mas como se chamavam? Tente lembrar!

Lida, sempre soturna, ficou em silêncio, olhando para a mesa, e mal moveu os lábios; Sacha, a mais velha, fitava o rosto da irmã e se afligia.

— Você sabe muito bem a resposta, é só não ficar nervosa — disse Láptiev. — Vamos, como se chamavam os filhos de Adão?

— Abel e Cabel — sussurrou Lida.

— Caim e Abel — corrigiu Láptiev.

Uma lágrima grossa deslizou pelo rosto de Lida e pingou sobre o livro. Sacha também baixou os olhos e ruborizou-se, já à beira de chorar. Com pena, Láptiev não conseguia falar, sentia as lágrimas subirem à garganta; levantou-se da mesa e se pôs a fumar um cigarro. Nesse momento, Kotchevói desceu e entrou com um jornal nas mãos. As meninas se levantaram e, sem olhar para ele, o cumprimentaram com uma reverência.

— Pelo amor de Deus, Kóstia, tome a lição delas — disse-lhe Láptiev. — Receio que eu mesmo comece a chorar, além disso preciso ir ao armazém antes do almoço.

— Está bem.

Aleksei Fiódoritch saiu. Kóstia, com ar muito sério, sobrancelhas franzidas, sentou-se à mesa e puxou para si as Escrituras.

— E então? — perguntou. — Onde pararam?

— Ela sabe a parte do dilúvio — disse Sacha.

— O dilúvio? Muito bem, vamos mergulhar nesse dilúvio. Que dilúvio é esse? — Kóstia leu depressa uma breve descrição do dilúvio e disse: — Eu tenho de ressaltar para vocês que um dilúvio como esse, do jeito como está descrito aqui, na verdade nunca existiu. Também nunca existiu nenhum Noé. Milhares de anos antes do nascimento de Cristo, houve na Terra uma inundação fora do comum, que ficou registrada não só na Bíblia dos hebreus, como também em livros de outros povos antigos, como os gregos, os caldeus, os hindus. Só que, por maior que tenha sido essa inundação, ela não pode ter coberto o mundo inteiro. As partes baixas se alagaram, mas as montanhas, é de supor, ficaram fora da água. Se querem ler este livro, tudo bem, leiam, mas não acreditem em tudo que está aqui.

De novo, lágrimas correram no rosto de Lida, ela se virou e, de repente, desatou em soluços tão altos que Kóstia teve um susto, levantou-se e ficou muito constrangido.

— Eu quero ir para casa — exclamou a menina. — Para o papai e a babá.

Sacha também começou a chorar. Kóstia subiu para o seu quarto e telefonou para Iúlia Serguéievna:

— Minha querida, as meninas estão chorando outra vez. Não há jeito.

Iúlia Serguéievna veio correndo da casa principal, só com um vestido e um xale de tricô e, transida pela friagem, logo se pôs a consolar as meninas.

— Acreditem em mim, acreditem — disse com voz de súplica, abraçando ora uma, ora outra. — O seu pai vai vir hoje, ele mandou um telegrama. Vocês estão tristes por sua mãe e eu também estou, é de partir o coração, mas o que se vai fazer? Não se pode ir contra a vontade de Deus!

Quando as meninas pararam de chorar, Iúlia as agasalhou e levou-as para passear. Primeiro passaram pela rua Málaia Dmítrovka, depois pelo bulevar Strastnói até a rua Tverskáia; pararam junto à capela Íverskaia, acenderam uma vela e rezaram de joelhos. No caminho de volta, foram à confeitaria Filíppova e compraram rosquinhas de Quaresma com sementes de papoula.

Os Láptiev almoçavam após as duas horas. Piotr servia os pratos. O dia inteiro esse Piotr não parava, corria ao armazém, aos correios, ao tribunal do distrito, a pedido de Kóstia, e fazia os serviços domésticos; à noite, enrolava cigarros; de madrugada, era ele quem ia correndo abrir a porta e, às cinco da manhã, lá estava ele acendendo a estufa; ninguém sabia a que horas dormia. Piotr gostava muito de desarrolhar as garrafas de água Selters[31] e sabia fazê-lo agilmente, sem ruído e sem derramar sequer uma gota.

— Graças a Deus! — disse Kóstia, sorvendo de uma só vez um cálice de vodca antes da sopa.

No início, Iúlia Serguéievna não gostou de Kóstia; sua voz de baixo, seu palavreado, em que havia coisas como "eu pus ele pra correr", "esfreguei na cara dele", "ralé", "providencie logo esse samovarzinho", bem como seu costume de erguer brindes e lamúrias ao tomar um cálice pareceram vulgaridades para Iúlia. Entretanto, ao conhecê-lo mais de perto, ela passou a sentir-se muito à vontade em sua presença. Com ela, Kóstia se mostrava franco, gostava de conversar com Iúlia ao anoitecer, a meia-voz, sobre qualquer assunto, e chegou a dar romances de sua autoria para ela ler, livros que até então eram um segredo mesmo para seus amigos, como Láptiev e Iártsev. Iúlia lia aqueles romances e, para não causar desgosto a Kóstia, elogiava, e ele ficava contente, pois tinha esperança de cedo ou tarde tornar-se um escritor conhecido. Seus romances só descreviam o meio rural, propriedades de grandes senhores de terra, embora Kóstia muito raramente tivesse visto de perto a vida do campo, só quando visitava a datcha de algum amigo, e apenas uma vez na vida, quando viajou para Volokolamsk[32] a fim de tratar de um caso jurídico, estivera na propriedade de um grande senhor de terras. Nos romances, Kóstia evitava os temas amorosos, parecia ter vergonha do assunto, descrevia a natureza com frequência e, em tais momentos, adorava empregar expressões como "os contornos caprichosos das montanhas", "as formas mirabolantes das nuvens" ou "acordes de

---

31 Água mineral gaseificada de origem alemã, por vezes aromatizada.
32 Cidade pequena, não distante de Moscou.

harmonias misteriosas...". Ninguém queria publicar seus livros e ele explicava o fato pelas condições da censura.

Kóstia gostava do trabalho de advogado, porém considerava que sua atividade mais importante eram aqueles romances. Acreditava ser dotado de uma natureza delicada e artística e sentia-se sempre atraído pela arte. Não cantava, não tocava nenhum instrumento e não tinha nem sombra de ouvido musical, porém frequentava todas as associações sinfônicas e filarmônicas, organizava concertos com fins beneficentes, fizera amizade com cantores...

Durante as refeições, conversavam.

— É incrível — disse Láptiev. — Mais uma vez, o Fiódor me deixou perplexo! Ele disse que é preciso descobrir quando nossa firma vai completar cem anos para então solicitarmos um título de nobreza, e o Fiódor fala disso com a maior seriedade do mundo. O que foi que deu na cabeça dele? Francamente, eu estou começando a ficar preocupado.

Estavam conversando sobre Fiódor, sobre sua mania recente de se fazer passar por algum tipo de personagem. Por exemplo, Fiódor se empenhava em mostrar-se como um simples comerciante, embora não fosse mais um comerciante, e quando o professor da escola onde seu pai, o velho Láptiev, era curador, vinha lhe cobrar o pagamento de seu ordenado, Fiódor chegava a mudar de voz e de postura, e adotava com o professor ares de grande superioridade.

Depois do almoço, como nada havia para fazer, foram para o escritório. Conversaram sobre a arte do decadentismo, sobre *A donzela de Orleans*,[33] e Kóstia leu um monólogo inteiro; achava que fazia uma bela imitação da atriz Ermólova.[34]

---

[33] Drama do alemão F. Schiller (1759-1805), inspirado na história de Joana d'Arc. Título também de uma ópera de Tchaikóvski. [34] Maria Nikoláievna Ermólova (1853-1928), famosa atriz do Teatro Máli, de Moscou.

Em seguida, sentaram-se para jogar o *vint*.[35] As duas meninas ainda não tinham se recolhido para seus quartos na casa anexa e, sentadas juntas numa só poltrona, pálidas e tristonhas, escutavam atentas os barulhos que vinham da rua: não seria seu pai que estava chegando? Quando anoitecia, no escuro e à luz de velas, uma angústia dominava as duas meninas. As conversas em torno do jogo de cartas, o som dos passos de Piotr, os estalidos na lareira afligiam as meninas e elas evitavam olhar para as chamas; já não tinham vontade de chorar à noite, mas achavam tudo muito lúgubre e seu peito pesava. Não entendiam como era possível conversar e rir, se a mãe havia morrido.

— O que o senhor viu hoje pelo binóculo? — perguntou Iúlia Serguéievna a Kóstia.

— Hoje, nada, mas ontem o velho francês tomou banho.

Às sete horas, Iúlia Serguéievna e Kóstia foram ao Teatro Máli. Láptiev ficou em casa com as meninas.

— Já era para o seu pai ter chegado — disse, olhando para o relógio. — Na certa o trem atrasou.

Sentadas juntas numa só poltrona, caladas, as meninas se apertavam uma na outra como dois bichos com frio, enquanto Láptiev andava pelos cômodos, sem parar, olhando impaciente para o relógio. A casa estava em silêncio. Entretanto, quase às nove horas, alguém tocou a campainha. Piotr foi abrir a porta.

Ao ouvirem a voz conhecida, as meninas deram gritos, desataram em soluços e se precipitaram para o vestíbulo. Panaúrov vestia um comprido casaco de pele luxuoso, tinha a barba e o bigode embranquecidos de gelo.

— Já vou, já vou — balbuciava, mas Sacha e Lida, entre soluços e risos, já estavam beijando suas mãos geladas, seu chapéu e seu casaco de pele. Bonito, langoroso, mimado pelo amor,

---

[35] Jogo que combina o *whist* e o *preference*.

Panaúrov, sem se apressar, fez um afago nas meninas, depois entrou no escritório e disse, esfregando as mãos:

— Não vou ficar muito tempo, minhas amigas. Amanhã parto para Petersburgo. Prometeram me transferir para outra cidade.

Panaúrov estava hospedado no hotel Dresden.

X

A casa dos Láptiev recebia com frequência a visita de Ivan Gavrílitch Iártsev. Era um homem saudável, vigoroso, moreno, de rosto inteligente e simpático; era considerado bonito, porém ultimamente começara a engordar e aquilo prejudicava seu rosto e sua figura; também o prejudicava o corte de cabelo curto demais, que quase deixava a pele à mostra. Tempos antes, na universidade, por causa de sua estatura elevada e grande força física, os estudantes o chamavam de leão de chácara.

Iártsev concluiu a faculdade de letras junto com os irmãos Láptiev, depois ingressou na faculdade de ciências naturais e agora era mestre em química. Não tinha intenção de exercer uma cátedra na universidade e não era sequer instrutor num laboratório; em vez disso, dava aulas de física e de história natural numa escola técnica e em dois ginásios femininos. Vivia entusiasmado com seus alunos, em particular com as alunas, e dizia que estava surgindo uma geração extraordinária. Além de química, ele também estudava, em casa, sociologia e história russa, e seus breves comentários eram às vezes publicados em jornais e revistas, assinados apenas pela letra russa *Iá*. Quando falava sobre algum tema de botânica ou zoologia, parecia um historiador; quando tratava de alguma questão histórica, parecia um naturalista.

Outro frequentador da casa dos Láptiev era Kich, chamado de eterno estudante. Ele ficou três anos na faculdade de medicina, depois passou para a de matemática, onde demorou dois anos para concluir cada série do curso. Seu pai, um farmacêutico de província, lhe enviava quarenta rublos por mês, a mãe, às escondidas do pai, mandava mais dez, e aquele dinheiro lhe bastava para sobreviver e até para certos luxos, como um sobretudo polonês com gola de pelo de castor, luvas, perfumes e fotografias (Kich se fazia fotografar muitas vezes e distribuía seus retratos para os amigos). Asseado, um pouco calvo, costeletas douradas junto às orelhas, modesto, tinha sempre o aspecto de uma pessoa pronta para ser útil. Vivia ocupado em resolver os problemas dos outros: ora fazia correr uma lista de subscrições, ora gelava na fila do caixa de um teatro, de manhã cedinho, a fim de comprar um ingresso para alguma conhecida, ora ia encomendar uma coroa de flores ou um buquê a pedido de alguém. Sobre ele, diziam apenas: Kich irá, Kich vai fazer, Kich vai comprar. Na maioria das vezes, porém, cumpria mal aquelas tarefas. Despejavam repreensões sobre ele, não raro se esqueciam de lhe pagar pelo que ele havia comprado, porém Kich sempre se calava e, nos casos mais complicados, se limitava a suspirar. Nunca se mostrava especialmente alegre nem amargurado, falava sempre de modo arrastado e maçante, e seus gracejos provocavam risos justamente porque não tinham graça. E assim, certa vez, com a intenção de ser jocoso, disse para Piotr: "Piotr, você não é um esturjão",[36] e aquilo suscitou o riso geral, ele mesmo riu demoradamente, satisfeito com o sucesso do seu chiste. Quando sepultavam algum catedrático, ele seguia à frente do cortejo fúnebre, ao lado dos homens que portavam tochas.

Iártsev e Kich costumavam vir à tarde, para o chá. Quando os donos da casa não iam ao teatro ou a um concerto, o chá se

---

[36] Em russo, esturjão é *ossiôtr*, que rima com o nome Piotr.

prolongava até a hora do jantar. Numa noite de fevereiro, ocorreu à mesa a seguinte conversa:

— Uma obra de arte só é importante e útil quando contém, na sua ideia, algum problema social sério — disse Kóstia, olhando com ar grave para Iártsev. — Se numa obra há um protesto contra o regime de trabalho servil ou se o autor investe contra a alta sociedade e suas vilanias, essa obra é importante e útil. Já os romances e contos que, o tempo inteiro, só sabem dizer ah e oh, ela não me ama, ele deixou de me amar, essas obras, eu lhes digo, são nulidades, e que o diabo as carregue.

— Concordo com o senhor, Konstantin Ivánitch — disse Iúlia Serguéievna. — Um livro descreve um encontro amoroso; o outro, uma traição; o terceiro, um reencontro depois da separação. Será possível que não existam outros assuntos? Afinal, há muita gente no mundo, pessoas infelizes, doentes, atormentadas pela penúria, a quem deve causar repulsa ler tudo isso.

Incomodava Láptiev ver que sua esposa, uma jovem com menos de vinte e dois anos, refletisse sobre o amor de modo tão frio e sério. Mas ele percebia o motivo.

— Se a poesia não resolve os problemas que parecem importantes aos senhores — disse Iártsev —, voltem-se então para as obras que tratam de questões técnicas e do direito criminal e financeiro, leiam artigos científicos. Qual a necessidade de que, no *Romeu e Julieta*, em vez de amor se fale, por exemplo, da liberdade de ensino ou da desinfecção das prisões, se podemos ler sobre isso em artigos e manuais especializados?

— Meu caro, isso é um exagero! — interrompeu Kóstia. — Não estamos falando de gigantes como Shakespeare ou Goethe, mas sim de centenas de escritores talentosos e medíocres que teriam muito maior proveito se deixassem de lado o amor e cuidassem da formação de uma consciência e de ideias humanas para a massa.

Com voz um pouco anasalada e dicção artificial, Kich começou a narrar a história de um conto que lera pouco tempo antes. Fazia o relato em detalhes, sem pressa; passaram três minutos, depois cinco, dez, e Kich não parava, e já ninguém conseguia entender do que ele estava falando, enquanto seu rosto se tornava cada vez mais indiferente e os olhos, mais turvos.

— Kich, conte mais depressa — Iúlia Serguéievna não se conteve mais. — Desse jeito é uma tortura!

— Pare, Kich! — gritou Kóstia.

Todos riram, e o próprio Kich riu também.

Fiódor chegou. Afobado, com manchas vermelhas no rosto, cumprimentou a todos e levou o irmão para o escritório. Ultimamente, Fiódor andava evitando a companhia de muita gente e preferia estar a sós com alguém.

— Vamos deixar que a juventude ria à vontade: eu e você vamos falar com toda a franqueza — disse, e sentou-se numa poltrona funda, um pouco afastada do abajur. — Faz tempo que não nos vemos, meu caro irmão. Há quanto tempo não vai ao armazém? Acho que já faz uma semana.

— Pois é. Não tenho nada para fazer lá. E também estou cansado do velho, confesso.

— Claro, eles podem se virar muito bem sem mim ou sem você lá no armazém, mas é preciso se ocupar com alguma atividade. Comerás o teu pão com o suor do teu rosto,[37] como dizem. Deus ama o trabalho.

Piotr trouxe uma bandeja com um copo de chá. Fiódor bebeu o chá sem açúcar e pediu mais. Ele bebia muito chá e, numa só noite, era capaz de beber dez copos.

— Sabe de uma coisa, irmão? — disse, levantando-se e chegando perto de Láptiev. — Para não perder tempo com palavrório inútil, candidate-se a uma cadeira no conselho distrital

---

[37] Gênesis 3,19.

e aos poucos, de mansinho, nós vamos conduzir você à mesa diretora e depois à cúpula do governo. Afinal de contas, você é inteligente, instruído, vai se destacar, vai receber convites para ir a Petersburgo, políticos do campo e das cidades de província andam prestigiados lá na capital, meu irmão, e, veja, você com menos de cinquenta anos já será um conselheiro secreto,[38] com uma fita no ombro e tudo.

Láptiev nada respondeu; ele entendia que tudo aquilo — conselheiro secreto, fita — era o que o próprio Fiódor desejava para si, e Láptiev não soube o que responder.

Os irmãos ficaram em silêncio, parados. Fiódor abriu a tampa do seu relógio e por um tempo longo, muito longo, ficou olhando para ele com uma atenção profunda, como se quisesse registrar o movimento dos ponteiros, e a expressão do seu rosto pareceu estranha aos olhos de Láptiev.

Chamaram os irmãos para o jantar. Láptiev foi para a sala, mas Fiódor permaneceu no escritório. A discussão de antes já havia cessado e agora Iártsev falava no tom de um professor universitário que dá uma palestra:

— Em consequência da diversidade de climas, energias, gostos, idades, é impossível uma igualdade física entre as pessoas. Todavia, na esfera cultural, o ser humano pode tornar inofensiva essa desigualdade, como ele já o fez com os pântanos e com os ursos. Um cientista já conseguiu que um gato, um rato, um gavião e um corvo comessem no mesmo prato e nós precisamos ter esperança de que a educação realize o mesmo com as pessoas. A vida caminha sempre para a frente, a cultura está alcançando sucessos enormes diante de nossos olhos e, é óbvio, virá o tempo em que, por exemplo, a condição dos operários fabris de hoje em dia vai parecer

---

[38] Título de terceira categoria na tabela de catorze patentes do serviço civil no Império Russo.

um absurdo tão grande como nos parece agora o que antigamente era o trabalho servil, quando se trocavam meninas por cachorros.

— Isso ainda vai demorar, e demorar muito — disse Kóstia, e sorriu. — Vai demorar muito até que um Rotschild ache que é um absurdo ter seus porões repletos de ouro e, portanto, até lá, vamos deixar que o trabalhador continue com as costas curvadas e cheio de fome. Ora, não senhor, meu caro. Não é preciso esperar, mas sim lutar. Se o gato come com o rato no mesmo prato, o senhor acha que é porque ele adquiriu uma grande consciência? Claro que não. Ele foi obrigado a isso pela força.

— Eu e Fiódor somos ricos, nosso pai é capitalista, milionário; é preciso lutar contra nós! — exclamou Láptiev e esfregou a testa com a palma da mão. — Lutar contra mim... Como isso parece sem sentido para a minha consciência! Sou rico, mas o que o dinheiro me deu até agora, o que esse poder me trouxe? Em que eu sou mais feliz do que vocês? Minha infância foi um campo de trabalhos forçados e o dinheiro não me salvou das surras de vergasta. Quando Nina adoeceu e morreu, meu dinheiro também não a ajudou em nada. Quando alguém não me ama, eu não posso obrigar essa pessoa a se apaixonar por mim, ainda que eu gaste cem milhões.

— Em compensação, o senhor pode fazer muitas boas ações — retrucou Kich.

— Mas que boas ações? O senhor ontem me falou de um matemático que está procurando um trabalho. Acredite, eu posso fazer por ele tão pouco quanto o senhor. Posso lhe dar dinheiro, mas não é isso que ele quer. Certa vez eu pedi a um músico famoso que arranjasse trabalho para um violinista pobre e ele me respondeu assim: "O senhor está pedindo isso para mim justamente porque o senhor não é músico". E assim também eu lhe respondo: o senhor se dirige a mim para pedir ajuda com toda essa segurança porque nenhuma vez o senhor mesmo esteve na condição de um homem rico.

— Mas para que essa comparação com um músico famoso? Eu não entendo! — exclamou Iúlia Serguéievna, e ruborizou-se. — O que tem a ver com a questão esse músico famoso?

O rosto de Iúlia estremeceu de ódio e ela baixou os olhos para esconder seu sentimento. E não só o marido como também todos à mesa compreenderam a expressão do seu rosto.

— O que tem a ver com a questão esse músico famoso? — repetiu Iúlia, em voz baixa. — Nada pode ser mais simples do que ajudar um pobre.

Seguiu-se um silêncio. Piotr serviu um prato com perdizes, mas ninguém tomou a iniciativa de comê-las, limitando-se à salada. Láptiev nem lembrava mais o que dissera, porém para ele estava claro que o objeto do ódio não eram suas palavras e sim o fato de ele ter se intrometido na conversa.

Depois do jantar, Láptiev foi para seu escritório; tenso, o coração palpitante, ainda à espera de mais humilhações, ele apurou os ouvidos para o que se passava no salão. De novo, teve início uma discussão; depois Iártsev sentou-se ao piano e cantou uma romança sentimental. Era dotado de vários talentos: cantava, tocava e sabia até fazer truques com as mãos.

— Os senhores façam como preferirem, mas eu não quero ficar em casa — disse Iúlia. — Tenho de ir a algum lugar.

Decidiram passear nos arredores da cidade e mandaram Kich ir ao clube dos comerciantes para trazer uma troica.[39] Não convidaram Láptiev porque ele não costumava ir aos subúrbios e também porque agora o irmão estava com ele, no entanto Láptiev entendeu que na verdade sua companhia era maçante para os outros e que, para aquele grupo alegre e juvenil, sua presença era totalmente supérflua. Desse modo, seu

---

39 Coche puxado por três cavalos.

desgosto e sua amargura foram tão fortes que ele se viu à beira de chorar; chegou a ficar contente de ser tratado com tanta descortesia, de receber aquele desprezo, de ser um marido estúpido e maçante, um mero saco de ouro, e chegou a ter a impressão de que ficaria ainda mais contente se sua esposa o traísse com seu melhor amigo naquela mesma noite e depois viesse confessar sua traição para ele, mirando-o nos olhos, com ódio... Láptiev tinha ciúmes de atores, cantores, estudantes, que faziam parte do seu círculo de conhecidos, tinha ciúmes de Iártsev e até de desconhecidos que passavam na rua, e agora ele sentia uma vontade tremenda de que ela fosse de fato infiel, desejava surpreendê-la com alguém e depois se envenenar, desvencilhar-se de uma vez por todas daquele pesadelo. Fiódor continuava bebendo chá e sorvia os goles com ruído. Por fim, decidiu ir embora.

— Sabe, o nosso velho parece que está ficando cego — disse, enquanto vestia o casaco de pele. — Anda enxergando muito mal.

Láptiev também vestiu seu casaco de pele e saiu. Depois de acompanhar o irmão até o bulevar Strastnói, pegou um coche de praça e seguiu rumo ao restaurante Iar.

"É isso o que chamam de felicidade conjugal!", Láptiev escarneceu de si mesmo. "Isso é que é o amor!"

Seus dentes batiam uns contra os outros e ele não sabia se era por ciúmes ou por outra coisa. No Iar, percorreu as mesas, ouviu canções ligeiras no salão; não trazia nenhuma frase ensaiada, caso desse com algum conhecido, e de antemão estava seguro de que, se encontrasse a esposa, se limitaria a um sorriso triste, mas não inteligente, e todos haveriam de compreender que sentimento o obrigara a ir até lá. A luz elétrica, a música alta, o cheiro de pó de arroz e a circunstância de ser observado de passagem pelas damas eram, para ele, um tormento. Láptiev se deteve junto à porta, tentou entrever e entreouvir o que se passava nas saletas privativas e lhe veio a impressão de que, em sintonia com o cantor de canções ligeiras e com aquelas damas, ele mesmo estava representando um papel reles, deplorável. Dali foi ao restaurante Strelna, mas lá tampouco encontrou seus conhecidos, e só quando, no caminho de volta, já se aproximava do Iar, foi alcançado por uma troica barulhenta; o cocheiro embriagado gritava e ressoou também a gargalhada de Iártsev:

— Ha-ha-ha!

Láptiev voltou para casa depois das três horas. Iúlia Serguéievna já estava na cama. Percebendo que ela não havia adormecido, Láptiev se aproximou e disse, em tom áspero:

— Eu compreendo a sua repugnância, o seu ódio, mas a senhora poderia me poupar diante dos outros, poderia disfarçar seu sentimento.

Iúlia sentou-se na cama e pôs os pés no chão. À luz do abajur, seus olhos pareciam grandes, negros.

— Peço desculpas — disse Iúlia.

Com a emoção, e o corpo inteiro trêmulo, Láptiev não foi capaz de falar mais nada e apenas ficou de pé diante dela, parado e mudo. Iúlia também tremia, sentada, com o ar de uma criminosa à espera de uma preleção.

— Como eu sofro! — disse ele, por fim, e segurou a cabeça entre as mãos. — Parece que estou no inferno, parece que eu fiquei louco!

— E acha que para mim é fácil? — perguntou Iúlia, com um tremor na voz. — Só Deus sabe o que eu passo.

— Você já é minha esposa há seis meses, mas na sua alma não há nem uma fagulha de amor, não há nenhuma esperança, nenhum raio de luz! Por que casou comigo? — prosseguiu Láptiev com desespero. — Por quê? Que demônio empurrou você para os meus braços? O que você esperava? O que você queria?

Iúlia olhou para o marido com horror, como se temesse dele alguma violência.

— Você gostava de mim? Você me amava? — prosseguiu Láptiev, ofegante. — Não! Então, o que foi? O quê? Diga: o quê? — gritou. — Ah, o maldito dinheiro! O maldito dinheiro!

— Eu juro por Deus, não! — gritou Iúlia, e fez o sinal da cruz; encolheu-se toda com um sentimento de afronta, e pela primeira vez Láptiev ouviu que ela chorava. — Eu juro por Deus, não! — repetiu. — Não pensei em dinheiro, eu não preciso, apenas me pareceu que, se eu recusasse você, estaria agindo mal. Tive medo de estragar a sua vida e também a minha. E agora eu sofro pelo meu erro, sofro de forma insuportável!

Iúlia soluçava com amargura, Láptiev compreendeu como era doloroso para ela e, sem saber o que dizer, ajoelhou-se sobre o tapete.

— Chega, chega — balbuciou ele. — Eu ofendi você porque eu a amo loucamente. — De súbito, beijou o pé de Iúlia e o abraçou com paixão. — Pelo menos uma fagulha de amor! — balbuciava Láptiev. — Vamos, minta para mim! Minta! Não diga que foi um erro!...

Mas Iúlia continuava a chorar e ele sentiu que ela suportava seus carinhos apenas como a consequência inevitável do seu erro. O pé, beijado por Láptiev, ela o encolheu por baixo do corpo, como faz uma ave. E ele teve pena de Iúlia.

Ela deitou-se e cobriu-se toda, até a cabeça; Láptiev se despiu e também se deitou. De manhã, os dois se sentiam constrangidos, sem saber o que dizer, e Láptiev chegou a ter a impressão de que ela mancava um pouco do pé que ele havia beijado.

Na hora do almoço, Panaúrov veio se despedir. Iúlia sentiu uma vontade irresistível de ir para sua casa, em sua cidade natal; seria bom viajar, pensou ela, descansar da vida conjugal, daquele constrangimento e da constante consciência de que havia agido mal. Durante o almoço, ficou decidido que ela viajaria com Panaúrov e passaria duas ou três semanas com o pai, até também se cansar de lá.

XI

Iúlia e Panaúrov viajaram de trem, numa cabine particular; Panaúrov usava um boné de pele de carneiro, de formato um tanto estranho.

— Sabe, Petersburgo não me satisfez — disse ele, suspirando e separando bem as sílabas. — Fazem uma porção de promessas, mas nada de preciso. Sim, minha cara. Eu fui juiz de paz, membro permanente do conselho, presidente da assembleia de juízes de paz e, por fim, conselheiro do governo provincial; creio que servi a pátria e tenho o direito a receber alguma atenção, mas veja só: eu não consigo de maneira nenhuma obter uma simples transferência para outra cidade...

Panaúrov fechou os olhos e balançou a cabeça:

— Não reconhecem meu trabalho — prosseguiu, e parecia estar pegando no sono. — Claro, não sou nenhum administrador genial, no entanto sou uma pessoa correta, honesta e, nos tempos atuais, isso é uma raridade. Admito que às vezes eu me aproveitei um pouco das mulheres, mas com relação ao governo russo eu sempre fui um gentleman. Mas chega dessa conversa — disse, e abriu os olhos. — Vamos falar da senhora. O que foi que, de repente, a fez ter a ideia de ir para a casa do seu pai?

— Nada, só um pequeno desentendimento com meu marido — respondeu Iúlia, olhando para o boné de Panaúrov.

— Sei, ele é mesmo um sujeito estranho. Todos os Láptiev são estranhos. O seu marido nem tanto, mas o irmão dele, o Fiódor, esse é um completo idiota.

Panaúrov suspirou e perguntou em tom sério:
— E um amante, a senhora já tem?
Iúlia olhou para ele com surpresa e sorriu.
— Meu Deus, o senhor fala cada coisa.

Numa grande estação de trem, antes das onze horas, os dois desembarcaram e jantaram. Quando o trem partiu de novo, Panaúrov tirou o casaco e o boné e sentou-se ao lado de Iúlia.

— A senhora é muito graciosa, tenho de dizer — começou. — Perdoe esta comparação de taverna: a senhora me lembra um pepino que está há pouco tempo em salmoura. Digamos assim: ele ainda cheira a estufa, mas já contém um pouco de sal e um aroma de funcho. Da senhora, pouco a pouco, vai se formar uma mulher extraordinária, prodigiosa, elegantíssima. Se esta nossa viagem tivesse ocorrido há cinco anos — suspirou —, eu consideraria meu mais agradável dever alistar-me nas fileiras dos adoradores da senhora, mas hoje, infelizmente, eu estou entre os reformados.

Sorriu com tristeza e ao mesmo tempo com ar gentil, e abraçou-a pela cintura.

— O senhor enlouqueceu! — exclamou ela, ruborizou-se e ficou tão assustada que as mãos e os pés gelaram. — Pare, Grigóri Nikolaitch!

— Do que tem medo, querida? — perguntou ele com voz branda. — O que há nisso de horrível? A senhora apenas não está acostumada.

Quando a mulher protestava, aquilo apenas significava para Panaúrov que ele produzira uma impressão e que estava agradando. Com Iúlia abraçada pela cintura, ele beijou firme seu rosto, depois os lábios, com plena segurança de estar lhe dando um grande prazer. Iúlia se refez do susto e da confusão e começou a rir. Ele a beijou novamente e disse, enquanto vestia de novo seu boné:

— Isto é tudo o que pode lhe dar um soldado reformado. Um paxá turco, um velhinho bondoso, ganhou um harém inteiro de presente, ou foi de herança, eu não sei. Quando suas jovens e belas esposas se postaram numa fileira à sua frente, ele passou por todas elas, beijou uma por uma e disse: "Isto é tudo o que agora estou em condições de lhes dar". O mesmo digo eu.

Para Iúlia, tudo aquilo pareceu tolo, fora do comum, e a divertiu. Veio uma vontade de fazer travessuras. Pôs-se de pé sobre o sofá e, cantarolando, pegou uma caixa de bombons na prateleira superior, jogou um pedacinho de chocolate na direção dele e gritou:

— Pegue!

Ele apanhou; com uma sonora risada, ela jogou outro bombom, depois um terceiro, enquanto Panaúrov ia pegando tudo e pondo na boca, sempre mirando Iúlia com olhos suplicantes, e ela achava que no rosto dele, em suas feições e expressões, havia muito de feminino e infantil. Enfim, quando ela, ofegante, sentou-se no sofá e continuou a olhar para ele entre risos, Panaúrov roçou dois dedos na bochecha de Iúlia e falou, como se estivesse aborrecido:

— Menininha levada!

— Pegue — disse ela, e lhe entregou a caixa. — Eu não gosto de doces.

Panaúrov comeu todos os bombons, não deixou nenhum, e guardou a caixa vazia dentro da sua mala; adorava caixas com desenhos.

— Mas chega de brincadeiras — disse ele. — Está na hora de o veterano reformado se despedir.

Pegou um roupão de Bukhará e um travesseiro que estavam numa bolsa de viagem, deitou-se e cobriu-se com o roupão.

— Boa noite, querida! — falou em voz baixa e deu um suspiro, como se o corpo inteiro doesse.

Pouco depois se ouviu um ronco. Sem experimentar nenhum constrangimento, Iúlia também se deitou e logo adormeceu.

No dia seguinte, quando ela foi de coche da estação de sua cidade natal para a casa do pai, as ruas lhe pareceram vazias, despovoadas, a neve lhe pareceu cinzenta e as casas pequenas, como se alguém as tivesse achatado. Um cortejo cruzou seu caminho: portando estandartes, pessoas carregavam um defunto dentro de um caixão aberto.

"Dizem que encontrar um defunto no caminho dá sorte", pensou ela.

Colados nas janelas da casa onde Nina Fiódorovna tinha morado, havia agora papeizinhos brancos.

Com um peso no coração, ela entrou no pátio de sua casa natal e tocou a campainha. Quem abriu a porta foi uma criada desconhecida, gorda, sonolenta, num casaco acolchoado e quente. Ao subir a escada, Iúlia lembrou que ali, nos degraus, Láptiev havia declarado seu amor, porém agora a escada estava suja, cheia de marcas de pés. No andar de cima, num corredor frio, doentes esperavam, vestidos em casacos de pele. E por algum motivo o coração de Iúlia começou a bater com força e, de tanta angústia, ela mal conseguia andar.

O médico, ainda mais gordo agora, vermelho como um tijolo e com os cabelos desgrenhados, bebia chá. Ao ver a filha, alegrou-se muito e chegou a chorar; Iúlia pensou ser ela a única alegria na vida daquele velho e, enternecida, abraçou-o com força e disse que ia ficar com ele muito tempo, até a Páscoa. Depois de trocar de roupa em seu quarto, Iúlia se dirigiu à sala de jantar para beber chá com o pai, que estava ali caminhando de um canto para outro, as mãos metidas nos bolsos, enquanto cantarolava: "Ru-ru-ru" — o que queria dizer que estava descontente com alguma coisa.

— Em Moscou, você leva uma vida muito alegre — disse ele. — Fico muito feliz por você... Mas eu estou velho e não preciso mesmo de nada. Logo vou bater as botas e deixar vocês livres de tudo isso. É de admirar que eu tenha este couro tão duro, que eu ainda esteja vivo! É espantoso!

Disse que era um burro velho, de sete vidas, sobre o qual todo mundo podia montar à vontade. Disse que punham tudo nas suas costas, o tratamento de Nina Fiódorovna, os cuidados com as filhas dela, seu enterro; aquele esnobe do Panaúrov não quis saber de nada, chegou a pegar cem rublos emprestados com ele, o médico, e até então não havia pagado.

— Leve-me para Moscou de uma vez e me interne num manicômio! — disse o médico. — Eu estou maluco, sou uma criança inocente, porque ainda acredito na verdade e na justiça!

Depois acusou o marido da filha de imprevidência: ele não comprava casas que depois poderia vender com muito lucro. E já agora Iúlia teve a impressão de que, na vida daquele velho, não era ela a única alegria. Quando o pai recebeu os pacientes para consulta e em seguida saiu para as visitas domiciliares, Iúlia ficou andando por todos os cômodos sem saber o que fazer e o que pensar. Já estava desacostumada da cidade natal e da casa paterna; já não tinha a mesma vontade de ir à rua, de visitar a casa dos conhecidos e, ao recordar as velhas amigas e a vida de mocinha solteira, não sentia tristeza nem saudades do passado.

Ao anoitecer, vestiu-se com elegância e foi à missa de vésperas. Porém na igreja só havia gente simples, e seu magnífico casaco de pele e seu chapéu não produziram nenhuma impressão. Pareceu a Iúlia que algo havia mudado na igreja, bem como nela mesma. Antigamente ela adorava quando, nas vésperas, liam o cânone e os cantores entoavam os *irmós*,[40] por

---

[40] Na Igreja ortodoxa russa, o *irmós* é a primeira estrofe dos cânticos do cânone.

exemplo: "Descerrarei minha boca";[41] adorava andar devagar junto com a multidão rumo ao sacerdote que se punha de pé no meio da igreja, e depois sentir o santo óleo na pele da testa; agora, no entanto, Iúlia não via a hora de a missa, enfim, terminar. Ao sair da igreja, teve medo de que mendigos viessem lhe pedir dinheiro; seria aborrecido parar e procurar dinheiro nos bolsos, ainda mais porque, nos bolsos, ela não tinha moedas, apenas cédulas de rublos.

Iúlia deitou cedo e adormeceu tarde. Sonhou com retratos, não sabia de quem, e também com o cortejo fúnebre que vira pela manhã; carregaram o defunto num caixão aberto para dentro de um pátio e pararam junto à porta, depois ficaram muito tempo balançando o caixão seguro em toalhas e, com toda a força, batiam com ele contra a porta. Iúlia acordou com pavor e se ergueu bruscamente. De fato, no térreo, estavam batendo na porta e o arame da sineta roçava contra a parede, sem que a campainha soasse.

O médico tossia. Vibraram os passos da criada, que desceu a escada e depois subiu de volta.

— Patroa! — disse ela, e bateu na porta. — Patroa!
— O que foi? — perguntou Iúlia.
— Um telegrama para a senhora!

Iúlia saiu a seu encontro, com uma vela. De pé, atrás da criada, estava o médico, em roupas de baixo e de casaco, também com uma vela.

— A campainha da porta está quebrada — disse ele, bocejando, ainda meio adormecido. — Faz tempo que eu devia ter consertado.

Iúlia abriu o telegrama e leu: "Bebemos à sua saúde. Iártsev, Kotchevói".

---

41 Primeiro *irmós* do cânone dedicado à fuga dos judeus do Egito.

— Ah, mas que tolos! — exclamou Iúlia, e deu uma risada; sentiu a alma leve e alegre.

De volta ao seu quarto, lavou-se com calma, vestiu-se e depois passou muito tempo fazendo as malas até amanhecer e, ao meio-dia, partiu para Moscou.

XII

Na Semana Santa, os Láptiev foram ver uma exposição na escola de pintura. Foram até lá à maneira moscovita, ou seja, levando a casa inteira: as duas meninas, a preceptora e também Kóstia.

Láptiev conhecia os nomes de todos os pintores famosos e não perdia nenhuma exposição. Às vezes, no verão, na datcha, ele mesmo pintava paisagens, achava que tinha bastante bom gosto e que, se tivesse estudado, teria sido, talvez, um bom pintor. No exterior, às vezes ele visitava antiquários e, com ares de entendido, examinava peças de antiguidade, formulava sua opinião, resolvia comprar algo e o antiquário cobrava o que bem entendia, mas depois a peça adquirida acabava esquecida no fundo de uma caixa, na cocheira, antes de desaparecer completamente. Outras vezes, quando ia a uma loja de gravuras, Láptiev passava um bom tempo examinando com atenção quadros e relevos em bronze, fazia diversos comentários e, de repente, comprava um quadrinho com uma xilogravura de histórias populares[42] ou uma caixinha com umas folhas de papel imprestáveis. Em sua casa, havia quadros de grandes dimensões, porém ruins; os quadros bonitos estavam mal colocados. Acontecia de ele pagar caro por coisas que depois se revelavam falsificações grosseiras. E chamava a atenção o fato de que,

---

42 Trata-se do *lubók*, semelhante aos livretos de cordel do Brasil.

tímido no dia a dia, ele se mostrava extraordinariamente ousado e confiante nas exposições de pinturas. Por quê?

Iúlia Serguéievna, a exemplo do marido, olhava para os quadros através do punho em forma de luneta ou através de um binóculo de teatro e se admirava que, nas pinturas, as pessoas parecessem vivas e as árvores, verdadeiras; no entanto, ela não compreendia por que, na exposição, muitos quadros eram iguais uns aos outros e também por que todo o objetivo da arte — assim lhe parecia — devia consistir exatamente em que as pessoas e as coisas parecessem reais quando olhadas através do punho.

— Este é o bosque de Chíchkin[43] — explicou o marido. — Ele pinta sempre a mesma coisa... Agora, preste atenção: uma neve assim, lilás, não existe, nunca existiu... E este menino tem o braço esquerdo mais curto que o direito.

Quando todos ficaram cansados e Láptiev foi procurar Kóstia a fim de voltarem para casa, Iúlia se deteve diante de uma pequena paisagem e ficou olhando para ela com ar indiferente. No primeiro plano, um riacho e uma pontezinha de troncos; na outra margem, uma trilha que desaparecia na relva escura, um campo e, depois, à direita, um pequeno bosque com uma fogueira ao lado: na certa, um posto noturno de vigia. Ao longe, ardia o último brilho do crepúsculo.

Iúlia imaginou que ela mesma caminhava pela ponte e depois pela trilha, e que seguia caminhando sempre em frente, para longe, enquanto tudo em volta estava calmo, as codornas davam pios sonolentos, um fogo cintilava à distância. De repente, por algum motivo, aquelas nuvens pequenas que se estendiam pela parte vermelha do céu, e o bosque, e o campo — Iúlia teve a impressão de já os ter visto muito tempo atrás, e muitas vezes; sentiu-se sozinha e veio a vontade de andar,

---

[43] Ivan Ivánovitch Chíchkin (1832-98), importante pintor russo.

andar e andar por aquela trilha; e viu que lá onde brilhava o crepúsculo se abrigava o reflexo de algo etéreo e eterno.

— Como está bem pintado! — exclamou ela, surpresa ao ver que de repente havia compreendido o quadro. — Veja, Aliocha! Você nota como lá está calmo?

Tentou explicar por que a paisagem lhe agradava tanto, mas nem o marido nem Kóstia entenderam. Com um sorriso tristonho, Iúlia não parava de olhar para a paisagem, e o fato de os outros não verem ali nada de especial a perturbava; em seguida, ela voltou a percorrer as salas da exposição e observou de novo os quadros, queria compreendê-los e, agora, já não lhe pareceu que ali havia muitos quadros iguais. Quando voltou para casa, pela primeira vez desde que mudara para lá olhou com atenção para o quadro grande pendurado na parede da sala, acima do piano de cauda, sentiu aversão por ele e disse:

— Como alguém pode querer ter em casa um quadro como este?

Depois disso, cornijas douradas, espelhos venezianos com flores e quadros do tipo daquele pendurado acima do piano de cauda, bem como os argumentos do marido e de Kóstia sobre arte, despertavam em Iúlia fastio e irritação, às vezes até ódio.

A vida corria como de costume, um dia após o outro, sem prometer nada especial. A temporada teatral já terminara e o calor havia começado. Fazia sempre um tempo maravilhoso. Certa manhã, os Láptiev foram ao tribunal ouvir Kóstia, que estava defendendo alguém. Eles demoraram demais a sair de casa e só chegaram ao tribunal quando já havia começado o interrogatório das testemunhas. Um soldado da reserva era acusado de roubo e arrombamento. Muitas testemunhas eram lavadeiras; elas declararam que o acusado ia muitas vezes à casa do dono da lavanderia; no dia da Exaltação da Cruz,[44] ele

---

44 Festa da Igreja ortodoxa russa. Cai no dia 27 de setembro.

chegou tarde da noite e pediu dinheiro para beber mais um pouco, depois de já ter tomado uma bebedeira no dia anterior, porém ninguém lhe deu nada; então ele foi embora, no entanto, uma hora depois, voltou e trouxe cerveja e *priánik*[45] com hortelã para as moças. Beberam e cantaram quase até o amanhecer e, quando elas acordaram, já com a manhã adiantada, se deram conta de que a fechadura da porta tinha sido arrombada e que a roupa branca havia sumido: três camisas masculinas, uma saia e dois lençóis. Em tom de zombaria, Kóstia indagava cada testemunha se ela não bebera a cerveja do acusado no dia da Exaltação de Cruz. Obviamente ele estava forçando as circunstâncias para parecer que as próprias lavadeiras haviam roubado a si mesmas. Kóstia fez seu discurso final sem a menor emoção, enquanto olhava duro para os jurados.

Explicou o que era um roubo com arrombamento e um roubo simples. Explanava de modo muito meticuloso, convicto, revelando extraordinária capacidade de falar por muito tempo e em tom sério sobre aquilo que já era, de longa data, sabido de todos. E era difícil entender o que ele desejava de fato. De sua extensa preleção, o júri só podia extrair uma conclusão: "houve arrombamento, mas não roubo, pois as próprias lavadeiras venderam as roupas brancas para beber; e, se houve roubo, foi sem arrombamento". Contudo era óbvio que ele falara exatamente o necessário, pois seu discurso comovera o público e os jurados e foi muito apreciado. Quando leram a sentença de absolvição, Iúlia acenou com a cabeça para Kóstia e depois apertou a mão dele com força.

Em maio, os Láptiev foram para sua datcha em Sokólniki. Nessa altura, Iúlia já estava grávida.

---

[45] Pão de mel típico, às vezes com formatos fantasiosos.

XIII

Mais de um ano se passou. Em Sokólniki, perto da estrada de ferro para Iaroslav, Iúlia e Iártsev estavam sentados na grama; deitado um pouco à parte estava Kotchevói, as mãos cruzadas sob a cabeça, olhando para o céu. Os três já haviam passeado e agora aguardavam a passagem do trem das seis horas, que trazia os veranistas, a fim de irem para casa tomar chá.

— As mães veem nos filhos algo de extraordinário, essa é a vontade da natureza — disse Iúlia. — A mãe passa horas a fio ao lado do berço olhando para o seu bebê, vendo como são as orelhinhas, os olhinhos, o narizinho, e fica deslumbrada. Se alguém beija seu bebê, a mãe, coitada, acha que isso dá um grande prazer à criança. E a mãe não fala de outra coisa a não ser do seu bebê. Eu conheço essa fraqueza das mães e trato de me policiar, mas na verdade a minha Ólia é mesmo fora do comum. Como ela olha, como ela mama! E como ri! Ela tem só seis meses, mas, juro por Deus, nunca vi olhos tão inteligentes mesmo em crianças de três anos.

— A propósito — perguntou Iártsev —, me diga quem a senhora mais ama: o bebê ou o marido?

Iúlia encolheu os ombros.

— Não sei — disse. — Eu nunca tive muito amor pelo meu marido e, no fundo, a Ólia é o meu primeiro amor. Afinal, o senhor sabe, não foi por amor que me casei com o Aleksei. Antes eu era uma tola, sofria e pensava o tempo todo que eu havia arruinado a minha vida e a do meu marido também, mas agora vejo que não é necessário amor nenhum, é tudo tolice.

— Mas, se não é amor, que sentimento liga a senhora ao seu marido? Por que vive com ele?

— Não sei... É uma questão de costume, deve ser. Eu o respeito, sinto falta quando ele fica muito tempo fora de casa, mas isso não é amor. Ele é inteligente, honesto, e isso basta para a minha felicidade. Ele é muito bom, é uma pessoa simples...

— Aliocha é inteligente, Aliocha é bom — disse Kóstia, erguendo a cabeça com preguiça —, mas, minha querida, para saber que ele é inteligente, bom e interessante, será preciso conviver com ele dia após dia?... E de que servem a bondade e a inteligência do Aliocha? Ele derrama sobre a senhora quanto dinheiro quiser, isso ele pode fazer, mas quando é necessário ter fibra para se opor aos insolentes, aos desaforados, ele se intimida e se deixa abater. Pessoas como o seu adorado Aleksis[46] são excelentes, mas para a luta não servem, absolutamente. Aliás, não servem mesmo para nada.

Enfim veio o trem. Um vapor muito rosado se derramou da chaminé, ergueu-se acima dos bosques, e de repente, à luz do sol, duas janelas do último vagão brilharam com tanta força que olhar para elas causava dor.

— Vamos beber chá! — disse Iúlia Serguéievna, erguendo-se.

Nos últimos tempos ela havia engordado e seu modo de andar, um tanto indolente, já era o de uma grande senhora.

— Mesmo assim, sem amor é impossível — insistiu Iártsev, enquanto caminhava atrás dela. — Nós falamos e lemos sobre o amor o tempo todo, mas nós mesmos pouco amamos e isso, na verdade, não é bom.

— Tudo isso é bobagem, Ivan Gavrílitch — disse Iúlia. — Não é nisso que está a felicidade.

Beberam chá num pequeno jardim onde floresciam a matíola, o resedá, o tabaco e onde já desabrochavam os gladíolos precoces. Pelo rosto de Iúlia Serguéievna, Iártsev e Kotchevói percebiam que ela vivia um tempo feliz, de equilíbrio e tranquilidade de espírito, e que ela não precisava de nada além do que já tinha, e eles mesmos sentiram, na própria alma,

---

[46] Forma do nome Aleksei mais próxima do grego e do latim.

serenidade e doçura. Qualquer coisa dita ali entre eles soava oportuna e inteligente. Os pinheiros eram lindos, a resina exalava um odor mais maravilhoso que nunca, o creme no chá tinha um sabor delicioso e Sacha era uma criança inteligente e bonita.

Depois do chá, Iártsev cantou romanças, tocando ele mesmo o acompanhamento no piano de cauda, enquanto Iúlia e Kotchevói ouviam sentados, em silêncio. Apenas Iúlia se levantava de vez em quando para olhar para o bebê e ver como estava passando Lida, que já fazia dois dias tinha febre e estava de cama, sem comer nada.

— "Meu amigo, meu doce amigo"[47] — cantava Iártsev. — Não, meus senhores — disse ele, e balançou a cabeça. — Podem me enforcar: eu nunca vou entender por que vocês são contra o amor! Se eu não vivesse ocupado quinze horas por dia, com toda a certeza me apaixonaria.

O jantar foi servido na varanda; o anoitecer estava quente e tranquilo, mas Iúlia se enrolou num xale e queixou-se da umidade no ar. Quando escureceu, por algum motivo ela se perturbou, sentia tremores a toda hora e pediu que os convidados ficassem um pouco mais; ofereceu vinho e, depois do jantar, mandou servir conhaque para que eles não fossem embora. Iúlia não queria ficar sozinha com as crianças e os criados.

— Nós, os veranistas nas datchas, vamos encenar um espetáculo para crianças — disse Iúlia. — Já temos tudo, o teatro, os atores, só está faltando a peça. Mandaram para nós umas vinte peças, mas nenhuma serve. Veja, o senhor adora teatro e conhece bem história — voltou-se para Iártsev. — Escreva para nós uma peça histórica.

— Quem sabe? Pode ser.

---

[47] Versos de uma canção de A. G. Rubinstein, com base no poema "Noite", de A. S. Púchkin.

Os convidados beberam todo o conhaque e se prepararam para sair. Já passava das dez e, para veranistas, era tarde.

— Como está escuro, não se enxerga nada! — exclamou Iúlia, enquanto os acompanhava até o portão. — Nem sei como os senhores vão achar o caminho. Puxa, mas como está frio!

Ela estreitou mais ainda o xale contra o peito e voltou para o alpendre.

— O meu Aleksei deve estar em algum lugar por aí, jogando cartas! — gritou ela. — Boa noite!

Depois de ficarem numa casa tão iluminada, agora os dois amigos não conseguiam enxergar nada. Iártsev e Kóstia tateavam como cegos, chegaram ao leito da ferrovia e atravessaram os trilhos.

— Não estou vendo nada — disse Kóstia com voz de baixo, parou e olhou para o céu. — E essas estrelas, puxa, que estrelas! Parecem umas moedinhas novas em folha! Gavrílitch!

— O que foi? — respondeu Iártsev em algum lugar.

— Estou dizendo que não dá para enxergar nada. Onde você está?

Assoviando, Iártsev aproximou-se dele e segurou-o pelo braço.

— Ei, veranistas! — gritou Kóstia, de repente, a plenos pulmões. — Nós capturamos aqui um socialista!

Quando bebia, ele sempre se tornava muito agitado, dava gritos, implicava com os guardas e os cocheiros, cantava e gargalhava desenfreadamente.

— Maldita natureza, que o diabo a carregue! — desatou a berrar.

— Tudo bem, tudo bem — Iártsev quis acalmá-lo. — Não faça isso. Por favor.

Logo os dois amigos se habituaram ao escuro e começaram a distinguir silhuetas de pinheiros e de postes telegráficos. De vez em quando o apito dos trens chegava das estações de Moscou até eles, e os fios do telégrafo zumbiam em tom de lamento. Nenhum barulho vinha do bosque e aquele silêncio dava a sensação de algo orgulhoso, forte, misterioso, e naquela hora, à noite, parecia que a ponta dos pinheiros quase tocava no céu. Os dois amigos encontraram sua trilha e seguiram por ela. Ali a escuridão era completa e apenas pela comprida faixa de céu coalhada de estrelas, e pela terra bem batida onde pisavam, os dois podiam saber que caminhavam por uma alameda aberta no bosque. Andavam lado a lado, em silêncio, e lhes pareceu que algumas pessoas estavam vindo em sua direção. A sensação de embriaguez se dissipou. Veio à mente de Iártsev a ideia de que naquele bosque talvez vagassem as almas dos reis moscovitas, dos boiardos e dos patriarcas, e ele teve vontade de dizer aquilo para Kóstia, mas se conteve.

Chegaram aos portões da cidade, a alvorada mal reluzia no céu. Ainda calados, Iártsev e Kotchevói caminhavam por uma rua calçada, entre datchas baratas, tabernas e depósitos de madeira; debaixo de uma ponte formada pelos galhos das árvores, uma umidade agradável desceu sobre eles, junto com o aroma das tílias, e depois uma rua se abriu, larga e comprida, onde não havia ninguém e nenhuma luz... Quando chegaram a Krásni Prud,[48] já havia clareado.

— Moscou é uma cidade que ainda vai ter de sofrer muito — disse Iártsev, olhando para o monastério Alekséievski.

— O que fez você pensar nisso?

— Nada. Eu adoro Moscou.

Iártsev e Kóstia tinham nascido em Moscou, adoravam a cidade e, por alguma razão, encaravam as outras com hostilidade; estavam convencidos de que Moscou era uma cidade notável e de que a Rússia era um país notável. Na Crimeia, no Cáucaso e no estrangeiro, sentiam-se entediados, deslocados,

---

48 Poço Vermelho; ficava perto da atual estação de Iaroslav, em Moscou.

desconfortáveis, e o tempo cinzento da sua Moscou lhes parecia o mais agradável e benfazejo do mundo. Os dias em que a chuva gelada estalava na janela, em que o crepúsculo baixava muito cedo, as paredes dos prédios e das igrejas ganhavam uma coloração parda e tristonha e ninguém sabia o que vestir quando saía de casa — aqueles dias traziam para eles o estímulo mais agradável.

Por fim, conseguiram um coche de praça perto da estação.

— De fato, seria bom escrever uma peça histórica — disse Iártsev. — Mas, sabe, nada de Liapunóv e de Godunóv, e sim algo dos tempos de Iaroslav ou de Monomakh...[49] Eu detesto todas as peças históricas russas, exceto o monólogo de Pímen.[50] Quando a gente estuda alguma fonte histórica e quando lê até um simples manual escolar de história russa, tem a impressão de que na Rússia todo mundo é talentoso, interessante, bem dotado, mas quando eu vejo uma peça histórica no teatro, a vida russa começa a parecer pobre, medíocre, sem originalidade.

Perto da rua Dmítrovka, os amigos se separaram e Iártsev seguiu em frente no coche de praça, rumo à sua casa na rua Nikítskaia. Meio cochilando, a cabeça cambaleante, Iártsev pensava o tempo todo na peça. De repente, pareceu ouvir um barulho terrível, rosnados, gritos numa língua incompreensível, semelhante ao calmuco;[51] uma espécie de aldeia toda envolta pelas chamas e os bosques vizinhos, ao longe, cobertos

---

[49] Prokópi Liapunóv e Boris Godunóv são personagens históricos de destaque no período chamado de Tempo de Dificuldades, ou Tempos Turbulentos, entre 1598 e 1618, quando a Rússia viveu uma profunda crise política. Púchkin escreveu uma tragédia histórica de título *Boris Godunóv*, que deu origem à ópera do mesmo nome, de Modest Mússorgski (1839-81). Iaroslav Vladímirovitch, ou Iaroslav o Sábio (978-1054), foi príncipe de Rostov, príncipe de Nóvgorod e príncipe de Kíev. Monomakh era a alcunha de Vladímir Vsevolódovitch (1053-1125), príncipe da Rus de Kíev.   [50] Trecho da peça *Boris Godunóv*, de Púchkin.   [51] Língua do povo de mesmo nome, de origem mongol, bastante disseminado pela Rússia.

pela geada e pela suave cor rosada do incêndio, se mostravam bem visíveis, tão nítidos que se podia distinguir cada pinheiro; pessoas de aspecto selvagem corriam pela aldeia, a cavalo ou a pé, seus cavalos e eles mesmos tão rubros quanto o brilho que pairava no céu.

"São os pólovitsi",[52] pensou Iártsev.

Uma daquelas pessoas — um velho tenebroso, todo chamuscado, de rosto ensanguentado — amarrou à sua sela uma jovem de rosto russo e branco. O velho dava gritos frenéticos e a jovem olhava com ar triste, inteligente... Iártsev sacudiu a cabeça e despertou.

— "Meu amigo, meu doce amigo"... — cantarolou. Enquanto pagava ao cocheiro e, depois, subia a escada até seu apartamento, Iártsev não conseguia de maneira nenhuma despertar daquele devaneio e continuava vendo as chamas alcançarem as árvores, crepitarem e encobrirem o bosque de fumaça; um javali enorme, enlouquecido de pavor, corria pela aldeia... E a moça amarrada na sela continuava a olhar.

Quando afinal entrou em casa, já era dia claro. Mas duas velas ardiam acesas sobre o piano de cauda, perto de partituras abertas. Rassúdina estava deitada no sofá, dormindo profundamente, de vestido preto, com uma faixa na cintura e um jornal nas mãos. Na certa havia tocado piano por muito tempo, à espera do regresso de Iártsev, e acabara adormecendo antes que ele chegasse.

"Puxa, ficou exausta!", pensou ele.

Cuidadosamente, retirou o jornal das mãos dela, cobriu-a com uma manta, apagou as velas e foi para seu quarto. Ao deitar, pensou na peça histórica e o tempo todo não saía de sua cabeça a melodia: "Meu amigo, meu doce amigo"...

---

[52] Povo turco nômade que habitou desde o norte do mar Negro até a região do rio Volga. No século XIII foi assimilado pelos mongóis da Horda de Ouro.

Dois dias depois, Láptiev passou por ali depressa para lhe dizer que Lida estava com difteria e que a doença havia contagiado Iúlia Serguéievna e também o bebê; após cinco dias, veio a notícia de que Lida e Iúlia tinham se curado, mas o bebê morrera, e que os Láptiev tinham deixado sua datcha em Sokólniki e partido para a cidade.

XIV

Láptiev não tinha mais prazer de ficar em casa muito tempo. Sua esposa ia com frequência ao prédio anexo, dizia que precisava cuidar das duas meninas, no entanto ele sabia que ela não ia lá para isso e sim para chorar no quarto de Kóstia. Vieram o nono dia, o vigésimo, o quadragésimo, e sempre era preciso ir ao cemitério ouvir as exéquias[53] e depois se angustiar dias inteiros, só pensar na criança infeliz e ser obrigado a falar vários lugares-comuns para consolar a esposa. Raramente Láptiev ia trabalhar no armazém e só se ocupava com filantropia, inventava para si tarefas e obrigações as mais diversas e sentia-se feliz quando calhava de alguma bobagem permitir que ele ficasse o dia inteiro longe de casa. Agora andava pensando em viajar para o exterior a fim de conhecer os albergues noturnos para desabrigados, e aquela ideia o distraía.

Era um dia de outono. Iúlia acabara de ir ao prédio anexo para chorar, enquanto Láptiev estava em seu escritório, deitado no sofá, tentando imaginar algum lugar para ir. Naquele exato momento, Piotr anunciou a visita de Rassúdina. Láptiev se alegrou muito, ergueu-se de um pulo e foi ao encontro da visita inesperada, a velha amiga da qual ele quase havia se esquecido. Desde a noite em que Láptiev a vira pela última vez, Rassúdina não mudara nada, continuava a mesma pessoa.

---

[53] Em russo, *panikhida*; ritual fúnebre celebrado três, nove, vinte e quarenta dias após o enterro.

— Polina! — exclamou Láptiev, estendendo para ela as duas mãos. — Há quanto tempo! Se a senhora soubesse como estou contente de vê-la! Entre, por favor!

Rassúdina cumprimentou-o, rechaçou as mãos dele e, sem tirar o casaco e o chapéu, entrou no escritório e sentou-se.

— Vim aqui só por um minuto — disse ela. — Não tenho tempo para conversar sobre bobagens. Faça o favor de sentar e me ouvir. Se está contente ou não de me ver, para mim não faz a menor diferença, porque a atenção misericordiosa de nobres senhores não vale, para mim, uma moedinha de dois copeques. Se vim à sua casa foi porque hoje já estive em cinco lugares à sua procura, em vão, e acontece que o meu assunto é urgente. Escute — prosseguiu, fitando-o nos olhos. — Cinco estudantes meus conhecidos, pessoas limitadas e obtusas, mas sem dúvida pobres, não conseguiram pagar as taxas e agora vão ser expulsos da faculdade. Sua riqueza impõe ao senhor a obrigação de ir imediatamente à universidade e pagar por eles.

— Com todo o prazer, Polina.

— Aqui estão os seus nomes — disse Rassúdina, entregando-lhe um papel. — Vá agora mesmo e depois volte correndo para se deliciar com a felicidade conjugal.

Naquele momento, atrás da porta que dava para a sala, soou uma espécie de rumor: na certa um cachorro se coçava. Rassúdina ruborizou-se e se ergueu de um pulo.

— A sua Dulcineia[54] está nos escutando às escondidas! — disse. — Que repugnante!

Láptiev ficou ofendido por Iúlia.

— Ela não está aqui, está no prédio anexo — explicou. — E não fale dela dessa forma. Nosso bebê morreu e agora ela está sofrendo um desgosto terrível.

---

[54] Amada de Dom Quixote, no romance de Cervantes. Em russo, o nome designa, em tom jocoso, a mulher amada.

— O senhor pode tranquilizá-la mais tarde — sorriu Rassúdina, e sentou-se outra vez. — Ela terá pela frente mais uma boa dezena de filhos. Para dar à luz, quem precisa de inteligência?

Láptiev lembrou que já muitas vezes, e muito tempo antes, tinha ouvido a mesma coisa ou algo parecido, e sentiu à sua volta o aroma da poesia do passado, da vida livre e solitária de solteiro, quando lhe parecia ser jovem e capaz de tudo o que desejasse, e quando não existiam o amor pela esposa nem a lembrança do bebê.

— Vamos juntos — disse ele, se espreguiçando.

Quando chegaram à universidade, Rassúdina ficou esperando no portão, enquanto Láptiev foi à secretaria; pouco depois, voltou e entregou para Rassúdina os cinco recibos de quitação.

— Aonde a senhora vai agora? — perguntou.

— À casa de Iártsev.

— Vou com a senhora.

— Mas o senhor vai atrapalhar o trabalho dele.

— Não, garanto que não vou! — retrucou, e olhou para ela com ar de súplica.

Rassúdina usava um chapéu preto com adorno de crepe, como se estivesse de luto, e um casaco curto, muito surrado, com os bolsos esgarçados. O nariz parecia mais comprido que antes e o rosto, apesar do frio, sem um pingo de sangue. Láptiev sentia-se bem andando a seu lado, submetendo-se à vontade dela e ouvindo seus resmungos. Ele caminhava e pensava em Rassúdina: que força interior devia ter aquela mulher, pois mesmo feia, desajeitada, inquieta, incapaz de vestir-se bem, sempre com os cabelos desleixados e sem nada de gracioso, ainda assim era uma mulher fascinante.

Entraram na casa de Iártsev pelos fundos, pela cozinha, onde a cozinheira os recebeu, uma velhinha asseada e com cachos grisalhos; a velha se mostrou muito embaraçada, sorriu com doçura, o que fez seu rosto miúdo parecer um empadão, e disse:

— Façam a gentileza de entrar...

Iártsev não estava em casa. Rassúdina sentou-se ao piano de cauda e, depois de ordenar a Láptiev que não a atrapalhasse, começou a tocar exercícios difíceis e maçantes. E ele não a distraiu com nenhuma conversa, sentou-se um pouco afastado e folheou a revista *O Mensageiro da Europa*. Depois de tocar durante duas horas — era sua cota diária —, Rassúdina comeu algo na cozinha e saiu para dar aulas. Láptiev leu, na revista, a sequência de algum romance, depois permaneceu muito tempo ali sentado, sem ler e sem experimentar tédio, satisfeito de já ser tarde demais para ir almoçar em casa.

— Ha, ha, ha! — soou a risada de Iártsev e, logo depois, bem-disposto, alegre, corado, entrou o próprio Iártsev em pessoa, vestindo uma casaca novinha em folha, com botões brilhantes. — Ha, ha, ha!

Os amigos almoçaram juntos. Em seguida, Láptiev deitou-se no sofá, Iártsev sentou-se ao lado e começou a fumar um charuto. Veio o pôr do sol.

— Na certa eu estou começando a envelhecer — disse Láptiev. — Desde que a minha irmã Nina morreu, não sei por quê, mas eu passei a pensar muito na morte.

Começaram a conversar sobre a morte, sobre a imortalidade da alma e sobre como seria bom, de fato, ressuscitar e depois voar para algum lugar em Marte, ficar sempre ocioso e feliz e, acima de tudo, pensar de um modo peculiar, muito diferente da maneira terrena.

— Não quero morrer — disse Iártsev em voz baixa. — Nenhuma filosofia pode me reconciliar com a morte, e eu a encaro como a pura aniquilação. Eu quero viver.

— O senhor ama a vida, Gavrílitch?

— Sim, eu amo a vida.

— Pois eu não consigo de maneira nenhuma entender meus sentimentos a respeito desse assunto. Meu estado de ânimo é ora sombrio, ora indiferente. Sou tímido, não acredito em mim mesmo, tenho uma consciência covarde, não consigo de maneira nenhuma me adaptar à vida, dominá-la. Os outros falam tolices ou trapaceiam com a maior alegria do mundo, enquanto eu pratico o bem de forma consciente e, ao fazê-lo, sinto apenas inquietação ou a mais completa indiferença. Eu explico tudo isso, Gavrílitch, por ser um escravo, o neto de um servo. Antes que nós, membros da ralé, sejamos capazes de abrir nosso caminho na vida, muitos de nossos irmãos vão ter de morrer!

— Tudo isso é bonito, meu caro — disse Iártsev, e suspirou. — Mais uma vez, isso serve apenas para mostrar como a vida russa é rica e diversificada. Ah! Como é rica! Cada dia me convenço mais de que estamos vivendo às vésperas de um triunfo colossal e eu queria viver e participar disso. Acredite ou não, eu acho que hoje está se formando uma geração extraordinária. Quando dou aulas para as crianças, sobretudo para as meninas, sinto um grande prazer. Que crianças maravilhosas!

Iártsev foi até o piano e tocou um acorde.

— Eu sou químico, penso como químico e vou morrer como químico — prosseguiu. — Mas sinto uma espécie de avidez e tenho medo de morrer sem poder me saciar. Para mim, só a química não basta, e então me embrenho na história da Rússia, na história das artes, na pedagogia, na música... Um dia desses, no verão, sua esposa me disse para escrever uma peça histórica e agora tenho vontade de escrever e escrever; tenho a impressão de que poderia ficar três dias seguidos sem me levantar da cadeira e escrever essa peça inteirinha. As imagens me deixam sem fôlego, vem um tumulto na cabeça e eu chego a sentir uma pulsação dentro do cérebro. Só que eu não quero de jeito nenhum ser uma pessoa especial, criar algo grandioso, eu só quero viver, sonhar, ter esperança, estar em toda parte... A vida é curta, meu caro, e é preciso viver da melhor maneira.

Depois daquela conversa amistosa, que só terminou à meia-noite, Láptiev passou a visitar Iártsev quase todo dia. Sentia-se atraído para ele. Em geral, chegava antes do entardecer, se instalava e aguardava, paciente, a chegada de Iártsev, sem sentir o menor enfado. Depois de voltar do trabalho e jantar, Iártsev sentava-se para trabalhar, entretanto Láptiev lhe fazia alguma pergunta e tinha início uma conversa, já não se falava de assuntos de trabalho e, à meia-noite, os amigos se despediam, bastante satisfeitos um com o outro.

Porém aquilo não durou muito. Um dia, ao chegar à casa de Iártsev, Láptiev deparou com Rassúdina sozinha, sentada ao piano, tocando seus exercícios. Rassúdina olhou para Láptiev com frieza, à beira da hostilidade e, sem lhe estender a mão, perguntou:

— Por favor, me diga, quando é que isto vai acabar?

— Isto o quê? — indagou Láptiev, sem compreender.

— O senhor vem aqui todos os dias e atrapalha o trabalho do Iártsev. Ele não é nenhum comerciante, mas um cientista, cada segundo da vida dele vale ouro. É preciso entender isso e ter pelo menos um pouco de bom senso!

— Se a senhora acha que estou atrapalhando — respondeu Láptiev, tímido, encabulado —, eu vou pôr fim às minhas visitas.

— E faz muito bem. Vá logo embora: ele pode chegar e encontrar o senhor aqui.

O tom em que aquilo foi dito e os olhos indiferentes de Rassúdina deixaram Láptiev totalmente transtornado. Ela já não tinha mais nenhum sentimento por ele, senão o desejo de que fosse embora o quanto antes — que diferença do amor de outros tempos! Láptiev se foi sem apertar sua mão, e ainda imaginou que ela daria um grito e o chamaria de volta, porém, em vez disso, as escalas musicais soaram outra vez e Láptiev, enquanto descia a escada devagar, compreendeu que para Rassúdina ele já era um estranho.

Três dias depois, Iártsev foi à casa dele para passarem juntos as primeiras horas daquela noite.

— Eu tenho uma novidade para contar — disse, e começou a rir. — Polina Nikoláievna mudou-se em definitivo para minha casa. — Iártsev ficou um pouco sem graça e prosseguiu, a meia-voz: — Pois é! Claro, não estamos apaixonados, mas eu acho que isso... não faz diferença. Estou contente de poder lhe dar abrigo e tranquilidade, e também proporcionar a ela a possibilidade de não ter de trabalhar, caso adoeça. E Polina, por sua vez, acha que o fato de morar comigo vai pôr certa ordem na minha vida e que, sob a sua influência, eu me tornarei um grande cientista. É assim que ela pensa. E deixe que pense assim. A gente lá do Sul tem um ditado: o tolo sonha e acha que está acordado. Ha-ha-ha!

Láptiev nada respondeu. Iártsev deu alguns passos pelo escritório, olhou para os quadros, que já vira muitas vezes, e disse, com um suspiro:

— Sim, meu amigo. Sou três anos mais velho que você e, para mim, já é tarde para pensar no amor verdadeiro. No fundo, uma mulher como Polina Nikoláievna é um verdadeiro achado para mim e, é claro, eu viverei bem feliz com ela até a velhice. No entanto, só o diabo vai saber por que sinto sempre um desgosto, sempre essa falta de alguma coisa, e por que sempre me vem aquela impressão de que estou deitado em um vale no Daguestão, sonhando com um baile.[55] Em suma, a gente nunca está satisfeito com o que tem.

---

[55] Referência ao poema "Sonho", de Liérmontov. O Daguestão fica no Cáucaso.

Iártsev foi para a sala e, como se nada tivesse acontecido, começou a cantar romanças, enquanto Láptiev permanecia no escritório, de olhos fechados, tentando entender por que Rassúdina tinha ido morar com Iártsev. Depois sentiu-se triste por não existirem laços sólidos, duradouros, e se irritou por Polina Nikoláievna ter se unido a Iártsev, e também se irritou consigo mesmo, por seu sentimento em relação à esposa já não ser, nem de longe, o mesmo de antes.

XV

Láptiev estava lendo enquanto se embalava na cadeira de balanço. Iúlia estava no escritório e também lia. Parecia que os dois não tinham nada para dizer, e desde a manhã se mantinham mudos. De vez em quando ele olhava para a esposa, por cima do livro, e pensava: casar por amor apaixonado ou sem amor nenhum não dá na mesma? E aquele tempo em que Láptiev tinha ciúmes, se perturbava e sofria agora lhe parecia distante. Ele conseguira viajar para o exterior, agora estava repousando da viagem e já pensava em viajar de novo, no início da primavera, para a Inglaterra, da qual havia gostado bastante.

Iúlia Serguéievna, por sua vez, se acostumara à sua dor, já não ia ao prédio anexo para chorar. Naquele inverno, ela já nem ia mais às lojas, não frequentava teatros e concertos, apenas ficava em casa. Não gostava dos cômodos muito amplos e sempre buscava ou o escritório do marido ou seu quarto, onde tinha os ícones emoldurados que ganhara de dote e, pendurada na parede, a mesma paisagem de que tanto gostara quando a vira na exposição de pinturas. Não gastava quase dinheiro nenhum e agora vivia com tão pouco quanto no tempo em que morava com o pai.

O inverno se arrastava sem alegria. Em Moscou, em toda parte, jogavam cartas, mas se em vez disso inventavam outra distração qualquer, por exemplo, cantar, ler, desenhar, o tédio resultava ainda maior. E como havia poucas pessoas de talento em Moscou e em todos os saraus as atrações eram sempre os mesmos cantores e leitores, pouco a pouco o próprio prazer da arte se tornava um enfado e, para muitos, se convertia numa obrigação monótona e maçante.

Na casa dos Láptiev, além disso, não se passava um só dia sem algum desgosto. O velho Fiódor Stiepánitch estava enxergando muito mal, já não ia ao armazém e os oculistas diziam que logo ficaria cego; também Fiódor, por alguma razão, havia deixado de ir ao armazém, passava todo o tempo em casa, escrevendo não se sabia o quê. Panaúrov conseguira sua transferência para outra cidade, fora promovido ao posto de conselheiro de Estado efetivo,[56] estava morando no hotel Dresden e quase todo dia vinha pedir dinheiro para Láptiev. Kich, afinal, saíra da universidade e, enquanto esperava que Láptiev lhe arranjasse algum emprego, passava dias inteiros na casa deles, contando histórias compridas e enfadonhas. Tudo aquilo irritava, exauria e tornava desagradável a vida cotidiana.

Piotr entrou no escritório e anunciou a chegada de uma dama desconhecida. No cartão que ele entregou, vinha escrito: "Josefina Ióssifovna Milan".

Iúlia Serguéievna levantou-se com indolência e saiu, um pouco claudicante, pois a perna ficara dormente. Na porta surgiu uma dama muito pálida, magra, de sobrancelhas escuras, toda vestida de preto. Apertava as mãos contra o peito e falou, em tom de súplica:

— Monsieur Láptiev, salve os meus filhos!

O barulho dos braceletes e o rosto com manchas de pó de arroz já eram conhecidos de Láptiev; ele reconheceu aquela

---

[56] Posto de quarta classe na tabela de catorze classes da hierarquia do serviço civil do Império Russo.

mesma dama em cuja casa, pouco antes do seu casamento, ele se vira obrigado a almoçar, de forma um tanto imprópria. Tratava-se da segunda esposa de Panaúrov.

— Salve os meus filhos! — repetiu, e seu rosto tremeu, mostrou-se repentinamente envelhecido, pesaroso, e os olhos se tornaram avermelhados. — Só o senhor pode nos salvar, e eu gastei o último dinheiro que tinha para vir a Moscou e falar com o senhor! Meus filhos vão morrer de fome!

Fez o movimento de quem vai se ajoelhar. Láptiev se assustou e segurou-a pelos braços, logo acima dos cotovelos.

— Sente-se, sente-se... — balbuciou, enquanto a punha sentada. — Peço à senhora que sente.

— Nós ficamos sem dinheiro até para comprar pão — disse ela. — O Grigóri Nikolaitch vai embora para seu novo emprego, mas não quer nos levar, a mim e aos filhos, e o dinheiro que o senhor, uma pessoa tão generosa, nos envia, ele gasta tudo consigo mesmo. O que vamos fazer? O quê? Pobres crianças infelizes!

— Acalme-se, por favor. Vou mandar que o escritório envie esse dinheiro no nome da senhora.

Ela soluçava, depois se acalmou e Láptiev percebeu que as lágrimas nas bochechas tinham aberto trilhas no pó de arroz e também que, acima do seu lábio, crescia um bigode.

— O senhor é de uma generosidade infinita, Monsieur Láptiev. Mas seja o nosso anjo, a nossa fada madrinha, convença o Grigóri Nikolaitch a não me abandonar e a me levar com ele. Pois eu o amo, amo loucamente, ele é a minha alegria.

Láptiev lhe deu cem rublos, prometeu falar com Panaúrov e, ao passar pelo vestíbulo, temia o tempo todo que ela desatasse em soluços e se pusesse de joelhos.

Quando ela se foi, chegou Kich. Depois veio Kóstia, com a máquina fotográfica. Ultimamente ele vinha se interessando por fotografia e todo dia, por várias vezes, tirava fotos de todos na casa, mas aquela nova ocupação lhe trazia muitos desgostos e, com isso, ele até emagreceu.

Antes do chá vespertino, chegou Fiódor. Sentou-se num canto do escritório, abriu um livro e ficou muito tempo olhando para a mesma página, pelo visto sem ler nada. Depois, demorou-se bebendo chá; tinha o rosto vermelho. Em presença do irmão, Láptiev sentia um peso na alma; mesmo seu silêncio lhe era desagradável.

— Você pode dar os parabéns à Rússia por ter ganhado um novo publicista — disse Fiódor. — De resto, brincadeiras à parte, meu irmão, eu resolvi escrever um pequeno artigo, o ensaio inaugural da minha pena, por assim dizer, e trouxe aqui para mostrar a você. Leia, meu caro, e dê sua opinião. Mas que seja sincera.

Tirou um caderninho do bolso e entregou ao irmão. O artigo se intitulava "A alma russa"; era escrito num estilo enfadonho, sem cor, como escrevem pessoas sem talento e que, em segredo, adoram a si mesmas, e sua ideia principal era esta: uma pessoa inteligente tem o direito de não acreditar no sobrenatural, mas é obrigada a esconder sua descrença para não difundir uma tentação entre os demais e para não abalar a fé das pessoas; sem fé, não existe idealismo e o idealismo está predestinado a salvar a Europa e a mostrar à humanidade o caminho verdadeiro.

— Mas aqui você não explica do que é preciso salvar a Europa — disse Láptiev.

— Isso se entende por si mesmo.

— Não se entende coisa nenhuma — retrucou Láptiev, e se pôs a andar, exaltado. — Não dá para entender para que você escreveu isto. Mas, afinal, isso é problema seu.

— Eu quero publicar o artigo em separado, na forma de um livreto.

— É problema seu.

Ficaram um minuto calados. Fiódor suspirou e disse:

— Eu lamento profundamente, infinitamente, que nós dois pensemos de forma discordante. Ah, Aliocha, Aliocha, meu querido irmão! Nós dois somos russos, ortodoxos, gente de espírito largo; o que são para nós essas ideiazinhas alemãs e judias? Pois nós dois não somos uns velhacos, mas representantes de uma ilustre família de comerciantes.

— Que história é essa de família ilustre? — exclamou Láptiev, contendo a irritação. — Família ilustre! Os senhores de terra espancavam o nosso avô, até o último dos funcionários esmurrava o nariz dele. O nosso avô espancava nosso pai, nosso pai espancava a mim e a você. O que foi que essa sua família ilustre deu para mim e para você? Que nervos e que sangue recebemos de herança? Já faz quase três anos que você anda raciocinando como um sacristão, fala os maiores disparates, e agora veja só o que escreveu: o delírio de um servo! E eu, e eu? Olhe para mim... Nem dinamismo nem coragem nem força de vontade; tenho medo de cada passo que eu dou, como se alguém fosse me dar chicotadas; me intimido diante de nulidades, de idiotas, de umas verdadeiras bestas que estão incomparavelmente abaixo de mim em inteligência e em caráter; tenho medo dos zeladores, dos porteiros, dos guardas, dos policiais, tenho medo de todo mundo, porque nasci de uma mãe oprimida, acuada, porque desde a infância fui espancado e vivo com medo!... Eu e você faremos muito bem se não tivermos filhos. Ah, Deus permita que nós liquidemos de uma vez com essa família ilustre!

Iúlia Serguéievna entrou no escritório e sentou-se diante da mesa.

— Sobre o que estão discutindo? — perguntou. — Será que eu atrapalhei?

— Não, irmãzinha — respondeu Fiódor. — Nossa conversa é sobre princípios. Veja — voltou-se para o irmão —, você diz que a família não vale nada. No entanto essa família criou um negócio que vale um milhão. Isso não é de se jogar fora!

— Grande coisa, um negócio que vale um milhão! Um homem sem nenhuma inteligência ou capacidade especial se torna comerciante por mero acaso, depois fica rico, faz comércio dia e noite, sem nenhum sistema, sem objetivos, sem ter sequer alguma avidez por dinheiro, ele faz comércio de modo mecânico e é o dinheiro que, por conta própria, vai para as mãos dele, em vez de ser ele quem corre atrás do dinheiro. Ele passa a vida toda no seu negócio e gosta disso só porque, assim, pode dar ordens aos vendedores e humilhar os fregueses. Ele tem um cargo de direção na igreja porque lá pode exercer o mando sobre os cantores do coro e fazer que todos baixem a cabeça para ele. Tem a função de curador da escola porque gosta de perceber que o professor é seu subordinado e porque, diante dele, pode fazer o papel de chefe. O comerciante não ama o comércio, o que ele ama é exercer o mando, e o armazém não é uma instituição comercial, mas uma câmara de torturas! Sim, para um negócio como o de vocês, é indispensável ter vendedores sem personalidade própria, desamparados, e vocês mesmos já os preparam para ser desse jeito, obrigando-os desde a infância a curvar-se para vocês, em troca de uma migalha de pão, e desde a infância vocês lhes ensinam a ideia de que vocês são seus benfeitores. Claro que vocês nem sonham em levar para o armazém uma pessoa formada na universidade!

— Gente da universidade não serve para o nosso ramo.

— É falso! — retrucou Láptiev. — É mentira!

— Desculpe, parece-me que você está cuspindo no prato em que comeu — disse Fiódor, e levantou-se. — Você odeia o nosso negócio, mas desfruta as rendas que vêm dele.

— Ahá, chegamos a um acordo! — disse Láptiev, e riu, olhando exasperado para o irmão. — Sim, se eu não pertencesse à sua família ilustre, se eu tivesse pelo menos um pingo de força de vontade e de coragem, há muito tempo que eu teria lançado fora essas rendas e teria dado um jeito de ganhar a vida com o meu próprio trabalho. Mas vocês, no seu armazém, desde a infância, me deixaram sem personalidade nenhuma! Eu sou de vocês!

Fiódor olhou para o relógio e, apressadamente, tratou de se despedir. Beijou a mão de Iúlia e saiu, mas em vez de tomar a direção do vestíbulo, passou pela sala e depois entrou no quarto.

— Esqueci a disposição dos cômodos — explicou, muito embaraçado. — Que casa estranha. Não é verdade que é uma casa estranha?

Enquanto vestia o casaco de pele, Fiódor parecia aturdido e seu rosto exprimia dor. Láptiev já não sentia raiva; assustou-se e, ao mesmo tempo, teve pena de Fiódor, e aquele amor bonito e cálido pelo irmão, que parecia ter se apagado dentro dele ao longo dos últimos três anos, agora despertou em seu peito outra vez e ele sentiu um forte desejo de expressar esse amor.

— Fiédia, venha amanhã para almoçar conosco — disse, e tocou bem de leve no seu ombro. — Vai vir?

— Vou, vou. Mas me dê um pouco de água.

O próprio Láptiev correu para a sala de jantar, pegou no bufê a primeira coisa que lhe veio à mão — era uma caneca de cerveja bem alta —, encheu de água e levou para o irmão. Fiódor estava sedento, mas de repente mordeu a caneca, ouviu-se um rangido, depois um soluço. A água se derramou no casaco de pele, no paletó. E Láptiev, que nunca tinha visto um homem chorar, ficou paralisado de constrangimento e de susto, e não sabia o que fazer. Desconcertado, viu Iúlia e a criada despirem o casaco de pele de Fiódor e trazê-lo de volta para dentro, e ele mesmo os seguiu, sentindo-se culpado.

Iúlia fez Fiódor sentar-se e ajoelhou-se diante dele.

— Não é nada... — ela o consolava. — O senhor está nervoso...

— Minha querida, eu sofro tanto! — disse Fiódor. — Sou um infeliz, sou um infeliz... Mas escondo isso, o tempo todo eu escondo!

Abraçou-a pelo pescoço e sussurrou em seu ouvido:

— Toda noite eu vejo a minha irmã Nina. Ela vem e senta na poltrona ao lado da minha cama...

Uma hora depois, vestiu de novo o casaco de pele no vestíbulo, já estava sorrindo e, diante da criada, sentiu vergonha. Láptiev acompanhou o irmão até a rua Piátnitskaia.

— Venha almoçar conosco amanhã — disse no caminho, segurando-o pelo braço. — E na Páscoa vamos viajar juntos para o exterior. Você precisa respirar novos ares, senão vai sufocar.

— Sim, sim. Eu irei, eu irei... E vamos levar a irmãzinha conosco.

Ao voltar para casa, Láptiev encontrou a esposa numa forte comoção nervosa. O incidente com Fiódor deixou-a abalada e, agora, não conseguia se acalmar. Não estava chorando, porém tinha o rosto muito pálido, se revolvia na cama e, com os dedos frios, agarrava sofregamente o cobertor, o travesseiro e as mãos do marido. Tinha os olhos arregalados, cheios de medo.

— Não me deixe, não me deixe — suplicava ao marido. — Diga, Aliocha: por que eu parei de rezar? Onde foi parar a minha fé? Ah, por que vocês vieram me falar sobre religião? Vocês me confundiram, você e seus amigos. Já não rezo mais.

Láptiev aplicou compressas em sua testa, aqueceu suas mãos, lhe deu chá para beber, e Iúlia, assustada, se encolhia contra o peito do marido...

Quase de manhã, exaurida, ela adormeceu, enquanto Láptiev se mantinha sentado a seu lado e segurava sua mão. Ele mesmo não conseguiu dormir. Depois, o dia inteiro sentiu-se abatido, num torpor, sem pensar em nada, e vagava indolente pelos cômodos da casa.

XVI

Os médicos disseram que Fiódor sofria de uma doença mental. Láptiev não sabia o que fazer na casa da rua Piátnitskaia, e o armazém sombrio, no qual já não apareciam nem o velho pai nem Fiódor, lhe dava a sensação de um sepulcro. Quando a esposa lhe dizia que ele precisava ir todo dia ao armazém e à casa da rua Piátnitskaia, Láptiev ou se mantinha calado ou começava a falar com irritação sobre sua infância, dizia que não tinha forças para perdoar o pai por seu passado, que a rua Piátnitskaia e o armazém lhe inspiravam ódio etc.

Certo domingo, de manhã, a própria Iúlia foi à rua Piátnitskaia. Encontrou o velho Fiódor Stiepánitch no mesmo salão onde haviam rezado uma missa no dia em que ela fora lá pela primeira vez. O velho, em seu paletó de brim, sem gravata, de chinelos, imóvel em sua poltrona, piscava os olhos cegos.

— Sou eu, a sua nora — disse ela, se aproximando. — Vim visitar vocês.

Com a emoção, o velho começou a respirar ofegante. Tocada por sua infelicidade, por sua solidão, Iúlia beijou a mão do sogro, que apalpou o rosto e a cabeça da nora como se quisesse se convencer de que era ela de fato, e benzeu-a com o sinal da cruz.

— Obrigado, obrigado — disse ele. — Eu perdi minha visão e não enxergo mais nada... Vejo um pouco a janela e também o fogo, mas as pessoas e os objetos eu não distingo. Pois é, eu fiquei cego, o Fiódor adoeceu e, sem os olhos do dono, os negócios agora andam mal. Se acontece alguma desordem, não há ninguém para chamar; o povo fica preguiçoso. Mas do que foi que o Fiódor ficou doente? Será que foi um resfriado? Eu nunca fui de me adoentar e nunca tomei remédios. Jamais consultei um médico.

E o velho, como de hábito, começou a se gabar. Enquanto isso a criada tratou de arrumar a mesa do salão às pressas, serviu comidas e trouxe garrafas de vinho. Pôs na mesa umas dez garrafas, uma delas tinha o formato da Torre Eiffel. Trouxe uma travessa cheia de tortinhas assadas, das quais vinha um cheiro de peixe cozido e arroz.

— Peço à querida visita que tenha a bondade de comer — disse o velho.

Iúlia levou-o pela mão até a mesa e lhe serviu vodca.

— Amanhã eu vou voltar aqui e vou trazer as suas netas, Sacha e Lida — disse Iúlia. — Elas vão ter pena do senhor e vão lhe fazer muitos carinhos.

— Não faça isso, não traga. Elas são ilegítimas.

— Ilegítimas por quê? Seus pais eram casados.

— Sem a minha permissão. Eu não lhes dei a minha bênção. Que Deus os proteja.

— Que coisa estranha o senhor está dizendo, Fiódor Stiepánitch — disse Iúlia Serguéievna.

— No Evangelho está dito: os filhos devem respeitar e temer seus pais.

— Nada disso. O Evangelho diz que devemos perdoar até os nossos inimigos.

— No nosso ramo de negócio, não se pode perdoar. Se formos perdoar todo mundo, em três anos vai tudo por água abaixo.

— Mas perdoar, dizer palavras carinhosas e amigas, mesmo para uma pessoa culpada, isto sim é uma atividade elevada, é algo que está acima da riqueza!

Iúlia queria abrandar o ânimo do velho, infundir um sentimento de piedade, despertar nele o arrependimento, mas tudo que ela dizia o velho escutava com ar de condescendência, como os adultos ouvem as crianças.

— Fiódor Stiepánitch — disse Iúlia, em tom resoluto. — O senhor já está velho e logo Deus vai chamá-lo. Ele não vai lhe perguntar como fazia seus negócios e se o seu comércio foi bem-sucedido, mas sim se o senhor foi misericordioso com as pessoas; se o senhor não foi severo com os mais fracos, por exemplo, com os criados, com os vendedores.

— Para os meus empregados, eu sempre fui um benfeitor, e eles devem rezar por mim eternamente — respondeu o velho com convicção. Porém, comovido pelo tom sincero de Iúlia e desejoso de lhe dar alguma satisfação, acrescentou: — Está bem, traga as netinhas amanhã. Vou mandar que comprem uns presentinhos para elas.

O velho estava vestido com desleixo, havia cinzas de charuto no peito e nos joelhos; pelo visto, ninguém limpava suas botas nem suas roupas. O arroz nas tortinhas estava um pouco cru, a toalha de mesa cheirava a sabão, a criada batia os pés no chão com força. O velho e toda aquela casa na rua Piátnitskaia tinham aspecto de abandono, e Iúlia, que percebia aquilo, sentiu vergonha de si mesma e também do marido.

— Amanhã eu virei aqui sem falta — disse.

Percorreu os cômodos da casa e ordenou que limpassem o quarto do sogro e acendessem a lamparina votiva junto aos ícones. Fiódor estava sentado em seu quarto, olhava para um livro aberto, sem ler nada; Iúlia falou com ele e também deu ordens para limparem seu quarto; em seguida desceu para o alojamento dos vendedores. No meio do cômodo onde os vendedores almoçavam, havia uma grande estaca de madeira, sem pintura nenhuma, apoiando o teto para que não desabasse; o teto de todos os cômodos era baixo, as paredes eram cobertas por um papel barato, o ar cheirava a carvão e a cozinha. Como era feriado, todos os vendedores estavam em casa, sentados em suas camas, à espera do almoço. Quando Iúlia entrou, eles se ergueram prontamente e responderam com timidez suas perguntas, olhando para ela de cabeça baixa, como se fossem prisioneiros.

— Meu Deus, como estão mal instalados! — disse, levantando as mãos. — Não se sentem espremidos aqui dentro?

— É apertado sim, mas isso não nos aborrece — respondeu Makéitchev. — Devemos muito aos senhores e, em gratidão a eles, erguemos nossas preces a Deus misericordioso.

— A conformidade da vida corresponde à ambição do indivíduo — disse Potchákin.

E, ao notar que Iúlia não compreendera a frase de Potchákin, Makéitchev tratou logo de explicar:

— Nós somos gente pequena e devemos viver em conformidade com a nossa posição.

Ela examinou as instalações para os meninos aprendizes bem como a cozinha, falou com a governanta e ficou muito insatisfeita.

De volta para casa, disse ao marido:

— Nós devemos o quanto antes mudar para a casa da rua Piátnitskaia e morar lá. E você precisa ir ao armazém todos os dias.

Depois, ambos ficaram sentados no escritório, lado a lado e mudos. Láptiev sentia um peso na alma e não tinha a menor vontade nem de mudar para a rua Piátnitskaia nem de ir ao armazém, no entanto entendia o que a esposa estava pensando e não tinha forças para contestar. Afagou o rosto de Iúlia e lhe disse:

— A minha sensação é de que a nossa vida já terminou e que agora, para nós, está começando uma espécie de semivida cinzenta. Quando soube que o meu irmão Fiódor estava com uma doença incurável, chorei. Eu e ele vivemos juntos a infância e a juventude e, naquele tempo, eu o amava com toda a minha alma, e agora veio esta catástrofe, e me parece que, ao perder meu irmão, fui despojado para sempre do meu passado. Agora, quando você disse que nós temos de mudar para a rua Piátnitskaia, para aquela prisão, me veio a impressão de que já não tenho também nenhum futuro.

Levantou-se e andou até a janela.

— Seja como for, é necessário dar adeus às ideias de felicidade — disse Láptiev, enquanto olhava para a rua. — Isso não existe. Nunca existiu para mim e, na certa, não existe mesmo para ninguém. Aliás, eu fui feliz uma vez na vida, naquela madrugada em que fiquei sentado embaixo do seu guarda-chuva. Lembra aquele dia em que você esqueceu o guarda-chuva na casa de Nina? — perguntou, voltando-se para a esposa. — Na ocasião, eu estava apaixonado por você e, lembro bem, passei a madrugada inteira sentado embaixo daquele guarda-chuva num estado de êxtase.

No escritório, perto das estantes de livros, havia uma cômoda de mogno, com adornos de bronze, na qual Láptiev guardava várias coisas inúteis e, entre elas, o guarda-chuva. Pegou-o e entregou-o à esposa.

— Aqui está ele.

Iúlia olhou para o guarda-chuva por um minuto, reconheceu-o e deu um sorriso triste.

— Eu me lembro — disse ela. — Quando você me declarou seu amor, estava com ele nas mãos. — E, ao notar que o marido se preparava para sair, falou: — Se puder, por favor, volte mais cedo. Eu sinto sua falta.

Em seguida, Iúlia foi para seu quarto e ficou muito tempo olhando para o guarda-chuva.

XVII

Apesar da complexidade dos negócios e da imensa circulação de mercadorias, não havia nenhum contador no armazém e, nos livros anotados pelo escrevente, era impossível entender o que quer que fosse. Todos os dias vinham ao armazém intermediários alemães e ingleses com quem os vendedores conversavam sobre política e religião; também vinha um nobre lastimável, bêbado e doente, que ficava traduzindo a correspondência estrangeira no escritório; os empregados o chamavam de "coisinha" e, para beber, lhe davam chá com sal. No conjunto, toda aquela atividade comercial parecia a Láptiev um grande desatino.

Ele ia todos os dias ao armazém e tentava estabelecer novos hábitos; proibiu açoitar os meninos e escarnecer dos fregueses, ficava furioso quando os vendedores, entre risos, despachavam para algum canto remoto de província mercadorias com defeito e imprestáveis, vendidas como se fossem produtos novos em folha e no rigor da moda. Agora, ele era o principal executivo no armazém, mas, como antes, ignorava o tamanho de sua fortuna, não sabia se os negócios andavam bem, qual o salário dos vendedores mais antigos etc. Potchákin e Makéitchev o consideravam um jovem inexperiente, escondiam dele muitas coisas e toda noite trocavam sussurros em segredo com o velho cego.

Certo dia, no início de junho, Láptiev e Potchákin foram à taverna Bubnóvski para almoçar e, de passagem, conversar sobre negócios. Potchákin trabalhava para os Láptiev já fazia muito tempo, começara aos oito anos de idade. Era seu homem de confiança, acreditavam nele inteiramente e quando, ao sair do armazém, Potchákin retirava do caixa toda a receita do dia e estufava o bolso com o dinheiro, nem aquilo despertava a menor suspeita. Ele gozava do mais alto conceito no armazém, em casa e também na igreja, onde cumpria, em lugar do velho, a função de administrador. Por conta da maneira rude de tratar os subordinados, vendedores e meninos, ele era chamado de Maliuta Skurátov.[57]

Quando chegaram à taverna, Potchákin acenou para o garçom e disse:

— Meu caro, traga aí para nós meia maravilha e vinte e quatro desgostos.

---

[57] Personagem histórico do século XVI, político e militar, tido como cumpridor implacável das ordens do tsar Ivan IV (o Terrível).

O garçom, pouco depois, trouxe numa bandeja meia garrafa de vodca e alguns pratos com petiscos variados.

— Pois bem, meu prezado — disse Potchákin —, traga-nos agora uma porção do mestre supremo da calúnia e da maledicência, com purê de batatas.

O garçom não entendeu, mostrou-se confuso e fez menção de dizer algo, mas Potchákin fitou-o com severidade e disse:

— Exceto!

O garçom refletiu com ar tenso, depois foi consultar seus camaradas e, no fim das contas, apesar de tudo, entendeu e trouxe uma porção de língua. Quando já haviam bebido dois cálices e comido um pouco, Láptiev perguntou:

— Diga, Ivan Vassílitch: é verdade que nossos negócios caíram nos últimos anos?

— Nem de longe.

— Diga-me sinceramente, sem meias-palavras: qual foi e qual é a nossa receita e qual é o tamanho do nosso patrimônio? Não é possível caminhar no escuro. Fizemos há pouco o inventário do armazém, mas, me perdoe, eu não acredito nesse inventário; o senhor acha que é necessário esconder algo de mim e só conta a verdade para o meu pai. Desde os primeiros anos, o senhor se habituou a desconversar e não consegue mais passar sem isso. Mas de que adianta? Portanto, eu peço ao senhor, seja franco. Em que situação está o nosso negócio?

— Tudo depende das ondulações do crédito — respondeu, depois de refletir um pouco.

— O que o senhor entende por ondulações do crédito?

Potchákin começou a explicar, mas Láptiev não compreendeu nada e mandou chamar Makéitchev. Este logo se apresentou, comeu um pouco, fez uma prece e, com sua voz grave e encorpada de barítono, disse, em primeiro lugar, que os empregados eram obrigados a rezar por seus benfeitores todo dia e toda noite.

— Muito bem, mas faça o favor de não me considerar seu benfeitor — retrucou Láptiev.

— Todo homem deve lembrar o que ele é e deve ter o sentimento da sua posição. O senhor, pela graça de Deus, é o nosso pai e benfeitor e nós somos seus escravos.

— Chega, já estou farto dessa história! — irritou-se Láptiev. — Por favor, agora sejam os senhores os meus benfeitores e me expliquem a situação do nosso negócio. Façam o favor de não me tratar como uma criança, do contrário amanhã mesmo eu fecho as portas do armazém. Meu pai está cego, meu irmão foi para um manicômio, minhas sobrinhas ainda são muito pequenas; eu odeio esse negócio e ficaria contente de largar tudo, só que não há ninguém para me substituir e os senhores sabem disso. Pelo amor de Deus, parem de desconversar!

Foram ao armazém para fazer as contas. Depois, à noitinha, continuaram a fazer as contas, já com a ajuda do pai, em pessoa; ao iniciar o filho em seus mistérios comerciais, o velho falava num tom de voz de quem trata não de comércio mas sim de alguma feitiçaria. Revelou-se que a renda aumentava anualmente cerca de dez por cento e que a fortuna dos Láptiev, considerando apenas o dinheiro e os títulos, equivalia a seis milhões de rublos.

Quando encerraram a contabilidade, já depois de meia-noite, Láptiev saiu para respirar ar fresco, sentindo-se sob o fascínio daqueles números. Era uma noite de luar, serena e abafada; as paredes brancas das casas do bairro de Zamoskvorétski,[58] o aspecto dos pesados portões fechados, o silêncio e as sombras negras produziam a impressão geral de uma fortaleza, a que só faltava uma sentinela com seu fuzil. Láptiev caminhou até um jardim e sentou-se num banco perto da cerca de uma casa vizinha, onde havia outro jardim. Uma cerejeira estava florindo. Láptiev lembrou que

---

[58] Bairro de Moscou onde fica a rua Piátnitskaia.

aquela cerejeira, no tempo de sua infância, era retorcida daquele mesmo modo, tinha aquela mesma altura e desde então não mudara nada. Cada cantinho do jardim e do quintal da casa lhe trazia lembranças do passado distante. E, tal como agora, também na infância se via o quintal inteiro inundado pelo luar através das raras árvores, as sombras também pareciam misteriosas e severas, um cachorro preto também ficava deitado no meio do quintal e as janelas também permaneciam escancaradas nos aposentos dos vendedores. E tudo aquilo eram recordações amargas.

Do outro lado da cerca, no quintal do vizinho, soaram passos leves.

— Minha querida, minha adorada... — sussurrava uma voz de homem bem perto da cerca, de modo que Láptiev podia ouvir até sua respiração.

Então se beijaram. Láptiev estava convencido de que os milhões de rublos e aquela empresa, com a qual não tinha a mínima afinidade, estavam estragando sua vida e o transformavam num completo escravo; ele imaginava que pouco a pouco iria se habituar à sua situação, pouco a pouco viria a encarnar o papel de diretor de uma empresa comercial, ficaria tolo, envelheceria e, no fim, acabaria morrendo como em geral morrem os burgueses, de forma vil e amarga, despejando azedume nas pessoas em redor. No entanto, o que o impedia de abandonar os milhões e o negócio e fugir daquele jardim e daquele quintal, que ele detestava desde a infância?

Os sussurros e os beijos por trás da cerca perturbavam Láptiev. Ele se afastou para o meio do quintal, desabotoou a camisa sobre o peito, olhou para a lua e teve a impressão de que, dali a um segundo, iria dar ordens para abrirem o portão e depois sairia caminhando, para nunca mais retornar; ao pressentir a liberdade, o coração se contraiu com um sentimento doce. Láptiev riu com alegria e imaginou como aquela vida poderia ser maravilhosa, poética, talvez até santa...

Porém ele continuou onde estava, não foi embora, e indagou a si mesmo: "O que me prende aqui?". Sentiu-se irritado consigo e com aquele cachorro preto que se deixava ficar estirado sobre as pedras, em vez de correr para o campo, para o bosque, onde um cão é independente e feliz. O que impedia Láptiev e o cão de fugirem dali parecia ser a mesma coisa: o costume do cativeiro, da escravidão...

No dia seguinte, ao meio-dia, foi ao encontro da esposa e, para evitar o tédio, convidou Iártsev para acompanhá-lo. Agora, Iúlia Serguéievna morava numa datcha em Bútovo e já fazia cinco dias que o marido não ia lá. Ao desembarcarem na estação de trem, os dois amigos tomaram um coche e, durante todo o trajeto, Iártsev cantava e se mostrava maravilhado com a beleza do dia. A datcha ficava num grande parque, não distante da estação. Iúlia Serguéievna estava à espera das visitas, sentada embaixo de um choupo velho e largo, no ponto onde tinha início a alameda principal, a cerca de vinte passos do portão. Usava um vestido leve, elegante, rematado com rendas, um vestido claro, de cor creme, e trazia nas mãos o mesmo velho e conhecido guarda-chuva. Iártsev cumprimentou-a e seguiu para a datcha, de onde vinham as vozes de Sacha e Lida, enquanto Láptiev sentou-se ao lado da esposa para conversar sobre negócios.

— Por que você ficou tanto tempo sem aparecer? — perguntou ela, sem soltar a mão do marido. — Eu passei esses dias inteiros sentada aqui, para ver se você estava chegando. Eu sinto falta de você!

Levantou-se e correu a mão pelos cabelos de Láptiev e, com curiosidade, olhou seu rosto, seus ombros, seu chapéu.

— Sabe, eu amo você — disse ela, e ruborizou-se. — Você é o meu querido. Pronto, você chegou e é só ver você aqui que eu logo fico feliz, nem sei como acontece. Mas vamos conversar. Conte-me alguma coisa.

Iúlia estava fazendo uma declaração de amor, no entanto Láptiev tinha a sensação de já estar casado havia dez anos e queria almoçar. Ela o abraçou pelo pescoço, a seda do vestido fez cócegas no rosto de Láptiev; com cuidado, ele afastou os braços de Iúlia, levantou-se e, sem dizer nenhuma palavra, foi para a datcha. A seu encontro, correram as meninas.

"Como estão crescidas!", pensou. "Quantas mudanças nesses três anos... E eu ainda terei de viver, talvez, mais treze, trinta anos... O que nos aguarda no futuro? Só o tempo dirá."

Abraçou Sacha e Lida, que se penduraram em seu pescoço, e disse:

— O vovô mandou cumprimentos... O tio Fiódor vai morrer em breve, o tio Kóstia enviou uma carta da América e manda cumprimentos para vocês. Ele ficou farto da exposição e logo estará de volta. E o tio Aliocha está com fome.

Em seguida sentou-se na varanda e viu que a esposa vinha caminhando devagar pela alameda na direção da datcha. Ela estava pensando, tinha o rosto triste, a fisionomia fascinante e, nos olhos, brilhavam lágrimas. Não era mais a antiga moça esguia, frágil e de rosto pálido, mas uma mulher madura, bonita, forte. E Láptiev notou com que admiração Iártsev olhava para sua esposa, como aquela expressão nova e bela no rosto de Iúlia se refletia no rosto também triste e maravilhado de Iártsev. Parecia estar vendo Iúlia pela primeira vez na vida. E, enquanto almoçavam na varanda, Iártsev sorria com uma espécie de alegria acanhada, e olhava o tempo todo para Iúlia e para seu pescoço bonito. Láptiev não conseguia deixar de observá-lo e pensava que ainda teria de viver, talvez, mais treze, trinta anos... E o que teria de enfrentar durante aquele tempo? O que os aguardava no futuro?

E pensava:

"Só o tempo dirá."

A esposa

— Eu já pedi para a senhora não arrumar a minha mesa — disse Nikolai Evgráfitch. — Depois das suas arrumações, eu não consigo achar mais nada. Onde está o telegrama? Onde a senhora o deixou? Faça o favor de procurar. Ele veio de Kazan, é datado de ontem.

Pálida, frágil, com expressão indiferente, a criada encontrou alguns telegramas dentro de uma cesta embaixo da mesa e entregou-os para o médico sem dizer nenhuma palavra; porém eram todos telegramas dali mesmo, de pacientes. Em seguida foram procurar na sala e no quarto de Olga Dmítrievna.

Já passava de meia-noite. Nikolai Evgráfitch sabia que a esposa não ia voltar tão cedo, pelo menos não antes das cinco horas. O médico não confiava na esposa e, quando ela demorava muito a retornar, ele não dormia, ficava aflito e, ao mesmo tempo, sentia desprezo pela esposa, por sua cama, seu espelho, suas caixinhas de bombons e também por aqueles lírios e jacintos que alguém lhe enviava todos os dias e que espalhavam pela casa inteira um cheiro adocicado de loja de flores. Em noites como aquela, Nikolai Evgráfitch se mostrava implicante, caprichoso, exigente, e agora lhe parecia que precisava muito do telegrama do irmão, recebido na véspera, embora a mensagem não contivesse nada além de felicitações por um dia festivo.

No quarto da esposa, sobre a mesa, embaixo de uma caixa com folhas de papel de carta, o médico encontrou um telegrama e correu os olhos pelo texto. Remetido de Monte Carlo, endereçado em nome da sogra, mas para ser entregue a Olga Dmítrievna, vinha assinado: Michel... O médico não entendeu nenhuma palavra, pois estava em língua estrangeira, inglês, ao que parecia.

— Quem é esse Michel? Por que Monte Carlo? Por que mandou no nome da sogra?

Após sete anos de vida conjugal, o médico se habituara a desconfiar, deduzir, analisar as evidências, e mais de uma vez lhe viera à cabeça a ideia de que, graças àquela prática doméstica, ele agora até poderia ser um excelente detetive. Foi para o escritório, começou a refletir e logo recordou que um ano e meio antes estivera com a esposa em Petersburgo, onde os dois almoçaram no Cubat[1] com um colega de escola, um engenheiro de estradas que apresentou a ele e à esposa um jovem de vinte e dois ou vinte e três anos chamado Mikhail Ivánitch; seu sobrenome de família era curto e um pouco esquisito: Ris. Dois meses depois, o médico viu no álbum da esposa uma fotografia daquele jovem, com uma dedicatória em francês: "em memória do presente e na esperança do futuro". Tempos depois, encontrou o mesmo jovem em pessoa, na casa da sogra... Foi exatamente nessa ocasião que a esposa passou a se ausentar com frequência, voltar para casa às quatro ou cinco horas da manhã e lhe pedir com insistência um passaporte para viajar para o exterior, mas ele recusou, e entre os dois, em casa, por dias inteiros se travou tamanha guerra que o médico chegou a sentir-se envergonhado diante dos criados.

Meio ano antes, seus colegas médicos concluíram que ele tinha um início de tuberculose e recomendaram largar tudo e viajar para a Crimeia. Ao saber daquilo, Olga Dmítrievna fingiu-se muito assustada; mostrava-se carinhosa com o marido e

---

[1] Histórico restaurante em São Petersburgo, situado na rua Bolchaia Morskaia, de propriedade do cozinheiro francês Pierre Cubat.

tentava sempre convencê-lo de que a Crimeia era um lugar frio e maçante, dizia que era melhor ir para Nice e que ela viajaria com o marido para cuidar dele, atendê-lo e tranquilizá-lo...

E agora, enfim, Nikolai Evgráfitch entendera por que a esposa desejava tanto ir para Nice: o seu Michel morava em Monte Carlo.

O médico pegou o dicionário inglês-russo e, traduzindo as palavras uma a uma e adivinhando seu significado, pouco a pouco formou a seguinte frase: "Bebo à saúde da minha querida namorada, beijo mil vezes seu pezinho pequenino. Espero ansioso a chegada". Nikolai Evgráfitch imaginou o papel ridículo e lamentável que ele representaria caso concordasse em ir com a esposa para Nice, chegou quase a chorar, tamanha a afronta que sentiu e, com forte comoção, pôs-se a caminhar por todos os cômodos da casa. O orgulho e uma repugnância vulgar se indignaram dentro dele. De punhos cerrados e com o rosto contraído num esgar de nojo, Nikolai Evgráfitch perguntava a si mesmo como ele, o filho de um padre de aldeia,[2] educado num seminário, homem rude e franco, cirurgião profissional, foi capaz de render-se a tal escravidão e sujeitar-se de forma tão infame àquela criatura fraca, insignificante, vil e venal?

— Pezinho pequenino! — balbuciou, enquanto amassava o telegrama. — Pezinho pequenino!

Do tempo em que ele se apaixonara, pedira Olga em casamento e dos sete anos em que vivera casado, só restava a recordação dos cabelos compridos e perfumados, da montanha de rendas macias e do pezinho pequenino, de fato muito pequeno e bonito; e ainda agora parecia que dos antigos abraços apenas se conservavam, nas mãos e no rosto, a sensação das rendas e da seda, e mais nada. Nada mais, senão a histeria, os

---

[2] Na Igreja ortodoxa, os padres se casam e têm filhos.

gritos esganiçados, as acusações, as ameaças e as mentiras, mentiras pérfidas... Ele recordou que certo dia, no campo, por acaso, um pássaro entrara voando na casa do pai e começou a se chocar freneticamente contra o vidro, derrubando vários objetos em redor, da mesma forma como aquela mulher, oriunda de um meio de todo estranho a ele, caíra do céu na sua vida e, de súbito, produzira à sua volta uma verdadeira devastação. Os melhores anos da vida tinham passado como um inferno, as esperanças de felicidade foram ridicularizadas e destruídas, a saúde se degradara, os cômodos da casa estavam decorados com a vulgaridade de uma coquete, dos dez mil rublos anuais de seus honorários, ele não conseguia enviar nem dez rublos para a mãe, viúva de um padre, e àquela altura Nikolai Evgráfitch já estava devendo quinze mil rublos em letras de câmbio. Parecia que, se um bando de ladrões morasse em sua casa, sua vida não estaria destroçada de forma tão irremediável e desesperadora como agora, casado com aquela mulher.

Começou a tossir e sufocar. Deveria deitar-se e aquecer-se, mas não foi capaz, tudo o que conseguia era ficar caminhando pelos cômodos da casa ou sentar-se à mesa e, com a mão nervosa, correr o lápis sobre um papel, escrevendo de modo mecânico:

"Prova de escrita... Pezinho pequenino..."

Às cinco horas sua fraqueza aumentou e agora ele já culpava a si mesmo por tudo, parecia que se Olga Dmítrievna tivesse casado com outro, capaz de exercer uma boa influência sobre ela, quem sabe no final das contas teria sido uma mulher boa e honesta? Ele era um mau psicólogo e não conhecia a alma feminina, além de ser uma pessoa desinteressante, rude...

"Tenho pouco tempo de vida pela frente", pensou, "sou um defunto e não devo atrapalhar os vivos. No fundo, a esta altura, seria estranho e tolo reclamar sei lá que direitos. Vou ter uma conversa com ela; é melhor que ela vá viver com a pessoa que ama... Darei o divórcio, vou assumir toda a culpa..."[3]

Olga Dmítrievna enfim chegou e, da maneira como estava vestida, de *rotonde*[4] branca, chapéu e galochas, entrou no escritório e desabou na poltrona.

— Garotinho gordo e nojento — disse ela, ofegante, e soluçou. — Chega a ser uma desonestidade, é repugnante. — E batia com os pés no chão. — Eu não suporto, não suporto, não suporto!

— O que foi? — perguntou Nikolai Evgráfitch, se aproximando.

— O estudante Azarbekov vinha me acompanhando agora há pouco e acabou perdendo a minha bolsa, onde havia quinze rublos. Eu peguei o dinheiro emprestado com a mamãe.

Ela chorava muito aflita, como uma criança, e não só o lenço como as luvas estavam molhados de lágrimas.

— O que se vai fazer? — suspirou o médico. — Se perdeu, está perdido. Paciência. Acalme-se, preciso conversar com você.

— Eu não sou nenhuma milionária para jogar dinheiro fora desse jeito. Ele diz que vai me devolver, mas eu não acredito, ele é pobre...

O marido pediu que ela se acalmasse para escutar o que ele ia dizer, mas a esposa não parava de falar do estudante e dos quinze rublos que perdera.

— Olhe, amanhã eu lhe dou vinte e cinto rublos, mas agora, por favor, pare de falar! — disse ele com irritação.

— Eu tenho de tirar essa roupa! — chorava a esposa. — Não posso ter uma conversa séria assim, de casaco de pele! Que coisa mais estranha!

---

[3] Nos processos de divórcio, um dos dois tinha de assumir a culpa da infidelidade.
[4] Agasalho feminino em forma de capa sem mangas.

O marido ajudou-a a tirar o casaco e as galochas e, naquele instante, sentiu o cheiro de vinho branco, o mesmo que ela gostava de beber com ostras (apesar de seu porte esguio, Olga Dmítrievna bebia e comia muito). Ela foi para o quarto e, pouco depois, voltou com outra roupa, pó de arroz no rosto e olhos chorosos, sentou-se e submergiu completamente no seu roupão leve e rendado e, dentro daquela massa de ondas cor-de-rosa, o marido apenas distinguia os cabelos revoltos da esposa e um pezinho pequenino, calçado numa chinela.

— Sobre o que você quer falar? — perguntou, balançando-se na cadeira de balanço.

— Por acaso eu vi isto aqui... — disse o médico, e lhe deu o telegrama.

Ela leu e encolheu os ombros.

— E daí? — disse ela, balançando-se com mais força. — É uma saudação de Ano-Novo rotineira e mais nada. Não há nenhum segredo nisso.

— Você está contando com o fato de eu não saber inglês. Sim, não sei mesmo, mas tenho aqui um dicionário. Isso é um telegrama do Ris, ele bebe à saúde da sua namorada e beija você mil vezes. Mas vamos deixar isso de lado... — prosseguiu depressa o médico. — Eu não tenho nenhuma intenção de repreender você nem de fazer uma cena. Já chega dessas cenas e repreensões, é hora de pôr um fim nisso... Eu quero dizer o seguinte: você é livre e pode viver como quiser.

Ficaram em silêncio. Ela começou a chorar baixinho.

— Eu estou deixando você livre da obrigação de fingir e mentir — continuou Nikolai Evgráfitch. — Se você ama esse jovem, então ame. Se quer morar com ele no exterior, vá. Você é jovem, saudável, e eu já sou um inválido, tenho pouco tempo de vida. Em suma... você compreende.

Estava emocionado e não conseguiu prosseguir. Olga Dmítrievna, chorando e falando com a voz das pessoas que têm pena de si mesmas, confessou que amava Ris, tinha ido passear com ele nos arredores da cidade, fora ao seu quarto de hotel e agora, de fato, desejava muito viajar para o exterior.

— Veja, eu não estou escondendo nada — disse ela, com um suspiro. — Minha alma está nua. De novo, eu suplico: seja generoso, me dê meu passaporte!

— Eu repito: você é livre.

Ela se levantou e sentou-se em outro lugar, mais perto dele, a fim de ver melhor a expressão de seu rosto. Não estava acreditando no marido e agora queria entender seus pensamentos secretos. Olga Dmítrievna jamais acreditava em ninguém e, por mais nobres que fossem as intenções, sempre desconfiava de algum intento escuso e mesquinho e de algum propósito egoísta. Enquanto ela esquadrinhava o rosto do marido com seu olhar perscrutador, Nikolai Evgráfitch teve a impressão de que nos olhos da esposa, como nas pupilas de um gato, brilhava uma luz verde.

— E quando vou receber o passaporte? — perguntou em voz baixa.

De repente, veio uma vontade de responder "nunca", mas Nikolai Evgráfitch se conteve e disse:

— Quando quiser.

— Eu só irei daqui a um mês.

— Você vai para a casa do Ris para sempre. Vou lhe dar o divórcio, vou assumir toda a culpa e o Ris poderá casar com você.

— Mas eu não quero o divórcio de jeito nenhum! — retrucou Olga Dmítrievna, com ênfase e cara de espanto. — Eu não pedi o divórcio! É só me dar o passaporte e pronto.

— Mas por que não quer o divórcio? — perguntou o médico, começando a se irritar. — Você é uma mulher estranha. Como é estranha! Afinal, se está profundamente atraída e se ele também ama você, na sua situação, os dois não poderiam desejar nada melhor do que o casamento. Será possível que você ainda hesita em escolher entre o casamento e o adultério?

— Eu estou entendendo você — disse ela, afastando-se dele, e seu rosto adquiriu uma expressão má e vingativa. — Eu entendo você muito bem. Estou farta de você, tudo o que você deseja é simplesmente se livrar de mim, me impingir esse divórcio. Muito obrigada, mas eu não sou tão estúpida como está pensando. Não vou aceitar um divórcio nem vou deixar você, eu não vou embora, não vou, não vou! Em primeiro lugar, não quero perder minha posição social — prosseguiu depressa, como se temesse que a impedissem de falar. — Em segundo lugar, já tenho vinte e sete anos, e o Ris tem vinte e três; daqui a um ano ele vai ficar farto de mim e vai me largar. Em terceiro lugar, se quer saber, não garanto que este meu entusiasmo vai durar muito... Ora essa! Eu não vou deixar você.

— Então eu vou expulsar você de casa! — gritou Nikolai Evgráfitch, e bateu com os pés no chão. — Vou pôr você para fora, mulher baixa e infame!

— Veremos, meu senhor! — respondeu ela e saiu.

Já havia muito que tinha clareado lá fora, no entanto o médico se mantinha sentado à mesa, movia devagar o lápis sobre o papel e escrevia de modo mecânico:

"Deus misericordioso... Pezinho pequenino..."

Ou então caminhava à toa pela casa, se detinha na sala diante de uma fotografia tirada sete anos antes, logo depois do casamento, e ficava muito tempo olhando para a imagem. Tratava-se de um grupo familiar: sogro, sogra, a esposa, Olga Dmítrievna, aos vinte anos, e ele mesmo, na condição de marido jovem e feliz. O sogro, um conselheiro secreto com hidropisia, gorducho, de barba raspada, astuto e ávido por dinheiro: a sogra, uma senhora gorda, com feições miúdas de animal de rapina, como as de um furão, e que adorava a filha com loucura e a ajudava em tudo; se a filha estrangulasse uma pessoa, a mãe não diria nada, apenas a protegeria, escondendo-a debaixo da saia. Olga Dmítrievna também tinha feições miúdas e astutas, porém mais expressivas e atrevidas que as da mãe; já não era um simples furão, mas uma fera bem mais poderosa! E o próprio Nikolai Evgráfitch, naquela fotografia, tinha o ar mais simplório e ingênuo do mundo; o sorriso bondoso de um seminarista se derramava em seu rosto e ele acreditava piamente que aquele bando de animais de rapina para o qual o destino por acaso o arrastara lhe traria poesia, felicidade e tudo aquilo que ele sonhava quando, ainda estudante, cantava: "não amar é perder uma vida jovem...".[5]

E de novo, perplexo, perguntava a si mesmo como foi que ele, o filho de um padre do campo, formado num seminário, homem simples, direto e rude, foi capaz de se entregar, de modo tão indefeso, nas mãos daquela criatura insignificante, mentirosa, vulgar, mesquinha e, por natureza, de todo estranha a ele.

Às onze horas, quando vestiu o sobretudo para ir ao hospital, a criada entrou no escritório.

— O que deseja?

— A patroa acordou e está pedindo os vinte e cinco rublos que o senhor prometeu ontem.

---

[5] Canção de estudantes, intitulada "Nossa vida é breve".

O Testa Branca

A loba faminta acordou para caçar. Seus três filhotes dormiam profundamente, tão abraçados uns aos outros que formavam uma bolinha e, desse modo, se mantinham aquecidos. A loba lambeu os filhotes e saiu.

Já era primavera, mês de março, porém de noite as árvores tremiam de frio como se fosse dezembro, e bastava pôr a língua para fora que ela começava a pinicar com força. A loba não estava bem de saúde, andava nervosa; desconfiava de qualquer barulho, por menor que fosse, e o tempo todo pensava que, sem ela, alguém poderia fazer mal aos seus filhotes. O cheiro de pegadas de homens e de cavalos, as árvores cortadas, os fardos de lenha e a estrada escura, cheia de excrementos de animais de carga, a deixavam assustada; a loba tinha a impressão de que, atrás das árvores, na penumbra, havia gente escondida e que em algum lugar, do outro lado do bosque, cães latiam.

A loba já não era jovem e seu faro havia enfraquecido a tal ponto que às vezes confundia o rastro de uma raposa com o de um cachorro e, enganada pelo faro, chegava a perder o caminho, algo que jamais acontecera quando mais nova. Como não estava bem de saúde, ela já não caçava bezerros ou carneiros crescidos como antes, evitava se aproximar de cavalos com potros e só se alimentava de animais mortos. Era muito raro comer carne fresca; só na primavera, quando conseguia desentocar uma lebre e apanhar seus filhotes, ou então se esgueirava para o estábulo de uma fazenda, onde ficavam os cordeiros.

A umas quatro verstas[1] de sua toca, na estrada dos correios, havia um abrigo de inverno. Nessa isbá morava o guarda-florestal Ignat, de uns setenta anos de idade, que falava sozinho e não parava de tossir; em geral, dormia a noite toda e, de dia, perambulava pela mata com a espingarda de um cano, assoviando para atrair as lebres. Na certa havia trabalhado de maquinista no passado, pois antes de deter os passos sempre gritava para si mesmo: "Parar as máquinas!", e antes de seguir em frente gritava: "A todo vapor!". Tinha sempre por perto uma cadela enorme e preta, de raça ignorada, chamada Arapka. Quando a cadela corria muito à frente e se afastava, o guarda gritava: "Marcha a ré!".

De vez em quando, o guarda cantava e, nessa hora, se balançava demais e muitas vezes caía (a loba achava que era por causa do vento), e então ele gritava: "Saí dos trilhos!".

A loba lembrou que, no verão e no outono, um carneiro e duas ovelhas andavam pastando perto do abrigo de inverno e também lembrou que, não muito tempo antes, havia passado por ali e tivera a impressão de ouvir balidos dentro do estábulo. Agora, enquanto se aproximava do abrigo de inverno, a loba raciocinou que já era março e que, a julgar pelo tempo que passara, com certeza já havia alguns cordeirinhos no estábulo. A fome castigava a loba, ela só pensava na avidez com que ia devorar um daqueles cordeiros e, com tais ideias na cabeça, seus dentes estalavam uns contra os outros e os olhos brilhavam no escuro, como duas pequenas chamas.

Montes de neve rodeavam a choupana de Ignat, seu celeiro, o estábulo e o poço. Tudo estava em silêncio. Arapka, na certa, dormia ao pé do celeiro.

Escalando um monte de neve, a loba subiu no estábulo e, com as patas e o focinho, começou a remexer a palha que

---

[1] Uma versta equivale a 1,067 quilômetro.

formava o telhado. A palha estava podre e meio solta, a qualquer descuido a loba podia despencar lá do alto; de repente, um vapor quente e o cheiro de estrume e de leite de ovelha bateu em cheio no seu focinho. Lá embaixo, com frio, um cordeiro balia de leve. A loba pulou através do buraco aberto na palha e, ao cair, bateu com as patas da frente e com o peito sobre algo macio e quente, na certa um carneiro, e no mesmo instante, no estábulo, de súbito alguém começou a ganir, latir e uivar com voz esganiçada, as ovelhas recuaram para junto da parede e a loba, apavorada, agarrou a primeira coisa que caiu entre seus dentes e fugiu em disparada...

Corria com todas as suas forças, enquanto Arapka, que já havia farejado a loba, uivava frenética, as galinhas cacarejavam alarmadas e Ignat, depois de saltar esbaforido para a varanda, gritava:

— A todo vapor! Toquem o apito!

Ignat deu um assovio igual ao apito de um trem e depois gritou: "Rô! Rô! Rô! Rô!...". E todos aqueles barulhos se repetiam, em ecos, na mata.

Quando tudo aquilo silenciou, a loba se acalmou um pouco e reparou que sua presa, aquilo que ela segurava entre os dentes e havia arrastado pela neve, era mais pesada e parecia mais dura do que costumavam ser os cordeiros daquela idade; tinha um cheiro diferente e fazia uns barulhos estranhos... A loba se deteve e colocou seu fardo sobre a neve para descansar e começar a comer, mas de repente, com repulsa, deu um pulo para trás. Não era um cordeiro, mas um filhote de cachorro, preto, de cabeça grande, pernas compridas, de alguma raça corpulenta e com uma mancha branca que tomava a testa inteira, como na cadela Arapka. A julgar por seu comportamento, devia ser um vira-lata tolo e ignorante. O cachorrinho lambeu as costas feridas e amassadas e, como se nada tivesse acontecido, pôs-se a sacudir o rabo e latir para a loba. Ela, por sua vez, ganiu como um cão e fugiu do cachorrinho. Ele foi atrás da loba. Ela virou-se para trás e arreganhou os dentes; ele parou, sem compreender, mas com certeza concluiu que a loba estava brincando, por isso esticou o focinho na direção do abrigo de inverno e disparou um latido alegre e ressoante, como se convidasse a mãe, Arapka, para vir brincar com ele e com a loba.

O dia já estava clareando quando a loba chegou à sua toca, era possível distinguir com nitidez cada álamo no bosque denso, as tetrazes já estavam despertando e muitas vezes os bonitos galos do campo levantavam voo, alarmados com os pulos imprudentes do cachorrinho e seus latidos.

"Por que ele vem correndo atrás de mim?", pensou a loba, irritada. "Acho que ele quer ser comido."

A loba morava com seus lobinhos numa toca não muito profunda; uns três anos antes, durante uma tempestade muito forte, um pinheiro velho e alto foi arrancado pela raiz e assim se formou aquele buraco que a loba usava para morar. Agora, no fundo da toca, havia folhas velhas e musgo, além de ossos e chifres de boi, que serviam de brinquedo para os lobinhos. Os três já haviam acordado, eram muito parecidos uns com os outros e, enquanto olhavam para a mãe que regressava, se puseram em fila na beira da toca e balançavam o rabo. Ao vê-los, o filhote de cachorro parou a certa distância e observou-os por algum tempo; vendo que também estavam olhando para ele com atenção, começou a latir zangado para os lobinhos, como os cães sempre latem para desconhecidos.

O dia já havia clareado, o sol já ia alto, a neve brilhava em redor e o filhote continuava um pouco afastado e latindo. Os lobinhos mamaram nas tetas da mãe, empurrando com as patas a barriga magra da loba, que enquanto isso roía um osso de cavalo, seco e branco; a fome a atormentava, a cabeça doía com os latidos do filhote de cachorro e a loba sentiu vontade de saltar sobre o hóspede inconveniente e fazê-lo em pedaços.

O cachorrinho ficou rouco e por fim se cansou de latir; vendo que não tinham medo dele e que nem lhe davam atenção, começou a se aproximar timidamente dos lobos, ora se agachando, ora dando pulos. Agora, à luz do dia, era fácil ver como ele era... A testa era grande e branca, de formato protuberante, como nos cães muito tolos; olhos miúdos, azuis, turvos, e o focinho e o rosto tinham uma expressão também extremamente tola. Enquanto se aproximava dos lobinhos, estendeu para a frente as largas patas dianteiras, colocou o focinho sobre elas e começou:

— Mniá, mniá... nha-nha-nhá!...

Os lobinhos não entenderam nada, mas sacudiram o rabo. Então o filhote de cachorro bateu com a pata na cabeça grande de um dos lobinhos. Este bateu também com a pata na sua cabeça. O filhote de cachorro ficou quieto a seu lado e observou-o com o canto dos olhos, enquanto balançava o rabo, mas depois, de repente, deu um pulo e começou a correr em círculos sobre a neve congelada. Os lobinhos partiram em disparada atrás dele, o filhote de cachorro caiu de costas na neve e esticou as patas para cima, os três lobinhos saltaram sobre ele e, entre ganidos de alegria, começaram a mordê-lo, mas não para machucar, só de brincadeira. Pousados num alto pinheiro, alguns corvos viram aquela luta e ficaram muito agitados. Tudo era barulho e alegria. O sol já estava queimando, como é comum na primavera, volta e meia galos do campo voavam entre os ramos de um pinheiro que a tempestade havia derrubado e, sob o efeito dos raios do sol, pareciam esmeraldas.

Em geral, as lobas ensinam seus filhotes a caçar dando uma presa para que eles brinquem; e agora, ao ver como os lobinhos acossavam o filhote de cachorro sobre a neve e lutavam com ele, a loba pensou:

"Pronto, estão aprendendo."

Terminada a brincadeira, todos os lobos voltaram para sua toca, se deitaram e dormiram. O cachorrinho uivou um pouco de fome, depois também se deitou sob o sol. Quando acordou, começou de novo a brincar.

Durante toda a tarde e toda a noite, a loba lembrava como, na madrugada anterior, o cordeiro balia no estábulo, como era bom o cheiro de leite de ovelha, e tão forte era seu apetite que ela estalava os dentes uns contra os outros e não parava de roer com avidez um osso velho, imaginando que era um cordeiro. Os lobinhos mamaram na mãe outra vez e o filhote de cachorro, que queria comida, corria em volta e farejava a neve.

"Pois eu vou comer esse aí...", decidiu a loba.

Ela chegou perto, ele lambeu o focinho da loba e começou a ganir, pensando que ela também queria brincar. No passado, a loba comia cachorros, mas aquele filhote tinha um cheiro forte demais de cachorro e, por causa da saúde fraca, ela agora já não suportava aquele cheiro; sentiu nojo e se afastou...

De noite, esfriou muito. Sem ter o que fazer ali, o filhote de cachorro voltou para casa.

Quando os lobinhos já dormiam profundamente, a mãe loba saiu de novo para caçar. Como na noite anterior, temia qualquer barulho, por menor que fosse, tinha medo dos fardos de lenha, das árvores cortadas, dos arbustos de zimbro que cresciam solitários e de longe pareciam pessoas. A loba corria na beira da estrada, sobre a neve. De repente, ao longe, lá adiante na estrada, surgiu algo escuro... Ela aguçou os olhos e os ouvidos: de fato, havia algo lá na frente e até se ouviam passos ritmados. Seria um texugo? Com cuidado e prendendo a respiração, a loba encolheu-se para a beira do caminho, avançou e ultrapassou o trecho mais escuro, virou-se para trás e compreendeu. Era o cachorrinho de testa branca que, a passo lento, voltava para sua casa, no abrigo de inverno.

"Tomara que não me atrapalhe outra vez", pensou e, ligeira, correu adiante.

No entanto, o abrigo de inverno já estava perto. De novo a loba subiu no telhado do estábulo, escalando um monte de neve. O buraco da véspera já fora tapado com palha da primavera e, como reforço, duas varas novas de madeira tinham sido presas por cima no telhado. A mãe loba logo começou a trabalhar com as patas e com o focinho, olhando para os lados a fim de ver se o filhote de cachorro não aparecia, porém, mal sentiu um vapor quente e o cheiro de estrume, soou atrás dela um latido alegre e esganiçado. O filhote de cachorro estava de volta. Ele pulou sobre a loba, no telhado, depois caiu no buraco e, sentindo-se em casa, num local aquecido, e reconhecendo suas ovelhas, latiu ainda mais alto... Arapka acordou ao pé do celeiro, sentiu cheiro de lobo, uivou, as galinhas cacarejaram e, quando Ignat chegou à varanda com sua espingarda de um cano, a mãe loba, muito assustada, já estava longe do abrigo de inverno.

— Piii! — assoviou Ignat. — Piiii! Correr a todo vapor!

Ele puxou o gatilho — a espingarda engasgou; puxou de novo — engasgou de novo; puxou o gatilho pela terceira vez e um enorme facho de fogo voou através do cano e se ouviu um ensurdecedor "Bum! Bum!". Ignat sentiu um forte coice no ombro; depois pegou a espingarda, segurou um machado na outra mão, e foi ver qual o motivo da confusão...

Após um breve tempo, voltou para casa.

— O que houve? — perguntou com voz rouca um estranho que estava pernoitando ali, naquela madrugada, e tinha acordado com o barulho.

— Nada... — respondeu Ignat. — Bobagem. O nosso Testa Branca cismou de dormir com as ovelhas, no quentinho. Só que, em vez de usar a cabeça e entrar pela porta, achou que podia entrar pelo telhado. Outra noite ele já arrebentou o telhado também e depois saiu por aí, o bandido, e agora voltou e estragou de novo o telhado.

— Que cabeça-oca.

— Pois é, ele tem um parafuso frouxo. Eu detesto tolos! — suspirou Ignat, enquanto subia para sua cama, em cima da estufa. — Muito bem, meu bom homem, ainda é cedo para acordar, agora vamos dormir, a todo vapor...

De manhã, Ignat chamou o Testa Branca, castigou-o puxando com força suas orelhas e depois, enquanto batia no cachorro com uma vara, não cansava de repetir:

— Entra pela porta! Entra pela porta! Entra pela porta!

Ariadna[1]

No convés de um navio a vapor que ia de Odessa para Sebastopol, um cavalheiro muito bonito, de barbicha arredondada, se aproximou de mim para fumar e disse:

— Observe aqueles alemães que estão na parte alta do tombadilho. Quando alemães ou ingleses se juntam, falam do preço da lã, conversam sobre a colheita ou sobre seus negócios particulares; no entanto, por alguma razão, quando nós, russos, nos reunimos, só falamos de mulheres ou de questões muito elevadas. Sobretudo de mulheres.

O rosto daquele cavalheiro já era meu conhecido. Na véspera, tínhamos viajado no mesmo trem, de volta do exterior, e em Volotchisk,[2] na hora da inspeção da alfândega, eu o vi de pé ao lado de uma dama, sua companheira de viagem, diante de uma verdadeira montanha de malas e cestos repletos de vestidos, e percebi que ele ficou sem graça e aborrecido quando se viu forçado a pagar uma taxa por causa de um pano de seda, enquanto sua companheira de viagem protestava e ameaçava alguém, dizendo que ia dar queixa; depois, no trajeto para Odessa, vi também que o mesmo homem levava ora bolinhos, ora laranjas, para o compartimento das senhoras.

---

[1] Na mitologia grega, Ariadne (em russo, Ariadna) dá ao herói Teseu o fio que permite que ele encontre o caminho para sair do labirinto do Minotauro de Creta.
[2] Na época, fronteira entre o Império Russo e o Império Austro-Húngaro. Hoje, situa-se na parte ocidental da Ucrânia.

O tempo estava um pouco úmido, o navio balançava de leve e as damas tinham se retirado para seus camarotes. O homem de barbicha redonda sentou-se a meu lado e prosseguiu:

— Pois é, quando russos se juntam, só falam de questões muito elevadas ou de mulheres. Somos tão intelectuais, tão importantes, que só proferimos verdades e apenas somos capazes de resolver questões de ordem elevadíssima. O ator russo não sabe ser jocoso e, mesmo num vaudevile, ele representa com gravidade profunda; nós também somos assim: quando é preciso dizer coisas irrelevantes, nós as interpretamos unicamente do ponto de vista mais elevado. Isso é falta de coragem, sinceridade e simplicidade. E me parece que falamos de mulheres com tanta frequência porque somos uns insatisfeitos. Nós encaramos as mulheres de forma demasiadamente ideal, fazemos exigências desproporcionais àquilo que a realidade pode oferecer, o que recebemos fica muito aquém do que desejamos e o resultado é a insatisfação, as esperanças frustradas, o sofrimento interior e, afinal, se algo dói, é disso mesmo que a pessoa vai falar. Mas essa conversa não está aborrecendo o senhor?

— Não, nem um pouco.

— Nesse caso, permita que me apresente — disse meu interlocutor, levantando-se um pouco. — Ivan Ilitch Chamokhin, senhor de terras, por assim dizer, na província de Moscou... Quanto ao senhor, eu o conheço muito bem.

Sentou-se e prosseguiu, olhando para meu rosto com carinho:

— Um filósofo medíocre, como Max Nordau,[3] explicaria essas constantes conversas sobre mulheres como um distúrbio erótico, ou pelo fato de sermos escravocratas etc. Já eu encaro a questão de outro modo. Repito: nós somos

---

3 Max Nordau (1849-1923), pensador francês.

insatisfeitos porque somos idealistas. Queremos que as criaturas que nos geram e que geram os nossos filhos sejam superiores a nós, superiores a tudo no mundo. Quando jovens, poetizamos e endeusamos aquelas por quem nos apaixonamos; em nós, amor e felicidade são sinônimos. Na Rússia, o casamento sem amor é objeto de desprezo, a sensualidade é vista como ridícula e desperta repulsa, os romances e os contos de mais sucesso são aqueles em que as mulheres são bonitas, poéticas e sublimes, e se os russos há muito tempo se empolgam com a Madonna de Rafael ou se preocupam com a emancipação feminina, não há nisso, eu garanto ao senhor, nada de fingido. Mas a desgraça não está aí. Assim que nos casamos ou nos unimos a uma mulher, após dois ou três anos, logo nos sentimos iludidos, enganados; ao nos unirmos a outras mulheres, de novo a desilusão, de novo o horror, e acabamos nos convencendo de que as mulheres são mentirosas, mesquinhas, fúteis, injustas, pouco instruídas, cruéis… em suma, que não apenas não são superiores como são até incomparavelmente inferiores a nós, os homens. Insatisfeitos, enganados, nada nos resta senão resmungar e, sem refletir, dizer que fomos enganados de forma cruel.

Enquanto Chamokhin falava, notei que a língua russa e o ambiente russo lhe davam grande prazer. Isso ocorria, com certeza, por ter sentido muita falta de seu país no exterior. Ao mesmo tempo que elogiava os russos e lhes atribuía um idealismo raro, não falava mal dos estrangeiros, e isso contava a seu favor. Também se percebia que algo pesava em seu íntimo, que ele desejava falar mais de si do que das mulheres e que, por fim, eu não teria como escapar de uma história comprida, semelhante a uma confissão.

E de fato, assim que pedimos uma garrafa de vinho e bebemos um copo, ele começou:

— Isso faz lembrar a cena de um conto de Veltman[4] em que alguém diz: "Isso é que é uma história!". E o outro responde: "Não, isso não é uma história. É só a introdução da história". Assim também tudo o que falei até agora não passa da introdução, pois o que eu quero contar ao senhor, na verdade, é o meu último caso amoroso. Desculpe, ainda não perguntei se me escutar o aborrece.

Respondi que não e ele prosseguiu:

— A ação se passa na província de Moscou, num dos distritos do norte. Devo explicar ao senhor que naquele local a natureza é maravilhosa. Nossa terra fica no alto da margem de um riacho que corre ligeiro, num local chamado Turbilhão, onde a água ronca dia e noite; imagine um jardim grande e antigo, aconchegantes canteiros de flores, um apiário, uma horta e, descendo o riacho, salgueiros frondosos que, sob o orvalho intenso, parecem ligeiramente opacos, como se estivessem grisalhos e, na outra margem, uma campina, e depois da campina um morro com uma floresta escura e assustadora. Nessa floresta, os cogumelos nascem em profusão e, na parte onde a mata é mais densa, se abrigam os alces. Tenho a impressão de que, quando eu morrer e baterem os pregos do meu caixão, ficarei sempre sonhando com os primeiros momentos das manhãs, sabe, aquela hora em que o sol chega a ferir os nossos olhos, ou vou ficar sonhando com um maravilhoso anoitecer, na hora em que os rouxinóis e as galinholas começam a piar no jardim e fora do jardim, e o som de um acordeão vem do povoado, tocam piano dentro de casa, o rio ronca de leve... Em suma, é uma música que nos dá vontade de chorar e de cantar em voz alta. Nossa terra cultivada não é muito grande, mas tiramos proveito dos pastos que, junto com a floresta, nos

---

4 Aleksandr Fómitch Veltman (1800-70), escritor, linguista, cartógrafo e arqueólogo russo.

rendem cerca de dois mil rublos por ano. Sou filho único, eu e meu pai vivemos modestamente e esse dinheiro, somado à aposentadoria do meu pai, é mais do que suficiente para nós. Terminada a faculdade, passei os três primeiros anos trabalhando em nossa propriedade, sempre à espera de que me designassem para um emprego em outro local, porém o mais importante era que eu estava muito apaixonado por uma jovem fascinante, de uma beleza fora do comum. Era a irmã do meu vizinho, Kotlóvitch, senhor de terras arruinado, em cuja propriedade havia ananases, pêssegos excelentes, para-raios, um chafariz no meio do pátio, e no entanto ele não possuía um copeque sequer. Kotlóvitch não fazia nada, não sabia fazer nada, tinha o aspecto de algo murcho, parecia feito de nabo cozido; tratava as doenças dos mujiques com homeopatia e se interessava por espiritismo. Na verdade, era um homem cordial, dócil e inteligente, mas eu não tenho entusiasmo por esses senhores de terra que conversam com os espíritos e tratam as doenças das camponesas com o magnetismo. Em primeiro lugar, as pessoas sem liberdade de pensamento têm sempre ideias confusas e é extremamente difícil conversar com elas e, em segundo lugar, em geral elas não amam ninguém, não vivem com mulheres, e seu jeito misterioso tem um efeito desagradável nas pessoas impressionáveis. Também não me agradava a sua aparência. Era um sujeito alto, gordo, branco, de cabeça pequena, olhos miúdos e brilhantes e dedos roliços e brancos. Não apertava a nossa mão: ele a esmagava. E vivia se desculpando. Pedia algo, se desculpava; dava algo, também se desculpava. Quanto à irmã, bem, ela era uma personagem de outra ópera. O senhor precisa ter em conta que, na infância e na juventude, eu não tinha contato com os Kotlóvitch, já que o meu pai era professor universitário em N. e nós moramos muito tempo na província, mas, quando eu os conheci, a moça já contava vinte anos, já tivera tempo de sobra de concluir o curso no instituto feminino e passar dois ou três anos em Moscou, na casa de uma tia rica, que a apresentara à sociedade local. Quando eu a conheci e tive a oportunidade de falar com ela pela primeira vez, me impressionou antes de tudo o seu nome raro e bonito: Ariadna. Como caía bem nela esse nome! Era morena, muito magra, muito esguia, flexível, esbelta, extraordinariamente graciosa, e as feições do rosto eram elegantes e nobres ao extremo. Também tinha olhos brilhantes, só que os do irmão brilhavam frios e adocicados, como balas de confeiteiro, ao passo que no olhar de Ariadna brilhava a juventude bela e orgulhosa. Ela me conquistou logo no primeiro dia em que a conheci, e não poderia ser de outra forma. As primeiras impressões foram tão avassaladoras que até hoje eu não abandonei as ilusões e continuo disposto a acreditar que a natureza, quando criou aquela moça, tinha algum plano vasto e maravilhoso. A voz de Ariadna, seus passos, seu chapéu, até as marcas de seus pezinhos na areia da margem do riacho aonde ela ia pescar despertavam em mim alegria e uma intensa sede de viver. Com base na beleza do rosto e das formas, eu avaliava sua constituição espiritual, e cada palavra de Ariadna, cada sorriso, me deslumbrava, me seduzia e me obrigava a supor uma alma sublime. Era carinhosa, falante, alegre, simples no trato, acreditava em Deus de maneira poética e, também de forma poética, refletia sobre a morte, e na gama de cores do seu espírito havia tal riqueza de matizes que mesmo aos seus defeitos ela conseguia atribuir alguma peculiaridade gentil e rara. Digamos que ela precisasse de um cavalo novo, mas não tivesse dinheiro. Ora, que problema há nisso? Poderia vender ou hipotecar alguma coisa e, se o administrador protestasse que não era possível vender mais nada, poderiam arrancar o telhado de ferro do galpão e mandá-lo para a fábrica ou, no auge do calor, levar os cavalos dos trabalhadores para a feira e vendê-los por uma ninharia. Esses desejos desenfreados às vezes levavam toda a propriedade ao desespero, mas ela os exprimia com tamanha graça que, no final, lhe perdoavam tudo e aceitavam tudo, como se ela fosse uma deusa ou a esposa de César. O meu amor era tocante demais e logo todos o perceberam: meu pai, os vizinhos, os mujiques. E todos me apoiavam. Quando eu dava vodca para os trabalhadores, eles se curvavam e diziam:

"'Deus permita que o senhor case com a sra. Kotlóvitcheva.'

"A própria Ariadna sabia que eu a amava. Ela ia com frequência à nossa casa, a cavalo ou de charrete, e às vezes passava a tarde inteira comigo e com meu pai. Ariadna fez amizade com ele e meu pai chegou a ensiná-la a andar de bicicleta: era a sua diversão favorita. Lembro que certa vez, ao fim da tarde, eles resolveram passear e eu a ajudei a montar na bicicleta, e naquele momento ela estava tão linda que tive a impressão de que, ao tocá-la, minhas mãos se queimavam, eu tremia de exaltação e, quando os dois, ela e o velho, bonitos e esbeltos, saíram pedalando pela estrada, lado a lado, o cavalo preto montado pelo administrador que estava em seu caminho se afastou para o canto a fim de lhes dar passagem, e me pareceu que o cavalo tinha feito aquilo porque também estava impressionado com a beleza de Ariadna. O meu amor, a minha adoração, comoveram Ariadna, lhe inspiraram ternura, e ela desejava intensamente sentir o mesmo fascínio que eu e corresponder ao meu amor. Afinal, era tão poético!

"Mas amar de verdade, como eu amava, ela não podia, pois era fria e já estava bastante corrompida. Em Ariadna já habitava o demônio que, dia e noite, lhe sussurrava que ela era adorável, divina, e ela, sem saber com segurança para que tinha sido criada e para que recebera o dom da vida, só podia se imaginar no futuro como uma pessoa muito rica e famosa, sonhava com bailes, corridas de cavalos, librés, salões luxuosos, o seu próprio *salon* e um verdadeiro enxame de condes, príncipes, embaixadores, artistas e pintores famosos, e todos eles deslumbrados com ela e maravilhados com sua beleza e sua toalete... Essa ânsia de poder e de sucessos pessoais, e esses pensamentos constantes, sempre na mesma direção, acabam por deixar as pessoas frias, e Ariadna era fria: em relação a mim, à natureza e à música. Entretanto, o tempo foi passando e não aparecia nenhum embaixador, Ariadna continuava a viver com seu irmão espírita, a situação financeira piorava cada vez mais e ela já não conseguia, de maneira nenhuma, comprar seus vestidos e chapéus e tinha de recorrer a astúcias e manobras engenhosas para ocultar sua pobreza.

"Como se fosse de propósito, no tempo em que ela morava com a tia em Moscou, um certo príncipe Maktúiev, homem rico, mas totalmente insignificante, pediu Ariadna em casamento. Ela recusou de forma categórica. Porém agora, às vezes, o verme do arrependimento a atormentava: por que havia recusado? A exemplo do nosso mujique que bufa com repulsa diante do *kvas*[5] em que boiam baratas, e mesmo assim bebe o *kvas*, ela também torcia a cara com aversão ao recordar o príncipe, mas mesmo assim me dizia:

"'Não importa o que digam, um título de nobreza tem algo de inexplicável, fascinante...'

"Ela sonhava com um título, com a pompa, mas ao mesmo tempo não queria se desfazer de mim. Por mais que a pessoa sonhe com embaixadores, o coração não é feito de pedra e dá muita tristeza ver a nossa juventude passar. Ariadna tentava se apaixonar, fingia amar e até me fez juras de amor. Só que tenho os nervos à flor da pele, sou muito sensível e, na mesma hora, eu sentia bater em mim um sopro gelado e, quando ela me falava de amor, eu tinha a impressão de que ouvia o canto de um rouxinol mecânico, feito de metal. A própria Ariadna

5 *Kvas* é uma bebida refrescante feita de pão de centeio fermentado.

sentia que lhe faltava essa pólvora, aquilo a fazia sofrer e mais de uma vez eu a vi chorar. Imagine que um dia, de repente, num ímpeto, ela me abraçou e me beijou. Foi ao anoitecer, na beira do rio, e vi em seus olhos que ela não me amava, que estava me abraçando só por curiosidade, para se pôr à prova, como se pensasse: 'Vamos ver no que vai dar'. E eu senti muito medo. Segurei sua mão e falei, em desespero:

"'Estes carinhos sem amor me fazem sofrer!'

"'Como você é... esquisito!', disse ela, aborrecida, e se afastou.

"É muito provável que, se mais um ou dois anos tivessem passado daquele modo, eu teria casado com ela e assim terminaria esta história, mas o destino houve por bem dar outro rumo ao nosso romance. Ocorreu que em nosso horizonte surgiu um novo personagem. Um colega de faculdade do irmão de Ariadna, chamado Mikhail Ivánitch Lubkov, chegou para passar uma temporada na propriedade deles; era um homem gentil, sobre o qual o cocheiro e o lacaio diziam: 'Que patrão interessante!'. De estatura mediana, magrinho, calvo, tinha o rosto de um bom burguês, que, sem ser atraente, era simpático, de fisionomia pálida, bigode duro e bem tratado, pele de ganso no pescoço e o pomo de adão grande e protuberante. Seu pincenê pendia preso em uma fita preta e larga, não pronunciava as letras *r* e *l*, e assim, por exemplo, a palavra "tolerava" dita por ele acabava soando "todedava". Estava sempre alegre, achava tudo engraçado. Havia casado da maneira mais tola, aos vinte anos de idade, ganhara de dote duas casas em Moscou, perto do mosteiro Novodiévitchi, havia trabalhado no ramo da construção e reforma de *bánias*,[6] fora à falência e agora a esposa e os quatro filhos moravam no edifício

---

[6] Pequenas construções de madeira, em geral anexas às casas, usadas para banhos a vapor, costume muito característico da Rússia.

Quartos Orientais,[7] estavam passando necessidades e ele precisava sustentá-los, porém achava aquilo engraçado. Lubkov tinha trinta e seis anos e a esposa, quarenta e dois, e também isso ele achava engraçado. Sua mãe, pessoa arrogante, inflada por pretensões de nobreza, desprezava a esposa do filho, vivia sozinha com um imenso bando de cães e gatos, e o filho era obrigado a lhe dar mensalmente setenta e cinco rublos; ele mesmo era uma pessoa de gostos refinados, adorava tomar o café da manhã no hotel Bazar Eslavo e almoçar no restaurante Ermitage; precisava muito de dinheiro, porém seu tio só lhe dava dois mil rublos por ano e, como não era o suficiente, ele passava dias inteiros percorrendo Moscou, com a língua de fora, como dizem, em busca de um local onde lhe dessem um empréstimo; e também achava aquilo engraçado. Foi visitar Kotlóvitch, segundo suas palavras, para procurar no seio da natureza um repouso da vida conjugal. No almoço, no jantar, nos passeios, ele nos falava sobre a esposa, sobre a mãe, sobre os credores, sobre os oficiais de justiça, e ria deles; ria de si mesmo e acreditava que, graças àquela aptidão para obter empréstimos, tinha feito muitas amizades simpáticas. Não parava de rir, e nós ríamos também. Durante sua estadia, nossa forma de passar o tempo mudou. Eu me sentia mais propenso a prazeres, digamos assim, mais serenos e idílicos; gostava de pescar, dar passeios ao anoitecer, colher cogumelos; Lubkov preferia piqueniques, fogos de artifício, caçadas com cães. Duas ou três vezes por semana ele organizava piqueniques e Ariadna, com rosto sério, inspirado, anotava numa folha de papel: ostras, champanhe, bombons, e me despachava para Moscou, sem perguntar, é claro, se eu tinha dinheiro. E, nos piqueniques, os brindes, os risos e, de

[7] Trata-se de um famoso prédio de três andares, situado na rua Sadóvaia-Spáskaia, 12, construído em 1871 para locação.

novo, as histórias divertidas sobre como sua esposa estava velha, como eram gordos os cães da sua mãe e como os credores eram pessoas gentis...

"Lubkov adorava a natureza, mas a encarava como algo conhecido desde muito tempo, algo que, no fundo, estava infinitamente abaixo dele e que, por fim, tinha sido criado apenas para o seu prazer. Às vezes, Lubkov parava diante de uma paisagem magnífica e dizia: 'Seria bom tomar um chá aqui!'. Certa vez, ao ver Ariadna caminhando ao longe com uma sombrinha, apontou para ela com um aceno da cabeça e disse:

"'Ela é magra e eu gosto disso. Não aprecio as gordas.'

"Aquilo me irritou. Pedi que não se expressasse assim sobre as mulheres na minha presença. Ele olhou para mim com surpresa e disse:

"'O que há de mau se eu gosto das magras e não das gordas?'

"Não respondi. Depois, certa vez, como ele estava num excelente estado de humor e ligeiramente ébrio, me disse:

"'Notei que o senhor gosta da Ariadna Grigórievna. Não entendo o que o senhor está esperando.'

"Aquelas palavras me incomodaram e, confuso, expliquei a ele meu ponto de vista acerca do amor e das mulheres.

"'Não sei', ele suspirou. 'Para mim, uma mulher é uma mulher e um homem é um homem. Se Ariadna Grigórievna é poética e sublime, como o senhor diz, isso não quer dizer que ela esteja fora do alcance das leis da natureza. O senhor mesmo pode ver, ela já chegou à idade em que faz falta um marido ou um amante. Eu respeito as mulheres, não menos do que o senhor, mas acho que determinadas relações não excluem a poesia. A poesia é uma coisa e um amante é outra coisa. É como na agricultura: a beleza da natureza é uma coisa e a renda obtida com a floresta e com o campo é outra coisa.'

"Quando eu e Ariadna estávamos pescando, Lubkov ficava deitado na areia e fazia troça de mim ou me dava lições de vida.

"'Eu não entendo, meu nobre senhor, como consegue viver sem um romance!', dizia ele. 'O senhor é jovem, bonito, interessante, em suma, um homem como poucos, mas vive como um monge. Ah, eu não aguento esses velhos de vinte e oito anos de idade! Sou quase dez anos mais velho do que o senhor e qual de nós dois é o mais jovem? Ariadna Grigórievna, responda: qual?'

"'O senhor, é claro', respondeu Ariadna.

"E quando ele se fartava do nosso silêncio e da atenção com que olhávamos para as boias sobre a água, presas em nossas linhas de pesca, ia embora para casa e Ariadna dizia, olhando zangada para mim:

"'Francamente, o senhor não é um homem, mas sim, Deus me perdoe, uma espécie de massa mole e sem fibra. Um homem deve se entusiasmar, enlouquecer, cometer erros, sofrer! Uma mulher perdoa a audácia e a desfaçatez, mas nunca vai perdoar todo esse seu bom senso.'

"Ela estava irritada de verdade, e prosseguiu:

"'Para alcançar o sucesso, é preciso ser determinado e corajoso. Lubkov não é bonito como o senhor, porém é mais interessante e sempre terá sucesso com as mulheres, porque não parece com o senhor, ele é um homem...'

"Em sua voz se percebia até uma espécie de fúria. Certa noite, durante o jantar, sem se dirigir a mim, ela começou a falar que, se fosse homem, não ficaria mofando no campo, iria viajar, passaria o inverno inteiro no exterior, na Itália, por exemplo. Ah, a Itália! E então, sem querer, meu pai jogou lenha na fogueira; falou demoradamente sobre a Itália, sobre como lá é bonito, e que natureza maravilhosa, que museus! De repente, se inflamou em Ariadna o desejo de ir para a Itália. Chegou a bater na mesa com o punho cerrado e seus olhos flamejaram: viajar!

"Daí em diante, as conversas só tratavam de como seria bom viver na Itália: Ah, a Itália, ah, ah, ah! A mesma coisa todos os dias, e quando Ariadna olhava para mim por sobre o ombro, pela frieza e obstinação de sua fisionomia, eu percebia que em seus sonhos ela já havia conquistado a Itália, com todos os seus salões, os estrangeiros famosos, os turistas, e que já era impossível contê-la. Aconselhei esperar um pouco, adiar a viagem um ou dois anos, mas ela torcia o rosto com repulsa e dizia:

"'O senhor é sensato como uma velha.'

"O próprio Lubkov estava interessado em viajar. Disse que custaria muito barato e que também teria muito prazer de viajar para a Itália a fim de descansar da vida conjugal. Confesso que me comportei de forma ingênua, como um ginasiano. Não por ciúme, mas pelo pressentimento de algo terrível, fora do comum, eu tentava, quando possível, não deixar os dois a sós, e eles zombavam de mim. Por exemplo, quando eu chegava, faziam de conta que tinham acabado de se beijar etc.

"Mas eis que numa bela manhã me aparece o irmão dela, gordo, branco, espírita, e exprime seu desejo de ter uma conversa particular comigo. Era um homem sem força de vontade; apesar da educação e das boas maneiras, não conseguiria deixar de ler uma carta de outra pessoa se por acaso ela aparecesse sobre a mesa na sua frente. E então, naquela conversa, ele confessou que, sem querer, tinha lido uma carta de Lubkov para Ariadna.

"'Por essa carta, descobri que em breve ela vai partir para o exterior. Meu caro amigo, estou muito abalado! Pelo amor de Deus, me explique, não estou entendendo nada!'

"Ao dizer aquilo, respirava ofegante, bufou direto no meu rosto e de sua boca veio o cheiro de carne cozida.

"'Perdoe-me se eu confio ao senhor o segredo dessa carta', prosseguiu. 'Mas o senhor é amigo de Ariadna, ela o respeita! Talvez o senhor esteja a par de alguma coisa. Ela quer viajar, mas com quem? O sr. Lubkov também tenciona viajar com ela. Perdoe, mas chega a ser estranho da parte do sr. Lubkov.

Ele é casado, tem filhos, e ao mesmo tempo faz declarações de amor, escreve para Ariadna e a trata de "você". Perdoe, mas isso é estranho!'

"Eu me senti gelar, braços e pernas ficaram dormentes e me bateu uma dor no peito, como se cravassem ali uma pedra pontiaguda. Kotlóvitch tombou prostrado na poltrona, os braços pendentes como chicotes.

"'O que eu posso fazer?', perguntei.

"'Persuadi-la, convencê-la... Julgue o senhor mesmo: o que é Lubkov para ela? Os dois formam um casal? Ah, meu Deus, que horror, que horror!', prosseguiu, segurando com força a cabeça entre as mãos. 'Ela tem pretendentes tão maravilhosos, o príncipe Maktúiev e... e outros. O príncipe adora Ariadna e faz bem pouco tempo, na quarta-feira mesmo da semana passada, o falecido avô dele, Ilarion, me afirmou da maneira mais positiva, como dois e dois são quatro, que Ariadna será a esposa do príncipe. Foi categórico! O vovô Ilarion já morreu, mas é um homem de uma inteligência formidável. Todo dia invocamos sua alma.'

"Depois daquela conversa, passei a noite inteira sem dormir, queria me matar. De manhã, escrevi cinco cartas, rasguei todas em pedacinhos, depois chorei amargamente, em seguida peguei dinheiro com meu pai e parti para o Cáucaso sem me despedir.

"Claro, a mulher é uma mulher e o homem é um homem, mas será possível que tudo isso seja tão simples em nosso tempo quanto era antes do Dilúvio, será que eu, uma pessoa culta, dotada de uma constituição espiritual complexa, tenho de explicar minha forte atração por uma mulher apenas porque as formas do corpo dela são diferentes das formas do meu corpo? Ah, como isso seria horroroso! Eu gostaria de pensar que o gênio humano, em sua luta contra a natureza, lutou também contra o amor físico como se combate um inimigo, e que, se não o derrotou, pelo menos conseguiu envolvê-lo numa rede de ilusões de fraternidade e de amor; para mim pelo menos, já não se trata de uma mera função do meu organismo animal, como nos cachorros e nos sapos, mas do amor verdadeiro, e cada abraço é espiritualizado pelo impulso puro do coração e pelo respeito à mulher. De fato, a aversão ao instinto animal foi ensinada a centenas de gerações ao longo de séculos e me foi transmitida pelo sangue, faz parte do meu ser e, se agora eu poetizo o amor, isso não é, afinal, algo tão natural e necessário à nossa época quanto ter orelhas que não se mexem e não ter o corpo coberto de pelo? Acho que assim pensa a maioria das pessoas cultas, pois na atualidade a ausência do componente poético e moral no amor já é desdenhada como um fenômeno de atavismo; dizem que é um sintoma de degeneração, de uma porção de loucuras. De fato, ao poetizar o amor, supomos na pessoa que amamos méritos que muitas vezes ela não tem, e isso nos serve como fonte de erros e sofrimentos constantes. Mas, a meu ver, é melhor que seja assim, ou seja, é melhor sofrer do que se consolar com a ideia de que a mulher é uma mulher e o homem é um homem.

"Em Tíflis,[8] recebi uma carta do meu pai. Dizia que Ariadna Grigórievna, no dia tal, havia partido para o exterior com a intenção de passar todo o inverno fora. Um mês depois, voltei para casa. Já era outono. Toda semana, Ariadna mandava para meu pai cartas muito interessantes, em papel perfumado e escritas em bela linguagem literária. Sou da opinião de que toda mulher poderia ser escritora. Ariadna descrevia muito minuciosamente como tinha sido difícil reconciliar-se com a tia e lhe pedir mil rublos para a viagem e quanto tempo perdeu em Moscou à procura de certa parente distante e idosa até, por fim, convencê-la a viajar junto com ela. Aquele excesso de

[8] Capital da Geórgia.

detalhes tinha todo o jeito de uma história inventada e logo entendi, é claro, que ela não tinha nenhuma companheira de viagem. Pouco depois, recebi de Ariadna uma carta, também perfumada e literária. Dizia sentir saudade de mim, de meus belos olhos inteligentes, apaixonados, me repreendia amistosamente por arruinar minha juventude mofando no campo, enquanto poderia, a exemplo dela, viver no paraíso sob as palmeiras, respirar o aroma das laranjeiras. E assinava nestes termos: 'Ariadna, abandonada pelo senhor'. Minha cabeça ficou confusa. Eu a amava com paixão, sonhava com ela todas as noites e, mesmo assim, Ariadna se dizia 'abandonada', 'esquecida'… Por que isso? Para quê? E a isso se somava o tédio da vida rural, as noites longas, os pensamentos angustiantes sobre Lubkov… A incerteza me atormentava, envenenava meus dias e minhas noites, aquilo se tornou intolerável. Não suportei mais e parti.

"Ariadna me esperava em Abbazia.[9] Cheguei lá num dia claro e quente, depois de uma chuva cujos pingos ainda pendiam nas árvores, e me detive diante de uma imensa *dépendance*,[10] semelhante a um quartel, onde Ariadna e Lubkov moravam. Eles não estavam em casa. Fui ao parque local, caminhei pelas alamedas e depois me sentei. Passou por mim um general austríaco, mãos cruzadas nas costas, e na calça a mesma faixa vertical vermelha que usam os nossos generais. Passou alguém empurrando um carrinho de bebê e as rodas chiavam na areia úmida. Passou um velho decrépito com icterícia, um bando de ingleses, um sacerdote católico, depois, de novo, o mesmo general austríaco. Músicos militares, recém-chegados de Fiume,[11] se arrastaram ao coreto com seus trompetes reluzentes;

---

[9] Nome italiano da cidade de Opatija, na Croácia; um balneário. [10] Francês. Aqui significa "prédio anexo a um hotel". [11] Nome italiano da cidade de Rijeka, na Croácia.

começou a música. O senhor já esteve em Abbazia? Essa suja cidadezinha eslava é formada por uma única rua, que cheira mal e pela qual, depois de uma chuva qualquer, só se pode transitar de galochas. Tantas vezes e com tanta ternura eu tinha lido a respeito desse paraíso de inverno que agora, quando precisava arregaçar as calças para atravessar a rua estreita com todo o cuidado e, por puro tédio, comprava peras duras com uma velha que, ao saber que eu era russo, me dizia '*tchitire*', '*davátsat*',[12] quando, já desnorteado, eu me perguntava para onde estava indo afinal, e o que estava fazendo ali, e quando eu fatalmente encontrava russos tão ludibriados quanto eu, a irritação e a vergonha me dominavam. Existe ali uma enseada tranquila na qual passam navios a vapor e barcos de velas coloridas; de lá se avistam Fiume e ilhas distantes, cobertas por uma neblina lilás, e aquilo seria pitoresco se a vista para a enseada não fosse barrada por hotéis e suas *dépendances* de arquitetura vulgar, com os quais comerciantes gananciosos atulharam toda aquela costa verde, de tal modo que em sua maior parte não se vê paraíso nenhum, só janelas, sacadas e estrados com mesinhas brancas e os fraques pretos dos lacaios. Existe um parque como podemos encontrar, hoje em dia, em qualquer balneário no exterior. E as folhas verde-escuras e imóveis das palmeiras, a areia amarelo-clara nas alamedas, os bancos verdes brilhantes, o brilho berrante dos trompetes dos soldados, as faixas vermelhas na calça do general — tudo isso aborrece após dez minutos. Entretanto, não se sabe por quê, nos sentimos obrigados a passar dez dias ali, dez semanas até! À medida que me arrastava a contragosto por todas aquelas estações de águas e balneários, eu me convencia mais e mais de que a vida dos ricos e abastados é enfadonha e desagradável, sua imaginação é fraca e sem ânimo, seus gostos e desejos

---

[12] "Quatro" e "vinte" mal pronunciados, em russo.

são acanhados. Muito mais felizes do que eles são os turistas, velhos e jovens, que, sem ter dinheiro para se hospedar em hotéis, se alojam onde podem e, deitados no capim verde, adoram a paisagem do mar, visto do alto de um monte, andam a pé, veem de perto as árvores, o bosque, observam os costumes locais, escutam as canções do povo, se apaixonam pelas mulheres...

"Enquanto eu estava sentado no parque, foi ficando escuro, e na penumbra surgiu a minha Ariadna, elegante e bem-vestida como uma princesa; atrás dela vinha Lubkov, com roupas novas e largas, na certa compradas em Viena.

"'Por que se zangou?', perguntava ele para Ariadna. 'O que foi que eu lhe fiz?'

"Ao me ver, ela deu um grito de alegria e, se não estivéssemos no parque, com certeza iria se pendurar no meu pescoço; apertou minha mão com força e riu. Eu ri também e por pouco não chorei de emoção. Começaram as indagações: como andavam as coisas no campo, como estava o meu pai, se eu tinha visto o irmão dela etc. Ariadna exigiu que eu a fitasse nos olhos e perguntou se eu recordava as pescarias, nossas pequenas discussões, os piqueniques...

"'No fundo, como tudo aquilo era bom', suspirou ela. 'Mas aqui também nossa vida não é maçante. Temos muitos conhecidos, meu querido, meu belo! Amanhã vou lhe apresentar uma família russa. Mas, por favor, compre outro chapéu.' Olhou para mim e fez uma careta. 'Abbazia não é a nossa fazenda', disse. 'É preciso andar comme il faut.'[13]

"Em seguida, fomos a um restaurante. Ariadna ria o tempo todo, fazia brincadeiras e me chamava de querido, belo, inteligente, e parecia não acreditar nos próprios olhos que estavam me vendo ali diante dela. E assim ficamos quase até as

---

[13] Francês: "da maneira conveniente".

onze horas e nos despedimos muito satisfeitos com o jantar e uns com os outros. No dia seguinte, Ariadna me apresentou a família russa: 'O filho é um famoso professor universitário, nosso vizinho lá na fazenda'. Com aquela família, Ariadna só falava da fazenda, das colheitas, e sempre me tomava como testemunha. Ela queria se mostrar como uma proprietária de terras muito rica e, de fato, conseguia. Portava-se com toda a pompa, como uma verdadeira aristocrata, o que aliás ela era, de fato, por nascimento.

"'Mas essa minha tia!', exclamou Ariadna de repente, olhando para mim com um sorriso. 'Nós tivemos uma pequena discussão com a minha tia e, em Meran,[14] ela foi embora. Onde já se viu?'

"Depois, quando passeamos no parque, perguntei a Ariadna:

"'Mas de que tia a senhora estava falando agora há pouco? O que aconteceu com ela?'

"'É uma mentira branca', riu Ariadna. 'Eles não devem saber que eu estou viajando sem uma acompanhante.' Após um minuto sem falar nada, ela se estreitou a mim e disse: 'Meu bem, meu querido, fique amigo do Lubkov! Ele é tão infeliz! A mãe e a esposa dele são terríveis'.

"Ela tratava Lubkov de 'o senhor' e, quando foi dormir, despediu-se dele como se despediu de mim: 'Até amanhã'. E como os dois estavam hospedados em andares diferentes, eu ainda alimentava a esperança de que tudo fosse apenas uma bobagem, que não existisse nenhum romance entre eles e agora, ao encontrar-me com Lubkov, eu me sentia mais à vontade. Certa vez, quando ele me pediu trezentos rublos emprestados, eu lhe dei o dinheiro com grande satisfação.

"Todos os dias nós passeávamos e nos divertíamos. Andávamos pelo parque, íamos almoçar, bebíamos. Todos os dias,

---

[14] Nome alemão de Merano, estação de águas no norte da Itália.

havia conversas com a família russa. Em meus passeios pelo parque, pouco a pouco me acostumei a fatalmente encontrar o mesmo velho com icterícia, o sacerdote católico e o general austríaco, que levava sempre um baralho de cartas pequenas, sentava-se no primeiro lugar disponível que aparecesse e se punha a jogar paciência, enquanto remexia os ombros nervosamente. A música ressoava sempre igual. Em minha casa, na fazenda, eu sentia vergonha diante dos mujiques quando saía para um piquenique com um grupo de amigos em pleno dia útil ou quando ia pescar, assim como ali tinha vergonha diante dos lacaios, cocheiros e operários que encontrava no caminho; eu tinha sempre a impressão de que olhavam para mim e pensavam: 'Por que você não faz nada?'. E eu sentia aquela vergonha todos os dias, desde a manhã até a noite. Era um tempo estranho, desagradável, monótono; a única variação, se tanto, residia na soma que Lubkov me pedia emprestada, ora cem, ora cinquenta florins, e aquele dinheiro o reanimava de um só golpe, como a morfina afeta um morfinômano, e ele se punha a rir muito alto da esposa, de si mesmo e dos seus credores.

"Mas chegaram as chuvas e o tempo esfriou. Fomos para a Itália e telegrafei para meu pai pedindo que, pelo amor de Deus, mandasse oitocentos rublos para Roma, em meu nome. Paramos em Veneza, em Bolonha, em Florença e, em todas as cidades, infalivelmente nos hospedávamos num hotel caro, onde éramos escorchados, e nos cobravam, em separado, os custos com iluminação, o serviço de quarto, a calefação, o pão do café da manhã, o direito de almoçar numa sala privativa. Comíamos que era um horror. De manhã, nos serviam o *café complet*. No almoço, carne, peixe, algum tipo de omelete, queijo, frutas e vinho. Às seis horas, uma janta com oito pratos diferentes, entremeados de longos intervalos, durante os quais tomávamos vinho e cerveja. Às nove horas, chá. Pouco antes de meia-noite, Ariadna avisava que queria comer e exigia presunto e ovos quentes. Nós também comíamos, para acompanhá-la. Na pausa entre as refeições, percorríamos museus e exposições, com a constante preocupação de não nos atrasarmos para o jantar ou o almoço. Eu me entediava diante das pinturas, só pensava em ir para o meu quarto e deitar, eu me exauria, procurava com os olhos alguma cadeira e, quadro após quadro, repetia hipocritamente: 'Que maravilha! Que atmosfera!'. Como jiboias saciadas, só prestávamos atenção em objetos reluzentes, as vitrines das lojas nos hipnotizavam e nós nos mostrávamos deslumbrados com meros broches de bijuteria e acabávamos comprando uma porção de ninharias sem nenhum valor.

"O mesmo se deu em Roma. Estava chovendo, soprava um vento frio. Após um volumoso café da manhã, fomos visitar a catedral de São Pedro e, graças à nossa saciedade, e talvez também ao mau tempo, a igreja não produziu em nós nenhuma impressão, e, acusando-nos mutuamente de indiferença diante da arte, por pouco não tivemos uma discussão.

"O dinheiro do meu pai chegou. Lembro que fui recebê-lo de manhã. Lubkov foi comigo.

"'O presente não pode ser pleno e feliz quando existe um passado', disse ele. 'Trago do passado um grande fardo sobre os ombros. Pensando bem, se eu tivesse dinheiro as coisas não seriam tão ruins, mas eu sou tão pobre que não tenho onde cair morto… Acredita que só me restaram oito francos?', prosseguiu, baixando a voz. 'Entretanto, tenho de mandar cem rublos para minha esposa e outros cem para minha mãe. E ainda preciso me sustentar aqui. Ariadna é como uma criança, não quer aceitar a realidade e esbanja o dinheiro como uma duquesa. Por que ela comprou um relógio ontem? E, me diga, para que continuamos a fazer esse papel de dois santinhos? Afinal, o que eu e ela estamos escondendo dos criados e dos conhecidos? Por dia, isso nos custa dez ou quinze francos, pois eu tenho de pagar para mim outro quarto. Para que isso?'

"A pedra pontiaguda se remexeu dentro do meu peito. Já não havia incertezas, tudo estava claro para mim, eu me senti gelar por dentro e, na mesma hora, tomei uma decisão: não ver mais os dois, fugir deles, voltar imediatamente para casa...

"'Unir-se a uma mulher é fácil', prosseguiu Lubkov. 'Basta despi-la, mas depois como tudo se torna penoso, quanta bobagem!'

"Enquanto eu contava o dinheiro que recebera, ele disse:

"'Se o senhor não me emprestar mil francos, estarei perdido. Para mim, o dinheiro do senhor é a única salvação.'

"Eu lhe dei o dinheiro e Lubkov logo se reanimou, pôs-se a rir do tio, um trapalhão incapaz de manter seu endereço em segredo para a esposa. Ao chegar ao hotel, fiz as malas e paguei a conta. Só faltava me despedir de Ariadna.

"Bati na porta do seu quarto.

"'*Entrez!*'[15]

"'No quarto, se percebia a desordem matinal: sobre a mesa, a louça do chá, restos de pão, cascas de ovo; o aroma forte, sufocante de perfumes. A cama estava desarrumada, era evidente que ali haviam dormido duas pessoas. Ariadna mesma tinha levantado pouco antes e agora usava um camisolão de flanela e tinha os cabelos despenteados.

"Dei bom-dia e depois fiquei em silêncio por um minuto, enquanto ela tentava pôr em ordem os cabelos, e perguntei, com um tremor no corpo inteiro:

"'Por que... por que a senhora escreveu para mim, pedindo para vir encontrá-la no exterior?'

"Pelo visto, ela adivinhou o que eu estava pensando; segurou minha mão e disse:

[15] Francês: "Entre!".

"'Quero que o senhor fique aqui. O senhor é tão puro!'

"Senti vergonha da minha emoção, do meu tremor. Pior, de repente comecei a chorar! Saí sem dizer nenhuma palavra e, uma hora depois, já estava no trem. Não sei por quê, durante todo o trajeto eu imaginava Ariadna grávida e ela me inspirava aversão, e todas as mulheres que eu via no vagão de trem e nas estações me pareciam grávidas e, não sei por quê, também me inspiravam aversão e pesar. Eu estava na situação de um avarento fanático e insaciável que, de repente, descobre que todas as suas moedas de ouro são falsas. As imagens puras e graciosas que por tanto tempo acalentaram minha imaginação, aquecida pelo amor, os meus planos, as esperanças, as recordações, minha visão do amor e da mulher — tudo aquilo, agora, escarnecia de mim e, com zombaria, me mostrava a língua. Eu me perguntava com horror: Como Ariadna, essa moça culta e de extraordinária beleza, filha de um senador, se uniu a alguém tão vulgar, medíocre e sem graça? Mas por que ela não amaria Lubkov? — retruquei para mim mesmo. Em que aspecto ele é pior do que eu? Mas, ora, ela que ame quem bem entender. No entanto, para que mentir? Mas, afinal, por que ela deveria ser honesta comigo? E assim por diante, sempre na mesma direção, até eu ficar tonto. No vagão, fazia frio. Eu viajava na primeira classe, porém o assento era um sofá de três lugares, as janelas não tinham proteção contra o frio, a porta da cabine dava diretamente para fora do trem, eu me sentia como um escravo com os pés presos ao tronco, amarrado, abandonado, digno de pena, as pernas enregeladas e, ao mesmo tempo, volta e meia eu me lembrava de como Ariadna estava sedutora naquela manhã, em seu camisolão e com os cabelos desfeitos, e de repente um ciúme tão grande tomou conta de mim que me ergui de um salto, empurrado por uma dor profunda, e meus vizinhos de vagão olharam para mim surpresos e até assustados.

"De volta à Rússia, encontrei montes de neve e vinte graus abaixo de zero. Adoro o inverno, e adoro tanto porque, nessa estação, mesmo no frio mais intenso, eu me mantenho sempre bastante aquecido. Com casaco de pele e botas de feltro de cano alto, é agradável fazer algo ao ar livre, no jardim, num dia claro e gelado, bem como é agradável ler num quarto aquecido pela calefação, sentar-me no escritório do meu pai diante da lareira, lavar-me na *bánia* da fazenda... Só que, quando não há mãe, irmã ou crianças em casa, as noites de inverno têm algo de lúgubre e parecem extraordinariamente longas e silenciosas. Quanto mais confortáveis e aquecidos estivermos, tanto mais forte será a sensação dessa ausência. Naquele inverno em que voltei do exterior, as noites foram longas demais, eu me angustiava muito, nem conseguia ler de tanta aflição; durante o dia, eu me distraía com muitos afazeres, retirava a neve do jardim, alimentava as galinhas e os bezerros, mas à noite não tinha escapatória.

"Antes, eu não gostava de visitas; agora, elas me deixavam contentes, porque sabia que a conversa sempre trataria de Ariadna. O espírita Kotlóvitch nos visitava constantemente para falar sobre a irmã e, às vezes, trazia seu amigo, o príncipe Maktúiev, que, não menos que eu, era apaixonado por Ariadna. Ficar no quarto dela, dedilhar o teclado do seu piano, ver suas partituras — tais coisas, para o príncipe, já eram uma necessidade, ele não podia viver sem aquilo, e o espírito do vovô Ilarion continuava a prever que, cedo ou tarde, Ariadna seria sua esposa. O príncipe costumava passar muito tempo em nossa casa, mais ou menos da hora do almoço até a meia-noite, e ficava o tempo todo calado; bebia duas ou três garrafas inteiras de cerveja em silêncio e, de vez em quando, só para mostrar que participava da conversa, ria com seu riso entrecortado, triste e tolo. Antes de voltar para casa, o príncipe sempre me levava para o canto e dizia a meia-voz:

"'Quando foi que o senhor viu Ariadna Grigórievna pela última vez? Estava com saúde? Será que não se sente entediada longe de casa?'

"Começou a primavera. Era o tempo de caçar aves migratórias, semear o trevo e o trigo de meia-estação. Eu estava triste, no entanto toda a atmosfera já era primaveril: eu tentava me conformar com a perda que sofrera. Enquanto trabalhava no campo e escutava o canto das cotovias, eu me perguntava: Não é melhor terminar de uma vez com essa história de felicidade pessoal, deixar as fantasias de lado e, quem sabe, casar com uma simples jovem camponesa? Foi então que de repente, no auge dos trabalhos, recebi uma carta com selo da Itália. O trevo, o apiário, os bezerros e a jovem camponesa — tudo se dissipou como fumaça. Ariadna, dessa vez, escrevia que estava numa infinita e profunda tristeza. Ela me recriminava por eu não ter estendido a mão para ajudá-la, por encará-la com desdém, do alto da minha virtude, e abandoná-la num momento de perigo. Tudo redigido em letras grandes e nervosas, com manchas e borrões no papel, e era evidente que Ariadna escrevia com afobação e que estava sofrendo. No fim da carta, suplicava que eu fosse salvá-la.

"Mais uma vez, levantei âncora e me pus a caminho. Ariadna estava em Roma. Cheguei tarde da noite e, quando me viu, ela desatou a chorar e se pendurou no meu pescoço. Não havia mudado nem um pouco desde o inverno, continuava igualmente jovem e encantadora. Jantamos juntos e depois, até o nascer do dia, passeamos de coche por Roma e, o tempo todo, ela me falava de seu dia a dia. Perguntei onde estava Lubkov.

"'Não me fale desse animal!', gritou. 'Ele me dá nojo e repulsa!'

"'Mas a senhora o amava, eu creio', retruquei.

"'Jamais! No início, parecia um tipo original e despertava piedade... e mais nada. Ele é atrevido, toma uma mulher de assalto, e isso é atraente. Mas não vamos falar dele. É uma página triste da minha vida. Ele partiu para a Rússia atrás de dinheiro... Que faça bom proveito! Eu disse para ele não se atrever a voltar.'

"Ariadna já não morava num hotel e sim num apartamento de dois cômodos, que havia decorado de forma fria e suntuosa, bem a seu gosto. Após a partida de Lubkov, ela tomou cerca de cinco mil francos emprestados com um conhecido, e minha chegada, de fato, representava sua salvação. Eu contava levá-la de volta para a fazenda, mas não consegui. Ariadna tinha saudade da terra natal, no entanto as lembranças da pobreza, das privações, do telhado enferrujado da casa do irmão despertavam nela aversão, causavam calafrios e, quando lhe propus voltarmos para casa, Ariadna apertou convulsivamente minhas mãos e disse:

"'Não, não! Lá eu vou morrer de melancolia!'

"Depois, meu amor entrou em sua fase derradeira, em seu último quarto de hora.

"'Seja gentil como era antes, me ame um pouquinho', dizia Ariadna, debruçando-se sobre mim. 'O senhor é soturno e ponderado demais, tem medo de render-se ao impulso, está sempre pensando nas consequências, e isso é maçante. Pois bem, eu lhe peço, eu suplico, seja carinhoso!... Meu querido, meu puro, meu santo, eu amo tanto o senhor!'

"Tornei-me seu amante. Pelo menos durante um mês eu vivi num êxtase contínuo, como um louco. Abraçar um corpo jovem e belo, deliciar-me com ele, sentir sempre seu calor junto a mim quando eu acordava, lembrar que ela estava ali, ela, a minha Ariadna — ah, não é fácil se acostumar com isso! Mesmo assim, acabei me acostumando e, pouco a pouco, passei a encarar de forma consciente minha nova situação. Antes de tudo, compreendi que Ariadna, como antes, não me amava. Porém ela queria amar a sério, temia a solidão, e, principalmente, eu era jovem, saudável, vigoroso, ao passo que ela era sensual, como são em geral as pessoas frias — e nós dois fingíamos estar unidos por um amor apaixonado e recíproco. Mais tarde, compreendi também outra coisa.

"Ficamos em Roma, em Nápoles, em Florença; chegamos a ir a Paris, mas a cidade nos pareceu fria e voltamos para a Itália. Por toda parte nos apresentávamos como se fôssemos casados e ricos proprietários de terra, as pessoas travavam amizade conosco de bom grado e Ariadna fazia grande sucesso. Como tinha aulas de pintura, era chamada de artista e, quem diria, embora não tivesse uma gota de talento, aquilo combinava muito bem com ela. Todo dia Ariadna dormia até duas ou três horas da tarde; tomava café e comia o desjejum na cama. No almoço, tomava sopa, comia lagosta, peixe, carne bovina, aspargos, carne de caça, e depois, quando se deitava, eu lhe servia mais alguma coisa na cama, por exemplo rosbife, e ela comia com expressão tristonha e preocupada, mas acordava de madrugada e ainda comia maçãs ou laranjas.

"A característica principal e, por assim dizer, básica daquela mulher era sua admirável sagacidade. Fazia valer sua astúcia o tempo todo, a cada minuto, pelo visto mesmo sem nenhuma necessidade, e parecia agir assim por força do mesmo instinto que faz o pardal piar e a barata sacudir as antenas. Usava de astúcia comigo, com os lacaios, com o porteiro, com os vendedores nas lojas, com os conhecidos; nenhum encontro, nenhuma conversa estava livre de suas artimanhas e maneiras afetadas. Se um homem — fosse quem fosse, um barão ou um garçom — precisava entrar em nosso quarto, Ariadna modificava o olhar, a fisionomia, a voz, e até os contornos do corpo e toda a figura se alteravam. Se o senhor nos tivesse visto pelo menos uma vez naquela ocasião, teria dito que na Itália inteira não existiam pessoas mais mundanas e mais ricas do que nós. Ariadna não deixava escapar nenhum pintor, nenhum músico, sem antes lhe dizer toda sorte de mentiras e disparates acerca de seu talento extraordinário.

"'Mas que talento tem o senhor!', dizia ela, com voz melodiosa e adocicada. 'Até dá medo. Parece que o senhor enxerga por dentro das pessoas.'

"Tudo aquilo para agradar, fazer sucesso, se mostrar fascinante! Acordava todas as manhãs com o mesmo e único intuito: *agradar*! Era esse o propósito e o sentido de sua vida. Se eu lhe dissesse que na rua tal, em tal prédio, morava um homem que não gostava dela, aquilo, por força, a faria sofrer amargamente. Todo dia Ariadna precisava encantar, cativar, levar algum homem à loucura. O fato de eu estar sob seu poder e, por efeito de seus sortilégios, ter me transformado na mais completa nulidade proporcionava a Ariadna o mesmo prazer que desfrutam os vencedores de um torneio. Porém minha aniquilação não era o bastante para ela e, nas madrugadas, estirada sobre a cama como uma tigresa, sem se cobrir — Ariadna sempre sentia calor —, lia as cartas que Lubkov lhe escrevia; Lubkov suplicava que ela voltasse para a Rússia, do contrário jurava que ia roubar alguém, ou mesmo assassinar, só para obter o dinheiro necessário para viajar ao encontro dela. Ariadna odiava Lubkov, mas suas cartas estranhas, servis, deixavam-na em alvoroço. Ariadna tinha uma opinião singular sobre os próprios encantos; achava que, se em alguma imensa reunião as pessoas vissem como toda a sua figura era bonita e como a cor de sua pele era linda, ela conquistaria toda a Itália, o mundo inteiro. Aquelas conversas sobre sua figura e a cor da pele me deixavam escandalizado e, ao perceber aquilo, Ariadna se zangava e, a fim de me irritar, falava as maiores vulgaridades, me provocava, e certa vez, na datcha de uma senhora, só para me exasperar chegou a me dizer:

"'Se o senhor não parar de me aborrecer com seus sermões, eu vou me despir agora mesmo e me deitar aqui em cima dessas flores!'

"Muitas vezes, enquanto olhava como ela dormia ou comia ou tentava imprimir ao olhar uma expressão ingênua, eu pensava: Para que Deus lhe deu essa beleza fora do comum, essa graça e inteligência? Foi só para ficar se espreguiçando na cama, comer, mentir, e mentir de maneira infinita? Porém Ariadna era mesmo uma mulher inteligente? Tinha medo de três velas acesas, do número treze, tinha pavor de mau-olhado e de sonhos ruins, falava do amor livre e da liberdade em geral como uma velha beata, acreditava que Boleslav Markiévitch[16] era melhor que Turguêniev. No entanto, era diabolicamente esperta e sagaz e, em sociedade, sabia mostrar-se muito instruída e moderna.

"Não lhe custava nada ofender um criado ou matar um inseto, mesmo nos momentos de alegria; adorava touradas, adorava ler sobre assassinatos e se zangava quando os réus eram absolvidos.

"Na vida que eu e Ariadna levávamos, o dinheiro era extremamente necessário. Meu pobre pai me enviava sua aposentadoria, todas as suas pequenas receitas, pedia dinheiro emprestado para mim em toda parte que podia, e quando certa vez me respondeu '*non habeo*',[17] eu lhe mandei um telegrama desesperado, implorando que penhorasse a fazenda. Pouco depois, pedi que obtivesse outro empréstimo, por meio de uma segunda hipoteca. Ele cumpriu os dois pedidos com resignação e me enviou todo o dinheiro, até o último copeque. Mas Ariadna desprezava as coisas da vida prática, não tinha o menor interesse por nada daquilo e, quando gemi como uma árvore velha sob a pressão do vento ao ver como eu desperdiçava milhares de francos para satisfazer os desejos desvairados de Ariadna, ela, com a alma mais leve do mundo, cantarolou '*Addio, bella Napoli*'. Pouco a pouco, fui esfriando em relação a

[16] Escritor russo (1822-84).   [17] Latim: "não tenho".

Ariadna e passei a ter vergonha de nossa ligação. Eu não gostava da ideia de gravidez ou de bebês, mas agora, às vezes, já começava a sonhar com um filho, pois seria uma justificativa, pelo menos formal, para aquela nossa vida. Para que meu desgosto não fosse completo, passei a visitar museus e galerias, ler livros, parei de beber e passei a comer pouco. Quando conduzimos nossos dias com rigor e na rédea curta, desde a manhã até a noite, nosso espírito fica mais leve.

"Ariadna também estava farta de mim. Aliás, as pessoas com as quais ela fazia sucesso eram todas de condição mediana, não havia nem sombra dos embaixadores e dos salões da alta sociedade de antes, não havia dinheiro e aquilo a deixava ofendida, a levava às lágrimas e, por fim, Ariadna acabou declarando que não se importaria de voltar para a Rússia. E assim, lá fomos nós. Nos meses que precederam a partida, ela se correspondia assiduamente com o irmão; pelo visto, Ariadna tinha alguns planos secretos — só Deus sabe quais. Eu já estava farto de sondar suas astúcias. Porém não fomos para a fazenda e sim para Ialta, e depois para o Cáucaso. Hoje, ela só é capaz de viver em estações de águas e balneários, e o senhor nem imagina a que ponto odeio todas essas estações de águas, como esses lugares me enchem de vergonha e me sufocam. Eu daria tudo para estar no campo! Eu daria tudo para estar trabalhando, ganhando o pão com o meu suor e purgando os meus erros. Agora sinto em mim um excesso de energias e me parece que, se aplicasse essas energias, em cinco anos eu poderia comprar a nossa propriedade de volta. Mas, como o senhor está vendo, há um problema. Não estamos mais no exterior e a mãe Rússia nos obriga a pensar num casamento oficial. Claro, o ardor da paixão já se foi, não existe mais o amor de antes, nem de longe, mesmo assim, de um jeito ou de outro, sou obrigado a casar com ela."

*

Chamokhin, abalado com o próprio relato, desceu junto comigo e continuamos a conversar sobre mulheres. Já era tarde. Descobrimos que íamos viajar na mesma cabine do navio.

— Por enquanto, só no campo a mulher não está atrasada em relação ao homem — disse Chamokhin. — Lá ela pensa, sente e, tanto quanto o homem, luta contra a natureza, em nome da cultura. Já a mulher burguesa, urbana, membro da *intelliguêntsia*, há muito ficou para trás e está retornando à sua condição primitiva, meio fera, meio gente e, graças a isso, muito do que foi conquistado pelo gênio humano já se perdeu; aos poucos, a mulher está desaparecendo, e em seu lugar ressurge a fêmea primitiva. Esse atraso da mulher da *intelliguêntsia* põe a cultura em grave perigo; em seu movimento regressivo, ela tenta atrair o homem para si e conter seu movimento para a frente. Disso não há dúvida.

Perguntei: Por que generalizar, por que julgar todas as mulheres por uma só Ariadna? A mera aspiração das mulheres à educação e à igualdade de direito entre os sexos, que eu entendo como uma aspiração de justiça, por si só já exclui qualquer hipótese de movimento regressivo. Mas Chamokhin mal ouvia o que eu estava falando e sorria com ar incrédulo. Já era um misógino convicto e encarniçado e era impossível convencê-lo.

— Ah, chega! — cortou-me ele. — Uma vez que a mulher não vê em mim um ser humano, alguém igual a ela, mas um macho, e empenha toda a sua vida apenas em me agradar, ou seja, me dominar, como se pode falar em igualdade de direitos? Ah, não acredite nelas, são muito, muito espertas! Nós, homens, reivindicamos a liberdade das mulheres, só que elas mesmas não querem absolutamente essa liberdade, apenas estão fingindo que querem. São de uma astúcia tremenda, assustadora!

Eu já estava farto de discutir e queria dormir. Virei o rosto para a parede.

— Sim, senhor — ainda ouvi, enquanto pegava no sono. — Sim, senhor. E é tudo culpa da nossa educação, meu caro. Nas cidades, toda a educação e a instrução das mulheres consistem, em sua essência, em convertê-las em criaturas meio fera, meio gente etc., para que elas agradem ao macho e assim sejam capazes de derrotar esse mesmo macho. Sim, senhor — suspirou Chamokhin. — É preciso que as meninas sejam educadas e instruídas junto com os meninos, que elas e eles estejam sempre juntos. É preciso educar a mulher de tal forma que ela, a exemplo do homem, seja capaz de ter consciência de seus erros, do contrário, na opinião dela, estará sempre certa. É preciso, desde o berço, incutir nas meninas a ideia de que o homem, antes de tudo, não é um namorado nem um noivo, mas seu próximo, alguém igual a ela em tudo. Ensinar a ela o pensamento lógico, ensiná-la a generalizar e não permitir que a mulher acredite que seu cérebro pesa menos que o de um homem e que, por isso, ela pode ser indiferente à ciência, à arte, às atividades da cultura em geral. Um menino aprendiz de sapateiro ou de pintor de paredes também tem um cérebro de dimensões menores que o de um homem adulto, no entanto já participa da luta geral pela sobrevivência, trabalha e sofre. É também preciso abandonar essa mania de se apoiar na fisiologia, na gravidez e nos filhos, porque, em primeiro lugar, a mulher não dá à luz todos os meses; em segundo lugar, nem toda mulher dá à luz e, em terceiro lugar, a mulher normal do campo trabalha na lavoura até a véspera de dar à luz e nada demais acontece com ela por causa disso. Assim, deve existir uma completa igualdade na vida cotidiana. Se o homem oferece a cadeira para a mulher ou pega no chão um lenço que caiu, que ela então lhe pague na mesma moeda. Eu não teria nada a opor, se uma mocinha de boa família me ajudasse a vestir o casaco ou me servisse um copo de água…

Eu não escutei mais nada, porque peguei no sono. Na manhã do dia seguinte, quando chegamos a Sebastopol, fazia um tempo úmido e desagradável. O navio jogava. Eu e Chamokhin estávamos sentados na ponte do navio e ele, em silêncio, pensava sabe-se lá em quê. Quando soou o aviso para o chá, homens com a gola do casaco levantada e mulheres de rosto pálido e sonolento começaram a descer. Uma dama jovem e muito bonita, a mesma que se irritara com o funcionário da alfândega em Volotchisk, se deteve diante de Chamokhin e lhe disse, com expressão de uma criança caprichosa e mimada:

— Jean, o seu passarinho está com enjoo!

Depois, quando eu morava em Ialta, vi aquela dama bonita passar ligeiro num cavalo a passo esquipado, enquanto dois oficiais a seguiam com dificuldade, e a vi também certa vez, de manhã, com um gorro frígio e vestida num guarda-pó, pintando um estudo com tintas a óleo na beira do mar, enquanto, à distância, muitas pessoas a observavam com interesse. Travei conhecimento com ela. Apertou minha mão com muita força e, olhando para mim com admiração, agradeceu com voz doce e melodiosa pelo prazer que eu lhe dava com minhas obras.

— Acredite — sussurrou-me Chamokhin —, ela não leu nada que o senhor escreveu.

Um dia, à tarde, quando eu estava passeando pela beira-mar, encontrei Chamokhin; nas mãos, ele trazia grandes pacotes com frutas e outros alimentos.

— O príncipe Maktúiev está aqui! — disse com alegria. — Chegou ontem com o irmão dela, o espírita. Agora eu compreendo do que ela tratava na troca de cartas com o irmão! Meu Deus — prosseguiu, voltando os olhos para o céu e apertando os pacotes contra o peito. — Se ela e o príncipe se entenderem, será a liberdade, poderei ir embora para o campo, para a fazenda do meu pai!

E seguiu em frente, depressa.

— Estou começando a acreditar nos espíritos! — gritou para mim, virando-se para trás. — Parece que a previsão do espírito do vovô Ilarion era verdadeira! Ah, tomara!

No dia seguinte a esse encontro, parti de Ialta, e como terminou o romance de Chamokhin — eu ignoro.

Um assassinato

I

Na estação Progônnaia estavam celebrando a missa noturna. Diante do grande ícone, pintado em cores vivas contra o fundo dourado, postava-se a multidão formada por funcionários da estação, suas esposas e filhos, bem como por lenhadores e serradores que trabalhavam nas proximidades da estrada de ferro. Todos estavam em silêncio, de pé, fascinados pelo brilho das velas acesas e pelo uivo da nevasca que, de repente, se desencadeara lá fora, embora fosse véspera do Dia da Anunciação.[1] Um velho sacerdote vindo de Vedeniápino celebrava o ofício; o sacristão e Matviéi Tiérekhov cantavam.

O rosto de Matviéi brilhava de alegria, ele cantava esticando o pescoço, como se quisesse sair voando. Tinha voz de tenor e entoava o cânone também em voz de tenor, com doçura e persuasão. Quando cantaram "A voz do arcanjo", Matviéi moveu as mãos como um maestro e, no esforço de se adaptar à surda voz de baixo antigo do sacristão, inventou um floreio extremamente complicado com sua voz de tenor e, pelo rosto, via-se que assim experimentava grande satisfação.

Entretanto, a missa noturna chegou ao fim, todos se dispersaram com calma e, de novo, tudo ficou escuro e vazio, baixou

---

[1] Na Igreja ortodoxa, 25 de março (7 de abril no calendário moderno). Assinala o aviso do Arcanjo Gabriel à Virgem Maria acerca do nascimento do filho de Deus.

um silêncio como só ocorre nas estações de trem que se erguem isoladas, no campo ou nos bosques, quando o vento uiva com força, não se ouve mais nada e se sente todo o vazio em redor e toda a melancolia da vida, que se arrasta lentamente.

Matviéi morava perto da estação, na taverna do seu primo. Mas não tinha vontade de ir para casa. Sentou junto ao balcão e contou para o garçom, a meia-voz:

— Lá na fábrica de ladrilhos, nós tínhamos o nosso próprio coro. Embora não fôssemos nada mais do que simples artesãos, tenho de dizer para o senhor que cantávamos muito bem, como manda o figurino. Muitas vezes éramos convidados para cantar na cidade e um dia, quando o reverendo bispo Ioan se dignou a rezar a missa na igreja da Trindade, os cantores da arquidiocese cantaram na ala direita do coro e nós, na ala esquerda. Só que, na cidade, reclamavam, achavam que nós cantávamos com as notas muito longas. Diziam: os operários esticam demais. É verdade que começávamos a "Vigília de santo André" e o "Louvor" antes das sete horas e só terminávamos depois das onze, por isso às vezes só chegávamos à fábrica muito depois do meio-dia. Como era bom! — suspirou Matviéi. — Era bom demais, Serguei Nikanóritch! Mas aqui, na casa paterna, não tem alegria nenhuma. A igreja mais próxima fica a cinco verstas, não dá para ir lá com a minha saúde fraca, ainda por cima não há mais cantores. E não existe tranquilidade na nossa família, todo dia tem alguma confusão, é briga, é sujeira, todo mundo come numa tigela só, feito mujiques, e tem baratas na sopa de repolho... Deus não me deu boa saúde, não fosse por isso eu já teria ido embora há muito tempo, Serguei Nikanóritch.

Matviéi Tiérekhov ainda não era velho, contava quarenta e cinco anos, mas tinha aspecto doentio, rosto enrugado, barba rala, cheia de falhas, e já grisalha, e aquilo o envelhecia muitos anos. Falava com voz fraca, cautelosa e, ao tossir, apertava o peito, e nesses momentos seu olhar se tornava inquieto e alarmado, como nas pessoas muito desconfiadas. Nunca dizia de modo preciso qual era sua doença, mas gostava de contar demoradamente que, certa vez na fábrica, foi levantar uma caixa pesada e não aguentou, e daí rebentou uma "bérnia" que o obrigou a largar o trabalho na fábrica de ladrilhos e voltar para sua terra natal. O que significava "bérnia", ele não sabia explicar.

— Confesso que eu não gosto do meu primo — prosseguiu, enquanto se servia do chá. — É mais velho do que eu. Julgar os outros é pecado, eu sei, e eu temo a Deus, nosso Senhor, mas não consigo suportar o meu primo. É um sujeito arrogante, bruto, grosseiro, inferniza os parentes e os operários e nunca vai se confessar. Domingo passado, pedi para ele educadamente: "Meu irmão, vamos juntos à missa lá em Pakhómov!". E ele respondeu: "Não vou, dizem que o padre de lá é um jogador de cartas". E hoje ele também não veio aqui e me explicou que é porque o sacerdote de Vedeniápino fuma e bebe vodca. Ele não gosta de gente do clero! Ele mesmo celebra a sua missa, as horas, as vésperas, e sua irmãzinha serve de sacristão. Ele diz: "Oremos a Deus!". E ela, com uma vozinha fina que nem uma perua, responde: "Senhor, tende piedade!...". É um pecado, claro que é. Todo dia, eu digo para ele: "Tome juízo, irmãozinho! Arrependa-se, irmãozinho!", mas ele não dá atenção.

Serguei Nikanóritch, o garçom, serviu cinco copos de chá e levou-os numa bandeja para a sala das senhoras. Mal entrou, ouviu-se um grito:

— Onde já se viu servir assim, seu porcalhão?! Não sabe servir um chá?

Era a voz do chefe da estação. Ouviu-se um balbucio tímido e depois um novo grito, furioso e bruto:

— Saia daqui!

O garçom voltou muito sem graça.

— Houve um tempo em que eu era apreciado por condes e príncipes — disse, em voz baixa. — Mas agora, veja só, eu não sei nem servir um chá... Ele me insultou na frente do padre e das damas!

Em outros tempos, o garçom possuía mais dinheiro e era dono de um bar numa estação de primeira classe, numa cidade de província onde duas linhas da ferrovia se cruzavam. Na época, vestia fraque e usava relógio de ouro. Mas os negócios correram mal, ele gastou todo o dinheiro com louças e talheres de luxo, os empregados o roubavam e, ao ver a situação se complicar cada vez mais, acabou se mudando para outra estação, menos movimentada; ali, sua esposa o deixou, levando consigo toda a prataria, e ele se mudou para uma terceira estação, ainda pior, onde nem serviam pratos quentes. Depois, foi para uma quarta estação. Mudando de lugar com frequência e baixando de nível cada vez mais, Serguei Nikanóritch acabou na estação Progônnaia, onde só vendia chá e vodca barata e, para comer, se limitava a ovos cozidos e a um chouriço duro, que cheirava a piche e que ele mesmo, em tom de zombaria, chamava de salsichão de músico. Era completamente calvo, tinha olhos azuis protuberantes, costeletas grandes e eriçadas, que muitas vezes ele alisava com um pente, enquanto olhava para um espelhinho. As recordações sempre o faziam sofrer, não conseguia se acostumar com o salsichão de músico, com a grosseria do chefe da estação e com os mujiques que pechinchavam muito, pois, na sua opinião, era tão inconveniente pechinchar num bar como numa farmácia. Tinha vergonha de sua pobreza e humilhação e agora essa vergonha constituía o principal conteúdo de sua vida.

— Este ano a primavera está atrasada — disse Matviéi, escutando com atenção. — Melhor assim: eu não gosto da primavera.

Tem muita lama na primavera, Serguei Nikanóritch. Nos livros, eles escrevem: é primavera, os passarinhos cantam, o sol se põe, mas o que há nisso de tão bom? Um passarinho é um passarinho e mais nada. Prefiro uma boa companhia, ouvir o que as pessoas falam, conversar sobre religião, cantar em coro uma melodia agradável, e quanto aos rouxinóis e às florezinhas, que os outros façam bom proveito!

Recomeçou a falar da fábrica de ladrilhos, do coro, mas o ofendido Serguei Nikanóritch não conseguia se acalmar e não parava de encolher os ombros e resmungar. Matviéi despediu-se e foi para casa.

O frio não era muito intenso e, nos telhados, o gelo já estava derretendo, no entanto caía uma neve grossa; os flocos rodopiavam no vento e as nuvens brancas formadas pela neve corriam umas atrás das outras pelo leito da estrada. De ambos os lados da ferrovia mal iluminada pela lua, oculta por trás das nuvens em algum ponto bem alto do céu, o bosque de carvalhos erguia um rumor lúgubre e arrastado. Como as árvores parecem assustadoras quando a tempestade balança seus troncos! Matviéi caminhava pela estrada ao longo da ferrovia, escondendo o rosto e as mãos nos agasalhos enquanto o vento o empurrava pelas costas. De repente apareceu um cavalinho recoberto de neve, os patins de um trenó rangiam, raspando nas pedras nuas da estrada, e um mujique com a cabeça agasalhada, também ele todo branco, estalava um chicote. Matviéi olhou para trás, mas num instante já não havia nem trenó nem mujique, como se tudo aquilo tivesse sido apenas uma ilusão, e apertou o passo, apavorado de repente, sem que ele mesmo soubesse o motivo.

Chegou à passagem de nível e à casinha escura onde morava o vigia da estrada de ferro. A cancela foi erguida, em volta montanhas de neve haviam se acumulado, enquanto nuvens de flocos brancos rodopiavam no ar como bruxas num sabá.

Ali a ferrovia cruza um caminho antigo, no passado uma via importante e até hoje chamada de estrada principal. À direita, perto da passagem de nível, bem na beira da estrada, fica a taverna de Tiérekhov, uma antiga estalagem de posta, onde os viajantes trocavam seus cavalos cansados. Lá, à noite, sempre rebrilha uma luzinha.

Quando Matviéi chegou em casa, havia um cheiro forte de incenso em todos os cômodos e até no vestíbulo. Seu primo Iákov Ivánitch ainda não havia terminado de celebrar a missa de vésperas. No oratório, onde se dava a cerimônia, havia no canto da frente um quadro com velhos ícones, com frisos dourados, do tempo de seus avós, e ambas as paredes, à direita e à esquerda, estavam cobertas de imagens de santos, em estilo novo e antigo, com moldura ou sem nada. Sobre a mesa, coberta por uma toalha que chegava até o chão, havia uma imagem da Anunciação, bem como uma cruz de madeira de cipreste e um incensório; velas de cera ardiam. Ao lado da mesa, havia um leitoril. Ao passar pela entrada do oratório, Matviéi se deteve e voltou o olhar para a porta. Naquele momento, Iákov Ivánitch estava lendo no leitoril; junto com ele rezava sua irmã Aglaia, velhinha alta e magra, de vestido azul e xale branco. Dáchutka, a filha de Iákov Ivánitch, também estava ali, mocinha de dezoito anos, feia, cheia de sardas, descalça como de costume, e com o mesmo vestido que usava, no fim da tarde, para dar de beber ao gado.

— Glória a ti, que nos mostraste a luz! — declamou Iákov Ivánitch, arrastando as sílabas, e inclinou a cabeça quase até o chão.

Aglaia apoiou o queixo na mão e se pôs a cantar com voz aguda, esganiçada e monótona. No andar de cima, através do teto, começaram também a soar vozes vagas, que pareciam ameaçar ou vaticinar algo sinistro. Desde o incêndio ocorrido havia muito tempo, ninguém morava no segundo andar, as janelas estavam fechadas com tábuas e, no chão, entre as vigas do piso, rolavam garrafas vazias. Naquele lugar, naquela hora, o vento batia e uivava, parecia que alguém estava correndo e tropeçava nas vigas.

Metade do térreo era ocupada pela taverna; na outra, morava a família de Tiérekhov, e assim, quando os viajantes embriagados faziam arruaça na taverna, ouvia-se tudo nos quartos, cada palavra. Matviéi residia junto à cozinha, num quarto com uma grande estufa, onde antes, no tempo em que a casa era uma estalagem, assavam pães todos os dias. Nesse mesmo quarto, depois da estufa, também estava instalada Dáchutka, que não tinha um quarto próprio. Ali, todas as madrugadas, um grilo cantava e ratos faziam confusão.

Matviéi acendeu uma vela e se pôs a ler um livro que o guarda da estação havia lhe emprestado. Enquanto se dedicava à leitura, a prece terminou e todos foram dormir. Dáchutka também se deitou. Logo começou a roncar, mas acordou pouco depois e, bocejando, disse:

— Tio Matviéi, você não devia acender uma vela à toa.

— Esta vela é minha — retrucou Matviéi. — Comprei com o meu dinheiro.

Dáchutka remexeu-se um pouco e, mais uma vez, pegou no sono. Matviéi ficou acordado até tarde — não tinha vontade de dormir — e, quando chegou ao fim da última página, pegou na arca um lápis e escreveu no livro: "Eu, Matviéi Tiérekhov, li este livro e achei que é o melhor de todos os livros que li, e por isso expresso minha gratidão ao sargento da guarda da estrada de ferro Kuzmá Nikoláiev Júkov, como proprietário de um livro inestimável". Ele considerava seu dever fazer tais anotações nos livros dos outros.

II

Naquele mesmo dia da Anunciação, após a partida do trem do correio, Matviéi sentou-se no bar e, enquanto bebia chá com limão, falava.

Quem o ouvia eram o garçom e o guarda Júkov.

— Eu tenho de explicar para vocês — disse ele — que, desde a infância, sou apegado à religião. Com só doze aninhos, já lia as epístolas dos apóstolos na igreja, meus pais ficavam muito contentes e, todo verão, eu e a minha falecida mãe saíamos em romaria. Naquelas temporadas, os outros meninos cantavam ou iam pescar caranguejos, enquanto eu ficava com a mamãe. Os adultos me aprovavam e eu mesmo achava muito agradável ter um comportamento tão bom. Depois que a minha mãezinha me deu sua bênção para eu trabalhar na fábrica, eu cantava com voz de tenor no coro dos operários nos intervalos do trabalho e, para mim, não existia prazer maior que esse. Eu não bebia vodca, não fumava, mantinha a pureza do corpo e, todo mundo sabe, essa maneira de levar a vida não agrada ao inimigo da humanidade e então ele, o maldito, pôs mãos à obra para me perder e começou a perturbar a minha cabeça, igualzinho como acontece agora com o meu primo. Para começar, fiz promessa de jejuar nas segundas-feiras e não comer carne dia nenhum, e com o tempo me veio mais um monte de fantasias. Os santos padres determinaram que na primeira semana da Quaresma, até o sábado, só devemos ingerir alimentos secos, mas para as pessoas fracas e os trabalhadores não é pecado tomar um chazinho, só que eu não punha nem uma migalha de nada na boca até o domingo, e depois, durante a Quaresma inteira, jamais comia manteiga, e na quarta e na sexta-feira simplesmente não comia nada. E fazia a mesma coisa nos outros jejuns do ano. Naquele tempo, na vigília de são Pedro, o pessoal da nossa fábrica tomava sopa de perca à vontade, mas eu me sentava um pouco afastado deles e ficava roendo uma torrada. A força das pessoas varia, é claro, mas, quanto a mim, digo o seguinte: eu não tinha dificuldade nos dias de jejum e até achava que, quanto mais rigoroso, mais fácil para mim. A gente só tem vontade de comer nos primeiros dias do jejum, depois se acostuma, vai ficando cada vez mais fácil e, quando vê, no fim de uma semana a gente já não sente nada, só um torpor nas pernas, é como se você estivesse numa nuvem e não na terra. Além disso, eu me impunha uma porção de penitências: levantava de madrugada e fazia reverências, abaixando a testa até o chão, carregava pedras pesadas de um lado para outro, andava descalço na neve e, claro, pendurava correntes pesadas no corpo. Só que o tempo foi passando e, um dia, estava me confessando com um padre e de repente um devaneio tomou conta da minha cabeça: aquele padre, afinal, era casado, não fazia jejum e fumava; então como é que ele podia ouvir minha confissão e que autoridade tinha para me livrar dos pecados, se era mais pecador do que eu? Até óleo vegetal eu evitava no jejum, enquanto ele, na certa, comia carne de esturjão à vontade. Procurei outro padre e este, como se fosse de propósito, era gorducho, vestia uma batina de seda que farfalhava que nem uma dama quando ele andava e, além do mais, também tinha cheiro de tabaco.[2] Fui ao convento para jejuar e nem lá o meu coração se acalmou, tudo me dava a impressão de que os monges não viviam conforme as regras monásticas. Depois disso, não consegui de jeito nenhum encontrar uma missa que me agradasse: num lugar, rezavam depressa demais; no outro, não cantavam a prece direito; no terceiro, o sacristão tinha voz fanhosa... Que Deus me perdoe, mas às vezes eu estava de pé no meio da igreja e

---

2 Na época, o tabaco era usado para fumar e também para aspirar pelas narinas (rapé).

o coração chegava a tremer de tanta raiva. Onde já se viu rezar desse jeito? E eu imaginava que o povo na igreja não se benzia da forma correta, não escutava as preces direito; todo mundo para quem eu olhava era beberrão, comilão, fumante, libertino, jogador de cartas, e só eu vivia segundo os mandamentos. O demônio astuto não cochila e a coisa só piorava, parei de cantar no coro e deixei de ir à igreja; eu me imaginava como um homem justo e que a igreja, com seus defeitos, não servia para mim, quer dizer, em meu orgulho, igual a um anjo caído, eu me julgava de uma perfeição incrível. Depois disso, fiz de tudo para fundar a minha própria igreja. Aluguei de um pequeno-burguês surdo um quartinho longe da cidade, perto do cemitério, e fiz um oratório igual ao do meu primo, só que o meu tinha também uns castiçais grandes e um incensório de verdade. No meu oratório, eu seguia as regras do monte Athos,[3] ou seja, todo dia as matinas começavam à meia-noite e, nos doze dias santos mais veneráveis, a minha missa de vésperas durava dez horas mais ou menos, e às vezes doze. Embora as regras dos monges permitam que eles fiquem sentados durante os catismas e as parêmias,[4] eu queria ser melhor do que os monges e às vezes ficava o tempo todo de pé. Eu lia e cantava devagar, com lágrimas e suspiros, levantando os braços, e ia da reza direto para o trabalho, sem dormir, e sempre trabalhava rezando. Pois bem, pela cidade logo se espalhou a notícia: o Matviéi é um santo, o Matviéi cura os doentes e os loucos. Claro que eu jamais curei ninguém, mas todo mundo sabe que, assim que aparece uma heresia e um cisma, o gênero feminino não sossega. São que nem moscas no mel. Camponesas e solteironas vinham me ver, se curvavam aos

---

[3] Situado na península Calcídica, na Grécia. Abriga numerosos mosteiros da Igreja cristã ortodoxa desde o século XI.   [4] Na Igreja ortodoxa, catismas são trechos do Livro dos Salmos. Parêmia é uma alegoria ou parábola.

meus pés, beijavam minhas mãos e gritavam que eu era um santo e tudo isso, uma delas chegou a ver uma auréola na minha cabeça. O oratório ficou pequeno, aluguei um cômodo mais espaçoso, e daí para a frente foi a maior confusão, o demônio tomou conta de mim de uma vez por todas, cobriu a luz dos meus olhos com seus cascos malditos. Todos nós parecíamos uns alucinados. Eu lia as preces, as camponesas e as solteironas cantavam, e assim, depois de muito tempo sem comer e sem beber, de pé durante um dia inteiro ou mais, de repente elas começavam a ter uma tremedeira, como se estivessem com um ataque de febre, depois disso uma aqui, outra ali, as mulheres começavam a gritar, e aí era uma coisa medonha! Eu também tremia todo, nem eu mesmo sabia a razão, e os nossos pés começavam a dar pulos. É muito estranho, é verdade: você não quer, mas começa a dar pulos e os braços sacodem; depois, gritaria, ganidos, todos dançam, correm atrás uns dos outros, e correm até cair. E desse jeito, numa loucura selvagem, eu mergulhava na devassidão.

    O guarda da ferrovia começou a rir, mas, ao notar que ninguém mais estava rindo, ficou sério e disse:

— São os molokanes.[5] Eu li, no Cáucaso é todo mundo assim.

— Mas nenhum raio veio me matar — prosseguiu Matviéi, fez o sinal da cruz para o ícone e balbuciou algo só com os lábios. — A minha falecida mãezinha deve ter rezado por mim lá no outro mundo. Quando todo mundo na cidade já me considerava um santo e até as damas e os senhores da sociedade começaram a me visitar às escondidas atrás de consolo, um dia fui à casa do nosso patrão, Óssip Varlámitch, para

---

[5] Adeptos de uma dissidência da Igreja ortodoxa russa, surgida no século XVII ou XVIII. Seu nome deriva da palavra russa *molokó* (leite), pois seus seguidores bebiam leite nos dias de jejum, o que era proibido pela Igreja.

pedir perdão (era o dia do perdão),[6] mas ele passou a chave na porta e nós dois ficamos sozinhos, cara a cara. Ele começou a me passar um sermão. E tenho de chamar a atenção do senhor para o fato de que o Óssip Varlámitch é um homem sem instrução, só que tem uma inteligência que vai longe, todo mundo o respeita, tem medo dele, porque leva uma vida rigorosa, piedosa, dedicada ao trabalho. Foi o prefeito da cidade e um bom estaroste[7] por uns vinte anos ou mais; revestiu de cascalho toda a rua Novomoskóvskaia, refez a pintura da catedral e pintou as colunas na cor de malaquita. Pois bem, ele trancou a porta e me disse: "Faz tempo que estou querendo falar com você, seu isso e aquilo... Você acha que é santo, é? Não, você não é santo, mas sim um apóstata, um herege, um sem-vergonha!...". E falou, falou... Nem posso repetir para o senhor como ele falou tudo aquilo, tudo tão certinho, com inteligência, como se estivesse escrito, e tudo tão comovente. Falou mais ou menos por duas horas. As palavras dele foram entrando em mim e abriram os meus olhos. Fui ouvindo, ouvindo e... como eu chorava! Ele disse: "Seja uma pessoa comum, beba, coma, se vista e reze como todo mundo, o que é fora do comum vem do demônio. As correntes pesadas vêm do demônio, os seus jejuns vêm do demônio, o seu oratório vem do demônio, tudo isso é orgulho". No dia seguinte, a primeira segunda-feira da Quaresma, Deus quis que eu caísse doente. Fiquei nas últimas, me carregaram direto para o hospital; eu sofria que era um horror, chorava amargamente, tremia todo. Eu achava que iam me levar do hospital direto para o inferno, e por pouco não morri. Penei de cama e doente por meio ano e, quando me deram alta, a primeira coisa que fiz

---

[6] Último domingo antes da Quaresma, quando os cristãos ortodoxos pedem, uns aos outros, perdão de seus pecados.　[7] Chefe eleito de uma comunidade camponesa.

foi jejuar como faz todo mundo e aí me tornei de novo um ser humano. O Óssip Varlámitch me mandou de volta para casa e me passou um sermão: "Lembre, Matviéi, que o que está acima do comum vem do demônio". E agora eu como e bebo feito todo mundo, e rezo que nem todo mundo... Se acontece de vir um cheiro de tabaco ou de vinho de um padre, não me atrevo a julgar, porque o padre, afinal, é uma pessoa comum. Mas quando começam a falar que, na cidade ou no campo, apareceu um santo que fica semanas sem comer e cria suas próprias regras religiosas, eu já sei quem está por trás disso. Pois aí está, meus senhores, esta é a história da minha vida. Agora eu também, como o Óssip Varlámitch, não paro de chamar a atenção do meu primo e da irmãzinha dele, e repreendo os dois, mas eu sou só uma voz pregando no deserto. Deus não me deu esse dom.

O relato de Matviéi não pareceu produzir nenhuma impressão. Serguei Nikanóritch não disse nada e tratou de escolher no balcão algo para comer, enquanto o guarda começou a falar como Iákov Ivánitch, o primo de Matviéi, era rico.

— Ele tem uns trinta mil rublos, pelo menos — disse.

O guarda Júkov, ruivo, rosto redondo (quando andava, as bochechas balançavam), vigoroso, parrudo, costumava sentar com as pernas cruzadas, uma sobre a outra, na ausência de seus superiores; enquanto conversava, balançava o corpo e assobiava com ar displicente e, naqueles momentos, exibia no rosto um ar de satisfação consigo mesmo, uma expressão de saciedade, como se tivesse acabado de almoçar. Andava ganhando dinheiro e sempre falava do assunto com ar de grande entendido. Trabalhava como agente comercial e, quando alguém precisava vender uma propriedade, um cavalo, uma carruagem usada, logo o procurava.

— Sim, ele pode ter uns trinta mil, é verdade — concordou Serguei Nikanóritch. — O avô do senhor tinha uma fortuna enorme — disse, voltando-se para Matviéi. — Enorme! Depois, tudo ficou para o pai e o tio do senhor. O seu pai morreu moço e, depois dele, tudo passou para o tio, e depois, portanto, passou para o Iákov Ivánitch. Enquanto o senhor andava em romarias com a sua mãe e cantava na fábrica com sua voz de tenor, os outros por aqui, na sua ausência, não cochilavam.

— A parte que cabe ao senhor tem de ser uns quinze mil — disse o guarda, balançando o corpo. — A taverna é dos dois, quer dizer, o capital também é dos dois. Pois é. No seu lugar, eu teria entrado na justiça há muito tempo. Eu mesmo teria aberto um processo, mas, enquanto a justiça não resolvesse, eu iria lá, cara a cara, e quebraria a fuça desse sujeito até sangrar...

Eles não gostavam de Iákov Ivánitch porque, quando uma pessoa não confessa a mesma crença que os demais, isso perturba e incomoda até pessoas indiferentes à religião. O guarda, além disso, não gostava dele porque também vendia cavalos e carruagens usadas.

— O senhor não tem vontade de abrir um processo contra seu primo porque o senhor já possui muito dinheiro — disse o garçom para Matviéi, olhando para ele com inveja. — Para quem tem recursos, não faz diferença, mas para mim, veja, na certa eu vou morrer na mesma situação em que estou agora...

Matviéi tentou convencer os demais de que não tinha dinheiro nenhum, porém Serguei Nikanóritch já não estava ouvindo; as memórias das humilhações e ofensas que ele sofria todos os dias o invadiram; a cabeça calva transpirava, o rosto ficou vermelho e os olhos começaram a piscar.

— Vida desgraçada! — exclamou irritado, e bateu com o chouriço no chão.

III

Diziam que a estalagem fora construída, ainda no tempo de Alexandre I,[8] por certa viúva que morou ali com o filho; chamava-se Avdótia Tiérekhov. Naquele tempo, os viajantes que passavam nas carruagens de posta, em particular nas noites de lua, ao verem a casa escura, a varanda coberta e os portões sempre trancados, experimentavam uma sensação de abatimento ou de um temor descontrolado, como se naquela casa morassem bruxas ou bandoleiros; e toda vez, depois de passarem pela estalagem, os cocheiros olhavam para trás e logo chicoteavam os cavalos, para andarem mais depressa. Os viajantes só paravam na estalagem a contragosto, pois os anfitriões eram sempre indelicados e cobravam muito caro. Até no verão o pátio vivia cheio de lama; porcos gordos e enormes jaziam estirados no meio do barro, os cavalos com que os Tiérekhov faziam negócios vagavam soltos, sem cabresto e, frequentemente, aborrecidos com o tédio, os cavalos fugiam do pátio a galope, como loucos, disparando pela estrada e assustando as mulheres em romaria. Naquele tempo, o movimento na estrada era intenso; transitavam longos comboios com mercadorias e se passavam muitos incidentes. Por exemplo, certo dia, há uns trinta anos, os carroceiros se revoltaram, começaram uma briga e acabaram matando um comerciante que estava de passagem, e até hoje, na beira da estrada, a meia versta da estalagem, há uma cruz meio tombada; passavam troicas[9] de posta com sinetas e pesados coches senhoriais, além de grandes boiadas, entre mugidos e nuvens de poeira.

No início, quando construíram a estrada de ferro, nem havia estação no ponto onde os passageiros desembarcavam, o

---

[8] Imperador de Rússia entre 1809 e 1825.   [9] Carruagens puxadas por três cavalos.

local era chamado apenas de "parada", e só depois de uns dez anos ergueram a atual estação Progônnaia. O movimento pela velha estrada postal havia quase cessado e, agora, apenas os mujiques e fazendeiros da região transitavam por ela, além dos bandos de trabalhadores rurais, na primavera e no outono. A estalagem se converteu numa taverna; o primeiro andar foi queimado no incêndio, o telhado ficou todo amarelo de ferrugem, a cobertura da varanda vinha desabando aos poucos, porém no pátio lamacento continuavam a rolar os porcos gordos e imensos, rosados e repulsivos. Como antes, cavalos às vezes fugiam do pátio a galope, e com fúria, de cauda erguida, disparavam pela estrada. Na taverna, vendiam chá, feno, farinha, bem como vodca e cerveja, para consumir ali mesmo ou para levar; vendiam bebidas alcoólicas com cautela, para que nunca viessem perguntar pela licença.

Os Tiérekhov, em geral, sempre se destacaram pela religiosidade, tanto assim que eram conhecidos pela alcunha de Beatos. Porém, talvez por viverem isolados como ursos e evitarem as pessoas, tinham ideias próprias a respeito de tudo, eram dados a devaneios e a inconstâncias em questões de fé, e cada nova geração, ou quase isso, desenvolvia uma crença um tanto peculiar. A vovó Avdótia, que havia construído a estalagem, era adepta da seita dos velhos crentes,[10] seu filho e os dois netos (os pais de Matviéi e Iákov) iam à Igreja ortodoxa, recebiam em casa membros do clero e rezavam para as novas imagens sagradas com a mesma veneração que dedicavam às antigas; o filho, na velhice, não comia carne e impôs a si mesmo o voto de silêncio, pois considerava pecado qualquer conversa, já os netos tinham a peculiaridade de não interpretarem as escrituras de maneira simples, procuravam sempre algum significado

---

10 Dissidência da Igreja ortodoxa russa, formada no século XVII, em oposição às reformas do patriarca Níkon, naquele mesmo século.

oculto, convictos de que cada palavra sagrada precisava conter algum mistério. Matviéi, bisneto de Avdótia, lutou desde a infância contra os devaneios e por pouco não sucumbiu; o outro bisneto, Iákov Ivánitch, era ortodoxo, mas de repente, após a morte da esposa, parou de ir à igreja e rezava suas missas em casa. Seguindo seu exemplo, a irmã Aglaia também se desencaminhou: não ia à igreja nem permitia que Dáchutka o fizesse. Também diziam que Aglaia, talvez na juventude, em Vedeniápino, frequentava os flagelantes[11] e que, em segredo, continuava adepta da seita e, por isso, andava sempre com um lenço branco na cabeça.

Iákov Ivánitch era dez anos mais velho que Matviéi. De estatura elevada, vasta barba grisalha, que chegava quase à cintura, e sobrancelhas grossas que davam a seu rosto um aspecto severo e até cruel, Iákov Ivánitch era um velho bonito. Vestia uma comprida túnica de feltro de boa qualidade ou um casaco preto e curto de lã de ovelha románovskaia[12] e, em geral, tentava apresentar-se de maneira limpa e decente; mesmo em dias secos, só andava de galochas. Não ia à igreja porque lá, em sua opinião, não se cumpriam as regras litúrgicas com exatidão e também porque os sacerdotes tomavam vinho em horários proibidos, além de fumarem tabaco. Em casa, todos os dias, junto com Aglaia, ele lia as orações e cantava. Em Vedeniápino, nunca liam o cânone nas matinas nem celebravam as vésperas, mesmo nos principais dias santos, mas Iákov Ivánitch, em sua casa, fazia todas as leituras devidas para cada dia, sem pular nenhum versículo, sem se apressar, e nas horas vagas lia em

---

[11] Ou *khlisti*, adeptos de uma dissidência da Igreja ortodoxa russa surgida no século XVII. A palavra *khlisti* remete a dois significados. Primeiro, chicote, pois os fiéis se açoitavam com ramos e varas durante suas cerimônias místicas. E também a uma corruptela do nome de Cristo, sendo seus adeptos chamados de Crentes em Cristo.   [12] Espécie de ovelha que fornece um tipo de lã superior.

voz alta a vida dos santos. No cotidiano, seguia as regras litúrgicas com rigor; assim, caso estivesse escrito que, em determinado dia da Quaresma, "para recompensar o esforço da vigília", o vinho era permitido, ele fazia questão de tomar vinho, mesmo quando não sentia vontade de beber.

Iákov Ivánitch lia as orações, cantava, acendia incenso e jejuava não com o intuito de receber alguma bênção de Deus, mas por respeito às regras. O ser humano não pode viver sem fé e a fé deve se expressar da forma correta, ano a ano, dia a dia, conforme as regras estabelecidas, para que toda manhã e toda noite a pessoa se dirija a Deus exatamente com as palavras e os pensamentos determinados para aquele dia e para aquela hora. É preciso viver e, portanto, rezar da forma que agrada a Deus, e por isso cumpre rezar e cantar, todos os dias, apenas o que agrada a Deus, ou seja, o que está prescrito nas regras; desse modo, só se deve ler o primeiro capítulo de João no dia da Páscoa e, da Páscoa ao dia da Ascensão, não se pode cantar "É digno"[13] etc. A consciência das regras e de sua importância proporcionava um grande prazer a Iákov Ivánitch na hora de rezar. Quando, por força de alguma necessidade, ele se via obrigado a transgredir a regra, por exemplo, quando precisava sair da cidade a fim de buscar certa mercadoria ou ir ao banco, a consciência o torturava e ele se sentia infeliz.

O primo Matviéi, que chegara da fábrica de modo inesperado e havia se instalado na taverna como se fosse sua casa, desde o início transgredia as regras. Não queria rezar com Iákov Ivánitch, bebia chá e comia fora de hora, acordava tarde, bebia leite às quartas e sextas-feiras, dando a entender que era por causa da saúde fraca; quase todo dia, na hora das preces, ele entrava no oratório e gritava: "Tome juízo, irmãozinho!

---

[13] Canto de origem bizantina em louvor à Virgem Maria. O primeiro verso diz: "É digno e verdadeiro louvar-te, Virgem Maria".

Arrependa-se, irmãozinho!"". Aquelas palavras levavam Iákov Ivánitch à loucura e Aglaia, incapaz de se conter, despejava injúrias contra ele. Ou à noite, às escondidas, Matviéi entrava no oratório e falava em voz baixa: "Irmão, sua prece não agrada a Deus. Porque está escrito: Primeiro, faz as pazes com teu irmão e só depois faça sua oferenda.[14] Você empresta dinheiro a juros, vende vodca. Arrependa-se!".

Nas palavras de Matviéi, Iákov apenas via a desculpa rotineira das pessoas fúteis e negligentes, que falam do amor ao próximo, da reconciliação com o irmão etc. só para não rezarem, não jejuarem e não lerem os livros sagrados, e falam do lucro e dos juros com desprezo apenas porque não gostam de trabalhar. Afinal, ser pobre, sem nunca economizar e poupar, é imensamente mais fácil que ser rico.

Apesar disso, Iákov sentia-se perturbado e já não conseguia rezar como antes. Mal entrava no oratório e abria um livro, lhe vinha o temor de que o primo entrasse a qualquer momento e o atrapalhasse; e, de fato, Matviéi logo aparecia e, com voz trêmula, gritava: "Tome juízo, irmãozinho! Arrependa-se, irmãozinho!". A irmã despejava injúrias, Iákov também se descontrolava e gritava: "Esta casa pertence a nós dois".

Iákov recomeçava a ler as preces e a cantar, mas já não conseguia manter a calma e de repente, sem se dar conta, ele se punha a devanear diante do livro aberto; embora julgasse que as palavras do primo não passavam de uma bobagem, ultimamente, por alguma razão, lhe vinha à lembrança que, para os ricos, é difícil entrar no Reino dos Céus, que dois anos antes ele comprara um cavalo roubado e também que certa vez, em sua taverna, quando a esposa ainda estava viva, um bêbado havia morrido de tanto beber...

---

[14] Mateus 5,24.

Agora, à noite, ele não dormia direito, tinha o sono muito leve e ouvia que Matviéi também ficava acordado, não parava de suspirar, com saudades da sua fábrica de ladrilhos. E durante a madrugada, enquanto rolava na cama de um lado para outro, Iákov se lembrava do cavalo roubado, do bêbado e das palavras do Evangelho sobre o camelo e o buraco da agulha.[15]

Parecia que, mais uma vez, os devaneios começavam a dominá-lo. Como se fosse de propósito, e apesar de já ser fim de março, nevava todo dia, as árvores do bosque rumorejavam como ocorre no inverno e nem dava para acreditar que algum dia chegaria a primavera. Aquele tempo era propício ao tédio, às desavenças, ao ódio, e de madrugada, quando o vento uivava por cima do teto, parecia que alguém estava morando no primeiro andar, nos cômodos vazios, e pouco a pouco os devaneios se acumulavam na mente, a cabeça fervia e Iákov perdia o sono.

IV

Na manhã da Segunda-Feira Santa,[16] Matviéi ouviu, do seu quarto, Dáchutka dizer para Aglaia:

— Agora mesmo o tio Matviéi disse que a gente não precisa fazer jejum.

Matviéi lembrou-se da conversa que tivera na véspera com Dáchutka, e de repente se sentiu indignado.

— Menina, isso é pecado! — falou com um gemido na voz, como alguém doente. — O jejum é necessário. Nosso Senhor jejuou por quarenta dias. Eu só expliquei para você que o jejum não adianta nada para uma pessoa ruim.

---

[15] Refere-se ao mesmo trecho dos Evangelhos sobre os ricos e o Reino dos Céus.   [16] Segunda-feira após o Domingo de Ramos.

— Continue dando ouvidos ao pessoal da fábrica, eles é que ensinam a fazer o bem — exclamou Aglaia em tom jocoso, enquanto lavava o chão (nos dias de semana, ela costumava lavar o chão e, na hora em que fazia aquilo, tinha raiva de todo mundo). — A gente sabe muito bem como eles fazem jejum lá na fábrica. Pode perguntar para o seu tio, pergunte para ele sobre a sua queridinha e como ele e ela, aquela víbora, se entupiam de leite nos dias de jejum. Ele quer dar lições aos outros, só que ele mesmo se esqueceu da sua víbora. Pergunte para quem foi que ele deixou o seu dinheiro, pergunte.

Como se aquilo fosse uma ferida que não cicatriza, Matviéi escondia cuidadosamente de todo mundo que, naquele mesmo período da vida em que moças e velhas pulavam e corriam junto com ele na hora das orações, surgira uma relação estreita entre ele e uma jovem pequeno-burguesa, que acabou dando à luz uma criança. Quando abandonou sua casa, Matviéi deu àquela mulher tudo que havia economizado na fábrica, pediu um empréstimo ao patrão para poder viajar e, agora, possuía apenas uns poucos rublos, que gastava com chá e velas. Depois, a "queridinha" avisou que a criança havia morrido e, na carta, perguntou o que devia fazer com o dinheiro. Foi um operário que trouxe a carta da estação, mas Aglaia a interceptou, leu tudo e, a partir daí, todo dia provocava Matviéi por causa da sua "queridinha".

— Uma ninharia, só novecentos rublos! — prosseguiu Aglaia. — Entregou novecentos rublos a uma víbora que nem é da família, uma besta de carga lá da fábrica, quero mais é que você se arrebente! — Ela já estava fora de si e agora gritava com voz esganiçada: — Não vai falar nada? Eu era capaz de te fazer em pedacinhos, seu crápula! Novecentos rublos, como se fossem uns copeques à toa! Devia ter deixado no nome da Dáchutka, uma pessoa da família, e não para uma estranha. Ou então mandar para a cidade de Belióv, para os órfãos de Maria, os coitadinhos. Mas aquela sua víbora nunca se farta, que ela seja três vezes amaldiçoada, esse anátema do diabo, e que os olhos dela não vejam o dia da Páscoa!

Iákov chamou Aglaia; era o momento de começar a rezar as horas.[17] Ela se lavou, cobriu a cabeça com um lenço branco e, já tranquila e humilde, foi para o oratório, ao encontro de seu irmão adorado. Quando falava com Matviéi ou dava o chá para os mujiques na taverna, Aglaia era uma velhinha descarnada, de olhar cortante e ar maligno; porém, no oratório, mostrava um rosto puro, enternecido, toda ela parecia rejuvenescer, curvava-se em reverências com exagero e chegava a contrair os lábios em forma de coração.

Iákov Ivánitch começou a ler as horas em tom melancólico e voz serena, como sempre fazia na Quaresma. Após ler um pouco, deteve-se a fim de ouvir se a casa estava tranquila e, em seguida, com um sentimento de satisfação, retomou a leitura; tinha as mãos postas como quem reza, erguia os olhos, meneava a cabeça, dava suspiros. Mas de repente soaram vozes. O guarda e Serguei Nikanóritch chegaram para visitar Matviéi. Iákov Ivánitch sentia-se constrangido de cantar e rezar em voz alta quando havia estranhos em casa e, agora, tendo ouvido as vozes, passou a ler em sussurros e lentamente. Do oratório, puderam ouvir o que o garçom estava falando:

— Um tártaro em Schiôpov está disposto a vender seu negócio por mil e quinhentos rublos. Ele aceita receber quinhentos agora e o resto em notas promissórias. Vamos lá, Matviéi Vassílitch, mostre que é uma pessoa em quem a gente pode confiar, me empreste esses quinhentos rublos. Eu vou lhe pagar dois por cento de juros ao mês.

---

[17] Na Igreja ortodoxa, as horas são quatro serviços religiosos que dividem o dia litúrgico (entre seis da manhã e seis da tarde) em quatro partes iguais.

— Quem disse que eu tenho dinheiro? — retrucou Matviéi, espantado. — Quem disse que eu tenho dinheiro?

— Dois por cento ao mês, puxa, para você vai ser um dinheiro que cai do céu — explicou o guarda. — Se o seu dinheiro ficar guardado, dormindo na sua casa, só vai servir para as traças comerem e mais nada.

Depois, as visitas foram embora e tudo ficou em silêncio. No entanto, mal Iákov Ivánitch recomeçou a ler em voz alta e cantar, o som de uma voz pareceu vir do outro lado da porta fechada.

— Irmãozinho, me deixe usar os cavalos para ir a Vedeniápino!

Era Matviéi. E, mais uma vez, a alma de Iákov se perturbou.

— E em que cavalo você acha que vai lá? — perguntou, depois de refletir um pouco. — O empregado pegou o baio para levar um porco e eu vou usar o garanhão para ir a Chutiéikino, assim que eu terminar.

— Irmãozinho, por que você pode dispor dos cavalos à vontade e eu não posso? — perguntou Matviéi, irritado.

— É por que eu não vou a passeio, mas a trabalho.

— A propriedade é de nós dois, portanto os cavalos também são, e você tem de entender isso, irmãozinho.

Ficaram em silêncio. Iákov não voltou a rezar, à espera de que Matviéi se afastasse da porta e fosse embora.

— Irmãozinho — disse Matviéi —, eu sou um homem doente, não quero a propriedade, pode ficar com ela, e que Deus o ajude, mas me dê pelo menos uma pequena parte dos bens para eu poder me alimentar durante a minha enfermidade. É só você me dar isso que vou embora daqui.

Iákov ficou em silêncio. Desejava muito livrar-se de Matviéi, mas não podia lhe dar dinheiro, pois todo o dinheiro estava investido no negócio; e em toda a família Tiérekhov ainda não havia nenhum exemplo de qualquer partilha de bens entre herdeiros: dividir é arruinar-se.

Iákov continuava calado, sempre à espera de que Matviéi fosse embora e sempre de olho na irmã, com receio de que ela se intrometesse e começasse outra briga, como a daquela manhã. Quando, afinal, Matviéi foi embora, ele continuou a ler, mas já não havia nenhuma satisfação. A cabeça pesava, de tanto que havia se prosternado até tocar a testa no chão, sua visão se turvara e lhe parecia enfadonho ouvir a própria voz, lenta e melancólica. Quando tal estado de espírito lhe acudia à noite, ele o explicava pela falta de sono, entretanto, durante o dia, aquilo o assustava e lhe vinha a impressão de que demônios estavam sentados sobre sua cabeça e seus ombros.

De um jeito ou de outro, Iákov terminou a leitura das horas e, irritado, desgostoso, seguiu para Chutiéikino. No outono anterior, operários haviam cavado uma vala na divisa do terreno da estação Progônnaia, consumiram dezoito rublos em comida e bebida na taverna e agora era preciso ir a Chutiéikino, encontrar o contratante dos operários e cobrar dele o dinheiro. O calor e as nevascas haviam deixado a estrada em más condições, toda escura e esburacada, e alguns trechos já estavam desmoronando; nas laterais, a neve assentara num nível bem inferior ao meio da estrada e por isso era preciso viajar como quem passa por um aterro estreito, o que tornava muito difícil desviar-se, quando um viajante vinha em sentido contrário. O tempo estava feio e fechado desde de manhã e soprava um vento úmido...

A seu encontro, veio um comprido comboio de carroças: mulheres do campo estavam transportando tijolos. Iákov teve de desviar-se para abrir passagem; seu cavalo ficou com a neve na barriga, seu trenó de um só passageiro inclinou-se muito para a direita e, a fim de que ele não tombasse de todo, Iákov curvou o corpo para a esquerda e se manteve sentado naquela posição, enquanto o comboio passava lentamente a seu lado; em meio ao vento, Iákov ouvia o chiado dos trenós na neve, o resfolegar dos cavalos descarnados e o que as camponesas falavam sobre ele: "Lá vai o Beato". Uma delas olhou com pena para seu cavalo e disse, depressa:

— Parece que essa neve vai ficar aí até o dia de santo Iégor.[18] Que tormento!

Torto, numa posição desconfortável, Iákov contraía os olhos em face do vento, enquanto, de modo interminável, diante dele se arrastavam cavalos e tijolos. Talvez por estar mal acomodado e com dor no lado do corpo, de súbito se sentiu muito aborrecido, o motivo de sua viagem lhe pareceu irrelevante e ele ponderou que poderia muito bem mandar um empregado para Chutiéikino no dia seguinte. Mais uma vez, como na noite anterior, lhe vieram à lembrança as palavras sobre o camelo e o buraco da agulha e, em seguida, se insinuaram em sua mente várias recordações: o mujique de quem havia comprado um cavalo roubado, o bêbado, as mulheres pobres que lhe traziam seus samovares para penhorar. Claro que todo comerciante tenta lucrar o máximo, porém Iákov sentia-se cansado de seus negócios, tinha vontade de ir embora para qualquer lugar distante, bem longe daquela forma de vida, e lhe veio um enfado só de pensar que, naquele mesmo dia, ainda teria de rezar as vésperas. O vento batia de frente no seu rosto, chiava na gola do casaco, e Iákov teve a impressão de que era o vento que lhe sussurrava todos aqueles pensamentos, trazidos do vasto campo branco... Enquanto olhava para o campo, que conhecia desde a infância, recordou que exatamente a mesma inquietação e os mesmos pensamentos lhe acudiam na juventude, quando os devaneios o assaltavam e a fé vacilava.

Tomado de pavor ao se ver sozinho no campo, deu meia-volta e, a passo lento, seguiu o comboio, o que fez as camponesas rirem e dizerem:

---

[18] Celebrado no dia 23 de abril, assinala o fim do inverno e, portanto, o início da primavera.

— O Beato está voltando.

Em casa, em razão do jejum, não tinham cozinhado nada nem preparado o samovar, e por isso o dia parecia muito comprido. Fazia tempo que Iákov Ivánitch recolhera o cavalo ao estábulo, mandara farinha para a estação e, por duas ou três vezes, começara a ler os Salmos, no entanto ainda faltava muito para anoitecer. Aglaia já lavara todo o chão da casa e, sem ter o que fazer, estava arrumando suas coisas num baú cuja tampa tinha a face interna decorada com rótulos de garrafa. Faminto e tristonho, Matviéi ou ficava sentado lendo, ou caminhava até a estufa holandesa[19] e contemplava demoradamente os azulejos, que lhe traziam lembranças da fábrica. Dáchutka dormia, depois acordou e foi dar comida para o gato. Quando foi pegar água no poço, a corda arrebentou e o balde caiu na água. O empregado foi buscar um gancho a fim de apanhar o balde e Dáchutka, no meio da neve suja de lama, caminhou atrás dele, descalça, os pés vermelhos como as patas de um ganso, e repetia: "Lá é uma fundura!". Ela queria dizer que o poço era mais fundo do que o gancho podia alcançar, mas o empregado não entendia e era evidente que estava farto dela, tanto assim que, de repente, se virou e xingou-a com palavras feias. Iákov Ivánitch, que estava saindo de casa naquele momento, ouviu a resposta de Dáchutka, uma longa e acelerada série de insultos bem escolhidos, coisas que ela só poderia ter aprendido com os mujiques bêbados da taverna.

— O que deu em você, sua desavergonhada? — gritou Iákov, e chegou a ficar assustado. — Que palavras são essas?

A jovem olhou para o tio com perplexidade e um ar obtuso, sem entender por que não podia pronunciar aquelas palavras.

---

[19] Tipo de estufa ladrilhada, introduzida na Rússia no início do século XVIII para aquecer as residências.

Ele queria passar um sermão em Dáchutka, mas ela lhe pareceu muito selvagem e sombria e, pela primeira vez durante todo o tempo em que a jovem vivera com ele, Iákov se deu conta de que a filha não tinha nenhuma fé. E toda aquela vida no bosque, na neve, entre mujiques embriagados e xingamentos, lhe pareceu tão selvagem e tão sombria como aquela jovem e, em vez de lhe pregar um sermão, Iákov limitou-se a encolher os ombros, e voltou para o quarto.

Nessa hora, mais uma vez, o guarda e Serguei Nikanóritch vieram visitar Matviéi. Iákov Ivánitch lembrou que também aquelas pessoas não tinham fé nenhuma, que aquilo não lhes trazia nenhuma preocupação e, para Iákov, a vida pareceu algo estranho, louco e insondável, como é a vida de um cachorro; ficou vagando pelo pátio, sem gorro, depois foi para a estrada e caminhou, de punhos cerrados — naquela altura, a neve caía em flocos grossos —, sua barba sacudia ao vento, a cabeça oscilava sem parar, parecia que algo pressionava os ombros e a cabeça, como se demônios estivessem sentados em cima dele, e Iákov teve a impressão de que não era ele quem estava andando, mas algum animal, alguma fera imensa e aterradora, e que se ele desse um grito, sua voz ecoaria como um rugido por todo o campo, pelo bosque, e deixaria todo mundo assustado…

V

Quando voltou para casa, o guarda tinha ido embora, o garçom estava no quarto de Matviéi e fazia contas em um ábaco. No passado, o garçom ia à taverna com frequência, quase todo dia; antes, procurava Iákov Ivánitch, mas agora só visitava Matviéi. Sempre fazia contas em um ábaco e, naqueles momentos, seu rosto suava e se mostrava tenso, ou ele pedia dinheiro, ou, alisando as suíças, contava que, em outros tempos, numa estação ferroviária de primeira classe, ele preparava o ponche para os oficiais e, nos jantares de gala, ele mesmo servia a sopa de peixe da entrada.[20] Nada no mundo lhe interessava, exceto os bares, e ele só sabia falar de comidas, serviços de mesa e vinhos. Certa vez, quando serviu o chá para uma jovem que estava amamentando um bebê, sentiu vontade de lhe dizer algo simpático e se expressou assim:

— O peito da mãe é o balcão de bar da criança.

No quarto de Matviéi, enquanto fazia contas em um ábaco, ele pedia dinheiro, dizia que já não conseguia viver na estação Progônnaia e, no tom de voz de quem parece à beira de chorar, repetiu:

— Para onde eu vou? Para onde eu vou agora, por favor, me diga?

Depois, Matviéi foi à cozinha e começou a descascar algumas batatas cozidas que, com certeza, ele escondera na véspera. Tudo estava em silêncio e Iákov Ivánitch pensou que o garçom tinha ido embora. Já havia passado da hora de rezar as vésperas; ele chamou Aglaia e, supondo que não houvesse ninguém na casa, se pôs a cantar em voz bem alta, sem constrangimento. Cantava e lia as preces, mas os pensamentos pronunciavam palavras diferentes: "Deus, me perdoe! Deus, me salve!". E, sem pausa, uma após outra, fazia reverências até a cabeça tocar no chão, como se desejasse esgotar as próprias forças, sempre sacudindo a cabeça de tal modo que Aglaia olhava para o irmão com espanto. Iákov temia que Matviéi entrasse, tinha mesmo certeza de que ele ia aparecer e, contra Matviéi, sentia um ódio que nem orações nem contínuas reverências conseguiam aplacar.

Bem devagar, em silêncio, Matviéi abriu a porta e entrou no oratório.

---

[20] Trata-se da *streliájaia úkha*, prato muito difundido na época.

— Que pecado, mas que pecado! — disse em tom de censura, e suspirou. — Se arrependa! Tome juízo, irmãozinho!

Iákov Ivánitch, de punhos cerrados, sem olhar para ele para não lhe dar um murro, saiu ligeiro do oratório. Com a sensação de ser uma fera enorme e aterradora, como ocorrera pouco antes na estrada, Iákov atravessou o vestíbulo rumo à sala cinzenta, suja e impregnada de bruma e fumaça, onde os mujiques tomavam chá, e ali se pôs a andar para um lado e para outro, por muito tempo, pisando tão pesado que a louça tilintava nas prateleiras e as mesas trepidavam no chão. Já estava claro, para Iákov, que ele mesmo estava insatisfeito com sua fé e já não podia rezar como antes. Era preciso arrepender-se, tomar juízo, pôr as ideias em ordem, viver e rezar de um jeito diferente. Mas como rezar? Quem sabe não era o demônio que o confundia e, na verdade, não havia necessidade de nada?... Como viver? O que fazer? Quem podia lhe ensinar? Que desamparo! Ele se deteve, segurou a cabeça entre as mãos, pôs-se a refletir, porém o fato de Matviéi estar perto o impedia de raciocinar com calma. Então foi depressa para o quarto.

Matviéi estava na cozinha, diante de uma tigela com batatas, e comia. Também junto à estufa estavam sentadas Aglaia e Dáchutka, uma de frente para a outra, enrolando linhas em novelos. Apoiada entre a estufa e a mesa onde Matviéi estava sentado, se estendia uma tábua de passar roupa; sobre ela, um ferro de passar frio.

— Irmãzinha — disse Matviéi. — Deixe-me pegar um oleozinho!

— E quem é que toma óleo num dia como o de hoje? — perguntou Aglaia.

— Irmãzinha, eu não sou monge, sou leigo. E com a minha saúde fraca, eu posso tomar óleo e posso até tomar leite.

— Sei, lá na sua fábrica vocês podiam fazer tudo.

Aglaia pegou na prateleira uma garrafa com óleo de jejum[21] e, irritada, com uma pancada sobre a mesa e um sorriso malévolo, colocou-a na frente do irmão, visivelmente satisfeita de Matviéi ser tamanho pecador.

— Pois eu digo que você não pode tomar óleo nenhum! — gritou Iákov.

Aglaia e Dáchutka se assustaram, mas Matviéi, como se não tivesse ouvido nada, entornou um pouco de óleo na tigela e continuou a comer.

— Pois eu digo que você não pode tomar óleo nenhum! — gritou Iákov ainda mais alto, todo vermelho e, de repente, pegou a tigela, ergueu-a acima da cabeça e, com toda a força, atirou-a contra o chão, o que fez os cacos voarem para todos os lados. — Não se atreva a falar! — berrou com voz desenfreada, embora Matviéi não tivesse dito coisa alguma. — Não se atreva! — repetiu, e bateu com o punho na mesa.

Matviéi empalideceu e se levantou.

— Irmãozinho! — exclamou, continuando a mastigar. — Irmãozinho, tome juízo!

— Fora da minha casa, neste minuto! — gritou Iákov; lhe davam nojo o rosto enrugado de Matviéi, sua voz, as migalhas de comida em seu bigode e o fato de ele estar mastigando. — Fora daqui, já disse!

— Irmãozinho, ponha a cabeça no lugar! O orgulho diabólico tomou conta de você!

— Cale a boca! — Iákov batia com os pés no chão. — Vá embora, demônio!

— Se quer saber — prosseguiu Matviéi erguendo a voz e também começando a se enfurecer —, você é um apóstata e um herege. Os demônios amaldiçoados fecharam os seus olhos para a luz verdadeira, suas orações não agradam a Deus.

---

[21] Óleo vegetal, em geral de cânhamo ou linhaça.

Se arrependa enquanto não é tarde! A morte de um pecador é horrível! Se arrependa, irmãozinho!

Iákov agarrou-o pelos ombros e puxou-o para longe da mesa, Matviéi empalideceu mais ainda e, com pavor, desconcertado, balbuciou: "Mas o que é isso? O que é isso?". Segurando-se, fazendo um esforço para se desvencilhar das mãos de Iákov, Matviéi agarrou-se na camisa dele na altura do pescoço e, por acidente, rasgou a gola, o que, aos olhos de Aglaia, deu a impressão de que era Matviéi quem queria bater em Iákov, e por isso ela gritou, pegou uma garrafa de óleo e, com toda a força, golpeou em cheio o topo do crânio de seu odiado primo. Matviéi cambaleou, no mesmo instante seu rosto se mostrou tranquilo, indiferente; Iákov, ofegante, transtornado e sentindo-se satisfeito porque a garrafa, ao estalar de encontro à cabeça, emitira um grasnido como se estivesse viva, não deixou Matviéi cair e, olhando para Aglaia, apontou várias vezes com o dedo para o ferro de passar (disso ele se lembraria muito bem), e só quando o sangue se derramou pelas suas mãos e se ouviu o choro alto de Dáchutka, e quando, com um estrondo, a tábua de passar tombou no chão e Matviéi desabou sobre ela, Iákov parou de sentir raiva e se deu conta do que havia acabado de acontecer.

— Que ele morra de uma vez, o garanhão da fábrica! — exclamou Aglaia com repugnância, sem largar o ferro que tinha na mão; o lenço branco respingado de sangue deslizou da cabeça para os ombros e os cabelos grisalhos penderam soltos. — Ele teve o que merecia!

Tudo era horrível. Sentada no chão perto da estufa, com as linhas nas mãos, Dáchutka soluçava, curvava-se em reverências, sem parar, gemendo a cada reverência: "Hã! Hã!". Para Iákov, porém, nada era tão horrível quanto as batatas cozidas manchadas de sangue, nas quais ele temia pisar, porém havia outra coisa terrível, que o oprimia como um pesadelo e lhe parecia ser o mais ameaçador, mas que, no primeiro instante, por mais que se esforçasse, ele não conseguiu entender. Era o garçom Serguei Nikanóritch, parado no limiar da porta, muito pálido, com o ábaco nas mãos, que assistia com horror ao que se passava na cozinha. Só quando ele deu meia-volta, seguiu depressa para o vestíbulo e de lá correu para fora da casa, Iákov compreendeu quem era e saiu atrás dele.

No caminho, enquanto limpava as mãos com a neve, Iákov refletia. Em sua cabeça, veio a lembrança de que o empregado tinha ido passar a noite em casa, na aldeia, e já fazia tempo que saíra; na véspera, degolaram um porco e por isso havia grandes manchas de sangue na neve, no trenó e até a casinha de madeira em torno do poço estava respingada de sangue, e assim, se agora toda a família de Iákov tinha manchas de sangue, aquilo não poderia inspirar suspeitas. Esconder o assassinato seria um tormento, mas a ideia de que o guarda viria da estação, que sorriria com escárnio e ficaria assoviando, que viriam os mujiques, amarrariam as mãos dele e de Aglaia e levariam ambos, em triunfo, até a sede da comarca e de lá para a cidade, e que, no caminho, todos apontariam para eles com alegria, dizendo: "Estão levando os Beatos!" — aquilo parecia a Iákov mais torturante do que qualquer outra coisa, e sua vontade era ganhar tempo, de alguma forma, para não sofrer aquela vergonha agora e sim mais tarde, em outra ocasião.

— Eu posso emprestar mil rublos para você... — disse, quando alcançou Serguei Nikanóritch. — Se você contar para alguém, isso não vai lhe trazer benefício nenhum... e nem por isso o homem vai ressuscitar... — E, mal conseguindo acompanhar os passos do garçom, que, sem olhar para trás, se esforçava para andar cada vez mais depressa, Iákov prosseguiu: — Eu posso lhe dar mil e quinhentos rublos...

Parou porque estava sem fôlego, mas Serguei Nikanóritch seguiu em frente, cada vez mais ligeiro, na certa com medo de que também o matassem. Só quando deixou para trás a passagem de nível e chegou ao meio do caminho que ia da passagem de nível até a estação, ele olhou para trás de relance e passou a caminhar mais lentamente. Na estação e nas linhas férreas, já havia luzes acesas, verdes e vermelhas; o vento tinha amainado, mas a neve continuava a cair em flocos grossos e, mais uma vez, a estrada ficara branca. Já quase na estação, porém, Serguei Nikanóritch parou, refletiu um minuto e, com um gesto resoluto, voltou pelo mesmo caminho. Já havia anoitecido.

— Então me dê os mil e quinhentos rublos, Iákov Ivánitch — disse, em voz baixa, tremendo dos pés à cabeça. — Eu aceito.

VI

O dinheiro de Iákov Ivánitch estava no banco da cidade, reservado como garantia de duas hipotecas; havia algum dinheiro em casa, mas só o necessário para as despesas do dia a dia. Ao entrar na cozinha, Iákov tateou no escuro até encontrar a lata onde ficavam os fósforos e, no instante em que a chama azul do enxofre brilhou, Iákov teve tempo de ver de relance o primo Matviéi, que como antes jazia estirado no chão, perto da mesa, mas já coberto por um lençol branco, só com as botas visíveis. Um grilo piava. Aglaia e Dáchutka tinham deixado a cozinha: ambas estavam no salão de chá, sentadas diante do balcão, e em silêncio enrolavam linhas num novelo. Iákov Ivánitch, com a lamparina na mão, seguiu para seu quarto e retirou de sob a cama um cofrezinho no qual deixava o dinheiro das despesas diárias. Naquela ocasião, ele havia guardado ao todo quatrocentos e vinte e um rublos em notas miúdas e trinta e cinco rublos em moedas de prata; as notas exalavam um cheiro ruim e opressivo. Iákov amontoou o dinheiro dentro de um gorro, saiu para o pátio e depois cruzou o portão. Caminhava olhando para os lados, mas não havia sinal do garçom.

— Ei! — gritou Iákov.

Bem na cancela junto à passagem de nível, destacava-se um vulto escuro que, com ar indeciso, veio andando em sua direção.

— Por que fica andando sem parar? — exclamou Iákov, irritado, depois de reconhecer o garçom. — Tome: aqui tem quase quinhentos... É tudo o que tenho em casa.

— Está certo... Muito obrigado ao senhor — balbuciou Serguei Nikanóritch, agarrando o dinheiro com avidez e o enfiando logo nos bolsos; tremia dos pés à cabeça, o que era bem visível, apesar da escuridão. — E o senhor, Iákov Ivánitch, pode ficar tranquilo... Para que eu ia sair falando desse assunto? No que me diz respeito, eu estive lá e depois fui embora. Como dizem, eu não vi nada, eu não sei de nada... — E acrescentou, com um suspiro: — Vida desgraçada!

Os dois ficaram calados um minuto, sem olhar um para o outro.

— E tudo por uma coisa à toa, só Deus sabe como é que pode... — disse o garçom, trêmulo. — Eu estava quieto, fazendo minhas contas, e de repente veio um barulho... Fui lá na porta olhar e o senhor, por causa do óleo de jejum... Onde é que ele está agora?

— Estirado lá na cozinha.

— Tem de levar para algum lugar... Para que esperar?

Calado, Iákov o acompanhou até a estação, depois voltou para casa, atrelou um cavalo a fim de carregar Matviéi para Limárovo. Tinha resolvido levar Matviéi para a floresta de Limárovo, deixá-lo na beira da estrada e depois contar para todo mundo que Matviéi havia ido para Vedeniápino e não voltara; desse modo as pessoas iam pensar que ele tinha sido assassinado por viajantes. Iákov sabia que aquela história não ia enganar ninguém, mas se movimentar, fazer algo, manter-se ocupado era menos torturante do que ficar sentado esperando. Chamou

Dáchutka e os dois levaram Matviéi. Aglaia ficou em casa para arrumar a cozinha.

Quando Iákov e Dáchutka vinham de volta, a cancela da passagem de nível estava fechada. Um comprido trem de carga, puxado por duas locomotivas, bufava com esforço e, de suas fornalhas, espirravam feixes roxos de fogo. Na passagem de nível, já com a estação à vista, a primeira locomotiva soprou um apito estridente.

— Está apitando... — disse Dáchutka.

Enfim, o trem terminou de passar e o guarda, sem nenhuma pressa, levantou a cancela.

— É você, Iákov Ivánitch? — disse. — Eu não reconheci. Sinal de que vai ficar rico.

Depois que chegaram em casa, eles precisavam dormir. Aglaia e Dáchutka deitaram lado a lado, no chão da sala de chá, e Iákov se instalou sobre o balcão. Não rezaram nem acenderam a lamparina votiva antes de deitarem. Os três não conseguiram dormir até amanhecer, porém não disseram nenhuma palavra e, durante toda a madrugada, tiveram a impressão de que alguém caminhva no andar de cima, vazio e abandonado.

Dois dias depois, o comissário de polícia e o juiz de instrução vieram da cidade e deram uma busca, primeiro no quarto de Matviéi e depois em toda a taverna. Primeiro, interrogaram Iákov, que contou que, segunda-feira ao entardecer, Matviéi partira para Vedeniápino a fim de jejuar e que, com certeza, no caminho, ele tinha sido assassinado por serradores que estavam trabalhando na estrada de ferro. Mas quando o juiz de instrução perguntou por que Matviéi foi encontrado na estrada sem o gorro, que estava ali na casa dele, e como era possível que ele tivesse saído sem levar seu gorro, e por que também não haviam encontrado nem uma gota de sangue na neve da estrada perto do corpo, já que ele tinha a cabeça partida e o rosto e o peito estavam enegrecidos de sangue, nessa hora Iákov perturbou-se, confundiu-se e respondeu:

— Não posso saber.

Então aconteceu exatamente aquilo que Iákov temia: veio o guarda ferroviário, um policial se pôs a fumar no oratório e Aglaia disparou insultos contra ele, disse uns desaforos para o comissário de polícia e, depois, quando levaram Iákov e Aglaia para fora, os mujiques se aglomeraram no portão e diziam: "Estão levando o Beato!", e todos eles pareciam contentes.

No interrogatório, o guarda declarou sem rodeios que Iákov e Aglaia haviam assassinado Matviéi para não dividirem os bens com ele, disse que Matviéi tinha seu próprio dinheiro e que, se o dinheiro não foi encontrado durante a busca, era obviamente porque Iákov e Aglaia tinham se apoderado de tudo. Também interrogaram Dáchutka. Ela disse que o tio Matviéi e a tia Aglaia brigavam todos os dias e chegavam à beira de se agredir por causa de dinheiro, e afirmou também que o tio era rico, tanto assim que dera novecentos rublos de presente a certa queridinha sua.

Dáchutka ficou sozinha na taverna; ninguém vinha mais tomar chá e beber vodca e ela ficava arrumando os quartos, tomando mel e comendo carne de carneiro; entretanto, alguns dias depois, interrogaram o guarda da passagem de nível e ele contou que, na segunda-feira, tarde da noite, viu Iákov e Dáchutka vindo de Limárovo. Dáchutka também foi presa, levada para a cidade e daí para a prisão. Bem depressa, pelas declarações de Aglaia, soube-se que Serguei Nikanóritch tinha presenciado o assassinato. Deram uma busca na sua casa e encontraram o dinheiro num local fora do comum, dentro de uma bota de feltro, embaixo do fogão, e todo o dinheiro em notas miúdas: só de cédulas de um rublo havia trezentas. Ele jurou que tinha ganhado o dinheiro no comércio e que já fazia mais de um ano que não ia à taverna, mas as testemunhas revelaram que ele era pobre, que nos últimos tempos andava muito carente de dinheiro e ia à taverna todos os dias para pedir dinheiro emprestado a Matviéi, e o guarda contou que, no dia do assassinato, ele mesmo fora com o garçom duas vezes até a taverna a fim de ajudá-lo a obter um empréstimo. Ao mesmo tempo, lembraram também que, na noite de segunda-feira, Serguei Nikanóritch não recebera o trem de passageiros, como era seu costume, pois tinha ido não se sabia aonde. Assim, também ele foi preso e levado para a cidade.

Onze meses depois, se deu o julgamento.

Iákov Ivánitch tinha envelhecido muito, emagrecera e só falava em voz baixa, como um doente. Sentia-se fraco, miserável, inferior a todos, e parecia que, por força dos tormentos da consciência e dos devaneios que não o abandonavam nem na prisão, seu espírito também envelhecera e definhara tanto quanto o corpo. Quando mencionaram que ele não ia à igreja, o juiz perguntou:

— O senhor é um rascolnita?[22]

— Não sei — respondeu Iákov.

Ele não tinha fé nenhuma, não sabia nada e nada entendia; a fé anterior, para ele, se mostrava agora repulsiva, parecia algo absurdo e obscuro. Aglaia não aplacara sua ira nem um pouco, continuava a xingar o falecido Matviéi e o culpava de todas as desgraças. Serguei Nikanóritch, em lugar das suíças, deixara crescer a barba; no julgamento, ele suava, se ruborizava e, obviamente, sentia-se envergonhado por causa do roupão cinzento que era obrigado a vestir e pelo fato de ter de sentar-se no mesmo banco em que estavam mujiques humildes. Defendia-se de maneira canhestra e, no intuito de mostrar que fazia um ano que não ia à taverna, discutia com cada testemunha,

---

[22] Refere-se ao cisma (*raskol*, em russo) dos velhos crentes, já mencionados na nota 10 deste conto.

o que levou a plateia a rir. Dáchutka havia engordado na prisão; durante o julgamento, não compreendia as perguntas que lhe faziam e só dizia que, na hora em que mataram o tio Matviéi, ela ficara muito assustada, mas que depois aquilo passou.

Os quatro foram declarados culpados de homicídio com fins de apropriar-se de bens alheios. Iákov Ivánitch foi condenado a vinte anos de trabalhos forçados; Aglaia, a treze anos e meio; Serguei Nikanóritch, a dez; Dáchutka, a seis.

VII

Certa noite, na enseada de Duê, em Sacalina,[23] um vapor estrangeiro ancorou e solicitou carvão. Pediram ao comandante que esperasse amanhecer, mas ele não queria esperar nem mais uma hora, alegando que, se o tempo piorasse de madrugada, correria o risco de ter de partir sem receber o carvão. No estreito da Tartária,[24] o tempo pode mudar bruscamente em apenas meia hora, e então o litoral de Sacalina se torna perigoso. O ar já havia esfriado e as ondas batiam mais fortes.

Da prisão de Voievódski, a mais miserável e rigorosa de todas as prisões de Sacalina, um grupo de prisioneiros tinha sido enviado para uma mina. O plano era carregar barcaças com carvão e depois rebocá-las, puxadas por uma lancha a vapor, até o navio ancorado a mais de meia versta da margem, e lá os prisioneiros teriam de começar o transbordo do carvão — um trabalho torturante, durante o qual a barcaça se entrechoca com o navio e os trabalhadores mal conseguem se

---

[23] Ilha ao norte do Japão na qual o Império Russo havia instalado uma grande colônia penal, a exemplo das colônias penais que a Inglaterra montara na Índia. O objetivo principal era povoar uma região limítrofe do país, sobretudo por meio de assentamentos agrícolas desenvolvidos por condenados pela justiça, além de explorar jazidas minerais.   [24] Separa a ilha de Sacalina do continente.

manter de pé, por causa do enjoo. Os presos, cheios de sono, pois tinham acabado de sair da cama, caminhavam pela margem, tropeçavam no escuro e faziam tilintar as correntes. À esquerda, mal se avistava o barranco alto, muito sombrio, enquanto à direita se estendia uma escuridão compacta, impenetrável, na qual o mar gemia com um som monótono e arrastado: "a... a... a... a...", e só quando um carcereiro acendia seu cachimbo, se iluminavam, por um instante, um guarda com um fuzil e, perto dele, dois ou três prisioneiros de rosto rude, e só quando um dos guardas se aproximava da água com uma lanterna na mão, era possível enxergar as cristas brancas das ondas mais próximas.

Daquele grupo de prisioneiros, fazia parte Iákov Ivánitch, apelidado de Vassoura entre os forçados, por causa da barba comprida. Fazia tempo que ninguém o chamava pelo nome ou pelo patronímico,[25] mas apenas de Iáchka.[26] Ali, ele era malvisto, pois, mais ou menos três meses depois de chegar aos trabalhos forçados, dominado por uma forte e invencível saudade da terra natal, Iákov cedera à tentação e fugira, mas logo foi recapturado, condenado à pena perpétua de trabalhos forçados e castigado com quarenta chibatadas; depois, foi punido com vergastadas mais duas vezes por desperdiçar roupas que pertenciam ao patrimônio público, embora na verdade, nas duas ocasiões, suas roupas tenham sido roubadas. A saudade da terra natal começou já a caminho de Odessa, quando o trem dos prisioneiros parou na estação de Progônnaia, e Iákov, com o rosto colado ao vidro da janela, se esforçou para avistar sua casa, mas nada enxergou naquela escuridão.

Ele não tinha com quem conversar sobre a terra natal. Aglaia, sua irmã, tinha sido enviada pela Sibéria rumo aos trabalhos

---

[25] Iákov era seu nome e Ivánovitch (Ivánitch), seu patronímico (ou seja, filho de Ivan). [26] Hipocorístico de Iákov.

forçados, e ninguém sabia dizer onde se encontrava. Dáchutka estava em Sacalina, mas a entregaram a algum colono numa aldeia distante para ser sua concubina; não havia a menor notícia dela e, só uma vez, um colono que apareceu na prisão de Voievódski contou para Iákov que Dáchutka, segundo diziam, já tivera três filhos. Serguei Nikanóritch trabalhava como lacaio na casa de um funcionário, não distante dali, em Duê, mas era inútil esperar que viesse vê-lo, pois Serguei Nikanóritch sentia vergonha de conhecer um forçado de categoria social inferior.

O grupo de prisioneiros chegou à mina e se instalou no cais. Diziam que o transbordo da carga não seria feito, porque o tempo estava piorando cada vez mais e o navio já se preparava para partir. Viam-se três luzes. Uma delas se movia: era a lancha a vapor que viera até o navio e agora parecia estar voltando a fim de comunicar se o trabalho seria feito ou não. Tremendo com o frio de outono e com a umidade do mar, enrolado como podia em seu curto e esburacado casaco de pele, Iákov Ivánitch olhava fixamente, sem piscar, para a outra margem, onde ficava a terra natal. Desde que passara a viver na prisão, junto com pessoas trazidas dos mais diversos quadrantes — russos, *khókhli*,[27] tártaros, georgianos, chineses, *tchúkhni*,[28] ciganos, judeus, e desde que ouviu os relatos daquelas pessoas e observou seus sofrimentos, Iákov voltou a rezar e lhe pareceu que, finalmente, havia descoberto a fé autêntica, aquela que buscara com tanta avidez e por tanto tempo, e que ninguém na sua família havia encontrado, a começar pela avó Avdótia. Agora ele sabia e compreendia tudo, sabia onde estava Deus e como devia servi-lo, no entanto só não entendia por que o destino das pessoas era tão diverso, por que aquela fé simples que os outros recebem de Deus como uma dádiva, juntamente com a vida, havia, no caso dele, custado tão caro que só de pensar

---

[27] Habitantes da Ucrânia. [28] Finlandeses e estonianos, em geral.

em todos os seus horrores e sofrimentos, os quais, pelo visto, prosseguiriam sem pausa até a morte, seus braços e pernas se punham a tremer como os de um bêbado. Iákov mirava muito atento a escuridão e lhe parecia que, através dos milhares de verstas daquelas trevas, ele enxergava a terra natal, a província natal, o seu distrito, a estação Progônnaia, parecia ver a escuridão, a selvageria, a indiferença desalmada, obtusa, inflexível e brutal das pessoas que ele deixara para trás; lágrimas embaçavam seus olhos, entretanto continuava a olhar para longe, lá onde a muito custo se viam brilhar as luzes pálidas do navio, e o coração se apertou de saudade da terra natal, e lhe veio a vontade de viver, de voltar para casa, falar sobre sua nova fé e salvar da perdição pelo menos uma pessoa e viver sem sofrimentos, ainda que apenas um só dia.

A lancha chegou e o carcereiro, em voz bem alta, avisou que o carregamento não seria feito.

— Voltar! — ordenou. — Sentido!

Ouviu-se que, no navio a vapor, já içavam a corrente da âncora. Soprava um vento forte e cortante e, em algum ponto mais alto do barranco escarpado, os troncos das árvores rangiam. Com certeza, estava começando uma tempestade.

Anna no pescoço[1]

I

Depois do casamento, não houve sequer um lanche ligeiro; os noivos beberam uma taça cada um, trocaram de roupa e foram para a estação. Em vez de um baile festivo e de um jantar, em vez de música e dança, houve uma peregrinação de duzentas verstas. Muita gente aprovou a ideia, diziam que Modest Alekséitch já ocupava um cargo de alto escalão, não era jovem e que um casamento com muito alarde poderia, quem sabe, parecer pouco adequado; além do mais, não tem muita graça ouvir música quando um funcionário de cinquenta e dois anos se casa com uma jovem que mal completou dezoito. Diziam também que Modest Alekséitch, por ser uma pessoa de princípios, decidira fazer aquela viagem ao monastério para, no fundo, mostrar à jovem esposa que, no casamento, ele dava prioridade à religião e à moral.

Os noivos foram acompanhados até a estação. O grupo numeroso de colegas de trabalho e parentes, com taças na mão, aguardava a partida do trem para gritar "Hurra!", e Piotr

---

[1] Trata-se da Ordem de Santa Anna, condecoração criada no século XVIII e que o imperador russo conferia a funcionários civis. A Ordem de Santa Anna tinha quatro classes. A de primeira classe era uma estrela na lapela no lado direito do peito e uma faixa vermelha sobre o ombro esquerdo, que cruzava o tronco na diagonal até o lado direito da cintura, onde havia uma medalha em forma de cruz; a de segunda classe, aquela de que trata este conto, era uma cruz presa a uma fita, pendurada no pescoço.

Leóntitch, o pai da noiva, de cartola e com a casaca do uniforme de professor, já embriagado e muito pálido, com sua taça em punho, a todo instante se inclinava para a janela do vagão e, em voz de súplica, dizia:

— Aniúta! Ánia! Ánia,[2] só uma palavrinha!

Ánia se inclinou para o pai, na janela, e ele, bafejando em seu ouvido e envolvendo a filha num hálito de vinho, sussurrou algo — não foi possível entender nada —, depois fez o sinal da cruz sobre o rosto, o peito e as mãos da jovem; ele tinha a respiração descompassada e nos olhos, brilhavam lágrimas. Os irmãos de Ánia, Pétia e Andriucha,[3] alunos do ginásio, puxavam o pai pela casaca e, constrangidos, diziam em voz baixa:

— Paizinho, chega... Paizinho, não pode...

Quando o trem se pôs em movimento, Ánia viu o pai trôpego correr um pouco atrás do vagão, derramando o vinho, e como dava pena olhar para o seu rosto bondoso e com ar de culpa.

— Hur-ra-a! — gritou ele.

Os noivos ficaram sós. Modest Alekséitch observou sua cabine, acomodou as bagagens nas prateleiras e, sorrindo, sentou de frente para a jovem esposa. Era um funcionário de estatura mediana, corpo bem fornido, roliço, muito farto, com suíças compridas e sem bigode, e seu queixo raspado e redondo, de contorno incisivo, parecia um calcanhar. O que havia de mais característico em seu rosto era a ausência de bigode, e aquele trecho nu, recém-raspado, pouco a pouco se convertia em bochechas gordas, que tremiam como gelatina. Ele mantinha um porte grave, seus movimentos eram vagarosos e as maneiras, suaves.

— Não posso, agora, deixar de observar uma circunstância — disse ele, sorrindo. — Há cinco anos, quando Kossorótov recebeu a Ordem de Santa Anna de segunda classe e veio

---

[2] Hipocorístico de Anna. [3] Hipocorísticos de Piotr e Andrei.

agradecer a honraria, sua excelência[4] se exprimiu assim: "Portanto agora o senhor tem três Annas: uma na lapela e duas no pescoço".[5] Mas é preciso mencionar que, na ocasião, a esposa de Kossorótov, chamada Anna, uma pessoa inconveniente e leviana, tinha acabado de voltar para ele. Espero que, quando eu ganhar a Anna de segunda classe, sua excelência não tenha motivos para me dizer a mesma coisa.

E sorriu com os olhinhos miúdos. Ela sorriu também, inquieta com a ideia de que aquele homem, a qualquer momento, poderia beijá-la com seus lábios grossos e úmidos, e também porque ela não tinha mais direito de esquivar-se. Os movimentos suaves do corpo gorducho do marido lhe davam medo e ela sentia, ao mesmo tempo, temor e nojo. Sem pressa, Modest Alekséitch levantou-se, tirou a medalha que trazia no pescoço, despiu a casaca e o colete e vestiu um roupão.

— Assim é melhor — disse ele, sentando ao lado da esposa. Anna recordava a aflição que sentira durante o casamento, ao ter a impressão de que o sacerdote, os convidados e todos na igreja olhavam para ela com muita pena: mas por quê, por que ela, tão meiga, tão bonita, está se casando com um senhor já de certa idade e tão sem graça? Ainda naquele mesmo dia, de manhã, Anna se sentira entusiasmada ao ver como tudo estava correndo bem, entretanto, na hora do casamento e agora, no vagão de trem, se sentia culpada, ludibriada e ridícula. Pois casara com um homem rico e, mesmo assim, não tinha dinheiro, se endividara para comprar o vestido de noiva e, quando o pai e os irmãos a acompanharam até a estação de trem, Anna havia percebido em seus rostos que eles não possuíam mais nenhum

---

[4] Em russo, *siátielstvo*: tratamento usado para príncipes (duques), condes, suas esposas e filhos.   [5] Em russo, a expressão "ficar pendurado no pescoço de alguém" significa ser um pesado fardo para essa pessoa. O sentido do chiste, portanto, é: além de uma condecoração da lapela e outra no pescoço, o sr. Kossorótov leva também a esposa Anna pendurada no pescoço.

copeque. Será que tinham dinheiro para jantar naquela noite? E no dia seguinte? Por algum motivo, Anna teve a impressão de que agora, sem ela, o pai e os meninos estariam em casa com fome e com a mesma angústia que sentiram na primeira noite após o enterro da mãe.

"Ah, como sou infeliz!", pensou. "Por que sou tão infeliz?"

Com a falta de tato de um homem grave, que não tem o costume de tratar com mulheres, Modest Alekséitch tocava na cintura de Anna, dava palmadinhas em seu ombro, enquanto ela pensava no dinheiro, na mãe e na morte da mãe. Quando ela morreu, o pai, Piotr Leóntitch, professor de caligrafia e de desenho no ginásio, deu para beber e a família começou a passar necessidades; os meninos não tinham botas nem galochas, o pai foi levado ao juiz de paz, veio um oficial de justiça e fez um inventário dos móveis da casa... Que vergonha! Ánia precisava cuidar do pai bêbado, remendar as meias dos irmãos, ir ao mercado e, quando elogiavam sua beleza, sua juventude e suas maneiras elegantes, Anna tinha a impressão de que todo mundo notava seu chapéu barato e os furos em suas botinas, que ela disfarçava pintando com tinta de escrever. À noite, vinham as lágrimas e a ideia perturbadora, obsessiva, de que o pai logo seria demitido do ginásio por sua fraqueza com a bebida, não suportaria tamanha vergonha e, como a mãe, acabaria morrendo. Entretanto algumas senhoras conhecidas resolveram intervir e buscaram um bom marido para Anna. Logo depararam com Modest Alekséitch, que não era nem jovem nem bonito, mas tinha dinheiro. Possuía uns cem mil rublos no banco, além da propriedade rural da família, que ele arrendava. Era um homem de princípios e bem-visto por sua excelência; como disseram para Anna, não custaria nada para ele pedir a sua excelência que mandasse um bilhete ao diretor do ginásio, e até ao supervisor, para não demitirem Piotr Leóntitch...

Enquanto recordava aqueles pormenores, de repente, junto com o barulho de vozes, Anna ouviu um som de música irromper pela janela. O trem se encontrava numa parada intermediária. Sobre a plataforma havia um grupo animado, tocavam acordeão e também um violino barato, de sonoridade estridente, e detrás de tílias e bétulas muito altas, detrás das casas de veraneio iluminadas pelo luar, vinha o som de uma banda militar: na certa havia um baile festivo em alguma daquelas datchas. Na plataforma, passeavam alegremente veranistas e gente da cidade, que tinham viajado para lá em busca de clima ameno e ar puro. Também ali estava Artínov, o proprietário de todas aquelas datchas, moreno rico, alto, gordo, com feições de armênio, olhos saltados e vestindo roupas estranhas. Tinha a camisa desabotoada no peito, botas de cano alto com esporas e, dos ombros, pendia uma capa preta que se arrastava no chão, como a cauda de um manto. Atrás dele, com os focinhos pontudos abaixados, vinham dois borzóis.[6]

Lágrimas ainda brilhavam nos olhos de Anna, mas agora ela já não estava pensando na mãe, no dinheiro nem no casamento, apertava as mãos de ginasianos e oficiais conhecidos, ria alegre e falava ligeiro:

— Boa noite! Como vai?

Desceu à plataforma e se pôs ali de pé, sob o luar, de tal modo que a vissem de chapéu e com seu magnífico vestido novo.

— Por que paramos aqui? — perguntou ela.

— É um entroncamento — responderam. — Estão esperando o trem postal.

Ao notar que Artínov olhava para ela, Anna semicerrou os olhos com ar sedutor e se pôs a falar francês em voz bem alta, e como ouviu a própria voz soar tão bonita, como havia música e a lua se refletia no lago, e como Artínov, conhecido Don

---

[6] Cão de origem russa, semelhante ao galgo.

Juan e amante de diversões, olhava para ela com cobiça e curiosidade, e como todos estavam alegres, de repente Anna se sentiu alegre também e, quando o trem se pôs em movimento e os oficiais conhecidos dela tocaram a mão na pala de seus quepes para lhe dar adeus, Anna já estava cantarolando a polca cujas notas a banda militar, estrondosa em algum local atrás das árvores, lançava em sua direção; ao voltar para a cabine, Anna sentia-se como se, naquela parada intermediária, a tivessem convencido de que, apesar dos pesares, nada poderia impedir que ela fosse feliz.

Os noivos passaram dois dias no monastério, depois voltaram para a cidade. Moravam num apartamento que pertencia ao Estado. Quando Modest Alekséitch ia trabalhar, Ánia tocava piano ou chorava de melancolia ou deitava-se no canapé e lia romances ou passava os olhos por alguma revista de modas. No almoço, Modest Alekséitch comia demais e falava de política, nomeações, transferências e condecorações, dizia que era preciso trabalhar duro, que a vida conjugal não era um prazer, mas um dever, dizia que cuidando dos copeques é que se fazem as fortunas e que o mais importante no mundo, para ele, eram a religião e a moral. E, empunhando a faca como se fosse uma espada, concluía:

— Todo homem tem de cumprir suas obrigações!

E Ánia sentia temor ao ouvir o marido, não conseguia comer e, em geral, deixava a mesa com fome. Depois do almoço, o marido repousava, roncava alto, e ela saía para visitar a família. O pai e os meninos olhavam para ela de modo peculiar, como se, pouco antes de sua chegada, estivessem criticando Ánia por ter casado por dinheiro, sem amor, e com um homem sem graça e enfadonho; seu vestido farfalhante, seus braceletes e todo seu aspecto de dama eram, para eles, constrangedores e ofensivos. Em presença de Ánia, eles se mostravam um pouco embaraçados e não sabiam sobre o que conversar.

Mesmo assim eles a amavam como antes e ainda não tinham se habituado a almoçar sem ela. Ánia sentou-se à mesa e, com eles, tomou *schi*,[7] comeu *kacha*[8] e batatas fritas na gordura de carneiro, que tinha cheiro de vela. Piotr Leóntitch, com a mão trêmula, servia a bebida de uma licoreira e bebia depressa, com avidez, com ar de repugnância, em seguida sorvia mais um cálice, depois um terceiro... Pétia e Andriucha, meninos pálidos e magrinhos, de olhos grandes, tomavam do pai a licoreira e diziam, aturdidos:

— Não pode, paizinho... Chega, paizinho...

E Ánia também se sentia alarmada, implorava que o pai não bebesse mais, porém de repente ele se enfurecia e dava um murro na mesa.

— Eu não admito que ninguém fique me vigiando! — gritava. — Meninos! Mocinha! Eu vou pôr todos vocês para fora de casa!

Mas em sua voz se percebia a fraqueza, a bondade, e ninguém tinha medo. Após o almoço, ele costumava se arrumar com esmero; pálido, com o queixo cortado ao fazer a barba, espichando o pescoço descarnado, ele passava meia hora diante do espelho, se embelezava, se penteava, retorcia os bigodes negros, se borrifava com perfume, dava um nó caprichado na gravata, em seguida vestia as luvas, a cartola e saía para dar aulas particulares. Nos feriados, ficava em casa, pintava quadros ou tocava um órgão de foles, que chiava e rugia; ele tentava extrair do órgão sons harmoniosos e coerentes, cantarolava junto com o órgão, ou se irritava com os meninos:

— Bandidos! Canalhas! Estragaram o instrumento!

À noite, o marido de Anna jogava cartas com os colegas de trabalho que moravam no mesmo prédio, todo ele de propriedade do Estado. Feias, vestidas com mau gosto, tão mal-educadas

---

[7] Sopa de repolho. [8] Mingau de cereais, cozido na água ou no leite.

quanto as cozinheiras, as esposas dos funcionários se reuniam durante aquelas partidas de baralho e, no apartamento, tinham início mexericos tão feios e de tanto mau gosto como eram as próprias esposas dos funcionários. Às vezes, Modest Alekséitch ia com Ánia ao teatro. Nos intervalos, ele não se afastava nem um passo de Ánia, caminhava de braços dados com a esposa pelos corredores e pelo foyer. Depois de cumprimentar alguém com uma inclinação de cabeça, ele logo sussurrava para Ánia: "Conselheiro de Estado... Ele é recebido na casa de sua excelência... Tem uma casa própria...". Quando passavam pelo bufê, Ánia sentia muita vontade de comer algum doce; adorava chocolate e torta de maçã, mas não tinha dinheiro nenhum e não se atrevia a pedir para o marido. Ele pegava uma pera, apertava entre os dedos e perguntava, com ar indeciso:

— Quanto custa?

— Vinte e cinco copeques.

— Ora essa! — dizia, e colocava a pera de volta no lugar; porém, como era constrangedor afastar-se do bufê sem comprar nada, ele pedia água de Selters, bebia sozinho a garrafa inteira, lágrimas brotavam em seus olhos e, naqueles momentos, Ánia tinha ódio do marido.

Ou, de repente, todo vermelho, Modest Alekséitch dizia para ela, depressa:

— Vamos, cumprimente essa velha dama com uma reverência!

— Mas eu nem a conheço.

— Não interessa. É a esposa do diretor da Câmara Fiscal! Faça uma reverência, estou dizendo! — rosnava, irredutível. — Sua cabeça não vai cair por causa disso.

Ánia fazia a reverência e, de fato, sua cabeça não caía, mas era um tormento. Ela fazia tudo que o marido queria e ficava furiosa consigo mesma, porque ele a havia enganado como se fosse a maior tola do mundo. Ánia casara por dinheiro e mais nada, entretanto agora tinha menos dinheiro do que antes do casamento. Quando solteira, o pai pelo menos lhe dava moedas de vinte copeques, mas agora nem moedinhas de dois copeques ela ganhava. Ánia não era capaz de pegar dinheiro às escondidas nem de pedir, na verdade sentia pavor do marido, tremia de medo dele. Tinha mesmo a impressão de que o temor que sentia daquele homem era algo que ela trazia na alma havia muito tempo. Na infância, a questão era o diretor do ginásio, a quem ela sempre imaginava como uma força assombrosa e aterradora que, como uma nuvem de tempestade ou uma locomotiva, avançava, pronta para esmagá-la; outra força da mesma espécie sobre a qual seus familiares falavam o tempo todo, e que temiam não se sabia por quê, era sua excelência; além disso, havia dezenas de forças menores, entre as quais contavam os professores do ginásio, rigorosos, implacáveis, de bigodes raspados, e agora, por fim, Modest Alekséitch, homem de princípios, que até no rosto parecia o diretor do colégio. E na imaginação de Ánia todas aquelas forças se fundiam em uma só, na figura de um urso branco, aterrador e enorme, que avançava contra os fracos e os culpados, pessoas como o seu pai, e Ánia tinha medo de dizer qualquer coisa que contrariasse o marido, dava sorrisos forçados e fingia ter prazer quando era acariciada de modo grosseiro e profanada por abraços que lhe causavam horror.

Só uma vez Piotr Leóntitch se atreveu a pedir cinquenta rublos emprestados a Modest Alekséitch para pagar certa dívida muito desagradável, no entanto que sofrimento!

— Muito bem, eu vou emprestar — disse Modest Alekséitch, depois de refletir um pouco. — Mas aviso que não vou mais ajudar o senhor enquanto não largar a bebida. Para um homem que integra o serviço público, essa fraqueza é uma vergonha. Não posso deixar de lembrar ao senhor um fato do conhecimento geral: muitas pessoas capazes foram destruídas por esse vício, homens que por meio da abstinência poderiam, talvez, com o tempo, alcançar os mais altos escalões.

E depois se arrastaram frases compridas: "à medida que…", "partindo desse pressuposto…", "em vista do que se acabou de dizer…", e o pobre Piotr Leóntitch sofria com aquela humilhação, acossado pelo forte desejo de beber mais ainda.

Os meninos que tinham vindo visitar Ánia, com suas botas estropiadas e suas calças surradas de costume, também eram obrigados a escutar aqueles sermões.

— Todo homem tem de cumprir suas obrigações! — dizia-lhes Modest Alekséitch.

E não lhes dava dinheiro. Em compensação, presenteava Ánia com anéis, braceletes e broches, dizendo que era bom ter aquilo em mãos, para o caso de virem tempos difíceis. E muitas vezes abria a cômoda da esposa e conferia se todos os objetos permaneciam ali.

II

Nesse meio-tempo, veio o inverno. Ainda bem antes do Natal, o jornal do distrito comunicou que no dia 29 de dezembro, na assembleia dos nobres,[9] teria lugar o tradicional baile de inverno. Toda noite, depois do jogo de cartas, Modest Alekséitch passou a sussurrar nervoso para seus colegas de trabalho, enquanto olhava preocupado para Ánia, e depois ficava muito tempo andando de um lado para outro, refletindo. Por fim, certa noite, já bem tarde, ele se deteve diante de Ánia e disse:

---

[9] Fundadas no século XVIII, as assembleias dos nobres (ou da nobreza) eram instituições representativas que tratavam de questões locais ou relativas à própria nobreza. Suas sedes serviam também como local de bailes e concertos para a classe dominante.

— Você precisa mandar fazer um vestido de baile. Entende? Mas, por favor, peça conselhos a Mária Grigórievna e a Natália Kuzmínichna.

E lhe deu cem rublos. Ela pegou o dinheiro; mas, ao encomendar o vestido de baile, não pediu conselhos a ninguém, falou apenas com o pai e tentou imaginar como a mãe se vestiria para um baile. Sua falecida mãe sempre se vestira no rigor da moda, sempre cuidara de Ánia com esmero, sempre vestira a filha com elegância, como uma boneca, e a ensinara a falar francês e a dançar mazurca muito bem (durante cinco anos, antes de casar, ela fora preceptora de crianças). A exemplo da mãe, Ánia era capaz de fazer um vestido novo a partir de um velho, lavar luvas com solvente, alugar joias e, também como a mãe, sabia estreitar as pálpebras, dar à voz um tom gutural, adotar poses atraentes e, quando necessário, extasiar-se ou mostrar nos olhos um ar triste e enigmático. Ela herdara do pai a cor escura do cabelo e dos olhos, o nervosismo e aquela maneira de sempre se embelezar.

Meia hora antes de saírem para o baile, quando Modest Alekséitch entrou no quarto de Ánia sem a casaca a fim de pendurar no pescoço sua medalha diante do espelho grande da penteadeira, assombrou-se com a beleza da esposa e com o brilho de sua roupa delicada e fresca, cofiou as suíças, satisfeito consigo mesmo, e disse:

— Puxa, como está bonita a minha mulher... Como está bonita! Aniúta! — E prosseguiu, recaindo de repente no seu tom grave de costume: — Eu fiz você feliz, mas hoje você pode me fazer feliz. Peço que se apresente à esposa de sua excelência! Pelo amor de Deus! Através dela, eu posso ser nomeado para o cargo de relator chefe!

Foram ao baile. Lá estava o casarão da assembleia dos nobres, com um porteiro uniformizado na entrada. Lá estavam o saguão, os cabides, os casacos de pele, os lacaios muito atarefados, as damas decotadas que, com seus leques, se protegiam das correntes de ar; o ambiente cheirava a gás de iluminação e a soldados. Enquanto Ánia subia a escada de braço dado com o marido, ouvindo a música e vendo, num espelho enorme, toda sua figura, dos pés à cabeça, iluminada por uma infinidade de luzes, a alegria despertou em sua alma e também o mesmo pressentimento de felicidade que ela havia provado naquela noite de luar, na pequena estação de trem. Ánia caminhava orgulhosa, segura de si, pela primeira vez não se sentia uma menina e sim uma dama e, sem querer, na maneira de andar e mover-se, imitava sua falecida mãe. Pela primeira vez na vida, sentia-se rica e livre. Nem a presença do marido a constrangia, pois, logo ao cruzar os portões da assembleia dos nobres, Ánia, por instinto, adivinhou que a proximidade de um marido velho não a rebaixava em nada, ao contrário, estampava nela um selo de mistério, algo que tanto agrada aos homens. No grande salão, a orquestra já tocava com estrondo e as danças começavam. Tendo saído pouco antes do apartamento funcional onde morava, envolvida agora pelas impressões da luz, das cores, da música, da agitação ruidosa, Ánia correu o olhar pelo salão e pensou: "Ah, que beleza!". E de um só relance distinguiu na multidão todos os seus conhecidos, todos aqueles que antes ela encontrava nas festas ou nos passeios, todos os oficiais, professores, advogados, funcionários, proprietários de terra, sua excelência, Artínov e as damas da mais alta sociedade, vestidas com apuro, muito decotadas, bonitas ou feias, que já estavam tomando suas posições nas barraquinhas e nos balcões do bazar beneficente, para dar início às vendas em favor dos pobres. Um oficial enorme, com dragonas — Ánia o conhecera na rua Staro-Kíevskaia quando era aluna do ginásio, mas agora não conseguia lembrar seu sobrenome —, surgiu de repente diante dela, como se brotasse do fundo da terra, convidou-a para dançar uma valsa, e Ánia logo se desvencilhou do marido e, no mesmo instante, teve a impressão de que saía navegando num barco a vela, em meio a uma forte tempestade, enquanto o marido ficava para trás, distante, na praia... Ánia dançava com paixão, com fervor, a valsa, a polca, a quadrilha, enquanto ia passando de mão em mão, inebriada pela música e pelo barulho, misturava o francês com o russo, imprimia à voz um tom gutural, e ria, sem pensar no marido nem em ninguém nem em coisa nenhuma. Ánia estava fazendo sucesso entre os homens, não havia dúvida, nem poderia ser de outro modo, na verdade, e ela, ofegante de emoção, apertava o leque febrilmente entre os dedos e sentia uma forte vontade de beber. O pai, Piotr Leóntitch, num fraque amarrotado que exalava um cheiro de solvente, aproximou-se da filha e ofereceu um pires com um sorvete vermelho.

— Você hoje está encantadora — disse, olhando para ela, extasiado. — Eu nunca lamentei tanto quanto hoje o fato de você ter casado tão cedo... Por quê? Eu sei, você fez isso por nós, mas... — Com as mãos trêmulas, ele tirou do bolso um maço de dinheiro e disse: — Eu hoje recebi o pagamento das aulas e posso saldar a dívida com o seu marido.

Ánia empurrou o pires de volta nas mãos do pai e, arrastada por alguém, foi levada para longe e, de relance, por cima do ombro do seu par, viu o pai abraçar uma dama e, deslizando pelo assoalho, rodar com ela pelo salão.

"Como ele é gracioso quando está sóbrio!", pensou Ánia.

Ela dançou a mazurca com o mesmo oficial enorme; ele tinha os movimentos pesados, um ar imponente, parecia a carcaça de um boi dentro de um uniforme, mexia os ombros, estufava o peito, e a muito custo marcava o ritmo com os pés — não tinha a menor vontade de dançar, mas ela esvoaçava em redor dele, o provocava com sua beleza, com seu pescoço desnudo; os olhos de Ánia ardiam fogosos, seus movimentos eram apaixonados, entretanto o oficial se sentia cada vez mais indiferente à dança e lhe estendia a mão com ar complacente, como um rei.

— Bravo, bravo!... — exclamavam em redor.

Pouco a pouco, porém, o enorme oficial não resistiu; se animou, se alvoroçou e, já rendido ao fascínio, mergulhou num arrebatamento e passou a se movimentar com ligeireza, jovialidade, enquanto Ánia se limitava a mover os ombros e lançar olhares maliciosos, como se agora ela fosse a rainha e ele, o escravo, e naquele momento Ánia teve a impressão de que o salão inteiro estava olhando para eles, de que o fascínio e a inveja tinham dominado aquelas pessoas. O enorme oficial mal teve tempo de agradecer Ánia pela dança quando, de repente, o público recuou, abriu um espaço no salão e os homens se empertigaram de modo estranho, com os braços abaixados... Era sua excelência, que, de casaca e com duas estrelas no peito, vinha caminhando na direção de Ánia. Sim, sua excelência vinha bem na direção dela, pois olhava direto para Ánia, sem desviar os olhos, com um sorriso meloso, ao mesmo tempo que movia os lábios como se mastigasse, como sempre fazia quando avistava mulheres bonitas.

— Muito prazer, muito prazer... — disse ele. — Eu vou mandar seu marido para o calabouço por ter escondido de nós, até hoje, tamanho tesouro. Vim até a senhora com uma missão da parte de minha esposa — prosseguiu, e lhe ofereceu o braço. — A senhora deve nos ajudar... Humm... Sim... É preciso lhe dar um prêmio pela beleza... Como fazem na América... Hum... Sim... Os americanos... A minha esposa está à espera da senhora com impaciência.

Ele a conduziu até uma barraquinha onde se encontrava uma dama idosa, com a parte inferior do rosto tão desproporcionalmente grande que parecia trazer uma enorme pedra dentro da boca.

— Venha nos ajudar — disse ela, com voz fanhosa e arrastando as palavras. — Todas as mulheres bonitas estão trabalhando no bazar beneficente e só a senhora está se divertindo. Por que não quer nos ajudar?

Ela se foi e Ánia tomou seu lugar junto a um samovar de prata e várias xícaras. De imediato, os negócios ali ganharam ímpeto. Ánia cobrava não menos que um rublo por xícara de chá, entretanto obrigou o oficial enorme a beber três xícaras. Quem também se aproximou foi Artínov, rico, olhos esbugalhados, respiração ofegante, porém ele já não vestia os trajes estranhos em que Ánia o tinha visto no verão, mas sim um fraque igual ao dos outros homens. Sem despregar os olhos de Ánia, Artínov sorveu uma taça de champanhe e pagou cem rublos, depois bebeu chá e deu mais cem rublos — e tudo isso em silêncio, afligido pela asma... Ánia chamava os fregueses com insistência e obtinha deles o dinheiro desejado, já profundamente convencida de que seus sorrisos e olhares não proporcionavam àquelas pessoas outra coisa que não um grande prazer. Já chegara à conclusão de que fora criada exclusivamente para aquela vida ruidosa, radiante, risonha, plena de música, dança, reverências, e seu antigo temor de uma força que avança e ameaça esmagar lhe parecia, agora, algo ridículo; Ánia não sentia mais medo de ninguém, só lamentava que sua mãe não existisse mais, porque, se agora estivesse a seu lado, ela teria ficado muito contente com o sucesso da filha.

Piotr Leóntitch, já pálido, mas ainda firme sobre as pernas, aproximou-se da barraquinha e pediu um cálice de conhaque. Ánia ficou ruborizada, à espera de que ele dissesse algo inconveniente (já sentia vergonha de ter aquele pai pobre e comum), porém ele bebeu, retirou de seu maço de notas uma cédula de dez rublos e se foi com ar grave, sem dizer nenhuma palavra. Pouco depois, Ánia viu o pai entrar no *grand rond*[10] com um par, mas dessa vez, para grande constrangimento de sua dama, ele já cambaleava um pouco e dava uns gritos, e Ánia lembrou

---

10 Francês: "grande roda".

que mais ou menos três anos antes, num baile, o pai também começou a cambalear e a dar gritos — no final o chefe de polícia o levou para casa para dormir e, no dia seguinte, o diretor da escola ameaçou demiti-lo do emprego. Como aquela lembrança era inoportuna!

Quando o fogo dos samovares nas barraquinhas foi apagado e as exaustas damas filantrópicas entregaram a receita das vendas à senhora idosa, Artínov ofereceu o braço a Ánia e a conduziu para o salão onde serviram uma ceia para todos que haviam participado do bazar beneficente. Era uma ceia para vinte pessoas, não mais que isso, no entanto o alvoroço era grande. Sua excelência propôs um brinde: "Nesta sala de jantar luxuosa, vem bem a calhar erguermos um brinde à difusão de cantinas populares e baratas, pois este é o objetivo do bazar de hoje". Um general de brigada propôs brindar também "à força diante da qual até a artilharia se rende",[11] e todos os cavalheiros esticaram os braços para tocar suas taças nas taças das damas. Foi uma alegria enorme!

Quando levaram Ánia para casa, o dia já clareava e as cozinheiras estavam a caminho do mercado. Alegre, embriagada, repleta de impressões novas, e exausta, ela se despiu, desabou na cama e no mesmo instante adormeceu...

Já passava de uma hora da tarde quando a criada a despertou e anunciou que o sr. Artínov viera fazer uma visita. Ánia se vestiu depressa e foi para a sala. Logo depois de Artínov, veio sua excelência para agradecer sua participação no bazar beneficente. Olhando para ela com um sorriso meloso e movendo os lábios como se estivesse mastigando, ele beijou sua mão, pediu permissão para vir mais uma vez e saiu, entretanto Ánia

---

[11] Referência à expressão corrente na língua russa "a beleza é uma força tremenda" (ou terrível), oriunda de um verso do poeta russo Semion Nádson (1862-87).

continuou parada no meio da sala, atônita, deslumbrada, sem acreditar que aquela transformação na sua vida, uma transformação espantosa, pudesse ter ocorrido tão depressa; naquele exato momento, entrou seu marido, Modest Alekséitch... E agora também ele se postou diante de Ánia com a mesma expressão lisonjeira, doce, respeitosa e servil que ela já se habituara a ver no marido, quando em presença de pessoas poderosas e importantes; extasiada, com indignação e desprezo, já convicta de que ninguém poderia fazer nada contra ela por tal motivo, Ánia disse, pronunciando cada palavra com toda a clareza:

— Saia daqui, seu palerma!

Depois disso, Ánia não tinha mais nenhum dia livre, pois participava ora de um piquenique, ora de um passeio, ora de um espetáculo. Todo dia só voltava para casa pouco antes de amanhecer, deitava-se no chão da sala de visitas e, mais tarde, de modo comovente, contava para todo mundo que dormia debaixo das flores. Ánia precisava de muito dinheiro, só que não tinha mais medo de Modest Alekséitch e gastava o dinheiro dele como se fosse seu; não pedia, não cobrava, apenas lhe enviava a conta ou um bilhetinho: "Entregue ao portador duzentos rublos", ou: "Pagar cem rublos imediatamente".

Na Páscoa, Modest Alekséitch recebeu a Ordem de Santa Anna de segunda classe. Quando foi agradecer a honraria, sua excelência pôs de lado seu jornal e acomodou-se mais fundo na poltrona em que estava sentado.

— Portanto o senhor agora tem três Annas — disse, olhando para as próprias mãos brancas, com unhas rosadas. — Uma na lapela e duas no pescoço.

Modest Alekséitch colocou dois dedos nos lábios por precaução, para não rir alto, e disse:

— Agora só resta esperar o nascimento do pequeno Vladímir. Ouso pedir a vossa excelência que seja o padrinho.

Era uma alusão à Ordem de Vladímir de quarta classe[12] e Modest Alekséitch já imaginava como contaria a todo mundo a respeito daquele seu jogo de palavras, um golpe de mestre de oportunismo, por sua ousadia e presença de espírito, e ele ainda queria dizer outra coisa, também bastante oportuna, mas sua excelência mergulhou de novo no jornal e baixou a cabeça...

Enquanto isso, Ánia vivia passeando em troicas, ia a caçadas com Artínov, representava em peças amadoras de um ato, ia a jantares, e era cada vez mais raro visitar o pai e os irmãos. Eles almoçavam sozinhos. Piotr Leóntitch bebia ainda mais que antes, não tinha dinheiro, havia muito tempo que pusera seu órgão de foles no penhor. Os meninos, agora, não deixavam o pai sair de casa sozinho, sempre iam com ele, para que não caísse na rua; e quando Ánia passava pela rua Staro-Kíevskaia num coche puxado por dois cavalos, e um terceiro de reserva, com Artínov na boleia, em vez de um cocheiro, Piotr Leóntitch tirava a cartola em cumprimento e tentava gritar algo, porém Pétia e Andriucha o puxavam pelo braço e diziam, em tom de súplica:

— Não faz isso, paizinho... Chega, paizinho...

---

[12] Trata-se da Ordem Imperial de São Vladímir, criada por Catarina, a Grande, em 1782.

Uma casa com mezanino

Conto de um pintor

I

Foi há seis ou sete anos, quando eu morava numa das comarcas da província de T., na propriedade rural de Belokúrov, jovem que acordava muito cedo, andava vestido numa *podióvka*,[1] tomava cerveja à noite e, ao conversar comigo, sempre se lamentava por não encontrar simpatia em ninguém e em lugar nenhum. Belokúrov morava no jardim, na ala dos fundos, enquanto eu residia na velha casa senhorial, num enorme salão cheio de colunas, onde não havia nenhum móvel, exceto um sofá largo, no qual eu dormia, e uma mesa, na qual eu jogava paciência. Naquele cômodo, mesmo quando não estava ventando, algo zumbia o tempo todo dentro das velhas estufas Ammóssov,[2] e quando havia tempestade a casa inteira se sacudia, parecia que ia se fazer em pedaços e dava certo medo, sobretudo de madrugada, quando as dez janelas grandes se iluminavam, de súbito, com um relâmpago.

Condenado pelo destino a uma ociosidade constante, eu não fazia rigorosamente nada. Ficava horas inteiras diante das janelas, olhando para o céu, para um pássaro, para a alameda,

---

[1] Espécie de sobretudo russo que ia até abaixo dos joelhos, com botões transpassados, gola alta, abotoada na lateral do pescoço. Feito de tecido rústico, era usado por homens e mulheres.   [2] Sistema de calefação criado pelo engenheiro militar Nikolai Alekséievitch Ammóssov, na década de 1830. As estufas serviam para aquecer as casas.

eu lia tudo que o correio me trazia e também dormia. Às vezes saía de casa e vagava sem rumo até tarde da noite.

 Certa vez, no caminho de volta, entrei por acaso numa pequena propriedade rural que eu não conhecia. O sol já estava se pondo e as sombras do anoitecer se estendiam sobre o centeio florido. Duas filas de velhos pinheiros, muito próximos uns dos outros e muito altos, se erguiam como duas muralhas compactas, que assim formavam uma alameda escura e bonita. Passei com facilidade por cima de uma cerca viva e entrei na alameda, escorregando nas pontiagudas folhas dos pinheiros, que ali recobriam a terra até a altura de um *verchok*.[3] Não havia vento, estava escuro, só no alto, no topo das árvores, aqui e ali, ainda vibrava uma forte luz dourada, que se derramava pelas teias de aranha como um arco-íris. As folhas de pinheiro exalavam um cheiro intenso, quase sufocante. Depois, fiz a curva e enveredei por uma comprida alameda de tílias. Também ali só encontrei desolação e marcas do tempo; as folhas do ano anterior crepitavam sob meus pés com um som triste, enquanto sombras se esgueiravam na penumbra entre as árvores. À direita, num velho pomar, um passarinho, na certa um papa-figos, cantava a contragosto, com voz fraca, pois também ele devia ser velho. Entretanto, as duas fileiras de tílias chegaram ao fim; passei diante de uma casa branca, com um varandão e um mezanino, e diante de mim, de repente, se abriu a visão de um amplo jardim senhorial, um grande lago com recantos próprios para o banho, uma infinidade de salgueiros verdes e, na outra margem, uma povoação, um campanário alto e estreito, sobre o qual rebrilhava uma cruz que refletia a luz do sol poente. Por um momento, senti o efeito mágico de estar diante de algo familiar, bem conhecido, como se algum dia, na infância, eu já tivesse visto aquela mesma paisagem.

---

3 Antiga medida russa, equivale a 4,4 centímetros.

Junto a um pórtico de pedras brancas, que separava o jardim dos campos de cultivo, um pórtico antigo e imponente, enfeitado com leões, havia duas moças. Uma delas, a mais velha, magra, pálida, muito bonita, com uma verdadeira montanha de cabelos castanhos sobre a cabeça e a boca pequenina e obstinada, mantinha a fisionomia inabalável e mal prestou atenção em mim; a outra, porém, muito jovem — teria uns dezessete ou dezoito anos, no máximo —, também magra e pálida, de boca e olhos grandes, olhava para mim com admiração e, quando passei por elas, falou algo em inglês, pareceu embaraçada, e eu tive a impressão de que aqueles dois rostos encantadores já eram meus conhecidos havia muito tempo. Voltei para casa com a sensação de ter tido um sonho bonito.

Certa ocasião, pouco tempo depois disso, ao meio-dia, quando eu e Belokúrov passeávamos em volta da casa, de repente uma carruagem com molas entrou pelo pátio, fazendo crepitar a relva e trazendo uma daquelas duas moças. Era a mais velha. Queria nos apresentar uma lista de assinaturas com doações em favor das vítimas de um incêndio. Sem olhar para nós, nos disse, de modo grave e minucioso, quantas casas tinham ardido no povoado de Siánovo, quantos homens, mulheres e crianças ficaram sem teto e quais as primeiras medidas planejadas pelo comitê de ajuda às vítimas do incêndio, comitê do qual ela era, agora, um dos membros. Depois de obter nossas assinaturas, tomou a lista de volta e logo passou a se despedir.

— O senhor se esqueceu completamente de nós, Piotr Petróvitch — disse para Belokúrov, ao lhe estender a mão. — Venha nos visitar, e se o Monsieur N. — e disse o meu sobrenome de família — quiser dar uma olhada em como vivem os admiradores do seu talento e nos conceder sua visita, mamãe e eu ficaremos muito felizes.

Respondi com uma reverência.

Quando ela se foi, Piotr Petróvitch me contou do que se tratava. Segundo suas palavras, aquela moça era de boa família, seu nome era Lídia Voltchanínova e a propriedade onde morava com a mãe e a irmã se chamava Chelkóvka, mesmo nome do povoado que se via na outra margem do lago. Tempos antes, seu pai ocupara um cargo importante em Moscou e morrera com o posto de conselheiro secreto.[4] Apesar de terem muitos recursos, as Voltchanínova viviam sempre no campo, no inverno e no verão, e Lídia era professora numa escola do *ziêmstvo*,[5] em Chelkóvka, e ganhava vinte e cinco rublos por mês. Esse era todo o dinheiro que gastava consigo mesma e ela se orgulhava de viver por conta própria.

— Uma família interessante — disse Belokúrov. — Quem sabe vamos visitá-las um dia desses? Vão ficar muito contentes.

Certa vez, num feriado, após o almoço, nos lembramos das Voltchanínova e fomos visitá-las em Chelkóvka. A mãe e as duas filhas estavam em casa. Ekatierina Pávlovna, a mãe, parecia ter sido uma mulher bonita quando jovem, mas agora, envelhecida demais para sua idade, tristonha, distraída e com falta de ar, ela tentava me entreter com uma conversa sobre pintura. Como soubera pela filha que eu talvez fosse a Chelkóvka, ela cuidou de recordar às pressas duas ou três de minhas paisagens que tinha visto numa exposição em Moscou, e agora me perguntava o que eu queria expressar naqueles quadros. Lídia, ou, como a chamavam em casa, Lida, falava mais com Belokúrov do que comigo. Séria, sem sorrir, questionava por que ele não trabalhava no *ziêmstvo* e por que, até então, nunca tinha ido a uma assembleia do *ziêmstvo*.

---

[4] Posto de terceira classe na tabela de catorze classes da hierarquia do serviço civil do Império Russo.   [5] Assembleia rural eleita entre os nobres, com funções administrativas locais.

— Não está certo, Piotr Petróvitch — disse ela, em tom de censura. — Não está certo. É uma vergonha.

— É verdade, Lida, é verdade — concordou a mãe. — Não está certo.

— Toda a nossa comarca está nas mãos de Baláguin — prosseguiu Lida, se voltando para mim. — Ele próprio é o presidente do conselho e distribui todos os cargos para seus sobrinhos e cunhados, ele faz o que bem entende. É preciso resistir. A juventude devia formar um partido forte, mas o senhor está vendo como é a nossa juventude. Que vergonha, Piotr Petróvitch!

Enquanto eles conversavam assim sobre o *ziêmstvo*, a irmã caçula, Jênia, se mantinha em silêncio. Não participava das conversas sérias, ainda não era vista pela família como uma pessoa adulta e, como se fosse uma criança, era chamada de Míssius, porque na infância ela chamava assim a miss que era a sua governanta inglesa. O tempo todo ela olhava para mim com curiosidade e, quando eu estava observando um álbum de fotografias, tratou de me explicar: "Este é o titio... Este é o meu padrinho", e ia correndo o dedinho pelas fotografias, ao mesmo tempo que me tocava com o ombro, como faz uma criança, e eu via de perto seu peito fraco e pouco desenvolvido, os ombros delicados, a trança e o corpo magrinho, cingido com firmeza por um cinto.

Jogamos críquete e tênis, passeamos pelo jardim, tomamos chá, depois jantamos demoradamente. Em contraste com o enorme salão vazio e cheio de colunas onde eu residia, agora me sentia muito à vontade naquela casa pequena e aconchegante, onde não havia cópias de pinturas a óleo nas paredes nem criados que me tratavam de "o senhor", tudo ali me parecia jovem e puro, graças à presença de Lida e Míssius, e tudo respirava honestidade. Depois do jantar, Lida, mais uma vez, conversou com Belokúrov sobre o *ziêmstvo*, Baláguin e bibliotecas escolares. Era uma jovem vivaz, sincera, convicta, ouvi-la era estimulante, embora falasse muito e com a voz alta — talvez pelo costume de falar assim na escola. Em troca, o meu Piotr Petróvitch, que mantinha dos tempos da faculdade o hábito de transformar qualquer conversa numa discussão, falava de modo maçante, arrastado, prolixo, com o intuito óbvio de mostrar-se inteligente e avançado. Enquanto gesticulava, ele acabou derrubando a molheira com a manga, e logo se formou uma grande poça na toalha de mesa, entretanto, parecia que ninguém além de mim havia percebido o acidente.

Quando voltamos para casa, a noite estava escura e tranquila.

— A boa educação não consiste em não derramar molho na toalha de mesa, mas sim em não perceber nada, quando foi outra pessoa quem derramou — disse Belokúrov, e deu um suspiro. — Sim, é uma família maravilhosa e culta. Eu acabei perdendo o contato com pessoas boas, me isolei demais! Sempre o trabalho, o trabalho! O trabalho!

Explicou que é preciso trabalhar muito, quando se deseja ser um proprietário rural exemplar. E eu pensei: que rapaz confuso e preguiçoso! Quando ele falava de um assunto sério, ficava arrastando, com esforço: "Eh... eh... eh...". E trabalhava do mesmo jeito como falava — devagar, sempre atrasado e descumprindo os prazos. Eu já não acreditava nem um pouco na sua capacidade de trabalho, porque as cartas que eu lhe entregava para pôr no correio, ele as carregava no bolso por semanas inteiras.

— O pior de tudo — balbuciava Belokúrov, enquanto caminhava a meu lado —, o pior de tudo é que a gente trabalha e não encontra simpatia em ninguém. Nenhuma simpatia!

II

Passei a frequentar a casa das Voltchanínova. Em geral, eu me sentava no degrau mais baixo da grande varanda; uma insatisfação comigo mesmo me afligia, eu lamentava minha própria vida, que passava tão depressa e tão desprovida de interesse, e pensava o tempo todo em como seria bom tirar do peito o meu coração, que se tornara tão pesado para mim. Enquanto isso, na varanda, as pessoas conversavam, folheavam algum livro, ouvia-se o rumor dos vestidos. Em muito pouco tempo, eu já estava habituado ao fato de Lida, à tarde, tratar de pessoas doentes, distribuir livros e, muitas vezes, ir ao povoado com a cabeça descoberta, protegida por uma sombrinha, e à noite falar alto sobre o *ziêmstvo* e sobre as escolas. Aquela moça magra, bonita, sempre rigorosa, de boca pequenina e tão graciosamente delineada, sempre que a conversa tratava de algum assunto mais sério, me dizia com secura:

— Para o senhor, isso não tem nenhum interesse.

Eu não lhe inspirava simpatia. Lida não gostava de mim porque eu era um pintor paisagista e, em meus quadros, não representava as necessidades do povo, e também porque, assim lhe parecia, era indiferente àquilo em que ela acreditava com tanto fervor. Lembro que, quando viajei pelas margens do lago Baikal,[6] encontrei, montada num cavalo, uma jovem buriata,[7] de blusa e calça feitas de um brim chinês; perguntei se não queria me vender o seu cachimbo, porém, enquanto conversávamos, ela mirava com desprezo o meu rosto europeu e o meu chapéu, e num minuto se cansou de conversar comigo, soltou um grito estridente e disparou a galope. Exatamente da

---

[6] Situado no sul da Sibéria, entre a região de Irkutsk e a Buriátia, o Baikal tem 35 mil quilômetros quadrados, é o maior lago da Ásia e o maior do mundo, em quantidade de água doce.   [7] Nativa da Buriátia. Os buriates são um povo mongol.

mesma forma, Lida desprezava em mim o que havia de alheio ao seu mundo. Nas feições, ela não deixava transparecer o menor sinal de sua antipatia, no entanto eu o percebia e, sentado no degrau mais baixo da escada da varanda, minha irritação aumentava, e acabei lhe dizendo que tratar de mujiques sem ser médico era enganá-los e também que era fácil praticar a caridade, quando se possui duas mil dessiatinas.[8]

Entretanto, Míssius, a irmã, não tinha nenhuma preocupação e, como eu, levava a vida numa completa ociosidade. Acordava e, logo depois, apanhava um livro e, na grande varanda, ficava lendo numa poltrona macia e tão funda que seus pezinhos mal tocavam o chão, ou ela se escondia com seu livro na alameda de tílias, ou saía a caminhar pelos campos, para além do pórtico de pedra. Lia o dia inteiro, olhava para o livro com avidez, e só porque seu olhar, às vezes, se mostrava cansado, perplexo, e o rosto empalidecia muito, era possível deduzir que aquela leitura estava deixando sua mente esgotada. Quando eu me aproximava, ela ruborizava de leve ao me ver, baixava o livro, se reanimava e, mirando meu rosto com seus olhos grandes, me contava o que havia acontecido, por exemplo, a fuligem causara um pequeno incêndio na chaminé da ala dos criados, ou um camponês pescara um peixe grande no lago. Nos dias de semana, ela costumava vestir uma blusinha clara e uma saia azul-escura. Nós dois passeávamos juntos, colhíamos cerejas para fazer geleia, andávamos de bote e, quando ela dava um pequeno salto a fim de alcançar uma cereja na margem ou quando remava, eu entrevia seus braços delicados e fracos, através da manga larga da blusa. Ou ela se punha a meu lado e observava com admiração, enquanto eu pintava um estudo.

Certo domingo, no fim de julho, cheguei à propriedade das Voltchanínova mais ou menos às nove horas da manhã. Fiquei

---

[8] Antiga medida agrária russa. Uma dessiatina equivale a 1,7 acre.

caminhando pelo parque, mantendo distância da casa, à procura de cogumelos brancos, muito numerosos naquele verão, e marcava os locais dos cogumelos para colher mais tarde, junto com Jênia. Soprava um vento quente. Vi que Jênia e sua mãe, ambas em vestidos claros de domingo, estavam voltando da igreja para casa, e Jênia segurava o chapéu para que o vento não o carregasse. Depois, ouvi que estavam tomando chá na varanda grande.

Para mim, um homem que não tinha com que se preocupar e que vivia em busca de uma justificação para sua constante ociosidade, as manhãs de verão aos domingos, em nossas propriedades rurais, produzem sempre um encanto extraordinário. Nessas ocasiões, o jardim verdejante, ainda úmido de orvalho, reluz inteiro sob o sol e parece feliz, sente-se em redor da casa o aroma do resedá e do oleandro, jovens que acabaram de voltar da igreja tomam chá no jardim, todos vestem as roupas alegres dos dias de festa e sabemos muito bem que todas essas pessoas saudáveis, bem nutridas, bonitas não irão fazer nada durante esse longo dia, e então nos vem o desejo de que a vida inteira seja também assim. Naquele momento, eu pensava exatamente desse modo e caminhava pelo jardim já disposto a ficar andando à toa, durante o dia inteiro e por todo o verão.

Jênia veio com um cesto; pela fisionomia, ela parecia saber, ou pressentir, que me encontraria no jardim. Ficamos colhendo cogumelos e conversando, e quando ela me perguntava algo, se punha um pouco à minha frente, para poder ver meu rosto.

— Ontem, lá no povoado, aconteceu um milagre — disse ela. — Pelagueia, a coxa, esteve doente o ano inteiro, nenhum médico e nenhum remédio ajudou, mas ontem uma velha murmurou alguma coisa e a doença passou.

— Isso não tem importância — respondi. — Não se devem procurar milagres só com doentes e velhas. Por acaso a saúde não é um milagre? E a própria vida? Aquilo que não compreendemos também é um milagre.

— Mas o senhor não tem medo daquilo que não compreende?

— Não. Eu encaro com coragem os fenômenos que não compreendo e não me sujeito ao seu poder. Sou superior a eles. O ser humano deve ter consciência de que é superior aos leões, aos tigres, às estrelas, superior a toda a natureza, superior até ao que é incompreensível e parece um milagre, de outra forma não será um ser humano, mas um rato, que tem medo de tudo.

Jênia achava que eu, por ser artista, sabia muitas coisas e podia desvendar com segurança o desconhecido. Ela desejava que eu a conduzisse aos domínios do belo e do eterno, rumo àquele mundo sublime, onde, na sua opinião, eu me sentia em casa, e Jênia me falava sobre Deus, sobre a vida eterna, sobre coisas milagrosas. Já eu, incapaz de admitir que eu mesmo e minha imaginação fôssemos desaparecer para sempre após a morte, respondia: "Sim, as pessoas são imortais", "sim, a vida eterna nos espera". Jênia escutava, acreditava e não exigia nenhuma comprovação.

Quando estávamos indo para a casa, de repente ela parou e disse:

— A nossa Lida é uma pessoa maravilhosa. Não é verdade? Eu a amo com ardor e estou pronta a sacrificar minha vida por ela, a qualquer momento. Mas me diga — Jênia tocou o dedo na manga do meu paletó —, me diga: por que o senhor sempre discute com ela? Por que o senhor fica irritado?

— Porque ela está errada.

Jênia balançou a cabeça para os lados e surgiram lágrimas em seus olhos.

— Que coisa incompreensível! — exclamou.

Naquele momento, Lida acabara de voltar para casa e estava junto ao alpendre, com um chicote nas mãos, esbelta, bonita, iluminada pelo sol, e dava ordens a um empregado. Apressada e falando em voz muito alta, ela atendeu dois ou três enfermos e depois, com ar atarefado e sério, ficou andando pelos cômodos da casa, abriu um armário, depois outro, e por fim subiu para o mezanino; durante muito tempo, a procuraram e a chamaram para o almoço, e ela só veio quando tínhamos terminado a sopa. Não sei por que razão me lembro de todos esses detalhes pequenos e sinto carinho por eles, e me lembro de modo muito vivo de toda aquela tarde, embora nada de especial tenha ocorrido. Depois do almoço, Jênia ficou lendo na mesma poltrona funda, enquanto eu estava sentado no degrau mais baixo da varanda. Ficamos calados. Nuvens encobriram o céu e começou uma chuva rala e miúda. Fazia calor, o vento cessara já havia tempo e parecia que a tarde nunca iria terminar. Ekatierina Pávlovna veio ao nosso encontro, na varanda, com ar de sono e um leque nas mãos.

— Ah, mamãe — disse Jênia, e beijou sua mão. — Dormir durante o dia não faz bem à senhora.

Elas adoravam uma à outra. Quando uma saía para o jardim, a outra já estava na varanda e, olhando para as árvores, gritava: "Ei, Jênia!". Ou: "Mãezinha, onde está você?". Sempre rezavam juntas, tinham a mesma fé e se entendiam muito bem, mesmo sem falar nada. Também tratavam as pessoas da mesma forma. Ekatierina Pávlovna, a exemplo da filha, logo se acostumou comigo e se afeiçoou a mim, e quando eu ficava dois ou três dias sem aparecer, mandava alguém saber se eu estava bem de saúde. Ela também olhava com muita admiração os estudos que eu pintava e, franca e falante como a filha, me contava o que havia acontecido e, muitas vezes, me confiava seus segredos domésticos.

Tinha veneração pela filha mais velha. Lida nunca se mostrava carinhosa, só falava de assuntos sérios; levava sua vida à parte e, aos olhos da mãe e da irmã, era uma figura tão sagrada e, de certo modo, enigmática como, para os marinheiros, é o comandante do navio que fica fechado em sua cabine.

— A nossa Lida é uma pessoa extraordinária — dizia a mãe, com frequência. — Não é verdade?

E então, enquanto chuviscava, ficamos conversando sobre Lida.

— É uma pessoa extraordinária — disse a mãe, e acrescentou em voz baixa, no tom de quem conspira, enquanto olhava para trás, assustada: — Por mais que alguém procure, não vai encontrar outra igual. Mas, sabe, estou começando a ficar preocupada. A escola, a farmácia, os livros, tudo isso é bom, mas para que o exagero? Ela já tem vinte e quatro anos, afinal, está na hora de pensar a sério. Se ficamos só com livros e remédios, nem vemos a vida passar... É preciso casar.

Empalidecida com as leituras, o penteado desfeito, Jênia ergueu a cabeça e disse, como se falasse consigo mesma, porém olhando para a mãe:

— Mãezinha, tudo depende da vontade de Deus!

E, de novo, afundou na leitura.

Belokúrov chegou, de *podióvka* e camisa bordada na gola e no peito.[9] Jogamos críquete e tênis, depois, quando escureceu, jantamos demoradamente e Lida, mais uma vez, falou sobre as escolas e sobre Baláguin, que tomara em suas mãos o controle de todo o distrito. Naquela noite, ao deixar a casa das Voltchanínova, levei comigo a impressão de um dia de ócio muito longo e também a consciência melancólica de que tudo neste mundo, por mais tempo que dure, acaba chegando ao fim. Jênia nos acompanhou até o pórtico e, talvez por eu ter passado o dia todo com ela, desde a manhã até o anoitecer, tive a sensação de que seria enfadonho ficar sem a companhia de Jênia e de que toda aquela família encantadora estava muito ligada a mim; e pela primeira vez em todo o verão, me veio a vontade de pintar.

— Diga-me, por que leva uma vida tão sem graça, tão sem colorido? — perguntei para Belokúrov, enquanto caminhava

---

[9] Refere-se a um tipo de camisa tradicional na Rússia, com grandes bordados coloridos. O personagem não usa trajes ocidentalizados.

para casa a seu lado. — A minha vida é sem graça, arrastada, monótona, porque eu sou pintor, sou uma pessoa esquisita e, desde os dias de juventude, vivo esgotado pela inveja, pela insatisfação comigo mesmo, pela descrença no meu trabalho, pelo fato de sempre viver na pobreza, andando de um lado para outro, sem uma casa, mas o senhor não, veja, o senhor é um homem normal, saudável, um proprietário de terras, um *bárin*[10]... Por que vive desse jeito tão sem graça, por que extrai tão pouco da vida? Por exemplo, porque até hoje não se apaixonou por Lida ou por Jênia?

— O senhor está esquecendo que eu amo outra mulher — respondeu Belokúrov.

Referia-se à sua amiga Liubov Ivánovna, que morava com ele, na ala dos fundos da casa senhorial. Todos os dias eu via aquela dama, bastante corpulenta e roliça, de ar imponente, como uma gansa cevada, passear pelo jardim vestindo um traje tradicional russo e um colar de contas, sempre debaixo de uma sombrinha, e via também que uma criada toda hora a chamava para comer ou tomar chá. Mais ou menos três anos antes, Liubov Ivánovna havia alugado uma das construções anexas à principal como casa de veraneio, mas acabou morando ali com Belokúrov e, pelo visto, para sempre. Cerca de dez anos mais velha do que ele, o mantinha sob um controle rigoroso, a tal ponto que, para ausentar-se de casa, Belokúrov tinha de lhe pedir permissão. Muitas vezes ela chorava com voz masculina, e então eu mandava uma criada lhe dizer que, se não parasse com aquilo, eu iria embora; e ela parava.

Quando chegamos em casa, Belokúrov sentou-se no sofá, pensativo, de cara fechada, e eu me pus a caminhar pelo salão, tomado por uma emoção serena, como se estivesse apaixonado. Sentia vontade de falar sobre as Voltchanínova.

[10] Homem da classe dominante agrária tradicional.

— A Lida só pode se apaixonar por alguém que participe do *ziêmstvo*, alguém tão entusiasmado quanto ela por hospitais e escolas — disse eu. — Ah, por uma jovem como ela vale a pena não só participar do *ziêmstvo*, mas até gastar um par de sapatos de ferro, como num conto de fadas.[11] E a Míssius? Que encanto é essa Míssius!

Belokúrov, arrastando seus "eh-eh-eh-eh", falou muito tempo sobre a doença do século: o pessimismo. Falava em tom convicto e, por seu tom de voz, parecia que eu estava discutindo com ele. Centenas de verstas de estepe deserta, monótona, calcinada, não conseguem inspirar tanta desolação quanto um homem que resolve sentar-se, desanda a falar e parece que nunca irá embora.

— A questão não está no pessimismo nem no otimismo — disse eu, irritado —, mas sim no fato de que, em cem pessoas, noventa e nove não são inteligentes.

Belokúrov achou que eu me referia a ele, mostrou-se ofendido e se foi.

III

— O príncipe veio visitar Maloziômovo e lhe manda cumprimentos — disse Lida para a mãe, ao voltar de algum lugar, enquanto retirava as luvas. — Ele contou muitas coisas interessantes... Prometeu levantar de novo, na assembleia da província, a questão de montar um posto médico em Maloziômovo, mas disse que há pouca esperança. — E, voltando-se para mim, disse: — Perdoe, eu sempre esqueço que isso não tem nenhum interesse para o senhor.

Fiquei irritado.

---

[11] Em russo, *skazka*, gênero dos contos populares, muitas vezes de cunho fantástico. Nessa tradição, é comum o personagem calçar sapatos de ferro quando precisa percorrer grandes distâncias.

— Quem disse que não tem interesse? — perguntei e encolhi os ombros. — A senhora acha que não vale a pena conhecer a minha opinião, mas eu lhe garanto que essa questão desperta em mim muito interesse.

— Ah, é?

— Sim. Na minha opinião, um posto médico em Maloziômovo é completamente desnecessário.

Lida foi contaminada por minha irritação; olhou para mim com os olhos entrecerrados e perguntou:

— Então de que eles precisam? De paisagens?

— Também não precisam de paisagens. Não precisam de nada.

Ela terminou de despir as luvas e abriu um jornal que acabara de chegar pelo correio; um minuto depois, falou em voz baixa, visivelmente se contendo:

— Semana passada, Anna morreu no parto, mas se houvesse um posto médico próximo, ela ainda estaria viva. E os senhores paisagistas, me parece, deveriam ter alguma posição a esse respeito.

— Eu tenho uma posição muito definida a esse respeito, garanto à senhora — respondi, e Lida se ocultou por trás do jornal aberto, como se não quisesse escutar. — Para mim, postos médicos, escolas, pequenas bibliotecas, farmácias de primeiros socorros, nas condições atuais, só servem para a escravização. O povo está preso a uma enorme corrente e a senhora não está rompendo essa corrente, mas apenas acrescenta novos elos. Essa é a minha posição.

Ela ergueu os olhos para mim e sorriu com ar de zombaria, mas eu fui em frente, tentando captar a essência de seu pensamento:

— O importante não é que Anna tenha morrido no parto, mas que todas essas Annas, Marvas, Pelagueias, desde o raiar do dia até tarde da noite, andam curvadas com o peso que carregam nas costas, adoecem por causa do trabalho superior às suas forças, vivem o tempo todo aflitas com os filhos doentes e famintos, sempre atormentadas pelo medo da morte e das doenças, passam a vida inteira tentando se curar, ficam pálidas muito cedo, envelhecem muito cedo, e morrem na imundície e no mau cheiro; os filhos, quando chegam a crescer um pouco, seguem o mesmo caminho, e assim se passam centenas de anos, e milhões de pessoas vivem pior do que animais, em troca apenas de um pedaço de pão, e sempre com medo. Todo o horror da situação dessas pessoas consiste em que nunca têm tempo para refletir sobre a sua alma, não têm tempo de se lembrar daquele que é a sua imagem e semelhança;[12] como avalanches de neve, a fome, o frio, o medo animal e o trabalho interminável bloqueiam todos os caminhos para a atividade intelectual, justamente aquilo que diferencia o ser humano dos animais e que constitui a única coisa pela qual vale a pena viver. A senhora lhes oferece ajuda com hospitais e escolas, mas assim não os liberta de seus grilhões, ao contrário, os escraviza mais ainda, porque, ao introduzir novos preconceitos na vida dessas pessoas, a senhora aumenta o número de suas necessidades, e isso sem falar que elas terão de pagar ao *ziêmstvo* pelos emplastros e pelos livros, ou seja, terão de carregar mais esse fardo.

— Eu não vou discutir com o senhor — disse Lida, baixando o jornal. — Eu já ouvi isso antes. Só digo ao senhor uma coisa: não se pode ficar de braços cruzados. Na verdade, nós não vamos salvar a humanidade e talvez estejamos enganados em muitas coisas, mas fazemos o que podemos, e nós estamos certos. A tarefa sagrada e mais elevada para as pessoas instruídas é servir o próximo, e nós tentamos servir como sabemos. O senhor não gosta disso, mas, afinal, não se pode agradar a todo mundo.

---

[12] Referência à Bíblia (Gênesis 1,26), que diz que Deus criou o homem à sua imagem e semelhança.

— É verdade, Lida, é verdade — disse a mãe.

Em presença de Lida, a mãe sempre se intimidava e, enquanto falava, olhava para a filha com receio de dizer algo supérfluo ou inoportuno; jamais contradizia a filha, sempre concordava: é verdade, Lida, é verdade.

— A alfabetização dos mujiques, os livretos com sermões lamentáveis, com casos instrutivos e orientações médicas não podem diminuir a ignorância nem a mortalidade, assim como a luz das janelas da casa da senhora não pode iluminar esse jardim imenso — argumentei. — A senhora, com a sua intromissão na vida dessa gente, não vai lhes dar nada, só vai criar novas necessidades, mais um pretexto para o trabalho.

— Ah, meu Deus, mas afinal é preciso fazer alguma coisa! — disse Lida, irritada, e pelo tom de sua voz se notava que ela considerava meu raciocínio uma futilidade e o desprezava.

— É preciso libertar as pessoas do trabalho físico opressivo — expliquei. — É preciso aliviar o jugo que pesa sobre elas, lhes dar uma trégua, para que não passem a vida inteira nos fogões, nas estufas, nas tinas e na lavoura, e tenham tempo também para refletir sobre a alma, sobre Deus, que elas tenham mais espaço para manifestar suas capacidades espirituais. A vocação de todo homem na atividade intelectual é a constante busca da verdade e do sentido da vida. Torne desnecessário para elas o trabalho bruto e animal, faça que elas se sintam em liberdade e então verá que bobagem, no fundo, são essas farmácias de primeiros socorros e esses livretos com ensinamentos. Quando a pessoa toma consciência de sua vocação verdadeira, só a religião, a ciência e a arte podem satisfazê-la, e não essas bobagens.

— Libertar do trabalho! — riu Lida. — E isso é possível?

— Sim. Assuma uma parte do trabalho deles. Se todos nós, habitantes da cidade e do campo, todos, sem exceção, aceitássemos dividir entre nós o trabalho que a humanidade em geral despende para satisfazer as necessidades físicas, talvez fossem necessárias, para cada um de nós, no máximo, duas ou três horas diárias de trabalho. Imagine como será, se todos nós, ricos e pobres, trabalharmos só três horas por dia e tivermos livre o resto do tempo. E imagine que, para depender ainda menos de nosso corpo e para trabalhar menos, nós vamos inventar máquinas que façam o trabalho em nosso lugar e que vamos também reduzir ao mínimo o número de nossas necessidades. Vamos nos fortalecer e fortalecer nossos filhos para não termos mais medo da fome e do frio, para não vivermos apavorados com as doenças, como vivem as Annas, Marvas e Pelagueias. Imagine que não passamos o tempo todo cuidando da saúde, que não temos farmácias nem fábricas de cigarro ou de bebidas alcoólicas. No fim, quanto tempo livre vai nos restar! Dedicaríamos às ciências e às artes todo esse lazer. Assim como às vezes os mujiques consertam uma estrada trabalhando em mutirão, todos nós também em conjunto, em mutirão, buscaríamos a verdade e o sentido da vida, eu estou convencido disso, e em pouco tempo a verdade seria revelada, o ser humano se libertaria desse tormento incessante e opressivo, o medo da morte, e até da própria morte.

— Mas o senhor está se contradizendo — disse Lida. — O senhor fala muito de ciência, ciência, mas o senhor mesmo rejeita a alfabetização.

— A alfabetização em que a pessoa só pode ler tabuletas em tabernas e, muito raramente, uns livretos que a pessoa nem entende, essa é a alfabetização que se pratica entre nós desde o tempo de Riúrik,[13] o Petruchka de Gógol[14] já sabe ler há muito tempo, e enquanto isso a vida no campo continua

---

13 Fundador da primeira dinastia russa, que reinou do século IX ao século XVI.
14 Personagem cômico do romance *Almas mortas*, de Nikolai V. Gógol (1809--52), escritor e dramaturgo russo: um criado que não entendia o que lia.

até hoje como era nos tempos de Riúrik. Não é de alfabetização que se precisa, mas de liberdade para a ampla manifestação das capacidades espirituais. Não é de escolas que precisamos, mas sim de universidades.

— O senhor também rejeita a medicina.

— Sim. Ela só seria necessária para o estudo das doenças como fenômenos da natureza, e não para curar doenças. Se for para curar alguma coisa, é melhor que não sejam as doenças, mas sim as suas causas. Eliminem a causa principal, o trabalho físico, e então não haverá mais doenças. Eu não reconheço uma ciência que cura — prossegui, entusiasmado. — As ciências e as artes, quando verdadeiras, não buscam objetivos temporários, particulares, mas eternos e gerais, buscam as verdades e o sentido da vida, procuram Deus, a alma, mas se estão atreladas às carências e mesquinharias do dia a dia, às farmácias e bibliotecas, elas apenas complicam e atrapalham a vida. Temos muitos médicos, farmacêuticos, advogados, muita gente instruída, mas não temos biólogos, matemáticos, filósofos, poetas. Toda a inteligência e toda a energia espiritual foram dirigidas para a satisfação de necessidades temporárias, passageiras... O trabalho dos sábios, dos escritores, dos pintores é frenético, graças a eles as comodidades da vida crescem todos os dias, as necessidades do corpo se multiplicam, entretanto, a verdade ainda está distante e o ser humano, como antes, continua a ser o animal mais cruel, mais sórdido, e tudo caminha para que a humanidade, em sua maior parte, degenere e perca para sempre sua viabilidade neste mundo. Em tais circunstâncias, a vida de um pintor não tem sentido, e quanto mais talentoso, mais estranho e sem sentido é o seu papel, porque, no final das contas, ele está trabalhando para a diversão de um animal cruel e sórdido e está servindo de apoio para a ordem vigente. Eu não quero trabalhar, e não vou trabalhar... Não preciso de nada, e que o mundo vá para o inferno!

— Míssius, saia daqui — disse Lida para a irmã, sem dúvida julgando minhas palavras nocivas para uma mocinha tão jovem.

Jênia olhou com ar triste para a irmã e para a mãe, e saiu.

— Coisas gentis como essas costumam ser ditas quando as pessoas querem justificar a própria indiferença — disse Lida. — Rejeitar hospitais e escolas é mais fácil do que tratar os doentes e ensinar.

— É verdade, Lida, é verdade — concordou a mãe.

— O senhor ameaça não trabalhar — prosseguiu Lida. — O senhor, pelo visto, tem suas obras em alta conta. Mas vamos parar de discutir, nós nunca vamos entrar num acordo, porque mesmo a biblioteca e a farmácia mais modestas, às quais o senhor acabou de se referir com tanto desprezo, valem para mim muito mais do que todas as pinturas de paisagem do mundo. — E logo em seguida, voltando-se para a mãe, passou a falar num tom muito diferente: — O príncipe emagreceu muito e mudou bastante desde quando esteve aqui conosco. Mandaram que fosse tratar-se em Vichy.[15]

Para não ter que falar comigo, Lida contava à mãe a respeito do príncipe. Seu rosto estava em brasa e, para esconder sua comoção, ela baixou muito o rosto para a mesa, como se fosse míope, e fingiu ler um jornal. Minha presença era desagradável. Eu me despedi e fui para casa.

IV

Lá fora, tudo estava calmo; o povoado na outra margem do lago já havia adormecido, não se via nenhuma luz, só os pálidos reflexos das estrelas brilhavam muito de leve na superfície do lago. No pórtico dos leões, imóvel, Jênia estava à espera para me acompanhar.

[15] Estação de águas na França.

— Todos já foram dormir no povoado — disse eu, tentando distinguir seu rosto na escuridão, e vi olhos tristonhos e escuros apontados para mim. — O taberneiro e os ladrões de cavalos estão dormindo sossegados, mas nós, pessoas respeitáveis, ficamos acordados, irritando uns aos outros e discutindo.

Era uma noite triste de agosto — triste porque já havia um aroma de outono; a lua, encoberta por uma nuvem púrpura, mal iluminava a estrada e os campos de cultivo de inverno, por onde passava nosso caminho. No céu, havia muitas estrelas cadentes. Jênia caminhava a meu lado pela estrada e tentava não olhar para o céu, para não ver as estrelas cadentes, das quais, por alguma razão, tinha medo.

— Acho que o senhor tem razão — disse ela, trêmula por causa da umidade noturna. — Se as pessoas, em conjunto, todas elas, pudessem dedicar-se à atividade intelectual, em pouco tempo conheceriam tudo.

— É claro. Nós somos criaturas superiores e se, de fato, tivéssemos consciência de toda a força do gênio humano e vivêssemos apenas para os propósitos mais elevados, no final seríamos como deuses. Mas isso não vai acontecer jamais... A humanidade vai degenerar e não restará o menor vestígio de nosso gênio.

Quando o pórtico não estava mais visível, Jênia parou de andar e, às pressas, apertou minha mão.

— Boa noite — disse ela, trêmula; apenas uma blusa leve cobria seus ombros e Jênia se encolhia de frio. — Venha amanhã.

Horrorizou-me a ideia de que eu teria de ficar sozinho, irritado e insatisfeito comigo mesmo e com as pessoas em geral; e agora eu mesmo tentava não olhar para as estrelas cadentes.

— Fique comigo mais um minuto — disse eu. — Por favor.

Eu amava Jênia. Na certa, eu a amava porque tinha vindo a meu encontro e me acompanhara, porque olhava para mim com ternura e admiração. Como eram belos e comoventes seu rosto pálido, seu pescoço esguio, seus braços finos, sua fragilidade, sua ociosidade, seus livros. E a inteligência? Eu desconfiava que Jênia tinha uma inteligência fora do comum, eu me encantava com o alcance de suas opiniões, talvez porque ela pensasse de forma diferente da bela e rigorosa Lida, que não me amava. Jênia gostava de mim como pintor, eu conquistei seu coração com meu talento e sentia uma vontade tremenda de pintar só para ela, sonhava que ela era a minha pequena rainha e que, junto comigo, ela iria reinar sobre as árvores e os campos, sobre a neblina e a aurora, sobre aquela natureza maravilhosa e cativante, na qual, no entanto, eu me sentia até então desesperadamente solitário e supérfluo.

— Fique mais um minuto — pedi. — Eu suplico.

Tirei meu casaco e cobri seus ombros gelados; com receio de parecer ridícula e feia num casaco masculino, ela riu e retirou-o dos ombros, e nesse instante eu a abracei e cobri de beijos seu rosto, seus ombros, suas mãos.

— Até amanhã! — sussurrou e, com cuidado, como se temesse quebrar o silêncio da noite, me abraçou. — Não temos segredos umas para as outras e agora eu devo contar tudo para mamãe e para a minha irmã... Dá tanto medo! Com a mamãe, não tem problema, ela gosta do senhor, mas a Lida!

Jênia correu para o pórtico.

— Adeus! — gritou ela.

Durante mais uns dois minutos, eu a ouvi correr. Não tinha vontade de ir para casa nem havia motivo para ir lá. Fiquei parado mais um pouco, pensativo, e retornei discretamente para olhar mais uma vez a casa onde ela morava, a casa antiga, ingênua e querida que, através das janelas do mezanino, como se fossem olhos, parecia estar me vendo e compreendendo tudo. Passei ao lado da grande varanda, sentei num banco perto do campo de tênis, no escuro, ao pé de um velho olmo, e de lá fiquei observando a casa. Nas janelas do mezanino, onde morava

Jênia, se acendeu uma luz forte, que depois se tornou verde e suave — tinham coberto a luz com um abajur. Sombras começaram a se movimentar... Eu estava repleto de ternura, de silêncio e de satisfação comigo mesmo, a satisfação de ter conseguido me enamorar e me apaixonar, e ao mesmo tempo sentia um incômodo com a ideia de que, naquele mesmo instante, a poucos passos de mim, num dos quartos daquela casa, morava Lida, que não gostava de mim e que talvez me odiasse. Por muito tempo, fiquei ali à espera de que Jênia saísse, escutei atentamente e me pareceu que vozes conversavam no mezanino.

Passou mais ou menos uma hora. A luz verde se apagou e não havia mais sombras. A lua já ia alta sobre a casa e iluminava o jardim adormecido; as dálias e as rosas no canteiro na frente estavam bem visíveis e pareciam todas da mesma cor. O frio aumentara muito. Saí do jardim, peguei meu casaco na estrada e, sem pressa, caminhei a custo para casa.

No dia seguinte, após o almoço, quando fui à casa das Voltchanínova, a porta de vidro que dava para o jardim estava completamente aberta. Sentei na varanda grande, fiquei esperando que, de uma hora para outra, Jênia aparecesse por trás do canteiro ou numa das alamedas, ou que sua voz me alcançasse, vindo de dentro da casa; depois, entrei na sala de visitas e na sala de jantar. Não havia ninguém. Da sala de jantar, segui pelo comprido corredor até o vestíbulo, e depois voltei. Ali, no corredor, havia algumas portas e, por trás de uma delas, soou a voz de Lida.

— Deus mandou para um corvo... em algum lugar...[16] — disse ela em voz alta e arrastada, com certeza fazia um ditado. — Deus mandou um pedacinho de queijo... para um corvo... em algum lugar... Quem está aí? — gritou de repente, ao ouvir meus passos.

---

[16] Trecho da fábula em versos "O corvo e a raposa", do escritor Ivan Krílov (1769-1844).

— Sou eu.

— Ah! Desculpe, agora eu não posso falar com o senhor, estou estudando com a Dacha.

— A Ekatierina Pávlovna está no jardim?

— Não, ela e a minha irmã foram hoje de manhã para a casa da titia, em Pienza. E no inverno elas devem viajar para o exterior... — acrescentou, após um breve silêncio. — Deus mandou para um corvo... em algum lugar... um pedacinho de queijo... Escreveu?

Fui para o vestíbulo e, sem pensar em nada, parei ali e me pus a olhar para o lago e para o povoado, enquanto vinham até mim as palavras:

— Um pedacinho de queijo... Deus mandou para um corvo, em algum lugar, um pedacinho de queijo...

Deixei aquela propriedade pelo mesmo caminho por onde eu havia chegado na primeira vez, só que na ordem inversa: fui do pátio para o jardim, depois segui pelo lado da casa e avancei pela alameda de tílias... Naquele ponto, um garotinho veio correndo e me entregou um bilhete: "Contei tudo para minha irmã e ela exige que eu fique longe do senhor", li. "Eu não teria forças de magoá-la com a minha desobediência. Deus queira que o senhor seja feliz, me perdoe. Se o senhor soubesse como eu e mamãe estamos chorando amargamente!"

Depois, veio a escura alameda de pinheiros, a cerca viva tombada... No campo onde antes o centeio florescia e as codornizes piavam alto, agora vagavam vacas e cavalos com peias amarradas nas patas. Aqui e ali, nas colinas, as sementeiras de inverno brilhavam verdes. O bom senso cotidiano me dominou, senti vergonha de tudo que eu dissera na casa das Voltchanínova e, como antes, viver tornou-se maçante. Ao chegar em casa, fiz as malas e, à noite, parti para Petersburgo.

*

Nunca mais vi as Voltchanínova. Há pouco tempo, a caminho da Crimeia, encontrei Belokúrov no meu vagão do trem. Como antes, ele vestia uma *podióvka* e uma camisa com bordados coloridos e, quando lhe perguntei pela saúde, respondeu: "Vou indo, obrigado". Começamos a conversar. Ele vendera sua fazenda e comprara outra, menor, em nome de Liubov Ivánovna. Sobre as Voltchanínova, pouco me contou. Lida, nas palavras dele, vivia como antes em Chelkóvka e dava aulas para crianças numa escola; pouco a pouco, ela conseguira reunir um círculo de simpatizantes, juntos formaram um partido forte e, nas últimas eleições do *ziêmstvo*, "derrubaram" Baláguin, que até então mantivera todo o distrito sob seu poder. Quanto a Jênia, Belokúrov só me contou que não morava mais na casa, e ele não sabia por onde ela andava.

Já estou começando a esquecer a casa com mezanino e só de vez em quando, nos momentos em que leio ou pinto, de repente, do nada, me vem a lembrança da luz verde na janela, do som dos meus passos dispersando pelo campo, na noite em que voltei para casa apaixonado, esfregando as mãos por causa do frio. E, mais raramente ainda, nos momentos em que a solidão me aflige e eu me sinto triste, me vem uma recordação muito vaga e, pouco a pouco, por algum motivo, começo a ter a impressão de que também estão se lembrando de mim, de que alguém está à minha espera e de que vamos nos encontrar...

Míssius, onde está você?

Minha vida

Conto de um homem da província

I

O diretor me disse: "Só mantenho o senhor neste emprego por respeito a seu venerável pai, senão há muito tempo que eu já o teria feito voar daqui". Respondi: "Vossa excelência, o senhor me lisonjeia demais ao supor que eu seja capaz de voar". E depois ouvi que ele disse: "Tirem este senhor da minha frente, ele está acabando com os meus nervos".

Uns dois dias depois, fui demitido. Desse modo, desde que eu me considero uma pessoa adulta, já tive de mudar de emprego nove vezes, para grande desgosto do meu pai, o arquiteto municipal. Trabalhei em diferentes repartições, mas todos os nove empregos eram tão parecidos como uma gota de água se parece com outra gota de água: eu tinha de sentar, escrever, escutar comentários tolos ou grosseiros e esperar que me demitissem.

Quando cheguei em casa, meu pai estava sentado bem fundo numa poltrona, de olhos fechados. O rosto seco, magro, com matizes acinzentados nos pontos em que raspara a barba (seu rosto parecia o de um velho organista católico), exprimia humildade e submissão. Sem responder meu cumprimento e sem abrir os olhos, me disse:

— Se a minha querida esposa, a sua mãe, estivesse viva, esta sua vida teria sido para ela uma fonte de constante desgosto. Na morte prematura da sua mãe, eu vejo um gesto da Providência divina. Eu peço a você, infeliz, que me diga — prosseguiu, abrindo os olhos: — O que vou fazer com você?

Antes, quando eu era mais jovem, meus parentes e conhecidos sabiam o que fazer comigo: uns me aconselhavam a ingressar no corpo de voluntários do Exército; outros, a trabalhar numa farmácia; outros, no telégrafo; mas agora, quando eu já havia passado dos vinte e cinco anos de idade e já estavam até aparecendo uns fios grisalhos nas têmporas, e quando, de fato, eu já ingressara no corpo de voluntários, já trabalhara como farmacêutico e também no telégrafo, parecia que todas as possibilidades deste mundo haviam se esgotado para mim, e já não me davam mais conselhos, apenas suspiravam ou balançavam a cabeça.

— O que você pensa a respeito de si mesmo? — prosseguiu meu pai. — Os jovens da sua idade já têm uma posição sólida na sociedade, mas você, olhe para si: é um proletário, um indigente, vive às custas do pai!

E, como de costume, se pôs a falar que os jovens de hoje estão sucumbindo, consumidos pela falta de fé, pelo materialismo e pela presunção excessiva, e que é preciso proibir os espetáculos amadores, pois eles desviam os jovens da religião e dos deveres.

— Amanhã iremos juntos à repartição e você vai pedir desculpas ao diretor e vai prometer que, daqui para a frente, vai trabalhar de forma conscienciosa — concluiu. — Você não deve ficar nem um só dia sem uma posição na sociedade.

— Por favor, peço ao senhor que me escute — disse eu, em tom soturno, sem esperar nada de bom daquela conversa. — O que o senhor chama de uma posição na sociedade constitui um privilégio do capital e da educação. As pessoas sem riqueza e sem educação obtêm seu alimento por meio do trabalho braçal, e eu não vejo motivo para fazer de mim uma exceção.

— Quando você começa a falar em trabalho braçal, só sai tolice e vulgaridade! — disse meu pai, com irritação. — Entenda, seu cabeça-dura, entenda, seu desmiolado, que, além da força bruta e braçal, você tem uma alma divina, tem a chama sagrada que, no grau mais elevado, o distingue de um asno ou de um réptil e o aproxima da divindade! Essa chama foi conquistada pelo esforço dos melhores seres humanos, ao longo de milhares de anos. O seu bisavô Póloznev foi general e combateu em Borodinó.[1] O seu avô foi poeta, orador e representante da nobreza, o seu tio foi pedagogo e, enfim, eu, o seu pai, sou arquiteto! Todos os Póloznev conservaram acesa a chama sagrada para que, agora, venha você e a apague!

— É preciso ser justo — argumentei. — Milhões de pessoas vivem submetidas ao trabalho braçal.

— Pois pior para elas! Não são mesmo capazes de nenhum outro tipo de trabalho! Qualquer pessoa pode fazer um trabalho braçal, mesmo o mais completo idiota ou um criminoso, esse trabalho é a característica que distingue os escravos e os bárbaros, ao passo que a chama sagrada é um dom concedido a poucos!

Era inútil continuar aquela conversa. Meu pai adorava a si mesmo e, para ele, só era convincente aquilo que ele próprio dizia. Além do mais, eu sabia muito bem que o desdém com que ele se referia ao trabalho braçal se baseava menos em considerações relativas à chama sagrada do que no seu temor secreto de que me tornasse um operário e, com isso, fizesse a cidade inteira falar a meu respeito. O mais importante para ele era o fato de que todos os homens da minha idade já haviam concluído a faculdade e, fazia muito tempo, estavam no bom caminho: o filho do diretor da sucursal do Banco do Estado já era assessor colegiado, ao passo que eu, seu filho único, não era nada! Prosseguir aquela conversa era inútil e desagradável, mas eu persistia, formulava minhas débeis objeções na

---

[1] Foi a maior batalha na luta contra as tropas de Napoleão em solo russo, em 1812.

esperança de que, afinal, fosse compreendido. Pois para mim a questão toda era clara e simples e se resumia no meio pelo qual eu ganharia o pão de cada dia, mas os outros não enxergavam essa simplicidade e, com frases rebuscadas e melosas, me falavam da batalha de Borodinó, da chama sagrada, do avô, um poeta esquecido que, sabe-se lá quando, escrevera versos ruins e falsos, e me xingavam brutalmente de desmiolado e de cabeça-dura. Ah, como eu gostaria que me compreendessem! Apesar dos pesares, amo meu pai e minha irmã e, desde a infância, tenho o hábito de pedir a opinião deles, e trata-se de um hábito tão arraigado que duvido que, algum dia, consiga me livrar disso; esteja eu certo ou errado, sempre tenho medo de magoá-los, tenho medo de ver que o pescoço descarnado do meu pai ficou vermelho de irritação, como se ele estivesse à beira de um ataque.

— Ficar sentado numa sala abafada — continuei —, copiar documentos, competir com uma máquina de escrever é uma vergonha e um ultraje para um homem da minha idade. Nessas circunstâncias, faz algum sentido falar em chama sagrada?

— Mesmo assim, é um trabalho intelectual — respondeu meu pai. — Mas chega, vamos parar com esta conversa. Em todo caso, eu o previno: se você persistir nessas suas inclinações infames e não assumir um novo emprego no serviço público, eu e a minha filha vamos privar você do nosso amor. Vou deserdá-lo, juro em nome de Deus!

Com absoluta sinceridade, para mostrar toda a pureza das motivações que eu desejava ter como guia de toda a minha vida, disse:

— A questão da herança não me parece importante. Eu renuncio a ela antecipadamente.

Não sei por que razão, de forma inesperada para mim, aquelas palavras ofenderam profundamente meu pai. Ele ficou muito vermelho.

— Não se atreva a falar assim comigo, seu palerma! — gritou com voz fina, esganiçada. — Miserável! — Rápido, com destreza, num movimento já rotineiro, ele me bateu no rosto duas vezes. — Aprenda a se comportar!

Na infância, quando meu pai me batia, eu tinha de me manter ereto, em posição de sentido, os braços colados no corpo, e tinha de olhar direto para seu rosto. E agora, já adulto, quando ele me batia, eu me via totalmente aturdido e, como se ainda estivesse na infância, me punha ereto e tentava fitá-lo em cheio nos olhos. Meu pai era velho e muito magro, mas seus músculos finos deviam ser fortes como correias de couro, pois suas pancadas doíam muito.

Recuei até o vestíbulo e, lá, meu pai agarrou seu guarda-chuva e me golpeou várias vezes na cabeça e nos ombros; naquele momento, minha irmã abriu a porta da sala para saber o que era aquele barulho, porém, no mesmo instante, com expressão de horror e lástima, deu meia-volta e fechou a porta, sem dizer nenhuma palavra em minha defesa.

Minha intenção de não retornar à repartição e começar uma vida nova como operário era inabalável. Só faltava escolher o tipo de trabalho — e isso não apresentava nenhuma dificuldade, pois me parecia que eu era bastante forte, resistente e capaz de suportar os trabalhos mais pesados. Tinha pela frente a vida monótona de um operário, em meio a fome, mau cheiro e moradias precárias, o tempo todo obrigado a pensar no salário e no pão de cada dia. E, quem sabe, ao voltar do trabalho pela rua Bolchaia Dvoriánskaia, muitas vezes eu sentiria inveja do engenheiro Dóljikov, que ganha a vida com um trabalho intelectual. Entretanto, naquele momento, me dava alegria pensar em todos os meus futuros infortúnios. Tempos antes, eu sonhava exercer atividades intelectuais, me imaginava professor, médico, escritor, porém tais sonhos, afinal, continuaram meros sonhos. Minha inclinação para os prazeres intelectuais — por exemplo, para o teatro, para a leitura — se desenvolveu até as raias da paixão, no entanto ignoro se existia em mim, de fato, a capacidade para o trabalho intelectual. No ginásio, eu sentia uma irremediável repulsa à língua grega, de modo que tiveram de me tirar da escola no quarto ano. Durante muito tempo, professores particulares vinham me preparar, em casa, para o quinto ano, depois fui trabalhar em diversas repartições, passava boa parte do dia sem fazer absolutamente nada e me diziam que aquilo era um trabalho intelectual; minha atividade como estudante e como funcionário não exigia esforço mental nem talento nem habilidades pessoais nem elevado espírito criativo: tratava-se de uma atividade mecânica; considero esse tipo de trabalho intelectual inferior ao trabalho braçal, eu o desprezo e não creio que ele possa, nem por um minuto, servir de justificativa para uma vida ociosa e despreocupada, pois esse trabalho, em si mesmo, não passa de um engodo, mais uma forma daquela mesma ociosidade. É mais do que provável que eu jamais tenha conhecido qualquer trabalho intelectual verdadeiro.

Veio o fim da tarde. Nós morávamos na rua Bolchaia Dvoriánskaia, a rua principal da cidade, e como não havia um parque municipal decente, nosso *beau monde*[2] passeava por ali ao anoitecer. Em parte, essa rua encantadora fazia as vezes de um parque, porque dos dois lados cresciam choupos que exalavam um aroma agradável, sobretudo depois que chovia, e por trás dos muros e cercas de estacas pendiam acácias e se erguiam altos arbustos de lilases, cerejeiras galegas e macieiras. Os crepúsculos de maio, o verdor viçoso e tenro das folhagens e suas sombras, o aroma dos lilases, o zumbido dos besouros, a tranquilidade, o calor — como tudo aquilo parecia novo e extraordinário, embora a primavera se repetisse todos os anos! Eu me

---

[2] Francês: "a boa sociedade".

postava junto ao portão do jardim da casa e olhava para as pessoas que passeavam. Havia crescido junto com a maioria daquelas pessoas e, tempos antes, junto com elas, fazia minhas travessuras, porém agora minha proximidade poderia deixá-las embaraçadas, porque eu vestia roupas baratas, fora de moda e, vendo minhas calças muito estreitas e minhas botas grandes e desajeitadas, as pessoas diziam que eu usava macarrões enfiados em navios. Além disso, na cidade, minha reputação era ruim justamente porque eu não tinha uma posição na sociedade, não raro jogava bilhar em tabernas baratas e talvez também porque, sem que tivesse dado nenhum motivo, fui levado duas vezes à delegacia de polícia.

Na residência do engenheiro Dóljikov, uma casa grande em frente à nossa, estavam tocando o piano de cauda. Começava a escurecer e, no céu, estrelas já cintilavam. De repente, de braço dado com minha irmã, respondendo aos cumprimentos com uma inclinação da cabeça, meu pai passou devagar, com sua cartola velha, que tinha as abas largas curvadas para cima.

— Olhe só! — disse ele para minha irmã, apontando para o céu com o mesmo guarda-chuva com que havia me surrado. — Olhe para o céu! As estrelas, até as menores, todas elas são mundos! Como o ser humano é insignificante em comparação com o universo!

E, pelo tom com que falava, meu pai parecia achar extremamente lisonjeiro e agradável ser tão insignificante. Que pessoa mais medíocre! Por azar, era o único arquiteto na cidade e, que eu me lembre, nos últimos quinze ou vinte anos nenhum prédio decente foi construído lá. Quando lhe encomendavam um projeto, ele costumava, antes de tudo, desenhar o salão de festas e a sala de estar; da mesma forma como nos bailes do passado as alunas do instituto para moças só podiam começar a dançar a partir da parede onde ficava a estufa, assim também a imaginação artística do meu pai só conseguia caminhar e desenvolver-se a partir do salão de festas e da sala de estar. Ao lado deles, em seguida, meu pai desenhava a sala de jantar, o quarto das crianças, o escritório, interligava os quartos com portas e depois, infalivelmente, todos eles se convertiam em cômodos de passagem e no fim, em cada um, havia duas ou até três portas desnecessárias. Na certa, ele tinha apenas uma ideia vaga, bastante confusa e rarefeita; como se sentisse que algo estava faltando, meu pai sempre lançava mão de todo tipo de anexos, ia justapondo uns aos outros e eu vejo, como se fosse hoje, as saletinhas estreitas, os corredorezinhos apertados, as escadinhas sinuosas que desembocavam em mezaninos onde só era possível ficar de pé com os ombros curvados e onde, em vez de um piso, havia três enormes degraus, semelhantes às bancadas de uma *bánia*; já a cozinha, inevitavelmente, acabava ficando no porão da casa e tinha sempre piso de tijolos e teto em forma de abóbada. A fachada exibia uma feição dura, inflexível, linhas secas, acanhadas, o telhado era baixo, achatado e, sobre as chaminés grossas, que pareciam gorduchas, havia sempre carapuças de arame com cataventos pretos, que guinchavam estridentes. Não sei por quê, mas todos os prédios construídos por meu pai se pareciam uns com os outros, lembravam vagamente sua cartola, sua nuca seca e inflexível. Com o tempo, na cidade, habituaram-se à falta de talento do meu pai, aquilo criou raízes e se tornou o nosso estilo.

    Meu pai introduziu esse estilo também na vida de minha irmã. Para começar, ele a chamava de Kleopatra[3] (assim como me chamava de Missail).[4] Ainda quando menina, meu pai assustava minha irmã com advertências sobre as estrelas, sobre os sábios da antiguidade, sobre nossos antepassados, explicava a ela demoradamente o que é a vida, o que é o dever; e agora,

---

[3] Forma russa do nome Cleópatra.   [4] Nome de vários arcebispos e patriarcas da Igreja ortodoxa entre os séculos XV e XIX.

quando ela já contava vinte e seis anos, ele continuava a fazer o mesmo, só lhe permitia sair de braço dado com ele e imaginava, sabe-se lá por que razão, que cedo ou tarde havia de aparecer um jovem interessado em casar-se com ela, movido pelo respeito às qualidades pessoais dele, o pai. Minha irmã adorava meu pai, o temia e confiava em sua inteligência extraordinária.

Escurecera de todo, e pouco a pouco a rua ficou vazia. Na casa em frente, a música havia cessado; abriram-se os portões de uma cocheira e uma troica saiu a trote pela nossa rua, tilintando guizos com ar festivo. Eram o engenheiro e a filha que saíam para passear. Hora de dormir!

Dentro de casa, eu tinha um quarto para mim, no entanto morava do lado de fora, num casebre, coberto por um prolongamento do telhado de um galpão feito de tijolos, construído fazia muito tempo, com certeza para guardar arreios — havia grandes ganchos pregados nas paredes —, no entanto agora o galpão não tinha mais utilidade, e meu pai, desde uns trinta anos, depositava ali seus jornais, que a cada seis meses ele encadernava, sabe-se lá por quê, e não permitia que ninguém tocasse naqueles volumes. Morando aqui no casebre, raramente eu ficava à vista do meu pai e de suas visitas e, por não morar em um quarto de verdade e não ir todo dia almoçar em casa, tinha a impressão de que as palavras do meu pai, que sempre dizia que eu vivia às suas custas e que era um peso para ele, já não me soariam, quem sabe, tão ultrajantes.

Minha irmã estava me esperando. Às escondidas de meu pai, ela me trouxe o jantar: um pedacinho de carne de vitela fria e uma fatiazinha de pão. Em nossa casa, repetiam toda hora: "o dinheiro gosta de ser contado",[5] "o copeque chama o rublo" etc., e minha irmã, oprimida por tais vulgaridades, fazia

---

[5] Expressão usada ao contar as cédulas, no momento em que se paga ou se recebe um pagamento.

de tudo para diminuir as despesas e por isso nós nos alimentávamos mal. Depois de colocar o garfo sobre a mesa, ela sentou-se na minha cama e começou a chorar.

— Missail — disse. — O que você está fazendo conosco?

Mantinha o rosto coberto pelas mãos, lágrimas pingavam-lhe no peito e nos braços e sua fisionomia era sofrida. Tombou sobre o travesseiro e deu vazão às lágrimas, o corpo inteiro sacudido por soluços.

— Você largou o emprego de novo... — prosseguiu. — Ah, que horror!

— Mas entenda, irmã, entenda... — disse eu e, por ela estar chorando, o desespero me dominou.

Como se fosse de propósito, todo o querosene da minha lamparina havia queimado, o pavio fumegava muito, estava prestes a apagar, os velhos ganchos pregados nas paredes tinham um ar sinistro e suas sombras vacilavam.

— Tenha pena de nós! — disse minha irmã, levantando-se. — É um desgosto tremendo para o papai, e eu ando doente, estou ficando louca. O que será de você? — perguntou entre soluços e esticando os braços para mim. — Eu lhe peço, eu suplico, peço em nome de nossa falecida mãe: volte a trabalhar na repartição!

— Não consigo, Kleopatra! — respondi, sentindo que, mais um pouco, ia acabar me rendendo. — Eu não consigo!

— Por quê? — prosseguiu minha irmã. — Por quê? Ora, se você não se dá bem com um chefe, procure algum outro lugar. Por exemplo, por que não vai trabalhar na estrada de ferro? Acabei de falar com a Aniúta Blagovó e ela garante que vão aceitar você na estrada de ferro, e ela até prometeu interceder em seu favor. Pelo amor de Deus, Missail, pense bem! Reflita, eu suplico!

Conversamos ainda um pouco mais e eu acabei cedendo. Expliquei que a ideia de trabalhar na construção de uma estrada de ferro nunca havia passado pela minha cabeça e que, sim, estava disposto a experimentar.

Entre lágrimas, minha irmã sorriu com alegria, apertou minha mão e depois continuou a chorar por muito tempo, pois não conseguia se conter, e eu fui para a cozinha buscar o querosene.

II

Entre os apreciadores de espetáculos de amadores, concertos e quadros vivos[6] com finalidades beneficentes, o lugar de mais destaque na cidade pertencia às Ajóguina, que moravam numa casa própria na rua Bolchaia Dvoriánskaia; eram sempre elas que providenciavam um local para o espetáculo e assumiam as tarefas práticas e os custos. Essa rica família de proprietários rurais possuía na região cerca de três mil dessiatinas de terra e uma suntuosa mansão senhorial na sede da fazenda, no entanto eles não gostavam do campo e passavam tanto o inverno como o verão na cidade. Era formada pela mãe, dama alta, magra e frágil, que usava cabelos curtos, vestia um casaquinho curto e saia lisa, à maneira inglesa, e por três filhas que, quando mencionadas nas conversas, não eram chamadas pelos nomes próprios, mas apenas de a mais velha, a do meio e a mais jovem. Todas tinham queixos feios e pontudos, eram míopes, ligeiramente corcundas, vestiam-se como a mãe, falavam com um ceceio desagradável e, no entanto, apesar disso, sempre figuravam nos espetáculos e, de maneira constante, promoviam ações filantrópicas: tocavam, recitavam, cantavam. Eram muito sérias, jamais sorriam e até nos vaudeviles com canções elas representavam sem a menor alegria, com ar de quem cumpre seu dever de ofício, como se estivessem cuidando da contabilidade de uma firma.

---

[6] Do francês *tableaux vivants*: representação cênica de uma pintura, com atores vestidos como os personagens do quadro.

Eu adorava nossos espetáculos, especialmente os ensaios, que eram frequentes, um tanto confusos e barulhentos, e depois dos quais sempre nos ofereciam um jantar. Eu não tinha nenhuma participação na escolha das obras apresentadas nem na distribuição dos papéis. Cabia a mim o trabalho nos bastidores. Pintava os cenários, transcrevia as falas dos personagens para os ensaios e as soprava para os atores no palco, caso as esquecessem, fazia maquiagens e tinha a incumbência de produzir vários efeitos especiais, como um trovão, o canto de um rouxinol etc. Como não tinha posição social nem vestimentas adequadas, eu me mantinha à parte durante os ensaios, sempre nas sombras dos bastidores, acanhado e mudo.

Pintava os cenários na casa das Ajóguina, no pátio ou no galpão. Recebia a ajuda de Andrei Ivánov, um pintor de paredes, ou, como ele mesmo se definia, um empreiteiro de trabalhos de pintura, homem de cinquenta anos de idade, alto, muito magro e pálido, peito encovado, têmporas cavadas e bolsas azuis embaixo dos olhos, sua aparência chegava a ser um pouco assustadora. Sofria de alguma enfermidade interna e, todo outono e toda primavera, as pessoas diziam que ele não ia mais se recuperar, no entanto, após passar um tempo de cama, Andrei Ivánov se levantava de novo e dizia, com surpresa: "Mais uma vez, eu não morri!".

Na cidade, era chamado de Riedka[7] e diziam ser esse seu verdadeiro nome de família. Como eu, ele adorava o teatro e, tão logo ouvia falar que iam montar uma peça na cidade, largava todos os seus trabalhos e ia à casa das Ajóguina para pintar os cenários.

No dia seguinte à conversa com minha irmã, trabalhei na casa das Ajóguina desde a manhã até a noite. O ensaio estava marcado para as sete horas e, uma hora antes do início, todos

---

7 "Rabanete", em russo.

os artistas amadores já estavam reunidos na sala de apresentações, e a mais velha, a do meio e a mais jovem andavam pelo palco e liam as falas em seus cadernos. Riedka, com seu comprido sobretudo ruivo e uma echarpe enovelada no pescoço, já estava de pé, a têmpora encostada à parede e, com expressão piedosa, olhava para o palco. A mãe Ajóguina se aproximava dos visitantes, ora um, ora outro, e a todos dizia algo simpático. Tinha um jeito peculiar de olhar fixamente para o rosto do interlocutor e falar em voz baixa, como se contasse um segredo.

— Deve ser difícil pintar os cenários — disse ela em voz baixa, ao se aproximar de mim. — Há pouco, eu e a madame Mufke estávamos conversando sobre os preconceitos, e vi que o senhor entrou. Meu Deus, eu passei a vida inteira lutando contra os preconceitos! Para convencer os criados de que todos os seus temores são bobagens, sempre acendo três velas em minha casa e começo a tratar de todos os meus negócios importantes exatamente no dia 13.

Chegou a filha do engenheiro, loura, farta e bela, vestida com tudo que vem de Paris, como diziam entre nós. Não representava nenhum papel nos espetáculos, porém nos ensaios reservavam para ela uma cadeira no palco, e jamais começavam uma apresentação antes que ela estivesse sentada na primeira fila, esplendorosa, deslumbrando a todos com suas roupas. Por ser uma criatura da capital, lhe permitiam fazer comentários durante os ensaios, ela os fazia com um sorriso gentil e condescendente, e era óbvio que encarava nossas apresentações como uma diversão de crianças. Diziam que estudara canto no conservatório de São Petersburgo e que, parece, havia cantado uma temporada de inverno inteira numa companhia de ópera particular. Eu gostava muito da filha do engenheiro e, em geral, durante os ensaios e os espetáculos, não desviava meus olhos de sua figura.

Eu já estava com o caderno nas mãos para soprar as falas que os atores esquecessem, quando, de surpresa, apareceu minha irmã. Sem tirar o chapéu e o mantô, ela se aproximou de mim e disse:

— Por favor, venha comigo.

Eu fui. Atrás do palco, na porta, estava Aniúta Blagovó, também de chapéu e com um véu negro. Era filha do vice-presidente do Tribunal, o qual exercia sua função em nossa cidade havia muito tempo, quase desde a fundação do tribunal do distrito. Como era alta e bem-feita de corpo, sua participação nos quadros vivos era tida como obrigatória e, quando ela representava alguma fada ou a imagem da Glória, seu rosto ardia de vergonha; porém ela não participava dos espetáculos teatrais, vinha aos ensaios só por um minuto, a fim de tratar de alguma questão prática, e nem chegava a ir à sala das apresentações. Também daquela vez, era evidente que tinha vindo só por um minuto.

— Meu pai falou do senhor — disse ela em tom seco, ruborizando-se, sem olhar para mim. — Dóljikov prometeu um emprego para o senhor na estrada de ferro. Vá falar com ele amanhã, ele vai estar em casa.

Com uma reverência, agradeci sua atenção comigo.

— E quanto a isso — disse ela, apontando para o caderno —, o senhor pode deixar de lado.

Ela e minha irmã foram falar com a sra. Ajóguina e, olhando para mim, trocaram sussurros por uns dois minutos. Confabulavam a respeito de alguma questão.

— De fato — disse-me Ajóguina em voz baixa, depois de se aproximar, e mirando meu rosto fixamente. — De fato, se isto distrai o senhor de ocupações sérias — e retirou o caderno de minhas mãos —, o senhor pode deixá-lo para outra pessoa. Não se preocupe, meu amigo, que Deus o acompanhe.

Despedi-me e fui embora, constrangido. Enquanto descia a escada, vi que minha irmã e Aniúta Blagovó estavam saindo; as duas falavam animadamente, na certa sobre meu ingresso na estrada de ferro, e tinham pressa. Até então, minha irmã nunca havia comparecido a um ensaio e agora, na certa, se sentia atormentada pela consciência e temia que meu pai descobrisse que ela fora à casa das Ajóguina sem sua autorização.

No dia seguinte, no primeiro horário, fui à casa de Dóljikov. Um lacaio me conduziu a um cômodo muito bonito, que servia ao engenheiro de sala de visitas e, ao mesmo tempo, escritório de trabalho. Tudo ali era delicado, elegante e até estranho para um homem como eu, pouco habituado a tais ambientes. Tapetes caros, poltronas enormes, peças de bronze, pinturas, molduras douradas com muitos ornamentos; em fotografias espalhadas pelas paredes, mulheres muito bonitas, rostos lindos e inteligentes, poses descontraídas; uma porta dava diretamente para uma sacada voltada para o jardim, via-se um pé de lilás, uma mesa posta para o desjejum, muitas garrafas e um buquê de rosas, havia um aroma de primavera e de charutos caros, um cheiro de felicidade — e tudo parecia querer dizer que ali vivera um homem que tinha trabalhado muito até, afinal, alcançar a felicidade possível neste mundo. Sentada atrás da escrivaninha, lendo um jornal, estava a filha do engenheiro.

— O senhor veio falar com o papai? — perguntou. — Ele está tomando banho e já vem. Enquanto isso, sente-se, por favor.

Sentei-me.

— Parece que o senhor mora na casa em frente à nossa, não é? — perguntou de novo, após algum silêncio.

— Sim.

— Por puro tédio, todos os dias eu fico observando pela janela, o senhor me perdoe — prosseguiu, olhando para o jornal. — E muitas vezes vejo o senhor e a sua irmã. Ela tem sempre uma fisionomia tão bondosa, concentrada.

Dóljikov entrou. Estava enxugando o pescoço com uma toalha.

— Papai, este é o Monsieur Póloznev — disse a filha.

— Sim, sim, Blagovó me falou do senhor — ele se dirigiu a mim com animação, sem estender a mão. — Mas, veja, o que posso lhe oferecer? Que empregos eu tenho? Os senhores são uma gente esquisita! — prosseguiu falando alto e, pelo tom de voz, parecia me fazer uma repreensão. — Todos os dias, vinte pessoas como o senhor me procuram, imaginando que eu tenho um departamento inteiro à disposição! O que eu tenho é uma ferrovia, tenho trabalhos braçais pesados, preciso de mecânicos, serralheiros, escavadores, marceneiros, perfuradores de poço, mas tudo o que o senhor é capaz de fazer é sentar-se e escrever, mais nada! Todos vocês são escritores!

Dele, me vinha o mesmo aroma de felicidade que exalavam seus tapetes e poltronas. Corpulento, saudável, de faces vermelhas, peito largo, bem lavado, camisa de chita e bombachas, parecia um cocheiro de brinquedo feito de porcelana. Tinha barba crespa e arredondada, nenhum fio de cabelo grisalho, nariz arqueado, olhos escuros, brilhantes, inocentes.

— O que o senhor sabe fazer? — prosseguiu. — O senhor não sabe fazer nada! Eu sou engenheiro, meu senhor, sou uma pessoa abastada, meu senhor, mas antes de me incumbirem da estrada de ferro, passei muito tempo trabalhando pesado, fui maquinista, trabalhei dois anos na Bélgica como um simples lubrificador. Julgue o senhor mesmo, caríssimo amigo, que trabalho eu posso lhe oferecer?

— Claro, isto é... — balbuciei, muito embaraçado, incapaz de suportar seus olhos brilhantes e inocentes.

— Pelo menos o senhor sabe manejar um aparelho de telégrafo? — perguntou, depois de refletir um pouco.

— Sei, eu já trabalhei no telégrafo.

— Hum... Bem, então vamos ver. Por enquanto vá a Dubiétchnia. Já tenho uma pessoa trabalhando lá, mas não presta para nada.

— E em que vai consistir o meu serviço? — perguntei.

— Veremos quando estiver lá. Por ora, vá para lá, depois eu mandarei as ordens. Mas, por favor, não quero saber de gente que se embriaga e também não me aborreça com nenhum tipo de pedido. Senão eu o demito.

Afastou-se de mim sem nenhum gesto de despedida, nem mesmo um aceno com a cabeça. Fiz uma reverência para ele e para a filha, que estava lendo o jornal, e me retirei. Sentia na alma um peso tão grande que, quando minha irmã me perguntou como o engenheiro havia me recebido, não fui capaz de pronunciar nenhuma palavra.

Para ir a Dubiétchnia, levantei cedo no dia seguinte, ao nascer do sol. Não havia ninguém na nossa rua Bolchaia Dvoriánskaia, todos ainda dormiam, e meus passos ressoavam solitários e surdos. Os choupos cobertos de orvalho enchiam o ar de um aroma delicado. Eu me sentia triste e não tinha vontade de sair da cidade. Amava minha cidade natal. Ela me parecia tão bonita e acolhedora! Eu adorava aquela vegetação verdejante, as tranquilas manhãs de sol, o som de nossos sinos; mas as pessoas com quem vivia na cidade me pareciam maçantes, alheias a mim e às vezes até repulsivas. Não gostava delas e não as compreendia.

Eu não entendia para que nem de que viviam aquelas sessenta e cinco mil pessoas. Sabia que a cidade de Kímri ganhava seu sustento graças às botas, sabia que Tula fabricava samovares e espingardas, que Odessa era uma cidade portuária, mas o que era nossa cidade e o que produzia, eu ignorava. A rua Bolchaia Dvoriánskaia e duas outras ruas mais apresentáveis viviam da renda do capital e dos salários recebidos por funcionários do Estado; no entanto, do que viviam as restantes oito ruas que se estendiam paralelas por mais ou menos três verstas, até sumirem atrás de um morro, sempre foi para mim um enigma inconcebível. E dá vergonha contar como viviam aquelas pessoas! Não havia parque nem teatro nem uma orquestra decente; a biblioteca municipal e a biblioteca do clube só eram frequentadas por adolescentes judeus, e assim as revistas e os livros novos permaneciam meses com as páginas fechadas; os ricos e os instruídos dormiam em quartos abafados, pequenos, sobre camas de madeira, com percevejos, seus filhos eram instalados em cômodos repugnantemente sujos, chamados de quartos das crianças, e os criados, mesmo os mais velhos e respeitados, dormiam na cozinha, sobre o chão, e se cobriam com farrapos. Nos dias em que a igreja não prescrevia jejum, as casas cheiravam a sopa de beterraba com carne e, nos dias de jejum, cheiravam a esturjão frito no óleo de girassol. As pessoas comiam mal, bebiam água insalubre. Na duma[8] municipal, na casa do governador, na casa do arcebispo, em todas as casas, ano após ano, falavam que em nossa cidade não existia água boa e barata e que era necessário tomar duzentos mil rublos emprestados ao Tesouro para construir uma adutora; as pessoas muito ricas, que em nossa cidade se podem contar em umas três dezenas e que por vezes perdiam propriedades inteiras em jogos de cartas, também bebiam água ruim e passavam a vida inteira falando com fervor sobre um empréstimo — eu não compreendia aquilo; achava que, para elas, seria mais simples tirar aqueles duzentos mil rublos do próprio bolso.

Na cidade inteira, eu não conhecia nenhuma pessoa honesta. Meu pai cobrava propinas e imaginava que lhe davam aquilo por uma questão de respeito a suas qualidades morais; a fim de passar de ano, os ginasianos pagavam para comer na casa de seus professores, que, em troca, cobravam deles grandes somas de dinheiro; na época do recrutamento, a esposa do comandante militar cobrava dos recrutas, até se permitia aceitar que eles lhe pagassem bebidas e, certa vez, na igreja,

[8] Assembleia.

depois de se ajoelhar, de tão embriagada, não conseguiu se pôr de pé; na época do recrutamento, os médicos também cobravam dinheiro dos recrutas, o médico municipal e o veterinário cumulavam de multas os açougues e as tavernas; no instituto provincial, vendiam os certificados que garantiam a isenção do serviço militar; membros do alto clero cobravam propinas dos padres subalternos e dos curadores das igrejas; nas repartições municipais, comerciais, médicas e em todas as mais simples secretarias, gritavam para todos os requerentes: "É preciso mostrar sua gratidão!". E o requerente voltava para dar trinta ou quarenta copeques. E aqueles que não cobravam propina, como os funcionários da justiça, se mostravam arrogantes, estendiam só dois dedos para apertar a mão, destacavam-se pela frieza e pela estreiteza de pontos de vista, jogavam cartas demais, bebiam demais, casavam-se com mulheres ricas e, sem dúvida, exerciam uma influência nociva e perversora. Só de algumas mocinhas vinha um ar de pureza moral; a maioria tinha aspirações elevadas e almas honradas e puras; no entanto, elas não compreendiam a vida e acreditavam que os subornos eram oferecidos em sinal de respeito às qualidades morais e, quando casavam, logo envelheciam, se rebaixavam e, irremediavelmente, afundavam no lodo de uma existência vulgar e burguesa.

III

Em nossa região, estavam construindo uma ferrovia. Nas vésperas de feriado, vagavam em bandos pela cidade uns maltrapilhos a quem as pessoas chamavam de "os caçarolas" e dos quais elas tinham medo. Às vezes me ocorria ver um maltrapilho de rosto ensanguentado e sem chapéu sendo levado para a polícia e, atrás dele, como prova material do crime, carregarem um samovar ou uma roupa branca recém-lavada e ainda molhada. Em geral, os "caçarolas" se aglomeravam perto das tavernas e dos bazares; bebiam, comiam, falavam palavrões, e toda mulher de má conduta que passava por eles era acompanhada por assovios estridentes. A fim de entreter aqueles molambos esfomeados, nossos taverneiros davam vodca para cães e gatos ou amarravam uma lata de querosene vazia ao rabo de um cachorro, assoviavam com força e, com isso, o cachorro disparava entre ganidos de horror, sacudindo e estalando a lata pela rua afora; o cão achava que estava sendo perseguido por algum monstro, que já estava em seus calcanhares, e assim corria para longe, para fora da cidade, para o campo, onde suas forças, por fim, se esgotavam; havia na cidade alguns cães que tremiam o tempo todo, com o rabo enfiado entre as pernas, e as pessoas diziam que eles haviam enlouquecido por não terem suportado aquelas brincadeiras.

A estação de trem estava sendo construída a cinco verstas da cidade. Diziam que os engenheiros tinham pedido uma propina de cinquenta mil rublos para levar a linha férrea até a cidade, mas o governo municipal só admitira dar quarenta, discordaram por dez mil rublos, e agora os moradores da cidade se mostravam arrependidos, pois tinham de construir uma estrada até a estação, o que, no final, ia custar ainda mais caro. Em todas as linhas férreas já haviam instalado trilhos e dormentes, por elas circulavam apenas os trens de serviço, que traziam materiais de construção e operários, e o atraso na conclusão das obras se devia apenas às pontes que Dóljikov estava construindo e a uma ou outra estação que ainda não estava pronta.

Dubiétchnia — assim se chamava nossa primeira estação — ficava a dezessete verstas da cidade. Fui a pé. As sementeiras de inverno e de primavera brilhavam muito verdes, envoltas pelo sol da manhã. Toda a região era plana, alegre, e ao longe se delineavam com clareza a estação de trem, pequenos montes, casas de fazenda distantes... Como era bom andar à vontade, ao ar livre! E como era forte meu desejo de me impregnar da consciência da liberdade, ainda que só por aquela manhã, para não ter de pensar no que ocorria na cidade, não ter de pensar nas minhas necessidades, não precisar comer! Pois nada tolhia tanto minha vida como a aguda sensação de fome que forçava meus melhores pensamentos a se misturarem com imagens de uma *kacha* de trigo, bolinhos de carne, peixe frito. Por exemplo, lá estou eu sozinho no campo, olho para cima, para uma cotovia que parou suspensa no ar, num mesmo ponto, e desatou a piar como num ataque de histeria, e então penso: "Como seria bom agora comer um pão com manteiga!". Ou estou sentado na beira da estrada, fecho os olhos para descansar e ouvir os maravilhosos rumores de maio, e me vem à lembrança o cheiro de batata assada. Eu me via forçado a comer muito pouco e por isso, com minha estatura elevada e meu físico robusto, a sensação mais forte que me acossava ao longo dos dias era a fome e talvez por isso compreendesse muito bem por que a maior parte das pessoas trabalha só para conseguir um pedaço de pão e só é capaz de falar de comida.

Em Dubiétchnia, operários estavam emboçando as paredes internas da estação e construindo, com madeira, o primeiro andar do prédio, junto à bomba hidráulica. Fazia calor, o ar cheirava a cal, operários vagavam indolentes entre montes de lixo e de aparas de madeira; o porteiro estava dormindo perto de sua cabine, enquanto o sol ardia em cheio no seu rosto. Não havia nenhuma árvore. O fio do telégrafo zumbia baixinho e, sobre ele, aqui e ali, pousavam gaviões. Vagando também entre os mesmos montes de lixo e aparas de madeira, sem saber o que fazer, eu recordava como o engenheiro, quando lhe perguntei quais seriam minhas obrigações no trabalho, me respondera: "Veremos quando você estiver lá". No entanto, o que eu poderia ver naquela desolação? Os operários que emboçavam as paredes falavam do capataz e de um certo Fedot Vassíliev, eu não entendia e, pouco a pouco, ia sendo dominado por uma angústia — uma angústia física, e sentia os braços, as pernas, todo meu corpo volumoso, e não sabia o que fazer com eles, que posição tomar.

Após caminhar pelo menos duas horas, notei que uma fila de postes telegráficos se estendia a partir da estação para algum ponto à direita da linha férrea, cruzava mais ou menos duas verstas e terminava junto a um muro branco de pedra; os operários me disseram que lá ficava o escritório e, por fim, compreendi que era exatamente para lá que eu devia ir.

Tratava-se de uma velha casa senhorial, abandonada havia muito tempo. O muro de pedra branca e porosa já estava erodido e havia desmoronado em vários pontos, e no galpão anexo, cuja parede sem janelas dava para o campo, o telhado estava enferrujado e, por cima dele, remendos de folhas de flandres rebrilhavam aqui e ali. Pelo portão, se via o pátio amplo coberto de erva daninha e a antiga casa senhorial, com persianas de madeira nas janelas e o telhado alto, avermelhado pela ferrugem. De ambos os lados, à direita e à esquerda, se erguiam dois galpões idênticos; um deles tinha as janelas cerradas por tábuas e, perto do outro, que tinha as janelas abertas, roupas pendiam de um varal e alguns bezerros vagavam à toa. O último poste telegráfico se erguia no meio do pátio e um fio partia dali rumo à janela do galpão que tinha uma parede sem janelas voltada para o campo. A porta estava escancarada, eu entrei. Atrás de uma mesa, diante de um aparelho de telégrafo, estava sentado um cavalheiro de cabeça morena e crespa, com um paletó feito de brim; olhou para mim com ar severo, por baixo das sobrancelhas contraídas, mas logo em seguida sorriu e disse:

— Bom dia, melhor que nada!

Era Ivan Tcheprakóv, meu colega de ginásio, expulso na segunda série por fumar tabaco. Às vezes, no outono, íamos juntos caçar pintassilgos, pintarroxos e trinca-pinhões para vendê-los na feira, de manhã bem cedinho, quando nossos pais ainda estavam dormindo. Ficávamos à espreita dos bandos de estorninhos migratórios e atirávamos neles com chumbo bem miúdo, depois recolhíamos os feridos, alguns morriam entre sofrimentos atrozes (até hoje lembro como gemiam de madrugada dentro da minha gaiola), mas outros se curavam e nós, então, os vendíamos, jurando com a maior desfaçatez que eram todos machos. Certa vez, na feira, só me restou um estorninho, já fazia muito tempo que tentava vendê-lo e, por fim, eu o negociei por um copeque. "Afinal, é melhor que nada!", disse para mim mesmo, a fim de me consolar, enquanto guardava o copeque no bolso, e a partir de então os meninos da rua e do ginásio passaram a me chamar de "melhor que nada"; e mesmo agora, às vezes, garotos e vendedores na feira me provocavam me chamando assim, embora mais ninguém, senão eu mesmo, lembrasse de onde viera aquele apelido.

Tcheprakóv não tinha um físico robusto; as costas eram curvadas, o peito mirrado, as pernas compridas. Como gravata, usava só um cordãozinho, não tinha nenhum colete e seus sapatos, com os saltos tortos, estavam piores do que os meus. Raramente piscava, tinha uma expressão ansiosa, como se estivesse à beira de se apossar de algo, e vivia muito agitado.

— Mas espere aí — dizia ele, nervoso. — Olhe, escute aqui!... Do que é mesmo que eu estava falando?

Começamos a conversar. Eu sabia que a propriedade rural onde agora me encontrava pertencera a Tcheprakóv até pouco tempo antes e apenas no outono anterior passara para o engenheiro Dóljikov, adepto da ideia de que investir em terras era mais vantajoso do que em títulos, e já havia comprado em nossa região três boas fazendas, por meio da transferência das dívidas; na ocasião da venda, a mãe de Tchepraków havia garantido para si o direito de morar durante dois anos em uma das casas anexas e conseguira também um emprego para o filho no escritório.

— Eu sabia que ele ia comprar! — disse Tchepraków, se referindo ao engenheiro. — Veja só como ele explora os empreiteiros! E ele explora assim todo mundo!

Depois me levou para almoçar, decidindo de maneira afoita que eu ia morar com ele na casa anexa e comer na casa de sua mãe, em troca de um pagamento.

— Ela é bem sovina comigo — disse —, mas de você ela não vai cobrar caro.

Nos cômodos pequenos onde morava sua mãe, o espaço era muito reduzido; todos os cômodos, mesmo o vestíbulo e o corredor de entrada, pareciam atravancados pelos móveis levados da casa senhorial para lá, depois da venda da propriedade; e a mobília era toda antiga, feita de mogno. A sra. Tcheprakova, idosa e muito gorda, de olhos chineses puxados, estava sentada numa poltrona grande junto à janela, tricotando meias. Recebeu-me de modo cerimonioso.

— Mamãe, este é Póloznev — Tchepraków me apresentou. — Ele vai trabalhar aqui.

— O senhor é nobre? — perguntou ela, com voz desagradável e estranha; pareceu-me que a gordura borbulhava em sua garganta.

— Sim — respondi.

— Sente-se.

O almoço era ruim. Serviram só um empadão de ricota amarga e sopa de leite. Elena Nikíforovna, a anfitriã, piscava o tempo todo de um jeito esquisito, ora um olho, ora outro. Falava, comia, mas em toda a sua pessoa já havia algo de morto e eu tinha mesmo a impressão de sentir cheiro de cadáver. Quase não se percebia mais nela o calor da vida, tampouco o calor da consciência de ter sido, um dia, uma senhora de terras que possuíra servos e de ser a viúva de um general, a quem os criados eram obrigados a tratar de vossa excelência; no entanto, quando aqueles miseráveis vestígios de vida, por um instante, se inflamavam dentro dela, Elena Nikíforovna dizia para o filho:

— Jean,[9] não segure a faca assim!

Ou, tomando fôlego com dificuldade, dizia para mim, com a afetação de uma anfitriã que deseja entreter sua visita:

— O senhor sabe, nós vendemos a nossa fazenda. Claro, é uma pena, pois estamos habituados a morar aqui, mas Dóljikov prometeu nomear o Jean chefe da estação de Dubiétchnia, portanto nós não iremos embora, vamos morar aqui na estação, o que é a mesma coisa que morar na fazenda. O engenheiro é tão bom! O senhor não acha que ele é muito bonito?

Até pouco tempo antes, os Tchepravók levavam vida de ricos, mas depois da morte do general tudo mudou. Elena Nikíforovna começou a discutir com os vizinhos, abria processos na justiça, não pagava direito aos administradores e aos empregados; vivia com medo, como se sempre quisessem roubá-la — assim, após uns dez anos, Dubiétchnia ficou irreconhecível.

Nos fundos da casa senhorial havia um velho jardim, que já virara um matagal, sufocado por ervas daninhas e arbustos silvestres. Dei uns passos pela grande varanda, ainda firme e bonita; através da porta de vidro, via-se um cômodo com piso de parquê, na certa a sala de visitas, um piano, gravuras em amplas molduras de mogno nas paredes e mais nada. Dos antigos canteiros, só haviam sobrevivido peônias e papoulas, que erguiam suas cabeças brancas e muito vermelhas no meio do capim; nas trilhas do jardim, jovens bordos e olmos, já depenados

---

[9] Nome francês, correspondente ao russo Ivan.

pelas vacas, se esticavam e se empurravam uns aos outros. A vegetação era muito densa, o jardim parecia intransitável, mas era assim apenas perto da casa, onde ainda estavam de pé os choupos, os pinheiros e velhas tílias da mesma época, sobreviventes das antigas alamedas, pois mais adiante, após aquelas árvores, o jardim tinha sido ceifado para produzir feno, já não pairava no ar aquele vapor sufocante, as teias de aranha já não deslizavam para dentro da boca e dos olhos, uma brisa soprava; quanto mais se avançava, mais aberto era o espaço e, naquela área livre, cresciam cerejeiras, pés de ameixa, macieiras carregadas, desfiguradas por esteios e pela putrefação, e pereiras tão altas que custava crer serem de fato pereiras. Aquela parte do jardim era arrendada aos comerciantes da cidade, e um mujique fraco das ideias, que morava numa cabana, a protegia dos ladrões.

Com a vegetação cada vez mais escassa, o jardim se convertia, afinal, num verdadeiro pasto e descia para o rio, coberto por juncos e salgueiros; perto da represa do moinho, se formava um poço profundo e cheio de peixes, um pequeno moinho com teto de palha produzia um ruído áspero, rãs coaxavam num frenesi. Sobre a água, lisa como um espelho, às vezes apareciam círculos, lírios-d'água estremeciam, perturbados pela alegria de algum peixe. Na outra margem do regato, se encontrava o povoado de Dubiétchnia. O poço calmo e profundo exercia uma atração, pois prometia frescor e serenidade. E agora tudo aquilo — o poço, o moinho, as margens acolhedoras — era propriedade particular do engenheiro!

Assim teve início meu novo trabalho. Recebia os telegramas e os retransmitia, redigia, transcrevia e passava a limpo diversos registros, os ofícios de reclamações, as reivindicações e os relatórios que os capatazes e os contramestres semianalfabetos enviavam para nosso escritório. Porém, durante a maior parte do dia, não fazia nada, caminhava pela sala à espera dos telegramas, ou deixava um menino no meu lugar e saía para passear pelo jardim, até que o menino viesse correndo para avisar que o telégrafo estava estalando. Eu almoçava na casa da sra. Tcheprakova. Raramente servia carne, tudo era feito com leite e, como quarta e sexta eram dias de jejum religioso, punham na mesa naqueles dias uns pratos cor-de-rosa, a que chamavam de pratos de jejum. Tcheprakova piscava os olhos o tempo todo — tinha essa mania e, em sua presença, eu sempre me sentia incomodado.

Como em nossa seção não havia trabalho sequer para uma pessoa, Tcheprakóv não fazia nada, se limitava a dormir, ou saía com a espingarda para caçar patos no poço. À noite, ele se embriagava no povoado ou na estação e, antes de dormir, se olhava num espelhinho e gritava:

— Salve, Ivan Tcheprakóv!

Quando se embriagava, ficava muito pálido, esfregava as mãos uma na outra o tempo todo e ria igual a um relincho: hi-hi-hi! Para criar escândalo, se despia e saía correndo pelo campo, nu em pelo. Comia moscas e dizia que eram azedinhas.

IV

Certo dia, após o almoço, ele entrou correndo na casa anexa e disse, ofegante:

— Vá logo, a sua irmã chegou.

Fui lá fora. De fato, junto à varanda da casa senhorial estacionara uma carruagem urbana de praça. Minha irmã tinha vindo com Aniúta Blagovó e ainda um cavalheiro de túnica militar. Quando cheguei mais perto, reconheci o militar: era o irmão de Aniúta, um médico.

— Viemos chamar o senhor para um piquenique — disse ele. — O que acha, tudo bem?

Minha irmã e Aniúta tinham vontade de me perguntar como me sentia vivendo ali, porém nada disseram, limitavam-se a olhar para mim. Também eu mantive silêncio. Elas entenderam que eu não estava gostando do lugar e lágrimas subiram aos olhos de minha irmã, enquanto Aniúta ficava vermelha.

Fomos para o jardim. O médico caminhava na frente e falava com entusiasmo:

— Isso sim é que é ar! Nossa! Isso sim é que é ar!

Pelo aspecto, era ainda um perfeito estudante. Falava e caminhava como um estudante, tinha nos olhos cinzentos a expressão vivaz, simples e franca de um bom estudante. Ao lado de minha irmã alta e bonita, o médico parecia fraco, franzino; a barbicha também era franzina, bem como a voz, de um tom franzino de tenor, no entanto bastante agradável; ele tinha servido num regimento não sei onde e agora viera passar as férias com a família, explicou que iria para Petersburgo no outono a fim de prestar exame para o doutorado em medicina. Tinha esposa e três filhos, casara cedo, ainda quando cursava o segundo ano, e agora, na cidade, diziam que ele era infeliz no casamento e que já não vivia mais com a esposa.

— Que horas são? — minha irmã se mostrou preocupada. — É melhor voltar cedo. O papai me permitiu visitar meu irmão só até as seis horas.

— Ah, esse seu pai! — suspirou o médico.

Eu trouxe o samovar. Tomamos chá sobre um tapete na frente da varanda da casa senhorial e o médico, apoiado sobre os joelhos, bebia do pires e dizia estar em êxtase. Depois, Tcheprakóv foi buscar as chaves, abriu a porta de vidro e todos entramos na casa. Em meio à penumbra, havia um ar de mistério, também um aroma de cogumelos, e nossos passos erguiam um som retumbante, como se abaixo do piso houvesse um porão. O médico, de pé, tocou as teclas do piano, que lhe respondeu com um acorde débil, trêmulo, rouco, mas ainda harmonioso; experimentou a voz e entoou alguma romança, franzindo o rosto e batendo impaciente o pé no chão quando alguma tecla se revelava muda. Minha irmã já não pensava em voltar para casa, ia e vinha inquieta pela sala, e dizia:

— Eu estou alegre! Estou muito, muito alegre!

Em sua voz soava a surpresa, como se ela achasse incrível também ser capaz de sentir aquele bem-estar. Foi a primeira vez na vida que eu a vi tão alegre. Estava até mais bonita. Seu perfil era feio, o nariz e a boca se projetavam um pouco para a frente, como se ela estivesse soprando, mas tinha lindos olhos escuros, um tom muito delicado no rosto pálido, uma comovente expressão de bondade e tristeza e, quando falava, parecia graciosa e até bonita. Nós dois, eu e ela, herdamos traços da mamãe, os ombros largos, fortes, resistentes, no entanto a palidez de minha irmã era doentia, ela tossia muito e, nos olhos, eu às vezes percebia a expressão que vemos em pessoas gravemente enfermas, mas que, por algum motivo, querem ocultar sua doença. Naquele momento, em sua alegria, havia algo infantil, ingênuo, como se o contentamento reprimido e sufocado em nossa infância, por força de uma educação rigorosa, tivesse, de repente, despertado em sua alma e irrompesse agora com liberdade.

No entanto, quando anoiteceu e trouxeram os cavalos, minha irmã se aquietou, encolheu-se e tomou seu lugar na carruagem como se fosse o banco dos réus.

Todos se foram, a agitação cessou... Eu me dei conta de que, durante todo o tempo, Aniúta Blagovó não me dissera nenhuma palavra.

"Que moça maravilhosa!", pensei. "Que moça maravilhosa!"

Chegou o jejum de São Pedro[10] e todos os dias nos serviam pratos prescritos para o jejum. Uma angústia física pesava

---

10 Na Igreja ortodoxa, período que termina no dia 11 de julho (calendário laico) e começa no Dia da Santa Trindade, no quinquagésimo dia após a Páscoa.

sobre mim, por conta do ócio e da incerteza de minha situação, e eu, indolente, faminto, vagava pela propriedade apenas à espera do estado de ânimo adequado para ir embora dali.

Certa vez, antes do anoitecer, numa hora em que Riedka estava conosco na casa anexa, Dóljikov entrou sem ninguém esperar, muito bronzeado e cinzento de poeira. Passara três dias nas terras que administrava, acabara de chegar a Dubiétchnia numa locomotiva, mas tinha vindo a pé da estação até nossa casa. Enquanto aguardava a carruagem que devia chegar da cidade, ele deu uma volta pela propriedade em companhia de seu encarregado, dando ordens em voz bem alta, depois passou uma hora inteira conosco na casa anexa e redigiu algumas cartas; nesse meio-tempo, trouxeram um telegrama em seu nome e o próprio Dóljikov transmitiu a resposta operando o telégrafo. Nós três nos mantínhamos calados, de pé, em posição de sentido.

— Que desordem! — exclamou, depois de olhar com repulsa para os registros. — Daqui a duas semanas vou transferir o escritório para a estação e não sei mais o que fazer com os senhores.

— Eu estou me esforçando, vossa excelência — disse Tcheprakóv.

— Sei, sei, estou vendo como estão se esforçando. Só sabem mesmo receber o salário — prosseguiu o engenheiro, olhando para mim. — Sempre esperando alguma proteção para, de algum jeito, *faire la carrière*[11] mais depressa e mais facilmente. Pois bem, eu não ligo para nenhum apadrinhamento. De mim ninguém teve de cuidar, meus senhores. Antes de me darem a estrada de ferro para gerir, eu fui maquinista, trabalhei na Bélgica como um simples lubrificador, meus senhores. Mas e você, Pantelei, o que está fazendo aqui? — perguntou, virando-se para Riedka. — Anda se embriagando junto com eles?

---

[11] Francês: "fazer carreira".

Por algum motivo, Dóljikov chamava todas as pessoas humildes de Pantelei, e gente como eu e Tchepraków ele desprezava e, pelas costas, chamava de bêbados, animais, canalhas. Em geral, se mostrava cruel com os funcionários de baixo escalão, aplicava multas e os demitia com frieza, sem explicações.

Por fim, chegou a carruagem para buscá-lo. Ao despedir-se, prometeu demitir todos nós dali a duas semanas, chamou o encarregado de imbecil, depois desabou no assento da carruagem e partiu depressa para a cidade.

— Andrei Ivánitch — falei para Riedka —, me aceite como um de seus operários.

— Puxa, tudo bem!

E partimos juntos na direção da cidade. Quando a estação e a fazenda já estavam distantes de nós, perguntei:

— Andrei Ivánitch, por que o senhor veio a Dubiétchnia agora?

— Em primeiro lugar, o meu pessoal está trabalhando na estrada de ferro; em segundo lugar, eu vim pagar os juros que devo para a generala.[12] Ano passado peguei cinquenta rublos emprestados com ela e agora estou pagando um rublo por mês de juros.

O pintor parou e me segurou pela gola do casaco.

— Missail Alekséitch, o senhor é o nosso anjo — prosseguiu —, veja só como eu encaro as coisas: se alguém, uma pessoa simples ou um nobre, cobra juros, por muito pouco que seja, é um bandido desalmado. Numa pessoa dessas, não pode existir justiça.

Descarnado, pálido, aterrador, Riedka fechou os olhos, balançou a cabeça e sentenciou em tom de filósofo:

— O pulgão come a relva, a ferrugem come o ferro, a mentira come a alma. Salve-nos, Senhor, a nós, pecadores!

---

[12] Esposa ou viúva de um general.

V

Riedka não tinha senso prático e não era capaz de raciocinar; assumia mais trabalhos do que podia executar e, na hora de fazer as contas, se perturbava, se perdia e por isso quase sempre ficava no prejuízo. Pintava casas, instalava vidros, colava papel de parede e até fazia telhados, e eu lembro que ele, às vezes, por causa de alguma encomenda insignificante, passava até três dias correndo em busca de telhadeiros. Era um trabalhador excelente, às vezes chegava a ganhar dez rublos num dia e, se não fosse o desejo de, a todo custo, tornar-se chefe e ser chamado de empreiteiro, na certa ganharia bastante dinheiro.

Ele cobrava por empreitada, mas para mim e para os outros pagava diárias, que iam de setenta copeques a um rublo. Enquanto o tempo estava seco e quente, fazíamos vários trabalhos externos, sobretudo pintura de telhados. Por falta de costume, meus pés queimavam como se eu andasse sobre uma chapa em brasa e, quando eu calçava botas de feltro, sentia os pés abafados. Mas foi só no início, depois me habituei e então tudo corria sem problemas. Agora estava vivendo entre pessoas para quem o trabalho era forçoso e inevitável e que, na verdade, trabalhavam como bestas de carga, muitas vezes sem consciência do significado moral do trabalho, e que jamais usavam, nas conversas, a palavra "trabalho"; perto daquelas pessoas, eu mesmo me sentia também um cavalo de carga, cada vez mais imbuído do caráter compulsório e inevitável do que eu fazia, mas isso trazia alívio à minha vida, pois me poupava de quaisquer dúvidas.

No início, tudo me interessava, tudo era novidade, como se tivesse nascido outra vez. Podia dormir sobre a terra, podia andar descalço, e tudo era extremamente agradável; podia ficar no meio de uma multidão de pessoas humildes sem constranger ninguém e, quando um cavalo que puxava um coche tombava na rua, eu corria e ajudava a levantá-lo, sem receio de enlamear minha roupa. O mais importante era que eu vivia às minhas próprias custas e não representava um peso para ninguém!

Pintar telhados, sobretudo com nossa tinta e nosso óleo de linhaça, era considerado um negócio muito lucrativo, e por isso os bons mestres de obras, como Riedka, não desdenhavam aquele trabalho maçante e bruto. De calças curtas, com as pernas descarnadas e roxas, Riedka andava pelos telhados como uma cegonha, e eu ouvia como ele, trabalhando com um pincel, dava suspiros e dizia:

— Desgraça, desgraça para nós, pecadores!

Riedka caminhava pelos telhados com a mesma desenvoltura com que andava no chão. Embora doente e pálido como um cadáver, tinha uma agilidade extraordinária; pintava cúpulas e zimbórios de igrejas como fazem os jovens, sem usar andaimes, apenas com o auxílio de escadas e cordas, e dava um medo incrível quando ele, lá em cima, tão longe do chão, se punha muito ereto, em toda a sua estatura, e proclamava não se sabia para quem:

— O pulgão come a relva, a ferrugem come o ferro, a mentira come a alma!

Ou então, pensando sabe-se lá em quê, respondia em voz bem alta às próprias reflexões:

— Tudo é possível! Tudo é possível!

Quando eu voltava do trabalho para casa, todos que estavam sentados nas portas das vendinhas, todos os caixeiros, os aprendizes e seus patrões, disparavam nas minhas costas os mais diversos comentários sarcásticos e maldosos, e aquilo, no início, me perturbava e parecia simplesmente monstruoso.

— Melhor que nada! — gritavam de todos os lados. — Pintor de parede! Cara suja!

E ninguém se mostrava mais implacável comigo do que justamente aqueles que, até pouco antes, eram eles mesmos gente humilde e ganhavam seu pão com o trabalho mais pesado. Nas feiras e mercados, quando eu passava por uma oficina de ferreiros, como se fosse por acidente, espirravam água em cima de mim e, por duas ou três vezes, chegaram a me atirar um pedaço de pau. Um peixeiro velho e grisalho barrou meu caminho e disse, olhando para mim com rancor:

— Não dá pena de você, não, seu palerma. Dá pena é do seu pai!

E quando meus conhecidos me encontravam, não sei por quê, se mostravam envergonhados. Alguns olhavam para mim como se estivessem diante de um excêntrico ou de um bufão, outros tinham pena de mim, outros ainda não sabiam como me tratar, e era difícil compreendê-los. Certa vez, à tarde, numa das travessas que cruzam nossa rua Bolchaia Dvoriánskaia, encontrei Aniúta Blagovó. Eu estava a caminho do trabalho e levava dois pincéis compridos e um balde de tinta. Ao me reconhecer, Aniúta deu um suspiro.

— Peço ao senhor que não me cumprimente na rua... — disse, nervosa, circunspecta, com voz grave, sem me estender a mão, e de repente em seus olhos brilharam lágrimas. — Se para o senhor tudo isso é mesmo tão necessário assim, que seja... Não importa. Mas eu lhe peço que evite encontrar-se comigo!

Eu já não morava na rua Bolchaia Dvoriánskaia, mas no subúrbio de Makárikha, na casa da minha babá Karpóvna, velhinha bondosa, mas soturna, que vivia pressentindo algo ruim, temia todos os sonhos, sem exceção, e via maus presságios até nas abelhas e vespas que entravam voando em seu quarto. Na sua opinião, o fato de eu ter me tornado operário não prenunciava nada de bom.

— Ficou de miolo mole! — exclamava com tristeza, balançando a cabeça. — Mole, mole!

Em sua casinha, morava também seu filho adotivo Prokófi, um açougueiro, jovem enorme e desajeitado, de mais ou menos trinta anos e de grossos bigodes. Quando topava comigo na entrada, ele me dava passagem em silêncio respeitoso e, quando bêbado, prestava continência para mim com os cinco dedos na viseira do quepe. Jantava à noitinha e, através da divisória de tábuas, dava para eu ouvir como ele grasnava e suspirava enquanto sorvia um cálice depois do outro.

— Mamãezinha! — chamava ele a meia-voz.

— Que foi? — respondia Karpóvna, que adorava até a loucura o seu filho adotivo.

— Mamãezinha, eu posso prestar um favor para a senhora, no vale de lágrimas desta vida terrena. Eu vou alimentar a senhora em seus anos de velhice e vou pagar o enterro da senhora. Falei e vou cumprir o que disse.

Todos os dias, eu me deitava cedo e acordava antes de o sol nascer. Nós, pintores, comíamos muito e dormíamos um sono pesado, mas, não sei por quê, de madrugada, o coração batia com força. Eu não tinha desentendimentos com os camaradas de trabalho. Xingamentos, pragas furiosas, imprecações tremendas, como o desejo de que os olhos do outro explodissem, de que alguém pegasse cólera, essas coisas não paravam o dia inteiro, porém, apesar disso, entre nós, vivíamos amistosamente. Os colegas desconfiavam de que eu fosse algum sectário religioso e, em tom amigável, brincavam comigo dizendo que até meu pai tinha me rejeitado, e acabavam contando que eles mesmos raramente punham os pés numa igreja, muitos diziam que fazia dez anos que não se confessavam, e justificavam aquela má conduta afirmando que um pintor de paredes no meio de pessoas de bem é igual a uma gralha entre passarinhos.

Os colegas me respeitavam e me tratavam com respeito; era óbvio que gostavam do fato de eu não beber, não fumar e levar uma vida sossegada, séria. No entanto, para eles, era chocante e desagradável que eu não participasse do roubo de óleo de linhaça e não fosse com eles pedir chá para os contratantes. O roubo do óleo de linhaça e da tinta do patrão era um costume entre os pintores de parede, nem era mesmo considerado um roubo, e chamava a atenção o fato de que mesmo um homem correto como Riedka, quando saía do trabalho, sempre levava um pouco de cal e de óleo. Quanto a pedir chá, aquilo não era motivo de vergonha nem para os velhos respeitáveis que possuíam casas próprias em Makárikha, e me enchia de vergonha e desgosto ver um bando de colegas, ao início ou ao final de algum trabalho, cobrir de amabilidades uma pessoa totalmente insignificante e, depois de receber dela uma reles moedinha, agradecer de forma servil.

Com os contratantes, eles se comportavam como cortesãos astutos e quase todo dia eu me lembrava do Polônio de Shakespeare.[13]

— Ah, na certa vai chover — dizia um contratante, olhando para o céu.

— Vai, sim, não tem dúvida! — concordavam os pintores.

— Pensando bem, as nuvens não são de chuva. Acho que não vai chover.

— Não vai chover, não, vossa excelência! É certo que não vai.

Pelas costas, sempre se referiam aos contratantes com ironia e quando, por exemplo, viam um nobre sentado na varanda com um jornal, comentavam:

— Está lendo o jornal, mas aposto que não tem nada para comer.

Eu não ia à casa deles. Quando voltava do trabalho, muitas vezes encontrava em casa bilhetes breves e alarmados nos quais minha irmã me escrevia sobre o papai: certa vez ele se pôs muito pensativo durante o almoço e não comeu nada, outra

---

[13] Personagem da peça *Hamlet*, que se destaca pelas maneiras servis e bajuladoras.

vez começou a andar cambaleante, outra vez ele se trancou no quarto e não saiu durante muito tempo. Tais notícias me perturbavam, eu não conseguia dormir, e ocorreu até de eu caminhar, de madrugada, até a rua Bolchaia Dvoriánskaia e passar na frente de nossa casa, olhando para as janelas escuras, e tentar adivinhar se, lá dentro, tudo estava bem. Aos domingos, minha irmã ia me ver, mas às escondidas, sob o pretexto de que ia visitar nossa babá. Nas vezes em que entrava em meu quarto, com os olhos lacrimosos e muito pálida, logo ela começava a chorar.

— Nosso pai não vai suportar isso! — dizia ela. — Se algo acontecer com ele, e que Deus nos livre disso, a consciência vai atormentar você por toda a vida. Isso é horrível, Missail! Eu suplico, em nome de nossa mãe: ponha a cabeça no lugar!

— Irmã, minha querida — eu dizia. — Como posso fazer isso, se eu estou convencido de que me comporto de acordo com a minha consciência? Entenda!

— Eu sei que está agindo de acordo com a consciência, mas quem sabe não seria possível fazer isso de outra maneira, para não magoar ninguém?

— Ah, meu Deus! — suspirava a velha atrás da porta. — Ficou de miolo mole! Vai vir desgraça, meus filhos, vai vir desgraça!

VI

Certo domingo, de surpresa, o dr. Blagovó apareceu em minha casa. Vestia uma túnica militar por cima da camisa de seda e calçava botas de cano alto lustrosas de verniz.

— Ah, eu vim para ver o senhor! — foi logo dizendo, e apertou minha mão com força, como fazem os estudantes. — Ouço falar do senhor todos os dias e sempre penso em vir aqui para ter uma conversa de peito aberto, como dizem. Na cidade, é um tédio horrível, não há sequer uma alma viva, ninguém para conversar. Mas que calor, Mãe Santíssima! — prosseguiu, tirando a túnica e ficando só de camisa de seda. — Meu caro, permita-me conversar com o senhor!

Eu também andava entediado e fazia muito que desejava alguma companhia que não fossem os pintores de parede. E me alegrei sinceramente com a presença dele.

— Logo de saída — disse o dr. Blagovó, sentando-se na minha cama —, quero deixar claro que tenho toda simpatia pelo senhor e que eu respeito profundamente esta sua vida. Aqui na cidade ninguém entende o senhor; mas não há mesmo ninguém capaz de entender nada, pois, o senhor mesmo sabe, aqui, salvo raríssimas exceções, são todos uns focinhos de porco, para falar como Gógol.[14] Mas eu, já naquele piquenique, percebi logo o que o senhor queria dizer. O senhor é um espírito nobre, uma pessoa honrada, altiva! Eu respeito o senhor e considero uma grande honra poder apertar sua mão! — prosseguiu, entusiasmado. — Para mudar de vida de forma tão drástica e contundente como o senhor fez, é preciso ter vivido um complexo processo mental, e agora, para dar continuidade a essa vida e permanecer a todo momento à altura das suas convicções, o senhor deve, dia após dia, trabalhar com afinco, com a razão e também com o coração. Agora, para iniciar esta nossa conversa, diga se não acha que, se o senhor gastasse essa força de vontade, esse empenho, toda essa energia, em outra coisa, por exemplo, transformar-se, com o tempo, num grande cientista ou num grande artista, sua vida teria um alcance mais vasto e profundo e seria mais produtiva, em todos os aspectos?

Seguimos conversando e, quando entramos na questão do trabalho braçal, formulei o seguinte pensamento: para que os fortes não escravizem os fracos, para que a minoria não

---

[14] Referência ao ato V da peça *O inspetor geral*, de Nikolai Gógol.

seja um parasita da maioria, uma sanguessuga que absorva de forma crônica as seivas vitais da maioria, é preciso que todos, sem exceção, os fortes e os fracos, os ricos e os pobres, participem em igual medida da luta pela sobrevivência, cada um por si, e nesse aspecto, para nivelar as pessoas, não existe meio melhor do que o trabalho braçal, na qualidade de uma obrigação geral, compulsória para todos.

— Portanto, na sua opinião, o trabalho braçal deve ser exercido por todos, sem exceção? — perguntou o médico.

— Sim.

— Mas o senhor não acha que se todo mundo, inclusive as melhores pessoas, os pensadores e os grandes cientistas, participar da luta pela sobrevivência, cada um por si, eles vão acabar desperdiçando seu tempo quebrando pedras e pintando telhados, e que isso pode representar um risco e uma séria ameaça para o progresso?

— Mas qual é o risco? — perguntei. — Afinal, o progresso reside nas realizações do amor, no cumprimento da lei moral. Se não escravizamos ninguém, se não somos um fardo para ninguém, para que ainda precisamos de progresso?

— Mas faça-me o favor! — De súbito, Blagovó se enfureceu e se pôs de pé. — Faça-me o favor! Se o caracol, dentro da sua concha, ficar cuidando do aperfeiçoamento pessoal e catando piolhos na lei moral, o senhor por acaso chama isso de progresso?

— Mas por que catando piolhos? — retruquei, ofendido. — Se não obrigamos o próximo a nos alimentar, nos vestir, nos transportar, nos defender contra os inimigos, ou seja, não o forçamos a ter uma vida construída inteiramente com base na escravidão, acaso isso não é um progresso? Para mim, esse é o mais autêntico progresso e, talvez, o único possível e necessário para o ser humano.

— Os limites do progresso universal, mundial, estão no infinito, e falar num progresso "possível", limitado às nossas necessidades ou ideias temporárias, isso, me perdoe, chega a ser esquisito.

— Se os limites do progresso estão no infinito, como o senhor está dizendo, então os fins do progresso são indefinidos — contestei. — Significa que vivemos sem saber exatamente para que se vive!

— Pois que seja assim! Afinal, este "sem saber" é menos maçante do que o seu "saber". Eu subo uma escada que é chamada de progresso, civilização, cultura, e eu vou subindo sem saber exatamente para onde vou, mas na verdade é graças a essa escada maravilhosa, e mais nada, que vale a pena viver; em troca, o senhor sabe para que vive: é para que uns não escravizem os outros, é para que o pintor e a pessoa que fabrica a tinta do pintor almocem da mesma forma. Só que esse é o lado pequeno-burguês da vida, o lado da cozinha, o lado cinzento, e afinal de contas viver só para isso não é repugnante? Se alguns insetos escravizam outros, que se danem, deixe que se comam uns aos outros! Não é neles que nós temos de pensar. De todo jeito, eles vão morrer e apodrecer, mesmo que o senhor os salve da escravidão. Temos de pensar é na grande incógnita que aguarda toda a humanidade no futuro distante.

Blagovó discutia comigo com fervor, porém, ao mesmo tempo, dava para notar que algum outro pensamento o perturbava o tempo todo.

— Acho que a sua irmã não vai mais vir — disse ele, olhando para o relógio. — Ontem ela esteve em nossa casa e disse que viria aqui para ver o senhor. O tempo todo o senhor fica falando em escravidão, escravidão... — prosseguiu. — Mas essa é uma questão específica e todas as questões desse tipo, é claro, são resolvidas pela humanidade gradualmente.

Passamos a conversar sobre o gradualismo. Eu disse que a questão de fazer o bem ou fazer o mal é algo que cada pessoa resolve sozinha, sem esperar que a humanidade alcance a solução do problema por meio do desenvolvimento gradual. De resto, o gradualismo é uma faca de dois gumes. Junto com o processo do desenvolvimento gradual das ideias humanitárias, observa-se também o crescimento constante de ideias de outro tipo. Não existe mais o regime do trabalho servil, em compensação cresce o capitalismo. E mesmo no auge das ideias emancipadoras, assim como no tempo de Batu,[15] a maioria alimenta, veste e defende a minoria, enquanto ela mesma continua faminta, malvestida e indefesa. Quaisquer tendências e correntes se adaptam muito bem a esse regime, porque a arte da escravidão também é desenvolvida gradualmente. Já não chicoteamos nossos lacaios nas cavalariças, em troca damos à escravidão formas mais refinadas, pelo menos somos capazes de encontrar uma justificação para ela em cada caso específico. Para nós, ideias são ideias, mas se agora, no fim do século XIX, fosse possível pôr nos ombros dos operários até as nossas funções fisiológicas mais desagradáveis, faríamos isso e depois, está claro, para nos justificar, diríamos que se as melhores pessoas, os pensadores e os grandes cientistas, fossem desperdiçar seu tempo precioso com tais funções, isso traria uma ameaça e um grave risco para o progresso.

Entretanto, chegou minha irmã. Ao ver o médico, ela se mostrou confusa, perturbada e tratou logo de dizer que estava na hora de ir para casa, ao encontro do pai.

— Kleopatra Alekséievna — disse Blagovó em tom persuasivo, apertando as duas mãos da minha irmã. — O que pode acontecer com seu paizinho se a senhora passar meia hora, se tanto, comigo e com seu irmão?

Ele era uma pessoa franca e sabia transmitir aos outros seu ânimo caloroso. Minha irmã, depois de refletir um minuto,

---

[15] Neto de Gengis Khan, comandante das tropas turco-mongóis que invadiram a Rússia no século XIII.

pôs-se a rir de repente e, de uma hora para outra, alegrou-se, como havia ocorrido no piquenique. Fomos para o campo, nos acomodamos sobre a relva e prosseguimos nossa conversa, enquanto olhávamos para a cidade, onde todas as janelas voltadas para oeste pareciam douradas e brilhantes, por causa do sol poente.

Daí em diante, toda vez que minha irmã vinha me visitar, Blagovó também aparecia e os dois se cumprimentavam como se seu encontro em minha casa fosse por acaso. Minha irmã ouvia como eu e Blagovó debatíamos e, naqueles momentos, a expressão de seu rosto era alegre e entusiástica, comovida e interessada, e me parecia que diante dos olhos de minha irmã, pouco a pouco, se abria um mundo novo, que antes ela não via sequer em sonhos e que agora tentava apreender. Sem a presença do médico, se mostrava calada e tristonha e se, às vezes, sentada na minha cama, acontecia de ela chorar, era por motivos que minha irmã já não me explicava.

Em agosto, Riedka mandou que fôssemos trabalhar na estrada de ferro. Uns dois dias antes de nos "enxotarem" da cidade, meu pai veio me ver. Sem a menor pressa e sem olhar para mim, sentou-se, enxugou o rosto vermelho, em seguida tirou do bolso *O Mensageiro*, nosso periódico municipal, e lentamente, marcando bem cada palavra, leu a notícia de que um homem da minha idade, filho do diretor de um departamento do Banco do Estado, tinha sido nomeado chefe de uma repartição na câmara fiscal.

— E agora, olhe para si mesmo — disse ele, enquanto dobrava o jornal. — Um indigente, um maltrapilho, um miserável! Até os pequeno-burgueses e os camponeses recebem educação para virar gente, e você, um Póloznev, que tem antepassados nobres, famosos, está mergulhado na lama! Mas eu não vim aqui para conversar com você; eu já desisti do seu caso — prosseguiu com a voz estrangulada, e levantou-se. — Eu vim para saber onde está sua irmã, seu bandido! Ela saiu de casa depois do almoço e agora já são mais de sete horas e ainda não voltou. Ela passou a sair muito de casa, e sem me avisar, ela não é mais tão respeitosa, e eu vejo nisso a sua influência nefasta, perniciosa. Onde está ela?

Nas mãos, ele tinha o guarda-chuva que eu bem conhecia, e eu, à espera das pancadas do meu pai, já me sentia atônito e me punha em posição de sentido, como faz um aluno do primário, no entanto ele percebeu meu olhar cravado no guarda-chuva e, com certeza, aquilo o conteve.

— Viva como quiser! — disse ele. — A minha bênção você não vai ter!

— Santo Deus! — balbuciou a babá por trás da porta. — Pobre criança infeliz! Ah, meu coração tem um mau pressentimento!

Fui trabalhar na estrada de ferro. Choveu o mês de agosto inteiro, sem parar, o tempo estava úmido e frio; os cereais não foram colhidos e, nas grandes fazendas, onde usavam máquinas na lavoura, o trigo não estava organizado em medas, mas sim em montes, e lembro como eram tristes aqueles montes que escureciam mais e mais a cada dia, enquanto os grãos, no meio deles, já começavam a brotar. Era difícil trabalhar; a chuva torrencial estragava tudo o que conseguíamos construir. Não nos permitiam residir e dormir nos prédios da estação, por isso nos abrigávamos em refúgios escavados na terra, úmidos e lamacentos, onde no verão moravam os "caçarolas", e ali eu não conseguia dormir à noite, por causa do frio e também porque joaninhas rastejavam pelo rosto e pelos braços. Quando trabalhávamos perto de pontes, ao entardecer, apareciam bandos de "caçarolas" com o único propósito de bater nos pintores — para eles, era uma espécie de esporte. Batiam em nós, roubavam nossos pincéis e, para nos irritar e nos provocar para a briga, estragavam nosso trabalho, por exemplo, sujavam com tinta verde as guaritas dos vigias. Para completar nossos infortúnios, Riedka passou a pagar com muito atraso. Todo o trabalho de pintura num determinado setor da obra era entregue a um empreiteiro, este o transferia para outro e este, por sua vez, o transferia para Riedka, garantindo para si vinte por cento. O serviço propriamente dito não era lucrativo, e isso sem falar dos dias de chuva; durante esse tempo, ficávamos à toa, sem trabalhar, e Riedka era obrigado a pagar os operários por dia. Esfomeados, os pintores chamavam-no de trapaceiro, sanguessuga, Judas que vende Cristo, por muito pouco não batiam nele, e Riedka, pobre-diabo, suspirava, erguia as mãos para o céu em desespero e, toda hora, procurava a sra. Tcheprakova para pedir dinheiro.

VII

Escuro, chuvoso, lamacento, veio o outono. Veio também o desemprego e eu passava três dias seguidos em casa, sem nenhum trabalho, ou aceitava fazer quaisquer serviços, mesmo sem relação com a pintura, por exemplo, carregava entulho para os aterros e, por isso, ganhava vinte copeques por dia. O dr. Blagovó partiu para Petersburgo. Minha irmã não vinha mais me ver. Riedka estava em sua casa, doente, à espera da morte, mais dia, menos dia.

Meu estado de ânimo também era outonal. Talvez porque, tendo me tornado operário, agora eu enxergava nossa vida da cidade só pelo seu lado avesso e, quase todo dia, não podia deixar de fazer descobertas que me levavam de fato ao desespero. Aqueles meus concidadãos sobre os quais eu não tinha, antes, nenhuma opinião e que, na superfície, pareciam absolutamente corretos, agora se revelavam pessoas vis, cruéis, capazes de qualquer sordidez. Nós, gente simples, éramos ludibriados por aquelas pessoas, enganados pelas contas, obrigados a esperar durante horas em corredores gelados ou na cozinha, aquelas pessoas nos insultavam e nos tratavam do modo mais rude possível. No outono, revesti com papel de parede a sala de leitura e dois cômodos de nosso clube; me pagaram sete copeques por rolo, mas me mandaram assinar um recibo de doze copeques e, quando me recusei a assinar, um senhor elegante, de óculos dourados, na certa um dos diretores do clube, me disse:

— Se você continuar falando, seu canalha, eu quebro a sua cara.

E quando um lacaio sussurrou que eu era filho do arquiteto Póloznev, o homem se mostrou embaraçado, ruborizou-se, mas logo se refez e disse:

— Pois que o diabo o carregue!

Nos mercados, para nós, operários, empurravam carne podre, farinha falsificada e chá aguado; na igreja, a polícia nos empurrava para o lado; nos hospitais, os enfermeiros e as auxiliares de enfermagem tomavam nosso dinheiro e, se por causa da pobreza, não lhes dávamos o suborno, eles, por vingança, nos serviam a comida em pratos sujos; no correio, mesmo o funcionário mais subalterno se considerava no direito de nos tratar como animais e gritar desaforos e grosserias: "Espere aí! Aonde pensa que vai?". Até os cachorros de quintal nos tratavam com hostilidade e se atiravam contra nós com uma fúria diferente. O principal, no entanto, e o que mais me espantava em minha nova situação era a completa ausência de justiça, exatamente aquilo que se retrata na expressão popular: "Eles se esqueceram de Deus!". Era raro o dia que chegava ao fim sem alguma fraude. Os comerciantes que nos vendiam óleo, os empreiteiros, os colegas, os próprios clientes, todos trapaceavam. Estava bem claro que não se podia dizer nenhuma palavra sobre os nossos direitos e, de pé, na porta dos fundos, com o chapéu nas mãos, tínhamos sempre de implorar, como se fosse uma esmola, o dinheiro que ganhávamos com nosso trabalho.

Fui colar papel de parede numa sala contígua à sala de leitura do clube; ao fim da tarde, quando eu já me preparava para ir embora, a filha do engenheiro Dóljikov entrou na sala com um pacote de livros nas mãos.

Cumprimentei-a com uma reverência.

— Ah, boa tarde! — disse ela, que me reconheceu de imediato e me estendeu a mão. — Muito prazer em ver o senhor.

Ela sorria e, com curiosidade e espanto, observava minha blusa de trabalho, o balde com cola, o papel de parede estendido no chão; fiquei embaraçado e ela também se mostrou confusa.

— Perdoe por estar olhando desse jeito para o senhor — disse ela. — Já me falaram muito a seu respeito. Sobretudo o dr. Blagovó, ele de fato adora o senhor. Também já conheci a sua irmã; que moça gentil e simpática, só que eu não consegui de maneira nenhuma convencê-la de que não há nada de horrível na sua opção por uma vida modesta.[16] Ao contrário, agora o senhor é o homem mais interessante da cidade.

Olhou mais uma vez para o balde com cola e para o papel de parede, e prosseguiu:

— Pedi ao dr. Blagovó que me ajudasse a conhecer melhor o senhor, mas pelo visto ele esqueceu ou não teve tempo. De todo modo, nós já nos conhecemos, e se o senhor me conceder uma visita, sem formalidades, eu ficarei tremendamente agradecida. Tenho muita vontade de conversar! Sou uma pessoa simples — disse ela, e me estendeu a mão — e espero que não se sinta constrangido em minha casa. Meu pai não está, foi para Petersburgo.

Ela saiu da sala de leitura farfalhando o vestido e, quando cheguei em casa, demorei muito a pegar no sono.

---

[16] Em russo, *oproschénie*, literalmente, "simplificação": conceito associado a algumas ideias do escritor Liev Tolstói (1828-1910) que questionavam o modelo de vida baseado no luxo e na desigualdade.

Com o intuito de tornar pelo menos um pouco mais leve a minha existência naquele outono tristonho, alguma boa alma de vez em quando me mandava chá e limões, ou biscoitos, ou perdizes fritas. Karpóvna dizia que era sempre um soldado que trazia os presentes, mas ninguém sabia a mando de quem; o soldado perguntava se eu estava bem de saúde, se eu almoçava todos os dias, se eu tinha agasalhos. Quando a friagem se tornou mais severa, mandaram-me, por intermédio do soldado e na minha ausência, uma echarpe macia, de tricô, que exalava um perfume suave, quase imperceptível, e logo adivinhei quem era minha boa fada. A echarpe cheirava a lírio-do-vale, o perfume preferido de Aniúta Blagovó.

Com o inverno, havia muito mais trabalho, mais alegria. Riedka recobrou o ânimo outra vez e trabalhávamos juntos na igreja do cemitério, onde recuperávamos as superfícies rachadas da iconóstase[17] para depois revesti-la com tinta dourada. Era um trabalho limpo, tranquilo e, como diziam meus colegas, rendia bem. Dava para trabalhar bastante num só dia, o tempo passava depressa, sem que a gente notasse. Nem xingamentos, nem risadas, nem conversas aos gritos. O próprio local nos obrigava a manter silêncio e respeito, nos induzia a pensamentos graves e serenos. Imersos no trabalho, de pé ou sentados, nos mantínhamos imóveis como estátuas; havia um silêncio de morte, condizente com o cemitério e, se caísse alguma ferramenta ou se a chama de um lampião crepitasse, o barulho soava forte e estrondoso — e nós nos virávamos para olhar. Depois de um demorado silêncio, se ouvia um zumbido, como se abelhas voassem; na entrada da igreja, sem pressa, em voz baixa, rezavam as exéquias de um bebê; ou um pintor começava a assobiar baixinho, enquanto desenhava uma pomba

---

[17] Nas igrejas ortodoxas, amplo painel de madeira, com três portas, que separa a nave principal da ala reservada aos sacerdotes.

com estrelas em redor, no teto abobadado, mas de repente se dava conta de onde estava e na mesma hora fazia silêncio; ou Riedka, em resposta aos próprios pensamentos, falava com um suspiro: "Tudo é possível! Tudo é possível!"; ou um som arrastado e melancólico irrompia acima de nossas cabeças e os pintores entendiam que devia ser o enterro de algum rico...

Eu passava os dias no silêncio, na penumbra da igreja, e nas longas noites jogava bilhar ou ia ao teatro, sentava na galeria com minha roupa nova, um terno de casimira que eu havia comprado com o meu salário. Na residência das Ajóguina, começara a temporada dos espetáculos e concertos; agora só Riedka pintava os cenários. Ele me contava o enredo das peças e dos quadros vivos que via na casa das Ajóguina e eu o escutava com inveja. Sentia enorme vontade de assistir aos ensaios, mas hesitava em ir à casa das Ajóguina.

Uma semana antes do Natal, o dr. Blagovó voltou. E, de novo, discutíamos e, ao fim do dia, jogávamos bilhar. Ao jogar, ele tirava o sobretudo, desabotoava a camisa no peito e, não sei por que razão, tentava sempre assumir o aspecto de um farrista inveterado. Bebia pouco, mas com espalhafato, e conseguia deixar uns vinte rublos por noite numa taverna tão ruim e barata como a Volga.

Minha irmã voltou a me visitar; os dois, ela e o médico, sempre se mostravam surpresos ao depararem um com o outro, no entanto, pelo rosto alegre e culpado de minha irmã, via-se logo que os encontros não eram acidentais. Certa vez, no início da noite, quando estávamos jogando bilhar, o médico me disse:

— Escute, por que o senhor não vai à casa da srta. Dóljikova? O senhor não conhece Maria Víktorovna, ela é inteligente, simples, bondosa, um encanto de pessoa.

Contei para ele como o engenheiro havia me tratado na primavera.

— Bobagem! — o médico deu uma risada. — O engenheiro é uma coisa e ela é outra. Falando sério, meu caro, não faça essa grosseria com ela, vá visitá-la um dia. Por exemplo, podemos ir lá amanhã à noitinha. Não quer?

Ele me convenceu. No dia seguinte à noite, ansioso e vestindo meu novo terno de casimira, fui à casa de Dóljikova. O lacaio já não me pareceu tão horrível e arrogante e tampouco a mobília me pareceu tão suntuosa como naquela manhã em que eu fora até lá pedir trabalho. Maria Víktorovna estava à minha espera, me recebeu como um velho conhecido e, num gesto amistoso, apertou minha mão com força. Trajava-um vestido de feltro cinzento, de mangas compridas, e com o tipo de penteado que, na cidade, no ano seguinte, quando entrou na moda, foi chamado de "orelhas de cachorro". O cabelo das têmporas estava penteado sobre as orelhas e por isso o rosto de Maria Víktorovna se mostrava mais largo e, dessa vez, ela me deu a impressão de ser muito parecida com o pai, cujo rosto era largo, rosado, e com uma expressão que tinha algo de um condutor de carruagem postal.[18] Era bonita, elegante, mas não era jovem, parecia ter uns trinta anos, embora na verdade não contasse mais que vinte e cinco.

— Como sou grata ao meu querido doutor! — disse ela, me convidando a sentar. — Se não fosse ele, o senhor não teria vindo me visitar. Aqui, eu morro de tédio! Meu pai viajou e me deixou sozinha e eu não sei o que fazer nesta cidade.

Em seguida, passou a me fazer perguntas, quis saber onde eu estava trabalhando, quanto ganhava, onde morava.

— O senhor gasta consigo apenas o que ganha de salário? — quis saber.

— Sim.

---

18 Na cultura russa da época, a imagem está associada à ideia de alguém que enfrenta caminhos difíceis, inóspitos, para cumprir sua tarefa.

— Que homem feliz! — suspirou. — Tudo na vida me parece ruim por causa do ócio, do tédio, do vazio espiritual, mas isso tudo é inevitável quando nos acostumamos a viver às custas dos outros. Não pense que estou falando assim para me mostrar, eu falo sinceramente: ser rico é desagradável, não tem graça nenhuma. Façam amigos com o dinheiro da iniquidade:[19] assim está nas escrituras, porque não existe nem pode existir riqueza justa.

Com expressão fria, grave, ela correu os olhos pela mobília, como se quisesse fazer um inventário, e prosseguiu:

— O conforto e as comodidades têm uma força mágica; pouco a pouco, eles conseguem cercear mesmo as pessoas de vontade forte. Houve um tempo em que eu e meu pai vivíamos modestamente, sem riqueza, e agora o senhor mesmo está vendo. Como é possível uma coisa dessas? — exclamou, encolhendo os ombros. — Nós estamos gastando até vinte mil rublos por ano! E isso na província!

— É preciso encarar o conforto e as comodidades como um privilégio inevitável do capital e da educação — respondi. — E eu acho que as comodidades da vida podem casar muito bem com qualquer coisa, mesmo com o trabalho mais bruto e mais sujo. O seu pai é rico, no entanto, como ele diz, teve de trabalhar como maquinista e como um simples lubrificador.

Ela sorriu e balançou a cabeça, num gesto de dúvida.

— Às vezes o papai também toma *tiúria* com *kvas*[20] — disse ela. — Uma diversão, um capricho!

Naquele momento, ouvimos uma campainha e ela se levantou.

— As pessoas ricas e as pessoas instruídas devem trabalhar como todo mundo — prosseguiu ela. — E, se existe conforto,

---

[19] Lucas 16,9. [20] *Tiúria* é um prato popular feito de pão cozido no *kvas* ou no leite.

deve ser igual para todos. Não devem existir privilégios. Mas chega de filosofia. Conte-me alguma coisa bem alegre. Fale sobre os pintores de parede. Como são eles? Divertidos?

Chegou o médico. Comecei a falar sobre os pintores, porém, por estar pouco habituado a conversar, me senti acanhado e falei em tom sério e monótono, como se fosse um etnógrafo. O médico também contou algumas anedotas da vida dos operários. Sacudia o corpo, chorava, se punha de joelhos e, se fingindo de bêbado, chegou a estirar-se no chão. Foi uma autêntica cena de teatro e, olhando para ele, Maria Víktorovna gargalhava até as lágrimas. Em seguida, ele tocou piano e cantou com sua voz de tenor, fluida e agradável, enquanto Maria Víktorovna se mantinha de pé a seu lado, escolhia o que o médico devia cantar e o corrigia quando ele errava.

— Ouvi dizer que a senhora também canta, é verdade? — perguntei.

— Se também canta! — o médico se mostrou chocado. — Ela é uma cantora maravilhosa, uma artista, e o senhor pergunta se ela "também" canta! Era só o que faltava!

— Há algum tempo, eu estudava canto a sério — respondeu ela. — Mas agora abandonei.

Ela sentou-se num banco baixo e nos contou sua vida em Petersburgo, imitava as expressões faciais de cantoras famosas, arremedava suas vozes e a maneira de cantar; desenhou num álbum primeiro o médico e depois a mim, ela desenhava mal, no entanto os desenhos saíram parecidos conosco. Ela ria, gracejava, fazia caretas divertidas, e aquilo casava melhor com ela do que a conversa sobre a riqueza injusta, e eu tive a impressão de que, minutos antes, Maria Víktorovna não havia falado a sério comigo sobre a riqueza e o conforto, mas estava apenas imitando alguém. Era uma atriz cômica magnífica. Em pensamento, pus a filha do engenheiro lado a lado com as nossas jovens ricas, e nem a bela e esbelta Aniúta Blagovó resistiu à comparação; a diferença era enorme, como entre uma bonita rosa cultivada em canteiro e uma rosa silvestre, nascida na mata.

Jantamos nós três. O médico e Maria Víktorovna beberam vinho tinto, champanhe e café com conhaque; brindaram tocando as taças, beberam à amizade, à razão, ao progresso, à liberdade, e não se embriagaram, apenas se ruborizaram e riram até as lágrimas, seus risos eram frequentes e sem motivo. A fim de não parecer uma companhia maçante, também bebi vinho tinto.

— As personalidades talentosas, ricas em dons — disse Dóljikova —, sabem como viver e seguem o seu caminho; já as pessoas medíocres, como eu, por exemplo, não sabem nada e, sozinhas, não são capazes de nada; não lhes resta outra coisa senão descobrir alguma tendência social profunda e se deixar levar por ela.

— Mas será possível descobrir o que não existe? — perguntou o médico.

— Não é isso, a questão é que nós não vemos.

— Será mesmo? As tendências sociais são uma invenção da nova literatura. Na nossa terra, isso não existe.

Teve início uma discussão.

— Aqui, não há nem houve jamais nenhuma tendência social profunda — afirmou o médico, erguendo a voz. — É cada coisa que a nova literatura inventou! Ela também inventou uns tais trabalhadores intelectuais no campo; pois bem, procure à vontade aqui em nossa província inteira e a senhora só vai encontrar um Não-Respeita-a-Gamela[21] de paletó ou de sobrecasaca preta e que consegue cometer quatro erros numa palavra de três letras. A nossa vida cultural nem sequer começou.

---

[21] Em russo, Неуважай-Корыто, nome criado por Nikolai Gógol, no capítulo VII do romance *Almas mortas*, e que figurava numa lista de servos já falecidos. Tornou-se sinônimo de pessoa rude e ignorante.

É a mesma selvageria, a mesma brutalidade incessante, o mesmo vazio que existia há quinhentos anos. Há tendências, há correntes, mas tudo isso é rasteiro, indigente, atrelado a interesses vulgares e mesquinhos. Como é possível enxergar nisso algo de sério? Se você tem a impressão de que descobriu uma tendência social profunda e, ao acompanhar essa tendência, consagra sua vida a tarefas bem ao gosto contemporâneo, como libertar insetos da escravidão ou privar-se de comer bolinhos de carne de boi, nesse caso, eu a parabenizo, minha prezada senhora. Precisamos estudar, estudar, estudar, mas quanto às tendências sociais profundas, vamos esperar mais um pouco: ainda não estamos à altura delas e, para ser bem franco, não compreendemos nada do assunto.

— O senhor pode não compreender, mas eu compreendo — retrucou Maria Víktorovna. — Meu Deus, o senhor hoje está muito chato!

— A questão para nós é estudar e estudar, empenhar-nos para acumular o maior conhecimento possível, porque as tendências sociais sérias surgem onde existe o conhecimento, e também a felicidade futura da humanidade só pode vir do conhecimento. Eu brindo à ciência!

— Uma coisa é certa: é necessário organizar a vida de outra forma — disse Maria Víktorovna, depois de refletir um minuto, em silêncio. — Esta vida, tal como foi até hoje, não vale nada. Não vamos falar sobre ela.

Quando saímos da casa de Maria Víktorovna, batiam duas horas no sino da catedral.

— Gostou dela? — perguntou-me o médico. — Uma simpatia, não é verdade?

No primeiro dia do Natal,[22] almoçamos na casa de Maria Víktorovna e depois voltamos quase todos os dias das festas

---

22 O Natal da Igreja ortodoxa é comemorado por oito dias.

de fim de ano. Além de nós, ninguém ia lá e ela dissera a verdade ao afirmar que, além de mim e do médico, não tinha amigos na cidade. Dedicávamos a maior parte do tempo às conversas; às vezes o médico trazia algum livro ou revista e lia em voz alta para nós. Propriamente falando, ele foi o primeiro homem instruído que conheci na vida. Não posso avaliar se ele sabia muita coisa, mas o tempo todo expunha aos demais seus conhecimentos, como se quisesse compartilhar com os outros o que sabia. Quando falava de algo relacionado à medicina, não parecia nenhum de nossos médicos locais, produzia uma impressão nova, diferente, e me parecia que, se ele quisesse, poderia tornar-se um verdadeiro cientista. Naquele tempo, o médico talvez tenha sido a única pessoa que exerceu sobre mim uma influência importante. Ao encontrar-me com ele e ler os livros que me dava, pouco a pouco passei a sentir o desejo de adquirir conhecimentos que inspirassem algum ânimo ao meu trabalho, tão desprovido de encantos. Já me parecia estranho, por exemplo, que antes eu não soubesse que o mundo inteiro é formado por sessenta elementos químicos, não soubesse o que é o óleo, o que são as tintas, e agora eu não entendia como tinha sido possível viver sem tais conhecimentos. O convívio com o médico também me elevou moralmente. Discutia com ele muitas vezes e, embora em geral eu persistisse na minha opinião, apesar de tudo, graças a ele, aos poucos passei a perceber que nem tudo estava claro para mim, e eu agora me esforçava para elaborar em mim mesmo as convicções mais bem definidas possíveis, para que as diretrizes da consciência também fossem bem definidas e não contivessem nada de vago. Entretanto, mesmo sendo a melhor pessoa e a mais instruída da cidade, o dr. Blagovó estava longe de ser perfeito. Em suas maneiras, no costume de transformar toda conversa numa discussão, em sua agradável voz de tenor e até em sua amabilidade havia algo de grosseiro, algo de seminarista, e quando ele tirava seu sobretudo e ficava só de camisa de seda ou quando, na taverna, pedia chá e jogava uma moeda para o lacaio, sempre me parecia que, por mais culto que fosse, dentro dele ainda, e o tempo todo, vagava um tártaro.[23]

No Dia do Batismo,[24] ele viajou de novo para Petersburgo. Partiu de manhã e, depois do almoço, minha irmã veio me visitar. Sem tirar o casaco de pele e o chapéu, sentou-se calada, muito pálida, com os olhos fixos num único ponto. Tremia com calafrios intermitentes e era visível que tentava disfarçar sua doença.

— Você deve ter pegado um resfriado — disse eu.

Seus olhos se encheram de lágrimas, ela se levantou e foi ao encontro de Karpóvna sem me dizer nenhuma palavra, como se eu a tivesse ofendido. Pouco depois, ouvi que ela falava em tom de amarga censura:

— Babá, para que foi que eu vivi até agora? Para quê? Explique: como foi que eu pude desperdiçar a minha juventude? Os melhores anos da minha vida foram só para anotar as despesas, servir chá, contar moedas, cuidar das visitas e pensar que não havia no mundo nada melhor do que isso! Babazinha, entenda, eu tenho aspirações humanas normais, afinal, eu quero viver, só que fizeram de mim uma governanta. E isso é horrível, é horrível!

Ela arremessou as chaves pela porta e, com um estalido, elas caíram no chão do meu quarto. Eram as chaves do bufê, do armário da cozinha, da adega e do estojo de chás — as mesmas chaves que, antigamente, minha mãe sempre levava consigo.

— Ai, oh, meu Deus! — exclamou a velha, assustada. — Santos Protetores!

---

23 Refere-se aos povos turco-mongóis que dominaram vastas regiões da Rússia entre os séculos XIII e XVI e aos poucos se integraram à população local.
24 Celebrado em 6 de janeiro. Corresponde ao Dia de Reis na Igreja católica.

Antes de ir embora, minha irmã veio ao meu quarto para pegar as chaves no chão, e disse:

— Desculpe. Ultimamente algo estranho anda acontecendo comigo.

VIII

Certa vez, tarde da noite, ao voltar da casa de Maria Víktorovna, encontrei em meu quarto o jovem chefe do posto policial, de uniforme novo; estava sentado à minha mesa e folheava um livro.

— Ah, finalmente! — exclamou, levantou-se e estendeu a mão. — Já é a terceira vez que venho à sua casa. O governador ordenou que o senhor se apresente a ele amanhã às nove horas da manhã. Sem falta.

Tomou minha assinatura para garantir que eu ia cumprir à risca a ordem de sua excelência e foi embora. Aquela visita tardia do chefe de polícia e o inesperado convite para me apresentar ao governador me afetaram da maneira mais opressiva. Desde a primeira infância, perdurava em mim o mesmo temor de guardas, policiais, juízes, e, naquele momento, uma inquietação me afligiu, como se de fato eu fosse culpado de algo. E não consegui dormir. A babá e Prokófi também ficaram agitados e não dormiram. Além do mais, a babá teve dor de ouvido, gemia e às vezes chorava de dor. Ao perceber que eu não estava dormindo, Prokófi entrou com cuidado no meu quarto, com uma lamparina na mão, e sentou-se à mesa.

— O senhor devia tomar uma *pertsóvka*...[25] — disse, depois de refletir um pouco. — Neste nosso vale de lágrimas, a gente bebe um pouco e logo melhora. E se a mamãe pingasse no ouvido a *pertsóvka* também ia fazer bem.

---

[25] Infusão de vodca com pimenta.

Já depois das duas da madrugada, ele se dirigiu ao matadouro para comprar carne. Eu sabia que, até amanhecer, não ia mais dormir e, a fim de encher o tempo até as nove horas, fui com Prokófi. Levamos uma lanterna e, atrás de nós, num trenó, atiçando o cavalo com sua voz rouca, foi também seu aprendiz Nikolka, de uns treze anos, rosto cheio de manchas azuladas devido à forte friagem e, a julgar pela fisionomia, um perfeito malandro.

— Lá na sala do governador, na certa o senhor vai tomar um castigo — me disse o caro Prokófi. — Tem a ciência dos governadores, a ciência dos arquimandritas,[26] a ciência dos oficiais, a ciência dos médicos, e cada categoria tem a sua ciência. Mas o senhor não segue a ciência da sua categoria, e isso eles não podem admitir.

O matadouro ficava depois do cemitério e, até então, eu só o vira de longe. Eram três galpões sombrios por trás de uma cerca cinzenta e, nos dias quentes de verão, quando o vento soprava do lado deles, trazia um fedor sufocante. Naquela hora, na escuridão, ao entrar no pátio, eu nem conseguia ver os galpões; a todo instante deparava com cavalos e trenós, vazios ou já carregados de carne; pessoas caminhavam com lanternas e praguejavam de modo repugnante. Prokófi e Nikolka também diziam palavrões igualmente repulsivos e, no ar, vibrava um incessante fragor de xingamentos, tosses e relinchos de cavalos.

Tudo cheirava a cadáveres e estrume. A neve estava derretendo, já se misturava com a lama e, no escuro, eu tinha a impressão de caminhar sobre poças de sangue.

Depois de encher o trenó de carne, seguimos para o mercado, onde ficava a barraca do açougue em que Prokófi trabalhava. O dia começava a clarear. Uma após outra, passavam cozinheiras com cestos e damas idosas agasalhadas em mantôs. Com o machado em punho e o avental branco respingado de

---

[26] Diretor de um mosteiro, na hierarquia do clero da Igreja ortodoxa.

sangue, Prokófi se benzia fazendo com a mão o sinal da cruz voltado para a igreja, e fazia promessas tremendas, esbravejava para o mercado inteiro, garantindo que vendia carne a preço de custo e até com prejuízo. Roubava no peso, roubava nas contas, as cozinheiras viam, porém, ensurdecidas pelos seus berros, não reclamavam, se contentavam em chamá-lo de carrasco. Quando erguia e baixava seu machado aterrador, Prokófi adotava poses dignas de personagens de pinturas e, sempre com expressão cruel, a cada golpe rosnava "*Hek!*", e eu tinha medo de que, de fato, ele acabasse cortando a cabeça ou o braço de alguém.

Passei a manhã inteira no açougue e quando, finalmente, fui me apresentar ao governador, meu casaco de pele cheirava a carne e sangue. Meu estado de ânimo era o de alguém que recebera ordens de enfrentar um urso empunhando apenas uma vara de madeira com uma ponteira de ferro. Guardei na memória a alta escadaria com um tapete listrado, bem como o jovem funcionário de fraque, com botões reluzentes, que em silêncio, com as duas mãos, me apontou uma porta e correu à minha frente para me anunciar. Entrei num salão mobiliado com luxo, porém de maneira fria e com mau gosto, e o que feria os olhos de modo particularmente desagradável eram os espelhos altos e estreitos, na parede entre as janelas, e os cortinados de cor amarela brilhante na frente das janelas; era fácil perceber que, enquanto os governadores foram se sucedendo, a mobília e a decoração permaneceram as mesmas. Mais uma vez, com as duas mãos, o jovem funcionário me apontou outra porta, e eu me dirigi para uma grande mesa verde, atrás da qual estava um general do Exército com a condecoração de Vladímir pendurada no pescoço.[27]

---

[27] Trata-se da Ordem Imperial do Grande Santo Príncipe Vladímir Igual aos Apóstolos, criada no século XVIII pela imperatriz Catarina II, em memória de são Vladímir, que governou a Rússia (Rus) de Kíev no fim do século X.

— Sr. Póloznev, eu pedi ao senhor que se apresentasse — disse logo ele, abrindo a boca num largo círculo semelhante à letra O, enquanto segurava uma carta na mão. — Pedi ao senhor que se apresentasse para lhe comunicar o seguinte. Seu prezado pai, por escrito e de viva voz, dirigiu ao chefe da nobreza da província a solicitação de que chamasse o senhor e o fizesse ver o completo desacordo do seu comportamento com relação à categoria da nobreza, à qual o senhor tem a honra de pertencer. Sua excelência Aleksandr Pávlovitch, supondo com razão que o seu comportamento pode representar uma tentação para os demais e também julgando que, no caso, apenas uma repreensão da parte dele seria insuficiente, concluiu pela necessidade de uma intervenção administrativa séria e me encaminhou, nesta carta aqui, suas considerações relativas ao senhor, as quais eu compartilho.

De pé e bem ereto, como se eu fosse seu superior, o general falava em voz baixa, em tom respeitoso, olhando para mim sem nenhum sinal de severidade. Tinha o rosto flácido, desgastado, cheio de rugas, bolsas pendiam sob os olhos, ele pintava o cabelo e, no conjunto, pela aparência, era impossível determinar se tinha quarenta ou sessenta anos de idade.

— Espero — prosseguiu — que o senhor receba com apreço a respeitosa cortesia de Aleksandr Pávlovitch, que não se dirigiu a mim em caráter oficial, mas em particular. Eu também não chamei o senhor aqui em caráter oficial e não estou falando com o senhor como governador, mas como um sincero admirador do seu pai. Portanto eu lhe peço que ou mude sua conduta e retorne a funções adequadas à sua categoria social ou então, a fim de evitar que sua conduta seja uma tentação para os demais, se transfira para outra localidade, algum lugar onde não o conheçam e onde possa ocupar-se como bem entender. Caso contrário, serei obrigado a tomar medidas extremas.

Permaneceu meio minuto em silêncio, de boca aberta e olhando para mim.

— O senhor é vegetariano?[28] — perguntou.

— Não, vossa excelência, eu como carne.

Sentou-se e puxou para si uma folha de papel; fiz uma reverência e me retirei.

Já não valia a pena ir para o trabalho antes do jantar. Fui para casa a fim de dormir, porém não consegui pegar no sono, por causa da sensação desagradável e doentia que me inspiraram o matadouro e a conversa com o governador e, quando finalmente entardeceu, fui para a casa de Maria Víktorovna, com o espírito desolado e sombrio. Enquanto eu lhe contava minha conversa com o governador, ela olhava para mim com perplexidade, como se não estivesse acreditando, e de repente deu uma gargalhada alegre, estrondosa, em tom desafiador, como são capazes de rir apenas pessoas com bom humor e dadas ao riso.

— Se alguém contasse isso em Petersburgo! — exclamou, quase caindo de tanto rir, e se apoiando na mesa. — Se alguém contasse isso em Petersburgo!

IX

Agora nós dois nos encontrávamos com frequência, mais ou menos duas vezes por dia. Depois do almoço, quase diariamente, ela ia ao cemitério e, enquanto me esperava, ficava lendo as inscrições nas cruzes e nos monumentos fúnebres; às vezes ela entrava na igreja e, de pé a meu lado, observava como eu trabalhava. O silêncio, o trabalho inocente dos pintores de santos e dos douradores, a sensatez de Riedka, o fato de que, na aparência, eu não me diferenciava em nada dos demais

---

[28] Muitas seitas religiosas da época preconizavam o vegetarianismo.

artesãos e, como eles, trabalhava só de colete e de sapatos estropiados, e de que os outros me tratavam de "você" e não de "o senhor" — tudo aquilo era novidade para ela e a deixava comovida. Certa vez, na presença dela, um pintor que trabalhava na figura de um pombo, no alto da igreja, gritou para mim:

— Missail, me traz aqui essa cal!

Levei a cal para ele e, enquanto eu descia pelo andaime frágil, Maria Víktorovna ficou olhando para mim comovida, à beira das lágrimas, e sorria.

— Como o senhor é encantador! — disse ela.

Trago da infância a lembrança de um papagaio verde que fugiu de sua gaiola numa das residências de ricos de nossa cidade, e depois, durante um mês inteiro, aquela ave bonita ficou vagando de um jardim para outro, sozinha e sem lar. Maria Víktorovna me fazia lembrar aquele pássaro.

— Agora, a não ser o cemitério, na verdade eu não tenho mais nenhum lugar para ir — me disse ela, rindo. — A cidade me causa um fastio que chega às raias do nojo. Na casa das Ajóguina, leem, cantam, falam fazendo biquinho, mas ultimamente não estou mais suportando essas coisas; a sua irmã anda insociável, Mademoiselle Blagovó me odeia nem eu sei por quê, de teatro eu não gosto. Vamos, diga: aonde eu posso ir?

Quando ia à casa dela, eu tinha cheiro de tinta e terebintina, e as mãos escuras, e ela gostava daquilo; não queria que fosse lá senão com as minhas roupas de trabalho cotidianas; no entanto, na sala de visitas, aquela vestimenta me deixava constrangido, embaraçado, como se eu estivesse de uniforme, e por isso, quando ia à sua casa, sempre vestia meu terno novo de casimira. E ela não gostava.

— Admita, o senhor ainda não assimilou por inteiro o seu novo papel — disse-me, certa vez. — A roupa de operário o incomoda, o senhor não se sente à vontade com ela. Diga, será que não é porque o senhor não tem confiança e está insatisfeito?

O próprio tipo de trabalho que o senhor escolheu, essa sua pintura de parede, será que satisfaz o senhor? — perguntou, rindo. — Eu sei, a tinta deixa as coisas mais bonitas, mais bem conservadas, no entanto essas coisas pertencem aos ricos, que vivem nas cidades e, no final das contas, não passam de um luxo. Afinal, o senhor mesmo falou mais de uma vez que cada pessoa deve ganhar o seu pão com o seu trabalho, só que o senhor não está ganhando pão, mas sim dinheiro. Por que não seguir suas palavras ao pé da letra? É preciso ganhar o pão no rigor da palavra, ou seja, é preciso arar a terra, semear, ceifar, moer os grãos, ou fazer algo parecido, algo que tenha relação imediata com a agricultura, por exemplo, cuidar de vacas, lavrar a terra, cortar árvores para construir isbás...

Ela abriu um bonito armário de livros que ficava perto de sua escrivaninha e disse:

— Estou lhe dizendo tudo isso porque eu quero confiar ao senhor o meu segredo, *Voilà!*[29] Esta é a minha biblioteca de agricultura. Estão aqui o campo, a horta, o pomar, o curral, o apiário. Eu leio com voracidade e já estudei tudo em teoria, até os últimos detalhes. O meu sonho, a minha doce fantasia, é partir para a nossa Dubiétchnia assim que começar o mês de março. Lá é maravilhoso, é incrível! Não é verdade? No primeiro ano, vou observar o trabalho e ir me habituando, mas no ano seguinte eu mesma já vou trabalhar de verdade, vou suar sangue, como dizem. Meu pai prometeu que vai me dar Dubiétchnia de presente e lá eu vou fazer o que eu quiser.

Com o rosto muito vermelho, emocionada, à beira das lágrimas e rindo, ela sonhava em voz alta, imaginando como viveria em Dubiétchnia e como aquela vida havia de ser fascinante. Eu a invejava. Março já estava perto, os dias se tornavam cada vez

[29] Francês: "aí está".

mais longos e, sob o meio-dia claro e ensolarado, a neve derretia e gotejava dos telhados e, no ar, sentia-se o aroma da primavera; eu mesmo tinha vontade de ir para o campo.

Quando ela disse que ia viver no campo, vi em pensamento, com muita clareza, que eu ia ficar sozinho na cidade, e senti ciúmes do seu armário de livros e da agricultura. Eu não gostava de agricultura, nada sabia do assunto, e me veio a vontade de dizer a Maria Víktorovna que a agricultura era uma ocupação de escravos, no entanto lembrei que mais de uma vez meu pai já dissera algo semelhante, e fiquei calado.

Começou a Quaresma. O engenheiro Víktor Ivánitch, cuja existência eu já estava começando a esquecer, chegou de Petersburgo. Apareceu de surpresa, sem avisar nem mesmo por telegrama. Quando cheguei à casa de Maria Víktorovna, como de costume, ao anoitecer, o engenheiro, de banho tomado, cabelo aparado, rejuvenescido uns dez anos, caminhava pela sala relatando algo; a filha, sentada no chão sobre os joelhos, retirava das malas livros, caixas, frascos e entregava tudo ao lacaio Pável. Ao deparar com o engenheiro, sem querer, dei um passo atrás, porém ele estendeu as duas mãos na minha direção e, sorrindo, pondo à mostra os dentes brancos e fortes de um condutor de carruagem postal, disse:

— Aí está ele! Aí está ele! Estou muito feliz em vê-lo, senhor pintor! A Macha[30] me contou tudo, ela cantou a seu respeito um verdadeiro panegírico. Eu compreendo o senhor perfeitamente, e eu o aprovo! — prosseguiu, e me tomou pelo braço. — Ser um operário digno é muito mais inteligente e honesto do que consumir o papel timbrado do governo à toa e usar uma insígnia espetada no chapéu. Eu mesmo já trabalhei na Bélgica, com estas mãos aqui, e depois trabalhei dois anos como maquinista...

---

30 Hipocorístico de Maria.

Ele vestia paletó curto e chinelos domésticos, caminhava como alguém que sofre de gota, cambaleava e esfregava as mãos uma na outra. Enquanto cantarolava algo, o engenheiro ronronava baixinho e se revirava todo de satisfação por ter, finalmente, voltado para casa e tomado sua adorada ducha.

— Nem se discute — disse-me ele durante o jantar. — Nem se discute. Todos vocês são gente simpática, amável, mas por algum motivo, meus senhores, assim que vocês pegam um trabalho braçal ou começam a salvar os mujiques, tudo em vocês, no final das contas, acaba se reduzindo a um sectarismo. Por acaso o senhor não é de alguma seita? Veja, o senhor não bebe vodca. E o que é isso, senão sectarismo?

Para deixá-lo satisfeito, bebi vodca. E também bebi vinho. Provamos queijos, embutidos, patês, picles e todos os petiscos possíveis e imagináveis que ele trouxera do exterior. Os vinhos eram excelentes. Por alguma razão, o engenheiro recebia vinhos e charutos do exterior sem pagar impostos; o caviar e o *balyk*,[31] alguém lhe mandava de graça; o engenheiro também não pagava aluguel pelo apartamento, porque o proprietário fornecia querosene para a ferrovia; e, quase sempre, ele e a filha produziam em mim a impressão de que todas as melhores coisas do mundo só existiam para lhes dar prazer e que eles recebiam tudo aquilo de forma completamente gratuita.

Continuei a frequentar a casa deles, porém já não com a mesma satisfação. O engenheiro me deixava constrangido e, na sua presença, eu me sentia tolhido. Não suportava seus olhos radiantes e ingênuos, seus raciocínios me angustiavam, me davam aversão; também me angustiava a lembrança de que, pouco tempo antes, eu tinha sido um subordinado daquele homem bem nutrido e bronzeado, e a lembrança de que ele se mostrara impiedosamente rude comigo. É verdade que

---

[31] Filé salgado e seco de peixes finos como o salmão e o esturjão.

ele me abraçava pela cintura, me dava palmadinhas afetuosas no ombro, aprovava meu modo de vida, porém eu sentia que ele, como antes, desprezava minha irrelevância e só me tolerava para agradar à filha; agora eu não podia mais rir e dizer o que quisesse, me mantinha pouco sociável e, o tempo todo, ficava na expectativa de que, de uma hora para outra, o engenheiro me chamasse de Pantelei, como fazia com seu lacaio Pável. A que ponto se indignava o meu orgulho provinciano e pequeno-burguês! Eu, um proletário, um pintor de parede, ia à casa de gente rica, pessoas alheias ao meu meio, gente que a cidade inteira encarava como estrangeiros, e lá, todos os dias, eu bebia vinhos caros e comia pratos incomuns — a minha consciência não admitia se conformar com aquilo! Cabisbaixo, a caminho da casa deles, eu evitava quaisquer encontros, olhava de lado, as sobrancelhas contraídas, como se fosse de fato adepto de alguma seita, e, quando saía da casa do engenheiro, tinha vergonha de estar tão bem alimentado.

O mais importante, porém, era que eu temia me apaixonar. Quando andava pela rua, quando trabalhava, quando conversava com os colegas, o tempo todo só pensava que à noite eu veria Maria Víktorovna, e imaginava sua voz, seu riso, seu jeito de andar. Antes de sair para sua casa, eu sempre passava muito tempo em meu quarto, na casa da babá, arrumando minha gravata diante do espelho, meu terno me parecia horroroso, sofria e ao mesmo tempo desprezava a mim mesmo por dar valor a tais futilidades. Quando ela, de um outro cômodo, gritava para mim que ainda não estava vestida e pedia que esperasse um pouco, eu ouvia o ruído das roupas que ela estava vestindo; aquilo me perturbava, eu tinha a sensação de que o chão fugia debaixo dos pés. E na rua, mesmo de longe, quando eu via um vulto de mulher, não podia deixar de fazer a comparação; parecia-me que todas as nossas mulheres e moças se vestiam mal, tinham gosto vulgar, não sabiam se portar; e aquelas comparações atiçavam em mim um sentimento de orgulho: Maria Víktorovna era a melhor de todas! E à noite eu sonhava com ela e comigo.

Certa vez, durante o jantar, nós dois e o engenheiro comemos uma lagosta inteira. Enquanto voltava para casa, lembrei que o engenheiro, durante o jantar, me chamara duas vezes de "caríssimo", e refleti que naquela casa me faziam afagos como se faz com um cachorro grande e infeliz que se perdeu de seu dono, refleti que eles se divertiam comigo e que, quando estivessem fartos, me poriam para fora de casa como se faz com um cachorro. Senti vergonha e mágoa, e tão grande era a mágoa que quase chorei, como se tivessem me ofendido e, olhando para o céu, jurei a mim mesmo pôr fim a tudo aquilo.

No dia seguinte, não fui à casa dos Dóljikov. Tarde da noite, quando já estava muito escuro e chovia, caminhei pela rua Bolchaia Dvoriánskaia, olhando para as janelas. Na casa das Ajóguina já estavam dormindo e só numa das últimas janelas uma luz brilhava; era a velha Ajóguina que bordava em seu quarto à luz de três velas, imaginando que lutava contra os preconceitos. Nossa casa estava às escuras, em troca, do outro lado da rua, na casa dos Dóljikov, as janelas estavam iluminadas, no entanto nada se podia distinguir através das flores e das cortinas. Continuei andando pela rua; a chuva fria de março me molhava. Ouvi meu pai voltando do clube; ele bateu no portão e, um minuto depois, uma luz se acendeu na janela e vi minha irmã vir às pressas com um lampião, enquanto no caminho, com a outra mão, arrumava os cabelos fartos. Depois, papai ficou andando pela sala, de ponta a ponta, falava sobre algo, enquanto esfregava as mãos uma na outra, e minha irmã, sentada na poltrona, pensava, sem se mexer e sem escutar o que ele dizia.

Mas por fim os dois se retiraram, a luz se apagou... Dirigi o olhar para a casa do engenheiro, e lá já estava escuro. Debaixo da chuva, na escuridão, eu me sentia desesperadamente solitário, abandonado ao sabor do destino, e percebia que, em comparação com aquela minha solidão, em comparação com o sofrimento presente e com aquele que a vida ainda me reservava, todos os meus problemas, os meus desejos e tudo que eu, até então, pensava e dizia não passava de futilidade. Infelizmente as ações e os pensamentos das criaturas vivas não são nem de longe tão significativos quanto as suas mágoas! E, sem me dar conta do que estava fazendo, arranquei com toda a força a campainha do portão da casa dos Dóljikov, destrocei a campainha e saí correndo pela rua como um menino, cheio de medo e pensando que agora, inapelavelmente, eles iam sair da casa e me reconhecer. No fim da rua, quando parei de correr para tomar fôlego, tudo o que se ouvia era o ruído da chuva e o aviso de rotina do vigia noturno, que dava marteladas numa chapa de ferro.[32]

Durante toda aquela semana, não fui à casa dos Dóljikov. Vendi o terno de casimira. Não havia trabalho para pintores de parede e, mais uma vez, eu estava passando fome, conseguia ganhar dez ou vinte copeques por dia fazendo qualquer serviço, sempre trabalhos pesados e desagradáveis. Arrastando-me com a lama gelada pelos joelhos, berrando com força, eu queria sufocar as recordações, e era como se me vingasse contra mim mesmo por causa de todos os queijos e conservas que haviam me servido na casa do engenheiro; no entanto, assim que deitava na cama, faminto e molhado, minha imaginação pecaminosa logo começava a pintar imagens deslumbrantes, sedutoras e, surpreso, eu me dava conta de que estava amando, e de que amava apaixonadamente, e assim caía num sono pesado e salutar, sentindo que, por causa daquela vida de trabalhos forçados, meu corpo apenas se tornava mais forte e mais jovem.

---

[32] Cabia aos vigias noturnos dar um sinal em intervalos regulares, a fim de avisar que estavam de guarda.

Certo entardecer, quando já ninguém mais esperava, começou a nevar e bateu o vento norte, como se o inverno fosse recomeçar. Ao chegar em casa naquele início de noite, de volta do trabalho, deparei com Maria Víktorovna no meu quarto. Estava sentada, de casaco de pele curto, com as duas mãos enfiadas num regalo de pele.

— Por que não tem ido à minha casa? — perguntou, erguendo os olhos inteligentes e claros; entretanto fiquei confuso de alegria, parado diante dela em posição de sentido, como se estivesse diante do meu pai, quando ele estava prestes a me dar uma surra. Ela me olhava direto no rosto e, pelos olhos, percebi que compreendia o motivo de minha confusão.

— Por que não vai à minha casa? — repetiu. — Como não quer ir, eu mesma vim aqui.

Levantou-se e chegou bem perto de mim.

— Não me abandone — disse ela, e seus olhos se encheram de lágrimas. — Eu sou sozinha, completamente sozinha!

Começou a chorar e falou, cobrindo o rosto com o regalo:

— Sou sozinha! Minha vida é difícil, muito difícil, e eu não tenho ninguém no mundo inteiro, a não ser o senhor. Não me abandone!

Enquanto procurava um lenço para enxugar as lágrimas, ela sorriu; ficamos um momento em silêncio, depois eu a abracei e a beijei, e nisso arranhei meu rosto até sangrar num alfinete que prendia seu chapéu.

E começamos a conversar como se fôssemos estreitamente ligados havia muito tempo.

X

Três dias depois, ela pediu que eu fosse para Dubiétchnia, o que para mim foi uma alegria indescritível. No caminho para a estação e, depois, já no vagão de trem, eu ria sem motivo e as pessoas me olhavam como quem olha para um bêbado. Nevava, fazia um frio intenso naquelas manhãs, porém as estradas já estavam escuras e gralhas voavam acima delas, crocitando.

Primeiro imaginei que nós dois, eu e Macha, poderíamos nos instalar numa casinha de fundos, na ala lateral, em frente a outra casa de fundos, da sra. Tcheprakova, mas me dei conta de que patos e pombos já estavam morando lá fazia muito tempo e era impossível limpá-la sem destruir uma porção de ninhos. Querendo ou não, era necessário nos instalarmos nos cômodos desconfortáveis da casa principal com persianas nas janelas. Os mujiques chamavam aquela casa de palacete; nela havia mais de vinte quartos, porém toda a mobília se resumia a um piano e uma poltroninha de criança, largada no sótão, e mesmo que Macha trouxesse da cidade todos os seus móveis, ainda assim não conseguiríamos eliminar aquela sensação tristonha de vazio e de frieza. Escolhi três quartos pequenos com janelas voltadas para o jardim e, desde o amanhecer até tarde da noite, trabalhei para pôr em ordem aqueles cômodos, instalei vidros novos, colei papel de parede, tapei buracos e frestas no chão. Era um trabalho leve e agradável. De vez em quando eu corria até o rio para ver se o degelo havia começado; tinha sempre a impressão de que os estorninhos já estavam chegando. E tarde da noite, enquanto pensava em Macha com um sentimento de doçura indescritível, com uma alegria arrebatadora, eu me punha a escutar o barulho das ratazanas, o sopro e as batidas do vento acima do teto; parecia que, no sótão, tossia um velho *domovói*.[33]

A neve estava bem funda; boa parte havia se acumulado ainda no fim de março, porém, como que por um passe de mágica, estava derretendo depressa, as águas da primavera

---

[33] Na mitologia eslava antiga, espírito bom ou mau que habitava cada residência, em geral perto do fogão ou da estufa.

corriam buliçosas e assim, no início de abril, os estorninhos já piavam e borboletas amarelas voavam pelo jardim. Fazia um tempo maravilhoso. Todo dia, antes do entardecer, eu ia a pé à cidade para me encontrar com Macha, e que delícia bater os pés descalços pela estrada, que já estava secando, mas continuava molhada! No meio do caminho eu sentava e contemplava a cidade, receoso de me aproximar. A visão da cidade me perturbava. O tempo todo, pensava: como os meus conhecidos vão me tratar quando souberem do meu amor? O que meu pai vai dizer? Acima de tudo, me perturbava a ideia de que minha vida se tornara complicada, eu perdera toda a capacidade de dirigi-la e, como um balão de gás, ela havia me carregado pelo ar só Deus sabe para onde. Já nem pensava mais em como ganhar meu sustento, como viver, e eu pensava... na verdade, nem lembro em quê.

Macha chegava num coche; eu subia e sentava a seu lado e seguíamos para Dubiétchnia juntos, alegres, livres. Ou então eu esperava até o pôr do sol e depois voltava para casa insatisfeito, aborrecido, sem entender por que Macha não tinha vindo, mas no portão do sítio ou no jardim, de surpresa, me aguardava uma doce visão — ela! A explicação era que Macha tinha viajado de trem e que viera a pé da estação ferroviária. E aquilo era uma festa! Ela usava um vestido de lã muito simples, lencinho na cabeça, sombrinha modesta, mas se punha ereta e esbelta, e calçava botas caras, feitas no exterior — era uma atriz talentosa que representava o papel de uma jovem pequeno-burguesa. Examinávamos nossa propriedade e íamos decidindo onde ficaria o quarto de cada um, onde ficariam as alamedas, a horta, as colmeias. Já possuíamos galinhas, patos e gansos, que adorávamos porque eram nossos. Prontos para a semeadura, já tínhamos a aveia, o trevo, a alfafa, o trigo-sarraceno e as sementes para a horta; sempre examinávamos tudo aquilo e discutíamos demoradamente o possível tamanho da colheita, e tudo o que Macha dizia me parecia lindo e de uma inteligência fora do comum. Foi o tempo mais feliz da minha vida.

Logo depois da semana de são Tomás,[34] nos casamos na igreja de nossa paróquia, no povoado de Kurílovka, a três verstas de Dubiétchnia. Macha quis que tudo fosse muito modesto; conforme seu desejo, os padrinhos foram casais de camponeses, só o sacristão cantou e voltamos da igreja numa pequena charrete sacolejante, que ela mesma guiou. Nossos convidados da cidade foram só minha irmã Kleopatra, para quem Macha mandou um bilhete três dias antes do casamento. Minha irmã estava de vestido branco e luvas. Na hora da coroação,[35] ela chorou em silêncio, de alegria e ternura, seu rosto tinha uma expressão maternal, de uma bondade infinita. Estava inebriada com a nossa felicidade, sorria como se tivesse aspirado uma fragrância doce e, olhando para minha irmã durante a cerimônia, compreendi que, para ela, não existia no mundo nada mais importante do que o amor, o amor terreno, e que era com aquilo que ela sonhava em segredo, timidamente, mas de modo constante e fervoroso. Ela abraçava e beijava Macha e, sem saber como exprimir seu entusiasmo, lhe dizia, se referindo a mim:

— Ele é bom! Ele é muito bom!

Antes de ir embora, minha irmã trocou a roupa de casamento pelo vestido de costume e me acompanhou até o jardim a fim de falar comigo a sós.

— Papai está muito desgostoso por você não ter escrito para ele — disse minha irmã. — Era necessário pedir sua bênção. Mas no fundo ele está muito contente. Diz que esse casamento ergue você aos olhos de toda a sociedade e que, sob

---

[34] A semana do primeiro domingo após a Páscoa. [35] Na cerimônia ortodoxa, os noivos são coroados pelo sacerdote.

a influência de Maria Víktorovna, você vai encarar a vida com mais seriedade. Agora, de noite, nós só conversamos sobre você e ontem ele chegou a falar assim: "O nosso Missail". Que alegria me deu. Pelo visto ele tem um plano, eu acho que ele quer dar a você um exemplo de generosidade e vai ser o primeiro a falar em reconciliação. É bem possível que, daqui a alguns dias, venha visitar você.

Apressada, ela me benzeu algumas vezes e disse:

— Pois bem, fique com Deus, seja feliz. Aniúta Blagovó é uma jovem muito inteligente e, sobre o casamento, ela diz que Deus enviou para você uma nova provação. Não admira. Na vida conjugal não há só alegrias, mas também sofrimentos. Não pode ser diferente.

Para acompanhar minha irmã, eu e Macha percorremos três verstas a pé; depois, no caminho de volta, viemos andando devagar e em silêncio, como se quiséssemos descansar. Macha segurava minha mão, eu sentia o espírito leve e não tinha mais vontade de falar de amor; depois do casamento, ficamos ainda mais próximos um do outro, mais afins, e nos parecia que nada mais no mundo podia nos separar.

— Sua irmã é uma pessoa simpática — disse Macha —, mas parece que a fizeram sofrer por muito tempo. Seu pai deve ser uma criatura terrível.

Contei a ela como eu e minha irmã tínhamos sido educados e como nossa infância, de fato, fora um martírio sem sentido. Ao saber que, até pouco tempo, meu pai me batia, ela estremeceu e se abraçou a mim com força.

— Não me conte mais nada — disse. — É horrível.

Agora ela não se afastava mais de mim. Morávamos em três cômodos da casa principal e à noite deixávamos bem trancada a porta que dava para a parte vazia da casa, como se alguém morasse ali, alguém que conhecíamos e de quem tínhamos medo. Eu acordava cedo, ao raiar do dia, e logo me incumbia de qualquer trabalho. Consertava charretes, limpava trilhas no jardim, revirava a terra dos canteiros, pintava o telhado da casa. Quando veio o tempo de semear aveia, experimentei arar duas vezes, usar a grade,[36] semear, e fazia tudo aquilo com o maior zelo, sem me afastar um passo do camponês que havíamos contratado; eu me exauria debaixo da chuva, o vento frio e cortante queimava meu rosto e minhas pernas, e à noite eu sonhava com a terra lavrada. Porém os trabalhos agrícolas não me atraíam. Não conhecia a agricultura e não gostava do assunto; talvez porque meus antepassados não tenham sido agricultores e nas minhas veias corresse o sangue puro da cidade. Eu amava a natureza com ternura, também gostava do campo, dos prados, das hortas, mas o mujique, que revirava fundo a terra com o arado, apressava os passos de seu cavalo exaurido, em frangalhos, coberto de suor e com o pescoço duro, era para mim a expressão da força bruta, selvagem, sem beleza e, vendo seus movimentos canhestros, eu não podia deixar de pensar na vida de tempos muito antigos e lendários, quando as pessoas ainda não sabiam usar o fogo. O touro bravo que acompanhava o rebanho dos camponeses e os cavalos que passavam em disparada pelo povoado, estalando os cascos na terra, me davam medo, e tudo que era grande, forte e bravio, por insignificante que fosse, mesmo um carneiro com chifres, um ganso ou um cão preso a uma corrente, parecia-me a expressão daquela mesma força bruta e selvagem. Tal preconceito me afetava com particular intensidade quando fazia mau tempo, quando nuvens carregadas pairavam acima do campo negro e lavrado. No entanto, quando eu arava ou semeava e dois ou três homens ficavam parados, vendo como eu fazia aquilo, o mais importante era que eu não tinha consciência do caráter

---

[36] No caso, ferramenta agrícola com hastes paralelas, que servem para cobrir de terra as sementes lançadas nos sulcos arados.

inevitável e necessário daquele trabalho e parecia que estava apenas me divertindo. Preferia fazer algum serviço na casa, e nada me agradava mais do que pintar o telhado.

Eu atravessava o jardim e o prado até o moinho. Estava arrendado para o Stiepan, um mujique de Kurílovka, homem bonito, bronzeado, com densa barba negra, que aparentava enorme força física. Ele não gostava de trabalhar no moinho, achava enfadonho e pouco lucrativo, no entanto morava ali só para não ter de ficar em casa, com a família. Trabalhava com couro, fazia correias, selas, e à sua volta havia sempre um cheiro agradável de couro e resina. Não gostava de conversar, era preguiçoso, parado e vivia cantarolando "u-liu-liu-liu", sentado na beira do rio ou na soleira do moinho. De vez em quando, a esposa e a sogra vinham de Kurílovka visitá-lo, ambas tinham o rosto branco, um ar abatido e eram muito dóceis; cumprimentavam Stiepan curvando a cabeça até o chão e o tratavam de "sr. Stiepan Petróvitch". Já ele, em resposta à reverência delas, não fazia o menor movimento, não dizia nenhuma palavra, ia sentar-se na beira do rio e cantarolava "u-liu-liu-liu". Por uma ou duas horas, não dizia nenhuma palavra. Então a esposa e a sogra trocavam um sussurro, levantavam-se e ficavam olhando para ele por algum tempo, à espera de que Stiepan olhasse de volta, depois faziam uma reverência até o chão e, com vozes doces e cantadas, diziam:

— Adeus, Stiepan Petróvitch!

E iam embora. Em seguida, Stiepan pegava uma trouxa com *barankas*[37] ou uma camisa que elas haviam deixado, dava um suspiro e, piscando um olho na direção delas, dizia:

— O sexo feminino!

O moinho tinha duas mós e funcionava dia e noite. Eu ajudava o Stiepan, aquilo me agradava e, quando ele ia a algum lugar, eu o substituía de bom grado.

---

[37] Rosquinhas tradicionais na Rússia.

XI

Depois do tempo claro e quente, teve início a temporada dos lamaçais;[38] choveu maio inteiro, fazia frio. O rumor da chuva e das rodas do moinho induzia à preguiça, ao sono. O chão do moinho trepidava, tudo cheirava a farinha e aquilo também predispunha ao torpor. De casaco de pele curto, galochas masculinas de cano alto, minha esposa aparecia no moinho duas ou três vezes por dia e sempre dizia o mesmo:

— E ainda chamam isto de verão! É pior do que em outubro!

Juntos, tomávamos chá, cozinhávamos a *kacha* ou, durante horas a fio, ficávamos em silêncio, sentados, à espera de que a chuva cessasse. Certa ocasião em que Stiepan tinha ido a alguma feira, Macha passou a noite toda no moinho. Quando acordamos, as nuvens chuvosas encobriam o céu a tal ponto que era impossível saber que horas eram; apenas uns galos preguiçosos cantavam em Dubiétchnia e, no prado, piava um codornizão; ainda era muito, muito cedo... Eu e minha esposa descemos até o rio e içamos uma armadilha para peixes feita de palha que, na véspera, Stiepan lançara na água diante de nós. Uma grande perca se debatia dentro do cesto de palha e um caranguejo se contorcia e ameaçava com sua pinça.

— Vamos soltar — disse Macha. — Deixe que eles também sejam felizes.

Como levantamos muito cedo e depois não fizemos nada, aquele dia pareceu muito comprido, o dia mais comprido de minha vida. Antes de entardecer, Stiepan voltou e eu fui para a casa principal.

— O seu pai veio aqui hoje — disse Macha.
— Onde ele está? — perguntei.
— Foi embora. Eu não o recebi.

---

[38] Em russo, a temporada é chamada de *raspútitsa*.

Vendo que eu me mantinha calado, imóvel, e que estava com pena do meu pai, ela disse:

— É preciso ser coerente. Eu não o recebi e mandei dizer a ele que não precisa se preocupar e que não venha mais nos visitar.

Um minuto depois eu já tinha atravessado o portão e caminhava para a cidade a fim de conversar com meu pai. A estrada era lamacenta, escorregadia, fazia frio. De repente, pela primeira vez desde o casamento, me sentia triste e no meu cérebro, extenuado por aquele dia longo e cinzento, bateu o pensamento de que talvez eu não estivesse vivendo como deveria. Eu estava esgotado e, pouco a pouco, me dominaram o desânimo e a preguiça, não tinha vontade de me mover, de refletir e, após caminhar por um tempo, resolvi esquecer o assunto e voltei.

O engenheiro estava no meio do pátio, de casaco de couro, com capuz, e falava em voz bem alta:

— Onde estão os móveis? Havia uma mobília linda, em estilo Empire, havia quadros, vasos, e agora dá até para jogar bola pelo chão! Eu comprei a propriedade com os móveis, ah, que o diabo carregue aquela mulher!

De pé a seu lado, amassando o chapéu entre as mãos, estava Moisséi, o empregado da generala, rapaz de vinte e cinco anos, magro, com marcas de varíola no rosto, olhos miúdos e insolentes; tinha uma bochecha maior que a outra, como se houvesse deitado muito tempo de um lado só.

— Vossa excelência, o senhor tomou a liberdade de comprar a propriedade sem os móveis — declarou em tom hesitante. — Eu me lembro, senhor.

— Cale a boca! — gritou o engenheiro, ruborizou-se, estremeceu, e um eco no jardim repetiu bem alto seu grito.

XII

Quando eu fazia algum serviço no jardim ou na casa, Moisséi se mantinha do meu lado, as mãos cruzadas nas costas e, com os olhos miúdos, me observava com ar preguiçoso e insolente. E aquilo me irritava a tal ponto que eu largava o serviço e ia embora.

Por intermédio de Stiepan, soubemos que aquele Moisséi era amante da generala. Notei que, quando alguém vinha pedir dinheiro a ela, primeiro se dirigia a Moisséi, e certa vez vi um mujique todo preto, na certa um carvoeiro, curvar-se até os pés dele, numa reverência; às vezes, após uma troca de sussurros, ele mesmo dava o dinheiro sem informar à patroa, e daquilo eu concluí que, em certos casos, Moisséi fazia negócios por conta própria.

Bem embaixo das janelas, em nosso jardim, ele dava tiros nos pássaros, apanhava mantimentos de nossa despensa, pegava cavalos sem pedir; nós ficávamos indignados, deixamos de acreditar que Dubiétchnia era nossa de verdade, e Macha, empalidecendo, dizia:

— Será que vamos ter mesmo de viver mais um ano e meio com esses parasitas?

O filho da generala, Ivan Tcheprakóv, trabalhava como fiscal na estrada de ferro. Durante o inverno, ele havia emagrecido e se debilitado bastante, a tal ponto que bastava um cálice para se embriagar e, fora do sol, tremia de frio. Tinha aversão ao uniforme da ferrovia, envergonhava-se daquela roupa, no entanto considerava seu emprego vantajoso, pois podia roubar velas e vendê-las. Minha nova condição despertava nele um misto de admiração, inveja e uma vaga esperança de que algo semelhante pudesse acontecer também com ele. Observava Macha com olhares maravilhados, me perguntava o que eu comia agora no almoço, no seu rosto descarnado e feio se desenhava uma expressão doce e tristonha e ele remexia os dedos no ar como se estivesse tateando a minha felicidade.

— Escute aqui, melhor que nada! — dizia ele, inquieto, fumando o tempo todo. Qualquer lugar onde ele parasse ficava sempre muito sujo, pois para fumar um cigarro gastava dezenas de fósforos. — Escute, a minha vida agora é a mais ordinária. O pior é que qualquer sargentozinho pode gritar para mim "Seu fiscal da ferrovia!" e me tratar de *você* em vez de *o senhor*. Sabe, meu caro, eu já cansei de ouvir de tudo nos vagões e eu aprendi uma coisa: a vida não presta! A minha mãe acabou comigo! Um médico me disse, no trem: se os pais forem degenerados, os filhos serão bêbados ou criminosos. Essa é a questão!

Certa vez ele entrou no pátio cambaleante. Os olhos vagavam perdidos, tinha a respiração ofegante. Ele ria, chorava e falava como num delírio febril e, em suas frases desencontradas, eu só entendia as palavras "A minha mãe! Onde está a minha mãe?", que ele pronunciava chorando, como uma criança que perdeu a mãe na multidão. Eu o levei comigo para o jardim e o acomodei embaixo de uma árvore, depois, a tarde inteira e toda a noite, eu e Macha nos revezamos para ficar a seu lado. Ele não estava bem, Macha olhava com repulsa para seu rosto pálido, molhado, e dizia:

— Será possível que esses parasitas vão viver aqui mais um ano e meio? Isso é horrível! É horrível!

E quantos desgostos os camponeses nos traziam! Quantas decepções amargas tivemos nos primeiros tempos, nos meses de primavera, logo quando é tão grande a vontade de ser feliz! Minha esposa estava montando uma escola. Eu desenhei o projeto de um prédio para sessenta alunos e a direção do *ziêmstvo* aprovou o projeto, porém recomendou construir a escola em Kurílovka, um povoado grande, situado apenas a três verstas de nós; na verdade, a escola de Kurílovka, onde estudavam crianças de quatro vilarejos, entre os quais a nossa

Dubiétchnia, era velha, com pouco espaço, e a madeira apodrecida do chão obrigava as pessoas a andar com muito cuidado. No fim de março, Macha foi nomeada curadora da escola, como era seu desejo, no entanto no início de abril reunimos os camponeses em assembleia três vezes para convencê-los de que sua escola tinha pouco espaço, estava velha, e de que era preciso construir uma nova. Vieram um membro da direção do *ziêmstvo* e um inspetor das escolas populares e também tentaram convencê-los. Após cada assembleia, os camponeses nos cercavam e pediam um garrafão de vodca. No meio da multidão, sentíamos calor, em pouco tempo nos esgotávamos e voltávamos para casa insatisfeitos e um tanto confusos. No final, os mujiques definiram um local para construir a escola e se comprometeram a transportar da cidade, em suas carroças, todo o material de construção. E logo no primeiro domingo após o término do plantio de primavera, as carroças partiram de Kurílovka e Dubiétchnia a fim de pegar os tijolos para as fundações. Saíram na primeira luz da alvorada e voltaram já noite alta; os mujiques estavam embriagados e se diziam exaustos.

 Como se fosse de propósito, a chuva e o frio não cessaram durante todo o mês de maio. A estrada ficou impraticável, toda enlameada. Quando voltavam da cidade, as carroças costumavam passar pelo nosso pátio — e aquilo era um horror! No portão, aparecia um cavalo de barriga inchada e com as patas da frente muito abertas; antes de entrar no pátio, o cavalo fazia uma saudação com a cabeça; arrastando-se, puxava a muito custo, na carroça, um tronco de doze *archins*,[39] todo molhado e de aspecto viscoso; perto do tronco, bem agasalhado por causa da chuva, sem olhar onde pisava, sem desviar-se das poças, vinha caminhando

---

[39] Um *archin* equivale a 71 centímetros. Ou seja, o tronco tinha oito metros e meio.

um mujique com a aba do casaco enfiada no cinturão. Aparecia outra carroça, agora com ripas de madeira, depois uma terceira com mais um tronco, e ainda uma quarta carroça... Aos poucos, a área em frente à casa ficava atulhada de cavalos, troncos, tábuas. Os mujiques e as camponesas, de cabeças cobertas e vestidos arregaçados, olhando com raiva para nossas janelas, faziam alarido e exigiam que a proprietária fosse falar com eles; ouviam-se injúrias grosseiras. E nos parecia que Moisséi, que se mantinha próximo, sentia prazer com a nossa humilhação.

— Não vamos trazer mais nada! — gritavam os mujiques. — Não aguentamos mais! Vá você mesma buscar!

Pálida, perplexa, achando que dali a pouco iriam invadir sua casa, Macha mandou buscar um garrafão de vodca; depois disso, o alarido cessou e os troncos compridos, um após outro, foram arrastados de volta, para fora do pátio.

Quando mostrei intenção de ir à obra da escola, minha esposa se inquietou e disse:

— Os mujiques estão furiosos. Eles podem até fazer algo contra você. Não, espere, eu vou junto.

Fomos juntos de charrete até Kurílovka, e lá os carpinteiros nos pediram dinheiro para o chá. A estrutura de toras já estava pronta, já estava na hora de fazer os alicerces, mas os pedreiros não tinham vindo; com isso houve um atraso e os carpinteiros estavam reclamando. Por fim, quando os pedreiros chegaram, viram que não havia areia: sabe-se lá como, esquecemos que aquilo era necessário. Tirando proveito do impasse em que estávamos, os mujiques passaram a cobrar trinta copeques por carroça de areia, embora a distância da obra até o rio onde pegavam areia não chegasse a um quarto de versta e, ao todo, seriam necessárias mais de quinhentas viagens. Os desentendimentos, as brigas e os constantes pedidos de dinheiro não tinham fim, minha esposa se indignava e Tit Petrov, um pedreiro e mestre de obras de setenta anos, segurava sua mão e dizia:

— Veja bem! Veja bem! Basta trazer a areia para mim que eu na mesma hora arranjo dez operários para você, e em dois dias está tudo pronto! Veja bem!

Trouxeram a areia, entretanto passaram dois dias, quatro dias, uma semana, e no lugar dos futuros alicerces continuava aberta a mesma vala.

— É de deixar qualquer um maluco! — se angustiava minha esposa. — Mas que gente é essa! Que gente é essa!

Em meio a tais contratempos, o engenheiro Víktor Ivánitch veio nos visitar. Trouxe bolsas com vinho e petiscos, passava muito tempo comendo e depois dormia deitado na varanda e roncava, o que fazia os empregados balançarem a cabeça e comentarem:

— Onde já se viu!

Macha não estava contente com sua chegada, não confiava nele, mas ao mesmo tempo lhe pedia conselhos; após o almoço, quando o engenheiro, já farto de dormir, se levantava de mau humor e desandava a falar mal de nossa propriedade ou se lamentava de ter comprado Dubiétchnia, que já lhe havia trazido tantos prejuízos, a tristeza se estampava no rosto pálido da pobre Macha; ela se queixava com o pai, ele bocejava e dizia que era preciso espancar os mujiques.

Chamava nossa vida e nosso casamento de comédia, dizia que aquilo era um capricho, uma travessura de crianças mimadas.

— Já aconteceu com ela uma coisa parecida — contou-me o engenheiro a respeito de Macha. — Certa vez ela cismou que era cantora de ópera e fugiu de casa; andei dois meses à sua procura e, meu caríssimo amigo, só em telegramas eu gastei mil rublos.

Ele já não me chamava mais de sectário nem de senhor pintor de paredes, e também não se referia com aprovação à minha vida de operário, como fazia antes, e em troca dizia:

— O senhor é uma pessoa esquisita! O senhor não é normal! Eu não me atrevo a prever o futuro, mas o senhor não vai acabar bem!

Macha dormia mal, passava a noite inteira pensativa, sentada à janela de nosso quarto. Já não se ouviam risos no jantar, já não havia caretas graciosas. Eu estava sofrendo e, quando chovia, cada gota feria fundo meu coração, como se fosse chumbo de caça, e eu me via disposto a cair de joelhos diante de Macha e pedir desculpas pelo mau tempo. Quando os mujiques faziam alarido no pátio, eu também me sentia culpado. Passava horas a fio sentado no mesmo lugar pensando apenas na pessoa formidável que era Macha, na pessoa maravilhosa que era minha esposa. Eu a amava apaixonadamente, tudo que ela fazia, tudo que ela dizia me deixava encantado. Macha tinha uma queda por atividades silenciosas e em ambientes fechados, adorava passar muito tempo lendo, estudando; ela, que conhecia agricultura só pelos livros, nos surpreendia a todos com seus conhecimentos, e os conselhos que dava eram todos úteis, nenhum se perdia sem algum proveito para os trabalhos da fazenda. E em tudo aquilo, quanta nobreza, bom gosto e benevolência: a mesma benevolência que só existe nas pessoas muito bem-educadas!

Para aquela mulher de mente sadia e positiva, era um tormento a situação de desordem em que vivíamos, tão cheia de preocupações e desavenças mesquinhas; eu via isso e eu mesmo não conseguia dormir, minha cabeça não parava de trabalhar e lágrimas sufocavam minha garganta. Vivia agitado, sem saber o que fazer.

Eu ia à cidade a galope e trazia para Macha livros, revistas, bombons, flores, eu e Stiepan passávamos horas pescando no rio, debaixo de chuva e com a água gelada batendo no pescoço, só para pegar uma lota-do-rio e trazer algo diferente para nossa mesa; eu pedia humildemente aos mujiques que não fizessem barulho, lhes dava vodca, os subornava e fazia várias promessas. E quantas outras bobagens eu não fiz!

Por fim as chuvas pararam, a terra secou. Levantávamos cedo, por volta das quatro horas, olhávamos para o jardim: o orvalho brilhava nas flores, os pássaros e os insetos cantavam e piavam e não havia nenhuma nuvenzinha no céu; o jardim, o prado e o rio estavam lindos, porém persistiam as lembranças dos mujiques, das carroças, do engenheiro! Eu e Macha íamos juntos para o campo numa charrete ligeira, para ver a lavoura de aveia. Ela conduzia os cavalos e eu ia sentado atrás; os ombros de Macha ficavam um pouco levantados e o vento sacudia seus cabelos.

— Mantenha a direita! — gritava Macha para os que vinham no sentido contrário.

— Você parece um cocheiro dos correios — eu lhe disse, um dia.

— E não seria de estranhar! Afinal o meu avô, o pai do engenheiro, foi cocheiro dos correios. Não sabia? — perguntou, virando-se para mim, e logo em seguida imitou os gritos e o canto dos cocheiros.

"Graças a Deus!", pensei eu, ao ouvi-la. "Graças a Deus!"

E me veio de novo a lembrança dos mujiques, das carroças, do engenheiro...

XIII

O dr. Blagovó veio de bicicleta. Minha irmã passou a nos visitar com frequência. De novo as conversas sobre o trabalho braçal, o progresso, a misteriosa incógnita que aguarda a humanidade num futuro distante. O doutor não gostava da nossa fazenda porque ela atrapalhava nossas conversas, e dizia que arar, ceifar, dar comida aos bezerros eram coisas indignas de uma pessoa livre e que todas aquelas formas grosseiras de luta pela sobrevivência seriam, com o tempo, deixadas ao encargo de animais e de máquinas, enquanto as pessoas se ocupariam exclusivamente das pesquisas científicas. Por outro lado, minha irmã sempre pedia que a deixassem ir mais cedo para casa e, se ficasse até tarde ou pernoitasse na fazenda, suas aflições não tinham fim.

— Meu Deus, como a senhora ainda é criança! — lhe dizia Macha em tom de censura. — Chega até a ser ridículo.

— Sim, é ridículo — concordava minha irmã. — Tenho consciência de que é ridículo; mas o que fazer, se eu não tenho forças para me dominar? Tenho sempre a impressão de que estou fazendo alguma coisa errada.

Na época da ceifa do feno, por não estar habituado com aquele trabalho, meu corpo inteiro doía; à noite, ficava sentado na varanda grande, conversando com Macha e as visitas, e de repente pegava no sono, o que levava os outros a rirem muito de mim. Eles me acordavam, sentavam-me à mesa para jantar, a sonolência tomava conta de mim e eu, como se estivesse inconsciente, via as luzes, os rostos, os pratos, ouvia as vozes, e não entendia. Mas de manhã cedo eu acordava e logo empunhava a foice comprida para ceifar o feno ou ia para a obra, e trabalhava o dia inteiro.

Nos feriados, como ficava em casa, percebia que minha esposa e minha irmã estavam escondendo algo de mim e pareciam até me evitar. Minha esposa era carinhosa comigo como antes, porém tinha certos pensamentos particulares, que não me comunicava. Não havia dúvida de que sua irritação com os camponeses aumentava, para ela a vida se tornava cada vez mais penosa, no entanto já não se queixava comigo. Agora, ela conversava mais animadamente com o médico do que comigo e eu não entendia o motivo.

Havia um costume em nossa província: na época da ceifa do feno e da colheita dos cereais, os trabalhadores vinham ao pátio das casas senhoriais ao entardecer, e os patrões serviam vodca para eles, até mocinhas muito jovens bebiam um copo. Nós não seguíamos aquele costume; os ceifadores e as camponesas ficavam em nosso pátio até tarde da noite à espera da vodca e depois iam embora praguejando. Naquelas ocasiões, Macha se punha de cara feia, calada, ou falava com o médico a meia-voz e com irritação:

— Selvagens! Petchenegues![40]

Num povoado, em geral os novatos são recebidos sem a menor simpatia, quase com hostilidade, como ocorre numa escola. Foi assim que nos receberam. No início, nos olhavam como se fôssemos pessoas tolas e simplórias, que só haviam comprado a fazenda por não saber mais o que fazer com seu dinheiro. Zombavam de nós. Os mujiques punham seu gado para pastar em nosso bosque e até em nosso jardim, tocavam nossas vacas e nossos cavalos para o seu povoado e depois vinham nos cobrar por danos que os animais haviam causado. Bandos enormes de camponeses vinham ao nosso pátio e declaravam com alarde que, na hora de ceifar o feno, tínhamos invadido uma tal de Bichéievka ou certa Semenikha, propriedades que afinal não nos pertenciam; e como ainda não conhecíamos com exatidão os limites de nossas terras, acreditávamos nas palavras deles e pagávamos a multa; só depois descobríamos que havíamos ceifado na terra correta. Em nosso bosque, eles arrancavam a casca das tílias. Um mujique de Dubiétchnia, um *kúlak*[41] que vendia vodca sem licença,

---

[40] Antigo povo de origem túrquica, com influxo mongol e fino-úgrico, que há mais de mil anos habitava vastas regiões da Europa oriental e do Cazaquistão. Extinto no século XI por efeito de uma série de guerras que envolveram o Império Bizantino, o nome do povo, porém, perdurou na língua russa como sinônimo de invasor, bárbaro e inimigo feroz. [41] Camponês que se tornou abastado, usa mão de obra barata para lavrar suas terras e compra e revende com muito lucro quaisquer produtos agrícolas.

subornava nossos empregados e, em conluio com eles, nos ludibriava da maneira mais traiçoeira: trocava por velhas as rodas novas das carroças, pegava os arreios com que nossos cavalos aravam a terra e nos vendiam nossos próprios arreios etc. Porém o mais ultrajante era o que ocorria na obra em Kurílovka; à noite, as camponesas roubavam ripas, tijolos, ladrilhos, ferro; acompanhado de testemunhas, o estaroste fazia buscas na casa delas, a assembleia dos camponeses condenava cada uma a pagar uma multa de dois rublos, mas depois iam todos beber vodca com o dinheiro da multa.

Quando Macha sabia desses casos, dizia com indignação para o médico ou para minha irmã:

— Que animais! Isso é um horror, um horror!

Mais de uma vez, ouvi como ela expressava pesar por sua iniciativa de construir a escola.

— A senhora entenda — o médico tentava convencê-la —, entenda que, se a senhora está construindo essa escola e promovendo o bem geral, não é para os mujiques, mas em nome da cultura, em nome do futuro. E quanto piores forem esses mujiques, maiores serão os motivos para construir a escola. Entenda!

Na voz dele, porém, se percebia a falta de convicção, e me parecia que ele e Macha tinham ódio dos mujiques.

Macha ia com frequência ao moinho, levava minha irmã e ambas, entre risos, diziam que iam ver o Stiepan, porque era um homem muito bonito. Descobri que Stiepan só se mostrava apático e calado com os homens, ao passo que entre mulheres se revelava desenvolto e falava sem cessar. Certa vez, fui ao rio me banhar e não pude deixar de ouvir uma conversa. Macha e Kleopatra, ambas de vestido branco, estavam sentadas à beira da água, ao pé de um salgueiro, numa vasta sombra, enquanto Stiepan se mantinha de pé a seu lado, as mãos cruzadas nas costas, e dizia:

— E por acaso os mujiques são gente? Não são gente, me desculpe, são bichos, uns charlatães. Que vida tem o mujique? É só comer e beber, e a comida é só a mais barata, e na taverna ele fica falando aos berros os maiores absurdos; não tem uma conversa boa com a gente, não sabe tratar as pessoas, não tem formalidade, ele é assim, um ignorante! Ele vive na imundície, a esposa também vive na imundície, os filhos também vivem na imundície, ele dorme onde estiver, qualquer lugar, enfia os dedos na sopa de repolho para tirar a batata, bebe o *kvas* com baratas boiando... Se pelo menos desse uma sopradinha para afastar!

— Mas é a pobreza! — ponderou minha irmã.

— Que pobreza nada! Eles passam necessidade, está certo, mas no mundo tem todo tipo de necessidade, minha senhora. Olhe, se um homem está na prisão ou, vamos dizer, é um cego ou não tem perna, isso aí, de fato, que Deus livre todo mundo dessas coisas, mas se o homem está livre, se tem o domínio da razão, se ele tem olhos e braços, se tem força e se tem Deus, puxa, o que ele quer mais? Isso é conversa de gente mimada, minha senhora, a questão é a ignorância, não é a pobreza. Olhe aqui, vamos dizer, se as senhoras, pessoas boas, com a sua boa educação, quiserem por caridade dar ao mujique algum recurso, ele corre logo para gastar todo o seu dinheiro em bebida porque é um sem-vergonha, ou então, pior ainda, ele vai abrir uma taverna para os outros beberem e, com o dinheiro das senhoras, vai começar a roubar o povo. A senhora teve a bondade de dizer: "é a pobreza". E por acaso um mujique rico vive melhor? Também vive que nem um porco, desculpe a expressão. Um grosseirão, um conversa-fiada, um cabeça-oca, tão gordo que tem mais largura do que altura, e tem um focinho inchado, vermelho, parece até que alguém sentou um murro na cara dele, o patife. Veja só o Larion, de Dubiétchnia, ele também é rico e com certeza arranca umas cascas de árvore lá no seu bosque, tanto como qualquer pobre; fala palavrão, os filhos dele falam palavrão e, quando ele bebe demais, cai com o nariz metido numa poça e dorme ali mesmo. Todos eles, minha senhora, não valem nada. Viver com eles no povoado é a mesma coisa que viver no inferno. Eu já estava com eles por aqui, essa gente do povoado, e por isso sou grato ao Senhor, o Rei Celestial, de estar longe deles, e eu vivo bem alimentado, bem-vestido, já prestei meu serviço militar nos dragões, fui estaroste três anos, e agora sou livre que nem um cossaco: eu moro onde quero. Não desejo morar no povoado e ninguém tem o direito de me obrigar. Dizem que existe a esposa. Dizem que a gente é obrigado a morar na isbá com a esposa. Mas por quê? Não fui contratado por ela.

— Diga, Stiepan, o senhor casou por amor? — perguntou Macha.

— E quem disse que tem amor lá no nosso povoado? — respondeu Stiepan, e deu um sorriso. — Para dizer a verdade, minha senhora, se quer saber, eu casei duas vezes. Não sou nascido em Kurílovka, mas em Zaliégosch, e depois vim para Kurílovka para morar com os sogros. Quer dizer, o meu pai não queria dividir seus bens com os filhos, nós éramos cinco irmãos, eu dei adeus para ele e fui embora, e assim vim parar em outro povoado, como genro. A minha primeira esposa morreu muito nova.

— De quê?

— De besteira. Só fazia chorar o tempo todo, e chorava à toa, sem motivo nenhum, acabou pegando tuberculose. Vivia bebendo não sei que chá para ficar bonita, pois é, deve ter estragado tudo por dentro. A minha segunda esposa é de Kurílovka, e quer saber como ela é? Uma camponesa casca-grossa, uma mulher mujique, e mais nada. Quando me disseram para casar com ela, eu fiquei interessado: é jovem, pensei, branquinha, e eles são gente limpa. A mãe dela parece até uma adepta dos flagelantes, até bebe café, mas o importante mesmo é que são gente limpa. Aí eu casei e no dia seguinte a gente sentou para almoçar e pedi à sogra uma colher, ela me deu a colher e, quando olhei, ela esfregou a colher com o dedo. Veja só, eu pensei, mas que limpeza é essa de vocês? Fiquei um ano morando com eles e depois fui embora. Eu bem que podia ter casado com uma mulher da cidade — prosseguiu Stiepan, após um momento em silêncio. — Dizem que a esposa é a ajudante do marido, mas eu me ajudo a mim mesmo, e é melhor conversar comigo mesmo, em vez de ficar o tempo todo nesse lero-lero, a gente tem de conversar com bom senso, com juízo. Sem uma conversa boa, o que é esta vida?

De repente, Stiepan se calou e logo se ouviu o seu maçante e monótono "u-liu-liu". Aquilo significava que ele tinha me visto.

Macha ia muitas vezes ao moinho e era evidente que tinha prazer de conversar com o Stiepan; ele imprecava contra os mujiques de forma tão convincente e sincera que aquilo a atraía. Quando ela voltava do moinho, o mujique abobalhado que cuidava do jardim gritava para ela:

— Menina Palachka![42] Bom dia, menina Palachka! — E latia para ela como se fosse um cachorro: — Au! Au!

Macha parava, olhava para ele com atenção, como se no latido do pobre bobo se encontrasse a resposta para seus pensamentos, e é provável que aquilo a atraísse da mesma forma que os impropérios de Stiepan. Enquanto isso, em casa, a aguardava alguma notícia, por exemplo os gansos do povoado tinham pisoteado os repolhos da nossa horta, ou Larion tinha roubado nossas rédeas, e Macha, com um risinho e encolhendo os ombros resignados, dizia:

— E o que se pode esperar dessa gente?

---

[42] Hipocorístico do nome Pelagueia, típico de camponesa.

Sua indignação crescia, o rancor ia se acumulando em sua alma, ao passo que eu, enquanto isso, ia me habituando aos mujiques e me interessava por eles cada vez mais. Em sua maioria, eram pessoas nervosas, irritadiças, feridas por humilhações; pessoas com a imaginação reprimida, ignorantes, com um horizonte pobre, acanhado, sempre com os mesmos pensamentos sobre a terra cinzenta, os dias cinzentos, o pão preto; pessoas que usavam de astúcia, mas que, a exemplo dos pássaros, escondiam apenas a cabeça atrás da árvore — eram pessoas que não sabiam fazer contas. Não aceitavam ceifar o feno por um pagamento de vinte rublos, mas faziam o mesmo trabalho em troca de um garrafão de vodca, quando com vinte rublos poderiam comprar quatro garrafões. De fato, havia imundície, bebedeira, tolice, embustes, mas em tudo aquilo, na verdade, se percebia que a vida do mujique, no todo, se apoiava num pilar firme e sadio. Por mais que o mujique pareça um bicho desajeitado quando caminha atrás de seu arado e por mais que se entorpeça com vodca, apesar de tudo, quando o observamos mais de perto, percebemos que há nele algo necessário e muito importante, algo que não existia, por exemplo, em Macha ou no médico, ou seja, o fato de que o mujique acredita que o mais importante no mundo é a verdade e que a salvação dele e de todo o povo está só na verdade, e é por isso que ele, acima de tudo, ama a justiça. Eu dizia para minha esposa que ela estava vendo uma mancha no espelho em vez de ver o próprio espelho; em resposta, ela se calava ou cantarolava como Stiepan: "U-liu-liu-liu"... Quando aquela mulher bondosa e inteligente empalidecia de indignação e, com um tremor na voz, falava com o médico sobre bebedeira e embustes, sua falta de memória me deixava perplexo. Como ela podia esquecer que seu pai, o engenheiro, também bebia, e bebia muito, e que o dinheiro que havia comprado Dubiétchnia fora obtido mediante uma longa série de manobras cínicas e desonestas? Como ela podia esquecer?

XIV

Minha irmã também tinha uma vida particular, que ela escondia de mim cuidadosamente. Muitas vezes conversava com Macha aos sussurros. Quando eu me aproximava, se retraía toda e seu olhar se mostrava culpado, suplicante; era evidente que se passava em sua alma algo que ela temia ou de que se envergonhava. A fim de não se encontrar comigo no jardim ou não ter de ficar sozinha em minha companhia, minha irmã se mantinha todo o tempo ao pé de Macha, e raras vezes eu tinha chance de falar com ela, apenas no almoço.

Certa vez, ao anoitecer, de volta da obra, passei devagar pelo jardim. Já estava escurecendo. Sem notar minha presença, sem ouvir meus passos, minha irmã caminhava perto de uma velha e vasta macieira, sem fazer nenhum ruído, como um fantasma. Estava de preto e andava depressa, sempre numa linha reta, para frente e para trás, os olhos cravados no chão. Uma maçã caiu da árvore e, com o barulho, minha irmã levou um susto, parou de andar e apertou as têmporas entre as mãos. Naquele momento, eu me aproximei.

No ímpeto de amor e ternura que de repente invadiu meu coração e que, por algum motivo, me trouxe lembranças de nossa mãe e de nossa infância, eu, já em lágrimas, abracei minha irmã pelos ombros e a beijei.

— O que você tem? — perguntei. — Você está sofrendo, eu vejo isso já faz tempo. Diga, o que há com você?

— Tenho medo... — respondeu, trêmula.

— O que há com você? — tentei saber. — Pelo amor de Deus, seja sincera!

— Eu vou ser sincera, eu vou ser sincera, vou contar toda a verdade. Esconder de você é tão ruim, tão torturante! Missail, eu estou amando, estou amando... — prosseguiu num sussurro. — Eu estou amando, estou amando... Eu me sinto feliz, mas não sei por que também me sinto tão assustada!

Ouvimos passos e o dr. Blagovó surgiu entre as árvores, de camisa de seda e botas de cano alto. Era óbvio que os dois tinham marcado um encontro junto à macieira. Ao vê-lo, minha irmã se lançou impetuosamente para ele, com um grito de dor, como se alguém estivesse tomando dela o médico:

— Vladímir! Vladímir!

Minha irmã apertou-o entre os braços, olhava para seu rosto com avidez, e só então me dei conta de como nos últimos tempos tinha emagrecido e ficado pálida. Aquilo se fazia visível, em especial, por causa de sua gola de renda, que eu conhecia havia muito tempo e que agora cingia seu pescoço fino e comprido com uma folga que antes não havia. O médico se mostrou embaraçado, mas logo se refez e, enquanto afagava os cabelos de minha irmã, disse:

— Tudo bem, chega, chega... Para que ficar nervosa? Está vendo, eu estou aqui.

Ficamos em silêncio, olhando tímidos uns para os outros. Depois caminhamos os três juntos e eu ouvi o médico me dizer:

— A vida cultural entre nós ainda nem começou. Os velhos se consolam pensando que, se hoje em dia não existe nada, pelo menos havia alguma coisa nos anos 40 e 60; isso é para os velhos, mas nós somos jovens, o *marasmus senilis* ainda não alcançou nossos cérebros, não podemos nos consolar com tais ilusões. O início da Rus foi em 862,[43] mas pelo que eu vejo ainda não chegou o início da Rus cultural.

No entanto, eu não me detinha naquelas cogitações. Havia algo estranho, não queria acreditar que minha irmã estava apaixonada, que ela estava ali caminhando de mãos dadas com um desconhecido e olhava para ele com carinho. Minha irmã, aquela

---

[43] Data tradicional da fundação do primeiro Estado unificado dos povos eslavos orientais, chamado Rus, ou Rus de Kíev, que abrangia a Rússia, a Belarus e a Ucrânia.

criatura nervosa, amedrontada, reprimida, sem liberdade, estava amando um homem já casado e com filhos! Senti pena de alguma coisa, mas do que exatamente, isso eu ignorava; a presença do médico já não me era agradável e não conseguia entender, de jeito nenhum, aonde os dois iriam chegar com aquele amor.

XV

Eu e Macha fomos a Kurílovka para a cerimônia religiosa da inauguração da escola.

— Outono, outono, outono... — Macha falava em voz baixa, olhando para os lados. — O verão passou. Não há mais passarinhos e, agora, de verde só tem os salgueiros.

Sim, o verão havia passado. Os dias eram claros e quentes, mas de manhã soprava um ar fresco, os pastores já usavam seus *tulup*[44] e em nosso jardim o orvalho sobre as margaridas não secava até o fim do dia. O tempo todo se ouviam sons lamentosos, mas não se distinguia se era o contravento de uma janela que gemia em suas dobradiças enferrujadas ou cegonhas que passavam voando — e vinha uma sensação boa na alma, e tanta vontade de viver!

— O verão passou... — disse Macha. — Agora eu e você podemos fazer um balanço. Trabalhamos muito, pensamos muito e por isso nos tornamos melhores: honra e glória para nós. Tivemos êxito no aperfeiçoamento pessoal. Mas será que os êxitos que alcançamos exerceram alguma influência visível na vida em redor, produziram algum benefício, qualquer que seja? Não. A ignorância, a falta de higiene, a bebedeira, a mortalidade infantil incrivelmente elevada, tudo continua como antes, e o fato de você ter arado a terra e ter semeado e de eu ter gastado dinheiro e lido livros não tornou ninguém melhor do que era.

---

[44] Sobretudo de inverno com gola de pele.

Está bem claro que nós trabalhamos só para nosso próprio benefício e também que foi só para nós mesmos que nutrimos nossas grandes ideias.

Tais raciocínios me deixavam arrasado e sem saber o que pensar.

— Fomos sinceros do início ao fim — ponderei. — E quem é sincero está certo.

— Mas quem está discutindo isso? Nós estávamos certos, mas erramos na hora de pôr em prática aquilo em que estávamos certos. Em primeiro lugar, os nossos métodos de ação... Será que não estão errados? Queremos ser úteis às pessoas, porém no simples fato de termos comprado uma fazenda nós já eliminamos, de saída, qualquer possibilidade de fazer algo de útil para os outros. Depois, se você trabalha, come e se veste igual aos mujiques, você, desse modo, com a sua autoridade, parece que está legitimando a roupa bruta e desconfortável que eles vestem, as suas isbás horríveis, as suas barbas cretinas... De outro lado, vamos admitir que você trabalhe por muito tempo, por tempo demais, a vida inteira, e que no final de tudo vai alcançar alguns resultados práticos, mas o que eles, os seus resultados práticos, podem fazer contra essas forças elementares que são a ignorância bestial, a fome, o frio, a degeneração? É uma gota no oceano! São necessárias outras formas de luta, fortes, audaciosas, rápidas! Se queremos de fato ser úteis, temos de sair do círculo estreito da ação rotineira e tentar agir direto sobre a massa! Antes de tudo, é necessária uma pregação vigorosa e com estardalhaço. Por que a arte, por exemplo, a música, tem tanta vitalidade, é tão popular e é tão forte, na verdade? É porque o músico ou o cantor age direto sobre milhares de pessoas. Querida e adorada arte! — prosseguiu, enquanto olhava pensativa para o céu. — A arte nos dá asas e nos leva para muito longe! Quem está farto de imundície, de brigas mesquinhas por causa de meio copeque, quem está revoltado, ofendido e indignado só pode encontrar serenidade e satisfação no belo.

Quando nos aproximamos de Kurílovka, fazia um tempo claro e alegre. Aqui e ali, nos terreiros, malhavam os cereais e o cheiro de palha de centeio se alastrava. Por trás das cercas vivas, as sorveiras se abriam num vermelho intenso e as árvores em redor, para qualquer lado que olhássemos, estavam todas douradas ou vermelhas. Os sinos tocavam no campanário, os camponeses estavam levando o ícone para a escola e ouvíamos que cantavam "Zelosa protetora".[45] Como o ar estava cristalino, como as pombas voavam alto!

Oficiaram o te-déum na sala de aula. Depois os camponeses de Kurílovka levaram o ícone para Macha e os de Dubiétchnia levaram um grande *krendel*[46] e um saleiro dourado. E Macha desatou a chorar.

— E se alguém falou alguma coisa que não devia ou alguma coisa desagradável, a senhora nos perdoe — disse um velho, e se curvou numa reverência para ela e para mim.

Enquanto voltávamos para casa, Macha se virava a fim de olhar de novo para a escola; o telhado verde, que eu havia pintado e que agora reluzia sob o sol, continuou visível por muito tempo. E eu sentia que os olhares que Macha dirigia para a escola eram de despedida.

XVI

Ao entardecer, Macha se arrumou para ir à cidade.

Ultimamente, ela ia à cidade muitas vezes e lá pernoitava. Em sua ausência, eu não conseguia trabalhar, meus braços pendiam sem forças; nosso grande pátio me parecia um terreno baldio

---

[45] Canção dedicada à Nossa Senhora de Kazan.   [46] Pão doce, na forma do número 8 ou da letra B. Ofertar pão e sal é o sinal tradicional de boas-vindas.

sem graça e repulsivo, os ruídos do jardim soavam brutais e, sem ela, a casa, as árvores, os cavalos, para mim, já não eram "nossos".

 Eu não saía de casa, não ia a lugar nenhum, ficava o tempo todo sentado à mesa de Macha, junto ao seu armário de livros com obras sobre agricultura, antes os seus prediletos, mas agora já supérfluos, e aqueles livros olhavam para mim, desconcertados. Durante horas a fio, enquanto iam batendo as sete, as oito, as nove horas, e enquanto por fora das janelas a noite de outono ia avançando, negra como fuligem, eu mirava sua velha luva ou a pena com que ela sempre escrevia ou sua pequena tesourinha; eu não fazia nada e tinha perfeita consciência de que, se antes eu fazia algo, se arava, ceifava, cortava árvores, era apenas porque ela assim desejava. E se ela me mandasse limpar um poço profundo, onde eu ficaria com a água pela cintura, desceria no poço sem refletir se aquilo era necessário ou não. Mas agora, quando Macha não estava mais por perto, Dubiétchnia, com suas ruínas, sua falta de encantos, seus contraventos que batiam contra as janelas, seus ladrões, suas noites e seus dias, me parecia um caos onde qualquer trabalho seria inútil. Afinal, para que eu tinha de trabalhar ali, de que adiantavam as preocupações e reflexões sobre o futuro, se eu sentia que o chão fugia debaixo dos meus pés, que o meu papel ali em Dubiétchnia já estava encerrado, em suma, que me aguardava o mesmo destino dos livros sobre agricultura? Ah, que angústia me vinha à noite, nas horas de solidão, quando a cada minuto apurava os ouvidos com alarme, como se esperasse ouvir, dali a um instante, alguém gritar de repente que estava na hora de eu ir embora. Eu não me sentia triste por Dubiétchnia, mas pelo meu amor, cujo outono, obviamente, também já tivera início. Que imensa felicidade é amar e ser amado, e que horror perceber que estamos começando a tombar do alto dessa torre elevada!

 Macha voltou da cidade ao anoitecer do dia seguinte. Estava descontente com alguma coisa, porém escondia seu sentimento e apenas perguntou por que todas as janelas estavam com as proteções de inverno[47] — "desse jeito a gente pode se asfixiar". Retirei as proteções de inverno de duas janelas. Não tínhamos vontade de comer, mas sentamos à mesa para jantar.

— Vá lavar as mãos — disse minha esposa. — Você está com cheiro de betume.

Ela trouxe da cidade algumas revistas ilustradas novas e, depois do jantar, ficamos juntos vendo as revistas. Encontramos suplementos com desenhos de roupas da moda e moldes para costurar. Macha olhava para eles de passagem e os separava num monte a fim de examinar mais tarde com calma; no entanto, um vestido com mangas grandes e saia lisa e larga, em forma de sino, atraiu seu interesse e, por um minuto, ela ficou observando o vestido com seriedade e atenção.

— É bonito — disse ela.

— Sim, ficaria muito bem em você — disse eu. — Muito bem mesmo!

E, olhando com admiração para o vestido, encantado com aquela mancha cinzenta só porque Macha havia gostado daquilo, prossegui com ternura:

— Que vestido maravilhoso, um encanto! Linda e deslumbrante Macha! Minha querida Macha!

E lágrimas pingaram sobre o desenho.

— Maravilhosa Macha... — balbuciei. — Querida, adorada Macha...

Ela saiu e deitou-se, enquanto eu fiquei durante uma hora vendo as ilustrações das revistas.

— Não foi bom você tirar a proteção das janelas — disse ela, do quarto. — Estou com medo de que vá fazer frio. Olhe só como está ventando!

---

[47] No inverno, as janelas recebem uma esquadria adicional, contra o frio.

Na seção "Miscelâneas", li algo a respeito da fabricação de tintas de escrever baratas e sobre o maior diamante do mundo. Olhei de novo para o desenho com o vestido de que Macha havia gostado e imaginei minha esposa num baile com um leque, os ombros nus, radiante, suntuosa, hábil nas conversas, entendida em música, em pintura, em literatura, e como meu papel me parecia pequeno, diminuto!

Nosso encontro, nossa vida de casados, não tinha sido mais do que um episódio entre tantos outros que ainda viriam na vida daquela mulher talentosa, rica e cheia de vida. Como eu já disse, tudo que havia de melhor no mundo estava a seu dispor e ela o recebia totalmente de graça, até as ideias e um movimento intelectual da moda serviam a Macha como fonte de prazer, algo para colorir sua vida, e eu tinha sido apenas o cocheiro que a transportara de uma paixão para outra. Agora eu não era mais necessário, ela ia levantar voo e eu ficaria sozinho.

Lá fora, como que em resposta a meus pensamentos, ressoou um grito:

— Gua-ar-da!

Era uma voz aguda de mulher, e o vento, como se quisesse arremedá-la, também começou a zunir na chaminé, como uma voz aguda. Meio minuto depois, em meio ao rumor do vento, ouviu-se de novo, mas agora já parecia vir do lado oposto:

— Gua-ar-da!

— Missail, está ouvindo? — perguntou minha esposa em voz baixa. — Está ouvindo?

Ela saiu do quarto e veio a meu encontro só de camisola, os cabelos despenteados, e se pôs a escutar, olhando para a janela escura.

— Estão estrangulando alguém! — exclamou. — Era só o que faltava.

Peguei a espingarda e saí. Lá fora estava muito escuro, o vento soprava com força, a tal ponto que era difícil manter-me de pé. Segui rumo ao portão, de ouvidos atentos: as árvores faziam barulho, o vento assoviava e no jardim, ao que parecia, na casa do mujique abobalhado, um cachorro uivava com preguiça, fazendo coro ao vento. Depois do portão, a treva era completa, não se via uma luzinha sequer na estrada de ferro. Perto da casa de fundos onde, no ano anterior, ficava o escritório, de repente irrompeu um grito sufocado:

— Gua-ar-da!

— Quem está aí? — gritei.

Dois homens estavam brigando. Um empurrava, o outro resistia, e ambos respiravam ofegantes.

— Solta! — disse um deles, e reconheci Ivan Tchepraków; era ele que estava gritando com voz aguda de mulher. — Solta, desgraçado, senão eu vou morder suas mãos até rasgar!

No outro homem, reconheci Moisséi. Apartei os dois e, naquela hora, não consegui me conter e bati duas vezes no rosto de Moisséi. Ele caiu, depois se levantou e eu o golpeei mais uma vez.

— Esse senhor queria me matar — balbuciou. — Ele estava tentando chegar às escondidas na cômoda da mãezinha dele... Eu quero trancar esse senhor na casa de fundos por uma questão de segurança, patrão.

Tchepraków estava embriagado, nem me reconhecia, respirava fundo o tempo todo, como se quisesse recuperar o fôlego para gritar de novo, pedindo socorro ao guarda.

Deixei-os e voltei para casa; minha esposa estava na cama, já vestida. Contei para ela o que havia ocorrido e não escondi ter batido em Moisséi.

— Dá medo viver no campo — disse ela. — E que noite mais comprida, meu Deus.

— Gua-ar-da! — ressoou de novo, um pouco depois.

— Vou lá acalmar os ânimos — falei.

— Não. Deixe que eles cortem a garganta um do outro — protestou Macha, com expressão de nojo.

Macha estava olhando para o teto, de ouvidos atentos, enquanto eu, sentado a seu lado, não me atrevia a falar nenhuma palavra para ela e sentia como se fosse o culpado de terem gritado "guarda", lá fora, e também de ser tão comprida aquela noite.

Ficamos em silêncio, e eu esperava, ansiosamente, que a luz do dia afinal brilhasse nas janelas. O tempo todo Macha parecia ter acabado de despertar de um desmaio e agora se espantava ao ver que ela, mulher tão inteligente e instruída, tão cuidadosa com a higiene e o vestuário, tinha ido parar naquele deplorável ermo provinciano, no meio de uma corja de pessoas insignificantes e mesquinhas, e que ela fora capaz de perder o juízo a ponto de se apaixonar por uma daquelas pessoas e até, durante mais de meio ano, ser sua esposa. Parecia-me que, aos olhos de Macha, não havia mais diferença entre mim, Moisséi, Tcheprakóv; para ela, naquele grito de "guarda", bêbado e selvagem, havia se fundido tudo — eu, nosso casamento, os lamaçais do outono; e quando ela suspirava ou se mexia para deitar-se de modo mais confortável, eu lia em seu rosto: "Ah, quem dera já fosse de manhã!".

Ao amanhecer, Macha foi embora.

Permaneci em Dubiétchnia mais três dias, à espera de Macha, depois levei todas as nossas coisas para um quarto, tranquei a porta e fui à cidade. Quando toquei a campainha da casa do engenheiro, já era o anoitecer e, em nossa rua Bolchaia Dvoriánskaia, as lanternas dos postes estavam acesas. Pável me disse que não havia ninguém em casa: Víktor Ivánitch tinha viajado para Petersburgo e Maria Víktorovna devia estar ensaiando na casa das Ajóguina. Recordo com que comoção eu me dirigi, em seguida, à casa das Ajóguina, como meu coração batia com força e ameaçava parar, na hora em que subi a escada e fiquei imóvel muito tempo no patamar do primeiro piso, sem coragem de entrar naquele templo das musas! No salão, velas ardiam acesas numa mesinha, no piano, no palco, sempre em grupos de três, o primeiro espetáculo estava marcado para o dia 13 e, agora, o primeiro ensaio era numa segunda-feira — o dia do azar. Era a luta contra os preconceitos![48] Todos os amantes da arte cênica já estavam reunidos; a mais velha, a do meio e a mais jovem caminhavam pelo palco, lendo seus papéis em caderninhos. À parte de todos, parado, estava Riedka, a têmpora encostada na parede, olhando com adoração para o palco, à espera do início do ensaio. Tudo como antes!

Eu me dirigi à dona da casa — tinha de cumprimentá-la, mas de repente todos me repreenderam com apupos, gesticularam para eu não fazer barulho, não bater com os pés no chão. Fez-se o silêncio. Ergueram a tampa do teclado do piano, alguma dama sentou-se, estreitando os olhos míopes para a partitura, e então minha Macha se aproximou do piano, muito bem-vestida, bonita, porém bonita de um modo especial, novo, em nada semelhante àquela Macha que, na primavera, tinha vindo a meu encontro no moinho; e começou a cantar:

Por que eu te amo, noite clara?[49]

Desde o dia em que nos conhecemos, era a primeira vez que eu ouvia Macha cantar. Sua voz era bonita, potente, fresca e, enquanto cantava, eu tinha a impressão de estar comendo um melão maduro, doce, aromático. Ela terminou, as pessoas aplaudiram e Macha sorriu muito contente, os olhos brilhando, enquanto folheava a partitura e arrumava o vestido, como um pássaro que finalmente escapara da gaiola e, em liberdade, punha em forma suas asas. Tinha os cabelos penteados para trás das orelhas e, no rosto, uma expressão má, desafiadora, como se quisesse nos fazer a todos um desafio ou

---

48 Na crença popular, três velas, o dia 13 e a segunda-feira eram portadores de má sorte.   49 Primeiro verso da romança composta em 1887 por Tchaikóvski, com base num poema de Iákov Polónski (1819-98), de 1852.

gritar para nós como se gritasse para os cavalos de um coche: "Eia, meus amores!".

E, com certeza, naquele momento ela estava muito parecida com seu avô condutor de carruagens postais.

— Puxa, você está aqui? — perguntou Macha, quando me estendeu a mão. — Ouviu como eu cantei? E então, o que achou? — e, sem esperar a resposta, prosseguiu: — Vem muito a calhar a sua presença. Hoje à noite vou viajar para Petersburgo, por pouco tempo. Você me deixa ir?

À meia-noite, eu a acompanhei até a estação. Ela me abraçou com ternura, na certa por gratidão, por não ter lhe feito perguntas supérfluas, e prometeu me escrever, enquanto eu apertava e beijava suas mãos demoradamente, contendo as lágrimas a muito custo e sem lhe dizer nenhuma palavra.

Quando ela partiu, fiquei parado, de pé, olhando para as luzes que se afastavam, e na imaginação eu a acariciava, enquanto falava em voz baixa:

— Minha querida Macha, maravilhosa Macha...

Pernoitei em Makárikha, na casa de Karpóvna, e já na manhã seguinte, ao lado de Riedka, lá estava eu estofando os móveis na casa de um comerciante rico que acabara de dar a mão da filha em casamento para um médico.

XVII

Domingo, depois do almoço, minha irmã veio me visitar e tomou chá comigo.

— Agora eu leio muito — disse ela, mostrando um livro que havia pegado na biblioteca municipal, a caminho da minha casa. — Graças à sua esposa e ao Vladímir: eles é que despertaram a minha consciência. Eles me salvaram, permitiram que agora eu me sinta um ser humano. Antes, eu passava a noite sem dormir, com as preocupações mais variadas: "Ah, nós gastamos muito açúcar em uma semana! Ah, será que os pepinos ficaram salgados demais?". Agora também fico sem dormir, só que tenho outros pensamentos. Eu me atormento de ver que metade da minha vida passou de maneira tão estúpida. Eu desprezo o meu passado, sinto vergonha dele, e agora encaro o papai como meu inimigo. Ah, como eu sou grata à sua esposa! E o Vladímir? Que homem maravilhoso! Eles abriram os meus olhos.

— Não é bom para você ficar sem dormir à noite — disse eu.
— Acha que estou doente? Nem de longe. Vladímir me examinou e disse que estou perfeitamente saudável. Mas a questão não é a saúde, isso não é tão importante... Diga: eu não tenho razão?

Ela necessitava de apoio moral — era evidente. Macha tinha ido embora, o médico estava em Petersburgo, e não restara ninguém na cidade, exceto eu, para lhe dizer que tinha razão. Ela me fitava no rosto fixamente, tentava ler meus pensamentos secretos, e se eu, diante dela, me mostrasse mergulhado em reflexões e me calasse, minha irmã logo pensaria que era sua culpa e ficaria triste. O tempo todo eu tinha de me manter muito atento e, quando ela me perguntou se não tinha razão, eu me apressei em responder que sim, tinha razão, e que sentia por ela um profundo respeito.

— Sabia que me deram um papel para representar na casa das Ajóguina? — prosseguiu minha irmã. — Eu quero representar num palco. Quero viver, em suma, eu quero beber a taça cheia até a boca. Não tenho nenhum talento e meu papel tem só dez linhas de fala, mas, de todo modo, isso é incomparavelmente mais elevado e mais nobre do que servir chá cinco vezes por dia e ficar espiando se a cozinheira não comeu um pedacinho além do que devia. O mais importante mesmo é que o papai, afinal, vai ver que eu sou capaz de protestar.

Depois do chá, minha irmã se deitou na minha cama e ficou ali durante algum tempo, de olhos fechados e muito pálida.

— Que fraqueza! — exclamou, ao se levantar. — Vladímir disse que todas as mulheres e moças da cidade são anêmicas porque vivem ociosas. Como o Vladímir é inteligente! Ele tem razão, está coberto de razão. É preciso trabalhar!

Dois dias depois, ela foi ensaiar na casa das Ajóguina com a ajuda de um caderninho. Estava de vestido preto, um colar de corais no pescoço, um broche que, de longe, parecia um pastelzinho folhado e, nas orelhas, grandes brincos em que reluzia um brilhante. Quando olhei para ela, me senti incomodado: impressionou-me a falta de gosto. Os outros também notaram que não fazia sentido usar brincos e brilhantes ali, e que ela estava vestida de maneira estranha; percebi os sorrisos nos rostos e ouvi alguém dizer, entre risos:

— Kleopatra do Egito.

Ela tentava se mostrar desembaraçada, tranquila, uma pessoa habituada ao convívio social, e por isso mesmo parecia estranha e afetada. A graça e a simplicidade haviam abandonado minha irmã.

— Agora há pouco avisei ao papai que eu ia a um ensaio — disse minha irmã, ao se aproximar de mim. — Ele gritou que ia me deixar sem a sua bênção e faltou pouco para bater em mim. Imagine, nem sei o meu papel na peça — disse ela, lançando um olhar para o caderninho. — Eu vou me confundir, não tem jeito. Muito bem, a sorte está lançada — prosseguiu, tomada por forte emoção. — A sorte está lançada...

Parecia à minha irmã que todos estavam olhando para ela, assombrados com o passo importante que ela se atrevera a dar, todos à espera de que fizesse algo extraordinário, e era impossível convencê-la de que ninguém presta atenção em pessoas insignificantes e sem interesse, como eu e ela.

Até o terceiro ato, minha irmã nada tinha a fazer, e seu papel de uma visita, uma bisbilhoteira de província, se reduzia a ficar encostada a uma porta, como quem tenta escutar, e depois pronunciar um breve monólogo. Até sua entrada em cena, pelo menos uma hora e meia após o início da peça, enquanto no palco os personagens liam, tomavam chá, discutiam, ela não se afastou de mim, o tempo todo balbuciava as falas de seu personagem e, nervosa, amassava o caderninho; imaginando que todos estavam olhando para ela e esperavam sua entrada em cena, minha irmã arrumava o cabelo com a mão trêmula e me dizia:

— Eu vou me confundir, não tem jeito... Que peso sinto no peito, ah, se você soubesse! Eu sinto tanto medo, é como se estivessem me levando para ser executada.

Enfim, chegou sua vez.

— Kleopatra Alekséievna, é sua vez! — disse o diretor.

Feia, desajeitada, ela foi para o centro do palco, tinha no rosto uma expressão de pavor, ficou meio minuto paralisada, como num estupor, completamente imóvel, e apenas os grandes brincos balançavam abaixo das orelhas.

— Na primeira vez, você pode ler no caderninho — falou alguém.

Para mim estava claro que ela tremia muito e, por força do tremor, não conseguia falar nem abrir o caderninho, e também era evidente que nem de longe estava pensando no seu papel, e eu já queria ir até minha irmã para lhe dizer alguma coisa, quando, de súbito, ela caiu de joelhos no meio do palco e desatou a chorar bem alto.

Houve um rebuliço geral, todos falavam em redor, só eu me mantive quieto, encostado aos bastidores, assombrado com o que havia acontecido, sem compreender e sem saber o que fazer. Vi que a levantaram do chão e a levaram embora. Vi que Aniúta Blagovó se aproximou de mim; eu não a vira antes na sala e agora ela parecia ter brotado de dentro da terra. Usava chapéu, tinha um véu na frente do rosto e, como sempre, dava a impressão de que estava ali de passagem, só por um minuto.

— Eu disse para ela não representar — falou Aniúta com ar severo, separando bem as palavras e ruborizando-se. — É uma loucura! O senhor devia ter impedido isso!

Vestindo um casaquinho leve, de mangas curtas, logo chegou a mãe Ajóguina, magra e achatada, com cinzas de cigarro sobre o peito.

— Meu caro, é horrível — exclamou, retorcendo as mãos e, como de costume, fitando fixamente meu rosto. — É horrível! Sua irmã está numa situação... Ela está grávida! Leve-a embora, eu lhe peço...

Ela respirava ofegante de emoção. Ao lado estavam suas três filhas, iguais a ela, magras e achatadas, muito juntas umas das outras, cheias de medo. Estavam alarmadas, aturdidas, como se em sua casa tivessem acabado de capturar um condenado aos trabalhos forçados. Que vergonha, que pavor! No entanto, a vida inteira, aquela família respeitável lutara contra os preconceitos; pelo visto, elas supunham que todos os preconceitos e ilusões da humanidade se resumiam apenas às três velas, ao dia 13 e à segunda-feira, o dia do azar!

— Eu estou pedindo ao senhor... Eu estou pedindo... — repetia a sra. Ajóguina, contraindo os lábios em forma de coração e pronunciando a sílaba "din" como "di-i-in". — Estou pedi-i--indo, leve sua irmã para casa.

XVIII

Pouco depois, eu e minha irmã estávamos caminhando pela rua. Eu a cobria com a aba do meu sobretudo; andávamos depressa, optávamos pelas travessas onde não havia lampiões, nos esquivávamos das pessoas e aquilo mais parecia uma fuga. Ela já não estava chorando, olhava para mim com os olhos enxutos. Até Makárikha, para onde eu a levava, era uma caminhada de uns vinte minutos e, por estranho que pareça, durante aquele breve tempo, pudemos recordar toda a nossa vida, falamos de tudo, refletimos sobre nossa situação, ponderamos...

    Concluímos que não podíamos mais ficar naquela cidade e que, assim que eu tivesse dinheiro, nos mudaríamos para qualquer lugar. Em algumas casas, já estavam dormindo, em outras, jogavam cartas; nós odiávamos aquelas casas, tínhamos medo delas e falávamos do fanatismo, da rudeza dos sentimentos, da insignificância daquelas famílias respeitáveis, daqueles amantes da arte dramática em quem tanto metíamos medo, e eu perguntava em que aquela gente tola, cruel, preguiçosa, desonesta era melhor do que os mujiques bêbados e supersticiosos de Kurílovka, ou em que eles eram melhores do que os animais que também se sentem perdidos, sem rumo, quando algum acontecimento imprevisto rompe a monotonia de sua vida, delimitada pelos instintos. O que seria de minha irmã, se continuasse a morar em sua casa? Que tormentos morais ela teria de suportar, conversando com o pai, encontrando-se todos os dias com seus conhecidos? Eu me pus a imaginar como seria, e logo me vieram à memória as pessoas, todas elas conhecidas nossas, que lentamente foram banidas da vida social por seus parentes e amigos, lembrei-me dos cães levados à loucura pelos maus-tratos, dos pardais depenados vivos pelos meninos e depois lançados à água — e uma série longa, muito longa, de sofrimentos velados e prolongados que eu observava sem interrupção desde a infância naquela cidade; e não compreendia de que viviam aqueles sessenta mil habitantes, para que liam o Evangelho, para que rezavam, para que liam livros e revistas. Que benefício lhes havia trazido tudo o que tinha sido escrito e falado até então, se eles continuavam nas mesmas trevas mentais e na mesma aversão à liberdade de cem, trezentos anos antes? Durante toda a vida, o construtor-carpinteiro ergue prédios na cidade e, mesmo assim, até morrer, sempre fala "galderia" em vez de "galeria". E assim também seus sessenta mil habitantes, por várias gerações, leem e escutam falar sobre a verdade, a misericórdia, a liberdade, e mesmo assim, até morrer, eles mentem desde a manhã até a noite, se atormentam uns aos outros, temem a liberdade e a odeiam como a um inimigo.

— Pois bem, o meu destino está decidido — disse minha irmã, quando chegamos em casa. — Depois do que aconteceu, eu não posso mais voltar para *lá*. Meu Deus, que bom! Que alívio eu sinto na alma.

Deitou-se logo na cama. Lágrimas brilhavam em suas pestanas, mas a expressão no rosto era de felicidade, ela adormeceu num sono doce e profundo e era evidente que, de fato, havia tirado um peso da alma e que estava repousando. Fazia muito, muito tempo que não dormia assim!

Então passamos a morar juntos. Ela cantava o tempo todo, dizia que se sentia muito bem, e os livros que pegávamos na biblioteca, eu os devolvia sem que fossem lidos, porque agora ela já não conseguia ler; sua única vontade era sonhar e falar do futuro. Enquanto remendava minhas roupas ou ajudava Karpóvna no fogão, minha irmã cantava ou falava de seu Vladímir, da inteligência de Vladímir, de suas boas maneiras, de sua bondade, de sua cultura, e eu concordava com ela, embora eu já não gostasse mais do seu médico. Ela desejava trabalhar, viver com independência, por sua própria conta, e dizia que ia ser professora ou enfermeira, assim que a saúde permitisse, e que ela mesma ia esfregar o chão, lavar a roupa. Já amava apaixonadamente seu bebê; ele nem havia chegado ao mundo, mas minha irmã já sabia como seriam seus olhos, suas mãos, e como ele ia rir. Ela adorava falar sobre educação e, como Vladímir era a melhor pessoa do mundo, todas as ideias dela sobre educação se reduziam ao desejo de que o menino fosse tão encantador quanto o pai. As conversas não tinham fim e tudo o que minha irmã dizia despertava nela uma intensa alegria. Às vezes, sem saber a razão, eu também me alegrava.

Na certa ela me contagiava com seu ânimo sonhador. Eu também não lia nada e apenas sonhava; à noite, apesar do esgotamento, caminhava dentro do quarto, de um canto para outro, as mãos enfiadas nos bolsos, e falava sobre Macha:

— O que você acha? — eu perguntava. — Quando ela vai voltar? Acho que ela volta até o Natal. O que será que ela tem para fazer lá?

— Se ela não escreve para você, é claro que vai voltar logo.

— É verdade — concordei, embora soubesse muito bem que Macha não tinha mais nenhum motivo para voltar à nossa cidade.

Eu sentia muita saudade dela, já não conseguia me iludir e fazia de tudo para que os outros me iludissem. Minha irmã esperava seu médico, eu esperava Macha, e nós dois falávamos sem parar, ríamos, sem perceber que estávamos atrapalhando o sono de Karpóvna, que, deitada acima da estufa,[50] murmurava o tempo todo:

— Pois é, o samovar apitou de manhãzinha, apito-o-ou! Ah, é mau sinal, meus queridos, é mau sinal.

---

[50] A estufa, ou *pietch*, em russo, é uma construção em alvenaria na parte interna da casa que, além de servir para a calefação, tinha também, às vezes, a função de fogão. Nas residências pobres, por cima da *pietch*, era comum haver uma bancada de alvenaria onde se dormia, já perto do teto, aproveitando o calor que vinha de baixo.

Ninguém vinha nos visitar, exceto o carteiro, que trazia cartas do médico para minha irmã, e também Prokófi, que às vezes à noite entrava por um momento e, depois de olhar em silêncio para minha irmã, saía e, já na cozinha, dizia consigo:

— Cada categoria de gente na sociedade tem de seguir a sua ciência, mas quem não quer fazer assim por causa do orgulho vai ter de viver num vale de lágrimas.

Ele adorava a expressão "vale de lágrimas". Certa vez — já na época do Natal —, quando eu passei pela feira, Prokófi me chamou até a sua barraca de açougue e, sem me estender a mão, avisou que precisava falar comigo a respeito de um assunto muito sério. Ele estava vermelho por causa do ar gelado e da vodca; perto dele, atrás do balcão de açougue, estava Nikolka, de pé, com sua cara de bandido, segurando na mão uma faca ensanguentada.

— Eu quero exprimir para o senhor as minhas palavras — começou Prokófi. — Uma coisa dessas não pode acontecer, porque, afinal, o senhor mesmo entende, por causa desse vale de lágrimas, as pessoas não vão dizer elogios nem para nós nem para o senhor. A mamãe, é claro, por piedade, não é capaz de falar coisas desagradáveis, dizer para a sua irmã se mudar, ir para outra casa, por causa da situação dela, mas eu não quero mais, porque não posso aprovar seu comportamento.

Eu entendi as palavras de Prokófi e deixei sua barraca. Naquele mesmo dia, eu e minha irmã nos mudamos para a casa de Riedka. Não tínhamos dinheiro para pagar o coche da mudança e fomos a pé; carreguei nas costas uma trouxa com as nossas coisas, minha irmã não tinha nada nas mãos, no entanto respirava ofegante, tossia e o tempo todo perguntava se já estávamos chegando.

XIX

Afinal, veio uma carta de Macha.

"Meu bom e querido M. A.", escreveu ela, "dócil e bondoso, o 'nosso anjo', como aquele velho pintor de parede chamava o senhor: adeus, eu vou partir para a América com meu pai para ver uma exposição. Daqui a poucos dias, vou ver o oceano — tão longe de Dubiétchnia, dá medo até de pensar! É distante e infinito como o céu, e eu tenho vontade de ir para lá, para a liberdade, estou eufórica, eu fico louca, e o senhor bem vê como a minha carta está confusa. Meu bom e querido, me dê a liberdade, corte de uma vez o fio que ainda resiste e que me prende ao senhor. Ter encontrado e conhecido o senhor foi um raio celestial que iluminou minha existência; mas ter me tornado sua esposa foi um erro, e o senhor entende isso, e agora a consciência desse erro pesa sobre mim, e eu suplico ao senhor de joelhos, meu grande amigo, mande um telegrama já, bem depressa, antes que eu parta para o oceano, diga que concorda em corrigir o nosso engano mútuo, retire das minhas asas essa única pedra, e meu pai, que tomará todas as providências, me promete que não vai sobrecarregar o senhor com formalidades. E então eu vou sair voando livre aos quatro ventos! Está bem?

"Seja feliz, que Deus o abençoe, me perdoe, perdoe esta pecadora.

"Estou cheia de vida e saudável. Ando esbanjando dinheiro, faço uma porção de bobagens e a todo minuto dou graças a Deus por uma mulher má como eu não ter filhos. Estou cantando e faço sucesso, mas isso não me entusiasma, não, isso é o meu cais, a minha cela de monja, para onde eu agora me retiro em busca de tranquilidade. O rei Davi tinha um anel com a inscrição: 'Tudo passa'. Quando me sinto triste, extraio alegria dessas palavras, porém quando estou alegre, essas palavras me deixam triste. Encomendei um anel com essas palavras inscritas em hebraico, e esse talismã me mantém afastada das distrações. Tudo passa, a vida também vai passar, portanto nada é necessário. Ou só a consciência da liberdade é necessária, porque, quando a pessoa é livre, não precisa de nada, nada, nada. Então rompa este fio. Um abraço forte para o senhor e a sua irmã. Perdoe e esqueça a sua M."

Minha irmã estava deitada num quarto; Riedka, que havia adoecido de novo e agora se recuperava, estava no outro. Exatamente na hora em que recebi a carta, minha irmã passou em silêncio, a caminho do quarto do pintor, sentou-se ao lado dele e começou a ler. Todo dia ela lia para ele Ostróvski ou Gógol,[51] e Riedka escutava sem rir, olhando para um ponto fixo, balançando a cabeça e, de vez em quando, murmurava para si mesmo:

— Pode acontecer de tudo! Pode acontecer de tudo!

Se na peça se representava algo feio, revoltante, ele dizia, numa espécie de alegria maldosa, fincando o dedo no livro:

— Olha aí a mentira! É isso o que ela faz, a mentira!

As peças teatrais o atraíam também pelo conteúdo, pela moral, por sua complexa construção artística, e ele se admirava com *ele*, o autor, porém nunca dizia o nome *dele*:

— Como *ele* encaixou tudo direitinho no lugar!

Dessa vez, minha irmã leu em voz baixa só uma página, mais que isso ela não foi capaz; ficou sem voz. Riedka segurou sua mão, remexeu um pouco os lábios ressecados e depois lhe disse com voz rouca e quase inaudível:

— A alma do justo é branca e lisa que nem giz, já a do pecador é como a pedra-pomes. A alma do justo é o óleo de linhaça, já a do pecador é o alcatrão. A gente tem de trabalhar, tem de

---

[51] Aleksandr N. Ostróvski (1823-86), escritor e dramaturgo russo. Tanto a obra de Ostróvski quanto a de Gógol contêm forte componente cômico.

sofrer, tem de ficar doente — prosseguiu. — E a pessoa que não trabalha e não sofre não vai para o reino dos céus. Coitados dos bem nutridos, coitados dos fortes, coitados dos ricos, coitados dos que emprestam dinheiro a juros! Eles não terão o reino dos céus. O pulgão come o feno, a ferrugem come o ferro...

— E a mentira come a alma — completou minha irmã, e riu.

Li a carta outra vez. Naquele momento entrou na cozinha um soldado que duas vezes por semana nos trazia chá, pãezinhos doces e perdizes, que exalavam um forte aroma. Eu andava sem trabalho, tinha de ficar dias inteiros em casa e, com certeza, quem nos mandava aqueles pãezinhos sabia que passávamos necessidade.

Ouvi minha irmã conversar com o soldado e rir com alegria. Depois ela se deitou, comeu um pãozinho doce e me disse:

— Quando você não quis mais ser funcionário público e foi trabalhar com os pintores de parede, eu e Aniúta Blagovó sabíamos, desde o início, que você tinha razão, estava certo, mas nós tínhamos medo de falar. Diga, que força é essa que nos impede de manifestar o que pensamos? Veja, pegue até o exemplo de Aniúta Blagovó. Ela ama você, ela o adora, ela sabe que você está certo; ela também me ama como uma irmã e sabe que estou certa, e eu até acho que, no fundo, ela tem inveja de mim, porém uma força a impede de vir nos ver, ela nos evita, tem medo.

Minha irmã cruzou as mãos sobre o peito e falou, com fervor:

— Como ela ama você, ah, se você soubesse! Só para mim, quando estávamos a sós, ela confessava esse amor, e mesmo assim só em voz baixa, no escuro. Às vezes ela me levava para o jardim e, numa alameda escura, começava a sussurrar que adora você. Você vai ver só, ela nunca vai se casar, porque ama você. Não sente pena dela?

— Sinto.
— É ela que envia esses pãezinhos. É ridícula, é verdade. Do que está se escondendo? Eu também era ridícula e tola, mas veja, eu fugi de lá e não tenho mais medo de ninguém, eu penso e falo bem alto aquilo que eu quero... e agora sou feliz. Quando morava na nossa casa, não tinha noção do que era a felicidade, mas agora não troco meu lugar nem com o de uma rainha.

O dr. Blagovó veio nos ver. Tinha recebido o título universitário de doutor e agora morava em nossa cidade, na casa do pai, estava de férias e disse que logo partiria de novo para Petersburgo. Queria dedicar-se às vacinas contra o tifo e também contra a cólera, ao que parece; tinha vontade de viajar pelo exterior a fim de se aperfeiçoar e depois assumir uma cátedra. Já havia deixado o serviço militar e vestia paletós folgados de cheviote, calças bem largas e gravatas magníficas. Minha irmã ficou deslumbrada com seu alfinete de gravata, com sua abotoadura e com seu lenço vermelho de seda, que ele, com certeza, para ostentar elegância, mantinha no bolso da frente do paletó. Certa vez, por pura falta do que fazer, eu e minha irmã tentamos contar de memória quantos ternos ele tinha e concluímos que possuía pelo menos dez ternos. Estava claro que o dr. Blagovó, como antes, amava minha irmã, porém nem uma vez, nem sequer de brincadeira, ele disse que ia levá-la consigo para Petersburgo ou para o exterior, e eu não conseguia imaginar com clareza o que seria de minha irmã, caso sobrevivesse, e o que seria do seu filho. O tempo todo ela se limitava a sonhar, não pensava a sério no futuro, dizia que o seu Vladímir podia ir aonde quisesse, podia até abandoná-la, contanto que ele fosse feliz, e dizia que para ela já bastava o que havia ocorrido.

Sempre que nos visitava, o médico auscultava minha irmã com muita atenção e exigia que ela tomasse umas gotinhas no leite, em sua presença. E dessa vez também fez o mesmo.

Auscultou-a, obrigou-a a beber um copo de leite e, depois disso, nossos quartos começaram a exalar um cheiro de creosoto.

— Menina inteligente — disse o médico, ao receber dela o copo vazio. — Você não pode falar muito e ultimamente anda falando como uma matraca. Por favor, se mantenha em silêncio.

Ela deu uma risada. Depois ele foi ao quarto de Riedka, onde eu estava sentado, e deu umas palmadinhas afetuosas no meu ombro.

— E então, meu velho? — perguntou, debruçando-se sobre o enfermo.

— Vossa excelência... — disse Riedka, depois de remexer os lábios em silêncio. — Vossa excelência, eu me atrevo a declarar... estamos todos nas mãos de Deus, todos temos de morrer... Permita que eu diga a verdade... Vossa excelência, o reino dos céus não será para o senhor!

— O que fazer? — respondeu o médico em tom jocoso. — Também é preciso que alguém fique no inferno.

E de repente algo aconteceu na minha consciência; parecia que eu estava sonhando, era como se estivéssemos no inverno, tarde da noite, eu estava num matadouro, no pátio, a meu lado estava Prokófi, que cheirava a *pertsóvka*; fiz um esforço para reagir e esfreguei os olhos, mas logo me vi a caminho da casa do governador, onde teria de dar explicações. Nada parecido jamais ocorrera comigo, nem antes nem depois, e essas estranhas recordações, semelhantes a um sonho, eu as atribuo ao esgotamento nervoso. Eu revivia minha experiência no matadouro e minha conversa com o governador, no entanto, ao mesmo tempo, tinha a vaga consciência de que aquilo não era real.

Quando voltei a mim, vi que eu não estava mais dentro de casa e sim na rua, junto com o médico e perto do lampião de um poste.

— É triste, é triste — dizia o médico, e lágrimas corriam no seu rosto. — Ela está alegre, ri o tempo todo, tem esperança, mas é um caso perdido, meu caro. O seu Riedka me odeia e sempre quer dar a entender que eu agi mal com sua irmã. Ele tem razão, à sua maneira, porém eu também tenho o meu ponto de vista e não estou nem um pouco arrependido do que aconteceu. É preciso amar, todos nós temos de amar, não é verdade? Sem o amor não haveria vida; quem tem medo e foge do amor não é livre.

Pouco a pouco, ele foi mudando de assunto, falou de ciência, da sua dissertação, que foi bem recebida em Petersburgo; falava com entusiasmo e já nem se lembrava mais de minha irmã, de sua própria tristeza nem de mim. A vida o enchia de entusiasmo. E eu pensava: para a outra, a América e o anel com uma inscrição; para este, o título de doutor e uma carreira no ramo da ciência. Só eu e minha irmã ficamos para trás.

Depois de me despedir do médico, cheguei perto do lampião de rua e, mais uma vez, li a carta. E recordei, recordei de modo bem vivo aquela manhã de primavera em que ela veio se encontrar comigo no moinho, deitou-se e cobriu-se com um curto casaco de pele — queria parecer uma simples camponesa. E recordei também outra manhã, quando estávamos retirando da água do rio a armadilha para peixes e grossas gotas de chuva escorreram da vegetação da margem e caíram sobre nós, e começamos a rir...

Nossa casa, na rua Bolchaia Dvoriánskaia, estava totalmente às escuras. Pulei a cerca viva e, como fazia nos velhos tempos, entrei na cozinha pela porta dos fundos, a fim de pegar uma lamparina. Não havia ninguém na cozinha; o samovar apitava no fogão, à espera do meu pai. Pensei: "Quem será que serve o chá para o papai agora?". Peguei a lamparina, fui para o casebre do lado de fora da casa, fiz ali uma cama com jornais velhos e deitei. Os ganchos nas paredes tinham o mesmo ar sinistro de antes e suas sombras vacilavam. Fazia frio. Veio a impressão de que, dali a pouco, minha irmã traria meu jantar, mas logo me dei conta de que ela estava enferma, de cama, na casa de Riedka, e me pareceu estranho eu ter pulado uma cerca e estar deitado num casebre sem calefação. Minha consciência se embaralhava e eu via uma porção de absurdos.

A campainha. Os sons familiares de minha infância: primeiro o arame roça na parede, depois vibra na cozinha o som curto e tristonho da campainha. Era meu pai, de volta do clube. Levantei-me e fui para a cozinha. A cozinheira Aksínia, ao me ver, levantou as mãos e, sem explicar o motivo, desatou a chorar.

— Meu filho! — falou baixinho a cozinheira. — Meu querido! Ah, meu Deus!

E, de emoção, se pôs a retorcer o avental entre as mãos. Na beira da janela, havia garrafas de um quarto de litro com frutas vermelhas e vodca. Servi para mim uma xícara de chá e bebi com sofreguidão, porque estava com muita sede. Aksínia tinha lavado a mesa e os bancos pouco antes e sentia-se, no ar, o cheiro das cozinhas claras e confortáveis cuidadas por cozinheiras zelosas. Na minha infância, aquele cheiro e o canto do grilo atraíam as crianças para a cozinha e já criavam em nós a expectativa de contos fantásticos e do jogo dos reis...[52]

— E a Kleopatra, onde está ela? — perguntou Aksínia em voz baixa, ansiosa, contendo a respiração. — E cadê o seu gorro, patrãozinho? E a esposa? Dizem que ela foi embora para Píter,[53] é mesmo?

Aksínia trabalhava em nossa casa desde o tempo em que minha mãe estava viva, naquela época dava banho em mim e na minha irmã numa tina de madeira e agora, a seus olhos, continuávamos crianças, carentes de cuidado e de orientação.

---

[52] Antigo jogo de baralho.   [53] São Petersburgo, a capital, na época.

Em cerca de quinze minutos, Aksínia expôs todas as reflexões que ela, com o bom senso de uma velha criada, havia armazenado no silêncio daquela cozinha, durante todo o tempo em que não nos vimos. Disse que era possível obrigar o médico a casar com Kleopatra, bastava assustá-lo e, se a apelação fosse bem escrita, o bispo até anularia o primeiro casamento do médico; disse que seria bom vender a fazenda de Dubiétchnia, sem que minha esposa soubesse, e depositar o dinheiro no banco em meu nome; disse que se eu e minha irmã fizéssemos uma reverência e nos curvássemos até os pés do papai, e se pedíssemos bem direitinho, talvez ele nos perdoasse; disse que era preciso mandar rezar uma missa de Ação de Graças para a Rainha do Céu...

— Então vá, patrãozinho, converse com ele — disse Aksínia, quando ouviu o papai tossir. — Vá, converse, se curve diante dele, sua cabeça não vai soltar do pescoço por causa disso.

Eu fui. Papai já estava sentado à mesa e desenhava o projeto de uma casa de veraneio com janelas góticas e com uma grossa torre, semelhante a um posto de vigia do corpo de bombeiros — algo incrivelmente desprovido de imaginação e de talento. Ao entrar no escritório, parei num ângulo em que podia ver bem o desenho do projeto. Não sabia para que tinha ido ao encontro do meu pai, no entanto recordo que, quando vi seu rosto descarnado, seu pescoço vermelho, sua sombra na parede, tive vontade de me jogar em seus braços e, como Aksínia me instruíra, curvar-me numa reverência até seus pés; no entanto, a visão da datcha com as janelas góticas e a torre grossa me conteve.

— Boa noite — falei.

Ele olhou ligeiro para mim e logo baixou os olhos para seu desenho.

— O que você quer? — perguntou, depois de um breve intervalo.

— Vim contar para o senhor que minha irmã está muito doente. Logo vai morrer — acrescentei, com voz abafada.

— O que fazer? — deu um suspiro, tirou os óculos e colocou-os sobre a mesa. — A gente colhe o que plantou. A gente colhe — repetiu, levantando-se da mesa — o que plantou. Peço que você lembre como veio falar comigo aqui, neste mesmo local, já faz dois anos, e eu pedi, eu implorei a você que abandonasse os seus erros, chamei sua atenção para o dever, a honra, e para suas obrigações com respeito aos antepassados e às tradições, que devemos conservar religiosamente. Por acaso você me obedeceu? Você desdenhou os meus conselhos e, com obstinação, continuou aferrado a seus pontos de vista errôneos; ainda por cima atraiu também sua irmã para os seus erros e obrigou-a a perder a moral e a vergonha. E agora vocês dois estão mal. O que fazer? A gente colhe o que plantou!

Enquanto falava, ele caminhava pelo escritório. Na certa, pensava que eu tinha vindo com um sentimento de culpa e, provavelmente, esperava que fosse pedir perdão para mim e para minha irmã. Eu sentia frio, tremia como se estivesse febril, e falava com dificuldade, com a voz rouca.

— Eu também peço que o senhor lembre — retruquei — que neste mesmo lugar implorei ao senhor que me compreendesse, que refletisse, que juntos decidíssemos como e para que vivemos, mas o senhor, em resposta, falou dos antepassados, do meu avô que escrevia versos. Agora o senhor recebe a notícia de que sua única filha está desenganada e, mais uma vez, fala dos antepassados, das tradições... E tamanha leviandade já na velhice, quando a morte não está distante, quando só restam cinco ou dez anos de vida!

— Para que você veio aqui? — perguntou meu pai em tom severo, obviamente ofendido por minha acusação de leviandade.

— Não sei. Eu amo o senhor, nem sei dizer o quanto lastimo que estejamos tão distantes um do outro... e então eu vim. Ainda amo o senhor, porém minha irmã rompeu com o senhor de forma definitiva. Ela não o perdoa e não vai perdoar nunca. Só o nome do senhor já desperta nela a repugnância pelo passado, pela vida.

— E de quem é a culpa? — gritou meu pai. — Você mesmo é o culpado, seu miserável!

— Está bem, vamos supor que é culpa minha — respondi. — Admito que eu sou culpado de muita coisa, mas por que será que essa sua vida, que o senhor considera ser uma obrigação também para nós, por que essa vida é tão maçante, tão medíocre, por que em nenhuma dessas casas que o senhor constrói há trinta anos mora pelo menos uma pessoa com quem eu possa aprender como viver, sem me sentir culpado? Na cidade inteira, não há uma pessoa honesta! As suas casas são covis malditos onde as mães e as filhas são banidas da vida social, onde torturam as crianças... Pobre da minha mãe! — prossegui em desespero. — Pobre da minha irmã! É preciso se entorpecer com vodca, com baralhos, com mexericos, é preciso ser canalha, ser hipócrita, ou ficar dezenas de anos desenhando projetos, para não perceber todo o horror que se oculta dentro dessas casas. A nossa cidade já existe há centenas de anos e, durante todo esse tempo, não deu ao país nenhum homem útil, nenhum! Vocês sufocaram desde o embrião tudo o que tivesse uma pontinha de vida e de luz! Uma cidade de feirantes, de taberneiros, de burocratas, de hipócritas, uma cidade supérflua e inútil, que nenhuma pessoa no mundo lamentaria se, de repente, fosse engolida pela terra.

— Eu não quero escutar você, seu miserável! — disse meu pai, e pegou uma régua no chão. — Está bêbado! Não se atreva a se apresentar nesse estado diante do seu pai! Digo pela última vez, e transmita isso à sua irmã imoral, que vocês não vão receber nada de mim. Eu extirpei do meu coração os filhos rebeldes e, se eles estiverem sofrendo por causa da rebeldia e da obstinação, eu não vou ter pena. Pode ir embora para o lugar de onde você veio! Deus quis me castigar por meio de vocês, mas eu vou suportar com humildade essa provação e, como Jó, encontrarei consolo nos sofrimentos e no trabalho constante. Você não deve cruzar a soleira da minha porta enquanto não se emendar. Eu sou justo, tudo o que eu digo é útil e, se você quiser o seu próprio bem, deve lembrar, duramente por toda a vida, o que eu lhe disse e o que eu estou lhe dizendo.

Dei de ombros e fui embora. Não lembro o que houve depois, à noite e no dia seguinte.

Dizem que fiquei andando pelas ruas sem gorro, cambaleante, cantando bem alto, e que atrás de mim caminhava um bando de meninos, que gritavam:

— Melhor que nada! Melhor que nada!

XX

Se eu tivesse vontade de encomendar para mim um anel com uma inscrição, escolheria estas palavras: "Nada passa". Acredito que nada passa sem deixar vestígios e que qualquer mínimo passo que damos tem importância para a vida presente e futura.

Assim, aquilo que vivi não passou em vão. Meus grandes desgostos e minha resignação tocaram o coração dos habitantes da cidade e agora já não me chamam mais de "melhor que nada", não zombam de mim e, quando eu passo pelas barracas da feira, já não espirram água na minha direção. Já se acostumaram ao fato de ter me tornado operário e não veem nada de estranho na circunstância de eu, um nobre, carregar baldes de tinta e instalar vidros; ao contrário, gostam de contratar meus serviços e eu já me considero um bom operário e o melhor empreiteiro, depois do Riedka, que embora tenha recobrado a saúde e, como antes, pinte cúpulas e campanários sem usar andaimes, já não tem energia para comandar os rapazes; em vez dele, sou eu quem percorre a cidade em busca de trabalho, sou eu quem contrata os rapazes e paga seu salário, sou eu quem pega dinheiro emprestado a juros altos. E agora que me tornei empreiteiro, compreendo como é possível percorrer a cidade inteira por três dias em busca de telhadeiros, para atender um serviço que vai render só alguns vinténs. São educados comigo, me tratam por "o senhor" e, nas casas onde trabalho, me servem chá e mandam perguntar se não quero almoçar. Muitas vezes, moças e crianças se detêm e me olham com curiosidade e tristeza.

Certa vez, eu estava trabalhando no jardim do governador, pintava a casinha do jardim de uma cor que imitava o mármore. O governador estava dando um passeio, chegou ali e, por não ter mais o que fazer, começou a conversar comigo, e lembrei-lhe que um dia ele havia me chamado a seu gabinete para lhe dar explicações. Por um instante, ele observou meu rosto, depois sua boca se abriu de leve, como quem vai pronunciar a letra O, abriu os braços e disse:

— Não lembro!

Envelheci, sou de poucas palavras, rigoroso, severo, quase não rio, dizem que fiquei parecido com o Riedka e, como ele, aborreço os rapazes com meus sermões inúteis.

Maria Víktorovna, minha ex-esposa, mora no exterior, e seu pai, o engenheiro, está construindo uma estrada em alguma província oriental da Rússia, onde tem comprado terras. O dr. Blagovó também está no exterior. Dubiétchnia passou de novo a ser propriedade de Tcheprakova, que comprou a fazenda depois de obter do engenheiro um desconto de vinte por cento. Moisséi já anda de chapéu-coco; vem à cidade muitas vezes num coche ligeiro a fim de tratar de certos negócios e para sempre perto do banco. Dizem que ele já comprou uma fazenda mediante uma transferência de dívida e, no banco, sempre indaga a respeito de Dubiétchnia, que ele também pretende comprar. O pobre Ivan Tchepraków vagou muito tempo sem rumo pela cidade, vivia à toa e se embriagava. Tentei arranjar trabalho para ele no nosso ramo e, certa vez, chegou a pintar telhados e instalar vidros conosco, e até tomou gosto e, como um verdadeiro pintor de parede, surrupiava óleo de linhaça, pedia gorjetas para o chá e se embebedava. No entanto, logo enjoou de trabalhar, se mostrava aborrecido e acabou voltando para Dubiétchnia. Depois, os rapazes me confessaram que Ivan Tchepraków tentara persuadi-los, à noite, a irem junto com ele para matar Moisséi e roubar a generala.

Meu pai está muito envelhecido, tem as costas curvadas e, ao anoitecer, passeia perto da sua casa. Eu não vou lá.

Na época da cólera, Prokófi tratava os feirantes com *pertsóvka* e alcatrão, ainda por cima cobrava dinheiro por isso e, como fiquei sabendo pelos nossos jornais, foi condenado a tomar chibatadas por difamar os médicos em sua bancada de açougueiro. Seu ajudante Nikolka morreu de cólera. Karpóvna continua viva e, como antes, ama e teme o seu Prokófi. Quando me vê, ela sempre balança a cabeça com tristeza e diz, com um suspiro:

— Ficou de miolo mole!

Nos dias de semana, vivo sempre ocupado, desde a manhã até a noite. Nos dias de folga, quando o tempo está bom, pego no colo minha pequenina sobrinha (minha irmã queria um menino, porém deu à luz uma menina) e, sem pressa, vou ao cemitério. Lá, sentado ou de pé, fico muito tempo olhando para o túmulo que me é tão caro e digo à menina que sua mãe está ali.

Às vezes, junto ao túmulo, encontro Aniúta Blagovó. Nós nos cumprimentamos, permanecemos em silêncio ou conversamos sobre Kleopatra, sobre sua filhinha e como é triste a vida neste mundo. Depois, saímos do cemitério, caminhamos em silêncio e ela retarda o passo de propósito, a fim de andar a meu lado por mais tempo. A menina é alegre, feliz, contrai as pálpebras contra a claridade forte do dia e, rindo, estende as mãozinhas para Aniúta, então paramos de andar e, juntos, fazemos carinhos nessa menina meiga.

No entanto, quando entramos na cidade, Aniúta Blagovó se perturba, se põe ruborizada, se despede de mim e segue sozinha, com ar austero, grave. E, ao vê-la, ninguém na rua pode imaginar que, pouco antes, ela estava caminhando a meu lado e até fazia carinhos numa criança.

Os mujiques

I

Em Moscou, o lacaio do hotel Bazar Eslavo, Nikolai Tchikildiéiev, adoeceu. As pernas ficaram dormentes, seu passo tornou-se claudicante e, certa vez, a caminho do corredor, ele tropeçou e caiu junto com a bandeja em que levava presunto e ervilhas. Foi obrigado a deixar o emprego. Todo o dinheiro, seu e da esposa, foi gasto com o tratamento médico, ele não tinha mais o que comer, a vida sem trabalho era maçante e então decidiu que era necessário voltar para a casa de sua família, no campo. Em casa, até a doença pesa menos e a vida é mais barata; não é à toa que se diz: em casa, até as paredes ajudam.

Chegou à sua Júkovo natal à beira do anoitecer. Nas memórias de infância, o ninho natal se mostrava radiante, acolhedor, confortável, mas agora, quando entrou na isbá, Nikolai até se assustou: era muito escura, apertada, suja. A esposa Olga e a filha Sacha, que o acompanhavam, olharam perplexas para a grande estufa em desmazelo, que ocupava quase metade da isbá e estava escurecida pela fuligem e pelas moscas. Quantas moscas! A estufa estava um pouco tombada, as toras nas paredes corriam enviesadas e parecia que a qualquer minuto a isbá inteira ia se desmantelar. No canto da frente, perto dos ícones, haviam colado rótulos de garrafa e recortes de jornal, em lugar de quadros. Que pobreza, que pobreza! Não havia ninguém adulto em casa, estavam todos ceifando. Sentada sobre a estufa estava uma menina de uns oito anos, loura, suja, apática; nem olhou para as pessoas que tinham entrado. Embaixo, uma gata branca se esfregava numa torquês usada para colocar lenha na estufa.

— Pss, pss! — chamou-a Sacha. — Pss!
— Ela não ouve a gente — disse a menina. — Ficou surda.
— Por quê?
— Ora. Bateram nela.

Desde o primeiro olhar, Nikolai e Olga entenderam como era a vida ali, porém nada disseram um para o outro; calados, baixaram suas trouxas e, também calados, foram para a rua. Sua isbá era a terceira, a contar da ponta da rua, e parecia a mais pobre de todas, a mais velha; a segunda não era melhor, no entanto a isbá que ficava no início da rua tinha telhado de ferro e cortinas nas janelas. Sem cerca, aquela isbá se erguia um pouco à parte das demais e dentro dela havia uma taverna. As isbás se seguiam numa só fileira e, em seu todo, o pequeno vilarejo, tranquilo e pensativo, tinha aspecto agradável, com salgueiros, sorveiras e sabugueiros que espiavam dos quintais.

Depois das hortas dos camponeses, começava uma encosta íngreme e escarpada que descia rumo ao rio de tal modo que, aqui e ali, pedras enormes apontavam, à mostra, em meio ao barro. Perto daquelas pedras e dos buracos escavados pelos ceramistas, trilhas sinuosas subiam pela encosta, entre verdadeiras montanhas de cacos de peças de cerâmica, ora pardos, ora vermelhos, e lá embaixo se estendia um campo verde-claro, vasto, plano, já ceifado, onde agora vagava o rebanho dos camponeses. O rio ficava a uma versta do povoado, fluía sinuoso entre as margens esplendidamente verdejantes e, na margem oposta, se estendia outro campo vasto, outro rebanho, longas filas de gansos brancos e depois, a exemplo do lado de cá do rio, uma íngreme encosta morro acima e, no alto da elevação, um povoado com uma igreja de cinco cúpulas e por fim, um pouco afastada, uma casa senhorial.

— Como a terra de vocês é bonita! — disse Olga, se benzendo voltada para a igreja. — Que amplidão, meu Deus!

Naquele exato momento, bateram os sinos da Vigília da Noite Inteira (era véspera de domingo).[1] Lá embaixo, duas meninas pequenas que carregavam um balde com água olharam para a igreja a fim de escutar os sinos com atenção.

— A esta hora, no Bazar Eslavo, estão servindo o jantar... — disse Nikolai, com ar sonhador.

Sentados bem na beira da encosta, Nikolai e Olga viam como o sol se punha, como o céu dourado e púrpura se refletia no rio, nas janelas da igreja e em todo aquele ar sereno, doce, incrivelmente limpo, como nunca se vê em Moscou. E quando o sol se pôs por completo, o rebanho passou, entre balidos e mugidos, gansos vieram voando da outra margem e tudo emudeceu, a luz suave se extinguiu no ar e a escuridão da noite começou a baixar depressa.

Enquanto isso, voltaram os velhos, o pai e a mãe de Nikolai, descarnados, encurvados, desdentados, os dois da mesma altura. Chegaram também as camponesas, as noras, Mária e Fiokla, que trabalhavam para um fazendeiro do outro lado do rio. Mária, esposa do irmão Kiriak, tinha seis filhos, e Fiokla, esposa do irmão Denis, que estava prestando serviço militar,[2] tinha dois; quando Nikolai entrou na isbá e viu toda a família, todos aqueles corpos grandes e pequenos que se agitavam no jirau bem junto ao teto, nos berços e em todos os cantos, e viu a sofreguidão com que o velho e as mulheres comiam o pão preto, encharcando os pedaços na água antes de colocá-los na boca, compreendeu o engano que cometera ao ter ido

---

[1] A Vigília da Noite Inteira é um ofício da Igreja ortodoxa em que se fundem três horas canônicas: as vésperas (do fim da tarde), as matinas (da madrugada) e a primeira hora (do amanhecer). O ofício é celebrado aos sábados.
[2] O serviço militar durava anos.

para lá doente, sem dinheiro e ainda por cima com a esposa e a filha — que engano!

— Onde está o irmão Kiriak? — perguntou, depois que trocaram cumprimentos.

— Mora na casa de um comerciante — respondeu o pai —, é vigia na floresta. Até que é um bom mujique, só que bebe demais.

— Não presta para ganhar dinheiro! — exclamou a velha, lacrimosa. — Os nossos mujiques são uma tristeza, não trazem nada para casa, só tiram de casa. O Kiriak bebe, o velho bebe, não adianta esconder os pecados, ele sabe muito bem o caminho para a taverna. A Rainha do Céu está zangada.

Por causa das visitas, serviram o samovar. O chá cheirava a peixe, os torrões de açúcar eram cinzentos e estavam roídos, baratas corriam pelos pratos e sobre o pão; dava nojo beber e a conversa também era repulsiva — só se falava de penúria e doenças. Porém, antes de conseguirem beber uma xícara, ressoou do pátio um grito estrondoso, longo e embriagado:

— Má-ária!

— Parece que o Kiriak chegou — disse o velho. — É só falar do diabo que ele aparece...

Todos emudeceram. Pouco depois, o mesmo grito rude e prolongado, que parecia vir do fundo da terra:

— Má-ária!

Mária, a nora mais velha, empalideceu, encolheu-se junto à estufa, e era estranho ver aquela expressão de medo no rosto de uma mulher forte, feia, de ombros largos. Sua filha, a menina sentada acima da estufa e que parecia apática, de repente começou a chorar bem alto.

— O que deu em você? Está com cólera? — gritou Fiokla, camponesa bonita, também forte e de ombros largos. — Pode deixar que ele não vai matar ninguém!

A velha contou para Nikolai que Mária tinha medo de morar com Kiriak na floresta e que ele, toda vez que bebia, vinha atrás da mulher, fazia escândalo e batia nela sem clemência.

— Má-ária! — ressoou o grito já na porta.

— Em nome de Cristo, me protejam, meus parentes queridos — começou a murmurar Mária, arquejando como se tivesse saído de uma água muito fria. — Me protejam, meus parentes...

Todas as crianças que estavam na isbá começaram a chorar e, olhando para elas, Sacha desatou a chorar também. Ouviu-se uma tosse de bêbado e, na isbá, entrou um mujique alto, de barba preta, com um gorro de inverno e, como a luz baça da lamparina não permitia ver seu rosto, sua figura metia medo. Era Kiriak. Aproximou-se da esposa, ergueu a mão e sentou um murro no seu rosto, e ela, atordoada pelo golpe, não emitiu nenhum som, apenas caiu sentada e imediatamente escorreu sangue do nariz.

— Isso é uma vergonha, uma vergonha — balbuciou o velho, galgando a estufa. — Ainda mais na frente das visitas! Que pecado!

A velha se mantinha calada, as costas curvadas, e pensava em outra coisa; Fiokla balançava um berço... Sabendo muito bem que metia medo e obviamente satisfeito com isso, Kiriak agarrou o braço de Mária, arrastou-a até a porta e rugiu como uma fera, a fim de parecer ainda mais assustador, porém naquele instante viu de repente as visitas e parou.

— Ah, eles vieram... — exclamou, soltando a esposa. — Meu irmão e a família...

Fez uma prece voltado para o ícone, cambaleou, arregalando os olhos vermelhos embriagados, e prosseguiu:

— Meu irmão e a sua família vieram para a casa paterna... quer dizer, vieram de Moscou. A primeira capital, a cidade de Moscou, a mãe das cidades... Me desculpe...

Arriou num banco perto do samovar e começou a beber chá, sorvendo ruidosamente do pires, frente ao silêncio geral... Tomou umas dez xícaras, depois reclinou-se no banco e se pôs a roncar.

Os outros se deitaram para dormir. Como estava doente, Nikolai foi acomodado em cima da estufa, junto com o velho; Sacha deitou-se no chão e Olga foi para o barracão nos fundos, junto com as mulheres.

— Ah, meu anjo — disse ela, deitada sobre o feno, ao lado de Mária. — Com lágrimas não se alivia o desgosto! Tem de ter resignação, e pronto. Está nas Escrituras: Se alguém bater na face direita, ofereça a esquerda...[3] Ah, meu anjo!

Depois, em voz cantada, bem baixinho, ela contou sua vida em Moscou, falou sobre seu trabalho de arrumadeira em casas repletas de móveis.

— Em Moscou, as casas são grandes, de pedra — disse. — Igreja, lá tem uma porção, nem dá para contar, meu anjo, e nas casas só tem senhores, e como eles são bonitos, como são educados!

Mária contou que nunca tinha ido a Moscou nem à cidade do seu distrito. Era analfabeta, não sabia nenhuma prece, não sabia nem o pai-nosso. Ela e a outra nora — Fiokla, que estava sentada um pouco à parte e também acompanhava a conversa — eram ignorantes ao extremo e não conseguiam entender nada. As duas não gostavam dos maridos; Mária tinha medo de Kiriak, chegava a tremer de pavor quando ficava com ele e, a seu lado, sempre se sentia intoxicada, tão forte era o cheiro de tabaco e vodca que o marido exalava. Já Fiokla, quando lhe perguntavam se não sentia saudades do marido, respondia com despeito:

— Ele que se dane!

---

[3] Mateus 5,39.

Conversaram mais um pouco e emudeceram...

Estava fresco e, perto dali, um galo cantava a plenos pulmões, o que atrapalhava o sono. Quando a azulada luz da manhã já irrompia por todas as frestas do barracão, Fiokla se levantou e saiu sem fazer barulho, mas depois se ouviu como ela corria, não se sabia para onde, martelando no chão os pés descalços.

II

Olga foi à igreja e levou Mária. Quando desceram a trilha rumo ao campo, as duas estavam contentes. Olga gostava da amplidão e Mária percebia na cunhada uma pessoa próxima, afim. O sol estava subindo. Um gavião sonolento planava baixo sobre o campo, o rio estava sombrio, uma neblina vagava aqui e ali, porém uma faixa de luz já se estendia sobre a montanha na outra margem, a igreja reluzia e, no jardim senhorial, as gralhas gritavam com furor.

— O velho, tudo bem — explicava Mária —, mas a velha é azeda, briga o tempo todo. O nosso pão durou até a *máslenitsa*, nós compramos farinha na taverna, mesmo assim ela fica brava; vocês comem demais, ela diz.

— Ah, meu anjo! Tem de ter resignação, e pronto. Está escrito: Venham a mim todos os que estão cansados e sobrecarregados de trabalho.[4]

Olga falava em tom sério, com voz cantada, e caminhava a passos ligeiros e inquietos, como os de uma beata peregrina. Todo dia lia o Evangelho, e lia em voz alta, como faz um sacristão, e embora não entendesse boa parte do que lia, as palavras sagradas comoviam seu coração até as lágrimas e, quando apareciam certas expressões arcaicas e incompreensíveis, Olga

---

4 Mateus II, 28.

as pronunciava com um doce enlevo no coração. Acreditava em Deus, na Mãe de Deus, nos santos; acreditava que não se pode ofender ninguém no mundo, nem as pessoas humildes nem os alemães nem os ciganos nem os judeus, e que até os que não têm piedade dos animais iam pagar caro; acreditava que assim estava escrito nos livros sagrados e por isso, quando ela pronunciava as palavras das Escrituras, mesmo aquelas incompreensíveis, seu rosto ganhava uma expressão piedosa, comovida e radiante.

— Onde você nasceu? — perguntou Mária.

— Sou de Vladímir. Só que fui levada para Moscou há muito tempo, com oito aninhos.

Chegaram ao rio. Na outra margem, bem perto da água, uma mulher estava tirando a roupa.

— Aquela é a nossa Fiokla — Mária a reconheceu. — Ela vai para o outro lado do rio, vai à casa senhorial. Para encontrar os feitores. Uma indecente sem-vergonha, que horror!

De sobrancelhas negras, cabelos revoltos, ainda jovem e vigorosa como uma mocinha, Fiokla se atirou na água, começou a bater as pernas e à sua volta, por todos os lados, se formaram ondas.

— Uma indecente, que horror! — repetiu Mária.

Frágeis pontezinhas feitas de troncos de árvore tinham sido montadas através do rio e, bem embaixo delas, na água limpa e cristalina, nadavam cardumes de carpas. O orvalho reluzia nos arbustos verdejantes, que se viam refletidos na água. Soprava um ar quente, estava uma delícia. Que manhã maravilhosa! E, com certeza, como a vida neste mundo seria maravilhosa se não fosse a miséria, a miséria horrível e desesperadora, da qual ninguém consegue se esconder! Bastava voltar os olhos para o povoado que logo vinha a nítida recordação do que ocorrera no dia anterior — e o encanto da felicidade que parecia se erguer ao redor se extinguia num piscar de olhos.

Chegaram à igreja. Mária se deteve na entrada e não ousou ir além. Não ousou sequer sentar, embora os sinos que anunciam a missa só fossem tocar após as oito horas. Portanto, ela ficou todo o tempo de pé.

Quando estavam lendo o Evangelho, as pessoas de repente se moveram, abriram passagem para a família do senhor de terras; entraram duas moças de vestido branco e chapéus de abas largas, e com elas vinha um menino gordo, rosado, em trajes de marinheiro. Sua aparição comoveu Olga; desde o primeiro olhar ela concluiu que se tratava de pessoas corretas, educadas e bonitas. Mária, porém, olhava para elas com as sobrancelhas franzidas e a cabeça um pouco abaixada, com ar lúgubre e desalentado, como se não tivessem entrado pessoas, mas sim monstros capazes de esmagá-la, se ela não recuasse para lhes dar passagem.

E quando o sacristão vociferava qualquer coisa com sua voz de baixo, ela sempre tinha a impressão de ouvir o grito: "Má--ária!" — e estremecia toda.

III

No povoado, tiveram notícia da chegada dos visitantes e, logo depois da missa, muita gente já se aglomerava na entrada da isbá. Foram lá os Leonítchev, os Matviéitchev e os Ilitchóv para saber notícias de seus parentes que trabalhavam em Moscou. Todos os rapazes de Júkovo que sabiam ler eram despachados para Moscou, onde só se empregavam como garçons e criados de hotel (assim como os rapazes do povoado na outra margem do rio só trabalhavam como padeiros), e já era assim havia muito tempo, desde a época do regime de trabalho servil, quando um certo Luká Ivánitch, camponês de Júkovo, agora já célebre, que se empregara como garçom num dos clubes de Moscou, só admitia seus conterrâneos para trabalhar a seu lado, e estes, uma vez instalados, escreviam para seus parentes e arrumavam para eles empregos em tavernas e restaurantes; desde aquela época, os habitantes dos arredores só chamavam o povoado de Júkovo de Garçonópolis ou Serviçália. Nikolai foi despachado para Moscou quando tinha onze anos e quem lhe arrumou emprego foi Ivan Makáritch, da família dos Matviéitchev, o qual naquele tempo trabalhava como bilheteiro do Jardim Ermitage. E agora, voltando-se para os Matviéitchev, Nikolai falou com voz sentenciosa:

— Ivan Makáritch é o meu benfeitor e eu tenho a obrigação de rezar por ele dia e noite, pois foi graças a ele que eu me tornei um bom homem.

— Que Deus o abençoe — exclamou uma velha alta, a irmã de Ivan Makáritch, em tom choroso. — Não tenho nenhuma notícia dele, o meu querido.

— No inverno, ele trabalhou no teatro Aumont e nesta temporada agora ouvi dizer que ele anda trabalhando na periferia, nos parques... Ele envelheceu! Antigamente, no verão, acontecia de ele trazer para casa dez rublos por dia, mas agora os negócios andam parados por todo lado e o velho anda passando por dificuldades.

As velhas e as camponesas olhavam para os pés de Nikolai, calçados em botas de feltro, e para seu rosto pálido, e falavam com tristeza:

— Você não serve para trabalhar, Nikolai Ossípitch! Onde já se viu?

E todas faziam carinhos em Sacha. A menina já completara dez anos, mas era de baixa estatura, muito magra e, pelo aspecto, não parecia ter mais de sete anos. No meio das outras meninas, cobertas de fuligem, com os cabelos mal cortados, vestidas em camisolões desbotados, Sacha, branquinha, de olhos grandes e escuros, com uma fitinha vermelha no cabelo, tinha um aspecto engraçado, como se fosse um bichinho apanhado no campo e trazido para a isbá.

— E a minha menina sabe ler! — se vangloriou Olga, olhando com ternura para a filha. — Leia, filhinha! — disse ela, e tirou da trouxa um Evangelho. — Leia, que os cristãos ortodoxos vão escutar.

O livro era velho, pesado, encapado em couro, com as bordas surradas, e seu cheiro produziu a impressão de que monges tinham entrado na isbá. Sacha ergueu as sobrancelhas e começou, bem alto e em voz cantada:

— "Após sua partida, eis que o anjo do Senhor... se manifestou em sonho para José e lhe disse: 'Levanta-te, toma o menino e sua mãe...'"

— O menino e sua mãe — repetiu Olga, e ficou muito vermelha de emoção.

— "e foge para o Egito... e fica lá doravante até que..."

Ao ouvir a palavra "doravante", Olga não se conteve e começou a chorar. Olhando para ela, Mária soluçou, e depois a irmã de Ivan Makáritch. O velho se pôs a tossir e se mexer para um lado e outro, em busca de uma guloseima para dar à sobrinha, porém não encontrou nada e se limitou a abanar a mão, num gesto de desânimo. Quando a leitura chegou ao fim, os vizinhos se dispersaram para suas casas, comovidos e muito satisfeitos com Olga e com Sacha.

Como era feriado, a família passou o dia todo em casa. A velha, a quem o marido, as noras, os netos, todos enfim chamavam igualmente de "vovó", se esforçava para fazer tudo sozinha; punha lenha na estufa, servia o samovar, ia recolher o rebanho ao meio-dia, e depois ficava reclamando que a estavam matando de tanto trabalho. E vivia aflita, com medo de que alguém comesse um pedaço a mais do que devia, e sempre cuidava para que o velho e as noras não ficassem sem trabalhar. Assim que ouvia que os gansos do taberneiro andavam nos fundos de sua horta, ela saía correndo da isbá com um comprido pedaço de pau na mão e depois, durante meia hora, se esgoelava esganiçada em volta de seus repolhos murchos e mirrados como ela mesma; quando achava que um corvo andava de olho nas suas franguinhas, ela se atirava contra o corvo, berrando impropérios. Resmungava e se zangava desde a manhã até a noite e muitas vezes lançava gritos tão fortes que, na rua, as pessoas chegavam a parar.

Em vez de tratar seu velho com carinho, xingava-o de vagabundo ou de peste. Ele era um mujique irresponsável, em quem não se podia confiar, e se ela não o obrigasse o tempo todo a se mexer, talvez, de fato, ele nunca trabalhasse, ficaria só sentado na estufa, conversando. O velho passava muito tempo falando com o filho a respeito de certos inimigos, se queixava das ofensas dos vizinhos, insultos que ele dizia ter de suportar todos os dias, e ouvi-lo era maçante.

— Pois é — falava o velho, com as mãos nas cadeiras. — Pois é... Uma semana depois do dia da Exaltação,[5] eu vendi feno por trinta copeques o *pud*,[6] por livre e espontânea vontade, sem prejudicar ninguém; por azar, quando olhei, quem estava saindo da taverna era o próprio estaroste Antip Sediélnikov. "Para onde está indo, seu isso e aquilo?" E meteu logo um murro no meu ouvido.

Por sua vez, a cabeça de Kiriak doía horrivelmente por causa da bebedeira e ele se sentia envergonhado diante do irmão.

— Olha o que a vodca faz com a gente. Ah, meu Deus! — resmungava, sacudindo a cabeça dolorida. — Ah, meu irmão e minha irmã, me perdoem, pelo amor de Cristo, eu também não gosto.

Como era feriado, compraram arenque na taverna e cozinharam uma sopa com a cabeça do arenque. Ao meio-dia, sentaram-se todos para tomar chá e ficaram muito tempo bebendo, até suarem, pareciam inchados de tanto chá, e depois disso começaram a tomar a sopa, e todos bebiam do mesmo pote. Quanto ao arenque, a vovó o havia escondido.

---

5 Ou Exaltação da Cruz do Senhor, festa da Igreja ortodoxa, em 14 de setembro.
6 Um *pud* equivale a 16,38 quilos.

Ao anoitecer, um oleiro assava tigelas de cerâmica na encosta. No campo lá embaixo, meninas brincavam de roda e cantavam. Alguém estava tocando acordeão. Do outro lado do rio, um forno também fumegava, meninas também cantavam e, de longe, aquelas canções pareciam harmoniosas e doces. Na taverna e nos arredores, os mujiques faziam algazarra; com vozes embriagadas, cantavam cada um a sua música e trocavam insultos de tal modo que Olga se limitava a estremecer e falar:

— Ah, meu Deus!...

Ela se admirava porque os insultos ressoavam sem parar e quem praguejava mais alto e por mais tempo eram os velhos, já a poucos passos da morte. As crianças e as mocinhas ouviam aquelas imprecações sem o menor constrangimento, e era óbvio que estavam habituadas àquilo desde o berço.

Passava de meia-noite, os fornos já haviam se apagado de um lado e do outro do rio, mas no campo, lá embaixo, e na taverna todos ainda festejavam. O velho e Kiriak, bêbados e de braços dados, empurrando-se um ao outro pelos ombros, chegaram ao barracão onde Olga e Mária já estavam deitadas.

— Deixa em paz — aconselhava o velho. — Deixa em paz... Ela é uma mulher sossegada... É pecado...

— Má-ária! — gritou Kiriak.

— Deixa em paz... É pecado... É uma mulher boa.

Os dois permaneceram um minuto perto do barracão e depois foram embora.

— Eu go-osto das flores silve-estres![7] — começou a cantarolar o velho de repente, em voz de tenor, forte e penetrante. — Eu go-osto de colher flores no campo!

Depois deu uma cusparada, soltou uma praga horrível e foi para a isbá.

---

[7] Trata-se de uma canção popular que Tchékhov ouvia as camponesas cantarem quando viveu em seu sítio em Miélikhovo.

IV

A avó pôs Sacha de vigia perto da horta e mandou a menina se manter alerta para que os gansos não invadissem o terreno. Era um dia quente de agosto. Os gansos do taverneiro podiam chegar à horta pelos fundos, mas naquela hora estavam ocupados em ciscar aveia no chão perto da taverna, enquanto conversavam entre si tranquilamente, e só um dos gansos espichava a cabeça bem alto, como se quisesse ver se a velha não os atacava com seu pedaço de pau; outros gansos poderiam vir lá de baixo, mas estavam pastando longe, do outro lado do rio, e traçavam no campo o desenho de uma guirlanda comprida e branca. Sacha ficou ali por um breve tempo, se entediou e, vendo que os gansos não avançavam para a horta, se afastou rumo à encosta.

Lá viu Motka, a filha mais velha de Mária, imóvel, de pé em cima de uma pedra enorme, olhando para a igreja. Mária teve treze filhos, mas só seis sobreviveram, todas elas meninas, nenhum menino, e a mais velha tinha oito anos. Descalça, de camisolão, Motka estava de pé, debaixo do calor do sol, que ardia em cheio no topo de sua cabeça, mas a menina nem notava, parecia ter virado pedra. Sacha se pôs a seu lado e, olhando para a igreja, disse:

— Deus mora na igreja. Na casa das pessoas acendem velas e lampiões, mas na casa de Deus tem umas lamparinas vermelhinhas, verdinhas, azulzinhas, parecem uns olhinhos. De noite, Deus anda pelas igrejas e junto com ele vão a Santa Virgem e o são Nicolau... Tup, tup, tup... O vigia noturno morre de medo! Ah, meu anjo — acrescentou, imitando a mãe. — E quando vier o Juízo Final, todas as igrejas vão ser levadas para o céu.

— Com os-si-nos-e-tu-do? — perguntou Motka em voz grave, separando bem as sílabas.

— Com os sinos e tudo. E no Juízo Final os bons vão para o paraíso e os malvados vão queimar no fogo eterno, que nunca se apaga, meu anjo. Para a mamãe e para Mária também, Deus vai dizer: Vocês não fizeram mal a ninguém e por isso vão para a direita, para o paraíso. Mas para o Kiriak e para a vovó, vai dizer: vocês vão para a esquerda, para o fogo. E quem comer carne ou leite nos dias de jejum também vai para o fogo.

Olhou para o alto, para o céu, abriu bem os olhos e disse:

— Olhe para o céu sem piscar... Vai ver os anjos.

Motka também se pôs a mirar o céu e assim as duas meninas passaram um minuto em silêncio.

— Dá para ver? — perguntou Sacha.

— Não estou vendo — respondeu Motka em voz grave.

— Mas eu estou vendo. Uns anjinhos miúdos estão voando pelo céu e vão e vêm depressa com suas asinhas, que nem mosquitos.

Motka refletiu um pouco, enquanto olhava agora para o chão, e perguntou:

— A vovó vai ser queimada?

— Vai sim, meu anjo.

Da pedra até o ponto mais baixo, uma encosta uniforme e lisa formava um declive coberto por uma relva verde e macia, que despertava a vontade de tocar com a mão ou de deitar sobre ela. Sacha deitou-se e rolou ladeira abaixo. Motka, com o rosto sério e grave, respirou fundo, também se deitou e rolou, e com isso seu camisolão subiu até os ombros.

— Que coisa divertida! — exclamou Sacha, extasiada.

As duas subiram a fim de rolar de novo, mas naquele momento ouviram uma voz estridente e conhecida. Ah, que horror! A vovó, desdentada, ossuda, corcunda, com os curtos cabelos grisalhos arrepiados pelo vento, brandia um comprido pedaço de pau e enxotava os gansos da horta, aos berros:

— Estraçalharam todos os meus repolhos, desgraçados, vou cortar seus pescoços, três vezes amaldiçoados, que praga, por que ninguém mata vocês logo!

Ela avistou as meninas, largou o pedaço de pau, pegou uma vara, agarrou Sacha pelo pescoço com seus dedos secos e duros como os dentes de um ancinho e se pôs a açoitá-la. Sacha chorava de dor e de medo, enquanto isso um ganso, cambaleando de um pé para o outro e com o pescoço espichado, se aproximou da velha, grasnou algo e, quando voltou para seu bando, todos os gansos o saudaram com aprovação: ro-ro-ro! Depois a vovó passou a açoitar Motka e, por isso, mais uma vez seu camisolão foi levantado. Tomada pelo desespero, chorando bem alto, Sacha foi para a isbá a fim de se queixar; Motka foi atrás, também chorando, mas com voz grave, sem enxugar as lágrimas, e por isso tinha o rosto tão molhado que parecia ter saído de dentro da água.

— Meu Deus! — se espantou Olga, quando as duas entraram na isbá. — Rainha do Céu!

Sacha começou a contar, mas, naquele momento, com um grito cortante e um insulto, a vovó também entrou, Fiokla se zangou e um tumulto tomou conta da isbá.

— Não é nada, não é nada! — Pálida, abalada, Olga tentava consolar Sacha, afagando sua cabeça. — Ela é sua avó, é pecado se zangar com ela. Não é nada, filhinha.

Nikolai, que já estava esgotado pela constante gritaria, pela fome, pela bebedeira, pelo mau cheiro, e que já detestava e desprezava a pobreza que o fazia sentir vergonha do pai e da mãe diante da esposa e da filha, baixou as pernas da estufa sobre a qual estava deitado e falou em tom exasperado, com voz chorosa, se dirigindo para a mãe:

— A senhora não pode bater nela! A senhora não tem nenhum direito de bater nela!

— Ora, vê se morre de uma vez aí em cima dessa estufa, seu inútil! — gritou Fiokla para ele, com raiva. — Foi o diabo que trouxe vocês para cá, seus parasitas.

Sacha, Motka e todas as meninas, todas elas, se esconderam atrás do canto da estufa, por trás de Nikolai, e dali escutavam tudo aquilo em silêncio, apavoradas, e dava para ouvir seus coraçõezinhos batendo. Quando numa família há uma pessoa doente já há muito tempo e sem esperança de cura, ocorrem momentos dolorosos em que todos os parentes, no fundo da alma, temerosos e em segredo, desejam sua morte; só as crianças temem a morte do familiar e, quando pensam nela, sempre se enchem de pavor. E naquele momento as meninas, contendo a respiração e com expressão de pesar no rosto, olhavam para Nikolai e pensavam que em breve ele ia morrer, e lhes vinha a vontade de chorar e lhe dizer palavras de carinho e compaixão.

Nikolai se agarrou a Olga como se buscasse abrigo e, em voz baixa e trêmula, lhe disse:

— Ólia, minha querida, não posso mais ficar aqui. Não tenho mais forças. Pelo amor de Deus, pelo amor de Cristo do Céu, escreva para a sua irmãzinha Clávdia Abrámovna, peça que venda e penhore tudo o que tem e nos mande o dinheiro para irmos embora daqui. Ah, meu Deus — prosseguiu ele, angustiado. — Quem me dera poder ver Moscou, ainda que só de relance. Pelo menos sonhar com a mãezinha Moscou!

E quando a noite caiu e a isbá escureceu, a melancolia foi tão grande que era difícil pronunciar qualquer palavra. Enfurecida, a vovó molhava lascas de pão de centeio numa xícara e ficou muito tempo, uma hora inteira, sugando pedaço por pedaço. Mária ordenhou a vaca, trouxe um balde com leite e colocou-o sobre um banco; depois a vovó despejou o leite do balde nas jarras, também por muito tempo, sem pressa, visivelmente satisfeita porque agora, no Jejum da Assunção,[8] ninguém podia tomar leite e todo ele ficaria intacto. Mas serviu num pires um pouquinho, quase nada, para o bebê de Fiokla.

---

[8] Ocorre nas duas primeiras semanas de agosto. É um dos jejuns mais rigorosos do calendário ortodoxo.

Quando ela e Mária levaram as jarras para a despensa, de repente Motka se animou, saltou do alto da estufa, foi até o banco onde estava a xícara de madeira com as cascas deixadas pela avó e entornou o leite do pires dentro da xícara.

Vovó retornou à isbá, recomeçou a sugar suas cascas de pão de cevada, enquanto Sacha e Motka, sentadas no alto da estufa, olhavam para ela e ficaram contentes, porque ela estava comendo um alimento proibido no jejum e agora, com certeza, iria para o inferno. Reconfortadas, as duas se deitaram para dormir, e Sacha, se cobrindo, imaginou o Juízo Final: uma grande fornalha ardia em chamas, igual à do oleiro, e o espírito impuro, todo preto, com seus chifres semelhantes aos de uma vaca, empurrava a vovó para o fogo, usando para isso um pedaço de pau comprido, como aquele que ela usara pouco antes para enxotar os gansos.

V

No dia da Assunção, depois das dez da noite, as moças e os rapazes que passeavam no campo, mais abaixo, ouviram de súbito um grito estridente e saíram correndo na direção do povoado; os que estavam sentados no alto, na beira da encosta, no primeiro momento não conseguiram entender o que se passava.

— Fogo! Fogo! — veio lá debaixo o grito desesperado. — É um incêndio!

Os que estavam sentados no alto olharam naquela direção e se revelou para eles um quadro extraordinário e aterrador. Numa das últimas isbás do povoado, sobre o telhado de palha, se erguia uma coluna de fogo de uma *sájen*[9] de altura que, como um chafariz, rodopiava e espirrava fagulhas para todos os lados. Logo o telhado inteiro se inflamou numa labareda brilhante e se ouviu o crepitar das chamas.

---

[9] Uma *sájen* equivale a 2,134 metros.

A luz do luar se turvou e todo o povoado foi envolvido por um clarão vermelho e oscilante; sombras negras corriam pelo chão, o ar cheirava a queimado e os que chegavam correndo lá de baixo, todos muito ofegantes, tremiam tanto que nem conseguiam falar, empurravam-se, caíam e, estranhando agora a forte claridade, enxergavam mal e nem se reconheciam uns aos outros. Era horrível. E o mais horrível de tudo era ver que, acima do fogo, pombos voavam no meio da fumaça e também que na taverna, onde ainda não sabiam do incêndio, continuavam a cantar e tocar acordeão como se nada estivesse acontecendo.

— A casa do tio Semion pegou fogo! — gritou alguém bem alto e com voz grave.

Mária se pôs a correr alvoroçada em redor da sua isbá, chorava, sacudia os braços, seus dentes batiam uns contra os outros, embora o incêndio fosse longe dali, na outra ponta do povoado; Nikolai saiu da isbá com suas botas de feltro de cano alto, as crianças correram para fora, em seus camisolões. Na frente da isbá do *dessiátski*,[10] começaram a dar pancadas numa placa de ferro. Béin béin, béin... o som começou a se propagar e aquele toque repetido e alarmante fazia o coração se encolher e o corpo gelar. Paradas, de pé, as velhas seguravam ícones nas mãos. Enxotaram dos quintais as ovelhas, os bezerros e as vacas, carregavam arcas, peles de ovelha e tinas de madeira para fora das casas. Um garanhão murzelo, que mantinham afastado do rebanho porque ele escoiceava e feria os outros cavalos, uma vez solto, disparou a correr, estalando os cascos no chão, e atravessou duas vezes o povoado, de ponta a ponta, entre relinchos, depois parou de repente perto de uma carroça e começou a golpeá-la com as patas traseiras.

Do outro lado do rio, os sinos da igreja também começaram a tocar.

---

[10] Pessoa eleita nos povoados rurais para cumprir funções de polícia.

Perto da isbá em chamas, fazia calor e estava tão claro que dava para ver, no chão, cada folhinha de grama. Sentado sobre uma das arcas que conseguiram arrastar para fora de casa estava Semion, mujique ruivo, de nariz grande, de paletó e com o quepe enterrado na cabeça até as orelhas; sua esposa estava deitada no chão, alheia a tudo, com o rosto voltado para a terra, e gemia. Um velho baixinho de uns oitenta anos, de barba comprida, semelhante a um gnomo, alguém que não era de casa, mas que obviamente estava envolvido com o incêndio, andava para um lado e para outro com a cabeça descoberta e uma trouxinha branca nas mãos; o clarão do fogo se refletia na sua careca. O estaroste Antip Sediélnikov, de pele escura e cabelo preto como um cigano, se aproximou da isbá de machado em punho e arrombou as janelas, uma após a outra — não se sabia para quê — e depois passou a derrubar a varanda da entrada, a golpes de machado.

— Mulheres, água! — gritava ele. — Tragam a máquina de bombear água! Mexam-se!

Os mesmos mujiques, que pouco antes faziam farra na taverna, agora arrastaram a bomba de incêndio até lá. Todos estavam embriagados, andavam aos tropeções e caíam, todos tinham uma expressão de desamparo no rosto e lágrimas nos olhos.

— Moças, água! — gritava o estaroste, também embriagado. — Mexam-se, moças!

As mulheres e as mocinhas corriam para baixo, onde havia uma nascente, e carregavam baldes e tinas cheios morro acima, despejavam a água na bomba e desciam correndo outra vez. Olga, Mária, Sacha, Motka, todas carregavam baldes. Mulheres e crianças bombeavam a água, a mangueira chiava e o estaroste, que apontava a mangueira ora para a porta, ora para as janelas, estreitava o jato com o dedo, o que fazia o esguicho chiar mais forte ainda.

— Muito bem, Antip! — soaram vozes de apoio. — Força!

Mas Antip meteu-se pela porta da entrada, rumo ao fogo, e de lá gritou:

— Bombeia! Mãos à obra, cristãos ortodoxos, nessa hora de tanta infelicidade!

Os mujiques mantinham-se ali perto, num bando coeso, sem fazer nada, e olhavam para o fogo. Ninguém sabia como agir, ninguém tinha a menor ideia, mas em volta havia montes de trigo, de feno, celeiros e pilhas de ramos secos. Kiriak estava entre eles, bem como o velho Óssip, seu pai, ambos ligeiramente bêbados. E, como se quisesse justificar sua ociosidade, o velho falou, dirigindo-se à mulher deitada no chão:

— Para que se matar desse jeito, comadre? A isbá tem seguro... O que você está pensando?

Semion, dirigindo-se ora a um, ora a outro, contava como o fogo havia começado:

— Aquele velhinho ali com uma trouxinha foi um dos criados do general Júkov... Era cozinheiro do nosso general, que Deus o tenha no Reino dos Céus. Chegou aqui de noite: "Deixem que eu passe a noite aqui", disse... E aí bebemos um copinho, é claro... Minha mulher cuidou do samovar para o velhinho tomar chá, mas por infelicidade colocou o samovar logo na entrada da casa, o fogo subiu pela chaminé, quer dizer, foi direto para o telhado, para a palha, e pronto. Por pouco a gente também não se queimou todo. Mas o gorro do velho pegou fogo, que desgraça.

Enquanto isso, continuavam as incansáveis pancadas na placa de ferro e a todo instante tocavam os sinos na igreja do outro lado do rio. Olga, ofegante, iluminada pelo clarão das chamas, corria para baixo e para cima, olhando com horror para as ovelhas vermelhas e para os pombos rosados que voavam no meio da fumaça. Tinha a impressão de que aquele som de alarme penetrava em sua alma como um espinho pontiagudo, que o incêndio nunca ia terminar, que Sacha tinha se perdido... E quando, com um estrondo, o teto da isbá desmoronou e lhe veio a ideia de que agora, inapelavelmente, o povoado inteiro pegaria fogo, Olga perdeu as forças, não conseguiu mais trazer água, deixou-se ficar sentada na beira da encosta, com os baldes a seu lado; sentadas perto dela, as camponesas erguiam lamentos esganiçados, como faziam num velório.

Então, da casa senhorial do outro lado do rio, empregados e feitores vieram em duas carroças, trazendo uma bomba de incêndio. A cavalo, veio também um estudante muito jovem, vestindo uma túnica militar branca desabotoada. Começaram a dar golpes de machado, encostaram uma escada nas vigas no alto da casa, cinco homens galgaram os degraus de um só golpe e à frente deles ia o estudante, todo vermelho, e gritava com voz cortante e rouca, num tom que dava a entender que, para ele, apagar incêndios era coisa rotineira. Desmontaram os troncos da isbá, desmantelaram o estábulo, a cerca e também a meda de feno mais próxima do fogo.

— Não deixem demolir! — vozes ressoaram com firmeza na multidão. — Não deixem!

Kiriak avançou na direção da isbá, com uma expressão resoluta, como se desejasse impedir que os forasteiros a derrubassem, no entanto, um dos empregados o puxou para trás e lhe deu um golpe no pescoço. Soaram risos, o empregado o golpeou de novo, Kiriak tombou e voltou de gatinhas para o bando de mujiques.

Do outro lado do rio vieram também duas moças bonitas, de chapéu — na certa, irmãs do estudante. Puseram-se um pouco à parte e, dali, observaram o incêndio. Os troncos espalhados já não ardiam em chamas, porém fumegavam com força; o estudante manobrava a mangueira, dirigia o jato ora para as vigas da isbá que ainda estavam de pé, ora para os troncos espalhados, ora para os mujiques, ora para as camponesas que carregavam a água.

— George![11] — gritavam as mocinhas em tom de censura e alarme. — George!

O incêndio terminou. E só quando começaram a se dispersar, as pessoas se deram conta de que o dia já estava raiando e de que todos estavam pálidos, a pele um pouco turva — é sempre essa a impressão de manhã bem cedo, quando se apagam no céu as últimas estrelas. Enquanto se dispersavam, os mujiques riam e zombavam do cozinheiro do general Júkov e do fato de seu gorro ter se incendiado; já lhes vinha a vontade de fazer do incêndio um motivo de brincadeiras e pareciam até lamentar que o fogo tivesse terminado tão depressa.

— Patrão, o senhor sabe apagar o fogo muito bem — disse Olga para o estudante. — O senhor devia nos visitar lá em Moscou: imagine, lá todo dia tem um incêndio.

— Mas então a senhora é de Moscou? — perguntou uma das mocinhas da casa senhorial.

— É claro. O meu marido trabalhou no hotel Bazar Eslavo, minha senhora. E esta é a minha filha — apontou para Sacha, que sentia muito frio e se agarrava muito à mãe. — Ela também é de Moscou, minha senhora.

As duas mocinhas trocaram algumas palavras em francês com o estudante, que deu a Sacha uma moedinha de vinte copeques. O velho Óssip viu aquilo e de repente, em seu rosto, se acendeu uma esperança.

— Graças a Deus que não bateu um vento, vossa excelência — disse ele para o estudante. — Senão em uma hora teria pegado fogo em tudo. Vossa excelência, meus bondosos senhores — acrescentou, de forma confusa e em voz mais

---

[11] Forma afrancesada do nome russo Gueórgui.

baixa. — O dia nasceu muito frio, era bom se aquecer... Com a sua misericórdia, só meia garrafinha.

Não lhe deram nada, e ele, depois de rosnar uma praga, arrastou os passos até sua casa. Olga se pôs na beira da encosta e viu como as duas carroças cruzaram o rio num trecho mais raso e como, já no campo, os senhores seguiram a pé; uma carruagem confortável os aguardava do outro lado. Quando voltou à isbá, Olga contou ao marido, com admiração:

— Mas como são bonitos! Como são bonitos! E as patroazinhas são que nem uns querubins.

— Que se arrebentem todos eles! — exclamou com raiva Fiokla, sonolenta.

VI

Mária se julgava infeliz e dizia ter muita vontade de morrer; para Fiokla, ao contrário, toda aquela vida lhe agradava: a pobreza, a imundície, os xingamentos incansáveis. Comia o que lhe davam, sem fazer caso; dormia onde estivesse, deitada em cima do que fosse; despejava a água suja na varanda da entrada: parava na soleira, lançava fora a água e depois ainda atravessava a poça com os pés descalços. Desde o primeiro dia, Fiokla sentiu ódio de Olga e Nikolai justamente porque não gostavam daquele tipo de vida.

— Só quero ver o que vocês vão comer aqui, seus nobres moscovitas! — dizia com maldade. — Só quero ver!

Certo dia, de manhã — já no início de setembro —, Fiokla trouxe dois baldes de água lá de baixo, vinha rosada de frio, bem-disposta, bonita; naquele momento, Olga e Mária estavam sentadas à mesa e tomavam chá.

— Chá com açúcar! — exclamou Fiokla em tom de deboche. — Que aristocratas — acrescentou, baixando os baldes no chão. — Agora inventaram a moda de tomar chá todo dia. Cuidado para não ficarem inchadas com todo esse chá! — prosseguiu, olhando com ódio para Olga. — De tanto se fartar lá em Moscou, ficou com o nariz repolhudo, a balofa!

Brandiu a vara em que trazia os baldes sobre os ombros e acertou o ombro de Olga de tal modo que as duas noras puderam apenas unir as mãos e exclamar:

— Ai, meu Deus!

Em seguida, Fiokla foi ao rio para lavar as roupas brancas e, durante todo o caminho, praguejava tão alto que dava para ouvir da isbá.

O dia passou. Teve início uma longa noite de outono. Na isbá, fiavam a seda; todos fiavam, exceto Fiokla: tinha ido ao rio. Traziam a seda bruta de uma fábrica próxima e a família inteira ganhava com isso uma ninharia: cerca de vinte copeques por semana.

— No tempo da servidão era melhor[12] — disse o velho, enquanto fiava a seda. — A gente trabalhava, comia, dormia, tudo na sua hora. No almoço tinha sopa de repolho, tinha *kacha*, e no jantar também davam sopa de repolho e *kacha*. Pepino e couve, isso tinha à vontade: a gente comia quanto quisesse, quanto a alma da gente pedisse. E o rigor também era maior. Todo mundo andava na linha.

Na isbá, só havia a luz de uma lamparina, que ardia embaçada e fumacenta. Quando o corpo de alguém encobria a luz da chama e uma sombra grande batia na janela, podia-se ver o clarão do luar. Sem a menor pressa, o velho Óssip contava como era a vida antes da emancipação dos servos, como nos mesmos lugares onde agora se vivia em meio ao desalento e à pobreza se promoviam caçadas com cães galgos, borzóis, lebréus de Pskov, e lembrava que na hora das batidas da caça davam vodca para os mujiques, Óssip contava que grandes

---

[12] Os servos foram emancipados em 1861.

comboios de carroças cheias de aves abatidas partiam rumo a Moscou, para os jovens senhores, contava como os maldosos eram castigados com golpes de vergasta ou eram banidos para uma fazenda em Tvier, e como os bons eram recompensados. A velha também contava algumas coisas. Ela se recordava de tudo, absolutamente tudo. Falava de sua patroa, mulher boa e piedosa, cujo marido era um pândego e um libertino, cujas filhas todas casaram só Deus sabe como: uma casou com um bêbado, outra, com um pequeno-burguês, a terceira foi raptada em segredo (a própria velha, na época ainda menina, ajudou no rapto), e todas morreram cedo, de desgosto, como também a mãe. E ao relembrar tudo aquilo a velha chegava a chorar.

De repente bateram na porta e todos tremeram.

— Tio Óssip, me deixe passar a noite aí!

Entrou um velhote miúdo e careca, o cozinheiro do general Júkov, o mesmo cujo gorro queimara no incêndio. Ele sentou, se pôs a escutar um pouco e também começou a recordar e contar várias histórias. Nikolai, sentado no alto da estufa, com as pernas penduradas, ouvia com atenção e perguntava o tempo todo a respeito dos pratos que costumavam cozinhar naquele tempo. Falavam de bolos de carne, almôndegas, diversas sopas, molhos, e o cozinheiro, que também se lembrava de tudo muito bem, mencionava pratos que ninguém mais fazia; por exemplo, havia um prato feito com olhos de boi, chamado "despertar matinal".

— E as almôndegas do marechal, eles faziam na época? — indagou Nikolai.

— Não.

Com ar de censura, Nikolai balançou a cabeça e disse:

— Ora essa, que desgraça de cozinheiros!

Sentadas ou deitadas no alto da estufa, as meninas olhavam para baixo, sem piscar; pareciam ser muitas — como querubins nas nuvens. Gostavam das histórias; suspiravam, estremeciam e ficavam pálidas, ora de encanto, ora de pavor, mas quando era a vez da vovó, que sabia contar histórias melhor que ninguém, as meninas escutavam prendendo a respiração, com medo até de se mexer.

Iam dormir sem falar nada; e os velhos, abalados pelas histórias, comovidos, pensavam como é boa a juventude, depois da qual, como quer que tenha sido de fato, restam na memória apenas a vivacidade, a alegria, a emoção, e sentiam como é terrível e fria a morte, que já andava por perto — melhor nem pensar nisso! A lamparina se apagou. A escuridão, as duas janelinhas iluminadas pelo forte luar, o silêncio e o ranger do berço apenas lembravam a eles, por alguma razão, que a vida já havia passado, que não ia voltar de jeito nenhum... A sonolência pesava, eles afundavam no sono, mas de repente alguém esbarrava no ombro, bafejava no rosto — e o sono não vingava, o corpo parecia entorpecido, na cabeça se insinuavam ideias de morte; viravam-se para o outro lado — e agora, já esquecida a morte, vagavam na mente pensamentos antigos, maçantes, triviais, sobre a penúria do dia a dia, sobre a forragem e sobre o preço da farinha que tinha aumentado, no entanto, pouco depois lembravam de novo que a vida tinha passado, não ia mais voltar...

— Ah, meu Deus! — suspirou o cozinheiro.

Alguém bateu bem de leve na janelinha. Na certa Fiokla estava de volta. Olga levantou-se bocejante, murmurou uma prece, abriu a porta da cozinha e, em seguida, destravou o ferrolho da porta da entrada. Porém não veio ninguém, só o frio soprou da rua e, de repente, o luar clareou tudo. Pela porta aberta se via a rua silenciosa e deserta e a própria lua suspensa no céu.

— Quem está aí? — gritou Olga.

— Eu — veio a resposta. — Sou eu.

Perto da porta, de pé, encolhida junto à parede, estava Fiokla, completamente nua. Tremia de frio, os dentes batiam uns nos outros e, à luz clara do luar, parecia muito pálida, bonita e estranha. As sombras em seu corpo e o brilho do luar na pele se lançavam de modo abrupto contra os olhos de quem a visse, e as sobrancelhas escuras se destacavam mais incisivas, bem como o peito jovem e vigoroso.

— Lá do outro lado do rio, uns sem-vergonha levaram minha roupa e me mandaram embora desse jeito... — explicou. — Vim para casa sem roupa... do jeito como minha mãe me pôs no mundo. Traz uma roupa.

— Mas entre na isbá! — disse Olga em voz baixa, também começando a tremer.

— Mas os velhos não podem me ver.

De fato, a vovó já estava inquieta e resmungava, e o velho perguntou:

— Quem está aí?

Olga foi buscar uma camisa e uma saia, vestiu Fiokla, e depois as duas entraram na isbá, tentando pisar sem barulho e sem bater as portas.

— É você, gorducha? — rosnou a vovó, zangada, adivinhando quem era. — O que deu em você, virou sonâmbula?... Vai acabar morrendo!

— Não foi nada, não foi nada — sussurrou Olga, enquanto agasalhava Fiokla. — Está tudo bem, meu anjo.

De novo, baixou o silêncio. Na isbá, sempre dormiam mal; algo incômodo ou inoportuno perturbava o sono de todos: para o velho, era a dor nas costas; para a vovó, as preocupações e o rancor; para Mária, o medo; para as crianças, a fome e a coceira. Também agora todos tinham um sono agitado: viravam-se de um lado para outro, falavam coisas delirantes, levantavam-se para matar a sede.

De repente, Fiokla desatou a chorar em uivos bem altos, com voz rascante, mas logo se conteve, apenas deixava escapar um soluço de vez em quando, cada vez mais baixo, mais abafado, até se calar de todo. Do outro lado do rio, a intervalos, vinha o som dos sinos; porém batiam as horas de forma estranha: deram as cinco horas e depois as três.

— Ah, meu Deus! — suspirava o cozinheiro.

Olhando pela janela, era difícil entender se a lua ainda estava brilhando ou já era a alvorada. Mária levantou-se e saiu, e se ouvia como ela ordenhava a vaca e falava: "Espe-e-era!". Vovó também saiu. Dentro da isbá, ainda estava escuro, mas já se enxergavam todos os objetos.

Nikolai, que ficara acordado a noite inteira, desceu do alto da estufa. Pegou sua casaca num bauzinho verde, vestiu-a, aproximou-se da janela, alisou as mangas, puxou as abas pelas costas e sorriu. Em seguida, cuidadosamente, despiu a casaca, escondeu-a no baú e deitou-se outra vez.

Mária voltou e tratou de acender o fogo da estufa. Pelo visto, não havia despertado de todo e cochilava enquanto se mexia. Na certa tivera algum sonho ou lhe vieram à memória as conversas do dia anterior, pois se espreguiçou com doçura diante da estufa e disse:

— Não, sem servidão é melhor.

VII

Chegou o patrão — assim chamavam no povoado o comissário de polícia rural. Já fazia uma semana que sabiam quando e por que razão ele viria. Em Júkovo, havia só quarenta residências, mas os impostos atrasados para o tesouro do Estado e para o *ziêmstvo* chegavam a mais de dois mil rublos.

O comissário de polícia rural parou na taverna; ali ele "bebericou" dois copos de chá e depois seguiu a pé para a isbá do estaroste, perto da qual uma multidão de inadimplentes já o aguardava. O estaroste Antip Sediélnikov, apesar de jovem — tinha apenas trinta e poucos anos —, se mostrava severo e sempre pendia para o lado das autoridades, embora também fosse pobre e atrasasse o pagamento dos tributos. Pelo que se podia ver, ele tinha gosto em ser estaroste e lhe agradava a consciência do poder, o qual ele não sabia exercer senão com severidade. No conselho do povoado, tinham medo do estaroste e acatavam suas decisões; ocorria de Sediélnikov avançar de repente contra um bêbado, na rua ou perto da taverna, amarrar suas mãos nas costas e depois arrastar o homem para a cadeia; certa vez chegou a levar a vovó para a cadeia, porque ela foi à reunião do conselho em lugar de Óssip e começou a dizer desaforos, e o estaroste a deixou presa um dia e uma noite. Nunca havia morado numa cidade, jamais lera um livro, porém colecionara umas palavras eruditas, tiradas sabe-se lá de onde, e adorava empregá-las nas conversas, e por isso o respeitavam, embora nem sempre o compreendessem.

Quando Óssip, com seu livro de tributos, entrou na isbá do estaroste, o comissário de polícia, um velho magricelo de costeletas compridas e grisalhas, vestindo uma japona militar cinzenta, estava sentado à mesa, no canto onde ficavam os ícones, e escrevia algo. A isbá era limpa, todas as paredes estavam coalhadas de quadros feitos com recortes de revistas e, no lugar mais visível, perto de um ícone, pendia um retrato de Battenberg, antigo príncipe búlgaro.[13] De pé junto à mesa, de braços cruzados, estava Antip Sediélnikov.

— Este, vossa excelência, deve cento e dezenove rublos — disse Sediélnikov, quando chegou a vez de Óssip, na fila. — Antes da Semana Santa, ele pagou um rublo, mas de lá para cá, nem um copeque.

O comissário ergueu os olhos para Óssip e perguntou:
— Por que fez isso, irmão?

---

[13] Trata-se de Alexandre I da Bulgária (1857-93), que reinou de 1879 a 1886, quando renunciou.

— Manifeste a divina misericórdia, vossa excelência — começou Óssip, e se emocionou. — Permita que eu explique. No ano que passou, o senhor de Liutoriétskoie disse: "Óssip, venda o feno... Venda para mim". Por que não? Eu tinha uns cem *pud*[14] para vender, as mulheres tinham ceifado na terra alagada... Pois bem, combinamos o preço... Tudo certo, de livre vontade...

Ele se queixava do estaroste e, de vez em quando, se voltava para os mujiques como se apelasse pelo testemunho deles; seu rosto ficou vermelho, suava, os olhos se tornaram aguçados, ferinos.

— Eu não entendo para que você está falando tudo isso — retrucou o comissário de polícia. — Eu estou perguntando a você... estou perguntando a você por que não paga os tributos atrasados? Vocês não pagam nunca e sou eu quem vai ter de responder por vocês?

— Eu não tenho recursos!

— Essas palavras não procedem, vossa excelência — disse o estaroste. — De fato, os Tchikildiéiev são da classe destituída, mas se fizer a bondade de perguntar aos outros verá que o motivo de tudo é a vodca, e eles são muito sem-vergonha. Sem o menor juízo.

O comissário de polícia anotou algo e falou para Óssip com voz calma, em tom normal, como se pedisse água:

— Saia da minha frente.

Logo depois o comissário também saiu; e quando sentou na sua charrete barata e tossiu, pelo mero aspecto de suas costas compridas e magras dava para ver que ele já nem se lembrava de Óssip, do estaroste, dos impostos atrasados dos habitantes de Júkovo, e que, ao contrário, pensava em algum assunto particular. Nem teve tempo de percorrer uma versta

---

[14] Ou seja, cerca de 1640 quilos.

e Antip Sediélnikov já havia retirado o samovar da isbá dos Tchikildiéiev, e atrás dele veio a vovó, que gritava com voz esganiçada, estufando o peito:

— Não vou dar! Não vou dar o samovar para você, desgraçado!

Ele andava depressa, em largas passadas, e ela o perseguia ofegante, trôpega, recurvada, enfurecida; seu lenço de cabeça deslizou para os ombros, os cabelos grisalhos com reflexos esverdeados esvoaçavam no vento. De repente ela parou e, como uma autêntica rebelde, pôs-se a dar socos no próprio peito e a gritar ainda mais alto, com voz cantada, parecendo soluçar de choro:

— Cristãos ortodoxos, todos que acreditam em Deus! Irmãos, me ofenderam! Minha gente, me agrediram! Ai, ai, meus queridos, me socorram!

— Vovó, vovó — retrucou o estaroste, em tom severo. — Ponha juízo nessa cabeça!

Sem o samovar, a vida na isbá dos Tchikildiéiev se tornou ainda mais desolada. Havia algo de humilhante naquela desapropriação, algo de vergonhoso, como se de repente tivessem usurpado a honra da isbá. Antes o estaroste tivesse pegado e levado a mesa, todos os bancos, todos os potes — a casa não pareceria tão vazia. A vovó chorava, Mária chorava e as meninas, olhando para ela, começaram também a chorar. O velho, sentindo-se culpado, sentou-se num canto, com ar de abatimento, e nada dizia. Nikolai também não dizia nada. A vovó gostava de Nikolai, tinha pena dele, porém naquele momento esqueceu a pena que sentia e, de repente, se lançou contra ele com palavrões, insultos, brandindo os punhos bem perto do seu rosto. Berrava que ele era o culpado de tudo; afinal, por que Nikolai mandava tão pouco dinheiro, quando nas cartas ele mesmo se vangloriava de ganhar cinquenta rublos por mês no Bazar Eslavo? Por que tinha voltado para casa, e ainda por cima com a família? Se morresse, quem ia pagar seu enterro? E naquela hora dava pena olhar para Nikolai, Olga e Sacha.

O velho deu um grunhido, pegou o gorro e foi à casa do estaroste. Já havia escurecido. Antip Sediélnikov estava soldando algum objeto perto da estufa e soprava, estufando as bochechas; o ar cheirava a queimado. Seus filhos, esquálidos, sujos, nada melhores do que os filhos dos Tchikildiéiev, brincavam no chão; a esposa, feia, sardenta, de barriga volumosa, enrolava fios de seda. Era uma família infeliz, miserável, só Antip tinha a aparência jovem e bonita. Sobre um banco, em fileira, estavam cinco samovares. O velho rezou uma prece para o retrato de Battenberg e depois disse:

— Antip, manifeste a divina misericórdia, devolva o samovar! Em nome de Cristo!

— Traga três rublos e terá o samovar de volta.

— Não tenho recursos!

Antip estufava as bochechas, o fogo bramia, chiava, refletia-se nos samovares. O velho, depois de pensar um instante, amassou o gorro entre as mãos e falou:

— Devolva!

O estaroste moreno já tinha as feições totalmente enegrecidas pela fuligem e mais parecia um bruxo; virou-se para Óssip e exclamou, brusco e seco:

— Tudo vai depender do chefe do *ziêmstvo*. Na sessão administrativa do dia 26, você vai poder manifestar o motivo do seu descontentamento, por via oral ou escrita.

Óssip não entendeu nada, mas se satisfez com aquilo e foi para casa.

Cerca de dez dias depois, o comissário de polícia voltou mais uma vez, permaneceu por uma hora e se foi. Naqueles dias, ventava e fazia frio; desde muito o rio já havia congelado, mas a neve não vinha e as pessoas andavam exaustas por causa dos caminhos intransitáveis.[15] Certa vez, num feriado, ao anoitecer, os vizinhos foram à casa de Óssip para ter uma conversa. Como naquele dia era pecado trabalhar, não acenderam o fogo e por isso conversaram no escuro. Havia certas novidades bastante desagradáveis. Em duas ou três casas, tinham confiscado galinhas por causa de dívidas de impostos, mandaram as galinhas para a administração do distrito e lá as aves morreram, porque ninguém lhes dava de comer; confiscaram também ovelhas e, durante o transporte, em cada vilarejo por onde passavam, os animais amarrados eram transferidos de uma carroça para outra e uma das ovelhas acabou morrendo. Agora eles estavam diante da questão: quem era o culpado?

— O *ziêmstvo*! — disse Óssip. — Quem mais?

— Claro, o *ziêmstvo*.

O *ziêmstvo* era o culpado de tudo — da inadimplência, da perseguição, da colheita ruim, embora ninguém soubesse o que significava a palavra *ziêmstvo*. Aquilo vinha ocorrendo desde o tempo em que os camponeses ricos, que possuíam suas próprias manufaturas, lojas e hospedarias, se tornaram conselheiros do *ziêmstvo* com direito a voto, mas sentiram-se descontentes e, depois disso, em suas manufaturas e tavernas, passaram a praguejar contra o *ziêmstvo*.[16]

Conversavam sobre o fato de Deus não fazer nevar; era preciso trazer lenha, mas não havia meio de subir os morros, nem de carroça nem a pé. Antigamente, uns quinze ou vinte anos antes, ou mais, as conversas em Júkovo eram muito mais interessantes. Naquele tempo, todo velho tinha o aspecto de quem guardava algum segredo, sabia de alguma coisa e vivia à espera

---

15 Nessa época do ano, sem a neve, o solo é muito lamacento.   16 A partir de 1890, a representação dos camponeses no *ziêmstvo* foi reduzida ainda mais. Tchékhov conheceu de perto o assunto, pois foi eleito membro de um *ziêmstvo* por três anos, em 1897.

de algo; falavam sobre uma carta oficial com um sinete dourado, falavam sobre partilhas, sobre novas terras, sobre tesouros, faziam alusões misteriosas; agora, em Júkovo, não havia nenhum segredo, toda a vida deles cabia na palma da mão, estava à vista de todos, e eles só conseguiam falar de miséria, de comida, da neve que não vinha...

Ficaram em silêncio. E mais uma vez se lembraram das galinhas, das ovelhas, e passaram a discutir quem era o culpado.

— O *ziêmstvo*! — exclamou Óssip, em tom desalentado. — Quem mais?

VIII

A igreja paroquial ficava a seis verstas, em Kossogórovo, e só era procurada em caso de muita necessidade, quando precisavam de um batizado, casamento ou ofício fúnebre; para rezar, os camponeses atravessavam o rio. Nos feriados, com tempo bom, as moças vestiam suas melhores roupas e seguiam em bando para a missa, e era uma alegria ver como elas, em seus vestidos vermelhos, amarelos e verdes, caminhavam pelo campo; quando o tempo estava ruim, ficavam todas em casa. Confessavam e comungavam na paróquia. Na Semana Santa, o padre percorria com uma cruz as isbás daqueles que, na Quaresma, não tinham conseguido jejuar e ir às missas para poder se confessar e comungar, e por isso o padre cobrava quinze copeques.

O velho não acreditava em Deus, porque quase nunca pensava no assunto; admitia o sobrenatural, mas achava que a questão só podia ser do interesse de mulheres, e quando falavam de religião ou de milagres em sua presença e lhe faziam uma pergunta qualquer, ele, de má vontade e coçando a cabeça, dizia:

— Quem vai saber?

A vovó acreditava em Deus, mas de forma um tanto confusa; tudo se embaralhava em sua memória e, mal ela começava a pensar nos pecados, na morte, na salvação da alma, logo a penúria e as preocupações dominavam seu pensamento e, num instante, ela se esquecia do que estava pensando. Não se lembrava das preces e, em geral, ao anoitecer, na hora de dormir, ela se postava diante dos ícones e sussurrava:

— Mãe de Deus de Kazan, Mãe de Deus de Smolénski, Mãe de Deus de Troierútchitsa...[17]

Mária e Fiokla se benziam com o sinal da cruz, jejuavam, confessavam e comungavam todo ano, porém nada compreendiam. Não ensinavam os filhos a rezar, não falavam com eles sobre Deus, não os orientavam a seguir nenhuma regra, se contentavam em proibir certos alimentos no jejum dos dias santos. A situação era quase igual nas demais famílias: poucos acreditavam, poucos compreendiam. Ao mesmo tempo, todos amavam as sagradas escrituras, amavam com carinho, com veneração, só que não havia livros, não havia quem lesse e explicasse, e como Olga às vezes lia o Evangelho, eles a respeitavam e todos tratavam a ela, e também a Sacha, de "a senhora", em vez de "você".

Olga muitas vezes ia a festas de igreja e missas de Ação de Graças em povoados vizinhos e na capital do distrito, onde havia dois mosteiros e vinte e sete igrejas. Ela era distraída e, enquanto caminhava em sua peregrinação, se esquecia

---

[17] Nome de três ícones muito antigos, tidos como milagrosos. Os dois primeiros se referem à localidade onde os ícones produziram milagres. O terceiro se refere a são João Damasceno, que teve uma das mãos cortadas por ordem de um califa. Milagrosamente, a mão se reintegrou ao corpo do santo, que, para agradecer à Mãe de Deus pintou um ícone, acrescentando à imagem uma mão de prata. Daí provém a tradição de representar a Mãe de Deus com três mãos (em russo, *troierútchitsa*). Na religião ortodoxa, Mãe de Deus equivale à Nossa Senhora.

completamente da família e só quando voltava para casa, de súbito se dava conta, com alegria, de que tinha marido e filha, e então, sorrindo radiante, dizia:

— Deus me concedeu essa graça!

O que ocorria no povoado lhe parecia detestável e a fazia sofrer. No dia de santo Iliá, bebiam; na Assunção, bebiam; na Exaltação da Cruz, bebiam. No dia da Intercessão da Mãe de Deus, era feriado paroquial em Júkovo e, por isso, os mujiques bebiam durante três dias; gastavam em bebida cinquenta rublos do fundo comunal e depois ainda pediam mais vodca em todas as casas. No primeiro dia, abateram um carneiro na casa dos Tchikildiéiev e o comeram de manhã, no almoço e à noite, comeram até fartar, e depois, já tarde da noite, as crianças levantaram para comer mais ainda. Kiriak passou os três dias totalmente embriagado, gastou tudo em bebida, vendeu até o gorro e as botas, e bateu tanto em Mária que tiveram de despejar água na mulher para ela voltar a si. Depois, todos sentiram vergonha e repugnância.

No entanto, mesmo em Júkovo, mesmo nessa Serviçália, ocorria uma vez por ano uma autêntica festa religiosa. Era em agosto, quando em todo o distrito, de um vilarejo para outro, levavam o ícone da Virgem Fonte da Vida.[18] Naquele dia, em Júkovo, enquanto aguardavam o ícone, o tempo estava nublado e sem vento. Ainda de manhã, as moças partiram em seus melhores vestidos ao encontro do ícone e o trouxeram ao fim da tarde cantando em procissão, enquanto do outro lado do rio os sinos repicavam. Gente do povoado e também de fora havia se aglomerado numa verdadeira multidão; barulho, poeira, empurra-empurra... O velho, a vovó, Kiriak — todos estendiam os braços na direção do ícone, olhavam ávidos para a imagem e diziam, chorando:

---

18 O culto a essa imagem sagrada remonta ao século V, no Império Bizantino.

— Nos proteja, mãezinha! Nos proteja!

De repente, todos pareciam entender que não existia um vazio entre a terra e o céu, que os ricos e os poderosos ainda não haviam tomado tudo para si, que ainda existia uma proteção contra as ofensas, contra a escravidão servil, contra a miséria dolorosa e insuportável, contra a aterradora vodca.

— Mãezinha protetora! — soluçava Mária. — Mãezinha!

No entanto, assim que concluíram a missa de Ação de Graças e levaram embora o ícone, tudo voltou ao que era e, de novo, da taverna vinha o som de vozes grosseiras e embriagadas.

Só os mujiques ricos temiam a morte, porém, quanto mais ricos, menos acreditavam em Deus e na salvação da alma, e apenas movidos pelo temor do fim do mundo acendiam velas e, por via das dúvidas, mandavam rezar missas. Já os mujiques pobres não tinham medo da morte. Diziam, na cara do velho e da vovó, que eles já haviam vivido demais, que já era mais do que hora de morrer, e eles, por sua vez, nem ligavam. Em presença de Nikolai, não se acanhavam em dizer para Fiokla que o marido dela, Denis, ia receber a licença do serviço militar e voltar para casa quando Nikolai morresse. Quanto a Mária, não só não temia a morte como chegava a lamentar que demorasse tanto, e ficava contente quando morria algum de seus filhos.

Não temiam a morte, mas em compensação se referiam a todas as doenças com um temor exagerado. Bastava qualquer bobagem — um desarranjo intestinal, um leve calafrio — para a vovó deitar-se logo no alto da estufa, toda agasalhada, e começar a gemer bem alto, sem parar: "Estou morre-e-endo!". O velho se apressava em chamar o padre e a vovó comungava e recebia a extrema-unção. Muitas vezes conversavam sobre resfriado, sobre lombrigas, sobre caroços que andavam por dentro da barriga e subiam para o coração. Acima de tudo, temiam o resfriado e por isso, mesmo no verão, se agasalhavam muito e se mantinham aquecidos junto à estufa. A vovó adorava procurar médicos e muitas vezes ia ao hospital, onde não dizia que tinha setenta anos, mas sim cinquenta e oito; supunha que, se o médico descobrisse sua idade verdadeira, não cuidaria dela, diria que estava mesmo na hora de morrer, e não de tomar remédios. Quando ia ao hospital, a vovó costumava sair de casa bem cedo, levava duas ou três meninas pequenas e só voltava à noite, faminta e irritada, trazendo gotas para si e pomadas para as meninas. Certa vez, levou também Nikolai, que depois tomou umas gotas durante mais ou menos duas semanas e disse ter melhorado.

Vovó conhecia todos os médicos, enfermeiros e curandeiros num raio de trinta verstas, mas nenhum deles lhe agradava. Na festa da Intercessão, quando o sacerdote percorreu com uma cruz todas as isbás, o sacristão contou para ela que na cidade, perto do presídio, morava um velho, um ex-enfermeiro militar, que curava muita gente, e recomendou que o procurasse. Vovó seguiu seu conselho. Quando caiu a primeira neve, partiu para a cidade e trouxe de lá um velhinho barbudo, de casaca de aba comprida, um cristão convertido, com o rosto coberto de veias azuladas. Na ocasião, algumas pessoas estavam trabalhando na isbá: um velho alfaiate, com uns óculos horríveis, cortava panos andrajosos para fazer um colete e dois jovens usavam pedaços de lã para confeccionar botas de cano alto; Kiriak, que fora demitido por embriaguez e agora morava na casa paterna, estava sentado ao lado do alfaiate e consertava arreios. O espaço era pouco e a isbá estava sufocante e malcheirosa. O convertido examinou Nikolai e disse que era preciso aplicar ventosas.

Ele foi aplicando as ventosas, enquanto o velho alfaiate, Kiriak e as meninas observavam de pé, e tinham a impressão de ver como a doença saía de Nikolai. Também Nikolai observava como as ventosas, presas por sucção a seu peito, pouco a pouco se enchiam de sangue quente, e sentia que, de fato, algo parecia estar saindo dele, e sorria de contentamento.

— É bom — disse o alfaiate. — Deus queira que ajude.

O convertido aplicou doze ventosas e depois mais doze, tomou chá e foi embora. Nikolai começou a tremer; o rosto murchou e, como disseram as camponesas, se encolheu como um punho bem fechadinho; os dedos ganharam um tom azulado. Nikolai tentou se agasalhar no casacão de pele e no cobertor, porém sentia cada vez mais frio. À noite, lhe veio uma aflição, pediu que o pusessem de pé no chão, pediu que o alfaiate não fumasse, depois emudeceu embaixo do casacão e de manhã morreu.

IX

Ah, que inverno rigoroso, que inverno comprido!

O trigo deles havia acabado ainda no Natal e por isso se viram obrigados a comprar farinha. Kiriak, que agora morava na isbá, criava escândalo toda noite, apavorando os demais, e de manhã era atormentado por dores de cabeça e também pela vergonha, e dava pena olhar para ele. No estábulo, dia e noite soavam os mugidos da vaca faminta, que rasgavam o coração da vovó e de Mária. E o tempo todo, como se fosse de propósito, a friagem era tremenda, formavam-se volumosos montes de neve; o inverno não acabava nunca: no dia da Anunciação desabou uma autêntica nevasca de inverno e na Semana Santa nevou.

No entanto, apesar de tudo, o inverno chegou ao fim. No início de abril, os dias ficaram quentes e as noites, geladas, o inverno não queria se render, mas por fim um diazinho quente inteiro conseguiu dobrá-lo — e os regatos começaram a correr, os passarinhos puseram-se a cantar. O campo e os arbustos na beira do rio foram alagados pelas águas da primavera e toda a extensão entre Júkovo e a margem oposta foi inteiramente ocupada por um vasto golfo, no qual, aqui e ali, bandos de patos selvagens alçavam voo. O pôr do sol primaveril, cor de fogo, com nuvens exuberantes, toda noite oferecia algo extraordinário, novo, incrível, exatamente aquilo que não acreditamos ser verdade quando vemos as mesmas cores e as mesmas nuvens numa pintura.

As cegonhas voavam velozes e grasnavam tristonhas, como se pedissem ajuda. De pé na beira da encosta, Olga se demorava contemplando a área alagada, o sol, a igreja radiante, como que rejuvenescida, e as lágrimas correram em seu rosto e a respiração ficou entrecortada, porque lhe veio uma vontade desesperada de ir embora para qualquer lugar, para onde quer que os olhos se voltassem, mesmo que fosse o fim do mundo. Mas já estava mesmo decidido que Olga ia voltar para Moscou, a fim de trabalhar como criada, e que Kiriak iria com ela a fim de trabalhar como zelador ou qualquer outra coisa. Ah, ir embora, e quanto antes melhor!

Quando o calor aumentou e a terra ficou mais seca, aprontaram-se para a viagem. Olga e Sacha, com alforjes nas costas e alpercatas de palha nos pés, partiram assim que o dia raiou; Mária também saiu para acompanhá-las. Kiriak andava doente e teve de permanecer mais uma semana em casa. Olga rezou pela última vez voltada para aquela igreja, pensou no marido, mas não chorou, apenas o rosto se enrugou, tornou-se feio, como o rosto de uma velha. Durante o inverno, Olga havia emagrecido, ficara feia, um pouco grisalha, e em lugar do sorriso simpático e gracioso, agora trazia no rosto uma expressão resignada, abatida pelas mágoas que suportara, e no olhar já havia algo de fixo e obtuso, como se ela nada escutasse. Para ela, era triste despedir-se do povoado e dos mujiques. Olga recordava como levaram o corpo de Nikolai e que em quase todas as isbás haviam encomendado uma cerimônia fúnebre, recordava que todos choravam, compadecidos de sua dor. Ao longo do verão e do inverno, houve horas, houve dias, quando parecia que aquela gente vivia pior do que animais e morar com eles era horrível; grosseiros, desonestos, imundos, embriagados, eles viviam em discórdia, não paravam de brigar porque não se respeitavam, tinham medo e desconfiavam uns dos outros. Quem cuida da taverna e embriaga o povo? O mujique. Quem desperdiça e gasta em bebida o dinheiro da comuna, da escola, da igreja? O mujique. Quem rouba o vizinho, provoca incêndios, presta falso testemunho no tribunal em troca de uma garrafa de vodca? Quem é o primeiro a atacar os mujiques na assembleia do *ziêmstvo* e em outras reuniões? O mujique. De fato, foi horrível morar com eles, porém, apesar de tudo, também eram gente, sofriam e choravam como as outras pessoas, e na vida deles nada havia que não pudesse encontrar uma justificação. O trabalho estafante, que à noite fazia doer o corpo inteiro, os invernos implacáveis, as colheitas escassas, as casas apertadas, a falta de ajuda, e sempre sem o menor sinal de que fosse possível esperar, de qualquer parte, algum socorro. Os mais ricos e mais fortes entre eles não podem ajudar, pois também são brutos, desonestos, embriagados e trocam palavrões de forma igualmente repugnante; mesmo o funcionário ou o administrador mais subalterno trata os mujiques como se fossem vagabundos de estrada, eles tratam de "você" e não de "senhor" mesmo os sargentos e os gerentes paroquiais, e acham que têm todo o direito de agir assim. E, de fato, por acaso poderia vir qualquer ajuda ou bom exemplo de pessoas mesquinhas, cobiçosas, devassas, indolentes, que só apareciam no povoado para insultar, extorquir, intimidar? Olga recordava a deplorável imagem de humilhação dos velhos, quando, no inverno, levaram Kiriak para ser castigado com vergastadas... E agora ela sentia pena de todas aquelas pessoas, muita pena, e enquanto caminhava, a todo momento Olga olhava para trás, na direção da isbá.

Após percorrer três verstas, Mária se despediu, depois se pôs de joelhos e começou a chorar bem alto, com o rosto quase encostado à terra:

— Fiquei sozinha outra vez, coitada de mim, pobre infeliz...

Por muito tempo se lamuriou desse modo e Olga e Sacha viram, também por muito tempo, que Mária, de joelhos, com a cabeça agarrada entre as mãos, não parava de se inclinar para o lado, como se estivesse cumprimentando alguém, enquanto gralhas voavam acima dela.

O sol já ia alto, fazia calor. Júkovo já ficara muito para trás. Dava gosto caminhar, Olga e Sacha logo esqueceram o povoado e Mária, estavam alegres e tudo as distraía. Um túmulo antigo em forma de outeiro,[19] ou uma fila de postes telegráficos que, uns atrás dos outros, seguiam não se sabia para onde, até sumirem no horizonte, enquanto os fios zumbiam misteriosamente; ou um sitiozinho todo verdejante, que exalava frescor e um aroma de cânhamo e, por algum motivo, dava a impressão de que lá moravam pessoas felizes; ou a ossada de um cavalo, solitária e muito branca no meio do campo. As cotovias não cansavam de piar, as codornizes faziam eco umas às outras; um codornizão dava um grito e parecia que, na verdade, alguém estava arrancando um grampo de ferro emperrado.

Ao meio-dia, Olga e Sacha chegaram a um grande povoado. Numa rua comprida, encontraram o cozinheiro do general Júkov, o velhinho. Ele estava com calor e sua calva, suada e vermelha, reluzia ao sol. Ele e Olga não se reconheceram, depois olharam para trás ao mesmo tempo, reconheceram-se e, sem dizer nenhuma palavra, seguiram adiante, cada um no

---

[19] Em russo, *kurgan*. Trata-se de montículos de terra ou de pedra erguidos há 4 mil ou 5 mil anos a fim de assinalar túmulos. Destacam-se em particular na paisagem plana das estepes.

seu caminho. Olga se deteve na frente da isbá que lhe pareceu mais rica e mais nova e, diante das janelas, curvou-se numa reverência e, com voz alta, aguda e melodiosa, falou:

— Cristãos ortodoxos, deem uma esmola pelo amor de Cristo, e que a sua misericórdia traga a paz eterna para os seus pais no Reino dos Céus.

— Cristãos ortodoxos — entoou Sacha. — Deem pelo amor de Cristo, e que a sua misericórdia, o Reino dos Céus...

No recanto natal

I

A ferrovia do Don.[1] Uma estação triste, branca e solitária no meio da estepe, paredes que ardem em silêncio sob o calor causticante, sem nenhuma sombra e, ao que parece, sem ninguém. O trem já se foi; depois de deixar você aqui, mal se ouve seu ruído, até que, por fim, vem o silêncio... Tudo deserto em volta da estação, não há outros cavalos senão os seus. Você sobe e senta no seu coche — é muito agradável, depois do trem —, segue pela estrada na estepe e, à sua frente, pouco a pouco se revelam paisagens que não existem nos arredores de Moscou, imensas, infinitas, fascinantes em sua monotonia. Estepe, estepe e mais nada; ao longe, um velho túmulo em forma de outeiro[2] ou um moinho; carros de boi transportam carvão mineral... Pássaros avulsos planam bem baixo acima da ravina e os movimentos ritmados de suas asas inspiram sonolência. Faz calor. Passa uma hora, e outra, e sempre a estepe, a estepe, e sempre ao longe um túmulo em forma de outeiro. O cocheiro está falando, aponta muitas vezes para o lado com o chicote, conta uma história comprida e banal, e uma tranquilidade domina a alma do passageiro, não há nenhuma vontade de pensar no passado...

[1] Um dos mais importantes rios da Rússia. Situado na parte europeia do país, tem 1870 quilômetros de extensão. Nasce na região de Tula e deságua no mar de Azov.   [2] Ver nota 19 do conto "Os mujiques".

A troica foi buscar Vera Ivánovna Kárdina. O cocheiro acomodou as bagagens e depois tratou de ajustar os arreios dos cavalos.

— Tudo está como era — disse Vera, olhando em redor. — A última vez que estive aqui, ainda era criança, faz uns dez anos. Quem veio me buscar foi o velho Boris, eu lembro. Ele ainda está vivo?

O cocheiro nada respondeu, limitou-se a olhar para ela, com ar zangado, à maneira ucraniana, e subiu na boleia.

A partir da estação, era preciso percorrer trinta verstas, e Vera também sucumbiu ao fascínio da estepe, se esqueceu do passado, só pensava na vastidão, na liberdade que a paisagem inspirava; era uma jovem saudável, inteligente, bonita, tinha apenas vinte e três anos e na sua vida, até agora, só sentira falta daquela vastidão e liberdade.

Estepe, estepe... Os cavalos correm, o sol cada vez mais alto, e parece que naquele tempo, na infância, a estepe no mês de junho não se mostrava tão rica, tão exuberante; a relva está florindo, são flores verdes, amarelas, lilás, brancas, e delas, bem como da terra acalorada, sobe um perfume; e que estranhos pássaros azuis se avistam pela estrada... Há muito que Vera perdeu o costume de rezar, mas agora, vencida pela sonolência, sussurra:

— Senhor, permita que minha vida aqui corra bem.

No fundo da alma, sente uma doçura, uma tranquilidade, e parece que aceitaria passar o resto da vida viajando daquele modo, olhando para a estepe. De repente, surge uma ravina profunda, coberta por carvalhos jovens e amieiros; no ar, paira uma umidade — deve haver um regato lá embaixo. Na beira da ravina, um bando de perdizes explode num alarido. Vera recorda que, no passado, ela e seus parentes passeavam ao anoitecer na beira daquela mesma ravina; portanto, a casa da fazenda estava perto! E, de fato, viam-se ao longe os choupos, o celeiro; ao lado, uma fumaça negra: estão queimando palha velha. E lá está a tia Dacha que vem a seu encontro, abanando um lenço; vovô está no varandão. Meu Deus, que alegria!

— Minha querida! Minha querida! — disse a tia, aos gritos, como numa histeria. — Chegou a nossa verdadeira proprietária! Pois saiba que você é a nossa patroa, a nossa rainha! Tudo aqui é seu! Minha querida, minha linda! Eu não sou sua tia, sou sua escrava fiel!

Vera não tinha outros parentes que não o avô e a tia; a mãe morrera muito tempo antes e o pai, um engenheiro, morrera em Kazan fazia três meses, quando voltava da Sibéria. O avô, gordo, vermelho, asmático, ostentava uma vasta barba grisalha e caminhava apoiado na bengala, com a barriga empinada para a frente. A tia, uma dama de uns quarenta e dois anos, com um vestido de mangas muito curtas e de cintura bem justa, no rigor da moda, queria obviamente se mostrar jovem e ainda desejava ser apreciada; andava em passos miúdos, enquanto as costas se moviam para um lado e outro.

— Você vai gostar de nós? — perguntou ela, abraçando Vera. — Você não é orgulhosa, é?

Conforme o desejo do avô, foi celebrado um ofício de Ação de Graças e, depois, serviram um demorado almoço — e assim, para Vera, teve início sua vida nova. Foi conduzida ao melhor quarto, tinham levado para lá todos os tapetes que havia na casa, e também puseram muitas flores; à noite, quando ela deitou em sua cama confortável, espaçosa, muito macia, e se cobriu com um cobertor de seda com cheiro de vestido velho e embolorado, Vera chegou a rir de contentamento. A tia Dacha veio só por um instante, a fim de desejar boa-noite.

— Afinal, você veio para casa, graças a Deus — disse e sentou-se na beira da cama. — Como está vendo, nós vivemos bem, não precisamos de mais nada. Só tem uma coisa: o seu avô está mal! Muito mal, que tristeza! Tem dificuldade para respirar e já começou a esquecer as coisas. E você lembra que saúde, que força ele tinha? Era um homem indomável... Antigamente, se um criado não lhe agradava ou por qualquer outra razão, logo ele se levantava com um pulo e dizia: "Vinte e cinco chibatadas! Com vara!". Mas agora ficou manso, ninguém mais lhe dá ouvidos. Mas é verdade, os tempos mudaram, minha doçura, não é permitido bater. Claro, não é bom bater, mas também não convém dar rédea frouxa.

— Tia, ainda batem hoje em dia?

— O administrador às vezes bate, mas eu não. Que Deus os proteja! E o seu avô, por força do antigo hábito, uma vez ou outra levanta a bengala, mas bater ele não bate.

A tia Dacha deu um bocejo, fez o sinal da cruz sobre a boca e depois junto à orelha direita.

— Não é maçante morar aqui? — perguntou Vera.

— Como vou lhe dizer? Os senhores de terra se foram para longe, não moram mais por aqui; em compensação, construíram muitas fábricas nos arredores, meu anjo, e agora o poder é dos engenheiros, dos médicos, dos administradores das minas! Claro, há espetáculos, concertos, mas acima de tudo está o jogo de cartas. E as pessoas vêm à nossa casa. O dr. Neschápov, da fábrica, nos visita. Que homem bonito e interessante! Ele se apaixonou pela sua fotografia. E eu logo concluí: esse é o destino da Vérotchka. Ele é jovem, bonito, tem recursos, em resumo, um bom partido. Mas você também, afinal de contas, é a noiva ideal para qualquer um. Você é de boa família e, se é verdade que a nossa propriedade está hipotecada, o que é que tem? Ela é bem cuidada, não está abandonada; uma parte me pertence, mas tudo vai ficar para você; eu sou sua escrava fiel. E o meu falecido irmão, o seu paizinho, deixou quinze mil... Mas eu estou vendo que suas pálpebras querem fechar. Durma, filhinha.

No dia seguinte, por muito tempo, Vera passeou pelos arredores da casa. O jardim, velho, feio, sem veredas, instalado num declive incômodo, se encontrava totalmente abandonado: com certeza era tido como supérfluo na fazenda. Havia muitas cobras. Pássaros voavam acima das árvores e gritavam "u-tu-tut!", e pela entonação pareciam querer dar algum aviso. Embaixo passava um rio, coalhado de juncos altos, e do outro lado, a meia versta da margem, se erguia um povoado. Vera passou do jardim para o campo; mirando ao longe, refletindo sobre sua vida nova no ninho natal, o tempo todo ela buscava entender o que a aguardava ali. Aquela vastidão, aquela bonita serenidade da estepe lhe diziam que a felicidade estava próxima e que, talvez, já tivesse chegado; na verdade, milhares de pessoas teriam dito para Vera: que felicidade ser jovem, saudável, educada e viver numa fazenda que lhe pertence! Entretanto, a planície interminável, monótona, sem ninguém, a deixava assustada e, em certos momentos, parecia bem claro que aquele monstro verde e tranquilo iria sugar sua vida, reduzi-la a nada. Ela era jovem, elegante, amava a vida; formou-se no instituto para mulheres, aprendera a falar três idiomas, lia muito, viajara com o pai — no entanto, será que tudo aquilo só serviria para, no final, morar numa fazenda perdida no meio da estepe e, dia após dia, sem ter outra coisa para fazer, caminhar do jardim para o campo, do campo para o jardim, e depois sentar-se em casa e ficar ouvindo a respiração ofegante do avô? Mas, então, o que fazer? Para onde ir? Não havia meio de encontrar uma resposta e, já no caminho de volta para casa, pensava que dificilmente seria feliz na fazenda e que vir da estação de trem até lá tinha sido muito mais interessante do que morar ali.

O dr. Neschápov veio da fábrica. Era médico, mas três anos antes comprara ações da empresa, tornara-se um dos sócios e agora não considerava a medicina sua atividade principal, embora ainda exercesse a profissão. Pálido e esbelto, de cabelos negros e colete branco, era difícil perceber o que tinha no espírito e na mente. Ao dar seus cumprimentos, beijou a mão da tia

Dacha e depois, com frequência, se erguia para oferecer uma cadeira ou ceder seu lugar, mantinha-se muito sério e de poucas palavras e, quando falava, por algum motivo, era impossível ouvir e entender sua primeira frase, embora se expressasse de modo correto e num volume de voz normal.

— A senhora faria a gentileza de tocar piano? — perguntou para Vera e, de repente, se ergueu de um salto, porque ela deixara cair um lenço.

Neschápov estendeu sua visita do meio-dia até a meia-noite, pouco falava e Vera não gostou nada dele; pareceu-lhe que o colete branco, no meio rural, denotava mau gosto, e a cortesia rebuscada, as maneiras e o rosto pálido e sério, com suas sobrancelhas escuras, eram piegas; pareceu-lhe também que o médico se mantinha muito tempo calado por ser um espírito raso, medíocre. A tia, no entanto, quando ele saiu, disse com alegria:

— E então? Ele é um encanto, não é verdade?

II

A tia Dacha cuidava dos assuntos de casa. Apertada em seu corpete, com braceletes tilintantes nos dois braços, ela ia à cozinha, ao celeiro e ao estábulo, caminhando em passos miúdos, enquanto as costas se moviam para um lado e para outro; por alguma razão, sempre colocava seu pincenê quando falava com o administrador ou com os mujiques. O avô se mantinha sentado sempre no mesmo lugar, jogava paciência ou cochilava. No almoço e no jantar, comia de maneira tremenda; serviam para ele a comida do dia, a da véspera, o empadão frio que sobrara do domingo, a carne seca e salgada que davam para os criados, e o avô devorava tudo com avidez, e cada almoço deixava tão forte impressão em Vera que depois, quando ela via tocarem um rebanho de ovelhas ou transportarem farinha do moinho para casa, pensava: "O vovô vai comer tudo isso". Na maior parte do tempo, o avô se mantinha calado, imerso na comida ou no jogo de paciência; porém, durante o almoço, diante do olhar de Vera, ocorria de ele se encher de ternura e lhe dizer, com carinho:

— Minha única neta! Vérotchka!

E lágrimas brilhavam em seus olhos. Ou de súbito seu rosto ficava vermelho, o pescoço inflava, ele olhava com rancor para um criado e perguntava, batendo a bengala no chão:

— Por que não serviram a raiz-forte?

No inverno, levava uma vida absolutamente sedentária, no verão, porém, às vezes ia de coche ao campo para ver como estavam a aveia e o capim e, quando voltava, dizia que sem ele a desordem seria geral, e brandia a bengala no ar.

— O seu avô está de mau humor — sussurrava a tia Dacha. — Mas hoje em dia ele não faz nada de mais. Antigamente, Deus nos livre: "Vinte e cinco chibatadas bem dadas! Com a vara!".

A tia se queixava de que todo mundo se tornara preguiçoso, ninguém fazia nada e a propriedade não gerava nenhuma renda. De fato, não havia nenhuma produção agrícola; aravam e semeavam um pouco, apenas por força do hábito, mas no fundo não faziam nada, viviam à toa. Entretanto, o dia inteiro andavam para lá e para cá, faziam contas, viviam sempre atarefados; na casa, a agitação começava às cinco horas da manhã e toda hora se ouvia gritarem "sirva", "traga", "corre", e ao entardecer os criados já estavam esgotados. A tia trocava de cozinheiras e arrumadeiras toda semana; ora as acusava de imoralidade, ora algumas criadas iam embora por conta própria, dizendo-se esgotadas. Ninguém do povoado queria trabalhar na casa e era preciso contratar gente de fora. Na verdade, havia uma única criada que vivia ali, a jovem Aliona, que não abandonava o emprego porque, às custas do seu salário, se alimentava toda a família: as velhas e as crianças. Aliona era miúda, pálida, um pouco tola, passava o dia inteiro arrumando os quartos, punha a mesa, acendia as estufas, costurava, lavava roupa, no entanto parecia que se movimentava ao acaso, batendo as botas no chão, e que só servia para atrapalhar os outros; nervosa por temor de que a despedissem e a mandassem de volta para casa, Aliona deixava os objetos cair, muitas vezes quebrava a louça. Deduziam o prejuízo do seu salário e depois a mãe e a avó de Aliona vinham pedir perdão, curvando-se aos pés da tia Dacha.

Uma vez por semana, às vezes em intervalos menores, recebiam convidados. A tia procurava Vera em seu quarto e lhe dizia:

— Era bom fazer companhia às visitas, senão vão pensar que você é orgulhosa.

Vera ia ao encontro das visitas, jogava o *vint* com os convidados por um tempo ou tocava piano, enquanto as pessoas dançavam; a tia, alegre e ofegante com as danças, se aproximava de Vera e dizia:

— Seja mais gentil com a Mária Nikíforovna.

No dia 6 de dezembro, dia de são Nicolau, vieram muitos convidados de uma só vez, cerca de trinta pessoas; jogaram *vint* até tarde da noite e muitos pernoitaram na casa. De manhã, sentaram de novo para jogar cartas, depois almoçaram e, quando Vera foi para seu quarto após o almoço para descansar das conversas e da fumaça do tabaco, também lá havia visitas e por muito pouco ela não chorou de desespero. Ao anoitecer, quando todos começaram a se arrumar para ir para suas casas, Vera, impelida pela alegria de ver que finalmente estavam indo embora, exclamou:

— Fiquem mais um pouquinho!

As visitas a deixavam esgotada; entretanto — e isso ocorria quase todo dia —, mal começava a escurecer, vinha um impulso de sair de casa, não importava para onde, e Vera fazia visitas nas residências anexas às fábricas ou nas propriedades rurais vizinhas; e lá também encontrava o jogo de cartas, as danças, os jogos de prendas, os jantares... Os jovens que trabalhavam nas fábricas e nas minas às vezes cantavam canções da pequena Rússia,[3] e cantavam muito bem. Seu canto inspirava tristeza. Ou se reuniam todos num quarto escuro e ali, na escuridão, falavam sobre as minas, sobre tesouros enterrados na estepe em eras passadas, sobre o túmulo de Saur...[4] Durante a conversa e algum tempo depois, ocorria às vezes de ouvirem, de repente, o grito "So-co-o-rro!". Era um bêbado que passava ou alguém que fora roubado perto das minas. Ou o vento uivava na chaminé das estufas, ou os contraventos estalavam nas janelas, e pouco depois se ouvia um toque de alarme nos sinos da igreja: era o início de uma nevasca.

Em todas as festas, piqueniques e almoços, a mulher mais interessante era sempre e inevitavelmente a tia Dacha, e o homem mais interessante, o dr. Neschápov. Nas fábricas e nos sítios, liam muito pouco, limitavam-se a tocar marchas e polcas, e os jovens sempre discutiam com fervor e em voz alta, porém, por estranho que pareça, em nenhum outro lugar Vera tinha visto gente tão indiferente e ociosa. Parecia que não tinham nem pátria nem religião nem interesses sociais. Quando falavam de literatura ou discutiam qualquer questão abstrata, pelo rosto de Neschápov se percebia logo que aquilo não tinha o menor interesse para ele e que fazia tempo, muito tempo, que não lia nada nem desejava ler. Rosto sério, sem expressão nenhuma, semelhante a um retrato mal pintado, com seu indefectível colete branco, o doutor, como antes, se mantinha calado e impenetrável; contudo as damas e as senhoritas o achavam interessante, mostravam-se extasiadas com suas

---

[3] Ou seja, Ucrânia. [4] Saur é o nome de um herói das bilinas (lendas populares em versos, transmitidas oralmente, que floresceram entre os séculos XI e XV). Por tradição, alguns dos *kurgan* da estepe (túmulos em forma de outeiro) são tidos como a sepultura de Saur.

maneiras e invejavam Vera, de quem ele, ao que tudo indicava, gostava muito. Vera sempre se retirava dessas visitas aborrecida consigo mesma e jurava que, da próxima vez, ficaria em casa; no entanto, o dia passava, chegava a noite e mais uma vez ela se apressava em ir à fábrica, e assim se passou quase todo o inverno.

Vera era assinante de revistas e livros e ficava lendo em seu quarto. À noite, lia na cama. Quando, no corredor, o relógio batia as duas ou as três horas, e quando as têmporas começavam a doer em razão da leitura, Vera sentava na cama e se punha a pensar. O que fazer? Para onde fugir? Pergunta maldita, importuna, para a qual existiam muitas respostas prontas, desde muito tempo, que no fundo, porém, nada respondiam.

Ah, como devia ser nobre, santo e pitoresco servir o povo, aliviar seus tormentos, instruí-lo. Mas ela, Vera, não conhecia o povo. E como chegar até ele? O povo era estranho para Vera, sem interesse; ela não suportava o cheiro carregado no interior das isbás, os palavrões nas tavernas, as crianças sujas, as conversas das camponesas sobre enfermidades; caminhar entre montes de neve, gelar de frio, depois sentar-se numa isbá sufocante, ensinar crianças que ela não amava — não, melhor morrer! Dar aulas para os filhos dos mujiques ao mesmo tempo que a tia recebe a renda das tavernas e cobra multas dos mujiques — que comédia! Quantas conversas sobre escolas, bibliotecas rurais, ensino universal, mas, afinal, se todos aqueles respeitáveis engenheiros, donos de fábrica e damas não fossem hipócritas, se de fato acreditassem na necessidade da instrução, não estariam pagando quinze rublos mensais para os professores, como faziam, e não os deixariam passar fome. As escolas, as conversas sobre a ignorância, aquilo era só para abafar a consciência, pois era uma vergonha possuir cinco ou dez mil dessiatinas de terra e ser indiferente com o povo. A respeito do dr. Neschápov, as damas diziam que era um homem bom, que havia construído uma escola junto à fábrica. Sim, construíra a escola com pedras velhas da fábrica, ao custo de oitocentos rublos, e na inauguração da escola cantaram em sua homenagem "muitos anos de vida", mas, com certeza, não abrirá mão de sua cota acionária na empresa e, com certeza, não entrará em sua cabeça a ideia de que os mujiques são pessoas iguais a ele e que os mujiques também precisam estudar nas universidades e não só nessas lamentáveis escolas de fábrica.

E Vera sentia rancor, contra si mesma e contra todos. Pegava de novo um livro e queria ler, porém pouco depois deixava o livro de lado e se punha a pensar. Deveria ser médica? Mas para isso era preciso prestar exame de latim, além do mais sentia uma inexorável aversão a cadáveres e doenças. Gostaria de ser mecânica, juíza, comandante de navio, cientista, fazer algo em que empenhasse todas as suas forças físicas e mentais, esgotar-se e depois, à noite, dormir um sono pesado; daria a vida por algo assim, para ser uma pessoa interessante, apreciada por pessoas interessantes, amar, ter uma família de verdade... Mas o que fazer? De que modo começar?

Certa vez, num domingo da Quaresma, a tia foi ao seu quarto de manhã bem cedo para pegar uma sombrinha. Vera estava sentada na cama, pensando, a cabeça apoiada entre as mãos.

— Meu anjo, era melhor ir à igreja — disse a tia. — Senão vão achar que você não tem religião.

Vera nada respondeu.

— Vejo que está aborrecida, pobrezinha — disse a tia, e se ajoelhou diante da cama; fez um carinho em Vera. — Admita: está aborrecida, não é?

— Muito.

— Minha linda, minha rainha, eu sou sua fiel escrava, eu só quero o seu bem e a sua felicidade... Diga, por que você não quer casar com Neschápov? Do que mais você precisa, minha filha? Desculpe, querida, não se pode ficar escolhendo muito, nós não somos princesas... O tempo está passando, você já não tem dezessete anos... E eu não entendo! Ele ama você, idolatra!

— Ah, meu Deus — disse Vera, exasperada. — Como eu vou saber? Ele não fala nada, nunca diz uma palavra sequer.

— Ele está acanhado, meu anjo... Receia que você, de repente, o rejeite!

E depois, quando a tia saiu, Vera ficou de pé no meio do seu quarto sem saber se devia trocar de roupa ou deitar-se outra vez. A cama lhe dava aversão, olhava para a janela e só via as árvores desfolhadas, a neve cinzenta, gralhas repugnantes, porcos que o avô ia comer...

"De fato", pensou ela, "não era melhor casar?"

III

Por dois dias, a tia andou com o rosto choroso, com muito pó de arroz, e durante o almoço não parava de suspirar, olhando para o ícone. Impossível perceber o motivo de seu desgosto. Mas por fim ela tomou uma decisão, entrou no quarto de Vera e disse, sem mais cerimônias:

— A dura verdade, filhinha, é que temos de pagar os juros do banco, e o inquilino não está nos pagando nada. Permita que eu pague com uma parte dos quinze mil que o seu paizinho lhe deixou.

Depois, a tia passou a tarde inteira no jardim, cozinhando geleia de cerejas. Aliona, com as bochechas vermelhas em razão do calor, corria para o jardim, para a casa ou para o porão. Enquanto a tia estava fazendo a geleia, com o rosto muito sério, como se celebrasse uma missa, as mangas curtas deixando à mostra seus braços pequenos, fortes, despóticos, as criadas não paravam de correr, muito atarefadas em torno da geleia que elas não iam comer, e no ar havia o tempo todo uma sensação de tormento...

O jardim cheirava a cerejas cozidas. O sol já se escondera, o caldeirão tinha sido levado para dentro, mas no ar persistia aquele aroma agradável e adocicado. Vera estava sentada num banco e observava como o novo empregado, um jovem soldado que estava ali como trabalhador temporário, abria novas veredas no jardim, a pedido da própria Vera. O empregado ia cortando e removendo a camada de relva com a pá e jogando no carrinho de mão.

— Onde você serviu o Exército? — perguntou Vera.

— Em Berdiansk.

— E agora vai para onde? Para casa?

— Nada disso — respondeu o empregado. — Eu não tenho casa.

— Mas você nasceu e foi criado em algum lugar, não foi?

— Na província de Oriol. Antes de servir, eu morava com a minha mãe, na casa do meu padrasto; mamãe cuidava de tudo em casa, era respeitada, e ela é que me sustentava. Mas, quando eu estava servindo o Exército, recebi uma carta: minha mãe tinha morrido... Agora não tenho nem vontade de ir para lá. Ele não é o meu pai de verdade, quer dizer, lá não é a minha casa.

— O seu pai morreu?

— Não tenho como saber. Sou filho ilegítimo.

Naquele momento, a tia apareceu na janela e disse:

— *Il ne faut pas parler aux gents...*[5] Vá para a cozinha, meu querido — disse para o soldado. — Lá você pode contar suas histórias.

Depois, como no dia anterior, e como todo dia, o jantar, a leitura, a noite insone e os intermináveis pensamentos, sempre os mesmos. Às três horas o sol começou a subir. Aliona já ia e vinha pelo corredor, atarefada, enquanto Vera nem tinha

---

[5] Francês: "Não se deve conversar com os empregados".

dormido ainda, e tentava ler. Ouviu-se o rangido do carrinho de mão: o novo empregado tinha chegado ao jardim... Vera sentou-se junto à janela aberta, com um livro nas mãos, cochilava de leve e espiava como o soldado abria as veredas para ela, e aquilo a deixou entretida. As veredas eram retas, lisas, como um cinto de couro, e dava gosto imaginar como ficariam depois de recobertas com areia amarela.

Pouco depois das cinco horas, Vera viu a tia sair da casa num roupão cor-de-rosa, com papelotes nos cabelos. A tia parou de pé no alpendre, em silêncio durante uns três minutos, e depois falou para o soldado:

— Pegue seu passaporte[6] e vá embora, e que Deus o acompanhe. Eu não posso ter na minha casa um filho ilegítimo.

Dentro do peito de Vera, um sentimento raivoso e pesado se revolveu como uma pedra. Sentiu-se indignada, com ódio da tia; já não aguentava mais, e chegou às raias do desespero, da repugnância... No entanto, o que fazer? Desautorizar a tia? Dizer-lhe desaforos? Mas de que adiantaria? Vamos admitir que lutasse contra ela, que a aniquilasse, que a deixasse inofensiva, e que conseguisse também obrigar o avô a não erguer mais a bengala contra ninguém... Mas de que adiantaria? Seria o mesmo que matar um rato ou uma cobra no meio da estepe infinita. Vastidões imensas, invernos longos, monótonos, e o tédio da vida instigam a consciência da incapacidade de agir, a situação parece inevitável e não se tem vontade de fazer nada — tudo é inútil.

Aliona entrou no quarto, cumprimentou Vera com uma reverência quase até o chão, começou a carregar as cadeiras para fora, a fim de bater a poeira.

— Mas que hora você inventou de arrumar o quarto — exclamou Vera com irritação. — Saia daqui!

---

[6] No Império Russo, o documento de identificação era o passaporte.

Aliona se viu desnorteada e com tanto medo que nem conseguia entender o que queriam dela, e começou a limpar a cômoda.

— Saia daqui, estou dizendo! — gritou Vera, muito fria; nunca antes experimentara um sentimento tão pesado. — Saia!

Aliona deu um gemido semelhante ao de um passarinho e derrubou um relógio de ouro, que caiu no tapete.

— Saia daqui! — gritou Vera com uma voz que não era a sua, erguendo-se de um salto, o corpo trêmulo dos pés à cabeça. — Ponham essa mulher para fora, ela me atormenta! — prosseguiu, andando depressa pelo corredor, no encalço de Aliona, batendo os pés no chão. — Fora! A vara! Batam nela!

E de repente voltou a si e, no mesmo instante, do jeito como estava, despenteada, sem se lavar, de roupão e chinelas, abalou às pressas para fora da casa. Correu até sua conhecida ravina e escondeu-se embaixo de uns abrunheiros para não ver ninguém e para que ninguém a visse. Deitada, imóvel sobre a relva, ela não chorou, não se horrorizou, porém, olhando para o céu sem piscar, refletiu friamente e com clareza que ocorrera algo impossível de esquecer e de perdoar a si mesma, durante toda a sua vida.

"Não, chega, chega!", pensou. "Está na hora de agir, senão isto não vai ter mais fim... Chega!"

Ao meio-dia, o dr. Neschápov atravessou a ravina, a caminho da casa. Ela o viu e, rapidamente, decidiu que ia começar uma vida nova, ia obrigar-se a começar uma vida nova, e tal decisão a tranquilizou. Enquanto seguia com o olhar a figura esbelta do médico, Vera disse para si mesma, como se quisesse abrandar a gravidade de sua decisão:

"Ele é bonito... Vamos viver, de um jeito ou de outro."

Ela voltou para casa. Quando estava trocando de roupa, a tia Dacha entrou no quarto e disse:

— A Aliona perturbou você, meu anjo, eu a mandei para casa, no povoado. A mãe dela lhe deu uma surra e veio aqui, chorando...

— Titia — retrucou Vera, depressa. — Eu vou casar com o dr. Neschápov. Mas fale a senhora com ele... Eu não sou capaz...

E saiu de novo para o campo. E enquanto caminhava sem direção, decidiu que, depois de casar, iria cuidar dos trabalhos de casa, tratar os doentes, dar aula para as crianças, faria tudo o que fazem as outras mulheres de seu meio; e aquela constante insatisfação consigo e com os outros, aquela série de erros grosseiros, que se acumulam à nossa frente como uma montanha quando voltamos o olhar para o passado, ela iria considerar como sua vida verdadeira, a vida destinada a ela, e não iria esperar nada melhor... Pois não existe algo melhor! A natureza linda, os sonhos, a música dizem uma coisa, e a realidade da vida, outra. Pelo visto, a felicidade e a verdade só existem em algum lugar fora da vida... E é preciso viver, é preciso fundir-se com essa estepe exuberante, infinita e indiferente como a eternidade, com suas flores, seus túmulos em forma de outeiro e sua vastidão, e aí tudo ficará bem...

Um mês depois, Vera já estava morando no terreno da fábrica.

O petchenegue

Ivan Abrámitch Jmúkhin, oficial cossaco na reserva que servira o Exército no Cáucaso, mas agora morava num sítio de sua propriedade, que tinha sido jovem, saudável e forte, mas agora estava velho, combalido e encurvado, com as sobrancelhas peludas e o bigode grisalho e esverdeado, voltava da cidade para seu sítio num escaldante dia de verão. Na cidade, ele havia confessado e comungado e depois fora ao cartório registrar seu testamento (duas semanas antes, sofrera um leve ataque), e agora no trem, durante toda a viagem, não o largavam os pensamentos tristes e graves sobre a morte próxima, sobre a vaidade das vaidades, sobre a fugacidade de tudo o que é terreno. Na estação de Prováli̇e — existe uma estação com esse nome na ferrovia de Donetsk —, embarcou em seu vagão um cavalheiro louro, de meia-idade, corpo roliço, com uma pasta surrada, e sentou-se à sua frente. Entabularam conversa.

— Sim, meu senhor — disse Ivan Abrámitch, enquanto mirava a janela, com ar pensativo. — Nunca é tarde para casar. Eu mesmo casei aos quarenta e oito anos e me diziam que já era tarde, mas no final das contas não era tarde nem cedo: o melhor mesmo é não casar. Uma esposa logo deixa qualquer um enfastiado, embora nem todo mundo diga a verdade, porque, sabe, temos vergonha das infelicidades da vida conjugal e as escondemos dos outros. Alguns, perto da esposa, dizem "Mánia, Mánia",[1]

---

[1] Hipocorístico de Mária ou Maria.

cheios de carinho, mas se tivessem liberdade, poriam essa Má‑
nia dentro de um saco e jogariam no rio. Viver com uma esposa
é puro tédio, pura tolice. E com filhos, ainda por cima, não
melhora em nada, isso eu posso garantir ao senhor. Eu tenho
dois, uns patifes. Aqui nessa estepe não há meios de educá-
-los, não tenho dinheiro para mandá-los estudar em Novot-
cherkassk, então eles vão vivendo aqui mesmo, que nem uns
filhotes de lobo. Qualquer distração e eles podem até degolar
alguém na estrada.

O cavalheiro louro escutava com atenção, respondia às
perguntas em voz baixa e com poucas palavras e, pelo visto,
tinha temperamento reservado e discreto. Apresentou-se
como advogado e explicou que ia para o povoado de Diuévka,
a trabalho.

— Ora, isso fica só a nove verstas da minha casa, meu Deus! —
exclamou Jmúkhin, e pelo tom de voz parecia que alguém es‑
tava discutindo com ele. — Perdoe-me, mas a esta hora o se‑
nhor não vai encontrar cavalos na estação. Na minha opinião,
o melhor para o senhor, sabe, era ir agora para a minha casa,
passar a noite lá, e de manhã, sabe, poderá partir num coche
com os meus cavalos, e que Deus o acompanhe.

O advogado refletiu um pouco e aceitou.

Quando chegaram à estação, o sol já ia baixo, rente à es‑
tepe. Mantiveram-se calados durante o trajeto entre a esta‑
ção e o sítio: os solavancos da viagem impediam a conversa.
A charrete pulava, guinchava, parecia dar soluços de choro,
como se os saltos lhe causassem muita dor, e o advogado,
para quem era grande o desconforto, olhava ansioso para a
frente, na esperança de avistar logo o sítio. Tinham percor‑
rido cerca de oito verstas quando surgiu ao longe uma casa
baixa e um pátio rodeado por um muro de pedras brutas e
escuras; a casa tinha o telhado verde, as paredes descascadas
e as janelas diminutas, estreitas, como olhos entrecerrados.

Não se via em redor nem água nem árvores e a casa se erguia toda exposta ao sol. Os proprietários vizinhos e os mujiques chamavam o local de "Sítio do petchenegue". Muitos anos antes, um agrimensor em viagem pela região pernoitou no sítio, passou boa parte da noite conversando com Ivan Abrámitch, ficou desgostoso com o anfitrião e, de manhã, ao partir, lhe disse em tom severo: "Meu caro, o senhor é um petchenegue!". Daí veio o nome "Sítio do petchenegue", e a denominação ganhou mais força ainda quando os filhos de Jmúkhin cresceram e passaram a promover incursões nos pomares e nas plantações de melão e melancia da vizinhança. Quanto ao próprio Ivan Abrámitch, os vizinhos o chamavam de "Sabe", pois em suas falas usava com muita frequência aquela expressão.

Os filhos de Jmúkhin estavam de pé, junto ao celeiro: um de dezenove anos, o outro adolescente, ambos descalços e sem gorro; e tão logo a charrete entrou no pátio, o mais novo jogou bem alto uma galinha, que se pôs a cacarejar e saiu voando, traçando um arco no ar; o mais velho disparou um tiro com a espingarda e a galinha, já morta, desabou por terra.

— Esses são os meus filhos, que estão aprendendo a atirar num alvo em pleno voo — explicou Jmúkhin.

No vestíbulo, foram recebidos pela esposa, pequena, magrinha, rosto pálido, ainda jovem e bonita; mas pelo vestido alguém poderia supor que era uma criada.

— E esta, permita que lhe apresente — disse Jmúkhin —, é a mãe de meus filhos bandidos. Então, Liubov Ossípovna — voltou-se para a esposa. — Mexa-se, mãe, convide a visita para entrar. Vamos jantar! Rápido!

A casa era formada por duas partes; numa ficava a "sala" e, ao lado, o quarto de dormir do velho Jmúkhin — eram cômodos abafados, de teto baixo, cheios de moscas e marimbondos, e na outra metade ficava a cozinha, onde os empregados cozinhavam, lavavam roupa e comiam; ali mesmo, gansos e perus chocavam seus ovos embaixo dos bancos e ali também ficavam as camas de Liubov Ossípovna e dos filhos. Os móveis da sala, sem nenhuma pintura, visivelmente tinham sido talhados na madeira bruta por um carpinteiro; nas paredes, pendiam espingardas, alforjes de caça, chicotes cossacos, e toda aquela velharia, enferrujada desde muito tempo, parecia cinzenta de tanta poeira. Nenhum quadro e, num canto, só um pedaço de madeira, que algum dia fora um ícone.

Uma jovem camponesa ucraniana pôs a mesa, serviu presunto e depois o *borsch*. O convidado não aceitou a vodca e se pôs a comer apenas pão e pepinos.

— Mas e o presunto, não quer? — perguntou Jmúkhin.

— Agradeço, eu não como — respondeu o convidado. — Eu não como carne.

— Por quê?

— Sou vegetariano. Matar animais é contrário às minhas convicções.

Jmúkhin refletiu por um minuto e depois falou, devagar e com um suspiro:

— É... Sei... Na cidade eu vi um desses que também não come carne. Agora apareceu essa crença. E por que não? É bom. Não dá para ficar matando e degolando o tempo todo, sabe, de vez em quando é preciso sossegar, deixar os bichos em paz. É pecado matar, é um pecado, nem se discute. Às vezes a gente atira numa lebre e fere só a pata, o bicho grita igual a uma criança. Quer dizer que deve estar doendo!

— Claro que dói. Os animais sofrem como as pessoas.

— Isso é verdade — concordou Jmúkhin. — Eu entendo tudo isso muito bem — prosseguiu, pensando. — Mas confesso que tem uma coisa que não consigo entender: vamos dizer que todo mundo, sabe, parasse de comer carne, onde é que a gente ia meter os animais domésticos, por exemplo, os gansos e as galinhas?

— Os gansos e as galinhas iam viver soltos, como animais selvagens.

— Agora entendi. De fato, os corvos e as gralhas vivem soltos e se saem muito bem sem a gente. É... As galinhas, os gansos, os coelhos, as ovelhas, todos vão viver em liberdade, vão ficar contentes, sabe, vão louvar a Deus e não vão ter medo de nós. Vai reinar a paz e a tranquilidade. Mas, sabe, tem uma coisa que não consigo entender — prosseguiu Jmúkhin, olhando para o presunto. — Como vai ser com os porcos? Para onde eles vão?

— Como todos os outros, vão ficar livres.

— Ah, está certo. Mas, me desculpe, sabe, se a gente não matar esses bichos, eles vão se multiplicar e aí, sabe, adeus lavouras e hortas. Afinal, se um porco andar solto e ninguém tomar conta, num só dia ele acaba com tudo que você tiver. Um porco é um porco, não é à toa que é chamado de porco...

Jantaram. Jmúkhin ergueu-se da mesa e ficou muito tempo andando pela sala, e falava o tempo todo... Adorava conversar sobre assuntos sérios e importantes e adorava pensar; tinha também o desejo de, na velhice, poder dedicar-se a algo tranquilo, para que a morte não parecesse tão assustadora. Aspirava à mansidão, à serenidade de espírito e à confiança em si mesmo, a exemplo do seu convidado, que comia pão e pepino até se fartar e acreditava que, desse modo, se tornaria mais perfeito; saudável, gordo, sentado sobre um baú, ele se mantinha em silêncio, suportava o tédio com paciência e, na penumbra, quando se olhava do vestíbulo para ele, parecia um grande pedregulho que ninguém consegue tirar do lugar. Quando a pessoa tem algo em que se segurar, é muito bom para ela.

Jmúkhin cruzou o vestíbulo e saiu para o alpendre, depois se ouviu como suspirou e, pensativo, se pôs a falar sozinho: "É... pois é...". Já havia escurecido e, aqui e ali, apareceram estrelas no céu. Na casa, ainda não tinham acendido as luzes. Silenciosamente, como uma sombra, alguém entrou na sala e se deteve junto à porta. Era Liubov Ossípovna, esposa de Jmúkhin.

— O senhor é da cidade? — perguntou, tímida, sem olhar para o convidado.

— Sim, eu moro na cidade.

— Quem sabe o senhor, que é uma pessoa instruída, poderia ter a bondade de nos ensinar. Temos de apresentar uma petição.

— Para quem? — perguntou o convidado.

— Temos dois filhos, meu bom senhor, e há muito tempo que deviam estar estudando, mas ninguém vem aqui em nossa casa nem há ninguém que nos dê conselhos. Eu mesma não sei nada. Porque, sem estudar, eles vão acabar servindo o Exército como simples cossacos. Isso não é bom, meu senhor! São analfabetos, pior que mujiques, o Ivan Abrámitch tem nojo dos próprios filhos, nem deixa que eles entrem nos quartos. Mas por acaso eles têm culpa? Se pelo menos o mais novo recebesse educação, realmente, é de dar pena! — disse, com voz arrastada e trêmula; e parecia inverossímil que uma mulher tão jovem e miúda já tivesse filhos crescidos. — Ah, é de dar pena!

— Mãe, você não entende nada do assunto e isso nem é da sua conta — retrucou Jmúkhin, que surgiu na porta. — Não aborreça a visita com suas conversas selvagens. Vá embora, mãe!

Liubov Ossípovna saiu e, no vestíbulo, repetiu com uma vozinha aguda:

— Ah, é de dar pena!

Fizeram a cama para o convidado na sala e, para que não ficasse no escuro, acenderam uma lamparina. Jmúkhin foi deitar-se em seu quarto. Lá, deitado, pensou em sua alma, na velhice, no ataque que tinha sofrido recentemente e que tanto o assustara, trazendo a ele a viva lembrança da morte. Quando estava sozinho, no silêncio, Jmúkhin adorava filosofar e, naqueles momentos, parecia a si mesmo ser uma pessoa muito séria e profunda, que, neste mundo, cuidava apenas de questões importantes. E agora ele pensava sem parar, desejava deter-se em um só pensamento, qualquer que fosse, porém diferente dos demais, um pensamento cheio de significado, capaz de orientar sua vida, e Jmúkhin desejava inventar para si alguma regra para que sua vida fosse também séria e profunda, como ele mesmo. Por exemplo, seria bom para ele, também, já idoso, abster-se por completo de carne e de vários excessos. O tempo em que as pessoas não vão mais se matar umas às outras nem matar os animais cedo ou tarde ia chegar, não podia ser diferente, e Jmúkhin se pôs a imaginar aquele tempo, viu a si mesmo, em pensamento, convivendo com todos os animais, todavia de repente se lembrou de novo dos porcos, e tudo se embaralhou em sua cabeça.

— Mas que confusão, Deus me perdoe — balbuciou, com um profundo suspiro. — O senhor está dormindo? — perguntou.

— Não.

Jmúkhin levantou-se da cama e se deteve no limiar da porta da sala, só de camisolão, deixando à mostra para o convidado suas pernas descarnadas e secas, como dois pedaços de pau.

— Veja só, hoje em dia, sabe — começou —, existem vários telégrafos, telefones, uma porção desses prodígios, enfim, mas as pessoas não ficaram melhores. Dizem que na nossa época, há trinta ou quarenta anos, as pessoas eram grosseiras, brutas; mas e agora, por acaso é diferente? De fato, no meu tempo, a gente vivia sem cerimônia. Lembro que no Cáucaso, uma vez, nós ficamos acampados quatro meses inteiros na beira de um riacho sem fazer nada, e na época eu ainda era sargento. E aconteceu uma história que parece saída de um romance. Bem na beira do riacho onde estava a nossa centúria,[2] sabe, ficava o túmulo de um principezinho[3] morto por nós pouco tempo antes. Toda noite, sabe, a princesa viúva ia até a sepultura e chorava. E ela ficava se lamentando, gemendo, gemendo, e aquilo enchia a gente de uma angústia tão grande que ninguém conseguia dormir. Uma noite sem dormir, outra noite sem dormir, e desse jeito aquilo acabou enchendo a nossa paciência. E, se a gente pensar com bom senso, é claro que uma pessoa não pode ficar sem dormir, seja lá por que diabo for, desculpe a expressão. Pegamos aquela princesa e demos umas chicotadas nela, e aí ela parou de ir lá. Para o senhor ver. Agora, é claro, não há mais esse tipo de gente, as pessoas não andam por aí dando chicotadas, têm mais cuidado com a limpeza, a ciência ficou maior, mas, sabe, a alma é a mesma, sem mudança nenhuma. Olhe, tenha a bondade de ver uma coisa, vive aqui perto um senhor de terras. Ele é dono de minas, sabe. Quem trabalha para ele são pessoas sem documento, uma porção de gente sem casa, que vaga pelas estradas e não tem onde se abrigar. Aos sábados, é preciso acertar as contas com os operários, só que o proprietário não tem vontade nenhuma de pagar, sabe, ele tem pena de gastar seu dinheiro. Aí ele encontrou um feitor, um daqueles mesmos que andam sem destino por aí, se bem que esse usa um chapéu. E disse para o feitor: "Você não pague nada para eles, nem um copeque; eles vão bater em você, e então você deixa eles baterem à vontade,

---

[2] Esquadrão cossaco composto de cem cavaleiros.   [3] Refere-se a alguma liderança local. A população de parte do Cáucaso estava dividida em pequenos grupos nacionais autônomos.

você vai aguentar, e todo sábado eu vou pagar dez rublos para você". Sábado, no final da tarde, como de costume, os operários vão pegar seu pagamento; o feitor diz: "Não tem nada!". Pois bem, um diz uma coisa, outro diz outra, e logo começam os xingamentos e a briga... Batem, batem nele, com as mãos e com os pés, sabe, o povo com fome vira bicho, e batem até o feitor cair inconsciente, depois vão embora, cada um para um lado. O patrão manda despejar água no feitor, depois joga dez rublos na sua cara, e o feitor pega, e fica até contente, e não porque ganhou dez rublos, mas porque, no fundo, por três rublos ele aceitaria ir para a forca. Pois é... Na segunda-feira chega uma nova leva de operários errantes; eles vêm trabalhar porque não sabem mais o que fazer da vida... E no sábado, é de novo a mesma história...

O visitante se virou para o lado, o rosto voltado para o encosto do sofá, e balbuciou algo.

— E veja este outro exemplo — prosseguiu Jmúkhin. — Uma vez tivemos aqui a peste siberiana, sabe, os bois morriam feito moscas, estou lhe dizendo, e vieram de longe uns veterinários e deram ordens rigorosas para enterrar o gado morto bem fundo na terra, e num lugar afastado, mandaram despejar cal e tudo o mais, sabe, com base na ciência. Um cavalo meu acabou morrendo. Eu enterrei o cavalo com todo tipo de precaução, só de cal eu derramei em cima dele uns dez *pud*.[4] E o que o senhor está pensando? Os meus pequeninos, sabe, os meus filhos queridos, de noite desenterraram o cavalo, arrancaram o couro e venderam por três rublos. Aí está. Quer dizer, as pessoas não ficaram melhores e, quer dizer, por mais comida que você dê ao lobo, ele fica sempre de olho na mata. Aí está. É uma coisa que faz a gente pensar! Hein? O que o senhor acha?

---

4 Ou seja, cerca de 164 quilos.

Nas janelas de um dos lados, pelas frestas das persianas, explodiu um relâmpago. Sentia-se no ar o abafamento que precede a tempestade, os mosquitos picavam e Jmúkhin, já deitado em seu quarto, pensativo, se lastimava, gemia, e dizia para si: "Sim... Pois é...", e era impossível dormir. Em algum local muito distante, roncou uma trovoada.

— O senhor está dormindo?

— Não — respondeu a visita.

Jmúkhin levantou-se, atravessou a sala e o vestíbulo, batendo os calcanhares no chão, e entrou na cozinha para beber água.

— Sabe, a pior coisa no mundo é a tolice — afirmou pouco depois, com a concha de água na mão. — A minha Liubov Ossípovna se ajoelha e reza. Ela reza toda noite, sabe, abaixa a cabeça até o chão e pede, primeiro, para Deus permitir que os filhos estudem; ela tem medo de que os filhos acabem servindo o Exército como simples cossacos e que lá tomem lambadas nas costas com sabres. Só que para estudar é preciso dinheiro, e onde arranjar dinheiro? Por mais que você bata com a testa no chão, se a gente não tem dinheiro, não tem, e pronto. Em segundo lugar, sabe, ela reza porque toda mulher acha que é a pessoa mais infeliz no mundo. Eu sou um sujeito franco e não quero esconder nada do senhor. Ela vem de uma família pobre, é filha de um padre,[5] é da classe clerical, por assim dizer; casei quando ela contava dezessete anos, a família aceitou meu pedido de casamento porque, acima de tudo, não tinha o que comer, uma penúria tremenda, e eu, bem ou mal, sabe, possuía terras, propriedades, e também, afinal de contas, era um oficial; para ela, casar comigo significava subir um degrau, sabe. No primeiro dia de casados, ela chorou e depois, por vinte anos, não parou de chorar, seus olhos são um

---

5 Ver nota 2 do conto "A esposa".

rio. E fica o tempo todo sentada, pensando. E no que ela pensa, eu me pergunto? No que uma mulher pode pensar? Em coisa nenhuma. Confesso que eu não considero que a mulher seja um ser humano.

Bruscamente, o advogado ergueu o corpo na cama e se pôs sentado.

— Desculpe, estou com falta de ar — disse. — Vou sair um pouco.

Sempre continuando a falar sobre mulheres, Jmúkhin abriu o ferrolho da porta do vestíbulo e os dois foram para fora. A lua cheia flutuava no céu bem em cima da casa e, sob a luz do luar, a casa e o celeiro pareciam mais brancos do que de dia; na relva, entre manchas escuras, estendiam-se claras faixas de luz, também brancas. Longe, à direita, via-se a estepe e, no alto, ardiam estrelas serenas — todas a uma distância misteriosa, infinita, e era como olhar para um abismo profundo; à esquerda, acima da estepe, nuvens pesadas se acumulavam umas sobre as outras, negras como fuligem; a lua iluminava a orla das nuvens, que pareciam montanhas com picos nevados, florestas escuras, um mar; rompeu um relâmpago, soou um trovão surdo, e parecia que se travava uma batalha nas montanhas...

Bem perto do sítio, uma pequena coruja piou seu monótono "durmo, durmo!".

— Que horas são? — perguntou o visitante.

— Uma e pouco.

— Mas como falta para amanhecer!

Voltaram para casa e deitaram-se outra vez. Era preciso dormir e, em geral, é gostoso dormir antes da chuva, contudo o velho tinha sede de pensamentos sérios e importantes; não desejava apenas pensar, mas sim refletir a fundo. E refletia que, pelo bem da alma e em vista da proximidade da morte, seria bom pôr fim àquela ociosidade que, de modo tão sorrateiro, sem deixar vestígios, devorava os dias e os anos, um após o outro; inventaria para si alguma proeza, por exemplo, iria a pé a algum destino muito distante, deixaria de comer carne, como aquele jovem. E novamente imaginava o tempo em que não matariam os animais, imaginava com nitidez, de forma bem definida, como ele mesmo viveria naquele tempo; porém, de súbito, mais uma vez, tudo se embaralhava em sua cabeça e tudo se tornava obscuro.

A tempestade passou ao largo, no entanto a orla das nuvens os alcançou e a chuva caiu, batendo de leve no telhado. Jmúkhin levantou-se e, gemendo de velhice, se espreguiçando, olhou para a sala. Percebeu que o hóspede não estava dormindo e disse:

— No Cáucaso, sabe, tinha um coronel que também era vegetariano. Não comia carne, nunca ia caçar e não permitia que seus soldados fossem pescar. Claro, eu entendo. Todo animal deve viver em liberdade, desfrutar a vida; só não entendo como é que o porco pode andar solto, ir aonde bem entender, sem ninguém vigiar...

O hóspede ergueu o tronco e se pôs sentado na cama. Seu rosto pálido, amassado, exprimia irritação e cansaço; era evidente que estava esgotado e apenas seu espírito dócil e a delicadeza da alma impediam que manifestasse em palavras sua exasperação.

— Já está amanhecendo — disse, com voz mansa. — Por favor, tenha a bondade de me fornecer uma charrete.

— Mas como? Espere um pouco, já vai chover.

— Não, por favor — disse o hóspede em tom de súplica, e com temor. — Eu preciso ir agora.

E pôs-se a vestir-se às pressas.

Quando trouxeram o cavalo e a charrete, o sol já havia subido. A chuva havia cessado pouco antes, as nuvens corriam ligeiras, as clareiras azuis no céu eram cada vez maiores. Na terra, as pocinhas reverberavam timidamente os primeiros raios do sol. O advogado, com sua pasta, atravessou o vestíbulo a fim de tomar assento na charrete, e naquele momento a esposa de Jmúkhin, pálida, e até parecia mais pálida do que no dia anterior, chorosa, olhava para ele com atenção, sem piscar, com uma expressão ingênua, como uma menina, e pelo rosto amargurado era evidente que invejava a liberdade do advogado — ah, com que contentamento ela fugiria dali! — e também era evidente que ela precisava dizer-lhe algo, na certa pedir um conselho a respeito dos filhos. Como dava pena olhar para ela! Não era uma esposa, não era uma dona de casa, não era nem uma criada, mas sim uma agregada, uma parenta pobre que não importa a ninguém, uma nulidade... Seu marido, muito atarefado, falando sem parar, corria na frente do visitante, enquanto ela, assustada e com ar de culpa, se encolhia junto à parede, sempre à espera do momento adequado para falar.

— Por favor, tenha a bondade de voltar um dia! — insistiu o velho, que não parava de falar. — Sabe, a nossa casa é a sua casa!

O visitante tomou às pressas assento na charrete, com evidente satisfação, como se temesse que dali a pouco o prendessem ali. A exemplo do dia anterior, a charrete pulava, guinchava, e o balde pendurado na traseira começou a bater freneticamente. O advogado virou-se e olhou para Jmúkhin com uma expressão peculiar; parecia que ele, como antes o agrimensor, tinha o impulso de chamá-lo de petchenegue, ou de outra coisa qualquer, mas seu caráter dócil o dominou, ele se conteve e não disse nada. Porém, já no portão, de súbito não suportou mais, ergueu-se e esbravejou bem alto, revoltado:

— Eu estou farto do senhor!

E desapareceu atrás dos portões.

Perto do celeiro, estavam os filhos de Jmúkhin: o mais velho empunhava a espingarda, o mais novo segurava nas mãos um galinho cinzento com uma bela crista cintilante. O mais novo lançou o galinho para o alto com toda a força, a ave voou acima da casa e virou-se de lado no ar, como um pombo; o filho mais velho disparou a espingarda e o galo caiu como uma pedra.

O velho, desconcertado, sem saber como explicar o grito estranho e inesperado de sua visita, caminhou devagar para casa. Sentou-se à mesa e se pôs a meditar muito tempo sobre as tendências recentes entre os intelectuais, a imoralidade generalizada, o telégrafo, o telefone, as bicicletas, bem como sobre o fato de nada daquilo ser necessário, e pouco a pouco foi se acalmando, depois comeu algo, sem pressa, bebeu cinco copos de chá e deitou-se para dormir.

Na carroça

Às oito e meia da manhã, saíram da cidade.

O caminho estava seco, um lindo sol de abril ardia com força, porém nas valas e no bosque ainda havia neve. Cruel, escuro, comprido, o inverno terminara pouco antes, a primavera chegara de súbito, mas para Mária Vassílievna, sentada agora na charrete, não havia nenhuma novidade ou interesse nem no calor nem nos bosques transparentes, lânguidos e cálidos, aquecidos pelo hálito da primavera, nem nos negros bandos de aves que voavam pelo campo, acima de poças enormes, semelhantes a lagoas, nem naquele céu prodigioso, insondável, para onde seria uma alegria poder fugir. Já fazia doze anos que ela trabalhava como professora e, durante todo aquele tempo, já perdera a conta de quantas vezes tinha ido à cidade a fim de receber seu salário; fosse primavera, como agora, fosse uma tarde chuvosa de outono, fosse inverno, para ela dava na mesma, e sempre, invariavelmente, só desejava uma coisa: chegar o quanto antes.

Tinha a sensação de que fazia muito tempo que vivia naquela região, como se fossem cem anos, e parecia conhecer cada pedra, cada árvore do caminho entre sua escola e a cidade. Ali estavam seu passado e seu presente; e ela não conseguia imaginar outro futuro que não a escola, a estrada para a cidade e o caminho de volta, e de novo a escola, de novo a estrada...

Mária Vassílievna já perdera o hábito de recordar o tempo em que ainda não era professora e quase o havia esquecido de todo. No passado, vivera com o pai e a mãe; moravam em

Moscou, perto dos Portões Vermelhos,[1] num apartamento espaçoso, no entanto de toda aquela vida só restara na memória algo vago e confuso, como um sonho. O pai tinha morrido quando ela contava dez anos, pouco depois morreu a mãe... Havia um irmão, um oficial, que de início se correspondia com ela, mas depois foi parando de responder suas cartas e o costume se desfez. Das coisas antigas ela só havia conservado uma fotografia da mãe, porém, sob o efeito da umidade no interior da escola, a foto se apagou e agora não se distinguia mais nada, senão o cabelo e as sobrancelhas.

Percorridas três verstas, o velho Semion, que guiava o cavalo, voltou-se e disse:

— Prenderam um funcionário lá na cidade e levaram. Dizem por aí que lá em Moscou, com a ajuda de uns alemães, ele matou o prefeito da cidade, o Alekséiev.

— Quem contou para você?

— Leram no jornal, na taverna do Ivan Iónov.

Ficaram calados de novo, por muito tempo. Mária Vassílievna pensava na sua escola, no fato de que em breve haveria um exame e ela ia inscrever quatro meninos e uma menina. Exatamente na hora em que estava pensando nos exames, foi alcançada pelo coche de quatro cavalos do senhor de terras Khánov, o mesmo que no ano anterior examinara os alunos de sua escola. Quando os dois veículos emparelharam, ele a reconheceu e cumprimentou-a com uma inclinação de cabeça.

— Bom dia! — disse. — A senhora está a caminho de casa?

Aquele Khánov era um homem de uns quarenta anos, rosto desgastado e expressão indolente, que visivelmente já começara a envelhecer, mas ainda conservava a beleza e agradava às mulheres. Morava sozinho numa grande propriedade, não

---

[1] Em russo, Krásnie Vorota. Monumento triunfal em forma de arcos, erguido por ordem de Pedro I e demolido no século XX.

tinha nenhum emprego e, pelo que diziam, não fazia nada em sua casa, apenas andava para um lado e para outro, assoviava ou jogava xadrez com seu velho lacaio. Também diziam que bebia muito. De fato, no ano anterior, durante o exame, até os papéis que ele havia trazido cheiravam a perfume e a vinho. Na ocasião, usava roupas novas em folha, Mária Vassílievna gostou muito dele e sentiu-se muito encabulada ao sentar a seu lado. Estava acostumada a ver examinadores frios, compenetrados, ao passo que aquele não se lembrava de nenhuma prece, não sabia o que devia perguntar, mostrava-se cordial e delicado ao extremo e só dava nota cinco.[2]

— Estou indo à casa de Bakvist — prosseguiu Khánov, voltando-se para Mária Vassílievna. — Mas parece que ele não está em casa...

Saíram da estrada principal e tomaram um caminho secundário e precário: Khánov ia na frente, Semion o seguia. Os quatro cavalos do coche andavam a passo lento pela estrada, a duras penas arrancando da lama a pesada carruagem. Semion se desviava para a beirada, contornava a estrada, ora por um outeiro, ora pelo campo, e muitas vezes descia da charrete para ajudar os cavalos. Mária Vassílievna o tempo todo pensava na escola, na questão que cairia no exame — seria fácil ou difícil? Estava desgostosa com a diretoria do *ziêmstvo*, onde não encontrara ninguém no dia anterior. Que desordem! Já fazia dois anos que ela pedia para mandar embora o vigia, que não fazia nada, lhe dizia grosserias e batia nos alunos, mas ninguém lhe dava ouvidos. Era difícil encontrar o presidente no *ziêmstvo* e, quando por acaso estava lá, ele lhe dizia, com lágrimas nos olhos, que não tinha tempo para ela; o inspetor aparecia na escola uma vez a cada três anos e não entendia nada do assunto, pois antes havia trabalhado na cobrança de tributos e recebera

---

[2] A nota máxima.

o posto de inspetor de escolas por apadrinhamento; o conselho escolar se reunia muito raramente e nunca se sabia onde; o curador era o proprietário de um curtume, um mujique semianalfabeto, tolo, rude, muito amigo do vigia — e só Deus sabe a quem Mária Vassílievna podia se dirigir para dar uma queixa ou pedir um atestado...

"De fato, ele é bonito", pensava ela, olhando para Khánov.

A estrada piorava cada vez mais... Entraram no bosque. Lá, não havia por onde se desviar, os sulcos no caminho eram fundos e, dentro deles, a água corria e chiava. Ramos com espinhos batiam no rosto.

— Que tal esta estrada? — perguntou Khánov, e riu.

A professora olhava para ele e não entendia: por que aquele homem diferente morava ali? Naquele fim de mundo, no meio da lama e do tédio, de que lhe adiantavam o dinheiro, a aparência atraente, a educação refinada? Ele não desfrutava nenhuma das vantagens da vida e, a exemplo de Semion, viajava a passo lento por uma estrada abominável, suportando os mesmos desconfortos. Para que morava ali, se tinha a possibilidade de viver em Petersburgo, ou no exterior? E parecia também que não custaria nada para ele, homem rico, transformar aquela estrada horrível num caminho adequado, para não ter mais de sofrer desse modo e não ver mais o desespero estampado nos rostos do seu cocheiro e de Semion; no entanto Khánov se limitava a rir e, pelo visto, para ele nada importava, e tampouco necessitava de uma vida melhor. Era um homem bom, manso, ingênuo, não compreendia aquela vida rude, não a conhecia, assim como no dia do exame não sabia nenhuma prece. Doara para as escolas apenas alguns globos terrestres e, com sinceridade, se considerava um homem útil e um destacado promotor da educação pública. Porém, ali, quem é que precisava daqueles globos?

— Segure-se, Vassílievna! — avisou Semion.

A charrete se inclinou muito, estava prestes a tombar; mas algo pesado caiu sobre os pés de Mária Vassílievna — eram suas compras. Estavam numa ladeira íngreme morro acima, sobre o barro; como se a água tivesse roído a estrada, pequenos regatos ruidosos corriam por valas sinuosas — como era possível andar ali? Os cavalos bufavam. Khánov descera do coche e caminhava pela borda da estrada, com seu casaco comprido. Sentia calor.

— Que tal esta estrada? — repetiu e desatou a rir. — Falta pouco para o coche quebrar.

— E quem foi que mandou o senhor sair num tempo desses? — exclamou Semion, em tom severo. — Era melhor ter ficado em casa.

— Ficar em casa é maçante, vovô. Não gosto.

Ao lado do velho Semion, ele parecia esbelto, enérgico, no entanto algo quase imperceptível no seu jeito de andar denunciava uma criatura já envenenada, fraca, perto do fim. E exatamente no bosque, de súbito, se fez sentir um cheiro de vinho. Mária Vassílievna teve medo e também pena daquele homem, que se destruía sem saber para que nem por quê, e lhe veio ao pensamento que, se ela fosse sua esposa ou irmã, na certa daria a própria vida para salvá-lo da morte. Ser sua esposa? A vida estava construída de tal forma que Khánov vivia sozinho em sua grande propriedade, ela vivia sozinha num povoado remoto e, contudo, por algum motivo, a mera ideia de que ele e ela poderiam ser próximos e iguais se mostrava impossível, absurda. No fundo, toda a vida se organizara de tal maneira e as relações humanas se complicaram a tal ponto, e de forma tão incompreensível, que só de pensar naquilo vinha um horror e o coração ameaçava parar.

"Também não é possível entender", pensou ela, "por que Deus dá essa amabilidade e esses olhos gentis e tristonhos a pessoas fracas, infelizes, inúteis, e por que essas pessoas inspiram tanta simpatia."

— Aqui nós vamos dobrar à direita — disse Khánov, e subiu no coche. — Adeus! Tudo de bom!

E, mais uma vez, ela pensou nos seus alunos, no exame, no vigia, no conselho escolar; e quando o vento trouxe da direita o barulho do coche que se afastava, aqueles pensamentos se misturaram com outros. Surgiu a vontade de pensar nos olhos bonitos, no amor, na felicidade que nunca viria...

Ser sua esposa? Manhã fria, ninguém para acender a estufa, sabe-se lá onde o vigia se meteu; mal amanhece, chegam os alunos, trazem nos pés neve e lama, fazem barulho; tudo é tão incômodo, desconfortável. O apartamento tem um só cômodo, com a cozinha. Depois das aulas, todos os dias, uma dor de cabeça e, após o almoço, uma queimação embaixo do peito. Para comprar lenha e pagar o vigia, é preciso pedir dinheiro aos alunos, entregar o dinheiro para o curador e depois implorar a esse mujique insolente, cheio de si, que pelo amor de Deus traga a lenha. De noite, ela sonha com mujiques, exames, montes de neve. E por causa daquela vida ela envelheceu, tornou-se rude, feia, deselegante, desajeitada, como se tivessem revestido seu corpo com chumbo, e ela tem medo de tudo, se põe de pé na presença de qualquer membro da administração ou do curador da escola, não ousa sentar-se e, quando fala com algum deles, usa muito respeitosamente o tratamento "o senhor". Ninguém gosta de Mária Vassílievna, a vida passa de modo maçante, sem carinhos, sem a afeição de um amigo, sem conhecidos interessantes. Na situação em que se encontra, seria horrível apaixonar-se!

— Segure-se, Vassílievna!

De novo, uma ladeira íngreme morro acima...

Ela se tornou professora por necessidade, sem experimentar nenhuma vocação; nunca pensou em vocação ou nos benefícios do ensino e sempre lhe pareceu que o mais importante em seu trabalho não eram os alunos nem a educação, mas sim os exames. E afinal quando poderia, ali, pensar em vocação, nos benefícios do ensino? Professores, médicos pobres, enfermeiros assoberbados de trabalho não têm sequer o consolo de pensar que estão a serviço de uma ideia, o povo, pois a cabeça anda o tempo todo ocupada por pensamentos sobre comida, lenha, estradas ruins, doenças. Uma vida árdua, desprovida de interesse, e só animais de carga silenciosos, como essa Mária Vassílievna, conseguiam suportá-la por muito tempo; pessoas agitadas, nervosas, impressionáveis, que falavam de sua vocação, da ideia de servir, logo se exauriam e largavam o trabalho.

A fim de cortar caminho e passar por um terreno mais seco, Semion tentava desviar-se pelo campo ou por trás das casas; no entanto, num lugar os mujiques não o deixavam passar, mais à frente ele topava com a propriedade de um padre e também não havia passagem, ou Semion dava de cara com um lote que Ivan Iónov tinha comprado do senhor de terras e, a toda volta, escavara um fosso intransponível. A todo momento, era preciso voltar.

Chegaram a Níjneie Górodische. Perto da taverna, na terra estercada, sob a qual ainda havia neve, estavam estacionadas carroças com grandes garrafões de ácido sulfúrico. Havia muita gente na taverna, todos cocheiros, e, no ar, um forte cheiro de vodca, tabaco e pele de ovelha. Conversavam em voz muito alta, a porta batia toda hora contra o umbral. Numa lojinha, do outro lado da parede, um acordeão não silenciava um minuto sequer. Mária Vassílievna sentou e se pôs a tomar chá, enquanto, na mesa vizinha, suados sob o efeito do chá e do abafamento da taverna, os mujiques bebiam vodca e cerveja.

— Escute, Kuzmá! — soavam vozes disparatadas. — O que é isso? Deus nos livre! Ivan Demiéntitch, eu posso fazer isso para você! Casamenteiro, vem cá!

Um mujique de baixa estatura e barbicha preta, com marcas de varíola, embriagado já havia um bom tempo, de repente se admirou com algo e desatou a dizer impropérios.

— Ei, para que está falando palavrões aí? — interpelou irritado Semion, sentado bem distante dele. — Será que não enxerga? Tem uma dama aqui!

— Uma dama... — arremedou alguém na outra ponta do salão.

— Boca suja!

— Puxa, não foi por mal... — encabulou-se o mujique miúdo. — Desculpe. Afinal, a gente paga com o nosso dinheiro e a dama com o seu... Bom dia!

— Bom dia — respondeu a professora.

— Eu agradeço à senhora com toda a sinceridade.

Mária Vassílievna bebeu seu chá com satisfação, ficou vermelha como os mujiques e pensou de novo na lenha, no vigia...

— Casamenteiro, vem cá! — soou na mesa vizinha. — A professora de Viazovie... A gente conhece! Uma boa dama.

— Honesta!

A porta não parava de bater contra o umbral, uns entravam, outros saíam. Sentada, Mária Vassílievna pensava sempre a mesma coisa, enquanto, por trás da parede, o acordeão tocava sem parar. As manchas de sol estiravam-se no chão, depois alcançaram o balcão, chegaram à parede, e desapareceram por completo; portanto, o sol já havia cruzado o meio-dia. Os mujiques da mesa vizinha se levantaram para retomar sua viagem. O mujique miúdo, ligeiramente cambaleante, se aproximou de Mária Vassílievna e lhe estendeu a mão; vendo o que ele fazia, outros também lhe estenderam a mão para se despedir e saíram um após o outro, e nove vezes a porta guinchou e bateu contra o umbral.

— Vassílievna, prepare-se! — gritou Semion.

Partiram. Mais uma vez, a passo lento.

— Faz pouco tempo, construíram uma escola aqui, nesta Níjneie Górodische deles — explicou Semion, virando-se para trás. — Que pecado eles fizeram!

— O que houve?

— Dizem que o presidente meteu mil rublos no bolso, o curador outros mil e o professor, uns quinhentos.

— Uma escola inteira não custa nem mil rublos. É errado caluniar as pessoas, vovô. Tudo isso é só boato.

— Não sei... O povo diz e eu repito.

Porém estava claro que Semion não acreditava na professora. Os camponeses não acreditavam nela; sempre achavam que ela ganhava um salário muito mais alto — vinte e um rublos mensais (cinco rublos seriam o bastante) e que, do dinheiro que recolhia dos alunos para pagar a lenha e o vigia, a maior parte ficava para ela mesma. O curador pensava o mesmo que todos os mujiques, ele próprio obtinha alguma vantagem com a lenha e, às escondidas das autoridades, cobrava honorários dos mujiques por seus serviços de curador.

O bosque havia terminado, felizmente, e dali até Viazovie o terreno era plano. Faltava pouco para chegar: atravessar o rio, depois a estrada de ferro, e pronto, se chegava a Viazovie.

— Para onde você está indo? — perguntou Mária Vassílievna para Semion. — Tome a estrada da direita, na direção da ponte.

— Para quê? Por aqui também dá para passar. Não é tão fundo, não.

— Cuidado para o cavalo não se afogar.

— Por quê?

— Olhe, o Khánov passou pela ponte — disse Mária Vassílievna, vendo longe, à direita, o coche de quatro cavalos. — Não é ele que vai lá?

— É e-e-ele. Na certa, não encontrou o Bakvist em casa. Que bobalhão de passar por ali, Deus o ajude, porque por aqui são três verstas a menos.

Chegaram ao rio. No verão, era um riachinho raso, fácil de atravessar, e que em agosto costumava até secar. No entanto, agora, depois de uma enchente, era um rio com umas três *sájen* de largura,[3] com uma correnteza turbulenta e gelada; na margem, à beira da água, viam-se marcas frescas de rodas — portanto, haviam passado por ali.

— Em frente! — gritou Semion, com irritação e alarme, segurando as rédeas com força e movendo os cotovelos como as asas de um pássaro. — Em frente!

O cavalo entrou na água até a barriga e parou, mas logo em seguida seguiu adiante, concentrando suas forças, e Mária Vassílievna sentiu nos pés um frio intenso.

— Em frente! — gritou ela também, se pondo de pé. — Em frente!

Subiram na margem oposta.

— Que lugar desgraçado, meu Deus — resmungou Semion, enquanto ajeitava os arreios. — Este *ziêmstvo* é um verdadeiro castigo...

As galochas e os sapatos estavam cheios de água, a parte de baixo do vestido e da saia e também uma das mangas estavam molhados, escorrendo água; o açúcar e a farinha tinham molhado por baixo, e isso era o pior, e Mária Vassílievna, em seu desespero, apenas abria os braços e dizia:

— Ah, Semion, Semion!... Francamente, como é que você faz isso?

Na passagem de nível da estrada de ferro, toparam com a cancela fechada: o trem expresso estava saindo da estação. Mária Vassílievna ficou de pé junto à cancela, esperando a passagem do trem, enquanto o corpo todo tremia de frio. Viazovie já estava à vista, e também a escola com seu telhado verde, a igreja com as cruzes que brilhavam, refletindo a luz do sol do fim da tarde; as janelas da estação também brilhavam e uma fumaça cor-de-rosa subia da locomotiva... Mária Vassílievna tinha a impressão de que tudo estava tremendo de frio.

---

3 Portanto, pouco mais de seis metros.

Lá vem ele, o trem; as janelas irradiavam uma luz brilhante, como as cruzes da igreja, e chegavam a doer nos olhos. No patamar da escada de um dos vagões da primeira classe, havia uma dama de pé e Mária Vassílievna a viu de relance: sua mãe! Que semelhança! Sua mãe também tinha cabelos opulentos, uma testa igual, a mesma inclinação da cabeça. E estava viva, com uma nitidez assombrosa, pela primeira vez em todos aqueles treze anos ela viu em pensamento a mãe, o pai, o irmão, o apartamento de Moscou, o aquário com peixes e tudo nos mínimos detalhes, de repente ouviu o som do piano, a voz do pai, sentiu-se como naquele tempo, jovem, bonita, bem-vestida, num quarto claro e aquecido, entre seus familiares; de repente, dominou-a um sentimento de alegria e felicidade e, embevecida, segurou as têmporas entre a palma das mãos e exclamou com ternura, como uma prece:

— Mamãe!

E começou a chorar, sem saber por quê. Exatamente naquele instante, Khánov passou em seu coche de quatro cavalos e ela, ao vê-lo, imaginou uma felicidade tal como nunca existira, e sorria, acenava para ele com a cabeça, como uma pessoa próxima e igual a ele, e lhe parecia que no céu, em todas as janelas, e nas árvores, brilhava sua felicidade, seu triunfo. Sim, seu pai e sua mãe nunca haviam morrido, ela nunca se tornara professora, aquilo foi um sonho comprido e doloroso, mas agora ela havia despertado...

— Vassílievna, senta!

E de repente tudo desapareceu. A cancela se ergueu lentamente. Mária Vassílievna, trêmula, enregelada pelo frio, tomou seu assento na charrete. O coche de quatro cavalos cruzou a linha de trem e Semion o seguiu. O vigia da estrada de ferro tirou o chapéu.

— Aí está Viazovie. Chegamos.

ANTON TCHÉKHOV nasceu em 1860 em Taganrog, um porto no Mar de Azov, na Rússia. Após receber uma educação clássica em sua cidade natal, mudou-se para Moscou em 1879 para estudar medicina, diplomando-se em 1884. Ainda nos tempos de faculdade conseguiu sustentar sua família graças a histórias humorísticas, contos e esquetes publicados com enorme sucesso em diversas revistas e jornais. Estreou em livro em 1886, e no ano seguinte já receberia o prêmio Púchkin pelo seu segundo livro. Suas histórias mais famosas foram escritas depois que retornou da temerária viagem à Sacalina. A montagem por Stanislávski de sua peça *A gaivota*, de 1898, consolidou sua fama no teatro, gênero em que deixou alguns dos mais importantes textos da história, como *Tio Vânia*, *Três irmãs* e *O jardim das cerejeiras*. Com a saúde debilitada após contrair tuberculose, mudou-se para Ialta, onde entrou em contato com Tolstói e Górki, e seria nessa cidade na costa do Mar Negro que passaria o resto de seus dias. Em 1901 casou-se com Olga Knipper, atriz do Teatro Artístico de Moscou. Morreu em 1904.

RUBENS FIGUEIREDO nasceu em 1956, no Rio de Janeiro. Como escritor, publicou os romances *Barco a seco* e *Passageiro do fim do dia*, além dos livros de contos *As palavras secretas* e *O livro dos lobos*, entre outros. Como tradutor, verteu as obras de grandes autores como Dostoiévski, Turguêniev, Tolstói e Bábel, além de numerosos escritores contemporâneos de língua inglesa. Para a Todavia, traduziu *Infância, adolescência, juventude* (Tolstói, 2018), *A ilha de Sacalina* (Tchékhov, 2018), *Crime e castigo* (Dostoiévski, 2019), *Novelas completas* (Tolstói, 2020) e *Últimos contos* (Tchékhov, 2023).

© Todavia, 2025
© *Tradução e apresentação*, Rubens Figueiredo, 2025

Todos os direitos desta edição reservados à Todavia.

Grafia atualizada segundo o Acordo Ortográfico da Língua Portuguesa de 1990, que entrou em vigor em 2009.

capa
Fernanda Ficher
obra de capa
La búsqueda (2025), de Guim Tió
composição
Jussara Fino
preparação
Leny Cordeiro
revisão
Huendel Viana
Karina Okamoto

Original usado para esta tradução:
Антон Павлович Чехов, Полное собрание сочинений в 30 т. Москва: Наука, t. 9. Рассказы, повести, *1894-1897*, 1977
[Anton Pávlovitch Tchékhov, *Obras completas em trinta volumes*. v. 9: *Contos, novelas*, 1894-1897. Moscou: Naúka, 1977.]

Dados Internacionais de Catalogação na Publicação (CIP)

Tchékhov, Anton (1860-1904)
 Os mujiques : Penúltimos contos e novelas : 1895-1897 / Anton Tchékhov ; tradução e apresentação Rubens Figueiredo. — 1. ed. — São Paulo : Todavia, 2025.

ISBN 978-65-5692-851-7

1. Literatura russa. 2. Contos. 3. Novelas. 4. Clássicos I. Figueiredo, Rubens. II. Título.

CDD 891.73

Índice para catálogo sistemático:
1. Literatura russa 891.73

Bruna Heller — Bibliotecária — CRB 10/2348

todavia
Rua Fidalga, 826
05432.000 São Paulo SP
T. 55 11 3094 0500
www.todavialivros.com.br

fonte
Register*
papel
Pólen natural 70 g/m²
impressão
Geográfica